Excalibur

Herausgegeben von
Melissa Andersson
und
Gerd Rottenecker

Die Chroniken von Deverry bei Excalibur:

1. Der Wanderer von Deverry (70121)
2. Die Ausgestoßenen von Deverry (70122)
3. Dämmerung über Deverry (70123)
4. Der Magier von Deverry (70124)
5. Zeit der Verbannung (70125)
6. Zeit der Omen (70126)
7. Zeit des Dunkels (70127)
8. Zeit des Feuers (70128)
9. Der rote Drache (70129)
10. Der schwarze Rabe (70192)

Weitere Bände in Vorbereitung.

Katharine Kerr

DIE CHRONIKEN VON DEVERRY

10

Der schwarze Rabe

Ins Deutsche übertragen von
Regina Winter

Knaur

Die amerikanische Originalausgabe erschien 1999
unter dem Titel »The Black Raven« bei Bantam Spectra, New York

Besuchen Sie uns im Internet:
www.droemer-weltbild.de

Deutsche Erstveröffentlichung 10/2000

Umschlagkonzept: Melissa Andersson
Umschlaggestaltung: Agentur Zero, München
Umschlagillustration: John Howe, »Summer of the Raven«/
Agentur Thomas Schlück, Garbsen
Karte: Dieter Jüdt, Trier
Lektorat: Harald Jösten, Kiel
Satz: Ventura Publisher im Verlag
Druck und Bindung: Clausen & Bosse, Leck
Printed in Germany
ISBN 3-426-70192-8

2 4 5 3 1

Für meine Großmutter, Elsa Petersen Brahtin
1889–1985
Ich staune über den Mut in ihrem Leben

Danksagung

Wieder einmal bedanke ich mich bei Barbara Denz, Meisterin der Frettchenkunde.

KARTE

DIE PROVINZEN
DES
KÖNIGREICHS
VON
DEVERRY
IM JAHRE 1060
TAER ANGWIDD
GWINGEDD
AVER BEL
TREV HAEL
ARCODD
AVER TROE MATRW
GWAENTAER
RIDDBRY
MABYNDYR
AVER EL
LOC DRW
DUN DRW
DUN TREBYC
AVER TREBYC
AVER CANTARIEL
PYRDON
YVRODYR
CAMYNWAEN
AVER OWEN
AVER PEDDROLOC
AVER GAVAN
ELDIDD
ELRYDD
AVER VIC
ARDDBRY
GLYNWAVER
CERNMETON
AVER EL
AVER DILBRAE
MORLYN
AVER DELONDERIEL
BELGLAEDD
TAER
ELCYION
LACAR
BRUDDLYN
ABERNAUDD
DUN GWERBYN
ABERWYN
CANNOBAEN
MORI'
WMMGLAEDD

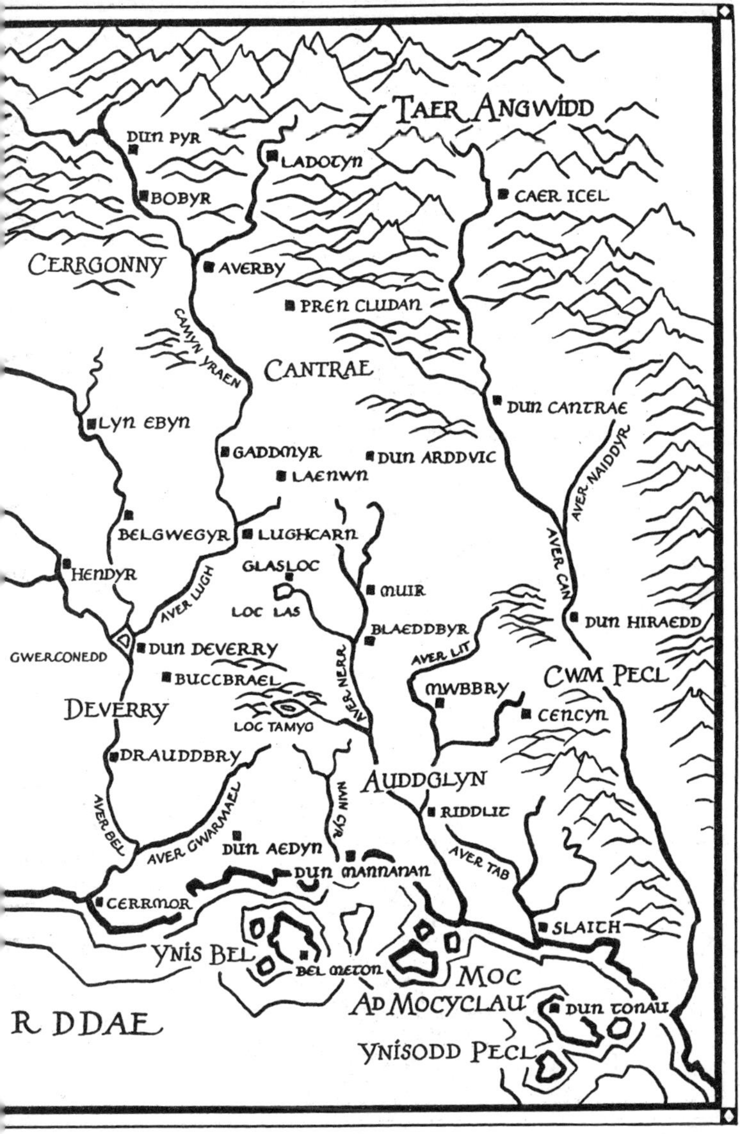
TAER ANGWIDD
DUN PYR
LADOTYN
BOBYR
CAER ICEL
CERRGONNY
AVERBY
PREN CLUDAN
CAMYN YRAEN
CANTRAE
DUN CANTRAE
LYN EBYN
AVER NAIDDYR
GADDMYR
DUN ARDDVIC
LAENWN
BELGWEGYR
LUGHCARN
AVER CAN
HENDYR
GLASLOC
MUIR
AVER LUGH
LOC LAS
DUN HIRAEDD
BLAEDDBYR
DUN DEVERRY
GWERCONEDD
AVER LIT
CWM PECL
BUCCBRAEL
MWBBRY
DEVERRY
CENCYN
LOC TAMYO
AVER NERR
DRAUDDBRY
AUDDGLYN
NAIN GYR
RIDDLIT
AVER BEL
AVER GWARMAEL
DUN AEDYN
AVER TAB
DUN MANNANAN
CERRMOR
SLAITH
YNIS BEL
BEL METON
MOC
AD MOCYCLAU
DUN TONAU
R DDAE
YNISODD PECL

PROLOG

BARDEK

Winter 1117

Ein Zauberer muß immer auf Hindernisse und Rückschläge vorbereitet sein. Bevor er mit einer Arbeit von größerer Bedeutung beginnt, muß er lange Nächte mit dem Studium der Vorzeichen verbringen, denn wenn der Makrokosmos einen Weg finden kann, ihn zu besiegen, wird er das tun. In seiner Trägheit zieht der Makrokosmos nämlich die natürliche Ordnung jeder Veränderung durch unsere Künste vor, ganz gleich, wie sehr sich diese Veränderung zu seinen Gunsten auswirken wird.

(Die Pseudo-Iamblichus-Rolle)

Marka, meine Liebe?« sagte Keeta. »Es tut mir leid. Etwas stimmt mit ihm nicht.«

Marka versuchte zu antworten, aber die Tränen schnürten ihr die Kehle zu. Ihr jüngster Sohn, nicht ganz zwei Jahre alt, saß auf dem rotblauen Teppich in einem Flecken von Sonnenlicht, der durch die Zeltöffnung fiel, und betrachtete stirnrunzelnd den Rand des hellen Flecks. Wieder und wieder streckte er seine blasse Hand aus und berührte den Schatten daneben, dann zog er die Hand wieder zurück und schaute noch mürrischer drein. Braune Locken hingen ihm in die Stirn. Hin und wieder schlug er nach ihnen, als ob sie ihn störten, nur um sie dann sofort wieder zu vergessen.

»Er kennt seinen Namen«, sagte Marka. »Er kennt vielleicht keine anderen Worte, aber seinen Namen.«

Keeta seufzte und setzte sich neben den Jungen, der sie ignorierte. Sie gaben ein seltsames Paar ab, Keeta so kräftig und dunkel, Zandro schlank und hellhäutig. Keeta hatte es übernommen, ihre Gauklertruppe zu führen. Aber sie arbeitete weiter als Jongleurin, und ihre langen Arme zeigten Muskeln, um die sie so mancher Mann beneidete. In ihrem lockigen schwarzen Haar, das sie kurzgeschnitten trug, zeigte sich an den Schläfen das erste Grau.

»Ich bin schon seit Monaten unruhig«, sagte Marka schließlich. »Er kann immer noch keinen Löffel verwenden.«

»Kann er nicht?« Keeta streckte Zandro die Hand hin. »Oder will er einfach nicht?«

Zandro riß den Kopf herum und biß sie in den Daumen. Leise und ohne ein Wort legte Keeta ihm die andere Hand unter das Kinn, breitete Daumen und Zeigefinger aus und drückte sie auf seine Kiefergelenke. Mit einem Quieken öffnete der Junge den Mund und ließ Keetas Daumen los.

»Schon besser«, sagte Keeta zu ihm. »Hier wird nicht gebissen.«

Zandro legte den Kopf schief und betrachtete sie nachdenklich. Sie zeigte auf die Zahnspuren an ihrem Daumen.

»Nein! Nicht beißen!«

Plötzlich lächelte er und nickte.

»Sehr gut«, sagte Keeta. »Du hast mich verstanden.«

Das ignorierte er. Mit einem Gähnen wandte er sich wieder der Betrachtung der Grenze zwischen Licht und Schatten zu.

»Ihr Götter!« sagte Marka. »Immer, wenn ich schon denke, es ist hoffnungslos, macht er so etwas. Dann versteht er ein Wort oder ist sogar freundlich. Erinnerst du dich, daß Kivva gestern hingefallen ist und sich das Bein aufgeschürft hat? Er rannte auf sie zu, küßte sie und versuchte zu helfen.«

»Das habe ich gesehen, ja. Manchmal kann er wirklich lieb sein.«

Marka nickte. In den zwanzig Jahren ihrer Ehe war sie neunmal schwanger gewesen, die Fehlgeburten nicht mitgezählt. Sechs Kinder hatten ihre ersten Jahre überlebt – Kwinto, der erstgeborene Sohn, Tillya, die erste Tochter, Terrenz, so bald nach Tillya geboren, daß sie einander wie Zwillinge liebten, ihre Schwestern Kivva und Delya, letztere benannt nach Keetas langjähriger Gefährtin, die an demselben Fieber gestorben war wie ein weiteres von Markas Kindern. Zandro, hoffte sie, würde ihr letztes Kind sein. Sie fragte sich, wie sie die Liebe und Kraft aufbringen sollte, mit ihm zurechtzukommen, der mehr verlangen würde als alle anderen zusammen. Keeta hatte offenbar dasselbe gedacht.

»Nicht, daß du nicht schon genug Ärger hättest. Mit Ebañys ...« Eine lange Pause folgte. »... Krankheit.«

»Ach, sprich es ruhig aus!« fauchte Marka. »Er hat den Verstand verloren. Das wissen wir alle. Und nun ist sein jüngster Sohn offensichtlich auch verrückt. Warum seid ihr alle so zurückhaltend? Wie würde Ebañy es ausdrücken? Er ist wahnsinnig, bekloppt, durchgedreht, übergeschnappt.« Dann wurde sie von Tränen überwältigt.

Marka bemerkte, daß Keeta aufstand und sich dann neben sie kniete. Sie sank in die Arme ihrer Freundin und schluchzte. Keeta streichelte sie mit ihrer großen Hand.

»Schon gut, Kleines. Wir werden eine Möglichkeit finden, deinen Mann zu heilen. Demnächst spielen wir in Myleton. Dort gibt es Ärzte und Priester, und die Götter wissen, was sonst noch, und zumindest einer von ihnen wird wohl eine Ahnung haben, was wir tun können.«

»Glaubst du?« Marka blickte mit tränenfeuchten Augen zu ihr auf. »Glaubst du wirklich?«

»Ich muß, und du mußt es ebenfalls.«

Die Tränen versiegten. Marka setzte sich auf die Fersen und wischte sich das Gesicht mit dem Hemdsärmel ab. Plötzlich wurde ihr kalt.

»Warte – wo steckt Ebañy eigentlich?« Mühsam kam sie auf die Beine. »Wir sind hier an der Küste, und die Klippen …«

»Ich bleibe beim Kind.«

Marka duckte sich durch den Zelteingang und blieb dann einen Augenblick blinzelnd im hellen Sonnenlicht stehen. Rings um sie her breitete sich das Lager aus: ein großes Lager mit weißen Zelten und bemalten Wagen, die größte Truppe reisender Gaukler, die Bardek je gesehen hatte. Jetzt schien es allerdings seltsam leer. Die meisten der Schausteller waren in ihren Zelten, um die Mittagshitze zu verschlafen. Da sie keines der Tiere sehen konnte, ging Marka davon aus, daß ein paar Männer sie wohl zum Wassertrog am öffentlichen Brunnen geführt hatten, der hinter den Bäumen verborgen war. Ebañy konnte sie nirgendwo entdecken, aber in der Ferne, am Rand des Lagerplatzes, hinter den Palmen und Platanen, sah sie die Klippen und hörte die Brandung auf den Felsen darunter.

Marka trabte los und keuchte ein wenig in der heißen Sonne. Die vielen Schwangerschaften hatten die einstmals schlanke Akrobatin in eine kräftige Matrone verwandelt, die ihre schweren Brüste hochbinden mußte, um es bequemer zu haben. In den wenigen Momenten, wo Marka Zeit hatte, sich an ihre Jugend zu erinnern, haßte sie, was aus ihr geworden war. Besonders wenn sie ihren Mann ansah – wie jetzt, als sie über die Klippen eilte und ihn entdeckte, wie er vor sich hin singend einherschlenderte, in sicherer Entfernung vom Rand. Erleichterung mischte sich mit Zorn darüber, daß er immer noch so jung und gut aussah, mit seinem hellblonden Haar und den grauen Augen, der rosig hellen Haut, die nur ein wenig bräunte und so glatt war wie die eines Jungen. Als er sie sah, lächelte er und winkte.

»Da bist du ja, meine Liebe«, rief er. »Brauchst du mich?«

»Oh, ich hatte mich nur gefragt, wo du steckst.«

»Ich genieße diesen wunderbaren Tag unter der Himmelskuppel. Das Meer ist voller Geister, ebenso der Wind, und sie genießen den Tag mit mir.«

»Ich verstehe.«

Selbstverständlich konnte sie die Geister nicht sehen. Er sprach oft von ihnen, ebenso wie von Dämonen, Vorzeichen und Visionen, die allen anderen unsichtbar blieben. Marka mußte allerdings zustimmen, daß es wirklich ein wunderschöner Tag war. Das Meer glitzerte winterblau, die weiße Gischt schäumte im Wind.

»Ich habe über die Vorstellung nachgedacht«, sagte Ebañy. »Ich möchte meinem Teil etwas Neues hinzufügen, an der Stelle, wenn ich mit den bunten Lichtern arbeite. Ich weiß nur noch nicht was.«

»Es wird dir schon einfallen. Darauf vertraue ich.«

»Ich ebenfalls.«

Sie lächelten beide. Hand in Hand kehrten sie ins Lager zurück, wobei er in der Sprache des weit entfernten Deverry vor sich hin sang.

»Ein Liebeslied«, sagte er abrupt. »Für dich, meine Schöne.«

Er liebte sie tatsächlich, dessen war sich Marka sicher. In all ihren gemeinsamen Jahren hatte er sie nie abgewiesen, nie hatte er sich mit den jungen Frauen amüsiert, die zu der Truppe gehörten, nicht ein einziges Mal, ganz gleich, wie alt und dick und abgehärmt sie war. Dafür allein schon würde sie ihn immer lieben, selbst wenn sie sich mitunter, wenn er ihr Gesicht mit solch seltsamer Intensität betrachtete wie gerade jetzt, fragte, was er sah, wenn er sie anschaute.

Zandro kam ihnen mit einem entzückten Quieken entgegengetrabt. Keeta folgte ihm kopfschüttelnd, als wollte sie sagen, daß sie nichts hatte tun können. Das war eines der seltsamsten Dinge an dem Jungen – er konnte so gut laufen wie ein viel älteres Kind, sprach aber kein einziges Wort.

»Sieh mal!« Marka zeigte auf die beiden. »Sieh mal, wer da kommt.«

»Ja, ein schöner Anblick.«

Als Marka schwieg, hielt Ebañy inne und schaute sie an.

»Du machst dir Gedanken«, sagte er. »Warum?«

»Ich mache mir solche Sorgen um unseren Zan. Etwas stimmt mit ihm nicht. Wir können es einfach nicht mehr leugnen. Ich meine, er sollte inzwischen sprechen können, und außerdem ...«

»Wie bitte? Nein, für das, was er ist, ist er vollkommen in Ordnung. Er ist eine sehr junge Seele, zum erstenmal geboren. Und er ist nicht wirklich menschlich. Das kannst du an seiner Aura sehen.«

Er bückte sich und hob den Jungen hoch. Lachend vergrub Zandro das Gesicht in die Schulter seines Vaters.

»Was meinst du mit ›Aura‹?« wollte Marka wissen.

»Sieh doch nur.« Ebañy fuchtelte mit der freien Hand um den Kopf des Jungen. »Alle Farben sind falsch. Was bist du, mein Sohn? Einer vom Wildvolk, der sehen will, wie es ist, ein Mensch zu sein? War das dein eigener Entschluß, oder haben wir dich eingefangen, meine Frau und ich, als wir einen Körper für einen anderen gemacht haben?«

Marka spürte, wie sie die Fäuste ballte, als könnte sie so die Verrücktheit aus ihm herausprügeln. Als Ebañy in Zandros Augen schaute, starrte der Junge unbeirrt zurück.

»Keiner vom Wildvolk«, sagte Ebañy schließlich. »Aber ein Geist, dessen Zeit, geboren zu werden, gekommen ist. Du mußt noch viel lernen, mein Schatz, aber die Welt gehört dir und ihre Wunder ebenfalls.«

Mit Zandro auf dem Arm kehrte Ebañy zu ihrem Zelt zurück. Marka blieb stehen und kämpfte gegen die Tränen an, bis Keeta ihr die große Hand auf die Schulter legte.

»Es tut mir so leid«, murmelte sie. »Es ist so traurig.«

»Ja.« Marka wischte sich die Augen mit dem Ärmel. »Es ist ganz langsam gekommen, nicht wahr? Ich frage mich jetzt, wie lange er schon so war und warum ich es nie zuvor bemerkt habe.«

»Niemand von uns hat es merken wollen. Hör auf, dich selbst dafür zu tadeln.«

»Danke. Wenn er ... wenn er nicht diese seltsamen Dinge sagt, kann ich immer noch so tun, als ob wir unser wunderbares Leben hätten, so wie früher. Aber dann sagt er plötzlich so etwas wie jetzt gerade, und ich weiß nicht, was ich tun soll.«

»Wahrscheinlich gibt es nichts, was du tun könntest. Nun, wir werden sehen, was in Myleton auf uns wartet.«

Wohin Ebañy sich auch wandte, das Wildvolk ging mit ihm – Sylphen, Feen und Gnome, und im Wasser die Undinen, die sich erhoben, um ihn in die Wellen zu locken. Im Feuer spielten Salamander, rieben ihre Rücken an den brennenden Scheiten wie Katzen, sprangen mit den Flammen umher. Einmal in seinem Leben hatte er sich selbst Salamander genannt, damals, im Land seiner Geburt. Daran erinnerte er sich, obwohl er viele andere Dinge vergessen hatte. Die Welt wimmelte von Ausblicken, die ihn gewöhnliche Einzelheiten wie die Namen von Städten, die sie besuchten, und manchmal auch die Namen seiner Frau und seiner Kinder vergessen ließen. Daß sie seine Frau und seine Kinder waren, vergaß er allerdings nie.

Nachts im Schlaf führten ihn seine Träume in wundersame Welten mit seltsamen Geistern. Auf purpurfarbenem Wasser reiste er in einer Barke, während eine Sonne aus giftigem Grün ihren Höchststand erreichte. Riesige Undinen folgten und griffen mit grauen Händen nach ihm und stellten ihm Fragen in einer Sprache, die er nie gehört hatte. In anderen Nächten erkletterte er kristallene Berge mit Flüssen von Blut, oder er ritt auf sechsbeinigen, smaragdfarbenen Insekten durch Sanddünen, aus denen Ruinen von Städten ragten.

Jeder Traum endete auf dieselbe Weise. Er erreichte sein Ziel, eine goldene Hafenstadt am Meer oder eine Höhle, die von Smaragden und Saphiren glitzerte, und betrat ein Gebäude – vielleicht den Tempel eines unbekannten Gottes oder eine Taverne, gefüllt mit Rauch und lauter Musik. Der Raum ärgerte ihn, und er verließ ihn, ging von Zimmer zu Zimmer und lange Flure entlang, bis er schließlich immer dieselbe Tür sah. Ein schweres Portal aus festem, dunklem Holz mit Eisenbeschlägen. Er erinnerte sich, daß in dem Zimmer hinter der Tür ein magisches Buch lag. Wenn er dieses Buch las, würde er wieder wissen, wer er war.

Wenn er dann weiterging, ließ sich die Tür leicht öffnen, führte aber nicht in ein Zimmer, sondern in ein großes Zelt, und er lag auf einer Schlafmatte. Normalerweise schimmerte Sonnenlicht durch die Zeltwände, und er sah sich von Wohlstand umgeben: bunte Zelttaschen und Teppiche, aufgerollte Matten, hölzerne Hocker, große Steingutkrüge. Manchmal saßen dunkelhäutige, schwarzhaarige Menschen in der Nähe. Er fand seine Kleidung stets neben sich auf dem Boden liegen, zog sich an, sah sich die Gegenstände im Zelt an und versuchte, sich an ihren Namen zu erinnern, während das Wildvolk um ihn herum spielte und sich gegenseitig hin und her jagte.

Eine Weile später wurde ihm klar, daß er wach war.

Myleton war eine Stadt mit hohen Bäumen und breiten Straßen an der nördlichen Küste von Bardektinna, der größten Insel in dem großen, unübersichtlichen Archipel, den die Deverrianer Bardek nannten, womit sie die Inseln unter gewaltiger Nichtachtung der politischen Einstellungen ihrer Einwohner ebenso wie der Geographie in einen Topf warfen. Myleton war eine wohlhabende Stadt, deren öffentliche Gebäude vor Marmor schimmerten, während die Privathäuser der Reichen dies mit weißen Stuckmauern nachahmten. Im Süden der Stadt gab es einen öffentlichen Lagerplatz mit guten, tiefen Brunnen und schattigen Plätzen unter Bäumen. Nachdem Keeta mit den Männern des Archon – Beamten, die für den Lagerplatz zuständig waren – ausgiebig gefeilscht hatte, ließ die Truppe sich nieder. Da die Regenzeit begonnen hatte, hatten sie den ganzen Lagerplatz für sich.

»Zumindest werden keine Fremden hier sein«, sagte Marka. »Manchmal, wenn Ebañy so vor sich hin schwatzt und Fremde zuhören, möchte ich am liebsten sterben.«

»Also wirklich, Kleine«, sagte Keeta. »Es ist nicht dein Fehler, und wer weiß schon, was Fremde denken? Ich selbst mache mir mehr Sorgen um die Kinder. Es kann nicht gut für sie sein, ihren Vater in einem solchen Zustand zu sehen.«

»Nein, das ist es nicht. Ich habe versucht, mit Kwinto darüber zu reden, aber er will nichts davon hören. Immerhin ist er jetzt beinahe ein Mann und hält sich zurück. Aber Tillya ist sehr aufgeregt. Sie liebt ihren Vater sehr, und sie ist alt genug, um zu verstehen, was geschieht.«

Marka und Keeta schlenderten durch den öffentlichen Basar, der hier im Winter über Mittag offenblieb. Inmitten des großen Platzes plätscherte ein Brunnen, dessen klares Wasser im kühlen Sonnenlicht glitzerte. Rings um sie her wehte ein Meer von Baldachinen über Hunderten von Buden im Wind. In der Nähe des Brunnens wurden Luxusgüter wie Silber und Messingwaren, Öllampen, Seide, Parfüms, Schmuck, seltsam geformte Messer und dekorative Lederarbeiten verkauft. Die Gemüse- und Fischstände waren an der windabgewandten Seite des Marktes zu finden. Hier und da strengten sich ein paar Gaukler an, die Aufmerksamkeit der Menge auf sich zu ziehen – ungelenke Akrobaten, ein ungeschickter Jongleur und ein paar Musiker, die durchaus begabt schienen, aber noch viel Übung brauchten.

»Keine Konkurrenz für uns«, sagte Marka. »Gut. Und man kennt uns in Myleton. Alle werden kommen, um uns zu sehen. Besonders Ebañys Vorstellung.«

»Das sollten sie auch«, sagte Keeta. »Es ist wirklich spektakulär. Ich versuche nicht, seine Geheimnisse zu ergründen, aber man fragt sich wirklich, wie er diese Effekte erreicht. Ich habe nie gesehen, daß er dafür Chemikalien zusammenmischt oder so etwas.«

»Ich weiß auch nicht, wie er es macht.«

»Tatsächlich?« Keeta starrte sie kurz an. »Beim Wellenvater! Dein Mann ist wirklich ein verschlossener Bursche. Ich hoffe, daß er es zumindest Kwinto beibringt.«

»Nein. Er sagt immer wieder, es sei echte Magie, wie man sie in Deverry hat. Es gibt einen komischen Namen dafür, Dwimmer oder so. Ebañy sagt, Kwinto hat keine Begabung dazu. Deshalb lernt er jonglieren.«

Sie gingen eine Weile schweigend weiter und blieben dann am Brunnen stehen, wo das klare Wasser in weiße Marmorbecken plätscherte.

»Ich weiß, es klingt, als hätte ich selbst den Verstand verloren«, sagte Marka schließlich. »So von Magie zu sprechen – von richtiger Magie, meine ich.«

»Ja, aber was, wenn es stimmt? Was, wenn dein Mann einfach nur die Wahrheit sagt? Es heißt immer, daß das Studium der Magie Menschen um den Verstand bringt, oder?«

»Aber das kann doch nicht sein!«

»Warum nicht? Die Sonne scheint auf viele seltsame Dinge. Wenn Ebañy sagt, daß er mit Hilfe von Magie Feuer aus dem Himmel ruft – hast du vielleicht eine bessere Erklärung?«

Marka schüttelte nur den Kopf.

»Und ich muß immer wieder an Jill denken«, fuhr Keeta fort. »Du erinnerst dich sicher an sie – sie war mit Ebañy unterwegs, als wir ihn damals kennengelernt haben, aber ich sehe sie immer noch deutlich vor mir. Eine wandernde Gelehrte hat sie sich genannt. Sie war sicher erheblich mehr als das.«

»Das ist wahr«, erwiderte Marka. »Ebañy hat immer versucht, sie zu beeindrucken, aber er hatte auch Angst vor ihr. Ich habe nie herausgefunden, warum. Ihr Götter, ich war damals noch so jung! Es hat mich einfach nicht sonderlich interessiert.«

»Nun ja, das ist lange her. Es könnte sein, daß meine Erinnerung mir Streiche spielt, aber wenn ich zurückschaue, frage ich mich, ob Jill nicht tatsächlich eine Zauberin war und dein Mann nicht viel mehr über solche Dinge weiß, als uns lieb wäre.«

Marka wußte nichts zu antworten. Auf eine unangenehme Weise waren Keetas Argumente vollkommen plausibel.

»Nun gut«, fuhr Keeta fort. »Nach der Vorstellung heute abend werden wir wissen, wieviel Geld wir übrig haben. Ich werde dann wieder in die Stadt gehen und mich nach Priestern erkundigen. Wenn einer von ihnen Dämonen austreiben kann, dann wird das hier bekannt sein, und vielleicht ist es ja ein Dämon, der Ebañy so beunruhigt.«

Im Winter gingen die Tage in Bardek früh zu Ende, und es gab keine richtige Dämmerung, also machte sich die Truppe schon vor Sonnenuntergang nach Myleton auf. Dann war es so, als würde das westliche Meer die Sonne einfach mit einem Schluck verschlingen, und nur ein schwacher, grünlicher Schimmer blieb am Horizont zurück. Als Öllampen im Basar zu flackern begannen, eröffnete die Truppe ihre Vorstellung.

Sie hatten zwar eine tragbare Bühne dabei, aber Myleton bot – gegen eine angemessene Bestechungssumme an die Männer des Archon – eine weitaus bessere Bühne: die lange Marmorterrasse vor dem Zollhaus am Rand des Basars. Während einige Akrobaten Messingständer für die Fackeln aufstellten, paradierten die Musiker, angeführt von Kwinto und Tillya, durch die Menge und kündigten die Vorstellung mit lauten Trommelschlägen an. Vor der Treppe sammelten sich die Zuschauer, erst eine kleine Gruppe, dann plötzlich sehr viel mehr, als sich ein Gerücht im Basar ausbreitete: Der Große Krysello ist wieder da! Er wird eine Vorstellung geben! Als die Parade zur Treppe zurückkehrte, waren die Zuschauer bereits nicht mehr zu zählen.

Der Große Krysello – oder Salamander, wie Ebañy sich nannte, denn an diesem besonderen Abend war Salamander der einzige Name, an den er sich erinnern konnte – wartete im Dunklen an der Seite der Bühne, während die Tänzer auftraten und zu Flöten und Trommelbegleitung mit Tüchern wirbelten. Während er zusah, sang er laut zur Musik und lachte. Sobald er auf der Bühne stand, war er wieder er selbst, wußte, wo er war und was er tun mußte.

Vor vielen, vielen Jahren war er Jongleur gewesen – nur Jongleur –, und um die Menge aufzuwärmen, jonglierte er immer noch gern mit Eiern und solchen Dingen und schwatzte und sang dabei die ganze Zeit. Aber im Lauf der Jahre hatte er entdeckt, daß er viel mehr tun konnte. Oder hatte er vielleicht immer schon gewußt, daß er das Wildvolk von Feuer und Aethyr herbeirufen konnte, um den Himmel mit Feuer in bunten Farben zu füllen? Schwach konnte er sich erinnern, daß man ihn vor solchen Dingen gewarnt hatte. Ein alter Mann hatte vor langer Zeit recht barsch mit ihm darüber gesprochen. Irgendwie erinnerte er sich auch daran, daß dieser Bursche niemand gewesen war. Da außer diesen Worten »Er ist niemand«

nichts geblieben war, nahm Salamander an, das Erinnerungsbild eines alten, hochgewachsenen Mannes mit eisblauen Augen und weißem Haar sei nur ein weiterer Traum.

An Abenden wie diesen, wenn er auf die Bühne ging und auf die dunkle Masse der Zuschauer hinausschaute, die ihm wie ein einziges riesiges Wesen vorkam, das sich hinter dem Schimmer der Öllampen und Fackeln niedergelassen hatte, vergaß er alle Grenzen. Wenn die Menge klatschte und jubelte, spürte er, wie sich ihre Liebe über ihn ergoß, und er lachte und riß die Arme in die Luft.

»Seid gegrüßt!« rief er. »Der Große Krysello dankt euch!«

Aus seinen Ärmeln zupfte er Tücher und begann, sie von Hand zu Hand kreisen zu lassen, aber er war sich immer bewußt, daß das Wildvolk anwesend war, Sylphen und Feen, Gnome und Salamander, die sich auf der Bühne sammelten, über den Räucherwerkbecken hingen, um ihn herumschwebten und hierhin und dahin schossen, grinsten und auf die Menge zeigten. In einer Flut elfischer Worte gab er ihnen Anweisungen, und um der Freude am Spiel willen gehorchten sie ihm. Plötzlich zuckten über der Menge rote und blaue Blitze. Mit jedem Dröhnen falschen Donners hoben und senkten sich Lichter in allen Regenbogenfarben. Die Menge jubelte, als sich die Lichter schließlich in glühende Tropfen auflösten und über ihren Köpfen verschwanden.

Ein grüner und purpurfarbener Nebel erschien auf der Bühne, und darin verborgen sangen Stimmen betörende Lieder. Sobald die Menge schwieg, um zu lauschen, fügte Salamander kleine Explosionen aus Gold und Silber hinzu. Dann überzogen wieder bunte Farben den Himmel – weiter und weiter trieb er dieses Spiel, bis sein Kostüm schweißdurchtränkt war und sein Haar ihm am Kopf klebte. Er ließ die Farben verblassen und die Musik verklingen, dann verbeugte er sich vor der Menge.

»Der Große Krysello ist müde! Aber seht! Wir haben noch andere Wunder für Euch.«

Auf dieses Zeichen eilten Kwintos Akrobaten, alle in bunte Seide gekleidet, auf die Bühne. Die Menge jubelte, und Münzen aus Kupfer und Silber prasselten in einem wahren Regen nieder. Während die Akrobaten über die Bühne turnten, hoben sie das Geld auf. Salamander wich in den Schatten zurück. Er wischte sich den Schweiß von der Stirn und blickte in die Menge hinaus.

Ein Mann fiel ihm sofort auf, ein hochgewachsener Bursche, der direkt vor ihm stand. Sein Körper schien zu flackern wie eine Reflexion auf fließendem Wasser. Seine Kleidung sah eher nach Nebelstreifen oder nach Rauch aus, der ihn umgab oder einfach nur in seiner Nähe schwebte, als nach festem Tuch. Aber niemandem schien das aufzufallen. Als die Akrobaten sich zu einer menschlichen Pyramide arrangierten, klatschte er und lächelte wie jeder andere. Flöten und Trommeln begannen erneut zu spielen, Applaus ertönte und verklang dann wieder. Der flackernde Fremde verschränkte die Arme vor der Brust und stand still. Aber stets schien er irgend etwas im Schatten erkennen zu wollen. Salamander wußte sofort, daß der Mann – nein, das Wesen, ein eigenartiges, nicht menschliches Geschöpf – nach ihm suchte. Er spürte einen forschenden Blick, spürte etwas über seinen Körper gleiten wie kühle Hände. Mit einem Aufschrei, der in der Musik unterging, drehte er sich weg und sprang von der Bühne. Er rannte durch die Straßen, hektisch nach Luft schnappend. Erst in einer dunklen, engen Seitengasse hielt er inne und sah sich um. Die Tür. Er mußte die dunkle Holztür mit den Eisenbeschlägen finden.

Vorbei an Tavernen, vorbei an Handwerkerläden lief er, sah sich jede Tür an, spähte in die Schatten, während ihm kalter Schweiß über den Rücken lief und seine Brust weh tat – aber er fand nirgends, was er suchte. Rings um ihn her lag die Stadt dunkel und schweigend. Die Nacht hing über dem Fluß, ein öliges Rauschen von dunklem Wasser vor einem noch dunkleren Himmel.

Salamander blieb stehen und lauschte. Wasser klatschte gegen die hölzernen Kaianlagen. Schritte erklangen auf Stein. Mit einem Aufschrei zu den Herren des Feuers fuhr er herum und riß beide Hände hoch.

Silberne Flammen flackerten auf und erfüllten die Gasse mit kaltem Licht. Schwarze Schatten umrissen jeden Stein auf Mauer und Straße und schienen ihnen eine unverständliche Bedeutung zu verleihen. Zwei Diebe schrien auf und flüchteten die Straße entlang – schmächtige Männer mit Messern. Im ersterbenden Licht der Silberflamme sah er sie um eine Ecke schlittern und verschwinden.

Salamander lachte, dann ging er zum Ufer. Er konnte dem Fluß bis zum Lagerplatz folgen.

Als er dort eintraf, hatte sich die Truppe ums Feuer versammelt. Marka ging am Rand der Lichtpfütze auf und ab und schlug immer wieder die Hände vors Gesicht, als würde sie weinen.

»Hallo!« rief Salamander. »Was ist denn?«

Alle erstarrten, dann begannen sie gleichzeitig zu lachen und zu jubeln. Marka rannte zu ihm und umarmte ihn.

»Den Göttern sei Dank!« Ihre Stimme bebte am Rand eines Schluchzens. »Ich habe mir solche Sorgen gemacht.«

Salamander schlang die Arme um ihre Taille und hielt sie fest, während er beruhigend auf sie einmurmelte. Endlich hörte sie auf zu zittern.

»War ich so lange weg?« fragte er.

»Bis nach der Mitternachtsglocke, ja.« Sie blickte zu ihm auf. »Warum bist du so davongerannt?«

»Ich kann mich nicht erinnern.« Er spürte, wie er gähnte,

und schüttelte den Kopf. »Ich bin erschöpft, Liebste. Ich muß mich hinlegen.«

An diesem Morgen versuchte Marka erst gar nicht, lange zu schlafen. Als die Sonne rosig im weit entfernten Nebel aufging und der Meerwind die Zelte flattern und rascheln ließ, zog sie ein kurzes Kleid über und ging nach draußen. Sie gähnte und streckte sich in der kalten Luft. Als sie sich umsah, entdeckte sie einen Fremden in bardekianischem Hemd und Sandalen, der sein Pferd durchs Lager führte. Er bemerkte sie, winkte und kam auf sie zu. Seine Haut war so hell wie die von Ebañy und seine Augen von leuchtendem Türkis, aber da er einen ledernen Reithut tief über die Ohren gezogen hatte, konnte sie nicht sehen, welche Farbe sein Haar hatte.

»Guten Morgen«, sagte Marka. »Sucht Ihr jemanden?«

»Ja. Den Magier, der gestern abend auf dem Marktplatz seine Vorstellung gegeben hat.«

»Tatsächlich? Ich bin seine Frau.«

»Ah.« Der Fremde zog seinen Hut ab und verbeugte sich vor ihr. »Ich bin ein Freund seines Vaters.«

Marka glotzte wie ein unhöfliches Kind, dann wandte sie den Blick ab. Die Ohren dieses Mannes waren unmöglich lang, gerollt und spitz. »Nun denn, guter Mann«, fand sie ihre Stimme nach einem Schlucken endlich wieder, »dann seid Ihr in unserem bescheidenen Lager willkommen.«

»Danke. Ich heiße Evandar.«

»Mein Mann schläft noch.« Marka warf einen Blick zurück zum Zelt und sah, wie die Klappe sich bewegte. »Oder nein, hier ist er.«

Salamander kam heraus, sah Evandar und stieß einen lauten Schrei aus.

»Nein, nein, nein!« sagte Evandar. »Ich bin hier, um dir zu helfen, wirklich. Was ist denn?«

»Du bist nicht da«, sagte Salamander und zitterte so heftig, daß seine Hände gegeneinanderschlugen. »Du bist nicht wirklich hier.«

»Nun, ich bin so hier, wie ich überhaupt irgendwo sein kann.« Evandar schaute an sich hinunter und runzelte die Stirn. »Alle anderen denken immer, daß ich fest genug aussehe. Deine liebenswerte Ehefrau zum Beispiel hat nicht geschrien, als sie mich sah.«

»Tatsächlich?« Ebañy wandte sich ihr zu. »Was siehst du, wenn du ihn anschaust?«

»Nur einen Mann wie jeden anderen, so hellhäutig wie du. Also nehme ich an, daß er aus deiner Heimat kommt. Aber ich verstehe nicht, was du meinst. Seine Ohren sind – verzeiht mir, Herr – sie sind wirklich seltsam, doch ansonsten sieht er vollkommen normal aus.«

Ebañy blieb reglos stehen und schaute zwischen den beiden hin und her. Hinter ihm öffnete Kivva, ihre zweitälteste Tochter, die Zeltklappe und starrte hinaus. Sie war ein hochgewachsenes Mädchen, dunkel wie ihre Mutter, mit schwarzen, kurzgeschnittenen Locken. Zandro zwängte sich an seiner Schwester vorbei, entdeckte Evandar und gab einen schrillen Laut von sich. Er lachte, streckte die Zunge heraus, dann legte er den Kopf zurück und stolzierte um den Mann herum, wobei er mit den Fingern in Evandars Richtung fuchtelte. Alle blieben sprachlos stehen, bis endlich Marka ihre Stimme wiederfand.

»Zan! Was machst du da? Hör auf!« Marka schnappte sich den Jungen. »Dieser Mann ist unser Gast, und ihn zu verspotten ist sehr unhöflich.«

Kichernd rannte Zandro zurück ins Zelt. Als Marka ihm hinterherzeigte, folgte Kivva ihm gehorsam. Marka wandte sich um und bemerkte, daß Evandar sie mit einem Lächeln betrachtete, das so selbstzufrieden war wie das eines Kaufmanns, der gerade einen günstigen Handel abgeschlossen hatte.

»Ich muß mich für das Verhalten meines Sohnes entschuldigen«, sagte Marka.

»Oh, das ist nicht nötig«, meinte Evandar. »Er ist sicher ein ungewöhnliches Kind, ja? Schwierig im Umgang vielleicht?«

»Ja.«

»Das überrascht mich nicht. Wißt Ihr, er ist nicht wirklich ein Mensch.«

»Das sagt mein Mann auch immer!« Marka wandte sich Ebañy zu. »Ich verstehe das nicht.«

»Zweifellos.« Evandar verbeugte sich vor ihr. »Aber ich sehe, daß es Euch interessiert. Können wir vielleicht darüber sprechen?«

Ebañy warf ihm einen erbosten Blick zu und zitterte vor Zorn.

»Die Wächter«, zischte Evandar. »Bedeutet dir dieser Name etwas?«

Plötzlich lachte Ebañy, entspannte sich und begann in einer unverständlichen Sprache mit dem Mann zu reden. Am liebsten hätte Marka laut geschrien, aber der Fremde schien die Worte zu verstehen. Er antwortete in derselben Art. Als sie gerade fragen wollte, um was es ging, brachte Ebañy sie mit einer Geste zum Schweigen.

»Es tut mir leid, meine Liebe, ich habe meine Höflichkeit vollkommen vergessen.« Ebañy legte ihr eine Hand auf den Arm. »Wir haben einen Gast, einen Fremden in unserem Lager.«

»Genau.« Sie sah die Gelegenheit zur Flucht und nutzte sie. »Wir werden jetzt erst einmal frühstücken. Ich kümmere mich darum.«

»Nichts für mich«, warf Evandar ein. »Ich esse nicht unbedingt.«

Darauf schien es keine angemessene Antwort zu geben. Marka eilte davon und rief ihren Töchtern zu, sie sollten ihr bei den Vorbereitungen helfen.

Im Zelt bot Salamander seinem Gast Kissen an, und sie setzten sich einander gegenüber auf einen blau-grünen Teppich. Kwinto, dunkel und anmutig mit den schmalen Händen und der zierlichen Gestalt seines Vaters, setzte sich im Schneidersitz in die Nähe. Als Salamander in seine Richtung schaute, stellte er fest, daß der Junge sehr beherrscht und konzentriert dreinschaute.

»Habe ich dir je von den Wächtern erzählt?« fragte Salamander.

Kwinto schüttelte den Kopf.

»Es ist ein Volk von Geistern, wie die Elementargeister, aber viel entwickelter und mächtiger. Dieser Bursche, der hier sitzt, dieser Mann ist nur eine Illusion.«

»Also bitte, ein wenig mehr bin ich schon«, protestierte Evandar. »Ich weiß selbst nicht, wie ich es mache, aber es genügt.« Er griff nach einem Seidentuch, wedelte damit herum und warf es dann Kwinto zu. »Illusionen haben keine Hände, die etwas berühren können.«

Kwinto lächelte kurz, dann senkte er den Kopf und betrachtete den Schal, als könne er alle Geheimnisse des Universums aus dieser hellgoldenen Seide lesen. Marka und die Mädchen kamen herein, stellten Teller mit Brot und Obst, Becher und einen Krug mit verdünntem Wein ab. Als sie wieder nach draußen gehen wollten, hielt Salamander Marka zurück, ließ die Mädchen aber gehen.

»Komm, setz dich zu mir, Liebste«, sagte er. »Ich glaube, diese Neuigkeiten betreffen dich ebenfalls.«

»Wo ist Zandro?« fragte Marka. »Ich sollte nachsehen ...«

»Terrenz hat ihn.« Das war Kwinto mit seiner brechenden

Jungenstimme. »Sie sind hinten rausgegangen, als wir hereinkamen.«

»Laß ihn, Liebste«, sagte Salamander. »Setz dich.«

Als er ihr ein Kissen zuschob, ließ sie sich nieder. Eine lange Weile schwiegen alle unbehaglich, während Evandar sie und Kwinto betrachtete, aber keiner wollte ihn ansehen. Salamander goß sich einen Becher Wasser ein.

»Ich sollte dir sagen, wieso ich hier bin«, meinte Evandar schließlich. »Dein Vater macht sich Sorgen um dich. Er möchte, daß du nach Hause kommst.«

»Ich lebe hier.«

»Und es scheint ein sehr geschäftiges Leben zu sein.« Evandar sah sich im Zelt um. »Und erfolgreich. Deine Zelte sind sehr viel üppiger als die deines Vaters.«

»Bardek ist ein reicheres Land als das Westland.«

»Ja, aber dein Vater wird alt. Er möchte dich verzweifelt gern sehen. Er macht sich auch Sorgen, weil du so weit von ihm entfernt bist. Und nun sehe ich, daß er Enkel hat, und er weiß es nicht einmal.«

Bei diesem Satz gab Marka ein leises, wimmerndes Geräusch von sich, das sie schnell wieder unterdrückte.

»Wenn er stirbt, ohne dich noch einmal gesehen zu haben …«, setzte Marka an, sagte dann aber nichts mehr.

»Und da ist noch dein Bruder.« Evandar beugte sich vor und lächelte Kwinto an, um seinen Vorteil auszunutzen. »Wußtest du, daß du einen Onkel hast, Junge? Im weit entfernten Deverry? Er heißt Rhodry Maelwaedd. Er ist ein großer Krieger, einer von der Art, über die die Dichter Lieder schreiben.«

Kwinto riß die Augen auf. Salamander hob die Hand, um Fragen des Jungen abzuwehren.

»Die Sorge meines Vaters«, sagte Salamander und hörte die Bitterkeit in seiner eigenen Stimme, »die Sorge meines Vaters kommt ein wenig spät. Als ich noch zu Hause und mit ihm zusammen unterwegs war, empfand er nur Verachtung für mich.«

Seine Worte nahmen dem Zelt und den Menschen darin alle Farbe. Er sah sie grau und starr werden, wie kleine Zeichnungen, die ein Schreiber am Rand einer Rolle anfertigt. Der Wind hob die Zeltklappe, und Devaberiel kam herein und baute sich, die Daumen in den Gürtel gehakt, vor seinem Sohn auf. Salamander kam auf die Beine.

»Was machst du hier?« wollte er wissen. »Evandar sagte gerade, du wärest in Deverry.«

Sein Vater ignorierte die Frage und sah sich mit einem schiefen Grinsen im Zelt um. Devaberiel war auf seine elfische Art ein gutaussehender Mann, mit mondbleichem Haar, hochgewachsen und mit den Bewegungen eines Kriegers.

»Du könntest zumindest mit mir reden!« Salamander ging einen Schritt auf ihn zu.

Devaberiel gähnte vollkommen unbeeindruckt.

»Verflucht sollst du sein!«

»O bitte.« Marka erhob sich auf die Knie und packte den Saum seines Hemdes. »Ebañy, hör auf! Da ist niemand.«

Sie hatte recht. Sein Vater war verschwunden. Nein – er war nie wirklich dagewesen, oder? Salamander wandte sich Marka zu und sah, daß sie weinte. Er wußte nicht, was er sagen sollte, überhaupt nicht, aber dann setzte er sich neben sie und streckte die Hand aus. Sie nahm sie in beide Hände, während ihr die Tränen weiter über die Wangen liefen. Gleich einer Windbö stob das Wildvolk ins Zelt und baute sich um die Gruppe herum auf wie Trauergäste. Bin ich gestorben? dachte er.

Bei dem Gedanken spürte er, wie sich sein Bewußtsein erhob und aus seinem Körper löste. Obwohl das Licht bläulich und trüb wurde, konnte er sehen, wie sein Körper zusammensackte und vorwärts fiel und dabei Teller und Becher umwarf.

Er sah auch, daß er nun eine seltsame, flammenartige Form bewohnte, die mit diesem Körper durch eine Silberschnur verbunden war. Marka schlug sich die Hände vor den Mund, um einen Schrei zu unterdrücken. Kwinto sprang auf. Evandar erhob sich langsam.

»Folge der Schnur«, sagte er. »Folge der Schnur wieder zurück.«

Mit einem Schwindelgefühl, als stürzte er, spürte Salamander, wie er so fest wieder in seinen Körper krachte, daß er laut aufstöhnte. Er lag auf dem Rücken zwischen Geschirr und Essen und starrte zur Zeltspitze hinauf, die sich offenbar langsam drehte.

»Es ist schrecklich«, sagte Evandar. »Was ist mit ihm los?«

»Er hat den Verstand verloren«, sagte Marka. »Es hat sich schon lange angedeutet, aber nun ... nun hat es ihn erwischt.«

Salamander sah zu, wie das Zelt sich drehte, und versuchte nachzudenken. Er konnte Marka und Evandar sprechen hören, aber ihre Worte ergaben keinen Sinn. Hatte er tatsächlich den Verstand verloren? Waren die Wunder, die er gesehen hatte, Zeichen des Wahnsinns und nichts weiter?

»Es ist der Fluch«, flüsterte er. »Als Jill uns verließ, hat sie mich verflucht. Soweit kann ich mich erinnern.«

Evandar sank neben ihm aufs Knie und griff nach seiner Hand.

»Versuche, dich zu erinnern. Warum sollte Jill ...«

»Ich weiß es nicht. Es hatte etwas mit Dweomer zu tun.«

Das Zelt hörte nicht auf, sich um ihn herum zu bewegen, und er sank in Dunkelheit.

Mit Kwintos Hilfe brachte Marka Ebañy ins Bett, dann ließ sie den Jungen im Zelt, um auf seinen Vater aufzupassen, und folgte Evandar nach draußen. Sonne und Luft waren ihr nie so gesund, der Wind nie so sauber vorgekommen. Zusammen gingen sie zum Rand des Lagers und standen im Schatten der rauschenden Bäume. Weit hinter ihnen zischte und rauschte der Ozean auf den Felsen.

»Guter Mann«, sagte Marka. »Ihr scheint viel über diese seltsamen Dinge zu wissen. Hat Jill meinen Mann wirklich verflucht?«

»Kaum.« Evandar lachte kurz auf. »Außerdem ist sie tot.«

Marka spürte, wie ihr das Blut in die Wangen raste. Ihr fiel keine Entschuldigung ein, die wirklich gezählt hätte.

»Es tut mir sehr leid, Euren Mann in diesem Zustand zu sehen«, sagte Evandar nach einem Augenblick. »Ich werde etwas unternehmen müssen.«

»Könnt Ihr ihm helfen? Oh, wenn Ihr das nur könntet, ich würde – nun, ich weiß nicht, wie ich es Euch bezahlen würde, aber wir haben Geld.«

»Still! Ich will kein Geld. Ich habe seinem Vater etwas versprochen, und ich will dieses Versprechen halten. Ich kann Euren Mann nicht heilen, nein. Aber ich kenne vielleicht jemanden, der das kann.«

Marka weinte vor Erleichterung.

»Es wird allerdings nicht leicht sein«, fuhr Evandar fort. »Diese Person ist weit weg, im Heimatland Eures Mannes. Im Königreich Deverry. Wißt Ihr davon?«

»Nur ein wenig. Es ist angeblich ein schrecklicher Ort, wo alle Barbaren sind, und alle Männer tragen Schwerter und betrinken sich und schlagen einander in Stücke.«

»Das ist ein wenig übertrieben.« Evandar grinste. »Aber wie dem auch sei, Deverry ist schrecklich weit weg, auf der anderen Seite eines gewaltigen Meeres. Ich bin nicht sicher, wie wir dorthin gelangen sollen, oder ob sie – die Person, an die ich denke – ihn wirklich heilen kann.«

Die Hoffnung sank, und Marka war erschöpft. Sie rieb sich mit beiden Händen die Wangen und versuchte nachzudenken.

»Es tut mir leid«, sagte Evandar. »Ich wünschte, ich könnte Euch Gewißheit geben. Aber gebt nicht auf! Wenn die Person, an die ich denke, nicht helfen kann, gibt es vielleicht andere.«

»Wenn nur irgend jemand etwas tun könnte – ich habe solche Angst.«

»Das glaube ich Euch. Nun, ich werde gehen und sehen, was sich tun läßt.«

Evandar verbeugte sich vor ihr, dann drehte er sich um und marschierte auf die Klippen zu. Er warf noch einmal einen Blick zurück.

»Kümmert Euch um mein Pferd, ja?« rief er. »Ich werde es nicht mehr brauchen.«

Er machte zwei Schritte mehr, dann setzte er einen Fuß in die Luft, als wäre sie so fest wie eine Treppe, ging einen Schritt weiter hinauf und verschwand.

TEIL EINS

DEVERRY

Winter 1117

Könige in ihrer Arroganz verkünden: »Wir sind dazu geboren, jedes Land zu beherrschen, das wir erobern können.« Ich sage euch: Im Universum gibt es Länder, von denen ihr euch nicht einmal träumen laßt, und Völker, die ihr nie erobern werdet. Vergeßt nie, daß ihr selbst kurzsichtig seid und das Universum gewaltig ist.

(Aus dem Geheimbuch Cadwallons des Druiden)

In Dun Cengarn, oben im Norden von Deverry, lag der Schnee dick auf Feldern und Dächern. Die träge Sonne blieb jeden Tag ein wenig länger über dem Horizont, aber es schien immer noch so, als würde es schon dunkel, wenn die Diener das Mittagsmahl gerade erst abgeräumt hatten. An diesen kalten Tagen fand das Leben der Festung in der großen Halle statt. Diener, Adlige, die Männer des Kriegshaufens, die Hunde – alle drängten sich um eine der riesigen Feuerstellen. An den kältesten Tagen, wenn der Wind um die Türme der Festung heulte und an den Toren und Türen rüttelte, blieben alle so lange wie möglich im Bett und krochen zurück unter ihre Decken, sobald sie konnten.

Abends kuschelten sich Dallandra und Rhodry oben in ihrem Turmzimmer unter sämtliche Decken, die sie besaßen. Sie schliefen angezogen, um es wärmer zu haben, und auch sie blieben lange im Bett.

»Du bist viel angenehmer als ein paar Hunde«, sagte sie eines Morgens. »Und auch wärmer.«

»Ich bin glücklich, daß ich Euch erfreuen kann, meine Dame.« Rhodry gähnte. »Tatsächlich dachte ich gerade dasselbe über dich. Und außerdem hast du keine Flöhe.«

Sie lachte und küßte ihn, legte dann den Kopf an seine Brust und zog sich die Decke bis an die Ohren.

»Schneit es draußen?« fragte Rhodry. »Durch diese Ledervorhänge kann ich das nicht sehen.«

»Woher soll ich das wissen? Der Dweomer läßt einen nicht durch Steinwände schauen.«

»Das ist verflucht schade. Ich habe keine Lust, aufzustehen und nachzusehen. Ich ...« Er hielt inne und lauschte. »Jemand ist an der Tür.«

Dallandra steckte den Kopf unter der Decke vor. Tatsächlich konnte sie jemand auf dem Treppenabsatz draußen hören, der hin und wieder seufzte, als fürchtete er sich zu klopfen.

»Wer ist da?« rief sie.

»Jahdo, Herrin.« Die Stimme des Jungen klang verweint. »Ich frage mich, ob Ihr oder mein Herr etwas braucht.«

»Komm herein, Junge. Ich habe das Gefühl, daß du derjenige bist, der ein wenig Gesellschaft brauchen könnte.«

Jahdo, fest in einen Umhang gewickelt, öffnete die Tür und schlüpfte herein, dann blieb er stehen und rieb sich mit dem Handrücken die Augen.

»Setz dich aufs Bett«, sagte Dallandra. »Es ist genug Platz für dich unter den Decken.«

Jahdo tat, was man ihm gesagt hatte, setzte sich im Schneidersitz hin, mit dem Umhang über dem Rücken und den Dekken über den Beinen. Dallandra konnte die Tränenspuren auf seinen schmutzigen Wangen sehen.

»Was ist denn los?« fragte sie.

»Ich bin so traurig, Herrin, meine Mutter fehlt mir so und mein Vater und meine Schwester und mein Bruder und alle unsere Wiesel.« Jahdo hielt inne und schluckte. »Ich sehne mich so nach daheim.«

»Ich verstehe. Mir fehlt meine Heimat auch, und ich vermisse Evandar«, sagte Dallandra. »Du tust mir sehr leid, aber bald schon wird es Frühling sein, und dann reiten wir zusammen nach Westen.«

»Das hoffe ich.«

»Ach, komm schon, Junge«, sagte Rhodry. »Ich habe es dir doch versprochen, nicht wahr?«

»Ja. Aber das hat Jill auch, und dann ...« Seine Stimme brach. »Und dann ist sie gestorben.«

»Das stimmt, aber ich bin zu dumm und böse und häßlich, um zu sterben.« Rhodry setzte sich auf und grinste. »Zumindest solange es keinen Krieg gibt, um ehrlich zu sein, scheint meine Lady Tod meine Werbung auch dann abzuweisen. Wenn Arzosah zurück nach Cerr Cawnen kommt, machen wir uns auf den Weg. Sie kennt das Wetter und die Jahreszeiten besser als jeder Weise oder Barde.«

Jahdo nickte und dachte über das nach, was man ihm gesagt hatte. Insgeheim fragte sich Dallandra, ob sie den Drachen je wiedersehen würden. Drachen waren nicht gerade für ihre Treue bekannt.

»Es wird nicht mehr lange dauern bis zum Frühling«, sagte sie zu dem Jungen. »Der kürzeste Tag ist bereits vorüber.«

»Ich weiß, Herrin. Und ich könnte wahrscheinlich auch besser warten, wenn ich mir nicht solche Sorgen um meine Familie machen würde. Meine Mutter ist im Winter oft krank, und meine Schwester war alt genug, um zu heiraten, und ich weiß nicht einmal, welchen Mann sie ihr ausgesucht haben.« Jahdo hielt inne und holte tief Luft. »Ah, Herrin, ich habe mich etwas gefragt, wißt Ihr.«

»Du meinst, ob ich deine Familie vielleicht in einer Vision sehen könnte?«

»Genau.« Er warf ihr einen flehentlichen Blick zu.

»Jahdo, es tut mir so leid, aber das geht nicht. Ich kann nur jemanden sehen, dem ich schon einmal wirklich gegenübergestanden habe.«

»Oh.« Er zwang die Tränen zurück. »Warum?«

»So funktioniert der Dweomer eben. Ich weiß nicht genau warum. Es tut mir leid. Es muß schwer für dich sein, deine Verwandten zu vermissen und nicht erfahren zu können, wie es ihnen geht.«

»Das stimmt. Evandar kommt und geht zumindest, und Ihr seht ihn hin und wieder.« Jahdo hielt inne, um sich mit einem schmutzigen Handrücken die Augen zu wischen. »Es war mir so kalt, als ich heute früh aufgewacht bin, und da mußte ich daran denken, wie warm es zu Hause ist.«

»Ach, komm schon!« sagte Dallandra lachend. »Cerr Cawnen liegt ein ganzes Stück weiter im Norden als diese Stadt hier. Es muß noch kälter sein!«

»Ach, Ihr wißt nichts von dem See! Unser See ist warm, Herrin, sogar im Winter. Mein Vater hat mir einmal gesagt, daß tief im See Quellen liegen, wo Wasser vom Feuerberg heraufdringt, und das ist so heiß wie Badewasser oder sogar noch heißer.«

»Ein Feuerberg?« fragte Rhodry. »Liegt Eure Stadt nahe einem Feuerberg?«

»Zu nahe, behaupten manche. Ich meine, wir sitzen nicht im Schatten des Berges, aber wir sind nahe dran. Einer unserer Götter lebt dort. Solange wir ihn ehren und ihm Opfer bringen, tut er uns nichts.«

Dallandra hatte ihren Zweifel, aber es hatte wenig Sinn, den Jungen noch mehr zu beunruhigen, wenn sie ohnehin nichts unternehmen konnte.

»Aha«, sagte sie statt dessen. »Eure Stadt steht also am Ufer eines warmen Sees?«

»Am Ufer und im See, Herrin. Ihr werdet es sehen, das hoffe ich doch. Aber ich würde wirklich nicht so frieren, wenn ich meine Verwandten hier hätte. Rori, was ist mit Euren Verwandten? Ich habe Euch nie von ihnen sprechen hören, nicht ein einziges Mal.«

»Wahrscheinlich wirst du das auch nie«, sagte Rhodry. »Ich habe keine Ahnung, ob sie noch auf der Erde weilen oder darunter, und es ist mir auch gleich.«

Jahdo starrte ihn verblüfft an.

»Ein Silberdolch kann sich keine warme Feuerstelle leisten«, fuhr Rhodry fort. »Denk an Yraen, der für mich der beste Freund war, und Ihr Götter, ich weiß nicht einmal, wo er begraben ist! Nach einer Weile, mein Junge, lernt man, sein Herz so fest zu verschließen wie ein Geizhals seinen Geldkasten.«

»Das mag sein«, sagte Jahdo. »Aber ich könnte nie ein Silberdolch sein.«

»Gut«, sagte Rhodry lächelnd. »Dann bist du ein glücklicher Mensch. Obwohl es tatsächlich einen Verwandten gibt, an den ich manchmal denke, und das ist mein Bruder Salamander, wie er in diesem Land heißt.« Er warf Dallandra einen Blick zu. »Hast du ihn je kennengelernt? Im Land unserer Väter heißt er Ebañy Salomanderiel tran Devaberiel.«

»Nein«, erwiderte Dallandra. »Obwohl Jill mir viel von ihm erzählt hat. Er hat sie offenbar unglaublich geärgert.«

»Manchen Leuten ging es so mit ihm. Was ist denn, Jahdo? Du siehst aus, als hättest du gerade eines von Evandars Rätseln gehört.«

»Das ist der längste Name, den ich im Leben gehört habe«, sagte Jahdo. »Wie könnt Ihr ihn Euch nur merken?«

»Übung.« Rhodry kam plötzlich ein Gedanke. »Stehen wir

auf, ja? Ich bin hungrig genug, um einen Wolf samt Pelz zu verschlingen.«

»Ich auch«, sagte Dallandra. »Und wo wir gerade von Evandar reden, ich habe letzte Nacht von ihm geträumt, und ich habe etwas zu tun.«

Da die Anwesenheit von Eisen ihm Schmerz verursachte und es in der Festung eine Unmenge von diesem Zeug gab, hatte Evandar es sich angewöhnt, Dallandra in den Torlanden des Schlafs aufzusuchen. Dort verabredeten sie, sich irgendwo zu treffen, wo es das Dämonenmetall, wie Evandar es nannte, nicht gab. Am kurzen Nachmittag, als die Luft zwar nicht warm, aber zumindest weniger kalt war, wickelte Dallandra sich in einen dicken Umhang und trabte durch die Stadt zum Markthügel. Auf seinem Gipfel lag der Gemeindeanger, hoch verschneit und überzogen mit Asche und Ruß von den Feuern der Häuser. Ein paar Kinder spielten, ihre jungen Stimmen schrill wie der Wind, als sie unter der Rußkruste nach sauberem Schnee gruben. Dallandra unterdrückte das Bedürfnis, selbst ein paar Schneebälle zu werfen, und ging zu einem kleinen Hain, wo Evandar im gestreiften Schatten der kahlen Zweige wartete, in seinen blauen Umhang gehüllt.

»Da bist du ja, meine Liebste«, sagte er.

»Ja«, erwiderte Dallandra. »Aber was ist so dringend?«

»Rhodrys Bruder. Ebañy, wie man ihn in Bardek nennt.«

»Wie seltsam! Wir sprachen gerade von ihm, Rhodry und ich.«

»Überhaupt nicht seltsam. Ihr spürt seine Nähe, meine Liebe, durch den Nebel der Zukunft.«

»Seine Nähe?«

»Danach wollte ich dich fragen. Weißt du, er hat den Verstand verloren, und ich habe nicht die geringste Ahnung, was ich dagegen tun soll.«

»Ah. Und du denkst, ich weiß es.«

»Etwa nicht?«

Dallandra dachte nach.

»Vielleicht«, sagte sie schließlich. »Ich erinnere mich an einige der Dinge, die Jill mir von ihm erzählt hat. Er hatte große Begabung für den Dweomer, das sagte sie zumindest. Er hatte viele Jahre studiert, sich dann aber einfach davon abgewandt.«

»Kann das jemanden um den Verstand bringen?«

»Allerdings. Man kann, nachdem man einen bestimmten Punkt erreicht hat, nicht einfach mit den Studien aufhören.«

Evandar rieb sich das Kinn. »Was ist das bloß für eine Welt, in der du lebst, meine Liebste. Alles scheint hier so elend unwiderruflich.«

»Nicht unbedingt.« Dallandra lachte leise. »Er hätte sicherlich den Dweomer hinter sich lassen können, wenn er denn wollte. Aber er hätte zu seiner Lehrerin zurückkehren und sie um ihre Hilfe bitten müssen. Wie soll ich das erklären ... laß mich nachdenken ... nun, ich kann es wirklich nicht, aber es gibt Rituale, die Dinge angemessen beenden und die bestimmte Prozesse aufhalten, die das Studium des Dweomer in Bewegung gesetzt hat.«

Evandar blinzelte mehrmals.

»Nun gut«, fuhr Dallandra fort. »Es ist nicht wirklich wichtig. Ich nehme an, du willst, daß ich Ebañy für dich heile.«

»Nicht unbedingt für mich, aber um seiner selbst und um seines Vaters Willen. Ich habe Devaberiel versprochen, seinen Sohn nach Hause zu bringen. Also habe ich in Bardek nach ihm gesucht und ihn in diesem Zustand gefunden. Seine Frau ist unglücklich darüber.«

»Also hat er eine Frau.«

»Und Kinder. Tatsächlich sogar ziemlich viele Kinder. Ich hatte nicht die Gelegenheit, sie zu zählen.«

»Nun, du kannst ihn nicht einfach seiner Familie entreißen.«

»Hier ist ein Wunder für dich: Das ist mir ganz von allein klargeworden.« Evandar lächelte und beugte sich vor, um sie zu küssen. »Also dachte ich, ich bringe sie alle nach Deverry.«

»Wohin?« Dallandra packte ihn an den Schultern und schob ihn von sich weg. »Und wann? Es gibt in der Festung nicht genug zu essen für die, die schon hier sind. Du mußt bis zu ersten Ernte warten – vielleicht bis zum Frühsommer.«

»Siehst du? Es ist wichtig, daß ich mit dir gesprochen habe. Besonders, da es da auch noch die kleine Angelegenheit seiner Gauklertruppe gibt.«

»Gauklertruppe?«

»Sein ältester Sohn jongliert. Seine älteste Tochter und sein jüngerer Sohn tanzen auf dem Seil.« Evandar hob die Hand und begann, an seinen Fingern zu zählen. »Dann hat er Freunde, die Jongleure und Akrobaten sind. Eine ganze Menge von ihnen. Ein paar Mädchen, ehemalige Sklavinnen, die mit Tüchern tanzen. Diener. Leute, die sich um die Pferde kümmern, und selbstverständlich die Pferde selbst und die Wagen, und dann gibt es noch ...«

»Das genügt schon.«

»Und dann«, fuhr Evandar unaufhaltsam fort, »gibt es da noch den Elefanten.«

Dallandra starrte ihn an.

»Ein Elefant, meine Liebste«, sagte Evandar grinsend, »ist ein riesiges Tier. Nicht ganz so groß wie ein Drache, aber groß genug. Er hat dicke, graue Haut, große Ohren und eine lange Nase, die wie eine Hand funktioniert. Er kann damit Dinge aufheben.«

»Diese Nase ist mir egal. Du kannst ihn nicht herbringen.«

»Darauf bin ich auch schon gekommen.« Grinsend fuhr er

fort. »Also meine Liebe, wohin soll ich sie denn sonst bringen?«

»Ich habe nicht die geringste Ahnung. Laß mich darüber nachdenken.« Dallandra hielt inne und stieß einen Seufzer aus, der mehr wie ein Knurren klang. »Ich beginne zu verstehen, wieso allein die Erwähnung von Salamander Jill wütend machte.«

»Tatsächlich? Salamander behauptet, Jill hätte ihn bei ihrem Abschied verflucht, aber das kann ich wirklich nicht von ihr glauben.«

»Ich auch nicht. Merkwürdig! Ich werde Rhodry fragen, was er davon hält.«

»Sei so nett.« Evandar starrte stirnrunzelnd in den schmutzigen Schnee. »Und jetzt sollte ich gehen. Ich habe dieser Tage viel zu tun, und einige dieser Angelegenheiten haben sich in meinem Kopf vollkommen miteinander verknäult.«

Von Cengarn aus nahm Evandar die Mutter aller Straßen. Es schien ihm, als ginge er auf dem Nordwind wie auf einem langen, grauen Pfad am Himmel. Wenn er zwischen den Welten reiste, hörte er hin und wieder Wortfetzen und Teile von Gesprächen. Manchmal hatte er auch kurze Visionen, als schaute er durch Fenster in die Zukunft wie in einen riesigen dunklen Raum. Heute allerdings mieden ihn die Vorzeichen. Die Stille machte ihn unruhig. Immer wieder hielt er inne und lauschte, aber alles, was er hörte, war das Pfeifen der Luft und alles, was er sah, waren Wolken.

Als er die Nordwindstraße verließ, fand er sich am Rand des Waldes, der die Grenze seines eigenen Landes bildete. Statt diese Grenze zu überqueren, wandte er sich nach rechts und fand einen Weg, der zu ein paar verstreuten Felsen führte. Als er dort entlang ging, wurde es kühler. Plötzlich wurde der Himmel grau und Schnee fiel. Es sah aus, als ginge er hügelabwärts. Unter ihm glitzerte Loc Vaed im Licht des Sonnenuntergangs, ein grünes Juwel im Schnee. Evandar machte einen weiteren Schritt und fand sich auf dem Gipfel der Zitadelle, zwischen den vom Wind gebogenen Bäumen auf dem höchsten Punkt von Cerr Cawnen, einer Stadt, die in Kreisen angelegt war. In der Mitte erhob sich der felsige Gipfel der Zitadelleninsel. Ringsum erstreckte sich der blaugrüne See, gespeist von heißen Quellen und daher selbst mitten im Winter eisfrei. Am Rand des Sees, auf Holzpfählen im Wasser und an Land, standen die Häuser der eigentlichen Stadt, umgeben von einem riesigen Kreis von Steinmauern, auf denen die Stadtmiliz die geschlossenen Tore bewachte. Im Sommer zuvor hatte Cerr Cawnen eine Warnung erhalten, daß wilde Pferdevolksstämme aus dem hohen Norden auf dem Weg waren, und solche Warnungen ignorierte man lieber nicht.

Tatsächlich lebte mitten in der Stadt, die unwissend dahindöste, ein Mensch, der für das Pferdevolk spionierte. Etwa zwanzig Fuß unterhalb von Evandar, an der Ostseite des Zitadellengipfels, klaffte eine Tunnelöffnung zwischen umgestürzten Steinen und eingestürzten Mauern. Sie führte zu einem alten Tempel, eingestürzt und halb begraben von einem lange vergangenen Erdbeben. Evandar setzte dazu an weiterzugehen, aber er entdeckte die Spionin – sie hieß Raena –, die den Weg von der Stadt hinaufkam. Er trat zurück unter die Bäume, um ihr auszuweichen. Obwohl sie auf eine etwas fleischige Art jung und hübsch war, ging sie vornübergebeugt wie eine alte Frau, als sie sich in ihrem langen Umhang den Abhang hinaufkämpfte. An der Tunnelöffnung hielt sie inne, um sich das dunkle Haar aus dem Gesicht zu streichen, und Evandar konnte sehen, wie bleich sie war und daß sie Ringe wie blaue Flecke unter den Augen hatte. Sehr wahrscheinlich benutzte Shaetano sie als Brennstoff für seine Feuer, selbst wenn sie glaubte, daß sie ihn benutzte, um ihren Pferdevolkherren zu dienen.

Raena stieg tiefer in den Tunnel hinein. Evandar wartete einige Zeit, dann verwandelte er sich in einen großen, schwarzen Hund. Seine Krallen klackten auf den Steinen, als er ihr in den Tunnel folgte. Nach ein paar Schritten wurde es dunkel genug, daß er vollkommen verborgen war. Durch den großen Riß in der Mauer, der den Eingang zum Tempelraum bildete, konnte er den silbernen Schimmer von Raenas Dweomerlicht sehen. Er blieb an einer Seite des schmalen Eingangs stehen und lauschte, den Kopf schiefgelegt, die Ohren gespitzt, die lange Zunge hängend. Zunächst hörte er nichts außer Raenas Stimme, die eine eintönige Melodie rezitierte, dann fiel Shaetano ein, im Dialekt des Rhiddaer.

»Was wünschst du von mir, meine Priesterin?«

»Ich bete dich an, Herr des Chaos, Gewaltiger, und flehe um Wissen.«

Evandar knurrte, dann nahm er wieder seine übliche Elfengestalt an.

»All mein Wissen soll dir gehören«, sagte Shaetano gerade. »Was willst du erfahren?«

»Ein Rätsel brennt in meinem Herzen. Wo ist sie nun, meine Alshandra? Warum ist sie nie wieder zu mir zurückgekehrt? Warum hat sie, meine wahre Göttin, mich verlassen – sie, die ich vor allen anderen Göttern angebetet habe?«

»Oh, dies ist eine sehr verborgene und geheime Angelegenheit, weit, weit über all das hinaus, was du die Welt nennen würdest, und von unaussprechlicher Erlauchtheit.«

Evandar betrat den Raum. Ganz in Schwarz gekleidet, einen Arm in dramatischer Geste erhoben, stand Shaetano vor einer knienden Raena.

»Du könntest es auch klarer ausdrücken«, meinte Evandar. »Wie soll die arme Frau solchen Unsinn verstehen?«

Raena schrie auf. Shaetanos Gestalt bebte, als wäre er kurz davor, auf eine Mutterstraße zu treten und zu verschwinden, dann wurde sie wieder fest. Evandar wandte sich Raena mit einem Seufzen zu.

»Sie war nie eine Göttin, Frau!« erklärte Evandar, »und jetzt ist sie tot. Du bist dabeigewesen, du hast sie sterben sehen.«

»Ich habe nichts von dieser Art gesehen!« Raena kam ungeschickt auf die Beine. »Sie ist nur in ihr eigenes Land zurückgekehrt. Und sie ist eine Göttin: Das weiß ich tief in meinem Herzen, du stinkender Ketzer! Und sie lebt. Ich weiß, daß sie immer noch lebt. Wer bist du, daß Lügen wie Maden von deinen Lippen fallen?«

»Ich bin der Herr der Harmonie«, sagte Evandar zu ihr. »Und dein Herr des Chaos da ist mein Bruder. Fliehe von hier! Laß uns allein!«

Raena zögerte. Evandar hob die Hand und beschwor das blaue ätherische Feuer herbei, ließ es über seine Fingerspitzen zucken. Raena quiekte, dann drängte sie sich an ihm vorbei und zwängte sich durch den Eingang. Er konnte ihre Schritte hören, als sie den Tunnel entlangrannte. Als er sich wieder umdrehte, hatte sich Shaetano lässig an die Mauer gelehnt, die Arme über die Brust verschränkt. In dem zuckenden Silberlicht sah er sehr nach einem Fuchs in Menschenkleidung aus. Rötliches Haar wuchs ihm im Gesicht, seine Ohren standen spitz oben auf seinem Kopf. Seine Nase glänzte schwarz. Nur seine Augen waren Elfenaugen, ein wirbelndes Gold und Grün.

»Du wirst deinem Avatar immer ähnlicher, Bruder«, sagte Evandar.

Shaetano fluchte. Einen Augenblick lang bebte sein Abbild. Als es wieder fest wurde, waren die Ohren zu den Seiten seines Kopfes gewandert, und seine Haut war glatt, nur von der Mitte seines Schädels sproß rotes Haar. Seine glänzende, schwarze Nase allerdings schien auf ewig eine Fuchsnase bleiben zu wollen und zuckte ein wenig in der kalten, feuchten Luft.

»Das ist schon besser«, meinte Evandar. »Ich möchte mit dir reden. Obwohl es mich überraschen würde, wenn du bliebest und tatsächlich zuhören würdest.«

»Du kannst mich nicht töten. Erinnerst du dich nicht, wie du das gesagt hast, an jenem Tag auf der Schlachtenebene? Daß du und ich verbunden sind? Du bist die Kerzenflamme und ich der Schatten, den sie wirft? Nun, älterer Bruder«, Shaetano hielt inne und lächelte, »wenn du mich tötest, wer weiß, was aus dir wird?«

»Woher weißt du das? Ich habe mit Dallandra gesprochen, und du warst lange weg.«

»Ich habe meine Methoden.« Er bog die Finger einer Hand, die mehr eine Tatze war, und lächelte seine schwarzen Klauen an. »Und meine Verbündeten.«

»Ich verstehe. Dein kleiner Rabe hat selbst damals schon spioniert. Also gut. Ich habe es gesagt. Du bist ein guter Schüler.«

»Und warst du nicht der beste aller Lehrer?« Wieder dieses selbstzufriedene Lächeln. »Also rede. Was willst du jetzt von mir? Ich werde lauschen, obwohl ich dir vielleicht keine Antwort gebe.«

Evandar unterdrückte den Impuls, ihn an Ort und Stelle zu erwürgen, selbst wenn sein eigener Hals zuckte.

»Ich werde dich fragen«, sagte Evandar laut. »Was hast du mit dieser Frau vor, dich als Gott auszugeben und ihren Kopf mit diesen aufgeblasenen Wörtern zu füllen?«

»Was ich mit ihr vorhabe? Sie ist dankbar. Sie bettelt mich um Wissen an.«

»Hat sie dich auch angebettelt, den jungen Demet zu töten, den Sohn des Webers?«

Shaetano verzog das Gesicht und senkte den Blick.

»Das wollte ich nicht. Wirklich nicht! Er kam hier hereingestürzt, das Schwert in der Hand und in einem Kettenhemd aus Eisen. Es brannte wie Feuer. Ich habe davon halb den Verstand verloren.«

»Und was hast du getan?«

»Ich wollte ihn nur verscheuchen.« Shaetanos Stimme brach und bebte. »Ich habe ihn geschubst, und das Eisen stach mich, also habe ich ihn gegen die Wand geschleudert.« Er blickte auf, und seine Augen glitzerten grün im silbernen Zauberlicht. »Ich weiß nicht, wie fest. Sein Kopf ist gegen den Stein gestoßen.«

»Warum hat man dann nicht gesehen, daß sein Schädel eingeschlagen war?«

Shaetano, ertappt bei seiner Lüge, fletschte die Zähne und riß beide Hände hoch. Evandar verschränkte die Arme über der Brust und sah ihn einfach nur an. Einen Augenblick später senkte Shaetano wieder den Blick.

»Ich weiß nicht, wie ich ihn getötet habe. Ich habe etwas getan, habe mit den Händen gefuchtelt wegen des stinkenden Eisens. Und Zorn löste sich, und irgendwie ist sein Leben – es wurde vergossen.«

»Wie sah dieser Zorn aus?«

»Überhaupt nicht. Ich meine, es war nichts, was man sehen konnte. Aber er schrie und wich zurück und ... und starb.«

»Du weißt wirklich nicht, was ihn getötet hat?«

»Nein.« Shaetano blickte, auf und plötzlich fletschte er wieder die Zähne. »Und was bedeutet es dir schon?«

»Seine junge Witwe tut mir leid. Die kleine Niffa. Sie beweint ihn immer noch jeden Tag.«

Shaetano starrte ihn an, den Mund halb geöffnet. Weiße Reißzähne schimmerten.

»Was soll das, jüngerer Bruder?« sagte Evandar mit einem Grinsen. »Ich sehe, daß das Wort Trauer dir nichts bedeutet.

Ich erzähle dir jetzt etwas Interessantes. Ich weiß nun viele Dinge, die du nicht kennst. Ich lerne jeden Tag mehr, und eines Tages werde ich wissen, wie ich dich loswerden kann.«

Mit einem letzten Zähnefletschen verschwand Shaetano. Evandar stand im leeren Tempel und lachte.

Ratsherr Verrarc saß an einem Tisch in seinem Wohnzimmer, als Raena nach Hause kam. Der Sohn eines Kaufmanns hatte lesen gelernt, aber Bücher, mit denen er üben konnte, gab es nur wenige in Cerr Cawnen, außer Handelsverträgen und Gesetzestexten. Er las immer noch langsam, sprach dabei manchmal die Worte laut aus und hielt häufig inne, um Begriffe auf seiner Wörterliste nachzusehen. So war er froh, die Schriftrolle beiseite legen zu können, als Raena schaudernd in ihrem dicken, grünen Umhang hereingeeilt kam. Ohne ein Wort ging sie zur Feuerstelle und wärmte ihre Hände am flackernden Feuer.

»Was ist denn, meine Süße?« fragte er.

»Nichts.« Raena legte umständlich den Umhang ab.

»Du bist ganz bleich und zitterst!«

»Es ist kalt draußen, Verro.«

»Nicht *so* kalt.«

Raena warf ihr langes, schwarzes Haar zurück und drehte ihm den Rücken zu. Sie hängte den Umhang auf einen Haken an der Wand, dann ging sie zum Tisch, um sich seine Arbeit anzusehen.

»Was sind diese krakeligen Dinger?« fragte sie.

»Wörter.« Er hielt inne und lächelte sie an. »Hier, schau! Um sie zu lesen, fängt man rechts oben an und liest geradeaus weiter. Und am Ende der Zeile geht man nach unten und liest in der anderen Richtung weiter.«

»Aha.« Sie nickte, als hätte sie verstanden, aber er wußte, daß sie nicht lesen konnte. »Und was steht in dieser Rolle?«

»Das werde ich dir nicht sagen, ehe du mir nicht sagst, wo du so lange gewesen bist.«

»Ach, sei nicht so gemein, Verro!«

Verrarc schob den Stuhl zurück und stand auf.

»Rae, es ist Zeit, daß wir miteinander reden. Ich habe genug von diesen Geheimnissen. Du kommst und gehst, wann du willst, und du sagst mir nie, wo du gewesen bist.«

»Ach, du glaubst doch nicht, daß ich einen anderen Mann habe?« Raena lachte unbeschwert. »Ich schwöre dir, mein Liebster, daß das nicht stimmt.«

»Ich glaube dir, aber deine Geheimnisse beunruhigen mich immer noch. Ich frage mich einfach, wo du immer hingehst.«

Raena dachte einen Augenblick lang nach, dann zuckte sie mit den Achseln.

»Zum Tempel in den Ruinen«, sagte sie. »Ich gehe dorthin und beschwöre den Herrn des Chaos herauf.«

»Also doch. Den Fuchsgeist.«

»Er ist mehr als das. Er weiß vieles, was ich wissen möchte.«

Als Verrarc keine Antwort gab, setzte sich Raena auf einen gepolsterten Stuhl vor dem Feuer.

»Nun«, sagte sie, »und was ist mit deiner Hälfte unseres kleinen Abkommens? Was liest du da?«

»Ein Buch über Hexen.«

Bei diesen Worten fuhr sie herum. Lächelnd rollte er die Schriftrolle wieder zusammen und band sie zu.

»Worum geht es da?« fragte Raena schließlich.

»Sag mir, was du von deinem Herren des Chaos wissen willst, und ich werde dir erzählen, um was es geht.«

»Ich bin überhaupt nicht neugierig.« Sie drehte sich wieder weg und starrte ins Feuer.

Mit einem Seufzen, das beinahe ein Fauchen war, setzte sich Verrarc auf den gegenüberliegenden Stuhl. Eine Weile war im Raum nur das Tosen und Knistern des Feuers zu hören.

»Bald, mein Liebster.« Raena hatte ganz abrupt zu sprechen begonnen. »Bald, das verspreche ich dir, wirst du das Geheimnis erfahren, das ich so sorgfältig hüte. Es wird wunderbar, das verspreche ich dir, und es wird dir kein Schaden sein. Aber es gibt noch eine letzte Sache, die ich nicht weiß, und es ist wirklich wichtig, daß ich sie erfahre, bevor ich dir etwas verrate.«

»Also gut. Aber ich werde dich daran erinnern, Rae, daß du es mir bald verraten wolltest.«

»Gut. Sag mir eins, wenn du kannst – was bedeutet dieses Wort: ›Erlauchtheit‹ hieß es, glaube ich?«

»Ich habe nicht die geringste Ahnung.«

»Das habe ich befürchtet. Wenn du es nicht weißt, bezweifle ich, daß jemand sonst in dieser Stadt es wissen wird. Das ist lästig, aber nicht weiter schlimm.« Sie bedachte ihn mit einem Lächeln, das ihn mehr erwärmte als das Feuer. »Es wäre ein guter Tag, um früh ins Bett zu gehen, Liebster.«

»Eine gute Idee!« Verrarc stand auf, griff nach ihrer Hand und zog sie in seine Arme. Sie küßte ihn, küßte ihn abermals und kicherte wie ein junges Mädchen, als sie sich ihm entzog. Als er ihr folgte, stieß er gegen den kleinen Tisch, und die Schriftrolle fiel zu Boden. Mit einem leisen Fluch hob er sie auf und wischte ein wenig Ruß ab.

»Ist sie wertvoll?« fragte Raena.

»Ja. Ich habe sie im vergangenen Sommer gekauft. Leider fehlen Anfang und Ende. Ich nehme an, sie wurde vor einiger Zeit zerrissen, aber der Mann, dem sie gehörte, hat hart um sie gefeilscht.«

»Hast du sie in einem Grenzdorf gefunden?«

»Nein, im Zwergenland. Es geht darin um Vorzeichen, die man mit Hilfe der Erde lesen kann.«

Raena warf den Kopf in den Nacken und wich hastig einen Schritt zurück. Verrarc legte die Rolle auf den Tisch.

»Was ist denn?« fragte er.

»Ach nichts, nichts.« Aber sie legte eine Hand an die Kehle, und sie war ein wenig blaß geworden. »Ich hatte vergessen, daß du mit dem Bergvolk Handel treibst.«

»Jeden Sommer.« Verrarc griff nach ihrer Hand und zog sie näher an sich. »Du siehst verängstigt aus.«

»Unsinn!« Raena lachte, aber es klang ein wenig gezwungen. »Komm, mein Liebster, küß mich.«

Diesem Befehl kam er nur zu gerne nach, aber später, als er Zeit hatte nachzudenken, fragte er sich, warum der Gedanke, daß er mit dem Bergvolk zu tun hatte, sie so erschreckt hatte. Gab es dort etwas, von dem sie nicht wollte, daß er es herausfand? Oder war es möglich, daß sie in der Zeit, wo sie verschwunden war, dort Schutz gesucht hatte? Wieder ihre Geheimnisse, ihre verfluchten Geheimnisse!

Sein Leben lang hatte sich Verrarc für Magie und Hexen interessiert. In seiner Erinnerung schien er immer gewußt zu haben, daß solche Dinge existierten, obwohl es eigentlich keine Möglichkeit gegeben haben konnte, daß er direkt davon erfuhr. Als Kind hatte er auf dem Marktplatz gern die alten Geschichten und die alten Lieder gehört, in denen es um Zauberei und die geheimen Kräfte der Hexen ging. Als älterer Junge war er mit seinem Vater ins Zwergenland gereist und hatte in den kleinen Dörfern der Menschen an der Grenze dieses Landes mehr erfahren. Hier und da hatte er Fragen gestellt, und als er erwachsen geworden war, hatte man ihm ein paar vorsichtige Antworten gegeben.

Die Bewohner des eigentlichen Zwergenlandes behaupteten, nichts von solchen Dingen zu wissen, aber die Leute in den Grenzdörfern hatten immer die eine oder andere unheimliche Geschichte parat. Irgendwann hatte sich Verrarcs Hartnäckigkeit als erfolgreich erwiesen. Bei einer seiner Reisen hatte ein Halbblut ihm ein ledergebundenes Buch angeboten, geschrieben in der Sprache der Sklavenhalter. Es war alt, sehr alt, das hatte der Händler zumindest behauptet. Es sei in der Zeit, als die Sklavenhalter zum ersten Mal das westliche Land besetzten, von einem Priester namens Cadwallon verfaßt worden. Der Preis war hoch, die Schrift verblaßt und schwer zu lesen – aber er hatte die verlangten Edelsteine ohne Zögern bezahlt.

Zusammen hatten er und Raena dieses Buch gelesen. Er hatte laut vorgelesen. Dann hatten sie darüber nachgedacht, bis sie die Zeilen halbwegs verstanden hatten. Sie hatte beide eine gewisse Begabung zur Hexenkunst, wie Leute im Rhiddaer den Dweomer nannten, und zusammen hatten sie ein paar Kunststücke und einiges darüber hinaus gelernt. Die Ehe, die ihre Eltern für Raena organisiert hatten, hatte sie unterbrochen, für eine Weile zumindest.

Unter dem Vorwand, ihren Mann, den obersten Sprecher des kleinen Städtchens Penli, zu besuchen, war Verrarc oft bei Raena vorbeigekommen und hatte viel Zeit mit ihr über ihren Studien verbracht. Bis an einem trägen Sommernachmittag ihre alte Liebesaffäre wieder aufflackerte. Raenas Mann hatte die Wahrheit entdeckt und sie aus dem Haus geworfen, und sie war zwei Jahre lang aus dem Rhiddaer verschwunden.

Wo war sie gewesen? Verrarc hatte keine Ahnung. Sie hatte es ihm nie gesagt. Hin und wieder tauchte sie plötzlich aus dem Nichts auf, wie an diesem Morgen, als sie dem kleinen Jahdo begegnet waren. Sie machte ein paar Andeutungen über seltsame Götter und noch seltsamere Magie, und dann verschwand sie wieder. Zweifellos hatte sie mehr über Hexerei gelernt, als er für möglich gehalten hatte. Aber sie weigerte sich, dieses Wissen mit ihm zu teilen.

Mitten in der Nacht erwachte Verrarc und bemerkte, daß Raena verschwunden war. An der Feuerstelle brannte eine

Kerze in einer verbeulten Blechlaterne. Er lag wach im Bett und beobachtete die von der Kerze an die Decke geworfenen Schatten. Er nahm an, sie sei wieder zurück zum Tempel gegangen und habe die Kerze für ihre Rückkehr brennen lassen. Wahrscheinlich würde sie den Rest der Nacht wegbleiben. Aber so sehr er es auch versuchte, er konnte nicht mehr einschlafen. Wieder versuchte er sich einzureden, daß er sich nur Sorgen machte, doch in Wirklichkeit war er rasend eifersüchtig.

Verrarc stand auf und zog sich an. Er entzündete eine frische Kerze und steckte sie in die Laterne. Was trieb Raena da mit diesem Herrn des Chaos? Wenn er nicht wirklich ein Gott war – und Verrarc neigte dazu, dem Herren der Harmonie in dieser Sache zu glauben – dann war er ein mächtiger Geist, und jeder wußte, daß Geister sich gelegentlich für Frauen aus Fleisch und Blut begeistern konnten. Der Gedanke bewirkte, daß Verrarc die Fäuste ballte. Er packte die Laterne und verließ das Haus durch die Hintertür.

Draußen lag die Winternacht feucht vor ihm. Einer seiner Wachhunde erhob sich im Zwinger, aber Verrarc flüsterte: »Braver Hund. Grauer, braver Hund«, und das große Tier legte sich wieder nieder. Er entriegelte das Tor, verließ den Hof und ging dann hügelaufwärts. Im Laternenlicht suchte er sich den Weg über schneeglatte Pflastersteine, bis er den Pfad erreichte, der zur Tempelruine führte, direkt oberhalb seines Anwesens an der Ostseite der Zitadelle. Als der Weg gerader wurde, kam er an ein paar hohen Felsblöcken vorbei. Sollte Raena den Tunnel gerade verlassen und sein Licht sehen, würde sie vor Wut toben, weil er sie verfolgte. Sollte sie doch! Er ging weiter.

Am Eingang zum Tunnel zögerte er. Er konnte zwar nichts hören, aber er sah einen schwachen, silbrigen Schimmer am anderen Ende. Sie war tatsächlich mit Hexerei beschäftigt, und wieder versuchte sie, das vor ihm zu verbergen. Leise fluchend zwängte er sich durch den schmalen Eingang. Auf dem festgestampften Boden riefen seine Lederstiefel kein Geräusch hervor. Langsam schlich Verrarc auf den silbernen Schein zu, der aus dem Eingang der inneren Kammer fiel. Er dachte zwar daran, die Kerze auszublasen, aber er würde dann keine Möglichkeit haben, sie wieder zu entzünden. Also stellte er sie ab und schlich weiter, bis er um den Eingang zur Kammer spähen konnte.

Raena kniete trotz der Kälte nackt auf dem Boden und starrte in eine Pfütze aus Silberlicht, die wie Wasser aus der Steinmauer zu tropfen schien. Plötzlich warf sie den Kopf zurück und begann in einer Sprache zu rezitieren, die er nicht kannte. Sie hob die Arme und schwankte vor- und rückwärts, während ihre Stimme schluchzte, knurrte, jaulte. Trotz der Kälte schwitzte sie. Er konnte ihr Gesicht im silbernen Licht glänzen sehen. Ihr schwarzes Haar hing in dicken, feuchten Strähnen wie Schlangen über ihren Rücken. Er konnte ihre Worte zwar nicht verstehen, erkannte aber den Tonfall. Sie flehte jemanden oder etwas an. Hin und wieder schien sie den Tränen nahe wie bei einem Trauergesang.

Das silberne Schimmern erfüllte die Ecken der Kammer mit dunklen Schatten, und wenn ein schwankender Körper das Licht blockierte, schwankte und flackerte ihr Schatten an der Wand. Aus dem Augenwinkel sah Verrarc Geschöpfe im Dunkeln stehen, kleine Geschöpfe, halb Mensch, halb Tier, verschwommen und schwach, als wären sie selbst nur Schatten. Eines kam nahe genug, daß er es klar erkennen konnte: Es hatte den Körper einer faltigen, alten Frau, nur Knochen und schlaffe Haut, und den Kopf eines sabbernden Hundes. Es kniete sich neben Raenas abgelegter Kleidung hin und betastete den Saum ihres Umhangs, während es die schluchzende Raena beobachtete. Unwillkürlich schauderte Verrarc angewidert. Das Geschöpf blickte auf, entdeckte ihn und verschwand. Raena, in ihrem Gesang versunken, bemerkte beides nicht.

Langsam und beinahe lautlos verließ Verrarc die Ruine. Die Luft draußen hatte nie so süß geschmeckt, trotz der beißenden Kälte. Er hatte kurz davor gestanden, sich zu übergeben, als er Raena beobachtete, wie sie ihre Geister anflehte. Eine Weile blieb er bei den Felsen stehen und schaute auf den Nebel hinab, der aus dem warmen See aufstieg. *Warum warte ich auf sie?* fragte er sich. Sie würde schon nach Hause finden. Er zuckte mit den Schultern und ging weiter. Als er zum Haus zurückkehrte, war er müde genug, um sich wieder ins Bett zu legen. Diesmal schlief er bis zum Morgen.

Als er erwachte, lag Raena neben ihm, zusammengerollt auf ihrer Seite und atmete gleichmäßig. Ein grauer Schimmer rings um die Fensterläden kündete die Morgendämmerung an. Raena lächelte im Schlaf, ein Lächeln, das von Geheimnissen zeugte. Er verließ das Bett, ohne sie zu wecken, und als sie kurze Zeit später zum Frühstück kam, sagte er nichts über die vergangene Nacht.

In Grün gekleidet setzte sie sich ihm gegenüber an den kleinen Tisch am Feuer. Eine Weile aßen sie ihren Haferbrei schweigend.

»Liebster?« fragte Raena schließlich. »Mußt du heute nachmittag in Ratsangelegenheiten in die Stadt gehen?«

»Nein, es sei denn, der oberste Sprecher schickt einen Boten.«

»Das freut mich.«

»Ach ja? Warum?«

Sie zuckte mit den Achseln, aß ein paar Löffel mehr und legte dann den Löffel in die Schale.

»Ich möchte gern in die Stadt gehen, das ist alles«, sagte Raena. »Und ich gehe ungern allein. Die Leute starren mich an, und ich weiß, daß sie hinter meinem Rücken über mich tuscheln.«

»Sie sollen verflucht sein! Bald, Rae, das verspreche ich dir, wirst du meine Frau sein, und niemand wird es mehr wagen, ein Wort zu sagen.«

»Aber bis dahin ...«

»Du hast recht. Es würde mir guttun, mal aus dem Haus zu kommen. Wir gehen spazieren.«

Loc Vaed dampfte in der Winterluft. Von der Zitadelle aus gesehen war die Stadt am Ufer in weißen Nebel gehüllt. Verrarc und Raena wickelten sich fest in ihre Winterumhänge und gingen langsam nebeneinander über die schlüpfrigen Pflastersteine. Im jungen Tageslicht waren auch andere unterwegs, überwiegend Diener der wichtigen und wohlhabenden Leute, die auf der Zitadelleninsel wohnten. Einige eilten mit Eimern voller Wasser vorbei, die sie aus dem öffentlichen Brunnen gegenüber der Versammlungshalle geschöpft hatten. Andere waren unten in der Stadt gewesen, nach ihren Marktkörben und Bündeln zu urteilen.

Etwa auf der Hälfte ihres Spaziergangs begegneten sie dem obersten Sprecher Admi, der in einem scharlachrot gestreiften Umhang einherging, der ganz ähnlich dem Verrarcs war – ein Zeichen ihres Amtes als Stadträte. Admi nickte Raena freundlich genug zu, aber als er sprach, wandte er sich nur an Verrarc.

»Einen guten Morgen, Ratsherr«, sagte Admi. »Ich habe heute früh Glück, dir zu begegnen.«

»Tatsächlich?« sagte Verrarc. »Wenn du mir sprechen willst, bist du in meinem Haus jederzeit willkommen.«

»Ich danke dir, aber ein Wort wird genügen. Ich habe gestern mit zwei Bürgern gesprochen, und sie sind immer noch beunruhigt über den Tod des jungen Demet. Ich frage mich, ob du in der Angelegenheit etwas Neues herausgefunden hast?«

»Noch nicht, um ehrlich zu sein.« Nervös leckte Verrarc sich die Lippen. »Ich habe mich ausführlich mit Feldwebel Gart und den Männern unterhalten, die in jener Nacht auf Wache waren. Häufig bin ich in die Ruinen zurückgekehrt, wo er getötet wurde, aber ich habe keine Spur gefunden, die uns zu dem Mörder führen würde. Die Männer behaupten, Demet hätte auf der ganzen Welt keinen Feind gehabt, und schon gar nicht in dieser Stadt. Ich frage mich, ob die Leute nicht recht haben, wenn sie von bösen Geistern tuscheln.«

Admi schauderte und zog seinen Umhang fester um seinen gewaltigen Bauch. Dennoch, Verrarc war sich wohl bewußt, wie Admi ihn hinter dieser kleinen Geste der Angst forschend betrachtete. Verrarc wandte den Blick ab, aber er vermied es, Raena anzusehen.

»Morgen«, sagte Admi schließlich, »sollten wir den Rat einberufen. Was hältst du davon?«

»Ah, ich werde bis dahin nicht bereit sein. Übermorgen?«

»Also gut. Wenn die Sonne am höchsten steht. Wir sollten uns alle fünf mit dieser Angelegenheit beschäftigen und sehen, wie wir am besten damit fertig werden können.«

»Einverstanden. Soll ich die Runde machen und den anderen Bescheid sagen?«

»Oh, ich bin ohnehin unterwegs, und es stört mich nicht, bei ihnen vorbeizugehen.« Admi tätschelte seinen Bauch. »Meine Frau sagt, ich werde zu dick, also schickt sie mich hinaus in die Kälte wie ein Pferd auf die Weide, damit ich ein wenig davon weg trabe.«

Admi lachte, aber Verrarc konnte sich der Heiterkeit nicht anschließen. Raena bedachte die beiden mit einem Blick, der nichts verriet. Admi nickte ihr abermals lächelnd zu.

»Dann verabschiede ich mich von euch beiden«, sagte er.

Einen Augenblick sahen sie ihm nach, wie er über den Platz watschelte und sich vorsichtig über die glatten Pflastersteine bewegte. Er bog zu dem schmalen Pfad ab, der zur Westseite der Zitadelle führte, wo der Tempel der hiesigen Götter und die Hütte von Werda, der Geistersprecherin der Stadt, dicht nebeneinander standen.

»Fluch über ihn!« fauchte Raena. »Wird niemand in dieser stinkenden Stadt auch je nur meinen Namen aussprechen?«

»Er hat dich immerhin gegrüßt. Vor ein paar Wochen hätte er nicht einmal das getan. Hab Geduld, meine Liebe.«

Raena warf den Kopf so zornig zurück, daß die Kapuze ihres Umhangs herunterfiel. Leise fluchend zog sie sie wieder hoch.

»Geduld!« fauchte sie. »Das kann ich inzwischen wirklich nicht mehr hören.«

»Zweifellos, und ich kann es dir nicht übelnehmen. Ich habe mit einigen Frauen aus der Stadt gesprochen und sie gebeten, sich für uns bei der Geistersprecherin einzusetzen. Wenn sie unsere Heirat segnen würde ...«

Raena riß den Kopf herum und spuckte aufs Pflaster. Zwei Diener, die gerade vorbeikamen, hielten inne, und Verrarc konnte erkennen, wie sie angewidert das Gesicht verzogen.

»Sollen wir nach Hause gehen?« Verrarc griff Raenas Arm.

»Lieber nicht!« Sie riß sich los und ging rasch davon, aber nach ein paar Schritten wäre sie beinahe gestolpert. Mit einem weiteren Fluch wurde sie langsamer, und Verrarc holte sie wieder ein. Als er ihren Arm berührte, drehte sie sich um und lächelte ihn plötzlich an.

»Es tut mir leid, mein Lieber«, sagte sie. »Es tut mir nur weh, daß deine Mitbürger mich mit solcher Verachtung betrachten, das ist alles.«

»Es tut mir ebenso weh wie dir.«

Sie gingen weiter, vorbei am Versammlungshaus, das auf der Seite des Platzes gegenüber dem Tempel stand. Am Brunnen blieb Verrarc stehen. In ihren abgewetzten Umhang gehüllt, war Dera dort damit beschäftigt, einen Eimer Wasser heraufzuziehen. Er hatte gehört, daß sie sich gerade erst von einer schweren Erkältung erholt hatte. Ihr Gesicht kam ihm schmaler vor als je zuvor, umrahmt von Strähnen grauen Haares.

»Warte!« rief Verrarc. »Laß mich das machen.«

Er eilte hinüber und überließ es Raena, ihm zu folgen. Er nahm den Griff des schweren Eimers in beide Hände. Dera ließ mit einem dankbaren Seufzer los. Ihr Gesicht war nicht nur schmal, sondern auch bleich und durchzogen von tiefen Falten.

»Du wirst so etwas nicht tragen, wenn ich in der Nähe bin«, sagte Verrarc lächelnd. »Ich weiß, daß Kyle auf Wache ist, aber dein Mann oder deine Tochter hätten das doch sicher holen können.«

»Lael stellt in den Kornspeichern Fallen auf.« Deras Stimme war heiser und trocken. »Und Niffa? Das arme Ding ist ganz versunken in ihre Trauer. Manchmal bleibt sie den ganzen Tag im Bett und weint die ganze Nacht.«

»O je!« Verrarc schüttelte den Kopf und seufzte. »Das ist wirklich traurig ... und sie ist noch so jung.«

»Guten Morgen, Raena! Ein kleiner Spaziergang?«

»Ja.« Raena hatte Verrarc eingeholt. »Guten Morgen, Dera.« Sie lächelte beinahe strahlend. »Es freut mich, daß du wieder auf den Beinen bist.«

»Danke«, erwiderte Dera. »Aber ich sollte lieber nicht draußen in der Kälte bleiben.«

»Das solltest du wirklich nicht«, erwiderte Verrarc. »Ich trage diesen Eimer für dich runter.«

»Dann mache ich mich auf den Heimweg.« Raena sah ihn an. »Diese Winterluft schneidet wie Eis. Aber dürfte ich dieser Tage vorbeikommen und deine Tochter besuchen, Dera? Vielleicht kann ich sie ja aufheitern.«

»Ja, das wäre sehr freundlich!«

Dera lächelte, Raena lächelte, aber Verrarc fragte sich plötzlich, ob Raena dem Mädchen wohl etwas antun würde. Seine Angst beschämte ihn. Es schien ein so seltsamer Gedanke, als wäre er ihm von einem anderen Menschen oder vielleicht sogar von einem Geist eingegeben worden. Er trug den Wassereimer den gewundenen Pfad entlang zu Deras Wohnung hinter den öffentlichen Getreidespeichern und brachte ihn hinein, dann eilte er nach Hause zurück. Inzwischen hing die Sonne dicht über dem Horizont, und die Winternacht dräute.

Als er ins Zimmer kam, saß Raena auf ihrem Stuhl neben dem flackernden Feuer. Er hängte seinen Umhang an den Haken neben ihren und setzte sich zu ihr, um dankbar die Hände zur Wärme auszustrecken.

»Dera ist wirklich ein anständiger Mensch«, sagte Raena.

»Ja«, erwiderte Verrarc, »und ich verlasse mich darauf, daß du nicht vergißt, wie sehr ich sie und die ihren achte. Füge ihnen keinen Schaden zu, Rae. Das meine ich sehr ernst.«

»Selbstverständlich nicht. Was glaubst du, was ich tun würde?«

»Ich habe mich nur gefragt, wieso du dich so für Niffa interessierst, sonst nichts.«

Sie betrachteten einander, und abermals spürte Verrarc, wie sein alter Verdacht wieder aufkeimte. Hatte Raena Niffas Mann umgebracht? Sie war damit beschäftigt gewesen, ihren elenden Herren des Chaos in den Ruinen anzubeten, als Demet dort getötet wurde. Sei nicht dumm, sagte er sich. Wäre sie denn in der Lage gewesen, einem solch kräftigen jungen Mann etwas anzutun? Aber dieser Herr des Chaos – ihm hätte Verrarc einen Mord durchaus zugetraut.

»Ach komm schon, Verro«, Raena senkte die Stimme. »Erinnerst du dich an das Vorzeichen, das ich gesehen habe – daß

Niffa zur Hexerei begabt ist? Es wäre doch schön, wenn sie bei unseren Studien mitarbeiten könnte.«

»Ah, das ist wahr.«

Aber die Angst kehrte aus ihrem Versteck zurück, irgendwo tief in seinem Geist unterhalb seiner Vernunft. Er hatte das Gefühl, als erinnerte er sich an etwas, was sie getan hatte, um dieses Mißtrauen zu verdienen, aber wie sehr er sich auch anstrengte, die Erinnerung entzog sich seinem Bewußtsein.

Eine Schüssel getrockneter Äpfel in Honig war eine großzügige Gabe im Winter, wenn Lebensmittel knapp waren, aber Niffa hätte sie Raena am liebsten aus den Händen geschlagen. Dera allerdings lächelte, als sie sie von ihrem Gast entgegennahm. Sie stellte die Schale auf den Tisch, dann beugte sie die Knie zu einem ungelenken Knicks.

»Das ist so großzügig von dir, Raena«, sagte Dera. »Es wird meinem armen Hals guttun.«

Wenn es dich nicht vergiftet, dachte Niffa. Sie hätte am liebsten nach der Schüssel gegriffen und sie auf den Boden geworfen. Ihre Hände zitterten regelrecht danach. Sie verschränkte sie fest auf dem Rücken und fragte sich, wieso sie nur glaubte, daß Verrarcs Frau ihnen schaden wollte, wo sie doch mit absoluter Sicherheit wußte, daß der Ratsherr nie jemandem erlauben würde, Dera etwas anzutun.

»Mein armes Kind!« sagte Raena. »Du bist so blaß. Setz dich lieber hin, schön dicht an die Feuerstelle.«

Es gelang Niffa, etwas Freundliches zu murmeln, und sie setzte sich auf den Boden, womit sie der Besucherin den einzigen Stuhl und ihrer Mutter die Bank überließ. Raena setzte sich und schob ihren Umhang zurück, aber sie ließ ihn über den Schultern, um die Kälte fernzuhalten. An ihrem Hals hing ein silbern gefaßtes Duftamulett. Sie hob es an die Nase und holte tief Luft.

»Es tut mir leid«, sagte Dera. »Die Frettchen riechen im Winter stark. Es ist zu kalt, als daß wir es wagen könnten, sie ordentlich zu waschen.«

»Oh, ich wollte nicht unhöflich sein.« Raena klang ein wenig schwach. Wieder hob sie das Riechfläschchen.

»Es ist freundlich von dir, daß du Leute wie uns besuchst«, sagte Dera. »Es ist so lange her, daß jemand uns etwas so Lekkeres vorbeigebracht hat.«

»Das tue ich nur zu gern. Verrarc sagte, der Honig würde deinem Hals bestimmt guttun.«

Siehst du? sagte Niffa sich selbst, wenn Verrarc es geschickt hat, dann muß es harmlos sein.

»Das kann sein«, sagte Dera. »Die Kräuterfrau hat das auch vorgeschlagen, aber mein Mann konnte keinen Honig in der Stadt finden, weder zum Tauschen noch für Geld.«

»Ah, dann ist es ja gut, daß wir noch welchen hatten.« Raena bedachte Niffa mit einem traurigen Blick, der vermutlich mitleidig sein sollte. »Es ist schade, daß es kein Kraut gibt, das dir deine Trauer nimmt.« Niffa erhob sich und starrte sie dabei an. Abrupt wandte Raena den Blick ab.

»Nun ja«, fuhr Raena fort. »Ich wollte keine offenen Wunden berühren.«

»Ich bin nur ausgesprochen überrascht ...«, Niffa spürte, wie ihre Stimme zu einem Fauchen wurde, »...daß ausgerechnet du so etwas sagst.«

Raena wurde totenbleich und wich zurück.

»Also wirklich!« zischte Dera. »Denk an deine Manieren!«

Niffa drehte sich um und rannte ins andere Zimmer. Sie warf die Tür fest hinter sich zu und lehnte sich dagegen. Ihre Schultern bebten. Sie konnte die erstaunte Stimme ihrer Mutter hören, und dann Raena, die sich verängstigt verabschiedete. Einen Augenblick später klopfte Dera an die Tür.

»Niffa! Komm sofort da raus!«

Das tat Niffa. Ihre Mutter stand ihr gegenüber, die Arme vor der Brust verschränkt.

»Ich habe meine Kinder nicht dazu erzogen, sich wie wilde Wiesel zu benehmen!« sagte Dera. »Was hast du damit gemeint ...«

»Sie war da, als mein Demet starb, und ich wette, daß sie ihn selbst getötet hat. Ich bin so sicher, wie ich nur sein kann, und hier sitzt sie, die schmutzige Mörderin, unverschämt in unserem eigenen Haus!«

Dera starrte sie mit offenem Mund an.

»Ich habe es in einer Vision gesehen«, fuhr Niffa fort. »In der Nacht, als er getötet wurde, und ich habe *sie* gesehen, wie sie lachte und sich freute, als er tot dalag. Denk doch nach, Mutter! Warum sonst weigert sich Verrarc, den Mord richtig zu untersuchen? Kyle ist auch meiner Ansicht. Frag ihn doch, wenn du mir nicht glaubst!«

Mit einem tiefen Seufzer setzte sich Dera auf die Bank am Feuer.

»Deine Visionen waren immer wahr«, sagte sie, »aber ...«

»Aber was?«

»Das ist eine zu schwere Anklage, um sich nur auf eine Vision zu verlassen, Mädchen. Ich glaube wirklich, daß du gesehen hast, was du gesehen hast. Ich würde dich nie eine Lügnerin nennen. Aber ich frage mich, ob du die Wahrheit gesehen hast oder nur einen Teil davon. Du hast doch niemandem außer Kyle davon erzählt?«

»Nein. Ich habe Angst, Mutter. Was, wenn die Leute mich für die Art von Hexe halten, die sich mit bösen Dingen abgibt? Würden sie mich nicht aus der Stadt treiben, hinaus in den Schnee?«

»Das würde ich auch befürchten.« Dera blieb lange Zeit sitzen und starrte schweigend ins Feuer. »Ihr Götter! Nun, wenn Kyle vor deinem Vater nach Hause kommt, werde ich ihn danach fragen. Sag nichts zu deinem Vater, Mädchen, bevor ich mit ihm gesprochen habe.«

»Nein. Aber du hast diese Raena gesehen? Sie ist bleich wie Milch geworden, oder? Es war die Schuld, die ihr das Blut aus dem Gesicht weichen ließ.«

»Wenn das stimmt, dann hast du etwas sehr Gefährliches getan.«

Niffa spürte, wie ihr kalt wurde. Sie setzte sich neben ihre Mutter und streckte die zitternden Hände zum Feuer hin.

»Ja«, sagte Niffa. »Ich wünschte, ich hätte vorher daran gedacht, aber die Worte wollten mir einfach nicht im Mund bleiben.«

»Nun, Raena wird uns kaum etwas tun können, ob deine Anklage nun richtig oder falsch ist.« Dera drehte sich um und sah die Schale mit den Honigäpfeln an. »Ich habe wirklich geglaubt, daß sie es gut gemeint hat.«

»Wahrscheinlich ist es ungefährlich, sie zu essen, da Verro sie geschickt hat«, sagte Niffa. »Aber ich würde nichts anfassen, was das Miststück uns von jetzt an schickt.«

»Still! Du solltest niemanden so beschimpfen! Wir wissen noch nicht, ob Raena schuldig ist. Und bis wir das wissen, laß uns nicht schlecht von ihr oder anderen sprechen.«

Niffa nickte zustimmend, aber es war Heuchelei. Sie hatte schon als Kind erfahren, daß es sinnlos war, sich gegen das gnadenlose Bedürfnis ihrer Mutter zu wenden, von allen nur das Beste zu denken

Verrarc rätselte gerade an einem Abschnitt in seiner Dweomerrolle herum, als Raena hereingestürmt kam und hinter sich die Tür zuwarf. Sie riß sich den Umhang ab, sank auf den Stuhl am Feuer und schlug die Hände vors Gesicht. Eine lange Zeit saß sie nur da und zitterte.

»Was ist denn?« sagte Verrarc schließlich. »Liebste ...«

»Das Mädchen.« Raena ließ die Hände in den Schoß sinken und wandte ihm ihr kreidebleiches Gesicht zu. »Niffa. Sie hat so gut wie gesagt, daß ich ihren Mann umgebracht habe.«

»Wie? Wie konnte sie ...«

»Ich weiß es nicht! Aber sie hat es mir deutlich gemacht, und sie war voller Haß. Sie hat mir ganz klar gezeigt, daß sie glaubt, daß es meine Schuld war.«

Verrarc zögerte. Ihr Leben lang hatte Raena dazu geneigt, die Wahrheit auszuschmücken, um sie so aufregend wie möglich darzustellen, aber er konnte ihre Angst nicht leugnen. Er stand auf und ging ein paar Schritte auf sie zu.

»Hör zu, Rae. Die Zeit der Wahrheit ist gekommen. Ich kann nicht dafür sorgen, daß du in Sicherheit bist, wenn ich die Wahrheit nicht kenne.«

Sie lehnte sich zurück und blickte zu ihm auf. Ihre Lippen zitterten.

»Und, hast du ihn getötet?« fragte Verrarc. »Du hast starke Kräfte, Rae, und ich kenne ihre Grenzen nicht. Hast du Demet getötet?«

»Niemals!« Tränen glitzerten in ihren Augen. »Das schwöre ich dir, Verro. Ich würde nie so etwas tun.«

»Wer war es dann? Dein Herr des Chaos?«

»Ja.« Raena setzte dazu an aufzustehen, aber sie zitterte zu sehr. »Demet kam hereingestürzt. Das silberne Licht war so intensiv, daß ich ihn nicht sah oder hörte, bis er vor uns stand. Und der Herr des Chaos – ich weiß nicht, was er getan hat. Aber der Junge schrie auf und brach tot zusammen.«

Verrarc bemerkte, daß er den Atem angehalten hatte, und atmete in einem tiefen Seufzer aus. Raena hob die Hand, als fürchtete sie, daß er sie schlagen würde. Sie hatte Schweißperlen auf der Oberlippe und der Stirn.

»Ich glaube dir«, sagte Verrarc. »Aber verstehst du, was das bedeutet? Dein Herr des Chaos? Er ist kein Gott, Rae, sondern ein böser Geist. Es wäre das Beste, wenn du ihn nicht wieder rufen würdest.«

»Ich muß! Das verstehst du nicht! Ich muß wissen, was ...«, sie hielt inne und geriet ins Stottern, »was er über eine bestimmte Sache weiß.«

»Rae! Diese verfluchten Geheimnisse!«

Sie stöhnte und warf den Kopf erst zurück, dann ließ sie ihn nach vorn sacken. Einen Augenblick lang starrte er sie an, dann begriff er, daß sie ohnmächtig geworden war. Er rannte zu der Tür, die in den hinteren Teil des Hauses führte, und rief nach seinem Diener.

»Harl! Komm her! Hilf mir!«

Verrarc lief zurück zu Raena, die zusammengesackt im Sessel saß. Er kniete sich neben sie und nahm ihre kalte Hand zwischen seine Hände. Plötzlich riß sie den Kopf hoch und schien sich umzusehen.

»Rae?« flüsterte er.

Sie drehte den Kopf in seine Richtung, aber ihre Augen – er hatte sie nie so ausdruckslos und tot gesehen. Es schien ihm, als wäre ihre Seele geflohen, aber der Körper lebte noch, bewegte sich und atmete wie ein geistloses Tier.

»Herr!« Der junge Harl kam ins Zimmer gestürzt. »Was ist – ihr Götter!«

Beim Klang der Stimme wandte Raena dem jungen Mann den Kopf zu, aber ihre Augen blieben weiter so ausdrucklos wie zuvor. Ihr Mund öffnete sich, und sie begann Geräusche auszustoßen, erst ein Stottern, dann ein gurgelndes, häßliches Knurren in der Kehle, das nichtsdestoweniger die Melodie von Worten hatte. Harl keuchte und wich zurück.

»Lauf und hol die Kräuterfrau«, fauchte Verrarc. »Ich kümmere mich um sie.«

Harl nickte und stürzte davon. Verrarc drückte Raenas Hand fest.

»Rae, Rae«, flüsterte er. »Komm zurück!«

Ihr Kopf sackte mit einem langen, feuchten Seufzer nach hinten. Verrarc stand auf, hob sie hoch und legte ihren Kopf an seine Schulter. Sie war einmal eine kräftige junge Frau gewesen, aber jetzt – er war schockiert, wie leicht sie war. Ohne große Schwierigkeiten trug er sie ins Schlafzimmer und legte sie aufs Bett. In der kleinen Feuerstelle lagen Holz und Zündspäne bereit. Verrarc eilte zurück ins Wohnzimmer und griff nach einem Holzspan.

»Herr?« Die alte Korla kam hereingeschlurft. »Hat Harl den Verstand verloren? Er kam durch die Küche gerannt und schwatzte etwas von bösen Geistern.«

»Nein, er ist noch bei Verstand.« Verrarc hörte, wie seine Stimme zitterte. »Hat er Gwira geholt, wie ich ihm aufgetragen habe?«

»Ja.«

»Gut. Raena liegt in unserem Schlafzimmer. Kümmere dich um sie, während ich das Feuer anzünde.«

Als Verrarc wieder ins Schlafzimmer kam, sah er, daß Korla eine Decke über Raena gebreitet hatte, die reglos dalag und mit weit aufgerissenen Augen zur Decke starrte. Einen schrecklichen Augenblick lang glaubte er, sie sei tot, aber sie ächzte und reckte sich. Er kniete sich vor die Feuerstelle und berührte mit dem brennenden Span die Zündspäne und blies auf die zögernd flackernden Flammen, die ihrerseits langsam die größeren Scheite entzündeten.

»Nun, Korla?« Verrarc stand auf und ging zum Bett. »Was sonst außer bösen Geistern könnte das sein?«

»Die Götter mögen uns schützen!« Sie kreuzte die Finger, um Hexerei abzuwenden, und wich vom Bett zurück. »Ich fürchte, du hast recht ... es sei denn, Gwira fällt etwas anderes ein.«

Aber auch die Kräuterfrau hatte, als sie schließlich eintraf, keine andere Erklärung. Gefolgt von Harl kam sie hereingehuscht und brachte einen großen Marktkorb mit, der mit kleinen Arzneipäckchen vollgestopft war. Sie zog ihren Umhang aus und warf ihn über einen Stuhl.

»Lebt sie noch?« fragte Gwira.

»Ja«, sagte Verrarc. »Ich habe meine Hand vor ihren Mund gehalten und ihren Atem gespürt.«

Gwira stellte den Korb auf den Boden, dann legte sie die Hand ans Kinn und betrachtete Raena, die bleich und verschwitzt reglos dalag. Nach einer Weile ging sie näher zum Bett.

»Harl hat mir gesagt, es sei ganz plötzlich gekommen.«

Gwira legte Raena eine Hand aufs Gesicht. »Ha, mir gefällt nicht, wie kalt sie ist.«

Sie beugte sich vor und zog Raenas rechtes Augenlid hoch. Raena regte sich nicht, aber das Feuer knisterte, ein Scheit brannte durch und fiel herunter, und die Flammen flackerten einen Augenblick lang höher auf und tauchten den Raum in Licht. Raena stöhnte plötzlich. Gwira ließ sie los und trat zurück, als Raena sich abermals unter der Decke bewegte und stöhnte. Als sie die Augen öffnete, hätte Verrarc vor Erleichterung beinahe geweint. Er sah, daß ihre Seele wieder zurückgekehrt war. Als er die Hand ausstreckte, zog sie ihre unter der Decke hervor und griff nach der seinen. Ihre Hand fühlte sich so kalt und feucht an, als hätte er Schnee angefaßt.

»Licht im Auge wirkt manchmal Wunder«, sagte Gwira. »Es vertreibt die Geister.«

»Glaubst du, sie war besessen?« fragte Verrarc.

»Ich wüßte keine andere Erklärung.« Gwira warf Korla einen Blick zu. »Hol mir bitte Wasser. Ich kann ihr etwas brauen, das ihr ein wenig Kraft gibt, aber danach muß sich unsere Geistersprecherin weiter um sie kümmern und nicht ich.«

Korla schauderte und kreuzte wieder die Finger.

»Ha«, flüsterte Verrarc. »Ha! Dann frage ich mich, ob es nicht auch ein Geist war, der Demet getötet hat.«

»Das mag sein«, sagte Gwira. »Und wenn es so ist, dann bedroht er die Stadt immer noch.«

»Harl?« Verrarc drehte sich um und sah seinen Diener zitternd in der Tür stehen. »Hol Werda her. Sie soll am besten gleich davon erfahren.«

»Böse Geister«, sagte Kyle. »Ratsherr Verrarc ist so gut wie sicher, daß böse Geister deinen Mann getötet haben. Sie haben letzte Nacht versucht, Besitz von seiner Frau zu ergreifen, sagte er.«

Niffa schnaubte und verdrehte die Augen.

»Gwira sagte, es sei wahr«, fuhr Kyle fort, »und Harl und Korla auch. Der Ratsherr kam im Morgengrauen zu meiner Truppe an der Mauer und hat uns alles erzählt.«

»Unsinn«, zischte Niffa. »Ich habe dir doch gesagt, daß ich gesehen habe, wie sie sich lachend über Demets Leiche beugte.«

»Ja, aber hast du gesehen, daß sie ihn getötet hat? Vielleicht hat sie diese Geister heraufbeschworen, aber sie haben den Mord begannen und nicht Raena. Oder vielleicht war sie in jener Nacht ebenfalls besessen und hat nicht gewußt, was sie tat.«

Niffa hätte ihn am liebsten geschlagen. Die ganze Familie war um den Tisch im großen Zimmer versammelt. Dera saß auf dem Stuhl am Kopfende, Lael auf einer Bank, Niffa und Kyle auf der anderen. Dera hatte ein Stück Tuch in der Hand, das sie immer wieder wrang. Lael beugte sich vor, die Ellbogen auf den Tisch gestützt. Das Feuer in der Feuerstelle knisterte und flackerte und beleuchtete Laels abgehärmtes Gesicht. Niffa wurde klar, daß sowohl sie als auch Kyle darauf warteten, daß ihr Vater etwas sagte.

»Hat der Rat der Fünf Verrarc geglaubt?« fragte Lael schließlich.

»Ja. Gwira hat mit ihnen gesprochen, aber was sie wirklich überzeugt hat, war das silberne Licht, das Gart und die Wachen in jener Nacht gesehen haben. Ich meine, wer außer einem Geist hätte solches Licht auf der Zitadelle leuchten lassen können? Der Feldwebel hat es deutlich gesehen, und er neigt nicht dazu, sich Dinge einzubilden.«

»Ich hoffe tausendmal, daß es wahr ist.« Lael sah sie an. »Niffa, du siehst so wütend aus wie ein eingesperrtes Wiesel!«

»Nun, wenn sie glauben, es sei ein mörderischer Geist gewesen, dann werden sie Raena sicher nicht vor Gericht bringen. Und wer würde mir glauben, wenn ich etwas von Visionen erzähle?«

»Niemand«, erwiderte Lael, »daher solltest du lieber nichts sagen.«

»Vater, wie kannst du ...«

»Still!« Lael hob die Hand. »Glaubst du, ich bin froh über diese ganze Sache? Demets Mutter und ich, wir haben erst gestern miteinander gesprochen, und wir wollen beide, daß Demets Tod gerächt wird. Aber würde es uns freuen, dich ebenfalls zu verlieren? Ich möchte nicht, daß du aus der Stadt gewiesen wirst, weil die Bürger dich für die schlimmste Art von Hexe halten.«

Niffa öffnete den Mund und schloß ihn wieder. Als Dera ein leises Räuspern von sich gab, wandten sich alle ihr zu.

»Dein Vater hat recht.« Dera wischte sich mit dem Lappen die Augen.

»Selbstverständlich«, fauchte Lael. »Denk doch nach, Niffa! Du bist so sicher, daß die Frau eine Mörderin ist, während die ganze Stadt das Gegenteil denkt. Warum?«

Niffa öffnete den Mund, um zu antworten, nur um festzustellen, daß sie nichts sagen konnte. Einen Augenblick zuvor noch hatte sie tief in ihrer Seele gewußt, daß Raena Demet getötet hatte – und nicht nur Demet, sondern auch eine Menge anderer Menschen. *Sie hat sie vergiftet.* Die Worte erklangen in ihrem Geist, aber gegenüber Laels vernünftiger Frage weigerte sich ihr Geist, mehr zu sagen.

»Ich weiß es nicht«, stotterte Niffa schließlich. »Ich wußte es einfach.«

»Hör zu, Mädchen.« Lael sprach freundlich und sanft. »Die Trauer läßt uns merkwürdige Dinge tun. Wir alle wissen, wie sehr du deinen Demet geliebt hast. Ihn zu verlieren, ohne daß jemand da ist, den du beschuldigen kannst – nun, da hast du es.«

Niffa spürte, wie ihr die Tränen in den Augen brannten. Sie versuchte sie abzuwischen, aber dann flossen sie auch schon. Kyle legte ihr einen Arm um die Schulter und zog sie an sich.

»Still, still!« sagte er. »Selbst wenn Raena auf dem Marktplatz gehängt würde, würde das Demet zurückbringen? Schon gut, kleine Schwester! Es tut mir weh, dich so traurig zu sehen.«

Langsam ließen die Tränen nach. Niffa wischte sich das Gesicht mit dem Ärmel ab und hob ein Büschel Stroh vom Boden, um sich die Nase zu putzen. Sie warf es ins Feuer und sah zu, wie es aufflackerte. Sollte Raena doch vor Schande brennen, ebenso wie das Stroh brannte! Sie blickte auf und sah, daß Lael sie beobachtete, eine Braue hochgezogen, als wüßte er von ihrem Wunsch.

»Ich frage mich eines«, sagte Dera. »Was hält Werda von all diesem Gerede von Geistern?«

»Das weiß ich nicht«, sagte Kyle. »Eine ganze Menge, sollte man annehmen.«

Später an diesem Tag sollte Niffa erfahren, was Werda dachte. Lael und Niffa saßen an ihrem Feuer, während Dera sich in das große Bett auf der anderen Zimmerseite gelegt hatte, um sich auszuruhen. Kyle schlief bereits im anderen Zimmer, da er in dieser Nacht wieder Wache auf der Stadtmauer halten sollte. Dann klopfte es laut an der Tür. Niffa lief, um zu öffnen, und fand sich Werda gegenüber, gefolgt von ihrer Schülerin. Werda war eine hochgewachsene, schlanke Frau, eingewickelt in ihren weißen Amtsmantel. Athra, ihre Schülerin, trug einen normalen, grauen Umhang, hier und da mit weißer Farbe bespritzt, zweifellos aus dem großen Eimer, den sie mitgebracht hatte. Athras Gesicht war dick mit Salbe beschmiert, dem Geruch nach zu schließen Talg mit Kräutern. Athra war blond und rosig und hatte die Art Haut, die schon von einem falschen Blick wund wird.

»Kommt schnell herein«, sagte Niffa. »Kommt an unser warmes Feuer.«

»Danke«, erwiderte Werda. »Es ist immer noch mächtig kalt.«

Alle drei gingen hinein. Athra stellte den Eimer an die Feuerstelle und hockte sich daneben auf den Boden. Lael bestand darauf, daß Werda den Stuhl nahm. Sie setzte sich also und löste umständlich die Kapuze ihres Umhangs.

»Wie geht es euch allen?« fragte Werda schließlich.

»Es wird uns bald gutgehen«, sagte Lael und warf einen Blick zu Dera. »Dank den Göttern und Gwiras Kräutern.«

Werda nickte ernst und betrachtete wortlos zuerst Lael und dann Niffa.

»Es hat keinen Sinn, die Zeit mit Höflichkeiten zu verschwenden«, sagte Werda schließlich. »Ich bin hergekommen, um dich zu sehen, junge Niffa. Zweifellos hast du von dem bösen Geist gehört, der in der Stadt umgeht?«

»Ja«, erwiderte Niffa. »Die Leute sagen, er hätte meinen Demet getötet.«

»Und das glaubst du auch?«

Niffa zögerte, als sie die finstere Miene ihres Vaters sah. Sie war sich bewußt, daß Athra sie von einer und Werda sie von der anderen Seite beobachtete.

»Ich weiß nicht, ob ich das glaube oder nicht«, sagte Niffa. »Denkst du, daß es so ist?«

»Ja. Ich habe diese Frau vom Ratsherren mit meinen eigenen Augen gesehen, und ich habe mich lange mit Gwira und Korla über ihre Ohnmacht unterhalten. Wahrhaftig – nichts anderes als Besessenheit hätte diesen Zustand bewirken können. Und dann habe ich mir das Haus des Ratsherren und das Anwesen angesehen, und tatsächlich gibt es dort Geister. Ich konnte sie spüren wie ein Kribbeln in der Luft. Mit den Augen, die die Götter mir gegeben haben, habe ich etwas Böses gesehen: ein Geschöpf wie einen Storch, aber es hatte die Arme und das Gesicht eines Menschen.«

Lael fluchte leise. Niffa faltete die Hände so fest zusammen, daß sie weh taten.

»Du bist blaß geworden, Mädchen«, sagte Werda, »und das kann ich dir wirklich nicht übelnehmen. Ich bin gekommen, um dich zu fragen, ob diese Geister auch dich beunruhigt haben.«

»Nein.«

»Gut.« Werda stand auf und raffte ihren Umhang wieder um sich. »Wenn auch nur das Geringste passiert, was dich ängstigt, dann komm sofort zu mir. Auch wenn es mitten in der Nacht ist, junge Niffa. Du nimmst dir eine Laterne, Lael, und bringst deine Tochter zu mir. Hast du das verstanden?«

»Ja«, erwiderte Lael.

»Aber ich verstehe es nicht«, sagte Niffa. »Warum sollten sie mich quälen?«

Werda sah sie einfach nur an, und ihr Mund zuckte ein wenig, als fragte sie sich, wie Niffa so dumm sein konnte. Lael saß starr da, aber Niffa wußte, daß er sie beobachtete. Ihr Mund wurde trocken, so daß sie kein Wort herausbrachte.

»Nun, gut«, meinte Werda schließlich. »Die Zeit wird kommen, in der du die Wahrheit nicht mehr abstreiten kannst. Wenn das so ist, dann komme zu mir, und wir unterhalten uns.«

Sie wandte sich Lael zu. »Meister Lael, ich möchte einen Schutz auf eure Tür malen. Ich hoffe, daß du nichts dagegen hast.«

»Selbstverständlich nicht.« Lael erhob sich und verbeugte sich vor ihr. »Wenn ich dabei helfen kann ...«

»Nein, nein. Heute werden wir nichts anderes tun, als die Tür vorzubereiten.«

Werda nickte Athra zu, die nach dem Eimer griff. »Und morgen, sobald die weiße Farbe trocken ist, kommen wir mit dem eigentlichen Zauber zurück.«

»Also gut. Werdet ihr das in der ganzen Stadt machen?«

»Nein.« Werda warf Niffa einen bedeutungsvollen Blick zu. »Nur an öffentlichen Orten, der Versammlungshalle, und an jenen Häusern, die ich für verwundbar halte.«

Sie gingen nach draußen, und Lael schloß die Tür und verriegelte sie gegen den Wind, während Niffa sich wieder um das Feuer kümmerte. Sie konnten durch die Tür hören, wie Werda Athra Anweisungen gab, und dann das sanfte Wischen des Pinsels. Bevor die heilige Frau und ihre Schülerin fertig waren, sagte niemand ein Wort. Als ihre Schritte verklangen, setzte sich Dera im Bett auf und fuhr sich mit beiden Händen durchs Haar.

»Das hast du gut gemacht, Mädchen«, sagte Lael zu sehr Niffa.

Dera nickte zustimmend. Niffa brachte ein kurzes Lächeln zustande und erhob sich.

»Ich bin müde«, sagte Niffa. »Ich lege mich lieber hin.«

»Armes Mädchen!« sagte Dera. »Es scheint, daß du fast nur noch schläfst.«

»Vielleicht. Aber diese Nachrichten – wen würde das nicht erschöpfen?«

In den langen Wochen seit Demets Tod hatte Niffa tatsächlich in ihren Träumen Zuflucht gesucht. Seit ihrer Kindheit hatte sie ihre Nächte im vielfarbigen Königreich des Schlafes zugebracht, hatte sich nach Träumen gesehnt und jene, an die sie sich erinnern konnte, wie Schätze gehütet. Nun allerdings waren die Träume wichtiger geworden als die Arbeit des Tages. Während ihre Eltern sich im großen Zimmer unterhielten, kroch sie unter die Decken auf ihrer Matratze, die so weit wie möglich von der von Kyle entfernt lag, denn ihr Bruder schnarchte schlimmer als der Wind im Schornstein. In ihren hölzernen Pferchen zirpten ihr die Frettchen zu, aber sie hatte nicht mehr die Kraft, mit ihnen zu reden.

Sobald sie sich hinlegte, hatte sie das Gefühl, in ein Boot gestiegen zu sein und auf einen seltsamen See hinauszugleiten, einen riesigen, von Wellen überzogenen See. Sie träumte, wie so häufig, von Demet. Heute sah sie ihn am gegenüberliegenden Ufer des hell türkisfarbenen Gewässers stehen. Ihr Boot segelte stetig vorwärts, aber das Ufer bewegte sich ebenso stetig von ihr weg. Endlich sah sie, wie Demet sich umdrehte und in den weißen Nebel hineinging, und ihr Traum verblaßte.

Mitten in der Nacht wachte sie plötzlich auf. Kyles Bett war leer. Sie nahm an, daß der Lärm, den er gemacht hatte, als er auf Wache gegangen war, sie geweckt hatte. Sie stand auf, ging zu dem kleinen Fenster und zog den dicken Ledervorhang zurück, der den Wind abhalten sollte. Wenn sie den Hals reckte, konnte sie gerade noch über die Dächer der Zitadelle sehen, die sich zum See hinabsenkten. Ein Sichelmond hing über der Stadt, und Niffa ahnte den baldigen Neumond. Es war Vollmond gewesen, als sie Demets Leiche für die wilden Geschöpfe in den Wald gelegt hatten. Ein halber Mond ist vergangen, dachte sie, und meine Trauer beherrscht mich immer noch.

Plötzlich hörte sie jemanden ins Zimmer kommen. Sie drehte sich lächelnd um und erwartete, Kyle zu sehen. Aber niemand war dort. Die kalte Zugluft vom Fenster lief ihr über den Rücken, und sie hustete. Dennoch hielt sie den Vorhang hoch, um des trüben Lichts willen, das der Mond warf. Die Frettchen in ihrem Pferch begannen plötzlich im Stroh zu rascheln. Sie hörte Ambos warnendes Glucksen. Das männliche Frettchen machte sich bereit, sein Rudel zu verteidigen. Jemand oder etwas stand in der Tür. Niffa war vollkommen sicher, obwohl sie nichts sah – Ambo mußte es gerochen haben, was immer es war. Er begann, abgehackt vor sich hin zu zischen. Niffas Vorahnung einer Gefahr wurde heftiger. Das Zischen des Frettchens wurde zu einer langgezogenen Drohung. Sie hörte Ambo im Pferch herumrennen und das Stroh zerwühlen, während er nach dem unsichtbaren Eindringling suchte.

Plötzlich verschwand die Präsenz. Ambo hörte auf zu zischen. Die anderen Frettchen gluckten, dann schwiegen sie. Sie vergruben sich alle wieder raschelnd im Stroh. Die eisige Luft, die durch das Fenster hereinkam, ließ sie so zittern, daß Niffa schließlich den Ledervorhang fallen ließ. Im Dunkeln tastete sie sich zurück ins Bett, legte sich hin und kroch unter die Decken. Sie hätte alle wecken und zu Werda rennen sollen, aber die Kälte war ihr bis in die Knochen gedrungen, und sie konnte sich einfach nicht von der Wärme des Bettes trennen.

»Die Gefahr ist vorüber.« Das war Werdas Stimme, aber Niffa hörte sie nur in ihrem Geist. »Du kannst jetzt schlafen, Kind.«

Niffa schluchzte leise. Langsam beruhigten sich die Frettchen wieder. Lange noch lag Niffa schaudernd wach und war überzeugt, nicht schlafen zu können.

Aber plötzlich erwachte sie, und es war Morgen. Sie hörte ihre Mutter und ihren Vater nebenan reden. Niffa setzte sich und sah sich um. Die Frettchen lagen übereinandergerollt im Stroh. Hatte sie von ihrem geisterhaften Besucher und Ambos Zischen nur geträumt?

»Ich träume so viele seltsame Dinge«, murmelte zu sich selbst.

Aber Werdas Stimme war Wirklichkeit gewesen, ganz gleich, wie sie versuchte, es sich zu erklären. Sie sagte nichts zu ihren Verwandten, aber sie fühlte sich den ganzen Morgen lang beobachtet, als sie in ihrer Ecke am Feuer saß, mit dem einen oder anderen Frettchen im Schoß.

Werda kehrte gegen Mittag zurück, die Arme voller Bündel aus Sackleinen. Athra trug einen großen, zugedeckten Kessel. Den Kessel stellten sie ans Feuer, um ihn zu wärmen, während sie die Bündel vorsichtig auf den Tisch legten.

»Das Schutzschwarz enthält Pech«, sagte Werda und zeigte auf den Kessel. »In dieser Kälte wird es nach einiger Zeit zu starr, um es zu benutzen.« Sie betrachtete die Bündel einen Augenblick lang, dann griff sie nach einem und reichte es Niffa. »Das ist für dich. Leg es ans Kopfende deines Bettes.«

Das Bündel enthielt etwas, das auf den ersten Blick wie eine normale Steingutschale aussah. Als Niffa sie entgegennahm, bemerkte sie allerdings, daß es sich in Wahrheit um zwei Schalen handelte, die äußere mit Pech an die innere geklebt. Eine dünne Spirallinie bedeckte die innere Schüssel. Sie begann in der Mitte des flachen Bodens und wand sich dann bis zum Rand.

»Das verwirrt die Geister«, sagte Werda. »Diese Schrift ist ein Bannspruch, und ihre Neugier treibt sie dazu, in die Schale zu schauen, um es zu lesen, und dann rutschen sie zwischen die Schalen und können den Weg nach draußen nicht mehr finden. Athra wird die Falle alle paar Tage abholen und euch eine andere bringen, damit wir ein für allemal mit diesen Geistern fertig werden.«

»Danke«, sagte Niffa ein wenig stotternd. »Ich weiß, daß ich so etwas brauche.«

»Ach ja?« Werda sah sie an, und wieder zuckte ihr Mund ein wenig. »Ich bin froh, daß du das weißt.«

Als die Sonne ihren Höchststand erreicht hatte, ging Verrarc zu dem steinernen Ratshaus, das an der Nordseite des großen Platzes der Zitadelle stand. Davor stand eine Reihe von Steinsäulen als Erinnerung an die Bäume, die den Versammlungsplatz der Ahnen umgeben hatten, bevor das Volk des Rhiddaer in Städten gelebt hatte. Verrarc hatte eine brennende Kerze in einer Blechlaterne dabei, obwohl der Tag trotz dünner Wolken hell genug war. An der Tür blieb er stehen, um sich den Schutz anzusehen, der darauf gemalt war. Vor dem frischen Weiß hoben sich die dicken, schwarzen Linien von Werdas Pech- und Lampenrußmischung scharf und deutlich ab. Sie hatte ein Muster aus zwei Spiralen gemalt, eine über der anderen, beide erstaunlich kunstvoll, um die Geister zu interessieren und sie draußen zu halten.

Als Verrarc hineinging, schloß er die Tür sorgfältig wieder hinter sich. Der steinerne Raum mit seiner hohen Decke und einer Reihe von Fenstern, die nur mit hölzernen Läden verschlossen waren, war so kalt wie der Platz draußen. Harl hatte schon auf seinen Befehl hin in der Feuerstelle Holz aufgeschichtet und den runden Ratstisch und die Stühle davor aufgestellt. Verrarc kniete sich jetzt hin und benutzte seine Kerze, um das Feuer zu entzünden. Nach ein wenig Pusten begann es zu flackern, aber Verrarc behielt seinen Umhang an. Das Feuer würde nur die schlimmste Kälte vertreiben.

Admi, der oberste Sprecher, gesellte sich kurz darauf zu ihm, immer noch außer Atem von dem steilen Weg zum Platz.

Er watschelte quer durchs Zimmer und stellte sich vor das knisternde Feuer.

»Sei gegrüßt«, sagte Verrarc.

Admi nickte und suchte in seinem Umhang nach einem Tuch, um sich das Gesicht abzuwischen. Als Verrarc einen Stuhl zurechtrückte, ließ sich Admi mit einem dankbaren Nikken darauf sinken. Verrarc setzte sich neben ihn.

»Ah, jetzt bekomme ich wieder Luft«, sagte Admi schließlich. »Und wo ich gerade daran denke – wie geht es deiner armen Frau?«

»Besser, danke.« Verrarc schauderte, als er sich an Raenas toten Blick erinnerte. »Gwira hatte Angst, daß sie Fieber bekommen würde, aber Raena ist nur müde. Gwira sagt, diese Art von Besessenheit erschöpft die arme Seele, die damit gestraft wird.«

»Zweifellos.« Admis Finger zuckten zu dem Zeichen gegen Hexerei. »Ich bin froh, daß sie keinen Schaden genommen hat.«

»Danke. Ich weiß das zu schätzen.«

»Gern geschehen.«

»Wenn mein ...« Verrarc zögerte, aber Admi sah ihn voller Mitgefühl an. »Wenn mein verfluchter Vater doch nur zugelassen hätte, daß ich Raena heirate, bevor ihr Vater sie mit einem anderen verlobte! Dann hätten wir nicht all diesen Ärger.«

Admi nickte nachdenklich.

»Das ist wahr«, sagte er schließlich. »Er dachte, sie sei nicht gut genug für dich – ah. Hier kommt Frie.«

Der untersetzte Schmied öffnete die Tür, dann blieb er halb drinnen, halb draußen stehen und betrachtete den Schutzzauber.

»Es hat keinen Zweck, mit ihm über Raena zu sprechen«, flüsterte Admi.

»Ich weiß«, sagte Verrarc und ebenso leise, »es liegt an seiner Frau. Sie hat meine Raena noch nie leiden können.«

Admi zog eine Braue hoch, dann zwang er sich zu einem Lächeln. Frie hatte die Tür geschlossen. Jetzt kam er zum Tisch, in einen dicken, grauen Umhang gewickelt, über dem er den scharlachroten trug. Sein grauer Schnurrbart glitzerte von gefrorenem Atem.

»Guten Morgen, Frie«, sagte Admi.

»Guten Morgen, ihr zwei.« Frie setzte sich ihnen gegenüber. »Ich bin beim alten Hennis vorbeigegangen, und der ist zu krank, um in dieser Kälte herauszukommen, haben mir seine Diener gesagt.«

»Ha!« schnaubte Admi. »Ich wette, ich weiß, was ihn krank macht. Er kann nicht ausstehen, den Mund zu halten und zu lächeln, wenn Werda von Göttern und Geistern redet.«

»Das verstehe ich nicht«, sagte Frie. »Es ist doch verflucht offensichtlich, daß die Welt voller Götter und Geister ist. Man fragt sich, ob sein hohes Alter ihm den Verstand verwirrt hat.«

»Nun«, wandte Verrarc ein, »er kennt die Gesetze der Stadt immer noch auswendig. Was diese Angelegenheiten angeht, ist sein Kopf noch gut genug.«

»Das stimmt«, sagte Admi. »Wo bleibt Burra? Wahrscheinlich kommt er zu spät, wie immer.«

Frie grunzte zustimmend und wischte sich mit dem rußfleckigen Handrücken das schmelzende Eis aus dem Schnurrbart.

»Ich hatte gehofft, daß wir kurz unter uns reden könnten, bevor die Geistersprecherin kommt«, fuhr Admi fort. »Und das wird nicht möglich sein, wenn er nicht bald auftaucht. Ich werde am besten unter vier Augen mit ihm sprechen. Wenn er seine Pflicht gegenüber der Stadt nicht ernst nimmt, dann gibt es andere, die gerne einen Ratssitz hätten.«

Nicht lange danach erschien Burra, ein dünner Mann mit

hellem Haar, kaum älter als Verrarc und ebenso wie er ein Kaufmann, der im Osten Handel trieb. Die Ratsherren hatten kaum Gelegenheit zu ein paar vertraulichen Worten, bevor Werda hereinkam. Ihre Schülerin folgte ihr, die Arme voller Bündel. Die Geistersprecherin hatte ihr graues Haar in Zöpfe geflochten und aufgesteckt, und sie trug den weißen Umhang, den sie normalerweise nur für Zeremonien anlegte. Ohne daß man sie bat, zog sie sich einen Stuhl zurecht und setzte sich mit dem Rücken zum Feuer. Athra legte ihre Bündel auf den Tisch, dann stellte sie sich hinter den Stuhl ihrer Meisterin.

»Ich sehe, daß Hennis sich nicht dazu herabgelassen hat, zu uns zu kommen«, sagte Werda.

»Ja, genau«, erwiderte Admi, »seine Diener sagen, es ginge ihm nicht gut.«

»Ha.« Werda verdrehte die Augen. »Es ist dumm, die Macht der Götter zu leugnen. Zweifellos hat er diese Ketzereien vom Bergvolk. Sie spotten über die Geister und nennen sie Narreteien.«

»Das mag sein«, meinte Admi, »aber ganz gleich, es sind vier von uns Ratsherren hier – genug, um jede Entscheidung offiziell zu machen.« Er hielt inne und sah sich am Tisch um. »Also eröffne ich kraft meines Amtes als oberster Sprecher diese Versammlung, die zusammengetreten ist, um über den Tod von Demet, dem zweiten Sohn des Webers, zu sprechen.

Gestern morgen hat Verrarc, der Kommandant der Stadtmiliz, erklärt, daß böse Geister den Jungen getötet haben. Möchte jemand dieser Feststellung widersprechen?«

Frie und Burra schüttelten den Kopf. Admi wandte sich Werda zu.

»Auch ich stimme Ratsherrn Verrarc zu«, sagte Werda. »In der vergangenen Nacht bin ich in der Zitadelle umhergegangen und habe an vielen Orten Geister gefunden. Es waren alles schwache, kleine Dinger, und ich habe die Götter auf sie herabbeschworen, und sie sind geflüchtet. Keiner von ihnen hätte Demet töten können, aber zusammen in einem Rudel könnten sie gefährlich sein.«

»Du hast den Dank des Rats«, erklärte Admi, »daß du sie gebannt hast.«

»Aber werden sie nicht wiederkommen?« wollte Frie wissen. »Das ist es, was mich interessiert.«

»Mit Geistern ist es ein ununterbrochener Kampf.« Werda zeigte auf die Bündel auf dem Tisch. »Ich habe Geisterfallen für jeden von euch mitgebracht, die ihr mit nach Hause nehmen könnt, und eine, die hier in diesem Raum bleiben sollte.«

»Wir danken dir«, sagte Admi.

»Gern geschehen«, fuhr Werda fort. »Und nun weiß ich, daß ich nach Geistern Ausschau halten muß, und dieses Wissen ist eine Waffe in sich. Ich habe meine eigene Art, Wache zu halten.«

Die Ratsherren nickten alle, als hätten sie verstanden. Verrarc spürte, wie sein Magen sich zusammenzog. Wenn Raena immer noch darauf bestand, ihren Herren des Chaos heraufzubeschwören, würde Werda das sicherlich erfahren.

Lael brachte Niffa die Neuigkeiten vom Beschluß des Rats, als er später an diesem Nachmittag die Frettchen in ihrem Korbkäfig vom täglichen Rattenfang zurückbrachte. Niffa trug den Käfig ins andere Zimmer und ließ die Wiesel in ihren Pferch; Lael hatte ihnen bereits die Jagdkapuzen abgenommen. Niffa kam dann wieder ins große Zimmer zurück, wo ihr Vater sich einen Krug schales Bier aus dem Faß nahe der Feuerstelle schöpfte. Dera saß am Tisch und aß ein paar Scheiben honiggesüßten Apfels.

»Iß auch ein paar Stücke, Lael«, sagte sie.

»Nein«, erwiderte Lael, »das ist deine Arznei, und die sollst du ganz für dich haben, meine Liebste.«

Niffa stellte den leeren Käfig neben die Feuerstelle. Sie merkte, daß ihr Vater sie traurig ansah.

»Was ist denn, Vater?« fragte sie.

»Nun, als ich unten in der Stadt war, hörte ich den Ausrufer. Der Rat erklärt die Angelegenheit von Demets Tod als abgeschlossen. Böse Geister. Und Werda hat dem Beschluß beigepflichtet.«

Niffa starrte ins Stroh auf dem Boden und fragte sich, ob sie jetzt weinen würde.

»Hör zu«, sagte Lael leise, »hätten sie einen anderen Beschluß gefaßt, wäre er immer noch tot.«

»Da hast du recht. Aber mir ist nichts von ihm geblieben außer meinen Erinnerungen. Nicht einmal Rache – nicht einmal das habe ich zum Andenken an ihn.«

Doch hatte sie noch eins mehr: ihre Träume. An diesem Abend und an den folgenden wandte sie sich der Zuflucht ihrer Kindheit zu, wo sie Demet immer noch sehen und so tun konnte, als ob er wieder lebte. In solchen Träumen kam sie etwa in ein Zimmer und sah ihn dort sitzen, und er lachte sie aus, wenn sie ihn tadelte, weil er so getan hatte, als wäre er tot. Oder sie gingen zusammen am See entlang und unterhielten sich, was sie im kommenden Frühjahr tun würden. Aber sie wußte immer, daß sie träumte, ganz gleich, wie sehr sie sich auch wünschte, der Traum möge ewig dauern. Zu anderen Zeiten träumte sie davon, daß sie sich in ihrem Bett im Haus seiner Familie liebten, und aus diesen Träumen erwachte sie in Tränen. Aber im Laufe der Zeit verblaßten die Träume und wichen etwas viel Seltsameren.

Vieltürmige Städte erhoben sich in ihren Nächten. Sie war mit einer Laterne in der Hand dort unterwegs und suchte nach etwas, das sie verloren hatte, aber nicht benennen konnte. Zuweilen schlenderte sie auch an einem Sommertag durch die Stadt und staunte über die eigentümlichen Gebäude und über die Menschen, die sie dort sah. In der Mitte dieser Stadt erhob sich ein Hügel, der von fünf Steinmauern umgeben war. Ganz oben, innerhalb der höchsten Mauer, stand eine Art Festung. In ihren Träumen sah sie gedrungene Türme, die sich hinter dem Stein drängten. Manchmal drängte es sie, in diese Festung hineinzukommen. In anderen Träumen mußte sie daraus entfliehen. Paradoxerweise träumte sie nie davon, in der Festung zu sein.

Morgens erwachte sie staunend darüber, wie deutlich sie die Traumstadt vor Augen hatte. Obwohl der Hügel in der Mitte sie an die Zitadelle erinnerte, sah der Rest – die Gebäude, die Kleidung der Menschen – ganz anders aus als alles, was sie aus Cerr Cawnen kannte, der einzigen Stadt, die sie je gesehen hatte. Indem sie auf diese Weise über die Traumbilder grübelte, verstärkte sie sie, so daß die Stadt dauerhafte Form annahm. Wann immer sie zurückkehrte, standen dieselben Häuser an denselben Stellen, derselbe Hügel ragte über vertrauten Straßen auf.

Endlich wurde Niffa mutig. Wenn sie in ihren Träumen zum Tor der Stadt kam, ging sie hindurch. Rings um die Stadt gab es Wiesen, in denen das Gras hüfthoch wuchs. Schmale Wege führten hindurch. Sie folgte einem ein Stück, blieb häufig stehen, um einen Blick zurück auf die Hügel mit den Türmen zu werfen, aber sie erwachte, bevor sie noch weit gegangen war. Im Laufe der nächsten Nächte kam sie ein wenig weiter durch diese Wiesen, dann eilte sie zurück zur Stadt, bevor diese verschwinden konnte. Sie hatte in der letzten Zeit erfahren, daß Dinge, die man liebte, sehr plötzlich verschwinden konnten.

Einmal sah sie, als sie durchs Gras ging, weit entfernt etwas schimmern wie ein Feuer im Grünen, aber kein Rauch stieg auf. Sie verließ die Straße und kämpfte sich durch das Gras unter einem dämmrigen Himmel. Rechts von ihr flirrte ein riesiger, purpurfarbener Mond am Horizont, während es dunkler wurde. Die Stadtmauern waren noch nah. Hier und da konnte sie eine Laterne auf den Zinnen flackern sehen. Der Anblick gab ihr Mut, auf den Schimmer zuzugehen, ein rötliches Glühen wie das Leuchtfeuer im Gras.

Zwei riesige, fünfzackige Sterne, jeder höher als ein Mann und aus rotem und goldenen Licht geschaffen, hingen in der Luft über einer Fläche niedergetrampelten Grases. Zwischen ihnen klaffte eine Öffnung wie zu einem Tunnel, der in undurchschaubares Dunkel hinabführte. Auf der anderen Seite stand jemand im Gras – dem langen, aschblonden Haar nach zu schließen eine Frau, aber sie trug Lederhosen und ein Hemd und kein Kleid.

»Hallo!« rief die Frau. »Du bist nicht Raena.«

»Und dafür danke ich jedem Gott aufrichtig«, rief Niffa zurück. »Wer bist du?«

Die Frau kam um die Sterne herum, die Hände auf die Hüften gestützt, und sah Niffa an. Niffa hatte noch nie jemanden gesehen, der so schön war – das dachte sie zumindest beim ersten Blick. Die Frau hatte silbrigblondes Haar und silberne Augen, die dazu paßten. Ihre Züge waren regelmäßig und vollkommen – aber ihre Ohren! Sie waren lang und gerollt wie frische Farnwedel im Frühling.

»Ich heiße Dallandra«, sagte die Frau schließlich. »Und ich habe diese Schutzzeichen geschaffen, um Raena von etwas fernzuhalten, was sie sucht. Wer bist du?«

»Ich heiße Niffa.«

»Jahdos Schwester!«

»Und woher kennst du unseren Jahdo?« In ihrer Freude vergaß Niffa ihre Angst. »Geht es ihm gut? O bitte, sag es mir.«

»Er ist in Sicherheit, und du wirst ihn im Frühjahr wiedersehen.«

Die Freude erhob sich wie eine Welle reinen Wassers. Plötzlich lag Niffa wach unter ihren Decken, mit einem schlafenden Frettchen auf ihrer Brust in der grauen Morgendämmerung, die durchs Fenster eindrang.

»Tek-Tek, fort mit dir!« Sie weckte das Frettchen, hob es dann hoch und setzte es neben sich aufs Bett. »Das muß ich Mutter sofort erzählen.«

Dera war bereits wach, kniete an der Feuerstelle und legte Zweige nach. In dem großen Bett auf der anderen Seite des Zimmers schlief Lael noch in ein Kissen gekuschelt und schnarchte laut. Dera konzentrierte sich aufs Feuer, aber sie hatte offenbar gehört, wie ihre Tochter hereinkam.

»Du bist ja schon früh wach«, sagte Dera.

»Mutter, ich hatte den wunderbarsten Traum, und es war einer meiner Wahrträume, das weiß ich tief im Herzen. Ich bin einer Frau begegnet, die Jahdo kennt. Er ist in Sicherheit, und es geht ihm gut, hat sie mir erzählt, und er wird im Frühjahr zurückkehren.«

Bei diesen Worten blickte Dera auf, und die Wärme ihres Lächelns glühte wie das Feuer.

»Darauf freue ich mich«, sagte Dera. »Ich werde vorwärts blicken, es tut meinem Herzen nicht gut, immer nur zurückzuschauen.«

»Ich habe noch etwas, auf das du dich freuen kannst, Mutter. Meine Monatsblutung ist nicht gekommen.«

Dera erhob sich und sah Niffa ins Gesicht.

»Mach dir keine allzu großen Hoffnungen, Mädchen. Die Trauer tut einer Frau seltsame Dinge an. Es ist durchaus möglich, daß die Blutungen dadurch eine Weile aufhören.«

Niffa spürte, wie ihr die Tränen kamen, verbiß sie sich aber und wandte sich ab. Sie spürte die sanfte Hand ihrer Mutter auf der Schulter.

»Ich weiß, wie gern du deinen Demet hattest«, sagte Dera.

»Vielleicht hat die Göttin dich ja wirklich gesegnet. Wir müssen einfach noch ein wenig warten.«

Als Dallandra am Morgen aufwachte, blieb sie eine Weile im Bett liegen und dachte über Jahdos Schwester nach. Wie war es Niffa gelungen, in die Torlanden des Schlafs einzudringen, und wieso schien sie dort so zu Hause zu sein? Später an diesem Tag suchte Dallandra nach Jahdo und fand ihn an der Dienstbotenfeuerstelle in der großen Halle, zusammen mit Cae, einem Waisenjungen, der in der Küche arbeitete. Sie spielten auf den glatten Steinen vor der Feuerstelle mit kleinen Holzkreiseln. Einen Augenblick lang sah Dallandra zu, wie die Jungen ihre Kreisel so drehten, daß sie gegeneinanderstießen. Sie wartete, bis Jahdo ein Spiel verloren hatte, dann rief sie ihn. Sie ging mit ihm ein Stück beiseite, damit niemand sie belauschen würde.

»Ich möchte dich etwas über deine Schwester fragen«, sagte Dallandra. »Und du wirst die Frage vielleicht merkwürdig finden.«

»Das macht nichts, Herrin«, sagte Jahdo. »Niffa ist auch ein sehr seltsames Mädchen, also paßt das wohl.«

»Seltsam? Wie meinst du das?«

»Oh, das haben die Leute in Cerr Cawnen immer gesagt. Daß unsere Niffa ein eigenartiger kleiner Mensch sei.« Jahdo dachte einen Augenblick lang nach. »Sie sieht Dinge. Und sie hat Träume.«

»Erzähl mir ein bißchen mehr davon.«

»Manchmal haben wir am Feuer gesessen, und wenn ich Niffa dann angesehen habe ... ihre Augen haben sich hin und her bewegt, und sie hat auch gelächelt ... was immer sie dort sah. Oder sie hat Dinge im See gesehen. Und manchmal in den Wolken. Und dann hatte sie diese Träume. Mutter hat nach einiger Zeit gesagt, sie sollte nicht darüber sprechen, denn wenn sich diese Träume erfüllten, würden unsere Nachbarn und die Leute in der Stadt Angst bekommen.«

»Zweifellos! Ich danke dir, Jahdo.«

»Aber was wolltet Ihr mich fragen?«

»Du hast die Frage gerade beantwortet, Junge. Nun lauf, geh wieder zurück zu deinen Spielen. Die anderen Jungen warten auf dich.«

Erst später erinnerte sich Dallandra daran, wie gerne Jahdo sicher von seiner Familie gehört hätte. Wie eigensüchtig von mir! dachte sie. Ich sollte sehen, was ich von Niffa herausfinden kann – nun, falls ich sie je wiedersehen sollte! Ein so junges Mädchen mit einer Begabung zum Dweomer, das, ohne es zu wissen, auf der Astralebene umherwandert – es mochte sein, daß sie Dallandra nie wieder begegnete. Und dennoch, als sie daran dachte, wurde Dallandra klar, mit welch seltsamer Sicherheit Niffa sich in den Landen des Schlafs bewegt hatte. Der Gedanke war so deutlich, daß sie wußte, daß es eine Botschaft von den Großen war. Warum sie diese Botschaft schickten, war eine Frage, die sie nie direkt beantworteten, aber Dallandra konnte es erraten. Zweifellos setzte Raena ihre bösen Zaubereien fort. Und ebenso zweifellos, dachte Dallandra, wird es mir zufallen, sie aufzuhalten.

»Und wo bitte bist du gewesen?« Verrarc hörte selbst, wie zornig er klang.

Raena duckte sich in der Lichtpfütze der Laterne gegen die Wand. Von ihrem Umhang tropfte Schnee auf den Boden.

»Als ob ich es nicht wüßte!« fuhr Verrarc fort. »Oben in den Ruinen, nicht wahr, mit dieser elenden Chaos-Kreatur?«

»Und was geht es dich an?«

»Was es mich angeht? Ihr Götter, hast du den Verstand verloren? Sollte die Stadt es herausfinden, daß du dort oben bist und dich mit bösen Geistern zusammentust ... Ihr Götter! Es würde mich ruinieren! Und du – denk doch nach, Frau! Sie mögen dich ohnehin schon nicht. Wenn sie auf die Idee kommen, daß du ihnen Unheil bringst ...«

Raena warf den Kopf zurück und versuchte, sich an ihm vorbeizudrängen. Verrarc packte ihr Handgelenk und zog sie herum, damit sie ihn ansah. Er hielt die Laterne hoch und ließ das Licht auf sie fallen. Im flackernden Schein schienen ihre Lippen geschwollen, ihr ganzes Gesicht war verquollen.

»Was ist so verflucht wichtig, Rae, daß du soviel aufs Spiel setzt, es zu bekommen? Ich will die Wahrheit wissen, und zwar sofort.«

»Laß mich los!« Sie versuchte sich loszureißen, aber Verrarc hielt sie fest. »Also gut! Es ist wirklich an der Zeit. Laß mich los, und ich sage es dir.«

Als er sie losließ, ging sie ein paar Schritte weiter, dann zog sie den nassen Umhang aus. Vom tanzenden Schimmer der Laterne einmal abgesehen, war das große Zimmer dunkel und schweigend in der Nacht.

»Komm ins Schlafzimmer«, sagte Verrarc. »Ich will nicht, daß die Diener wach werden und uns zuhören.«

Raena warf den Umhang auf den Boden und stapfte ins Schlafzimmer, wo ein kleines Feuer brannte. Sie hockte sich auf die Bettkante wie ein mürrisches Kind und begann, ihre nassen Stiefel auszuziehen. Verrarc stellte die Laterne auf den Kaminsims und setzte sich ihr auf einem Stuhl gegenüber. Sobald sie die Stiefel ausgezogen hatte, war sie ruhiger. Sie stellte sie vorsichtig zum Trocknen nah an die Feuerstelle, dann hockte sie sich wieder aufs Bett.

»Ja, ich habe dir versprochen, daß du es erfährst«, sagte Raena. »Ich war nur wütend, daß du mich so angefaucht hast.«

»Ich hatte Angst, Rae, das ist die traurige Wahrheit.«

Sie setzte dazu an, etwas zu sagen, hielt dann aber inne und betrachtete ihn nachdenklich.

»Nicht vor dir«, fuhr Verrarc fort, »und auch nicht wirklich vor der Hexerei, die du vielleicht betreibst, aber vor der Stadt und um die Stadt. Ich werde nicht zulassen, daß noch mehr meiner Mitbürger von deinen verräterischen kleinen Geistern umgebracht werden.«

»Nun, das ist nur gerecht, und es tut mir wirklich leid um die arme Niffa.« Raena klang überraschend ehrlich. »Aber ich mußte es tun, Verro, ich hatte einfach das verzweifelte Bedürfnis, etwas zu erfahren, das nur der Herr des Chaos mir sagen konnte.«

»Du mußt wirklich verzweifelt gewesen sein, soviel dafür aufs Spiel zu setzen.«

»Ja.« Raena schaute ins Feuer und runzelte nachdenklich die Stirn. »Es ist schwer zu sagen, mein Lieber. Was würdest du davon halten, wenn ich dir erzählte, daß es eine neue Göttin in der Welt gibt?«

Eine Weile konnte Verrarc sie nur anstarren.

»Eine was?« sagte er schließlich. »Eine Göttin? Das ist das letzte, das ich geglaubt hätte, daß du ...«

»Zweifellos.« Plötzlich lächelte Raena wieder voller Selbstvertrauen. »Es hat mich ebenfalls wie der Blitz getroffen, so seltsam und wunderbar war es. Aber sie hat sich mir offenbart, und sie hat mich auserwählt, ihre Priesterin zu sein, ihr mein Leben lang zu dienen und danach in ihrem wunderbaren Land über den Tod hinaus bei ihr zu verweilen.« Sie hielt inne, und er hatte sie niemals so lächeln sehen, als schaute sie durch die dunkle Schneenacht, die sie umgab, hinaus in das warme Licht eines Frühlingstages. »Sie heißt Alshandra.«

Verrarc kam sich plötzlich wie ein Idiot vor und wußte nicht, was er sagen sollte.

»Wie bitte?« brachte er schließlich hervor. »Wie meinst du

das? Eine neue Göttin? Wie kann so etwas möglich sein? Die Götter haben die Welt geschaffen, und es gab sie schon immer.«

»Vielleicht habe ich mich falsch ausgedrückt.« Raena schaute weiterhin ins Feuer. »Sie war zuvor verborgen, verstehst du. Es gab sie schon immer, fern in ihrem eigenen wahren Land, aber sie hatte sich der Welt nicht offenbart.«

»Ah.« Seine Gedanken schlugen eine unangenehme Richtung ein: Hatte Raena vollkommen den Verstand verloren? »Aber sie hat sich dir offenbart. Irgendwie.«

»Es ist eine einfache Geschichte. Als ich noch die Frau dieses Schweins war, verbrachte ich lange Stunden damit, zu weinen. Du erinnerst dich sicher daran. Und ich verließ Penli und ging spazieren und setzte mich unter die Bäume auf den Boden und weinte weiter. Eines Nachmittags kam sie zu mir und fragte mich, warum ich weinte.« Raena senkte die Stimme und flüsterte nur noch ehrfürchtig. »Sie war riesig groß, schwebte vom Himmel herab, und sie war so schön und so freundlich, daß ich vor ihr auf die Knie fiel. Das erfreute sie. Sie sagte mir, wie ich sie rufen könnte, und wenn ich rief, kam sie zu mir.«

»Warte! Warum hast du mir damals nicht von ihr erzählt?«

»Ich fürchtete, daß du mich verspotten und sagen würdest, daß ich sie mir nur einbilde, und tatsächlich sehe ich auch jetzt nichts als Zweifel auf deinem Gesicht.«

»Wie könnte ich nicht zweifeln, da du sie zuvor nicht einmal erwähnt hast?«

Raena zuckte mit den Achseln.

»Sie nannte mich ihre Auserwählte«, fuhr sie fort. »Sie sagte mir, sie hätte mich stets beobachtet, selbst lange bevor ich geboren war. Und ja, sie erzählte mir so viele wunderbare Dinge und führte mich in ihr Land, wo es grüne Wiesen gibt und einen Fluß wie Silber und seltsame Städte, um darin einherzugehen! Nun ist alles verschwunden bis auf die Wiesen, denn ihre Feinde – und sie hat viele, alle von ihnen böse bis tief ins Herz hinein – haben alles zerstört. Aber sie sagt, sie hat ein anderes Land, wo es keine Zeit und keinen Tod gibt, und jene, die sie anbeten, werden mit ihr dorthin reisen, um für immer in Freude zu leben.«

Ihre Augen schienen von innen zu glühen, vollkommen seltsam. Sie klang so aufrichtig, so freudig, daß Verrarc sich fragte, ob sie vielleicht nicht doch die Wahrheit sagte.

»Das wäre wunderbar«, sagte er. »Niemals zu sterben.«

»Und mit ihr wird es keinen Tod geben, Verro. Ich habe ihr Land gesehen, und ihre Wunder. Ich kenne diese Dinge wirklich. Sie sind die tiefste Wahrheit, die je einer Frau zuteil wurde.«

»Glaubst du, sie würde sie mir auch zeigen?«

»Oh, das ist das Bittere daran. Sie hat sich in ihr eigenes, wahres Land zurückgezogen, und sie zeigt sich weder Männern noch ...«, sie zögerte und stotterte, »und auch Frauen nicht mehr.«

Wieder keimten Zweifel auf. Das ist verrückt, sagte er sich. Was, wenn Raena den Verstand verloren hatte?

»Liebster, bedenke doch ...« Raena beugte sich vor, plötzlich drängend. »Wenn wir in der Vergangenheit zusammen die Hexenkunst studierten, konnte ich da silbernes Licht und mächtige Geister beschwören?«

»Nein, das konntest du nicht. Und ich frage mich, Rae, wo du das gelernt hast.«

»Bei Alshandra! Sie hat es mir beigebracht, sie hat mir die Hände aufgelegt und hat mir ihre Macht gegeben, damit ich in der Welt Magie wirken kann. Und all jene, die das sehen, werden glauben, was ich sage: Alshandra ist eine Göttin, die ihre Anbeter segnet. Wie sonst sollte ich diese Dinge gelernt haben, Verro? Kennst du irgendwo in Rhiddaer einen Lehrer, von dem ich es hätte lernen können?«

»Nein.«

»Und würde ich dich belügen, den Mann, den ich nur um Geringes weniger liebe als sie?«

Verrarc war versucht zu sagen, daß sie ihn immerhin zuvor häufig genug angelogen hatte. Inzwischen sah sie ihm direkt ins Gesicht, konzentrierte ihren Blick auf ihn, als wünschte sie sich, ihm ihre Göttin zeigen zu können, indem sie ihm ihr Abbild in den Kopf zwang. Was, wenn das wirklich der Wahrheit entsprach, daß ihre Göttin ihm magische Macht geben würde, mehr, als er je zu hoffen gewagt hatte? Und wenn es keinen Tod gab?

»Wenn ich dich nur zu ihr bringen könnte«, sagte Raena, und ihre Stimme brach, so aufgeregt war sie. »Wenn du sie nur sehen könntest!«

»Wahrlich, ich wünschte, das wäre möglich. Warum hat sie ...«

»Ich weiß es nicht.« Raenas Stimme bebte, und sie wandte den Blick ab.

An dieser Stelle log sie tatsächlich. Er kannte die Zeichen aus vergangener Erfahrung. Seltsam genug jedoch zeigte ihm diese Lüge, wie wahr alles gewesen war, was sie vorher gesagt hatte – der Kontrast allein machte es deutlich.

»Das ist der Grund, der mich dazu zwingt, den Herrn des Chaos heraufzubeschwören«, fuhr Raena fort und starrte dabei die Wand an. »Ich muß es einfach herausfinden. Nie bin ich so verzweifelt gewesen, Verro! Es ist, als – nun, es ist, als wäre ich eine Waise, die auf der Straße verhungert, und als wäre sie die Frau eines reichen Gildemeisters. Und sie hat mich von der Straße geholt und in ihr Heim aufgenommen. Sie hat mich ernährt, und sie hat mir etwas beigebracht, so daß ich nie wieder arm sein und hungern muß. Aber dann hat sie etwas erzürnt, und sie hat mich wieder weggeschickt.«

Tränen traten ihr in die Augen. »Und hier bin ich nun, jammernd und allein.« Die Tränen flossen, aber lautlos, und sie unternahm keinen Versuch, sie abzuwischen.

»Ah«, sagte Verrarc. »Dann lag es also an dir, daß sie dich verstoßen hat?«

»Es war etwas, das ich *nicht* getan habe, was ich aber hätte tun sollen.« Die Wahrheit kam so plötzlich wie die Tränen. »Sie hat mir eine heilige Pflicht auferlegt, und ich habe versagt. Ihr Götter, daß ich so schwach und ihrer Liebe so unwürdig sein soll!«

Verrarc setzte sich neben sie aufs Bett. Sie drehte sich zu ihm, umarmte ihn und schluchzte, während er ihr übers Haar strich und immer wieder »Schon gut, schon gut« flüsterte. Endlich beruhigte sie sich, klammerte sich aber weiter an ihn.

»Nun«, sagte Verrarc, »dann solltest du diese Pflicht erfüllen, und vielleicht kehrt sie dann zu dir zurück.«

»Das hoffe ich, aber es wird nicht einfach sein. Es ging um etwas, was man ihr gestohlen hat, verstehst du. Und das befindet sich nun inmitten ihrer Feinde. Sie hat mich gebeten, es ihr zurückzugeben.«

»Und was soll das sein?«

Sie blickte auf, und er konnte spüren, wie sie in seinen Armen zitterte.

»Das darf ich dir niemals sagen, Verro«, flüsterte sie. »Ich bitte dich, verlange das nicht von mir. Du sollst all meine Geheimnisse erfahren, wenn die Zeit reif dafür ist. Aber es wäre Ketzerei, wenn ich dir die Geheimnisse meiner Göttin verriete.«

Er betrachtete sie lange Zeit forschend. Log sie oder nicht? Er hätte es wirklich nicht sagen können.

»Also gut«, meinte Verrarc schließlich. »Was zwischen dir und deiner Göttin ist, geht mich nichts an.«

Früher einmal, in unermeßlich alter Zeit, hatten Evandar und sein Volk, darunter auch Alshandra, als Wesen aus purer Energie und ohne jede Gestalt zwischen den Sternen existiert. Als das Licht die unendliche Menge der Welten gebar, waren sie »zurückgeblieben«, wie Evandar es ausdrückte. Wie oder warum, wußte er nicht mehr. Aber da sie geboren waren, um dem Weg zu folgen, den alle Seelen einschlagen müssen, und der auch die körperliche Welt und die Welt der Materie führt, hatten sie sich danach gesehnt, mit einer bestimmten Gestalt in der Schönheit der Welt zu existieren. Um ihren Hunger nach Leben zu befriedigen, hatte Evandar jenen Bereich auf der ätherischen Ebene geschaffen, den er »das Land« nannte, eine vollkommene Illusion der Welt von Annwn mit ihren Wiesen und Flüssen, ihren Wäldern und Hügeln – eine Schattenwelt, die so schön war, daß sie die wirkliche Welt, die auf der körperlichen Ebene auf sie wartete, nur noch verachten konnten.

Er hatte ihnen auch Körper aus astraler Substanz geschaffen und sie nach dem Abbild der Elfen geformt, die er zu lieben gelernt hatte. Über viele Zeitalter hinweg war Evandars Dweomer so unglaublich machtvoll geworden, daß er sich selbst einige Zeit für so mächtig wie einen Gott gehalten hatte, bis die Zerstörung der sieben Städte des Westens ihn diese Arroganz verlieren ließ. Ganz gleich, wieviel Dweomer-Kraft er eingesetzt hatte, ganz gleich, wie heftig er mit allen Arten von Waffen kämpfte, am Ende hatten die Horden gesiegt und alle Schönheit der Elfenwelt zerstört. Er knapste noch immer an der Lektion, daß er, sobald er sein eigenes Land verließ, ebenfalls Sklave von Veränderung und Tod war, selbst wenn sein eigener Körper gegen beides immun schien.

Und nun verfolgte ihn die Zeit, schien entschlossen, ihn abermals dazu zu zwingen, etwas zu lernen. Nach unzähligen Jahrhunderten vollkommenen Frühlings würde das Land vom Winter belagert. Als Evandar zurückkehrte, fand er die Wiesen weiß, die Bäche gefroren, die Bäume kahl, und sein Volk kauerte sich elend am Ufer des Silberflusses zusammen. Als sie ihn sahen, riefen sie ihm zu: »Bring den Frühling zurück! Gib uns Sommer!«

»Das habe ich zuvor schon getan, und der Winter kehrte zurück. Vielleicht sollten wir ihm davonreiten.«

In einem schreienden Rudel umdrängten sie ihn, flehten, weinten, schrien auf ihn ein. Evandar hob die Arme und verlangte Ruhe. Langsam erstarb das Rufen und Schwatzen.

»Also gut«, sagte Evandar. »Da habt ihr euren Frühling.«

Er stellte sich ein riesiges Silberhorn vor, und in diesem Land erschien alles, was Evandar sah, auch anderen. Sein Volk keuchte bewundernd und wich zurück, um Platz zu machen, als das Horn sich in die Luft erhob. Eine Erscheinung von der Größe eines Pferdes mit Wagen. Durch dieses Horn rief Evandar das Astrallicht herbei. Er sah es als goldene Flut der Macht, die durch die Spitze des Horns strömte und sich über die Wiese und in den Fluß ergoß. Plötzlich wurde es wärmer. Das Gras wurde wieder grün, die Bäume bekamen Blätter. Am Flußufer erschien ein Pavillon aus goldenem Tuch.

»Laßt uns feiern«, rief Evandar. »Musik!«

Die Menge lachte, sie riefen seinen Namen und jubelten ihm zu. Aber sobald sie sich zu ihrem Festessen niedergelassen hatten, verließ er den Pavillon. Er ging ein paar Schritte übers Gras, löste seine Elfengestalt auf und erhob sich als Falke in die Luft. Als er in einer ausgedehnten Spirale über Fluß und Wiesen flog, rief er mit der heiseren Stimme eines Falken das Astrallicht zu sich.

Unter ihm schmolz der Schnee, und Gras wuchs grün und üppig. Blumen blühten auf und wuchsen weiß und gelb aus den Wiesen. In allen Himmelsrichtungen kehrte, soweit er mit seinen Falkenaugen sehen konnte, der lachende Frühling zurück. Der Falke schrie einmal, dann brach er aus seinem Spiralflug aus und flog direkt auf den Wald an der Grenze zwischen den Welten zu. Shaetano verbarg sich irgendwo. Wahrscheinlich in jenem Teil des Landes, der einmal ihm gehört hatte. Evandar hatte vor, ihn zu finden.

In Deverry tobte derselbe Sturm, der seinen ätherischen Schatten über Evandars Land warf, über den nördlichen Territorien. Drei Tage lang hielt der Schnee Dun Cengarn in einem weißen Käfig gefangen. Die Männer des Gwerbret verbrachten ihre Tage in der großen Halle, nahe den beiden riesigen Feuerstellen und den dort immer brennenden Feuern, obwohl sie sich hin und wieder auch in die Ställe wagten und sich um ihre Pferde kümmerten. Einige holten sogar ihre Decken aus der Unterkunft und schliefen neben den Dienern in der großen Halle im Stroh.

Rhodry hielt sich meist in der Gesellschaft von Prinz Daralanteriels Eskorte aus zehn elfischen Bogenschützen auf, dem letzten Rest der großen Truppe, die er für den Krieg des vergangenen Sommers versammelt hatte. Da die Vorräte in Cengarn so knapp waren, hatte der Prinz die anderen Männer schon lange nach Hause geschickt. Obwohl sein Königreich in den Bergen im Westen in Trümmern lag, floß nach deverrianischen Maßstäben königliches Blut in Dars Adern, und er saß und aß am Ehrentisch bei Gwerbret Cadmar. Das Protokoll allerdings verlangte, daß seine Männer, angeführt von einem hellhaarigen Bogenschützen namens Vantalaber, bei den Männern des Kriegshaufens saßen.

Da kaltes Wetter die Männer des Westvolks weniger störte

als die Mitglieder von Gwerbret Cadmars Kriegshaufen, hatten sie den Tisch gewählt, der am nächsten an der Hintertür stand – auf diese Weise waren sie, wie die Bogenschützen häufig bemerkten, auch weiter von dem Gestank der Menschen entfernt. Genau wie die Männer des Kriegshaufens würfelten sie, um sich die Zeit zu vertreiben. Das elfische Spiel war allerdings ein wenig komplizierter. Jeder Spieler nahm eine Handvoll bunter Holzklötzchen – Würfel und Pyramiden –, schüttelte sie und streute sie dann in einer Linie aus. Schon die Punkte zu zählen war ein Akt an sich, der zu viel Streiterei und Geschimpfe führte. Manchmal kam während dieser Spiele der eine oder andere Mann des Kriegshaufens zum Tisch der Elfen und sah zu, aber nie baten sie, mitmachen zu dürfen, und niemand lud sie ein.

Hin und wieder kam eine Dienerin zum Tisch und goß den Männern Bier nach oder stellte ihnen einen mageren Brotkorb hin. An diesem besonderen Abend fiel Rhodry auf, daß es immer dasselbe Mädchen war, eine üppige kleine Blonde, die hin und wieder stehenblieb, um einen Augenblick mit einem der Bogenschützen, Melimaladar, zu sprechen, einem dunkelhaarigen Burschen, dessen Augen von einem rauchigen Grün waren – ungewöhnlich selbst für einen vom Westvolk. Sie steckten die Köpfe zusammen und flüsterten, bis etwas, was Melimaladar sagte, das Mädchen kichern ließ, und dann trabte sie, immer noch lächelnd, wieder davon.

Vantalaber trank einen Schluck des Biers, das sie gebracht hatte, und hätte es beinahe wieder ausgespuckt.

»Ihr Götter, das ist ja vollkommen verwässert!« fauchte der Hauptmann, aber auf elfisch. »Dünn wie Schweinebrühe!«

»Es gibt keine Vorräte mehr in der Festung«, sagte Rhodry in derselben Sprache. »Bald wird der Verwalter den Essig ausschenken.«

»Wie bitte? Wieso sollte jemand Essig trinken wollen?«

»Man trinkt ihn nicht pur. Man gießt nur ein paar Tropfen in einen Krug mit Brunnenwasser. Damit es sicherer ist.«

»Nun, wenn ich danach gehe, wie hier alle in ihrem eigenen Dreck leben, überrascht mich das nicht. Aber ich will niemanden beleidigen. Gwerbret Cadmar ist auf seine Art ein ordentlicher Mann.«

»Ja«, sagte Rhodry. »Obwohl ich mich um seine Gesundheit sorge. Er hat keinen Sohn, der das Rhan erben könnte, und das letzte, was der Norden braucht, ist eine verfluchte Fehde um die Herrschaft.«

»Das ist doch Unsinn. Was ist mit seinen Töchtern?«

»Van, sie können nicht erben. Sie sind Frauen. Wäre Cadmar kein Tieryn, sondern ein einfacher Lord, würden seine Vasallen eine Tochter vielleicht unterstützen, aber sie könnte nie als Gwerbret herrschen.« Vantalaber verdrehte angewidert die Augen. Melimaladar, der seiner Blondine hinterhergesehen hatte, als sie an anderen Tischen bediente, beugte sich nun vor und mischte sich in das Gespräch ein.

»Die Töchter haben doch Söhne, oder? Was ist mit denen?«

»Cadmar kann einen Enkel als Erben benennen, ja«, meinte Rhodry. »Aber dann muß der Hochkönig immer noch zustimmen.«

»Hm«, meinte Mel nachdenklich. »Dieses Deverry ist ein eigenartiger Ort. Es gefällt mir nicht. Ich würde am liebsten losreiten, Schnee oder nicht Schnee.«

»Wir reiten alle im Frühling weiter«, sagte Rhodry. »Was ist daran so schlimm?«

Melimaladar und Vantalaber wechselten einen Blick. Alle Bogenschützen am Tisch schwiegen jetzt und hörten zu.

»Sieh mal«, sagte Van. »Hier ist unser Prinz Dar, und er ist ein Prinz, das würde keiner von uns leugnen. Aber er ist ein Prinz des Volkes, nicht eurer Lords, und zuvor hat er das immer gewußt, ebenso wie er gewußt hat, was das bedeutet. Und jetzt sieh ihn dir an! Er ist eingebildet geworden, findet ihr nicht? Was Wunder, wenn all die Rundohren sich verbeugen und Kratzfüße machen, jedesmal, wenn er durchs Zimmer geht!«

Rhodry drehte sich auf der Bank um und blickte durch die große Halle. Cadmar saß nahe der Ehrenfeuerstelle auf seinem geschnitzten Stuhl, mit Prinz Dar zur Rechten und seinen Lieblingshunden zu seinen Füßen. Cadmar war einmal ein kräftiger Mann gewesen, aber nun war sein Haar weiß, und sein Gesicht wirkte eingefallen. Hin und wieder rieb er sich das lahme Bein und die alte Narbe, als quälte sie ihn trotz der Wärme des nahen Feuers.

In Kontrast dazu erschien Daralanteriel jugendlich und kraftvoll, selbst wenn er nur stillsaß und die gewaltige Skulptur eines Drachen betrachtete, die sich um die Feuerstelle ringelte. Er war selbst für Westvolk-Verhältnisse ein ausgesprochen gut aussehender Mann, und Rhodry konnte sich gut vorstellen, daß ein Mädchen wie Carra ihm überallhin gefolgt war, nachdem er freundlich zu ihr gewesen war. Im Lauf des Winters war seine helle Haut noch blasser geworden und betonte sein dunkles Haar ebenso wie die violetten Augen.

Noch während sie zuschauten, beugte Cadmar sich vor und rief den Jungen, die an der Feuerstelle spielten, einen Befehl zu. Zwei sprangen auf und kamen dem Befehl ihres Herrn nach, aber nicht, ohne sich vor dem Prinzen und dem Gwerbret zu verbeugen.

»Diese Kniefälligkeit«, sagte Vantalaber. »Es gefällt mir einfach nicht. Es gefällt keinem von uns.«

»Ist euch aufgefallen, daß die Jungen sich zunächst vor Dar verbeugt haben?« warf Melimaladar ein. »Und wie er gelächelt hat?«

»Und seht doch, was er jetzt die ganze Zeit trägt«, fuhr Vantalaber fort.

Rhodry schaute gehorsam näher hin, obwohl er einen Augenblick brauchte, um zu erkennen, was Van meinte.

An einer goldenen Kette um seinen Hals trug der Prinz einen Anhänger. Im Feuerlicht blitzte ein Edelstein auf.

»Bei der dunklen Sonne!«, flüsterte Rhodry. »Das Auge Ranadars.«

»Wir wissen alle, daß er von der königlichen Familie abstammt«, sagte Vantalaber. »Er braucht es nicht auf diese Weise deutlich zu machen.«

»Das stimmt«, meinte Rhodry. »Ich werde versuchen, mit ihm zu reden. Ihr habt recht. Das Volk wird das nicht dulden. Nicht draußen im Grasland.«

Trotz der Kälte des Turmzimmers blieb Dallandra oft lange wach und las im silbrigen Licht, welches das Wildvolk des Aethyr schuf, in einem von Jills Büchern. Für gewöhnlich führten ihre Studien sie direkt zur Schlafarbeit, bei der sie zu den Torlanden ging, um die Schutzzauber zu erneuern, die Rhodry in seinen Träumen vor Raena schützten. An diesem Abend war sie gerade damit fertig geworden, die glühenden Sterne zu verstärken, als Niffa zu ihr kam. Eine Weile betrachteten sie einander nur im rotgoldenen Schimmer der Sterne. Für Dallas elfische Verhältnisse war Niffa ein kleines Ding, kaum größer als fünf Fuß und schlank, mit langem, dunklem Haar, das ihr offen über die Schultern fiel.

»Ich muß dir danken«, sagte Niffa schließlich. »Deine Neuigkeiten von unserem Jahdo haben meiner Mutter sehr gutgetan.«

»Ich freue mich, das zu hören«, sagte Dallandra. »Er macht sich auch um sie und um euch andere Sorgen.«

»Könntest du denn so gut sein, ihm zu sagen, daß es Mutter gutgeht, obwohl sie krank gewesen ist. Er kann so weit entfernt ohnehin nichts tun, und ich will nicht, daß er sich Sorgen macht.«

»Das werde ich tun. Gibt es in eurer Stadt eine gute Kräuterfrau?«

»Eine der besten, sonst würde ich mir große Sorgen um meine Mutter machen. Ansonsten gibt es aber viel Ärger in unserer Stadt. Könntest du mir sagen, ob Raena dir und den deinen Schaden zugefügt hat?«

»Ja, das hat sie. Was hat sie euch angetan?«

»Nichts, das ich beweisen könnte.«

»Ach ja? Was glaubst du denn, was sie getan hat?«

»Sie hat meinen Mann getötet. Ich habe in einer Vision gesehen, wie sie gelacht hat, als er tot am Boden lag, aber sie ist die Liebste eines der Ratsherren, und er wird sie daher kaum vor Gericht bringen. Er sagt, es wären böse Geister gewesen, und jetzt glaubt ihm die ganze Stadt.«

»Ich habe keine Ahnung, wovon du sprichst.« Dallandra hielt inne und lächelte. »Immer mit der Ruhe, Mädchen. Ich kenne diesen Ratsherrn nicht, und ich weiß auch nicht viel über eure Stadt. Ich wußte nicht einmal, daß du verheiratet gewesen bist.«

Niffas Traumbild errötete.

»Tut mir leid«, sagte das Mädchen. Ich vergesse immer, daß du du selbst bist und nicht eine Frau aus meinen Träumen.«

»Und woher weißt du das?«

Niffa starrte sie lange an. Plötzlich wurde ihr Abbild immer heller und verblaßte schließlich vollkommen. Zweifellos hatte Dallandras Aufforderung, vernünftig nachzudenken, sie aufgeweckt, Es brauchte lange Jahre der Übung, damit Dweomermeister in ihren Träumen klar und vernünftig bleiben konnten. Dallandra konnte nun sicher annehmen, daß Niffa ihre magische Begabung nicht wirklich beherrschte. Jemand sollte das Mädchen ausbilden, dachte sie. Als ihr Blick auf die

Schutzsterne fiel, die von ihren eigenen Kenntnissen zeugten, mußte sie lachen. Sehr wahrscheinlich würde dieser »Jemand« sie selbst sein. Wege wie der ihre und Niffas kreuzten einander nicht zufällig.

Am Morgen zerrissen die Wolken unter dem Andrang eines kalten Nordwinds, und die Sonne schien auf die Festung. Dallandra nahm in ihrem Turmzimmer die Ledervorhänge von den Fenstern, um das Licht für eine Arbeit hereinzulassen, vor der sie sich gefürchtet hatte. In Jills Holztruhe lagen die wenigen Gegenstände, die man als ihren persönlichen Besitz betrachten konnte, anders als die Arzneien und Dweomerbücher, die sie gesammelt hatte, um anderen zu helfen. Beim Westvolk hätten Jills Blutsverwandte diese Sachen an sich genommen oder an jene verschenkt, die sie haben sollten, aber Jill hatte keine Verwandten mehr. Also war die Aufgabe Dallandra zugefallen, überwiegend dank der Tatsache, daß sie ebenso wie Jill ihr Leben dem Dweomer gewidmet hatte, was sie wohl zu einer Art Verwandter machte.

Dallandra zog sich den Stuhl heran, setzte sich und hob den Deckel der Truhe. Eins nach dem anderen holte sie Jills Sachen heraus – zwei Hemden, eine Brigga, alle sehr verwaschen und mehrfach geflickt, und einen recht neuen grauen Umhang – und legte sie auf den Tisch. Der Umhang war für Jahdo, der jeden Tag größer wurde. Die anderen Dinge? Dallandra nahm an, daß die Frauen des Gwerbret nützliche Lappen daraus schneiden würden. Am Boden der Truhe fand sie allerdings Interessanteres: zwei braune Tuchbündel und einen braunen Tuchsack.

Das längliche Bündel erwies sich als weiteres Buch, ein Buch, so lang, wie Dallandras Unterarm von den Fingerspitzen bis zum Ellbogen maß. Es roch nach Schimmel, und die Lederhülle war an vielen Stellen gerissen. Als Dallandra es öffnete, fand sie sich winziger Schrift gegenüber, die verkündete, dieses Buch gehöre Nevyn, dem Berater von Maryn, Gwerbret Cerrmor. Kein Wunder, daß Jill es an einem anderen Platz aufbewahrt hatte als die Bücher auf ihrem kleinen Regal. Sorgfältig blätterte Dallandra das Pergament um, betrachtete die verblaßte Schrift, die Blätter, die an den Kanten eingerissen waren, und fand ein Diagramm konzentrischer Kreise, die die Sphären des Universums darstellten. Der Staub brachte sie zum Niesen, und vorsichtig schloß sie das Buch wieder.

Dallandra war Nevyn einmal begegnet, gegen Anfang seines unnatürlich langen Lebens. Dank ihres langen Aufenthalts in Evandars Land schien es ihr, als wäre diese Begegnung vor nicht mehr als ein paar Jahren geschehen, obwohl es in der Zeit der Elfen und Menschen beinahe vierhundert Jahre her sein mußte. Nevyn hatte dem Westvolk Dweomerbücher gebracht. Dalla erinnerte sich, wie sie in der warmen Sommersonne gesessen, darin geblättert und die Diagramme und die Worte angestarrt hatte, die sie nicht lesen konnte. Später hatte Aderyn ihr das deverrianische Alphabet beigebracht. Aderyn, der vor so langer Zeit ihr Mann gewesen war – sie konnte sich immer noch erinnern, wie es sich angefühlt hatte, ihn zu lieben, obwohl dieses Gefühl nur noch eine Erinnerung war.

»Vor vierhundert Jahren.« Sie sprach die Worte laut aus, aber sie hatten kaum Bedeutung, ebenso wie ihr eigenes Alter ihr nichts bedeutete. Sie war vor mehr als vierhundert Jahren geboren, aber von dieser Zeit hatte sie bewußt nur etwa dreißig gelebt, weil sie so jung in Evandars Land gegangen und so lange dort geblieben war. Bedauerte sie das? Da nichts diese Jahre zurückbringen konnte, wäre Bedauern nur Zeitverschwendung gewesen. Sie wandte sich wieder Jills Besitztümern zu.

Das lange, schmale Bündel erwies sich als ein Schwert in einer Scheide aus fleckigem, rissigem Leder. Ein seltsamer Gegenstand für eine Dweomermeisterin, da es sich um keine Ritualwaffe, sondern um ein Kampfschwert aus gutem deverrianischen Stahl handelte. Dallandra zog die Klinge und entdeckte nahe dem Griff eingeritzt einen stilisierten zustoßenden Falken und direkt darunter ein Löwenwappen, das einmal rötlich eingefärbt gewesen sein mußte. Neugierig hob sie die Klinge hoch, um nach anderen Zeichen Ausschau zu halten. Als ihr warmer Atem den kalten Stahl berührte, wand sich eine kleine Schlange aus Feuchtigkeit die Klinge entlang. Erschrocken hätte sie sie beinahe fallen lassen. Sie steckte sie wieder ein und legte sie auf den Tisch neben das Buch, dann öffnete sie den Sack.

Darin fand sie einen Silberdolch in einer viel neueren Silberscheide und einen kleinen in Seide gewickelten Gegenstand. Sie legte den Dolch auf den Tisch und wickelte die Seide auf. Sie enthielt ein prächtiges Knochenplättchen, das etwa zwei mal zwei Zoll maß und auf das ein Krieger des Pferdevolks eingraviert war: ein Geschöpf mit einer gewaltigen Haarmähne und tätowiertem Gesicht. Die Zartheit und der Realismus der Gravur kennzeichneten sie als elfische Arbeit von hohem Alter.

»Meradan«, sagte Dallandra leise. »Jemand hat aufgezeichnet, wie die Eindringlinge aussahen. Ich frage mich, wie lange der Künstler danach noch lebte.«

Einen Augenblick lang hielt sie das Plättchen in beiden Händen, als wäre es ein Talisman, der ihr etwas über diese längst vergangenen Tage sagen konnte. Sie spürte nichts. Sie packte das Päckchen wieder in die Seide und legte es zu den anderen Gegenständen, die Jill wichtig genug gewesen waren, daß sie sie auf ihrem Wandererleben mitgenommen hatte. Was sollte sie damit tun? Dallandra hatte keine Ahnung.

Dallandra hatte Jill nur kurz gekannt, und Jill war kein Mensch gewesen, der leicht zu verstehen war. Was immer sie tat, ging so weit über meine Arbeit hinaus, dachte Dallandra.

Auch ihre Kenntnis des Dweomer – sie wußte tausendmal mehr als ich! An der Wand hing ein kleines Bücherregal, und Dallandra hatte unter Jills Anleitung begonnen, diese Bücher zu studieren. Sicher hätte Jill gewollt, daß sie sie behielt, bis die Zeit kam, sie an einen weiteren Schüler des Dweomer weiterzugeben. Aber auch aus diesen Büchern würde sie nie erfahren können, wie Jill ihren Dweomer gelebt hatte, in vollkommener Ergebenheit und Dienerschaft zu dem Licht, das hinter allen Göttern leuchtet. Ihr Mitgefühl war mitunter eine kalte, abstrakte Angelegenheit gewesen, aber nie ins Wanken geraten, nicht einmal, als dieser Dienst ihr Leben forderte.

Und was habe ich getan? dachte Dallandra. Ich habe Geister gejagt, habe weitab von der physischen Welt gelebt und jenen, denen zu dienen ich geboren wurde, den Rücken gekehrt! Tatsächlich hatte sie gelernt, die physische Welt zu verachten, mit all ihrem Gestank, ihrem Schmerz und ihrem Dreck. In Evandars Land floß das Leben wie Met, glatt und berauschend. Aber wie beim Met lösten sich die Illusionen der Freude bald genug auf, und der Trinker blieb verwirrt und mit nicht wenig Übelkeit zurück.

Draußen im Flur näherten sich Schritte. Dallandra stand auf, als Rhodry die Tür öffnete, hereinkam und einen Blick auf den Tisch warf.

»Jills Sachen?« fragte er auf elfisch.

»Ja. Hier, sieh dir das Schwert an! Ich möchte wissen, was diese Zeichen auf der Klinge zu bedeuten haben.«

Rhodry griff gehorsam nach dem Schwert, zog es aus der Scheide und betrachtete die Gravuren. Als er aufblickte, hatte er Tränen in den Augen.

»Das hat Jills Vater Cullyn von Cerrmor gehört«, sagte er. Sie muß es zum Andenken an ihn mitgenommen haben.« Dann flossen ihm die Tränen über die Wangen. Er schluchzte wie ein Kind, hielt aber immer noch das Schwert in geübtem

Griff. Wenn jemand sie angegriffen hätte, das wußte Dallandra, dann hätte Rhodry ihn instinktiv trotz der Tränen getötet. Mit einem letzten Schluchzen legte er das Schwert auf den Tisch und wischte sich die Augen mit dem Ärmel.

»Es tut mir leid«, sagte er. »Es tut mir immer noch weh, daß sie tot ist.«

»Ja«, sagte Dallandra. »Möchtest du dieses Schwert haben? Ich bin sicher, es wäre ihr lieber gewesen, daß du es hast als irgendwer sonst.«

»Sehr wahrscheinlich.« Wieder griff er nach der Waffe und steckte sie ein, bevor er fortfuhr. »Aber ich besitze ohnehin schon zu viel für einen Silberdolch. Ich werde es Dar zur Hochzeit schenken – ein wenig verspätet, aber er kann verdammt froh sein, wenn er überhaupt etwas von mir bekommt.«

»Das könnte man behaupten«, sagte sie. »Und was ist mit dem Silberdolch?«

Rhodry legte das Schwert nieder und griff nach dem Dolch. Als er ihn aus der Scheide zog, glänzte die Silberklinge in einem seltsam bläulichen Licht. Rhodry lachte und hielt den Dolch hoch, der wie eine ätherische Fackel glühte.

»Was im Namen der Götter ist das?« Dallandra war einen Schritt zurückgewichen.

»Das ist zwergische Dweomerarbeit.« Rhodry steckte die Klinge wieder ein und legte sie auf den Tisch. »Sie warnt vor Berührung durch jeden mit Elfenblut. Es würde auf dich ebenso reagieren. Das Bergvolk hält uns für Diebe.«

»Es würde einen Dieb tatsächlich das Fürchten lehren, zu sehen, wie diese Klinge brennt! Das ist seltsam. Ich habe immer gehört, daß die Zwerge Dweomer meiden.«

»Das stimmt. Ach, wer weiß?« Rhodry zuckte mit den Achseln und betrachtete den Dolch lange. »Er hätte mit Jill begraben werden müssen.«

»Es tut mir leid. Das war mir nicht klar.«

»Ich wette, das interessiert sie nicht mehr.« Er blickte auf und sah sie bedrückt an. »Ich könnte den Dolch nehmen. Oder warte! Jahdo soll ihn haben, denn als wir ihn und Meer gefangennahmen, hatte er ein Messer verloren, das sein Großvater ihm gegeben hat, und das hat ihn seitdem gequält.«

»Der Dolch ist ein wenig zu großartig für ihn, nicht wahr? Was, wenn einer der anderen Jungen oder der Diener ihn stiehlt?«

»Er kann ihn hier oben aufbewahren.« Rhodry griff nach dem Dolch und zeigte auf einen Haufen von Satteltaschen und Bündeln, die an der gekrümmten Außenwand gestapelt waren. »Zusammen mit den Sachen, die Meer ihm hinterlassen hat.«

»Ja, aber ich verstehe das nicht ... wenn der Dolch wichtig genug ist, um mit ihr begraben zu werden, warum gibst du ihn jetzt einfach weg?«

»Eigentlich werfe ich ihn nur in den Fluß des Wyrd zurück.« Plötzlich lachte er und warf den Kopf zurück. »Ich habe meinen Silberdolch einmal in Bardek verloren. Aber er kam zwanzig Jahre später zu mir zurück, und als er das tat, brachte er Veränderung. Ich habe hin und wieder über die Dinge nachgedacht, die du mir erzählt hast, Dalla, darüber, daß ein Mann wiedergeboren werden kann – oder eine Frau, da wir gerade von Jill sprechen. Und ich frage mich, ob sie ihren Dolch vielleicht zurückbekommen soll. Wenn das der Fall ist, wird er seinen Weg finden, wenn die richtige Zeit gekommen ist.«

Abermals lachte Rhodry, diesmal sein schrilles Berserkerlachen. Es gab Zeiten, in denen Dallandra sich fragte, wie sie ihr Bett mit einem Wahnsinnigen wie ihm teilen konnte. Und als hätte er diesen Gedanken vernommen, wischte er sein verrücktes Grinsen weg und sah sie ernst an.

»Aber du hast selbstverständlich das letzte Wort, was diesen Dolch angeht«, sagte Rhodry. »Gib ihn jemand anderem, wenn du willst.«

»Nein, gib ihn Jahdo. Du hast vielleicht recht, daß er Jill wiederfinden wird. Ich werde das Buch behalten, denn ich bezweifle, daß jemand anders hier es verstehen könnte.«

Damit blieb noch das Knochenplättchen.

»Sollte ich es Carra geben?« fragte Dallandra. »Als Hochzeitsgeschenk?«

»Warum?« Rhodry lächelte kurz. »Ich bezweifle, daß es ihr etwas bedeuten würde. Sie ist so elend jung.«

Dallandra mußte zustimmen, aber später, als sie die Frauen der Festung in ihrer Halle aufsuchte, wurde sie überrascht. Wie üblich saß Carra – Prinzessin Carramaena des Westlands, um ihren vollständigen Titel zu nennen – mit ihrer kleinen Tochter Elessario auf dem Schoß nahe dem Feuer. Die kleine Elessi trug, statt fest eingewickelt zu sein, nur Windeln und ein loses Hemd, wenn sie schlief. Zu Carras Füßen lag Blitz, ihr Hund, der eigentlich mehr wie ein Wolf aussah. Auf der gegenüberliegenden Seite des Raums, an einem offenen Fenster, saßen die Frau des Gwerbret, Labanna, und ihre Hofdame Lady Ocradda fest in Umhänge gewickelt an einem großen Stickrahmen. Sie trugen fingerlose Handschuhe, weil sie an einem Bettvorhang stickten, der zwischen ihnen in den Rahmen gesteckt war.

Dallandra setzte sich Carra und der kleinen Elessi gegenüber. Einen Augenblick lang schwatzten sie über das Kind, aber als die Konversation verebbte, dachte Dallandra wieder an das Knochenplättchen, das sie bei sich trug, in dem kleinen Geldbeutel unter ihrem Hemd.

»Was hältst du davon?« Dallandra holte es heraus und reichte es ihr. »Laß es Elessi nicht anfassen. Es ist über tausend Jahre alt.«

Carra nahm das Knochenplättchen in beide Hände und starrte es an.

»So alt?« flüsterte sie. »Das ist erstaunlich! Es ist einer vom Pferdevolk, nicht wahr? Wer hat es gezeichnet?«

»Einer der Ahnen deines Mannes – und einer von meinen.« Dallandra hielt inne und lächelte. »Ein Maler, ein elfischer Maler aus einer der Sieben Städte.«

»Faszinierend!« Carra seufzte leise und sah sich das Bild weiter an. »Etwas so Altes in Händen zu halten – ihr Götter, ich kann kaum Worte finden, um dir zu sagen, was für ein Gefühl mir das gibt.«

Die anderen Frauen ließen von ihrer Stickerei ab und kamen herüber, um es sich anzusehen. Als Carra Labanna das Plättchen reichen wollte, wich die Frau des Gwerbret zurück.

»Ich möchte es nicht anfassen«, sagte Labanna lächelnd. »Ich habe Angst, daß es mir herunterfällt.«

»Es ist ... äh ...« Ocradda zögerte. »Äh, sehr interessant. Allerdings schrecklich verblaßt. Wie schade.«

Mit höflichem Lächeln kehrte sie an ihre Arbeit zurück. Carra drehte das Knochenplättchen um und betrachtete die Rückseite. »Es gibt kein Zeichen des Malers. Darauf hatte ich eigentlich gehofft.«

»Ich habe nie daran gedacht, nach einem zu suchen«, sagte Dallandra. »Aber du hast recht, das wäre wichtig gewesen.«

»Ich liebe solche Dinge.« Carra legte das Plättchen auf ihre Handfläche und streckte Dallandra die Hand hin. »Du solltest es lieber zurücknehmen, bevor ich es dir stehle.«

»Du kannst es haben, wenn es dir so sehr gefällt.«

»O nein, das ist viel zu wertvoll.«

»Liebe Carramaena! Du bist eine Prinzessin, und du solltest ein paar Schätze besitzen.« Dallandra reichte ihr die Seide. »Du kannst es hierin einpacken.«

»Ich danke dir tausendmal!« Carra nahm das Stoffstück

entgegen. »Das ist wunderbar, Dalla! Wenn man solche Gegenstände in der Hand hält, hat man das Gefühl, die Vergangenheit selbst zu halten. Als wäre es ein Stück Zeit, das zu Eis erstarrt ist. Nun, das ist eine ungeschickte Art, das auszudrücken, aber verstehst du, was ich sagen will?«

»Ja. Ich hatte keine Ahnung, daß die Vergangenheit dir so viel bedeutet.«

»Doch. Ist das nicht albern?«

»Wie bitte? Selbstverständlich nicht!«

»Danke, aber meine Schwestern haben mich immer damit geneckt und behauptet, ich wäre ein wenig seltsam im Kopf! Ich wollte immer die Geschichte von allem wissen, und ich habe unseren Kämmerer halb um den Verstand gebracht, als ich noch ein Kind war, weil ich immer fragte, wo dies oder das herkam und wie alt es war.« Carra hielt inne und sah Dallandra ins Gesicht, als suchte sie dort nach verborgenem Spott. »Ich denke, das ist einer der Gründe, warum ich mich in Dar verliebt habe. Er hat mir nie erzählt, daß er ein Prinz war, aber er sprach von den Sieben Städten und dem Königreich, das vor so vielen Jahrhunderten in die Hände von Dämonen fiel. Ich habe noch nie so wunderbare Geschichten gehört, nicht einmal von Barden.«

»Nun, es ist eine Art süßer Trauer«, sagte Dallandra, »an all den verschwundenen Glanz und die tapferen Helden zu denken, die bis zum Ende kämpften.«

»Ja, das auch. Aber das Schönste war, daß es die Dinge erklärte. Über das Westvolk, meine ich. Warum ihr immer zur deverrianischen Grenze kommt und wieder geht und mit euren Pferdeherden lebt, statt in Städten und Festungen. Ich habe mich das immer gefragt. Als Dar von diesen alten Tagen erzählte, war es, als würden Wolken aufreißen und ich sähe einen fremden, neuen Himmel.«

Carra wollte offenbar noch mehr sagen, aber Elessi erwachte und beschwerte sich, jammerte und fuchtelte mit den Armen. Carra zog die Nase kraus.

»Was für ein Gestank! Ich weiß, was du brauchst, mein Püppchen. Dalla, würdest du das Bild bitte für mich halten, während ich sie wickle?«

Dallandra nahm das Knochenplättchen und legte es auf ihren Schoß, während Carra das Baby zur anderen Seite des Zimmers brachte, wo ein Tisch mit einem Nachttopf und Tüchern bereitstand. Während sie lauschte, wie Carra gurrte und mit dem Kind schwatzte, schämte sich Dallandra. Habe ich Carra je zuvor eigentlich angesehen? fragte sie sich. Sie hatte gesehen, was jeder in ihr gesehen hatte: eine junge, verliebte Frau – die hübsche kleine Carra mit dem herzförmigen Gesicht und dem blonden Haar, den großen, blauen Augen, die in entzückter Ergebenheit zu ihrem Mann aufblickten. Keiner von uns hätte je angenommen, daß sie ein Hirn in diesem Kopf hat, dachte Dalla. Ausgesprochen dumm von uns!

»Ich habe ein Vermächtnis, das ich dir übergeben muß«, sagte Rhodry.

»Ein was?« fragte Jahdo. »Und wer würde einem Jungen wie mir etwas hinterlassen?«

»Jill selbstverständlich. Hier. Das wird vielleicht den Platz des Messers deines Großvaters einnehmen, das du wegen mir verloren hast.«

Jahdo zog den Silberdolch aus der Scheide und starrte ihn lange wortlos an. Sie standen draußen in der Spätnachmittagssonne, nicht weit vom Stall entfernt, wo Jahdo mit einer der Schaufeln, die sonst zum Ausmisten des Stalls benutzt wurden, Schnee geräumt hatte.

»Der ist großartig!« Jahdo hielt den Dolch hoch. Die Klinge fing das Licht ein und blitzte wie ein Spiegel. »Nein, ich kann das wirklich nicht annehmen!«

»Du kannst und sollst es«, sagte Rhodry und grinste. »Obwohl du ihn lieber oben in Dallandras Kammer aufbewahren solltest, wo die anderen Jungen ihn nicht finden können.«

»Das ist wahr.« Jahdo fuhr mit einer Fingerspitze über die Klinge. »Es ist ein Wappen drauf, ein kleiner Falke.«

»Das war das Wappen von Jills Vater, und sie hat es auch benutzt.«

»War er auch ein Zauberer wie sie?«

»Nein, aber der beste Schwertkämpfer von ganz Deverry.«

»Ah.« Jahdo steckte die Klinge ein, hielt den Dolch noch ein wenig in der Hand und gab ihn dann Rhodry zurück. »Ich geb' ihn ungern wieder her, aber er sollte wirklich lieber im Turm auf mich warten.«

»Ich werde ihn mitnehmen. Der Gedanke an Jill erinnert mich an etwas anderes, Junge. Ich hatte dir doch etwas versprochen, nicht wahr? Ich wollte dir das Lesen beibringen. Es dauert noch einige Zeit bis zum Frühling, also sollten wir bald anfangen.«

»O danke! Ich habe mich schon gefragt, aber ich wollte Euch nicht verärgern, Herr ...«

»Es hätte nichts geschadet, mich zu erinnern, und im übrigen bin ich kein Herr.«

»Für mich schon. Ein gütiger, großzügiger Herr.«

Einen Moment glaubte Jahdo, daß Rhodry weinen würde, so wie er den Blick abwandte.

»Danke«, sagte Rhodry schließlich, und seine Stimme bebte ein wenig. »Ich werde sehen, ob ich eine Schieferplatte finde. Cadmars Schreiber sollte eine haben. Wir fangen heute noch an.«

Rhodry drehte sich um und ging über den Hof davon. Jahdo sah ihm nach, dann machte er sich wieder an die Arbeit, bevor der Stallmeister ihn untätig erwischen konnte.

Er verließ gerade den Stall, als er eine kleine Prozession aus dem Broch kommen sah. An ihrer Spitze trabte Carras Hund, gefolgt von Carra selbst und Lady Ocradda, zwei Pagen bildeten die Nachhut. Jahdo spürte, wie er errötete. Hier stand er in seinen schmutzigen und verschwitzten Kleidern, und die Prinzessin kam direkt auf ihn zu.

»Jahdo!« rief Carra. »Ich freue mich, dich zu sehen.«

»Ich mich auch, Euer Hoheit«, sagte Jahdo und trat einen Schritt zurück. »Aber ich bin gerade so schmutzig und so ...«

»Glaubst du, das stört mich?« Carra lächelte ihn an. »Ich bin gekommen, um zu sehen, wie es meinem Pferd geht. Ich dachte, ich hole ihn heraus und führe ihn ein wenig in den Hof.«

Ocradda schaute drein, als hätte sie in madiges Fleisch gebissen. Jahdo konnte sich vorstellen, wie die Prinzessin hatte kämpfen müssen, damit man ihr gestattete, überhaupt in den Stall zu gehen.

»Ich werde Gwerlas für Euch herausholen«, sagte Jahdo. »Ihr solltet mit den langen Gewändern lieber nicht in den Stall gehen. Ein paar von den Männern ... nun ja ... die passen nicht richtig auf, wenn sie die Ställe ausmisten.«

»Ach was! Ich habe mich immer um meine Pferde gekümmert, all die Jahre, in denen ich ...«

»Euer Hoheit!« unterbrach Ocradda. »Der Junge hat recht. Laßt ihn das machen! Ich meine, wenn es Euch gefällt.«

»Also gut, aber sei vorsichtig. Gwer kann ein wenig bissig werden.«

Mehr als nur ein wenig, wie Jahdo aus früheren Zeiten wußte. Doch der große Wallach schien an diesem Nachmittag in guter Stimmung zu sein. Er gestattete Jahdo, ein Seil an sein Halfter zu binden und ihn nach draußen zu führen, ohne auch nur einmal die Zähne zu zeigen. Sobald er draußen die Sonne sah, schnaubte Gwerlas und schüttelte die Mähne. Dann entdeckte er Carra und ging direkt auf sie zu. Jahdo trabte neben ihm her.

»Da bist du ja!« rief Carra. »Mein Liebling!«

Sie schlang die Arme um seinen Hals, und das Pferd schnaubte an ihrem Umhang und schubste sie. Lady Ocradda verdrehte die Augen in so etwas wie resignierter Verzweiflung. Carra bestand darauf, das Pferd selbst in den Hof zu führen, aber sie gestattete es Jahdo um des Scheins willen, es am Ende des Seils zu halten. Eine säuerliche Ocradda und die Pagen folgten ihnen auf den Übungspfad, der nahe der Festungsmauer entlangführte.

»Es ist wirklich schön, dich zu sehen, Jahdo«, sagte Carra. »Wie geht es dir?«

»Gut, Euer Hoheit.«

»Anscheinend hat man eine Menge Arbeit für dich.«

»Ach, Arbeit stört mich nicht. Dadurch vergeht die Zeit schneller.«

»Du freust dich sicher darauf, bald wieder nach Hause zu kommen.«

»Das ist wirklich wahr.«

Ein paar Schritte gingen sie schweigend weiter. Carra hatte die Hand auf Gwerlas' Hals liegen, um sich zu überzeugen, daß er nach der langen Zeit im Stall nicht zu rasch ins Schwitzen geriet. Jahdo spürte die Kälte kaum, so als wärmte es ihn auf geheimnisvolle Art, neben der Prinzessin herzugehen. Wenn er doch nur irgendwelche geistreichen politischen Bemerkungen finden könnte, um sie zu beeindrucken! Statt dessen suchte er verzweifelt danach, überhaupt etwas zu sagen.

»Ach«, sagte er schließlich, »ich habe tatsächlich Neuigkeiten. Ich habe mit Rhodry gesprochen, und er hat angeboten, mir Lesen beizubringen.«

»Das ist wunderbar! Ich wünschte, ich könnte es auch lernen.«

»Warum fragt Ihr ihn dann nicht?«

Carra warf einen raschen Blick über die Schulter. Ocradda

und die Pagen stapften in gehöriger Entfernung durch den Schnee, aber Carra senkte trotzdem lieber die Stimme. »Ich fürchte, daß die guten Frauen hier in der Festung vor Entsetzen schreien würden.«

»Wieso? Warum solltet Ihr nicht lesen lernen?«

»Es geht nicht ums Lesen. Es geht um Rhodry: Er ist ein Silberdolch. Für Lady Labanna gehört er in dieselbe Klasse wie Hunde und Schweine – noch niedriger als die Männer im Kriegshaufen ihres Mannes.«

Jahdo dachte darüber nach, als sie am Kochhaus vorbeikamen.

»Das hatte ich vollkommen vergessen«, sagte er. »Aber ich weiß! Warum fragt Ihr nicht unsere Zauberin? Wenn Lady Dallandra nichts dagegen hat, wird keiner wagen, etwas einzuwenden.«

Es war spät am Abend, als Dallandra wieder in die Frauenhalle kam. Im Kerzenlicht beugten sich die Frau des Gwerbret und ihre Hofdame dicht über die Stickerei, um noch ein wenig zu arbeiten, bevor ihre Augen zu müde wurden. Dallandra gesellte sich zu Carra an die Feuerstelle. Elessi war wach und saß auf dem Schoß ihrer Mutter.

»Elessi liebt das Feuer«, meinte Carra. »Nicht wegen der Wärme, aber wenn sie wach ist, kann sie stundenlang in die Flammen starren.«

»Ja, Feuer kann sehr hübsch sein.«

Carra lächelte und streichelte über das helle Haar ihrer Tochter. Im Feuer konnte Dallandra Salamander sehen, die über die Scheite krochen und in den Flammen tanzten oder sich den Rücken am Eisengitter rieben. Zweifellos sah Elessi sie auch. Das Wildvolk würde einem solchen Wesen wie ihr zuströmen, einem Wesen von Evandars Art, das zum ersten Mal in die körperliche Welt geboren wurde.

»Ich kann es kaum erwarten, ihr den Frühling zu zeigen«, fuhr Carra fort. »Die Blüten und die ersten Blätter der Bäume. Ihr erster Frühling!«

»Das wird sehr schön werden.«

»Und dann können wir endlich reisen. Der Gwerbret und seine Frau sind sehr großzügig gewesen, und sie werden mir fehlen, aber ich möchte endlich Dars Volk kennenlernen und das Grasland sehen.«

»Das Leben auf dem Gras draußen ist nicht einfach.«

»Nun, einfach ist es hier auch nicht, oder?«

»Das ist wahr.« Dallandra senkte die Stimme. »Ich werde froh sein, wenn ich selbst gehen kann.«

»Das kann ich mir vorstellen.« Carra lächelte kurz. »Ich bin so froh, daß Elessi endlich auf der Welt ist und wir beide überlebt haben. Als ich schwanger war, dachte ich, ich würde den Verstand verlieren.«

»Ja, es war beunruhigend, zuzusehen. Alles schien dich zu verängstigen.«

»Nun, da war diese kleine Angelegenheit mit der Pferdevolkarmee. Ich denke, ich hatte guten Grund, Angst zu haben.«

»Den besten auf der Welt. Das kann dir keiner vorwerfen.«

»Jill hat es getan.«

Alter Schmerz schwang in Carras Stimme mit. Dallandra wählte ihre Antwort sorgfältig.

»Das ist leider wahr«, sagte Dallandra. »Aber Jill hat von allen das absolut Beste erwartet. Es lag nicht nur an dir. Sie war eine Kriegerin, aber wir können diesem Vorbild nicht alle folgen.«

»Ich bestimmt nicht. Ich bin feige.«

»Ach ja?« Dallandra lächelte. »Du hast die Festung deines Bruders auf eigene Faust verlassen und bist Dar gefolgt.«

»Ja, aber ich hatte die ganze Zeit Angst.«

»Und du glaubst, Krieger haben nie Angst? Frag Rhodry danach, und höre, was er zu sagen hat.«

Carra hielt nachdenklich inne.

»Ich glaube, ich weiß, was du meinst«, sagte Carra schließlich. »Aber manchmal erinnere ich mich daran, wie Jill mich angesehen hat, und dann winde ich mich innerlich.«

»Das kann ich verstehen. Aber du hast deine eigene Kraft, und je älter du wirst, desto besser wirst du sie kennenlernen.«

»Wahrscheinlich. Weißt du, das erinnert mich an etwas. Ich habe heute mit dem kleinen Jahdo gesprochen, und er hat mir erzählt, daß Rhodry ihm das Lesen beibringen will.«

»Ich weiß.«

»Und, nun ja ...«

Carra zögerte einen Augenblick, dann brach es aus ihr heraus. »Könnte ich es nicht auch lernen? Ich weiß, so etwas steht einer Frau nicht zu, aber ich möchte es so gerne.«

»Es steht dir nicht zu? Was für ein Unsinn! Selbstverständlich sollst du lernen, wenn du willst. Ich werde mit Rhodry sprechen.«

Carra wandte sich ihr zu und lächelte, ein strahlendes, freudiges Lächeln, wie Sonnenlicht, ganz ähnlich dem Strahlen, mit dem sie ihren Mann immer begrüßte. Daß Carra diese Leidenschaft zu lernen an den Tag legte, schockierte Dallandra abermals, obwohl es ihr, als sie darüber nachdachte, ausgesprochen folgerichtig vorkam, daß jeder, der sich so für Geschichte interessiert, zweifellos auch gerne etwas über die Vergangenheit lesen wollte. Dallandra hatte sich so lange und schwer dafür angestrengt, Elessi in die körperliche Welt zu bringen, daß Carra in ihrem Kopf nur noch in der Rolle als Elessis Mutter vorkam. Sie hatte die wirkliche Carra beinahe vergessen. Wie schrecklich, jemandem so etwas anzutun, sagte sich Dallandra. Sie zwang sich dazu, dem Mädchen ihre größte Aufmerksamkeit zuzuwenden.

»Das ist so wunderbar«, sagte Carra. »Jetzt an so etwas wie Bücher und Briefe denken zu können! Ich träume manchmal noch von Alshandra und der Pferdevolkarmee vor unseren Toren. Wenn ich aufwache, muß ich mir immer wieder sagen, daß wir endlich in Sicherheit sind.«

Dallandra setzte dazu an, eine Freundlichkeit von sich zu geben, aber eine Dweomerwarnung ließ sie erstarren. Sie spürte, wie die Angst ihr über den Rücken fuhr wie eine eiskalte Hand. Carra wandte sich ihr erschrocken zu, aber zum Glück wachte das Kind auf, streckte die kleinen Arme aus und begann zu weinen. Dallandra entschuldigte sich, stand auf und ging.

Als sie in ihr Turmzimmer hinaufstieg, begleitete die Dweomerkälte sie und umklammerte sie so fest, daß ihr das Atmen schwerfiel. Zweimal mußte sie auf der Treppe stehenbleiben und sich ausruhen. Als sie sich gegen die Steinmauer lehnte und keuchte, hörte sie ein seltsames Rascheln und Murmeln, so laut, daß sie es anfangs für ein Geräusch aus der körperlichen Welt hielt. Das Geräusch folgte ihr allerdings bis in ihr Quartier und schwoll zu einem Tosen von Stimmen an.

In Sicherheit? Weit entfernt! Dallandra wäre beinahe auf dem Bett zusammengesackt. Sie besaß gerade noch die Geistesgegenwart, die Decken über sich zu ziehen, bevor sie in Trance fiel. Es schien ihr, als läge sie wach im Turmzimmer, aber sie lag wie erstarrt in einem Licht, das sie ins silbrige Blau der ätherischen Ebene trug. Rings um sie her wirbelten Stimmen in unterschiedlichen Sprachen. Einige Worte verstand sie, andere nicht. Die Stimmen waren die von einem Dutzend Sprechern, männlich, weiblich, andere seltsam unklar. Was immer sie zu sagen versuchten, war ausgesprochen drängend. Sie hörte Zorn und Angst, als die Stimmen lauter und lauter weiterschwatzten.

Plötzlich brachte das schrille Krächzen eines Raben die Stimmen zum Schweigen. Wieder schrie der Rabe, und es schien, als zöge ein großer, schwarzer Schatten durchs Zimmer.

Abrupt erwachte Dallandra in schweißdurchtränkter Kleidung in einem eisigen, dunklen Zimmer. Sie stand auf, taumelte zum Fenster und stützte sich gegen die Mauer, während sie mit dem Ledervorhang rang. Endlich gelang es ihr, eine Ecke hochzuziehen. Kalter Wind und Schneeflocken schlugen ihr ins Gesicht. Nacht lag über der Festung, aber wie früh oder spät es war, wußte sie nicht zu sagen. Sie ließ den Vorhang wieder fallen. Wärme, dachte sie. Ich muß hier herauskommen, ich muß mich wärmen.

Auf dem Tisch stand ein Krug Wasser. Sie brach das Eis auf der Oberfläche und trank direkt aus dem Krug. Das Wasser brachte genug Gefühl zurück in ihren Körper, daß sie quer durchs Zimmer gehen und die Tür öffnen konnte, aber der dunkle Treppenabsatz und die Treppe dahinter ließen sie zögern. Sie beschwor das Wildvolk des Aethyr auf, das erschien, um sie mit einem silbrigen Schimmer zu umgeben. In diesem Licht ging sie nach unten und erreichte schließlich die große Halle.

Offenbar war die Abendmahlzeit gerade erst zu Ende gegangen. Im Licht des Feuers und der Fackeln saßen alle noch an den Tischen, vom Gwerbret und den Adligen am Ehrentisch bis zu den Dienern, die an ihrem Feuer saßen und die Reste des Brotes aßen. Dar leistete Carra an ihrem Tisch Gesellschaft, aber seine Bogenschützen saßen zusammen mit Rhodry an der anderen Seite der Halle. Die Höflichkeit hätte erfordert, daß Dallandra zur Seite des Gwerbret ging, aber sie wollte lieber von Leuten ihrer eigenen Art umgeben sein. Sie ging auf den Tisch der Bogenschützen zu und merkte, wie schwer ihr das Laufen fiel. Sie befürchtete schon zu schwanken wie eine Betrunkene, aber Rhodry hatte sie bereits entdeckt. Er stand von der Bank auf und eilte zu ihr.

»Dalla, ihr Götter!« sagte er auf elfisch. »Bist du krank?«

»Nein. Nur erschöpft. Ich habe gearbeitet.«

Rhodry stützte sie mit seinem Arm. Er rief nach einer Dienerin und führte sie durch die große Halle zu einem Tisch nahe dem Ehrentisch, wo er dafür sorgte, daß sie sich mit dem Rücken zum Feuer hinsetzte. Als Carra und Labanna besorgt dazukamen, schickte er sie weg. Dallandra stützte die Ellbogen auf den Tisch und den Kopf in die Hände, während sie beobachtete, wie er mit ihnen sprach.

»Herrin?«

Beim Klang der Stimme zuckte Dallandra zusammen. Es war nur eine Dienerin, die einen Korb mit Brot in einer und einen Krug in der anderen Hand hielt. Als Dallandra nach dem Krug griff, sorgte der heftige Geruch von verdünntem Bier dafür, daß ihr Kopf klarer wurde.

»Danke«, sagte Dallandra, »es tut mir leid, wenn ich dich erschreckt habe.«

Das Mädchen lächelte ängstlich und flüchtete zur anderen Seite der Halle. Eine Zauberin in Deverry mußte wirklich ein einsames Leben führen, dachte Dalla. Sie riß ein Stück Brot ab und biß ab. Der Geschmack machte ihr klar, daß sie ungemein hungrig war. Rhodry kam zurück, setzte sich neben sie und sah ihr zu, während sie sich das Brot in den Mund stopfte wie ein Bettlerkind.

»Das solltest du lieber mit einem Schluck Bier herunterspülen«, bemerkte er nach einer Weile. »Oder du verschluckst dich noch.«

Sie nickte und trank.

»Schon besser«, sagte Rhodry, diesmal wieder auf elfisch. »Was, bei der dunklen Sonne, ist mit dir los?«

»Ich wurde von einer Vision überwältigt.« Dallandra hielt inne und trank noch einen Schluck Bier.

»Nein, das ist nicht das richtige Wort, aber ich bin zu müde, um darüber nachzudenken, wie man es nennt, wenn eine Menge Stimmen ein Vorzeichen verkünden.«

»Darf ich fragen, was sie gesagt haben?«

»Ich konnte sie nicht verstehen.« Sie setzte den Krug ab und betrachtete ihn nachdenklich – wenn überhaupt jemand in der Festung ein Geheimnis bewahren konnte, dann war es Rhodry. »Es ist gleich. Ich habe einen Raben krächzen gehört, und das war das wichtigste. Es muß unsere alte Freundin Raena sein. Sie hat vor, Carra – oder wahrscheinlicher dem Kind – irgend etwas anzutun.«

Rhodry fluchte in einer Mischung aus mehreren Sprachen. Dallandra verzog das Gesicht.

»Tut mir leid«, sagte er, »so geht es mir nun mal, wenn ich an Raena denke. Warum will sie ihnen etwas antun? Ihre elende falsche Göttin ist tot.«

»Aber glaubt sie das?«

»Das hatte ich eigentlich angenommen.«

»Warum?« Dallandra trank noch einen Schluck Bier. »Sie hat Alshandras Befehl ausgeführt, eine Armee aufzustellen. Ohne Arzosah hätte diese Armee vielleicht sogar gesiegt, geführt von Raena. Sie hatte Ruhm und Aufregung, tausendmal mehr als jede andere Frau. Wie kommst du darauf zu glauben, daß sie jetzt wieder demütig zu ihrer Stickerei zurückkehrt?«

»Das ist wahr.« Rhodry zögerte und dachte nach. »Nun, wenn sie versucht, einer von beiden zu schaden, bekommt sie es mit mir zu tun.«

»Ich bin sicher, daß sie das weiß. Warum, glaubst du, erneuere ich immer wieder den Schutzbann?«

»Da hast du recht. In meiner Eitelkeit habe ich mir eingebildet, daß sie mich um meiner selbst willen haßt, aber wenn sie wüßte, daß ich geschworen habe, das Mädchen fortan zu beschützen ...«

»Das hast du getan? Du hast den Schwur laut ausgesprochen?«

»Ja, als Yraen und ich Carra unterwegs begegneten. Ich sah sie, und ich wußte, daß ich auf seltsame Weise an sie gebunden war. Also habe ich mich ihr als Leibwächter verdingt.«

»Oh! Du hast geschworen, Carra zu bewachen, nicht das Kind.«

»Nun, ich nehme an, ich meinte auch das Kind. Ich war zu diesem Zeitpunkt sturzbesoffen und erinnere mich nicht an Einzelheiten.«

»Das kann ich mir vorstellen.«

Dallandra versuchte, ein Gähnen zu unterdrücken, dann gab sie es auf und gähnte herzhaft. »Es tut mir leid. Ich bin nur so müde.«

»Du solltest lieber schlafen. Du bist immer noch totenbleich. Ich komme mit dir nach oben.«

»Ich habe doch schon den ganzen Tag geschlafen!«

Aber Rhodry bestand darauf, und als sie unter der Decke lag und er neben ihr Wärme ausstrahlte, schlief Dallandra wieder ein.

Eine Weile war es normaler Schlaf, aber dann erwachte sie und erinnerte sich an den Schutzzauber in den Torlanden. Als sie diesmal wieder einschlief, begab sich ihr Geist direkt auf die ätherische Ebene und zu den beiden Sternen. Nachdem sie deren Kraft erneuert hatte, blieb sie im hohen Gras stehen und betrachtete den großen, purpurfarbenen Mond, der riesig und bedrohlich über der Wiese hing. Sie wollte mit Niffa sprechen, aber da sie nur das Traumbild des Mädchens kannte und sie nie wirklich gesehen hatte, konnte sie sie auf der ätherischen Ebene ebensowenig finden wie in der materiellen Welt. Zum Glück schien auch Niffa mit ihr sprechen zu wollen, denn nach kurzer Zeit kam sie zu ihr. Sie setzten sich ins hohe Gras und unterhielten sich, aber Niffas Mangel an vernünftiger Beherrschung ihrer Traumvisionen machte es schwierig, ein richtiges Gespräch zu führen. Es gelang Dalla allerdings nach und nach, die Geschichte des Mädchens über ihren ermordeten Mann und den Ratsherrn Verrarc zusammenzusetzen.

»Aber du hast nicht wirklich gesehen, wie Raena deinen Mann umbrachte, oder?«

Niffa schüttelte den Kopf.

»Und daher kannst du nicht sicher sein, daß sie ...«

»Das sagen sie alle!« fauchte Niffa dazwischen. »Meine Mutter und mein Vater, meine ich.«

»Nun, was glauben sie denn, wer ihn getötet hat?«

»Böse Geister«, sagte Niffa. »Das hat der Ratsherr gesagt, und selbst unsere Kräuterfrau und die Geistersprecherin glauben ihm nun.«

»Was ist mit dem Rest der Stadt?«

»Die Stadt? Nun, die Leute haben Angst und reden von Hexerei und finsteren Dingen. Sie würden es am liebsten vergessen, also tun sie so, als wäre alles in Ordnung.«

»Ich verstehe. Du solltest jetzt wirklich vorsichtig sein. Sie könnten sich am Ende gegen dich wenden.«

»Meine Mutter sagt das auch. Sie hat schreckliche Angst.«

Niffas Bild verblaßte und sah aus wie eine Gestalt, die auf ein Tuch gemalt ist, das man vor eine Landschaft hält. Dallandra mußte rasch handeln. »Du hast recht, Raena zu mißtrauen«, sagte Dallandra, »aber sei vorsichtig! Sie ist sehr gefährlich.«

Niffas Abbild verschwand. Ob sie mich wohl gehört hat? dachte Dallandra. Nun, ich werde sie hier zweifellos wiedertreffen.

Als sie an diesem Morgen aufwachte, hörte Niffa Stimmen im Nebenzimmer – die ihrer Mutter und die einer anderen Frau. Das sollte lieber nicht diese schreckliche Raena sein! Während sie sich anzog, fauchte sie wie ein Frettchen. Sie fand ihre Holzschuhe, zog sie an und klapperte dann ins andere Zimmer, wo sie Emla, Demets Mutter, bequem am Feuer sitzen sah.

»Da bist du ja«, sagte Emla. »Ich bin hergekommen, weil ich wissen wollte, wie es dir geht, Mädchen. Wir haben uns nicht mehr gesehen, seit ...« Ihre Stimme erstickte beinahe in Tränen. »Seit der Beisetzung.«

»Ich bin nicht viel draußen gewesen«, sagte Niffa. »In die Stadt zu gehen tut mir weh.

Niffa setzte sich auf die Bank neben Dera, die ihr einen Arm um die Schultern legte. Trotz der grauen Strähnen in ihrem blonden Haar sah Emla ihrem Sohn so ähnlich, daß das Niffas Trauer nur größer machte.

»Früher oder später«, sagte Dera, »mußt du wieder anfangen zu leben. Ich glaube nicht, daß Emla dir das übelnehmen würde.«

»Ganz bestimmt nicht.« Emla beugte sich vor. »Du bist jung, Niffa. Es wird in einiger Zeit einen anderen Mann für dich geben, und du solltest nicht glauben, daß ich etwas gegen dein Glück hätte.«

»Ich werde nie wieder heiraten.«

Die älteren Frauen wechselten einen Blick – traurig, aber mit der Spur eines Lächelns. Niffa stand auf, nahm eine Holzschale vom Tisch und schöpfte aus dem Kessel an der Feuerstelle etwas Haferbrei hinein.

»Da ist noch etwas anderes«, fuhr Emla fort. »Deine Mutter und ich haben über Ratsherr Verrarcs Frau gesprochen. Er möchte sie heiraten, wie es sich gehört, aber Werda weigert sich, das Ritual zu vollziehen.«

»Sie weiß zweifellos, was das Beste ist«, fauchte Niffa. »Das weiß sie doch immer.«

»Wenn es um Geister geht, würde ihr niemand widersprechen«, sagte Emla mit einem Lächeln. »Aber Fleisch und Blut – nun, das ist eine andere Sache, oder? Wir wissen alle, worum es geht. Verro hätte seine Raena vor Jahren schon geheiratet, hätte es dieser elende Narr von einem Vater gestattet. Es scheint richtig, das zu ändern.«

Niffa setzte sich auf die Bank auf der anderen Seite des Tischs und konzentrierte sich auf ihren Haferbrei. Wie konnte Emla nur denken, daß man Raena gestatten sollte, als anständige Frau unter die Bürger der Stadt aufgenommen zu werden?

»Ich frage mich allerdings«, Dera wählte ihre Worte sehr vorsichtig, »welchen Einfluß Raena auf den Ratsherrn haben wird – ich meine, ob es ein guter Einfluß sein wird.«

»Das ist eine berechtigte Frage.« Emla nickte zustimmend. »Aber sobald sie verheiratet sind, wird er ihr Herr sein, nicht wahr?«

»Das ist wahr.«

»Ich glaube, sie ist die Art Frau, die eine feste Hand braucht«, fuhr Emla fort. »Und Verrarc ist ein störrischer Mann.«

»Da hast du ebenfalls recht.« Dera zögerte einen Augenblick. »Du weißt sicher, daß Verrarc und sein Glück mir sehr wichtig sind, seit er als kleiner Junge bei mir Zuflucht gesucht hat. Ich wünsche ihm nur das Beste.«

Niffa sah ihre Mutter an und verzog das Gesicht. Dera wandte sich ab und schaute Emla an.

»Ja«, sagte Emla. »Du bezweifelst also, daß Raena ihm eine gute Frau sein wird?«

»Ja«, sagte Dera. »Zum einen ist sie unfruchtbar. Das ist nicht ihre Schuld, aber ein Mann wie Verrarc, der Besitz zu hinterlassen hat, braucht Söhne, nicht wahr? Oder zumindest eine Tochter, der er alles als Mitgift geben kann.«

»Daran hatte ich nicht gedacht. Aber es stimmt, sie ist ein Jahr bei ihrem Mann gewesen, und Verrarc und sie haben den Göttern genügend Gelegenheiten gegeben, sie zu segnen.«

»Genau.«

Emla schnalzte nachdenklich mit der Zunge. »Verrarc ist tatsächlich sehr störrisch«, sagte sie schließlich. »Er wird nicht leicht aufgeben.«

»Das stimmt.«

»Aber du weißt, was sie sagen, Dera. Manchmal muß ein Mann bekommen, was er will, bevor er einsieht, daß er es nicht will.«

»Das ist wohl wahr.«

Dera hielt nachdenklich inne. »Je mehr sich die Stadt gegen sie wendet, desto treuer wird er zu Raena stehen.«

Niffa schaute von der Schale auf und warf ihrer Mutter einen bösen Blick zu. Emla drohte mit dem Finger.

»Dieser Haferbrei muß schrecklich schmecken«, meinte Emla. »Wenn man deinem Blick nach geht. Was quält dich so, Mädchen?«

Nun, Niffa konnte Emla wohl kaum von ihren Visionen und ihrem Verdacht erzählen. Sie legte den Löffel in die leere Schale.

»Nun ja«, sagte sie schließlich, »ich mochte Raena nie. Sie kommt mir heimtückisch vor, und wer weiß, wo sie sich die ganze Zeit versteckt hat? Sie ist einfach aus dem Nichts aufgetaucht.«

»Ach, das ist ganz einfach.« Emla lächelte. »Sie ist zurück auf den Hof ihres Vaters gegangen, nachdem ihr Mann sie verstoßen hatte. Der alte Mann hat ihr diese Schande zweifellos jeden Tag vorgehalten. Er war immer so – eine einzige lange Nase, an der entlang er auf andere heruntersieht.«

»Das reicht, um jeden hinaus in den Schnee zu treiben«, warf Dera ein. »Die arme Frau!«

Wenn ihre Mutter erst Mitleid mit jemandem hatte, hatte es keinen Sinn weiterzustreiten, das wußte Niffa.

»Nun, Emla«, fuhr Dera fort, »wenn du mit Werda sprechen möchtest, dann gehe ich mit und lege auch ein Wort für Raena ein.«

»Danke. Je mehr von uns hingehen, um so besser. Ich werde noch mit ein paar anderen Frauen sprechen.«

Als Emla ging, schaffte Niffa es, sich einigermaßen freundlich von ihr zu verabschieden, aber danach sagte sie kein Wort mehr. Dera schloß die Tür hinter ihrem Gast und verriegelte sie außerdem. Dann setzte sie sich Niffa gegenüber.

»Mutter! Wie kannst du nur!«

»Still! Du glaubst, daß Raena etwas mit Demets Tod zu tun hatte, aber ich bin da nicht so sicher. Werda sagt, es waren böse Geister. Willst du etwa behaupten, daß du mehr von diesen Dingen weißt als Werda?«

»Nein, natürlich nicht. Aber sie hat gelacht – Raena, meine ich. Sie hat gelacht, als er tot dalag.«

»Bist du so sicher? Es kann passieren, daß eine Frau – oder auch ein Mann – etwas ganz Entsetzliches sieht, und es mag scheinen, daß sie lachen, aber es liegt keine Freude in diesem Lachen, es ist nur ein grausiges Schluchzen ohne Tränen.«

Niffa setzte zu einer Antwort an, aber dann dachte sie nach. Was, wenn sie Raena wirklich fälschlicherweise anklagte?

»Mag sein, Mutter. Vielleicht habt ihr recht, du und Emla.«

»Danke.« Dera lächelte dünn. »Und mach dir jetzt noch keine Sorgen. Es wird schwer sein, Werda dazu zu bringen, ihre Meinung zu ändern.«

Ein paar Tage später erfuhr Dallandra die Wahrheit über Demets Tod, als sie sich mit Evandar oben auf dem Markthügel traf. Sie fanden einander nach Einbruch der Nacht unter einem so klaren, kalten Himmel, daß die Sterne wie Eissplitter aussahen, die im silbernen Feuer des aufgehenden Mondes funkelten. Evandar, in seinen blauen Umhang gewickelt, schimmerte ähnlich wie das Mondlicht.

»Und wie geht es Salamander?« fragte ihn Dallandra.

»Wem? Ach, Rhodrys Bruder.«

»Ja. Ich habe Rhodry gefragt, ob er etwas von einem Fluch weiß, den Jill ihm auferlegt hat, und Rhodry schwört, daß sie so etwas nie getan hätte. Er sagt allerdings, daß sie sicherlich geflucht hat, wie es Silberdolche tun, und Salamander sich vielleicht in seinem Wahnsinn daran erinnert und es falsch deutet.«

»Nun, das wäre wirklich verständlich. Ich werde versuchen, ihn noch einmal aufzusuchen.«

Evandar spähte stirnrunzelnd zu den Sternen. »Bei all dem Ärger, den Shaetano macht, werde ich allerdings kaum Zeit dafür haben.«

»In Jahdos Stadt? Ich habe gerade selbst eine üble Geschichte gehört. Raena soll dort einen Mann getötet haben.«

»Der junge Mann von der Stadtmiliz? Nein, es war nicht sie, die ihn getötet hat, es war Shaetano.«

Dallandra wußte nicht, was sie sagen sollte. Evandar lachte über ihre schockierte Miene, dann wurde er schnell wieder ernst.

»Es ist wirklich schlimm«, sagte er. »Und ich habe keine Ahnung, wie er das gemacht hat. Was noch schlimmer ist, er weiß es selbst nicht. Er nennt sich Herr des Chaos, und er scheint diesem Namen gerecht werden zu wollen.«

»Dann ist es noch schlimmer, als ich gedacht habe. Ich sollte wirklich im Frühjahr zu dieser Stadt reiten.«

»Wenn du sofort gehen willst, könnte ich dich auf der Mutter aller Straßen hinbringen.«

»Ich kann Carra und das Kind nicht allein lassen.«

»Wir könnten alle gehen und auch Jahdo und Rhodry mitnehmen.«

»Das stimmt, aber Rhodry will nicht gehen, bevor Arzosah zurückgekommen ist. Nicht, daß ich das für wahrscheinlich hielte.«

»Es war dumm von ihm, sie gehen zu lassen. Diese Drachen haben verräterische kleine Herzen.«

»Aber er weiß ... wir alle wissen nun ihren wahren Namen.«

»Es genügt nicht. Es ist gleich, was die alten Geschichten sagen, aber nur den Namen eines Drachen zu wissen ist kein Schutz für einen gewöhnlichen Menschen. Wenn jemand den Namen mit Dweomer aussprechen kann – nun, das ist etwas anderes.«

»Ich verstehe. Drache oder nicht, ich werde im Frühjahr nach Cerr Cawnen reiten müssen.«

»Soll ich Rhodrys Bruder dort hinbringen?«

Dallandra dachte einen Augenblick lang nach.

»Lieber nicht«, sagte sie schließlich. »Ich denke, er wäre im Westland, in der Nähe seines Vaters, besser dran. Aber um aller Götter Willen, bring ihn noch nicht hierher. Ich habe im Augenblick genug zu tun.«

»Also gut, ich werde ihn noch dort lassen, wo er ist. Es ist nicht so, daß seine arme Frau allein mit ihm zurechtkommen müßte.«

»Das ist eine gute Seite dieser Gauklertruppen.«

Dallandra sah sich um und bemerkte, daß in allen Häusern, die sie sehen konnte, das Licht gelöscht worden war. »Ihr Götter, ich sollte lieber in die Festung zurückkehren! Der Torhüter wird nicht ewig auf mich warten.«

»Ich komme mit. Ich traue diesen Straßen bei Nacht nicht. Da fällt mir ein – hat Rhodry immer noch sein Bronzemesser?«

Dallandra brauchte einen Augenblick, um sich zu erinnern, von welchem Messer er sprach.

»Dieses alte Messer?« fragte sie. »Das mit dem seltsamen Dweomer?«

»Ja. Er könnte es brauchen, da Alshandras Rudel noch immer frei ist.«

»Er trägt es zusammen mit dem Silberdolch an seinem Gürtel.«

»Gut. Sag ihm, er soll wachsam bleiben.«

Gemeinsam kehrten sie zur Festung zurück, aber an den eisenbeschlagenen Toren verließ Evandar Dallandra. Sie gab dem alten Torhüter eine Münze für seine Geduld, dann ging sie in den Haupthof, wo Fackellicht unruhige Schatten auf das Steinpflaster warf. Nicht weit von der Hintertür zur großen Halle entfernt stritt sich eine Gruppe von Reitern des Gwerbret über irgend etwas. Neugierig trat sie näher und stellte sich auf eine der Treppen.

Von dort aus konnte sie erkennen, was den Ärger bewirkt hatte. Inmitten eines Kreises von Cadmars geschworenen Männern standen ein Mann des Westvolks und einer von Cadmars Reitern, beide zitternd vor Zorn, während Cadmars Hauptmann und Prinz Daralanteriel aufeinander einredeten. Daneben stand eine blonde Dienerin und weinte in ihre Schürze.

Am Rand der Menge stand Rhodry, die Arme lässig an den Seiten. Die rußigen Fackeln bewirkten mehr Schatten als Licht, aber Dallandra sah sein angespanntes, schiefes Lächeln. Als eine Fackel aufflackerte und sie seine Miene einen Augenblick lang deutlicher erkennen konnte, bemerkte sie, daß sein Blick so kalt und ausdruckslos geworden war wie der eines Falken. Plötzlich trat er vor. Offensichtlich wurde der Streit zwischen Prinz Daralanteriel und dem Hauptmann des Gwerbret hitziger. Einer in der Menge brüllte: »Schmutzige Diebe seid ihr alle – Diebe und Silberdolche.«

Rhodry schlug fest zu und hatte dann den Burschen mit beiden Händen an der Kehle.

»Rhodry!« rief Dallandra. »Nein!«

Rhodry schleuderte seinen Gegner zu Boden und trat ein paar Schritte zurück. Andere Männer halfen dem Burschen auf die Beine. Er würgte und zitterte, aber es war ihm nicht viel geschehen. Rhodry wandte sich ihr zu und lachte schrill.

»Danke!« rief er. »Wenn du nicht gerufen hättest, hätte ich ihn umgebracht.«

»Das dachte ich mir«, murmelte Dallandra so leise, daß er es nicht hören konnte. »Du Berserker-Mistkerl.« Die Reiter hatten sich alle zu ihr umgedreht, und sie sah, daß die meisten die Finger zum Abwehrzeichen gegen Hexerei gekreuzt hatten. Einige traten in den Schatten zurück, drehten sich um und gingen davon. Andere taten dasselbe etwas zögerlicher. Am Ende standen nur noch Rhodry und Draudd, einer der Männer des Gwerbret, im rauchigen Fackellicht. »Ich bin verdammt froh, daß Ihr vorbeigekommen seid.« Draudd verbeugte sich vor Dallandra. »Ihr Götter, die kleine Schlampe ist es nicht wert, daß ein Mann ihretwillen stirbt!«

»Dann war also das blonde Mädchen der Grund von alldem?« wollte Dallandra wissen.

»Ja«, erwiderte Draudd. »Hat sich gleichzeitig zwei Herzen warmgehalten, wenn Ihr versteht, was ich meine.«

»Wird es deshalb noch mehr Ärger geben?« fragte Dallandra Draudd.

»Nicht von einem von uns. Da kein Stahl gezogen wurde, muß der Gwerbret nichts davon erfahren. Es sei denn, er hat es zufällig gehört.«

Als Dallandra zur Tür der großen Halle ging und hineinspähte, sah sie, daß der Stuhl des Gwerbret leer war. Jahdo sagte ihr, seine Gnaden sei früh zu Bett gegangen.

»Sein Bein tut ihm weh«, sagte der Junge. »Das lahme.«

»Das kann ich mir vorstellen, bei dieser feuchten Kälte«, sagte Dallandra. »Ich werde ihm am Morgen einen Kräutertrank brauen.«

Einen Augenblick sah sie zu, wie die Männer in die Halle zurückkehrten. Als sie sich wieder umdrehte, war Rhodry weg.

Sie fand ihn in ihrem Turmzimmer, wie er im Kerzenlicht Zweige auf das Kohlebecken legte. Sie schloß die Tür, aber er drehte sich nicht um. Statt dessen beugte er sich vor, um in die Kohlen zu pusten. Endlich begannen die Zweige zu brennen. Er fügte noch ein paar weitere hinzu, dann größere Stücke Holzkohle.

»Ich denke, das wird reichen«, sagte er.

»So sieht es aus.«

Im Kerzenlicht und dem schwachen Schimmer vom Kohlebecken schien seine Miene unergründlich. Mit einem gereizten Fauchen rief Dallandra das Wildvolk des Aethyr herbei. Eine silbrige Lichtkugel erschien und hing über dem Tisch. Rhodry blickte auf. Seine Augen schienen riesig, die dunklen Brauen darüber waren gerade, sein Mund war schlaff. Er hätte ebensogut an Mord wie an gar nichts denken können.

»Hättest du den Burschen wirklich getötet?« fragte sie.

»Wahrscheinlich.« Schulterzuckend wandte er sich vom Kohlebecken ab und wischte sich die Hände an den Brigga. »Ich war nie sonderlich geduldig. Und es ist lange her, seit ich meiner Lady Tod ein Geschenk geschickt habe. Sie ist noch ungeduldiger als ich.«

»Ich wünschte, du würdest nicht ständig von deiner Lady Tod reden. Das ist so ein verrückter Gedanke!«

»Ach ja? Warum?« Plötzlich grinste er, und seine Augen

blitzten vor Vergnügen. »Habe ich ihr nicht all diese Jahre treu gedient? Man sollte doch glauben, daß ein wahrer Liebender inzwischen eine wahre Belohnung erhalten hätte, oder?«

Sie konnte ihn nur anstarren. Ihr Götter! Ist das das böse Wyrd, das Jill gesehen hat. Daß er den Verstand verliert – wenn es denn Wahnsinn ist? Sein Lächeln verschwand.

»Was soll das?« sagte Dallandra plötzlich. »Willst du behaupten, daß du sterben willst?«

»Wer wollte das nicht, nach einem solchen Leben?« Rhodry drehte ihr den Rücken zu und ging ein paar Schritte von ihr weg.

Als sie ihm folgte und ihm die Hände auf die Schultern legte, spürte sie jeden Muskel wie zum Zerreißen angespannt. Sie ließ die Hände sinken.

»Es gibt nichts, was du dazu sagen kannst, nicht wahr?« Seine Stimme war tief und gleichmäßig. »Niemand kann etwas dazu sagen.«

»Das stimmt.«

Rings um sie her begann das Wildvolk zu erscheinen, Feen und Gnome, und im Schimmer des Kohlebeckens sah sie einen Salamander, der sich auf den Kohlen räkelte.

»Du denkst doch nicht daran, dich umzubringen?« fragte Dallandra.

»Nein. Nicht solange die Rabenfrau lebt.«

»Ihr Götter! Versprich mir, daß du das nicht ...«

»Daß ich was nicht tue? Mir die Kehle durchschneide?«

Endlich drehte sich Rhodry zu ihr um und er lächelte. »Das werde ich nicht tun. Ich schwöre es dir bei meinem Silberdolch. Du weißt, das ist der einzige Eid, den ich nie brechen werden.«

»Wie kannst du dabei noch lächeln?«

Er legte den Kopf schief und betrachtete sie einen Augenblick lang, dann hörte er auf zu lächeln. »Du hast recht. Es ist kein Scherz, nicht wahr?« Er nahm seinen Umhang von der Stuhllehne. »Ich kann nicht schlafen. Warte nicht auf mich.«

Er verließ das Zimmer, und das Wildvolk folgte ihm. Sie setzte sich auf den Stuhl und streckte die Hände aus. Es überraschte sie nicht festzustellen, daß sie zitterten.

Obwohl der Gwerbret nichts gesagt hatte, erwies sich Prinz Daralanteriel als unwillig, die Angelegenheit beiseite zu schieben. Als Rhodry in die große Halle kam, erhob sich der Prinz von seinem Stuhl an der Ehrenfeuerstelle und winkte ihm. Rhodry blieb stehen, wo er war, und winkte vage in Dars Richtung zurück. Kurze Zeit blieb die Situation, während jeder Mann in der großen Halle zusah, unentschieden, dann nahm Dar mit einem Schulterzucken seinen Umhang vom Stuhl und ging quer durch die Halle zu Rhodry an der Tür.

»Du willst mit mir sprechen?« fragte Rhodry. »Worüber?«

Dar legte sich den Umhang um die Schultern. »Über etwas, worüber wir lieber draußen sprechen sollten.«

Hinter dem Hauptbroch fanden sie einen windabgeschiedenen Platz, wo das flackernde Licht von den Feuern drinnen auf den gefrorenen Schlamm fiel. Beide Männer konnten im Dunkeln viel besser sehen als gewöhnliche Menschen, aber das Schimmern kam ihnen irgendwie tröstlich vor.

»Dieser Bursche hat mich als Dieb bezeichnet«, sagte Dar. »Sollte ich ihn zu einem Ehrenduell herausfordern?«

»Willst du das?« fragte Rhodry.

»Nein. Es wäre dumm, und du hast ihn bereits zu Tode erschreckt. Aber was werden die Männer hier von mir denken, wenn ich das nicht tue?«

»Du fängst an zu denken wie ein deverrianischer Adliger.«

Dar wurde rot. Rhodry sah ihm ins Gesicht, und Dar wich dem Blick aus.

»Mag sein. Ich wünschte bei allen Göttern, daß wir jetzt einfach davonreiten könnten, aber in diesem Wetter ...«

»Wir würden es nie nach Hause schaffen. Deine Männer werden unruhig, Dar. Sie sehen, wie du beim Gwerbret sitzt, und fragen sich, ob dein Kopf für deinen Helm zu groß geworden ist.«

Dar starrte einen Augenblick lang auf den schlammigen Boden, dann drehte er sich auf dem Absatz um und ging davon. Rhodry folgte ihm zurück in die große Halle. Dar zögerte kurz, dann ging er zu dem Tisch, wo die anderen Männer des Westvolks saßen. Er sprach kurz mit Vantalaber, dann setzte er sich rechts von seinem Hauptmann auf die Bank. Lächelnd ging Rhodry hinüber und setzte sich dazu.

Als Dallandra am Morgen aufwachte, war Rhodry immer noch nicht da. Als sie nach unten ging, fand sie ihn schlafend in seinen Umhang gewickelt im Stroh, nahe der Feuerstelle der Reiter, mit ein paar Hunden an seinem Rücken und Jahdo in der Nähe. Während sie dort stand und sich fragte, ob sie ihn wecken sollte, wachte er auf und gähnte.

»Guten Morgen, schöne Zauberin«, sagte er und grinste. »Ich war letzte Nacht zu betrunken, um es noch mit der Treppe aufzunehmen. Dar hat ein wenig Met in seiner Kammer versteckt gehabt und ihn für uns hinuntergebracht.«

»Ich verstehe.«

Gähnend schüttelte Rhodry den Kopf und rieb sich das Gesicht mit beiden Händen.

»Ich muß mich rasieren«, sagte er. »Ich hasse es, so zottelig zu sein, Winter oder nicht. Hast du schon etwas gegessen?«

»Nein.«

Rhodry stand auf und schüttelte den Umhang aus.

»Ich habe mich wohl zum Narren gemacht, wie?«

»Nein.« Dallandra sprach elfisch. »Nicht mehr als die anderen Männer, und da schließe ich den Prinzen ein. Weißt du, ihr solltet alle die Festung häufiger verlassen. Geht jagen – die Götter wissen, daß wir das Fleisch brauchen können, wenn es noch irgendwelches Wild gibt, das ihr jagen könnt.«

»Gute Idee«, antwortete er in derselben Sprache. »Ich werde mit Dar sprechen. Du hast recht. Wir haben alle ein wenig den Verstand verloren, weil wir hier so lange eingeschlossen waren.«

Damit verbeugte er sich und ging davon, wobei er etwas über warmes Waschwasser vor sich hin murmelte. Während Dallandra darauf wartete, daß ein Diener ihr Brot brachte, kam der Mann, den Rhodry beinahe getötet hatte, zu ihr. Ein blonder Bursche mit einer aufgeschlagenen Lippe und blauen Flecken in der Größe von Rhodrys Fingern am Hals. Als er sich vor ihr verbeugte, sah Dallandra, wie er zitterte.

»Ich verdanke Euch mein Leben«, sagte er. »Ich danke Euch, Herrin.«

»Gern geschehen. Ich bin froh, daß Rhodry auf mich gehört hat.«

»Auf Euch gehört?« Er legte eine Hand an die blauen Flekken auf seinem Hals. »Wir dachten, Ihr hättet ihn verzaubert. Wir nahmen an, wenn er in diesem Zustand ist, könnte sonst nichts zu ihm durchdringen.«

Dallandra setzte dazu an, ihm die Sache zu erklären, dann beschloß sie, daß lange Erläuterungen darüber, wie Rhodrys Verstand funktionierte, unverständlich sein würden.

»Ihr scheint es ihm nicht übelzunehmen«, sagte sie statt dessen.

»Nein, wieso? Er ist von den Göttern berührt.« Der Reiter zuckte mit den Achseln und streckte die Hände aus, als hielte er die Wahrheit vor sich. »Erinnert Ihr Euch an den Kampf, den er für den Zwerg ausgefochten hat? Das hat uns gezeigt, wie sehr er in der Gunst der Götter steht. Also ist alles, was letzte Nacht passiert ist, ein Fehler. Ich war betrunken. Ich weiß nicht mehr, was ich gesagt habe, aber es ist gleich. Man kann sich mit denen, die die Götter berührt haben, nicht einlassen.«

»Ich verstehe. Nun, ich bin froh, daß Ihr keinen großen Schaden genommen habt. Aber Ihr solltet Euch lieber beim Prinzen für die Dinge, die Ihr über seine Männer gesagt habt, entschuldigen.«

»Ihr habt recht. Das werde ich tun, sobald er herunterkommt.«

Gegen Mittag hatte die Aufregung sich gelegt, und soweit Dallandra wußte, hatte der Gwerbret nichts davon erfahren. Sie hoffte nur, daß der Winter in diesem Jahr früh zu Ende gehen würde. Je eher sie alle aus diesen Steinzelten herauskamen, desto besser.

Mehrere Nächte lang versuchte Niffa, auf die Wiese unter dem purpurfarbenen Mond zurückzukehren und mit der Frau, die sich Dallandra nannte, zu sprechen. Ihre Träume wanderten allerdings wie schlecht ausgebildete Pferde dorthin, wo der Weg am einfachsten aussah, und mieden die Stadt, die einmal so verlockend ausgesehen hatte. Endlich erkannte Niffa, daß Hoffnung allein ihr nicht helfen würde. Sie versuchte, sich dem purpurfarbenen Mond und Dallandra vorzustellen, wenn sie einschlief, und diese Technik brachte schließlich Erfolg. Eines Nachts, als der Wind um die Zitadelle heulte und die ganze Welt ausschloß, schlief Niffa sofort ein und fand sich auf der Wiese wieder, wo sie auf die großen Schutzsterne zuging, die rot und golden glühten. Dallandra saß neben ihnen und wartete.

»Schön, dich zu sehen«, sagte die Zauberin. »Ich hatte schon Angst, du würdest nicht wiederkommen.«

»O nein, es waren die Träume, die störrisch waren, als ich

versuchte, sie zu zwingen. Heute abend habe ich den Mond in meinem Kopf aufgehen lassen, und er hat mich hierher gebracht.«

»Das ist wirklich gut! Ich muß mit dir über etwas Wichtiges sprechen, aber du wirst es zunächst vielleicht nicht verstehen. Sag mir – du kannst das Wildvolk sehen, nicht wahr? Die kleinen Geschöpfe in der Luft oder im Feuer und im fließenden Wasser?«

»Ja. Wie bist du darauf gekommen?«

»Jahdo hat mir erzählt, daß du immer Dinge beobachtest, die sonst niemand sehen kann.«

»Ah.« Niffa lächelte bei der Erinnerung. »Er hat mich manchmal deshalb geneckt, bis ich ihm eine Kopfnuß gegeben habe. Unserem Jahdo entgeht nicht viel.«

»Er ist ein kluger Junge. Aber es gibt auch ältere Geister auf der Welt, größere, die Männern und Frauen ähnlicher sind und sehr viel mächtiger. Sie erscheinen hier und da und sehen aus wie gewöhnliche Leute, bis sie plötzlich etwas Seltsames tun oder einfach verschwinden.«

»Sind sie Götter?«

»Nein, sie gehören zu einem Volk, das wir die Wächter nennen.«

Dallandra zögerte und schien darüber nachzudenken, was sie als nächstes sagen sollte. »Einer von ihnen hat einen Handel mit Raena abgeschlossen. Er lehrt sie die Zauberei, und sie – nun, wie soll ich das sagen ... sie tut ihm im Gegenzug den einen oder anderen Gefallen.«

»Das verstehe ich nicht.«

»Ich auch nicht.« Plötzlich lachte Dallandra. »Jedenfalls nicht vollständig. Aber dieses Geschöpf kann als Fuchs oder als Mensch in Erscheinung treten. Er bezeichnet sich selbst als Herr des Chaos.«

»Das ist ein unheilverkündender Name!«

»Er ist ein unheilverkündendes Geschöpf. Ich bin sicher, daß er in Cerr Dawnen Ärger machen wird, wenn er nicht aufgehalten wird. Raena – nun, sie weiß nicht recht, was sie tut. Sie hält ihn für einen Gott, und das ist er nicht. Es ist nicht wirklich ihr Fehler.« Niffa dachte nach.

»Trotzdem«, meinte Niffa schließlich, »würde dieses Herr-des-Chaos-Fuchsgeschöpf uns bedrängen, wenn diese verhurte Schlampe von einer Raena ihn nicht hergebracht hätte?«

»Du haßt sie wirklich, nicht wahr?«

Niffa wollte etwas entgegnen und hielt dann inne. Sie sah, daß Dallandra sie forschend anschaute, während sie auf eine Antwort wartete.

»Ja«, sagte Niffa. »Und wahrhaftig, das ist ein Rätsel. Zunächst, bevor mein Mann gestorben ist, wußte ich nicht, warum ich sie so haßte. Von dem Tag an, als sie nach Cerr Cawnen kam, und ich sah, wie sie auf die Tore zuging, hatte ich das Gefühl ... ich weiß, das klingt seltsam ... aber ich hatte das Gefühl, daß sie uns alle zerstören wird, daß etwas sehr Böses mit ihr die Stadt betritt.«

»Tatsächlich? Jahdo hat mir erzählt, daß du für gewöhnlich recht hast, wenn du so etwas spürst.«

»Es ist schon öfter passiert.« Niffa zuckte mit den Achseln und wandte den Blick ab. »Im Lauf der Jahre habe ich gelernt, meinen Mund zu halten. Es hat alle in unserer Nähe beunruhigt, wenn ich über Vorzeichen gesprochen habe.«

»Zweifellos. Und du solltest auch über diese Geschichte nicht mehr sprechen, bis ich bei dir bin.«

»Du hast vor, nach Cerr Cawnen zu kommen?«

»Ja, im Frühling, wenn wir – Rhodry und ich – Jahdo nach Hause bringen. Raena ist eine meiner Feindinnen. Ich möchte gerne ein paar Worte mit ihr wechseln – nicht, daß sie sie gerne hören wird.«

Einen Augenblick lang drohte der Traum, sich in eine Flut

reiner Erleichterung aufzulösen, aber dann konzentrierte Niffa sich auf Dallandras Gesicht, dachte an nichts als dieses Bild, und plötzlich wurde der Traum wieder klar.

»Sehr gut«, sagte Dallandra lächelnd. »Einen Augenblick lang befürchtete ich, dich verloren zu haben.«

»Ich dachte auch, ich müßte gehen. Aber ich bin froh, zu hören, daß du nach Cerr Cawnen kommen wirst.«

»Ich freue mich, daß du mir vertraust.«

»Das tue ich, obwohl ich nicht weiß, warum. Vielleicht, weil du Raena ebenfalls haßt.«

»Ich hasse sie nicht. Sie ist nur ein Werkzeug in der Hand lügenhafter Geister.«

»Was ist mit dem Ratsherrn? Betet er den Fuchsgeist ebenfalls an?«

»Das weiß ich nicht. Und jetzt hör mir genau zu. Nicht Raena hat deinen Mann getötet. Es war der Herr des Chaos.«

Die Überraschung traf Niffa wie ein Schlag und warf sie aus dem Traum. Sie erwachte in einem Zimmer, in das silbriges Dämmerungslicht fiel, und wußte, sie würde nicht wieder einschlafen, nicht so spät an einem Wintertag. Ihr tat alles weh, und einen Augenblick lang fragte sie sich, ob sie sich irgendwie verletzt hatte, als sie so schnell gegangen war. Dann erkannte sie den vertrauten Schmerz. Ihre Monatsblutung hatte schließlich doch begonnen. Sie setzte sich aufrecht hin und starrte ihr kaltes, kleines Zimmer an.

»Ich wollte Demets Kind haben«, flüsterte sie. »Ich wollte sein Kind so sehr. Ihr Götter!«

Sie drehte sich um und packte das Kissen, dann schluchzte sie hinein, bis sie zu große Schmerzen hatte, um weiter weinen zu können.

»Herr!« Die alte Korla kam ins Wohnzimmer geschlurft. »Die Geistersprecherin ist an der Tür.«

»Dann laß sie herein, um der Götter willen!« sagte Verrarc. »Dachtest du, ich wollte sie abweisen?«

Korla kniff die Lippen zusammen, zuckte mit den Achseln und schlurfte den Flur entlang zurück. Verrarc erhob sich von seinem kleinen Tisch an der Feuerstelle.

Er hatte wieder in seiner Dweomerrolle gelesen und rollte das Pergament nun rasch auf, um zu verbergen, womit er sich beschäftigte. Gefolgt von Korla kam Werda herein, in ihren weißen Umhang gehüllt.

»Das ist wirklich eine Ehre.« Verrarc verbeugte sich vor der Geistersprecherin. »Setz dich an mein Feuer.«

»Ich werde nicht lange bleiben«, sagte Verrarc. »Ich will dir nur eines sagen: Wenn du deine Frau heiraten willst, werde ich das Ritual vollziehen.«

»Danke!« Verrarc stotterte, und er spürte, wie ihm Tränen in die Augen traten. »Meinen untertänigsten Dank! Ich ...«

»Ein paar Frauen aus dieser Stadt haben mit mir gesprochen«, fuhr Werda fort. »Danke ihnen und nicht mir. Ich habe ihnen sorgfältig zugehört, und dann habe ich ausführlich über die Angelegenheit nachgedacht. Ich schlage vor, Ratsherr, daß du über die Wahl deiner Ehefrau ebenso sorgfältig nachdenkst. Denk sieben Nächte lang darüber nach. Wenn du dann immer noch Raena, Tochter Margas, heiraten willst, dann komm zu mir in den Tempel, und ich werde die Vorzeichen befragen, um eine günstige Mondphase herauszufinden.«

Bevor Verrarc ein weiteres Wort sagen konnte, hatte sich Werda auf dem Absatz umgedreht und war hinausgeeilt. Korla schlurfte hinter ihr her.

»Hochnäsiges Miststück!« fauchte Raena hinter ihm.

Verrarc fuhr herum und sah, wie sie aus dem Schlafzimmer

kam. Sie trug ein grünes Obergewand und hatte sich das Haar zu zwei dicken Zöpfen geflochten.

»An deiner Stelle würde ich nicht so von Werda sprechen«, sagte er.

»Ach ja?« Raena verzog das Gesicht. »Ha! Das ist vielleicht eine Priesterin – sie und ihre kleinen Götter! Nun, Liebster, hast du nicht meinen Herrn des Chaos verspottet und behauptet, er sei nur ein Fuchsgeist? Die Götter, die Werda verehrt, sind nicht besser: der Geist eines Berges, der Geist eines Baumes!«

Ihre Mundwinkel zuckten. »Haben sie ihr die Macht gegeben, silbernes Licht heraufzubeschwören, wie die große Alshandra sie mir verliehen hat?«

»Nein. Aber Rae, wenn es um das Leben in dieser Stadt geht, dann sind es Werdas Götter, auf die es ankommt.«

»Ach? Was für Götter sollen das sein?«

»Zum Beispiel Gerüchte.« Verrarc sah sie an. »Und außerdem die Götter eines glücklichen Haushalts und eines guten Rufs.«

Raena errötete und wandte den Blick ab, dann setzte sie sich auf ihren Sessel an der Feuerstelle. Verrarc ging zum Feuer und kniete sich hin, um die letzten Holzscheite aus dem Korb in die Flammen zu legen. Die Flammen flackerten auf, und goldene Funken sprühten.

»Das hier ist der zweitglücklichste Tag meines Lebens.« Verrarc griff nach dem Schürhaken. »Der Glücklichste – nun, das wird immer der Tag sein, an dem mein Vater gestorben ist.«

Raena lachte. »Das könnte ich dir nie übelnehmen, mein Liebster«, sagte sie. »Ja, es freut mich auch sehr zu wissen, daß ich bald mit dir verheiratet sein werde.«

Verrarc warf einen Blick über die Schulter und lächelte sie an, als Korla zurückkehrte, die Lippen immer noch zusammengekniffen, ein zorniges Blitzen in den Augen. Zweifellos war sie nicht erfreut darüber, daß ihr demnächst eine andere Frau in der Küche Befehle geben konnte, nachdem sie nun so viele Jahre lang Verrarcs Haushalt geführt hatte. Er mußte etwas tun, um den Schlag zu mildern.

»Korla?« sagte er. »Sag Harl bitte, er soll mehr Holz bringen. Und dann solltest du zusammen mit Elster darüber nachdenken, was ihr euch zur Feier meiner Hochzeit wünscht.«

Korla gab ein wenig nach und lächelte, aber sie sagte nur: »Harl ist schon draußen im Holzschuppen. Ich sage ihm Bescheid.«

Raena beobachtete sie schweigend, als die alte Frau durchs Zimmer ging und in der Küche verschwand. Verrarc erhob sich und wischte sich die Asche von den Knien seiner Brigga.

»Wir werden an unserem Hochzeitstag ein Festessen veranstalten, Liebste«, sagte er. »Das Beste, das der Winter zu bieten hat, und dann im Frühling, nach der ersten Ernte, werden wir noch ein Fest feiern, zum selben Mond, an dem wir geheiratet haben.«

»Das ist wunderbar, Verro. Wirklich, ich freue mich. Ich habe gehört, was Werda über die Frauen aus der Stadt gesagt hat. Ich sollte mich bei ihnen bedanken.«

»Ja.« Verrarc setzte sich ihr gegenüber. »Ich weiß nicht all ihre Namen, aber ich wette, daß Dera und Emla unter ihnen waren. Ich schulde ihnen selbst meinen Dank, und wir werden sie gemeinsam besuchen.«

Raena nickte und starrte mit einem dünnen Lächeln ins Feuer. Verrarc lehnte sich zurück und streckte die Beine vor der Feuerstelle aus.

»Es wird schön sein«, sagte Raena schließlich, »wieder einen Namen zu haben. Ich hatte wirklich genug davon, von ihnen verachtet zu werden! Vielleicht kann ich nun ihr Vertrauen erwerben, so daß sie mich anhören werden.«

»Wessen Vertrauen?«

»Das der Frauen in der Stadt. Ich denke, sie werden mit größerer Freude von Alshandra hören als die Männer.«

»Wie bitte? Was hast du vor?«

»Die Ankunft meiner Göttin zu verkünden.« Raena betrachtete ihn mit leichtem Stirnrunzeln, als staunte sie über soviel Dummheit. »Glaubst du, ich wäre so geizig, diese Freude für mich zu behalten? Ich habe ihr geschworen, daß ich immer und ewig allen, denen ich begegne, von ihren Taten berichten werde. Cerr Cawnen ist ein guter Platz, wieder damit zu beginnen.«

Verrarc setzte dazu an, etwas zu sagen, dann überlegte er es sich anders. Plötzlich verspürte er eine Kälte, die das Feuer nicht vertreiben konnte.

»Ich werde das Wort verbreiten«, fuhr Raena mit leiser, beinahe verträumter Stimme fort. »Ich werde Cerr Cawnen zu einem Ort ihrer Anbetung machen. Alle Menschen sollen sich ihrer erfreuen, und sie wird ihnen Kraft senden.«

Abermals öffnete Verrarc den Mund, und abermals schloß er ihn wieder. Die Kälte, die ihn umgab wurde heftiger. Hatte seine geliebte Raena den Verstand verloren? Oder sagte sie die Wahrheit und diente tatsächlich einer Göttin, die die Menschen von den Ketten des Todes befreien konnte? Mit nachdenklichem Blick wandte sie sich ihm zu.

»Fürchte dich nicht, Liebster. Ich werde dir bald mehr von ihren Wundern zeigen, und bis dahin werde ich niemandem ein Wort verraten. Ich weiß besser als jeder andere, wie die Unwissenden über jeden neuen Gedanken spotten. Ich werde vorsichtig sein und mich zurückhalten.«

»Dann ist es ja gut. Rae, du verstehst doch, daß ich nicht verspotte, was du sagst, oder?«

»Ja. Hab keine Angst! Mit ihr gibt es nur Mut.«

Verrarc lächelte, aber die Kälte war zu einem wilden Tier

geworden und schlug ihre warnenden Klauen in sein Herz. Raena starrte weiter ins Feuer und lächelte vor sich hin, als hätte sie einen wunderbaren Scherz vernommen. Einen Augenblick lang fragte er sich, ob er sie wirklich heiraten sollte. Wenn sie den Verstand verloren hatte und von falschen Göttern redete, wäre sie dann keine Gefahr für seine geliebte Stadt? Aber dann erinnerte er sich an das Gesicht seines Vaters, gerötet von Betrunkenheit und Hohn, und wieder hörte er die Beleidigungen gegen Raena und ihre Familie. Daß ein reicher Schweinebauer immer noch ein Schweinebauer sei, war nur die geringste von ihnen gewesen.

»Nun, ich weiß nicht viel über Götter«, sagte Verrarc. »Aber ich weiß, daß ich dich aus ganzem Herzen liebe, und das genügt mir.«

»Der junge Harl hat mir Neuigkeiten erzählt«, erklärte Dera. »Verrarc und Raena werden in drei Tagen heiraten, wenn der Mond wieder am Himmel erscheint.«

»Es war Zeit, daß er eine anständige Frau aus ihr macht«, sagte Lael.

Kyle nickte zustimmend. Nach dem Mittagessen saß die Familie an dem langen Tisch vor der Feuerstelle. Niffa bemerkte, daß alle sie anschauten.

Sie stand auf und begann, die leeren Holzschalen und Löffel abzuräumen.

»Harl sagte, daß Verrarc uns eingeladen hat«, fuhr Dera fort.

»Ich werde nicht hingehen!« fauchte Niffa.

Als sie aufblickte, sah sie, daß die anderen sie immer noch anschauten. Sie trug die Schalen zur Spülschüssel neben der Tür und stellte sie dort ab, bis Kyle Wasser holen würde. Seit Dallandras Warnung hatte Niffa versucht, vorsichtig zu sein, was die Frau des Ratsherren anging.

»Ich nehme es Raena nicht übel«, sagte sie schließlich. »Aber es würde mir zu sehr weh tun, zur Hochzeit zu gehen.«

Deras Augen waren tränenfeucht.

»Oh«, sagte Lael. »Dann sollen deine Mutter und dein Bruder hingehen, und wir beide bleiben hier.«

Niffa schlug die Hände vors Gesicht und weinte. Sie hörte, wie ihr Vater aufstand, und spürte seinen Arm um ihre Schulter.

»Komm schon, Mädchen«, murmelte er. »Weine ruhig, wenn du willst. Ich weiß, es ist schwer, das zu glauben, aber mit der Zeit wird der Schmerz vergehen.«

»Ich hoffe, du hast recht«, schluchzte Niffa. »Das hoffe ich wirklich.«

Am Tag von Verrarcs Hochzeit gingen Kyle und Dera zur Feier. Niffa und Lael blieben zu Hause und arbeiteten. Da die Rattenfallen aus Korb und der Käfig, in dem die Frettchen transportiert wurden, sich rasch abnutzten, hatten Lael immer einen Vorrat an Ried und Lederschnüren bei der Hand. Niffa weichte das Ried ein, während Lael die Fallen untersuchte und die defekten auf den Tisch legte. Die Frettchen boten ihre Hilfe an, versuchten alle Lederschnüre davonzuschleppen, kauten auf dem feuchten Ried, schubsten die Fallen vom Tisch und scheuchten einander. Niffa lachte über sie, und eine Weile ging es ihr besser.

Dera und Kyle kamen wieder nach Hause und brachten Essen mit – Brotlaibe, getrocknete Äpfel, ein großes Stück gebratenes Schweinefleisch, einen Schlauch Met und eine ganze rohe Schweineleber für die Wiesel – alles Geschenke von Verrarc. Nachdem Niffa die reparierten Fallen abgeräumt hatte, deckten sie den Tisch. Niemand sagte ein Wort, bis sie fertig gegessen hatten. »Er hat einen Bauern bezahlt, ein Schwein zu mästen.« Kyle zeigte auf das Schweinefleisch. »Damit die Gäste eine gute Mahlzeit bekommen.«

»Verrarc ist ein großzügiger Mann«, sagte Lael. »Frau, was ist mit dir los?«

Niffa hatte erwartet, daß Dera nach einem solchen Ereignis glücklich schwatzend nach Hause kam, aber ihre Mutter sah so ernst aus, als käme sie von einer Totenfeier.

»Das Hochzeitsfeuer wollte nicht brennen«, sagte Dera schließlich. »Die junge Athra hat es immer wieder versucht, aber ganz gleich, wie viele Funken sie mit dem Feuerstein schlug, die Zündspäne weigerten sich zu brennen.«

»Ihr Götter!« sagte Lael. »Sind sie denn jetzt immer noch nicht verheiratet?«

»Doch«, murmelte Kyle. »Verro hat nicht zugelassen, daß die Hochzeit noch einmal verschoben wurde.«

»Am Ende ist das Feuer schließlich angegangen«, fügte Dera hinzu. »Harl hat Athra geholfen, und dann hat es funktioniert.«

Niffa schnappte erschrocken nach Luft.

»Wahrlich«, sagte Dera und nickte ihr zu. »Das war ein schreckliches Vorzeichen. Und am Ende sind so wenig Gäste zum Festessen dageblieben, daß Verrarc uns soviel mitgeben konnte.«

»Das sind doppelt schlechte Vorzeichen. Nein, dreifach schlechte, würde ich sagen, und dreimal dreifach«, sagte Lael.

Als sich der Winter endlich auf den Frühling zubewegte, besuchte Evandar Cengarn und Dallandra häufiger. Er hatte den Kräutergarten hinter der Küchenhütte entdeckt, der sich in einiger Entfernung von jeglichem Eisen befand. An einem kalten Morgen schickte er ihr einen Traum, und sobald die Sonne aufging, trafen sie sich dort, weit außer Sichtweite des Hauptbroch.

»Ich bin froh, daß du hier bist«, sagte Dallandra.

»Ach ja?« meinte Evandar. »Was ist denn?«

»Ich mache mir Sorgen um Elessario. Ich habe die halbe Nacht versucht, sie zum Schlafen zu bringen, damit Carra ein wenig Ruhe hat.«

»Ist sie krank?«

»Nein, aber sie wird krank werden, wenn das Kind sie weiter so anstrengt.«

»Ich meinte Elessi.«

»Ah. Nein, überhaupt nicht.« Dallandra zögerte einen Augenblick und dachte nach. »Aber irgend etwas stimmt mit ihr nicht. Ich weiß nicht, wie ich es erklären soll, aber obwohl sie wie ein normales Kind aussieht, ist sie es nicht. Ihr Geist arbeitet ganz anders.«

»Wie der kleine Zandro?«

»Wer?«

»Verzeih, ich habe vergessen, daß du das nicht weißt. Salamanders jüngster Sohn. Er gehörte zu Alshandras Volk, ist aber jetzt in einem Menschenkörper geboren. Seine Mutter ist verzweifelt.«

»Wie bitte? Wie konnte er ...«

»Genau darüber habe ich nachgedacht. Während wir uns anstrengten, unser magisches Kind zur Welt zu bringen, hat Alshandra, die Hexe, nicht versucht, uns aufzuhalten? Sie hat ihre Spione beauftragt, Elessi überallhin zu folgen. Und als du dem Kind dann erzähltest, was es bedeuten würde, in diese Welt geboren zu werden, hast du sie nicht mit nach Bardek genommen? Die Spione sind dir offenbar gefolgt.«

»Das mag schon sein. Ich halte es durchaus für möglich, daß einer von ihnen sich für das Land und sein Volk begeistert hat, aber ...«

»Nicht für Bardek, Liebste, für Salamander. Geister umschwärmen ihn die ganze Zeit. Es ist, als wäre seine Seele eine Laterne, die auf der Astralebene brennt, und als wären sie die Motten.«

»Oh.« Dallandra dachte stirnrunzelnd darüber nach. »Nun, das würde es erklären. Was ist mit dem Rest von Alshandras Rudel? Hast du sie bei deinem Volk aufgenommen?«

»Nein, und das werde ich auch nicht tun. Diese häßliche Brut! Es ist schlimm genug, daß ich mich mit Shaetanos Geschöpfen abgeben muß.«

»Aber wenn du sie einfach auf die Welt losläßt, werden sie nur Unheil anrichten.«

»Das ist mir gleich. Sollen sie zu Nichts verblassen!«

»Du kannst doch nicht ...«

Evandar brachte sie mit einem Kuß zum Schweigen, dann wandte er sich lachend ab. »Wir können später über diese Dinge sprechen, Liebste. Ich sollte mich lieber um Salamander kümmern.«

»Komm bald zurück! Wir müssen über diese Sache weiterreden.«

Evandar ging zu der Mauer, die den Garten umgab. In einem Schimmer des Morgenlichts konnte er eine Verbindung zwischen den Welten erkennen.

»Evandar!« rief Dallandra wütend. »Du kannst diese Geschöpfe nicht sich selbst überlassen!«

Er lächelte ihr zu, sprang über die Mauer und verschwand. Tatsächlich wartete die Mutter aller Straßen auf ihn. Er folgte einem Sonnenstrahl nach Süden.

Aber obwohl er sich auf den Weg nach Bardek gemacht hatte, sah er sich nach einem Augenblick um, entdeckte kiefernbewachsene Hügel und bemerkte, daß er in Richtung Norden ging. Er kehrte um und ging wieder nach Süden, nur um bald festzustellen, daß er sich im Kreis bewegte, als drehe sich die Straße unter seinen Füßen. Im Wind hörte er eine Stimme, die »Gefahr« flüsterte, wieder und wieder.

»Sollte ich nach Cerr Cawnen gehen?« fragte er laut.

Der Wind zischte ein Ja.

»Nun gut!«

Die Straße schien von selbst zu fliegen und ihn schneller zu befördern. Er hatte schon bald die Zitadelle erreicht und schlich sich dann um die Felsen und in den Tunnel hinab. Wenn es in dieser Stadt Gefahr gab, dann war er bereit, darauf zu wetten, daß sie von Raena ausging, aber der unterirdische Tempel war leer. Evandar eilte wieder nach draußen. Er breitete die Arme weit aus, dann lief er ein paar Schritte und sprang in die Luft. Er spürte, wie ihm Flügel wuchsen und sein Körper schrumpfte und sich veränderte.

Mit einem Zwitschern flatterte ein Sperling über die Zitadelle und stürzte sich in den kalten Wind. In dieser Gestalt konnte Evandar unbemerkt nach Raena suchen. Lange Zeit flatterte er über Stadt und See, hierhin und dahin, landete auf Fenstersimsen, um in Häuser zu spähen oder zu lauschen. Endlich erinnerte er sich, daß das Haus von Ratsherr Verrarc nahe der Hügelkuppe lag. Als er auf der Außenmauer des Anwesens landete, sah er den Ratsherrn im Hof, wie er sich, in einen Umhang gehüllt, mit einer alten Frau unterhielt, die in der Tür stand.

»Ich bin außer mir vor Sorge«, sagte Verrarc gerade. »Niemand in der Stadt hat sie gesehen. Ich habe überall gefragt.«

»Wohin sollte sie gegangen sein?« fragte die alte Frau. »Ich habe sie seit gestern abend nicht gesehen.«

»Ihr Götter. O Ihr Götter!«

Ja, wohin? fragte sich Evandar. Entweder in mein Land oder nach Deverry, und eins führt zum anderen!

Er flatterte von der Mauer auf, aber im Flug verwandelte er sich in einen Falken. Mit kräftigen Flügelschlägen flog er rasch auf sein Land und die magischen Straßen zu.

»Deine Schutzzauber müssen wirklich mächtig sein«, sagte Rhodry. »Ich habe lange nicht mehr von Raena geträumt.«

»Gut«, meinte Dallandra. »Ich erneuere sie jede Nacht.« Sie blieb stehen und sah sich dann in der großen Halle um. »Das erinnert mich an etwas. Wie lange wirst du von der Festung weg sein?«

»Nur einen Tag. Der Prinz ist nicht dumm. Wir werden uns nicht allzuweit von der Stadt entfernen.« Rhodry folgte ihrem Blick und entdeckte Daralanteriel, der ihnen vom Haupttor aus zuwinkte. »Ich sollte lieber gehen.«

Draußen im Haupthof hatte der Prinz die Jagdgesellschaft versammelt. Die Männer seiner Leibwache trugen kurze Bögen und ihre Jagdpfeile. Hinter ihnen wartete der Knecht, der sich um die Hunde kümmerte, umgeben von seinem schwarzbraungefleckten Rudel. Außerdem gab es noch ein paar Diener mit einem Maulesel, der die Beute nach Hause tragen sollte, obwohl sie in Wahrheit kaum Hoffnung hatten, Wild zu finden. Während der Belagerung des letzten Sommers hatten die Eindringlinge die Umgebung so gut wie leergejagt.

»Ich habe den Männern gesagt, sie sollen auf keinen Fall Hirschkühe und Jährlinge schießen«, erklärte Dar. »Die Herden müssen erst wieder wachsen. Ich hoffe, wir können den einen oder anderen Bock finden. Die Hirschkühe sollten inzwischen alle trächtig sein, und ein Männchen weniger wird nichts ausmachen.«

»Ein wenig mehr Fleisch wäre nicht schlecht«, sagte Rhodry. »Und die Gelegenheit, einen Nachmittag lang aus Cengarn herauszukommen, ist noch besser.«

Dar lächelte strahlend.

»Ich hoffe, ich muß nie wieder in diese Steinzelte zurück«, meinte er. »Wie es hier stinkt! Aber bald wird es Frühling sein, und wir können aufbrechen. In der Zwischenzeit gehen wir jagen!«

Trotz des verschneiten Bodens und des feuchten Windes

tänzelten und schnaubten die Pferde, denn auch sie waren froh, aus dem Stall zu kommen. Die Hunde rannten hierhin und dorthin, bellten und schnupperten und wedelten mit dem Schwanz. Als sie die Festung verließen, sangen die Männer in komplizierten elfischen Harmonien, und in der Stadt kamen die Leute an die Türen und Fenster, um zu lauschen, als sie vorbeiritten. Hinter dem Stadttor ließen sie die Pferde eine Weile traben, dann zügelten sie sie wieder zum Schritt, damit sie in der eiskalten Luft nicht schwitzten. Längere Zeit ritten sie nach Norden und ließen das besiedelte Bauernland hinter sich, aber die Hunde fanden nur Kaninchen.

Die Sonne hatte schon ihren Höchststand erreicht, als die Hunde endlich einen Bock aufscheuchten. Verfolgt von den kläffenden Tieren stürzte er durch das karge Unterholz und starb bald unter ein paar gut gezielten Pfeilen. Sofort zerlegten ihn die Diener und warfen dem halbverhungerten Rudel Leber und andere Eingeweide zu.

»Ein ziemlich fettes Tier«, sagte Rhodry. »Ich bin überrascht.«

»Dazu gibt es keinen Grund«, meinte der Hundeführer. »Je weniger Wild es gibt, desto mehr Futter hat es.«

»Das ist wahr.«

»Hebt ein wenig von der Leber auf, bitte«, warf Dar ein. »Für den Hund meiner Frau.«

Sie überließen die Diener ihrer Arbeit und ritten weiter. Da die Bauern des Gwerbret begonnen hatten, in diesem Waldstück Brennholz zu fällen, kamen sie bald wieder auf von Büschen durchzogenes Grasland. In den Senken lag der Schnee noch dick, aber an einem Hügelhang hatte der Wind ihn weggeweht und welkes Gras und Büsche freigelegt, an denen das Wild sich gütlich tun konnte.

Rhodry sah den Hirsch als erster zwischen zwei Bäumen stehen. Kläffend entdeckten ihn dann auch die Hunde und rasten den Hügel hinauf. Der Hirsch sprang davon, quer über den Hügel auf die Kuppe und das nächste Dickicht zu. Rhodry rief den anderen zu, ihm zu folgen, und trieb sein Pferd an. Der Hirsch war fett und hatte ein reinweißes Fell: ebenso ein gutes Vorzeichen wie eine Bereicherung der Mahlzeit. Rhodry dachte an nichts weiter, als daß er den Hirsch wieder auf die Bogenschützen zutreiben wollte, als Dars Stimme auf dem Wind zu ihm drang.

»Komm zurück! Rhodry, halt! Dweomer! Komm zurück!«

Instinktiv zügelte er sein Pferd und starrte geradeaus. In den Bäumen auf der Hügelkuppe hing ein hell lavendelfarbener Nebel. Wie eine riesige Welle aus einem unsichtbaren Meer erhob er sich und ragte über ihm auf. Erschrocken riß Rhodry sein Pferd herum, so daß das arme Tier stolperte. Rhodry riß die Füße aus den Steigbügeln und sprang in Sicherheit, als sein Pferd den Hügel herunterrollte. Er kam auf die Beine und sah, daß das Tier unverletzt dasselbe tat. Rings um sie her wurde es dunkler. Als er aufblickte, sah er den Nebel brechen wie eine Welle und den Hügel hinabrollen. Er wich einen Schritt zurück, dann war er schon umgeben von der blendenden Helligkeit vielfarbigen Lichts.

Mit viel Geschrei und laut gebrüllten Befehlen gelang es Prinz Daralanteriel schließlich, all seine Männer, die Hunde und den Hundeführer vom Abhang weg und zurück in die Sicherheit der Ebene zu rufen. Rhodrys Wallach trabte reiterlos hinter ihnen her. Einer der Männer griff nach den Zügeln und warf sie Dar zu.

»Das Pferd ist ganz ruhig«, sagte Dar. »Es hat offenbar nicht gesehen ... nun, was immer das gewesen sein mag.«

Die Bogenschützen nickten grimmig. Der Dweomernebel auf der Hügelkuppe war bis auf ein paar Fetzen verschwunden, die noch wie Wollrupfen in den Bäumen hingen, aber es mochte durchaus möglich sein, daß er wieder auftauchte und sie alle verschlang.

»Euer Hoheit!« Der Hundeführer zitterte so heftig, daß er kaum sprechen konnte. »Was ... bei den Göttern ... wo ist der Silberdolch?«

Die Bogenschützen starrten den Prinzen an. In ihren Augen stand dieselbe Frage. Dar zuckte nur mit den Achseln und drehte sich im Sattel, um den Nebel zu beobachten. Melimaladar lenkte sein Pferd neben das des Prinzen.

»Dieser Hirsch ...«, sagte Mel, der um des Hundeführers willen deverrianisch sprach.

»Es war kein echter Hirsch«, sagte Dar. »Ich habe ihn schon einmal gesehen, im vergangenen Sommer, kurz vor der Belagerung. Ich bin mit einigen meiner Männer zur Jagd geritten, und der verfluchte Hirsch hat uns zu weit weggelockt, als daß wir an jenem Abend noch zurückkehren konnten.« Dar schauderte ein wenig bei der Erinnerung. »Und dann haben die Meradan uns am Lagerfeuer überfallen.«

»War das der Tag, an dem Farendar starb?«

»Ja, und zu viele andere gute Männer.« Dar erhob sich in den Steigbügeln und schirmte die Augen mit der Hand ab. »Der Nebel löst sich offenbar auf. Oh, Pferdedreck! Wir könnten hier den ganzen Tag umherreiten und keine Spur von Rhodry finden!«

»Aber wir können ihn doch nicht einfach hierlassen!« sagte Mel.

»Er ist nicht mehr hier.«

Mel setzte dazu an, etwas zu sagen, dann schauderte er nur. Als wollte er zustimmen, begann einer der Hunde zu winseln.

»Was können wir tun?« fragte Mel schließlich. »Wir können nicht die ganze Nacht hierbleiben. Wir werden erfrieren.«

»Das weiß ich«, fauchte Dar. »Ich – oh, beim schwarzen

haarigen Arsch des Höllenfürsten! Ich habe nicht die geringste Ahnung, was wir tun sollen.«

»Ihr Götter, ich wünschte, Dalla wäre hier! Sie würde es wissen.«

»Warte! Vielleicht kann ich sie erreichen.«

»Aber es wird ewig dauern, bis wir zurück in der Festung sind.«

»Ich hatte nicht vor hinzureiten.« Dar warf ihm einen finsteren Blick zu. »Hör doch zu, was ich sage!«

»Verzeih.«

»Also gut.« Dar hielt inne und dachte nach. »Du kennst meine Abstammung ebensogut wie ich. Angeblich verfügten auch die Fürsten des Rosentals über Dweomer. Eine Art Erbe, das sie an ihre Kinder weitergaben. Nun, ich habe auch eine Spur davon abbekommen. In jener Nacht, von der ich gerade erzählt habe, als die Meradan uns in die Falle lockten, hatte ich eine Vision von Jill. Ich verstehe es nicht genau, aber ich habe sie gehört und gesehen, und sie hat uns vor der Falle gewarnt. Also seid jetzt alle still. Ich muß mich konzentrieren.«

Dar warf einen Blick zum Himmel. Die Sonne stand schon niedrig im wolkigen Westen und sandte goldene Strahlen über den Himmel wie Speere, die auf ihre Herzen zielten. Er würde versuchen, sich mit Dallandra in Verbindung zu setzen, aber dann mußte er seine Männer nach Hause zurückbringen, in die Wärme und Sicherheit der Festung, ganz gleich, wie weh es ihm tat, Rhodry zurückzulassen.

Dallandra saß in ihrem Turmzimmer und hatte eines von Jills Büchern auf dem Tisch vor sich aufgeschlagen. Immer wieder schweifte sie ab von der Stelle, die sie las, was sich am Ende als gut erwies. Wie aus einem Tagtraum hörte sie Daralanteriels Stimme, so klar und deutlich, daß sie sich umdrehte und erwartete, ihn in der Tür stehen zu sehen.

»Dalla! Wir brauchen Hilfe. Dalla, ich hoffe, du hörst mich!«

Plötzlich tauchte das Wildvolk auf. Feen schwebten rings um sie her in der Luft und streckten durchscheinende kleine Hände aus. Warzige graue Gnome umdrängten sie, zupften am Hemdsaum und rissen an ihren Ärmeln.

»Was ist denn?« fragte Dallandra. »Ist der Prinz in Gefahr?«

Sie schüttelten den Kopf, aber offensichtlich war jemand bedroht. Einige Gnome taten so, als schössen sie Pfeile ab. Andere gaben vor, einen unsichtbaren Feind anzugreifen.

»Wer ist es?« Dallandra sprang auf. »Rhodry?«

Diesmal nickten die kleinen Geschöpfe.

»Wißt ihr, wo er ist? Könnt ihr mich zu ihm bringen?«

Sie nickten und nahmen sie an den Händen. Als sie ans Fenster eilte, dachte sie an Evandar, stellte ihn sich im Kopf vor und rief ihn in Gedanken. Keine Antwort – sie konnte nur beten, daß er sie gehört hatte. Sie riß sich die Kleider vom Leib, warf sie aufs Bett und riß dann in einer Wolke von Staub und Schimmel den Ledervorhang vom Fenster. Eisiger Wind peitschte auf sie ein und fegte an ihr vorbei ins Zimmer. Sie ignorierte ihn und hockte sich nackt und schaudernd auf die breite, steinerne Fensterbank.

Im Geist beschwor sie ihre Vogelgestalt herauf, nur ein Gedankenbild, aber sie hatte ihren Geist lange Jahre dazu ausgebildet, Gedanken hervorzubringen, die ihre eigene Wirklichkeit hatten. Sie stellte sich zunächst vor, daß der Vogel neben ihr auf der Fensterbank saß, dann sah sie ihn. Es war ein glattes, graues Geschöpf ohne sonderlich ausgeprägte Merkmale, mit dem Schnabel eines Singvogels und der Statur eines Hänflings. Als Dallandra ihr Bewußtsein übertrug, hörte sie erst das übliche Klicken, dann spürte sie Wärme. Das Gefieder des Vogels hielt die Kälte erheblich besser fern als ihre Elfenhaut. Sie schüttelte die Flügel und sprang in die Luft. Der Vogel konnte rasch fliegen, wohin er wollte. Dallandra flatterte nach Norden, und die Feen wiesen ihr den Weg.

Nachdem der Dweomernebel verschwunden war, fand Rhodry sich auf einer staubigen Ebene unter einem kupferfarbenen Himmel. Dunkle Wolken ballten sich, und am Horizont stieg vor einer riesigen blutroten Sonne Rauch auf. Er war zuvor schon einmal hiergewesen, während des Kriegs im letzten Sommer, als Evandars Magie ihn hergebracht hatte.

»Evandar!« rief Rhodry, so laut er konnte. »Evandar! Bist du hier?«

Nichts als Schweigen antwortete ihm. Er bemerkte, daß er seinen Silberdolch in der Hand hielt, konnte sich aber nicht erinnern, ihn gezogen zu haben. Etwas daran kam ihm merkwürdig vor, aber als er die Klinge betrachtete, sah sie vollkommen normal aus, bis vielleicht auf die ölige Art und Weise, in der das Metall das unnatürliche Licht widerspiegelte. Endlich bemerkte er, daß der Griff sich falsch anfühlte, doppelt so schwer, wie er eigentlich hätte sein sollen. Schulterzuckend steckte er den Dolch ein und zog statt dessen das Bronzemesser. Der dreieckige Keil der Klinge, mit Lederschnüren in einen gespalteten Stock gebunden, blitzte im Licht so hell wie eine Kerzenflamme. Er fuchtelte damit in der Luft herum und sah langgezogene rote Funken von der Spitze fliegen.

»Ha, du siehst hier erheblich gefährlicher aus als in meiner Welt. Schade, daß du kein Speer bist. Ich habe das unangenehme Gefühl, daß ich schon bald eine Dweomerwaffe brauchen werde.«

Das Bronzemesser in seiner Hand zuckte plötzlich wie ein lebendes Wesen. Der Holzgriff wurde glitschig und schien durch seine Finger zu rutschen. Rhodry keuchte. Er hätte die Waffe beinahe fallen lassen, packte zu, inzwischen brauchte er beide Hände. Das Messer hatte sich in einen sechs Fuß langen Speer aus festem Holz verwandelt. Als er seine neue Waffe besser griff, blitzte die Bronzespitze vor rotem Feuer.

»Also gut«, sagte Rhodry laut. »Wenn ich mir jetzt einen Kriegshaufen wünsche, bekomme ich den auch?«

Er hörte nichts als den Wind, der Staub über die Ebene fegte, und der Speer blieb ein einzelner Speer. Offenbar hatte er allen Dweomer der Waffe aufgebraucht. Also griff er den Speer nun fester und drehte sich langsam im Kreis. In der Richtung der ewig untergehenden Sonne entdeckte er etwas, das wie eine Staubwolke aussah. Zuerst hatte er es nur für Rauch gehalten, aber die Wolke wurde größer und dichter – und bewegte sich immer schneller auf ihn zu. Langsam löste sie sich zu zwei Reitern auf, einer auf einem schwarzen Pferd, der andere auf einem Fuchs. Rhodry konnte sich nicht verstecken, und er hätte ihnen auch nicht davonlaufen können. Er packte den Speer mit beiden Händen und hielt ihn quer vor den Körper. Die Reiter kamen näher und zügelten die Pferde zum Schritt, als wollten sie ihn zur Flucht verlocken.

»Ihr Götter!« fauchte Rhodry. »Das hätte ich eigentlich wissen sollen.«

Raena kam auf einem schimmernden Fuchswallach auf ihn zugeritten. Sie trug ungewöhnliche Männerkleidung, ein Hemd und enge Brigga aus bräunlich-schwarzem Tuch, um ihren Hals hing eine Lederschnur voller Talismane, die Rhodry als Arbeiten des Pferdevolks erkannte. In ihrer rechten Hand hatte sie eine lange, schwarze Peitsche mit goldenem Griff, ganz ähnlich wie die, welche die Offiziere des Pferdevolks als Rangabzeichen benutzten. Hinter ihr, auf einem schwarzen Pferd, ritt ein Geschöpf, das mehr Fuchs als Mann zu sein schien, obwohl es eine schwarze Rüstung trug und einen Helm mit schwarzem Federschmuck unter den linken Arm geklemmt hatte. Seine spitzen Ohren standen aufrecht wie die eines Fuchses, und seine glänzende, schwarze Nase bildete den Mittelpunkt eines mit rötlichem Fell bedeckten Gesichts.

»Nun, Rhodry Maelwaedd?« Raena sprach den Grenzdialekt des Deverrianischen. »Jetzt habe ich dich also erwischt!«

»Mag sein«, erwiderte Rhodry. »Falls du das überlebst.«

Raena lachte und ließ die Peitsche knallen. Als hätte er das Geräusch gehört, blitzte die Speerspitze auf wie eine Fackel und zischte. Raenas Pferd warf den Kopf hoch und tänzelte rückwärts. Rhodry sah, wie sehr sie sich anstrengen mußte, um das Tier wieder zu beherrschen, vor allem, da sie beide Zügel in einer Hand hielt. Wieder knallte sie mit der Peitsche.

»Und wie lange willst du dich an dieses Stück Holz klammern?« fragte Raena. »Das frage ich mich wirklich.«

Raena hob die Peitsche und schlug nach seinem Gesicht. Rhodry riß den Speer zur Abwehr hoch. Als die Peitschenschnur sich um die Speerspitze wickelte, zuckten die geflochtenen Schnüre wie eine Schlange und zischten auch wie eine. Mit einem Aufschrei riß Raena sie zurück, aber ein Stück der Schnur war abgetrennt und wand sich nun zu Füßen des Pferdes am Boden. Der Fuchs wieherte und drohte sich aufzubäumen. Mit einem leisen Fluch zog der Fuchsreiter sein schwarzes Schwert.

»Laß ihn!« zischte Raena. »Er gehört mir!«

Der Fuchsreiter ignorierte sie und trieb sein Pferd vorwärts. Rhodry hatte gerade noch Zeit, zur Seite zu springen und den Speer in Richtung des Pferdekopfs zu schwingen. Der Rappe wieherte und kämpfte gegen das Gebiß, aber der Fuchsreiter riß seinen Kopf fest herum. Rhodry schlug zu und traf den Rappen auf die Nase. Ein kalkuliertes Risiko – das Schwert des Fuchsreiters schlug zu, aber sein Pferd bäumte sich nun auf, schlug mit den Vorderbeinen in die Luft, und der Reiter verfehlte Rhodry. Laut fluchend versuchte Raena ihr Pferd auf Rhodry zuzusteuern, aber auch der Fuchs bockte und riß den Kopf so heftig herum, daß sie beinahe die Zügel verloren hätte.

Rhodry stieß einen Berserkerschrei aus und stürmte direkt auf den Braunen zu. Er hörte, wie der Fuchsmann etwas Unverständliches schrie. Raena versuchte verzweifelt mit der Peitsche zuzuschlagen, während sie sich zugleich an die Zügel klammerte. Als ihr Wallach den flammenden Speer direkt auf seine Augen zukommen sah, bäumte er sich auf, kam dann wieder auf alle viere und bockte wild. Raena stürzte unbeholfen über seinen Hals in den Dreck. Mit einem letzten panischen Wiehern rannte das Pferd in Richtung des ewigen Sonnenuntergangs davon.

Hufe erklangen hinter ihm – Rhodry wich gerade noch aus, um einen Schwerthieb des Fuchsreiters zu parieren. Die Speerspitze glitt wie durch eigenen Willen über die Schwertklinge. Rhodry riß die Handgelenke herum und schwang den Speer hinter den vergeblichen Hieb des Fuchsmannes. Die blitzende Bronzespitze traf den Fuchsreiter am Rücken – sie streifte ihn nur und hätte eigentlich keinen Schaden anrichten dürfen, aber die schwarze Rüstung zerbrach mit einem Zischen wie brennendes Fett. Mit einem Rückhandschlag brachte Rhodry den Speer wieder nach vorn, während der Fuchsmann versuchte, sein Pferd zu wenden. Ein weiterer Schlag mit dem Speer streifte den Brustharnisch des Feindes. Rotes Feuer blitzte auf. Der Harnisch zerriß mit einem auffallend schwarzen Rauch, und es begann nach verbranntem Fell zu stinken. Der Fuchsmann schrie schmerzerfüllt auf und gab seinem Pferd die Sporen. Das Pferd sprang vorwärts, und sie galoppierten davon, an Rhodry vorbei und quer über die Ebene.

Rhodry stieß ein Berserkergelächter aus und war so darin versunken, daß Raena ihn beinahe erwischt hätte. Sie war aufgestanden und schlug fluchend mit ihrer Peitsche zu. Die

Schnur traf ihn am Rücken, aber der Schmerz ließ ihn nur lauter lachen. Die geflochtene Schnur schoß wieder vor. Er riß den Speer hoch und drehte ihn, fing die Peitsche auf und zog. Die Speerspitze brannte sich durch das Leder, und Raena konnte kaum die jämmerlichen Überreste ihrer Waffe retten.

»Herr des Chaos!« rief sie. »Komm zurück!«

Sie drehte sich nach dem flüchtenden Fuchsreiter um, nur kurz, aber dieser Augenblick war lang genug für Rhodry. Er sprang vorwärts und stach zu. Die Speerspitze traf Raena flach zwischen den Brüsten und flackerte auf. Mit einem Aufschrei ließ sie die Peitsche fallen und taumelte rückwärts.

»So, du Hurenschlampe!« sagte Rhodry, »wer hat jetzt wen erwischt?«

Sie riß die Arme in die Luft und sprang hoch, eine Geste, die ihn so überraschte, daß er wie erstarrt stehenblieb. Mit einem heiseren Schrei erhob sich plötzlich ein riesiger Rabe in die Luft und umkreiste ihn mit einem weiteren verächtlichen Krächzen. Rhodry sah mit offenem Mund zu, wie der Vogel dem Fuchsreiter hinterherflog.

»Beim schwarzen haarigen Arsch des Höllenfürsten!« murmelte er.

Am Boden lag der Überrest ihrer schwarzen Peitsche. Statt sie zu berühren, ohne zu wissen, was das seinen Händen antun könnte, schob Rhodry lieber die Speerspitze darunter und wollte die Waffe aufheben, aber der Griff warf Blasen wie Pech in einer Grube und schmolz in einer übelriechenden Rauchwolke. Raena würde diese Waffe nicht mehr verwenden können.

»Schön und gut«, sagte Rhodry laut. »Aber wie, bei allem Eis der Höllen, komme ich wieder nach Hause?«

Als er zum Himmel aufblickte, hätte er beinahe laut geflucht. Zwei unnatürlich große Vögel kamen direkt auf ihn zugeflogen. Raena und ihr seltsamer Verbündeter kehrten offenbar zurück. Er beugte die Knie ein wenig, duckte sich, den Speer vor sich, als sie näher und näher kamen. Aber dann sah er, daß es keine Raben waren – er erkannte einen Falken. Der andere war ein seltsamer grauer Vogel, der ihn an einen Hänfling erinnerte.

»Da ist er ja!« Der Hänfling sprach mit Dallandras Stimme. »Allen Göttern in den Sternen sei Dank!«

Rhodry lachte und winkte zum Gruß mit dem Speer. Der Hänfling senkte einen Flügel, wendete dann mit anmutigem Flattern und eilte dem Raben hinterher. Der Falke wurde langsamer, kreiste und landete. Am Boden veränderte er sich, schimmerte mit bläulichem Licht, als sich Gefieder in Haut verwandelte. Einen Augenblick lang sah Rhodry ihn nackt vor sich, immer noch mit riesigen Flügeln. Mit einem letzten Flattern trafen die Füße am Boden auf, und die Flügel wurden zu Armen. Wie üblich in Hemd und Hose in elfischem Stil gekleidet, stand Evandar vor ihm.

»Es tut mir leid«, sagte Evandar. »Wir haben versucht, dich vor Raena zu finden, aber es sieht so aus, als wärest du gut mit ihr zurechtgekommen.«

»Es war überwiegend Glück«, sagte Rhodry. »Ihr Pferd war nicht kampfgeschult, und dieser Speer hier – er hat sein Leben als das Bronzemesser begonnen, das du mir vor all den Jahren gegeben hast.«

»Speer oder Messer – das ist egal. Es wird, was du willst.«

»Das ist praktisch. Weder Raena noch ihr Fuchsfreund mochten die Spitze sonderlich, besonders dann nicht, als sie Feuer fing.«

»Shaetano war hier?«

»Wer? Dieser Bursche, der mehr wie ein Fuchs als wie ein Mann aussieht? Sie nannte ihn Herr des Chaos.«

»Dann war es wirklich Shaetano. Mein Bruder.«

»Oh, und ich dachte schon, Rhys Maelwaedd wäre das schlimmste, was man an Bruder haben könnte! Können wir in die wirkliche Welt zurückkehren?«

»Was bringt dich darauf, daß diese Welt unwirklicher ist als deine?«

»Verzeih, aber sie ist nicht besonders gemütlich, oder?«

Evandar lachte. »Das muß ich zugeben. Lassen wir sie also zurück.«

»Wie? Ich kann nicht fliegen wie du, und mein Pferd ist irgendwo zurückgeblieben.«

»Dar hat dein Pferd. Dalla und ich sind auf dem Weg hierher über ihn hinweggeflogen. Ich rufe uns zwei Reittiere herbei, und wir kehren stilvoll zurück.«

»Wunderbar! Und unterwegs könntest du mir vielleicht eine Erklärung geben, was all dieser verfluchte Dweomer zu bedeuten hat.«

Mit den guten Augen des magischen Hänflings hatte Dallandra gesehen, wie Rhodry Raena mit dem Dweomerspeer traf. Normalerweise wäre der Rabe viel schneller gewesen als sie, aber sie zählte darauf, daß die Wunde ihre Gegnerin verlangsamte. Und tatsächlich, noch bevor sie sonderlich weit geflogen war, sah sie den Raben dicht über dem Boden zitternd die Flügel in unregelmäßigem Rhythmus schlagen. Raena hielt zwar auf den Wald zu, der die Grenze zu Evandars Land bildete, aber sie ermüdete zu schnell, um ihn erreichen zu können. Die Bäume waren immer noch eine dunkle Linie am Horizont, als der Rabe laut aufkrächzte und dann auf den staubigen Boden niederfiel.

Raena erschien in Menschengestalt. Sie taumelte, als sie ein paar Schritte auf einen grauen, flachen Felsblock zuging, der halb im Boden begraben war. Beinahe ohnmächtig ließ sie sich darauf nieder. Dallandra kreiste über ihr und landete dann nicht weit vom Felsen entfernt. Sie nahm ihre übliche Elfengestalt an, vollständig bekleidet, was auf der Astralebene nicht schwer war. Raena sah sie, setzte dazu an, aufzustehen, und sackte dann wieder auf den Stein.

»Herr des Chaos!« Raena legte den Kopf zurück und heulte den Namen. »Herr des Chaos! Kommt zurück!«

Als Dallandra auf sie zuging, starrte Raena sie wütend an. Die Rabenfrau war vielleicht nicht so erschöpft, wie sie sich gab. Dallandra blieb lieber in sicherer Entfernung stehen.

»Der Herr des Chaos hat dich verlassen«, sagte Dallandra. »Er ist ein Feigling.«

»Ach ja? Glaubst du, ich weiß das nicht? Das mag sein, aber er ist mir und meiner heiligen Herrin dennoch nützlich.«

Dallandra setzte zu einer Antwort an und überlegte es sich dann anders. Eine Weile betrachteten sie einander schweigend.

»Warte!« sagte Raena plötzlich. »Ich kenne dich. Du bist die elfische Hexe, die den verfluchten Silberdolch bewacht.«

»Genau. Es war dumm, was du hier heute getan hast. Rhodry hätte dich töten können.«

»Das sehe ich deutlich genug. Wie kommst du dazu, mich zu warnen?«

»Ich weiß es nicht genau. Vielleicht tust du mir leid.«

»Ach ja?« Raena riß den Kopf hoch wie ein erschrockenes Pferd. »Und warum das?«

»Weil du von verlogenen Geistern betrogen wurdest. Sie sind keine Götter, Raena, weder Shaetano noch Alshandra. Wenn sie behaupten, Götter zu sein ...«

»Sprich nicht den Namen meiner Herrin in ketzerischer Weise aus!« Raena sprang auf. »Oder ich kratze dir die Augen aus.«

»Deine ›Herrin‹ ist tot.«

»Nein! Sie lebt, und eines Tages wird sie wieder zu uns zurückkehren, ganz gleich, was du mit deiner falschen Magie versuchst.«

»Diese Angelegenheit liegt nicht in meinen Händen.«

»Zumindest jetzt sprichst du die Wahrheit. Sie wird zurückkehren, wann sie es will, und sie allein wird entscheiden. Das Pferdevolk hat sich als feige erwiesen, also hat sie sich vor ihnen verborgen. Wenn sie sich würdig zeigen, wird sie in all ihrem Glanz wieder erscheinen. Und ich habe in der heiligen Aufgabe versagt, die sie mir auferlegt hat, daher bin ich nicht besser als diese Krieger und ihrer nicht würdig.«

»Du verstehst mich nicht. Sie ist tot. Sie ist wirklich und wahrhaftig tot.«

»Das ist sie nicht! Ich sag dir, das ist sie nicht!« Raena schüttelte wütend den Kopf. »Eines Tages wird sie uns zu unserem Erbe führen, das sie uns versprochen hat.«

»Ins Land der Sklavenhalter?«

»Genau. Und wenn sie zurückkehrt, werden weder du noch andere Sterbliche gegen sie stehen. Sie ist nicht tot, sie hat sich nur aus dieser Welt zurückgezogen.«

Sie hat den Verstand verloren! dachte Dallandra. Aber das macht sie nicht weniger gefährlich.

»Bitte hör mir zu!« sagte Dallandra laut. »Wenn du Dweomer weiter auf diese Weise benutzt, kann es dir schaden. Du weißt nicht, wie du die Macht einsetzen mußt, die Shaetano dir gibt. Er wird dich zerstören.«

»Ich will das nicht mehr hören, Elfenhexe.«

Abrupt drehte Raena sich um und lief davon, um den Felsen herum und auf den Wald zu. Dalla folgte ihr, aber die Angst ließ Raena schneller werden. Sie machte einen letzten Schritt und verschwand dann so plötzlich, als wäre sie durch eine unsichtbare Tür gerannt und hätte sie hinter sich zugeschlagen.

»Ihr Götter!« sagte Dallandra. »Nun, zumindest habe ich versucht, sie zu warnen. Von nun an liegt es an ihr!«

Sie stieg auf den Felsen und verwandelte sich wieder in einen Vogel. Mit einem traurigen Schrei sprang sie in die Luft und flog davon, nach Dun Cengarn und zu Rhodry.

Drei Tage und den Teil eines vierten war Raena verschwunden. Mit ein paar Männern der Miliz suchte Verrarc in der Umgebung der Stadt nach ihr, aber niemand hatte sie gesehen, und sie fanden keine Spuren. Er durchsuchte auch die Stadt noch einmal – wieder keine Spur. Nachts lag er wach und verfluchte sie, daß sie ihm solche Schande bereitet hatte. Obwohl niemand ihm etwas Böses ins Gesicht gesagt hatte, wußte er genau, daß der Klatsch hinter seinem Rücken aufwirbelte wie die Federn, wenn ein Bauer Hühner schlachtet.

Endlich ging Verrarc am vierten Nachmittag in die Ruinen des Tempels und versuchte, den Herrn des Chaos selbst heraufzubeschwören. Niemand antwortete. Er stand in dem dunklen Raum und weinte, die Hände vors Gesicht geschlagen, als könnte er auf diese Weise das Schluchzen in der Kehle festhalten. Die Sonne ging bereits unter, als er die Tempelruinen verließ. Eine Weile stand er oben auf der Zitadelle und sah zu, wie sich Sturmwolken sammelten. Sollte es schneien, und Raena war irgendwo draußen auf dem Land – er konnte den Gedanken nicht zu Ende bringen. Tief unter ihm dampfte der See. Einen Moment dachte er daran, sich in die Tiefe zu stürzen, dann schüttelte er den Gedanken ab und stieg den Hügel hinab zu seinem Haus.

Als er hereinkam, legte Korla gerade Holz aufs Feuer. Sie blickte auf und gab das Grunzen von sich, das ihr als Gruß diente, dann machte sie sich wieder an die Arbeit. Verrarc hängte seinen Umhang an den Haken nahe dem Feuer, dann ging er ins Schlafzimmer, um die Stiefel auszuziehen. Raena lag nackt auf dem Bett, auf dem Rücken ausgestreckt. Erschrocken konnte er sie nur mit weit aufgerissenem Mund anstarren. Mit einem leisen Stöhnen hob sie den Kopf und sackte dann in die Kissen zurück.

»Ihr Götter!« Verrarc lief zu ihr und setzte sich neben sie. Als er ihr die Hand auf die Wange legte, bemerkte er, daß sie kalt und ein wenig feucht war. Er konnte hören, wie ihr Atem in der Brust zischte und gurgelte.

»Meine Liebste!« Er stotterte durch die Tränen. »Was ist passiert? Wo bist du gewesen?«

Raena öffnete die Augen und wollte etwas sagen, dann wurde sie ohnmächtig. Verrarc rief nach Korla, ging zur Feuerstelle und zündete ein Feuer an. Die alte Frau kam hereingeschlurft, sah Raena und schrie auf.

»Hexerei!« zischte sie. »Wie ist sie hier reingekommen?«

»Das weiß ich nicht, und es ist mir auch gleich«, fauchte Verrarc. »Schick Harl in die Stadt, er soll die Kräuterfrau holen!«

Den ganzen Tag lang kümmerte sich Gwira um ihre Patientin. Sie ließ Raena den Dampf von heißem Kräuterwasser einatmen, flößte ihr eine grünliche Brühe ein und mischte Kräutersalben, um der Kranken damit die Brust einzureiben. Raena hustete und röchelte, fluchte und spuckte große Brocken grünlichen Schleims aus, und wann immer Gwira es ihr erlaubte, schlief sie. Während die Kräuterfrau arbeitete, ging Verrarc im Wohnzimmer vor dem Feuer auf und ab. Er erinnerte sich an einen anderen Besuch Gwiras in diesem Haus, als seine Mutter infolge der Brutalität ihres Mannes im Sterben gelegen hatte. Gwira war ihm damals schon so alt wie der Mond vorgekommen. Korla hatte ihn aus dem Haus gebracht und mit zum See genommen, um ihn abzulenken. Damals war er noch ein kleiner Junge gewesen – wie alt? Er konnte sich nicht erinnern, und es war ihm gleich. An Korla erinnerte er sich als kräftige Frau mit grauem Haar und breitem Lächeln.

»Ratsherr?« erklang Gwiras Stimme hinter ihm.

Verrarc drehte sich um, und sein Herz klopfte in plötzlicher Angst.

»Ich denke, sie wird überleben«, fuhr Gwira fort. »Wenn ich imstande bin, ihre Lunge sauberzuhalten.«

»Dafür danke ich allen Göttern!«

»Mach dir nicht zu viele Hoffnungen, Junge. Wir müssen sehr vorsichtig sein. Das hier ist keine einfache Erkältung, die mit ein wenig Husten und Niesen verschwindet. Sie wird viele Tage Pflege brauchen.«

»Tu, was du kannst, und ich werde dich doppelt bezahlen.«

»Still, Junge! Das ist vielleicht nicht mehr meine Angelegenheit. Ich denke, du solltest Harl nach Werda schicken. Ich denke, die bösen Geister haben sie entführt. Werda wird die Wahrheit wissen.«

Später am Abend durfte Verrarc Raena sehen. Sie saß an einen Berg Kissen gelehnt im Bett. Er schob einen Stuhl heran, griff nach ihrer Hand, küßte ihre Finger und hielt ihre Hand lange, nur um des Trostes ihrer Berührung willen. Sie seufzte, sah ihn an und lächelte.

»Was ist los?« fragte Verrarc. »Wo warst du?«

»Das geht dich nichts an.« Ihre Stimme war nur ein Flüstern.

»Ihr Götter, ich habe mich halb zu Tode gesorgt! Ich will wissen, wo du hingegangen bist.«

Sie wandte den Kopf ab und schloß die Augen. Verrarc legte ihre Hand sanft wieder auf die Decke, dann lehnte er sich zurück und betrachtete sie. Nun, da sie in Sicherheit war, wurde ihm klar, wie wütend er war. Böse Geister! dachte er. Wenn er das nur glauben könnte! Hatte sie irgendwo einen anderen Mann? Er hatte genug von ihrem Verschwinden. Wenn es ihr wieder bessergeht, werde ich die Wahrheit herausfinden! Wenn sie es mir nicht sagt, dann ... was werde ich dann tun? fragte er sich. Sie rauswerfen? Sie für immer verlieren?

Er schluchzte einmal, dann verbiß er sich die Tränen. Er wußte, daß die Schande viel mehr an ihm fraß als seine Angst, sie zu verlieren.

Evandar kehrte in sein eigenes Land zurück, nur um dort festzustellen, daß der Winter den Kampf gegen seinen künstlichen Frühling wieder einmal gewonnen hatte. In seiner Abwesenheit war der Schnee zwar weggeblieben, aber der Wind hatte Eis mitgebracht. Evandar fluchte zornig und ging auf den Hügel, um sich einen Eindruck des Schadens zu verschaffen. Jeder Baum glitzerte in der kalten Sonne, jeder Ast und Zweig war mit silbernem Eis überzogen. Das Ried am Flußufer glitzerte wie Speerspitzen. Als er den Hügel hinabging, knirschte und knisterte das Gras unter seinen Füßen. Er schaute zurück und sah seine Spuren, schwarze Flecke auf einem silbernen Teppich.

Am Flußufer hatten sich seine Leute in dem Pavillon verkrochen. Männer und Frauen hatten sich in Umhänge und Tücher und alles gewickelt, was irgendwie wärmte. Als Evandar näher kam, stand Menw auf und ging ihm entgegen.

»Dieses Eis, Herr«, sagte Menw. »Es beißt und sticht.«

Seine Leute stöhnten und reckten ihm bleiche Hände entgegen. Als er die Illusion von Körpern hergestellt hatte, die sie trugen, hatte Evandar sich an das Vorbild von Elfen gehalten, hochgewachsen und schlank mit bleicher Haut, obwohl einige sich auch für die dunkle Haut der Menschen aus Bardek entschieden hatten. Er hatte ihnen auch die Illusion von Kleidung gegeben, lange Gewänder für die Frauen, Hemden für die Männer, aber nun hatten sich alle in dicke Umhänge gewickelt und kauerten sich gegen die Kälte zusammen.

»Herr!« riefen sie. »Bring uns den Frühling zurück!«

»Und wenn ich das tue, wie lange wird er dauern?« fragte Evandar.

Alle begannen gleichzeitig auf ihn einzureden, während er lauschte, nur ihres Schmerzes bewußt, nicht der Bedeutung ihrer Worte. Zornig fragte er sich, was er tun konnte. Ganz gleich, wie oft er den Frühling wiederherstellte, sobald er sein Land für einige Zeit verließ, schlich sich der Winter hinter seinem Rücken wieder herein.

Rhodry, Dallandra, all die Dinge, die er in der physischen Welt zu tun hatte – schließlich wurde er auch dort gebraucht. Er knurrte wie ein Wolf. Menw wich zurück.

»Haben wir dich verärgert, Herr?«

»Nein, nein, es tut mir leid. Ich weiß nicht, was ich tun soll, das ist alles.«

Alle starrten ihn entsetzt an. Sie hatten ihn nie zuvor so erlebt. Und was wird aus ihnen werden, wenn ich weg bin? dachte Evandar.

Plötzlich hörte er Hörnerklang aus der Ferne. Gefolgt von Menw rannte er aus dem Pavillon. Die anderen eilten hinterher und standen blinzelnd im eishellen Sonnenlicht. Über die glitzernde Wiese kam eine Armee geritten, die mit weißem Tuch wedelte, zum Zeichen des Friedens und der Unterwerfung.

»Das ist Shaetanos Rudel!« sagte Evandar.

»Nein, Herr«, erwiderte Menw. »Sie sind jetzt deine Vasallen.«

»Ach ja, ich hatte es vergessen.«

Es gab sowohl männliche als auch weibliche Reiter, und alle trugen schwarze Rüstungen aus emailliertem Kupfer. Vor langer Zeit hatte Shaetano ihnen ungelenke Körper gegeben, eine Mischung aus Tier und Mensch, einige mit Pelz und Schnauzen wie Bären des Westlandes, andere mit glitzernden kleinen Augen und warzigem Fleisch wie die Krokodile in Bardek. Ein paar wirkten beinahe menschlich, bis sie eine Tatze statt einer Hand zum Gruß hoben. Die anderen sahen aus wie riesige Wölfe und trabten hinter den Pferden her.

Eine ganze Menge von ihnen schienen aus drei oder vier Geschöpfen zusammengenäht – der Kopf eines Ebers mit menschlichen Händen und einem Hundeschwanz vielleicht, oder Zwergenoberkörper auf Tierbeinen, Menschenköpfe, Katzenköpfe, Hundegesichter, geflochtene Mähnen wie beim Pferdevolk, Zwergenhände, Elfenhände, Eselsohren, gestreiftes Fell wie bei Tigern oder getupftes wie bei Leoparden.

An ihrer Spitze, einen Heroldsstab mit Bändern daran in den Händen, ritt ein buckliger alter Mann mit aufgequollenem Gesicht, dessen Haut in großen Falten warzigen Fleisches um seinen Hals hing.

»Lord Evandar!« rief der Herold. »Wir sind gekommen, um dich um Hilfe anzuflehen! In unserem Land ist es kalt, und wir haben Hunger. Bitte nimm uns auf!«

»Seid willkommen«, sagte Evandar. »Steigt ab, und wir gehen in den Pavillon.«

Seine Leute schrien auf und fluchten, sie wichen zurück, wickelten sich fest in ihre Umhänge. Alle begannen, auf die Tierwesen einzuschreien. »Sie sind so häßlich, laßt sie nicht in unsere Nähe!« Der alte Herold und sein Gefolge begannen in einer Kakophonie von Stöhnen und Jammern zu weinen. In diesem Augenblick sah Evandar, was er tun mußte – das einzige, was er wirklich tun konnte.

»Frieden!« Evandar hob beide Hände. »Hört mich an!«

Langsam wurden beide Heere still.

»Vor langer Zeit«, sagte Evandar, »habe ich dir und den deinen eine Belohnung versprochen, guter Herold. Neue Körper, schöne und echte Körper – erinnerst du dich?«

»Ja, Herr«, sagte der Herold. »Und wir sehnen uns sehr danach.«

»Nun, es gibt nur eine Möglichkeit zu tun, was ich versprochen habe, und nur einen Ort, wo ich das tun kann.« Er wandte sich dem schimmernden Heer zu. »Wenn wir dorthin gehen, werdet ihr vor diesem Zauberwinter frei sein. Werdet ihr mir folgen?«

Beide Gruppen vereinten sich zu einem wortlosen Jubelschrei. Evandar hob die Arme und sah sie an – es kam ihm so vor, als trügen seine Finger Handschuhe aus Eis, so kalt war ihm im Herzen. Alle beobachteten ihn schweigend.

»Es ist Zeit, daß ihr alle Elessario folgt«, rief Evandar. »Ihr sollt in der Welt der Zeit geboren werden.«

Wieder jubelten sie, aber diesmal hörte er auch eine Spur von Angst.

»Und was ist mit dir, Herr?« fragte Menw.

»Ich werde hierbleiben und dafür sorgen, daß ihr in dieser Welt sicher seid.«

»Und dann folgst du uns?«

»Selbstverständlich.« Die Lüge fiel ihm leicht. »Sobald alles bereit ist, werde ich euch folgen.«

Ein drittes Mal jubelten beide Heere.

Auf seinem goldfarbenen Hengst führte Evandar sein Volk ein letztes Mal durch das Land, über die grünen Wiesen, durch den uralten Wald, vorbei an den Ruinen von Palästen, den toten Städten vergessener Könige. Während sie ritten, schien es, als ob das Land sich unter und über ihnen veränderte. Der Himmel wurde silbrig vor Nebel, dann nahm der Nebel eine mürrische Purpurfärbung an, hier und da von violettem Licht durchzogen. Die Bäume und das Eis verschwanden, und sie ritten durch Felder mit purpurnen Blüten. Als sie dorthin zurückkehrten, wo der Fluß hätte sein sollen, war er verschwunden. Evandar befahl anzuhalten und abzusteigen. Sobald sie auf festem Boden standen, verschwanden die Pferde.

»Folgt mir!« rief Evandar. »Es ist nicht weit.«

Evandar führte sie durch ein Feld mit weißen Blüten, die in einem silberfarbenen Licht nickten, das Spuren von Violett hatte. Auf der anderen Seite der Blumenwiese gab es einen Fluß sich bewegenden Nebels, nicht ganz Wasser, nicht ganz Luft. Über ihren Köpfen hing ein riesiger violetter Mond an einem indigoblauen Himmel, aber keine Sterne schienen. Hinter Evandar schwieg sein Volk. Als er einen Blick zurückwarf, sah er, daß sie ihm immer noch folgten, sich hierhin und dahin wandten und die Wunder staunend anstarrten. Er blieb am Flußufer stehen und wandte sich ihnen zu.

»An diesen Ort«, sagte Evandar, »hat Dallandra mich und Elessario gebracht, als es Zeit war, sich in die Welt der Zeit zu begeben und geboren zu werden. Dies ist das Tor, durch das ihr gehen müßt. Ihr müßt durch diesen Fluß waten und in den Nebel hineingehen.«

»Ich verstehe.« Menws Stimme zitterte.

Als Evandar ihn ansah, stellte er fest, daß sein Stellvertreter nackt war, sein schlanker Körper weiß wie Alabaster und ebenso durchscheinend. Die restlichen Seelen, die ihm gefolgt waren, sahen genauso aus: bleich, schimmernd und der falschen Züge, die er ihnen gegeben hatte, entledigt. Das Rudel seines Bruders hatte Pelz und Reißzähne verloren, Schnauzen und Tatzen waren verschwunden. Sie standen aufrecht und lachten vor Freude über ihre neuen Körper. Der alte Herold – nun ein würdiger, weißhaariger Botschafter – trat vor, um in ihrer aller Namen zu sprechen.

»Wir danken dir! Du hast uns gegeben, was du uns vor so langer Zeit versprochen hast.«

Aber Evandar wußte, daß er selbst gar nichts getan hatte. Er spürte, wie der Wind heftiger wurde, ein kalter Wind, der ihn mit hoher Macht traf. Über die Wiese näherten sich Wesen, alle in goldenes Licht gekleidet, riesig und hoch über den Nebel und die totenbleichen Blüten aufragend. Waren sie Menschen? In dem hellen Licht hätte er es nicht sagen können. Einer hob grüßend die Hand. Sie brauchten nicht zu sprechen.

»Zum Fluß!« rief Evandar seinem Volk zu. »In den Fluß hinein und hindurch!«

Zum letztenmal gehorchten sie ihm. Es schien, als flögen sie, erhoben sich über die Blüten und wirbelten wie totes Laub in stärker werdendem Wind. Die Großen folgten ihnen mit einer riesigen Woge goldenen Lichts, die über sie hinwegspülte, sie ein letztes Mal herumwirbelte und in den Nebel auf der anderen Seite des weißen Flusses trug. Drei gewaltige Schläge wie Donner dröhnten über die Wiese. Ohne nachzudenken, sank Evandar auf die Knie und hob die Arme.

Einen Augenblick lang schimmerte der Flußnebel golden. Dann verblaßte die Farbe langsam. Wieder floß der Fluß weiß unter weißem Nebel. Die weißen Blüten bebten, dann blieben sie still. Evandar erhob sich, und als er sich umdrehte, sah er eine letzte Gestalt auf sich zukommen: einen Menschen mit dunkler Haut und lockigem weißem Haar, gekleidet in ein grob gewebtes, warmes Gewand, der einen Apfel in der einen und ein Messer in der anderen Hand hielt.

»Du hier?« sagte Evandar erstaunt.

»Ja.« Der alte Mann blieb stehen und schnitt eine Scheibe Apfel ab. »Ich tauche auf den seltsamsten Orten auf, nicht wahr?« Er reichte Evandar das Apfelstück. »Das hast du großartig gemacht.«

»Ach ja?« Evandar steckte das Apfelstück in den Mund und bemerkte, daß es wunderbar süß schmeckte, viel besser als der Met aus seinen eigenen Vorräten.

»Genau, großartig. Und was ist mit dir?«

Evandar sah ihn nur an.

»Vor einer Weile haben wir Fragen ausgetauscht«, sagte der alte Mann. »Und ich habe ein paar aufgehoben. Du schuldest mir ein paar Antworten.«

»So ist es. Also gut, hier ist eine von ihnen. Ich habe in der Welt der Zeit viel zu viel zu tun, um meinem Volk zu helfen.«

»Jede Arbeit kann weitergegeben werden. Willst du den Fluß überqueren?«

»Nein! Ich werde nie in diese Welt von Schleim und Blut und Verfall eingehen! Es ist besser zu verblassen, als ein solches Schicksal zu erleiden!«

»Ah.« Der alte Mann betrachtete ihn eine Weile. »Weißt du, ich frage mich, ob du überhaupt geboren werden könntest, selbst wenn du wolltest. Ich bezweifle das.«

»Wie meinst du das?«

»Du bist ein Wesen von großer Macht. Sieh dich an, immer noch bekleidet und mit deinen individuellen Zügen, selbst an diesem Ort hier.«

Evandar blickte an sich herunter und sah sein vertrautes grünes Hemd und die Hirschlederhose.

»Der Nebel löst solche Dinge für gewöhnlich auf«, fuhr der alte Mann fort. »Du bist tatsächlich ein Wunder, aber ich wette, es gibt eines, wozu du zu schwach bist. Zweifellos könntest du nicht genug von deiner Macht ablegen, um diesen Fluß überqueren zu können.«

»Ach ja?« hörte Evandar sich selbst zischen. »Nun, dann ist es ja gut, daß ich es nicht will.«

»Ja.« Der alte Mann lächelte. »Aber solltest du es jemals wollen, können wir uns hier treffen und eine Wette abschließen.«

»Sollte ich jemals die Zeit dazu finden, werde ich das tun. Aber nun will ich das selbstverständlich nicht. Geboren werden, meine ich.«

»Selbstverständlich.«

Einen Moment betrachteten sie einander. Dann wandte der alte Mann sich ab. Evandar konnte sich des Gefühls nicht erwehren, daß er ein Lächeln verbarg.

»Ich wünsche dir einen guten Tag. Ich sollte mich jetzt lieber wieder auf den Weg machen.«

Ohne ein Wort ging er davon. Evandar sah ihm wütend hinterher, dann ging er in die Gegenrichtung zur Mutter aller Straßen und nach Hause zurück.

Als er in sein Land zurückkehrte, fand er es unter einer Schneedecke. Lange Zeit stand er oben auf dem Hügel und schaute einfach nur auf die Trümmer all dessen nieder, was er geschaffen hatte: der Garten tot, die Wiesen unter Schnee begraben, der Fluß gefroren und reglos. Er wußte, er sollte jetzt seinen Bruder jagen, aber er konnte sich einfach nicht dazu aufraffen.

Und während Evandar den Tod und die Geburt seines Volkes beweinte, verging in der Welt der Elfen und Menschen mehr Zeit.

Elessi lag bäuchlings auf dem Bett ihrer Mutter und versuchte sich umzudrehen. Sie scheiterte, dann rollte sie wieder hin und her, legte den Kopf zurück und schaute wütend drein, während sie mit einer dicklichen Hand auf die Decke einschlug. Plötzlich stieß sie ein schrilles, dünnes Jammern aus. Ihr Gesicht wurde rot, und das Jammern wurde zu einem Schrei reiner Wut. Schreiend bog sie den Rücken durch und wackelte so heftig hin und her, daß es ihr tatsächlich gelang, sich umzudrehen, aber dann lag sie nur da und fuchtelte mit Armen und Beinen und schrie, so laut sie konnte. Carra hockte auf der Bettkante und lächelte ihre Tochter an.

»Du hast es geschafft!« sagte Carra. »Sieh doch! Du liegst auf dem Rücken!«

Elessi ignorierte sie und schrie weiter, bis Carra sie aufhob und an die Schulter drückte. In den Armen ihrer Mutter schwieg die Kleine schließlich, dann packte sie eine von Carras Haarsträhnen mit der Faust. Sie saugte an der goldblonden Strähne, während Carra beruhigend auf sie einmurmelte und sie wiegte. Dallandra und Lady Ocradda, die am Fußende des Bettes standen, wechselten einen Blick.

»Ihr könnt es ruhig laut sagen«, fauchte Carra. »Sie hat schreckliche Launen. Das weiß ich besser als Ihr.«

»Davon bin ich überzeugt, Euer Hoheit«, sagte Ocradda.

»Sie haßt es, wenn ihr etwas verweigert wird. Wenn sie das, was sie haben will, nicht haben kann, und zwar in dem Augenblick, wenn sie es will, dann schreit sie so wie vorhin. Ich habe nicht viel Erfahrung mit Kindern. Glaubt Ihr, daß alles mit ihr in Ordnung ist?«

»Nun, meine liebe Prinzessin«, sagte Ocradda lächelnd, »sie ist ein wenig zu jung, um Geduld zu lernen.«

Dallandra nickte zustimmend, aber sie erinnerte sich daran, was Evandar ihr über Salamanders kleinen Sohn erzählt hatte. Sie entdeckte eine schreckliche Ähnlichkeit zwischen ihm und Elessi – all diese Dinge, die eine Seele durchmachen mußte, für die alles in der Welt zum erstenmal ganz neu war.

Sie hatte jetzt seit ein paar Tagen versucht, Evandar zu erreichen, sowohl indem sie sich ihn im Geist vorstellte, und als das nicht funktionierte, indem sie das Wildvolk nach ihm ausschickte. Endlich, eines Morgens, als das Sonnenlicht sich beinahe warm anfühlte und der Schnee nur noch dünn lag, erschien er in dem kleinen Gehölz auf dem Markthügel. Er kam ihr schrecklich schmal vor an diesem Morgen und so bleich, daß die Sauerkirschfarbe seiner Lippen scharlachrot wirkte. Ohne nachzudenken, legte sie eine Hand auf seine Wange, die sich aber kühl und seidig anfühlte wie immer.

»Was machst du da?« fragte Evandar.

»Ich befürchtete, du hättest Fieber, das ist alles. Bist du krank gewesen? Oder ist das eine alberne Frage für solche wie dich?«

»Das weiß ich nicht. Ich habe, seit wir uns zum letztenmal begegnet sind, seltsame Dinge getan.«

»Ach ja? Was denn?«

»Ich habe gelernt, daß ich nicht der Herr meines eigenen Landes bin, und das war wirklich schlimm – obwohl etwas Gutes daraus entstanden ist.«

»Tatsächlich? Was meinst du damit – oder ist das einer dieser ärgerlichen Rätsel?«

»Nein. Aber es war nur eine Kleinigkeit. Vielleicht interessiert es dich ja nicht.«

»Evandar, hör auf, mich zu necken.«

Plötzlich lachte er laut.

»Dein Wunsch für mein Volk ist Wahrheit geworden.« Er grinste sie an. »Sie haben den weißen Fluß überquert. Sie haben das Leben gewählt, und ich habe es ihnen gegeben.«

Dallandra ließ die Hand sinken und starrte ihn an, als wäre sie mit plötzlicher Dummheit geschlagen. Das Lächeln verging ihm, und er legte den Kopf schief.

»Freust du dich nicht?«

»Selbstverständlich.« Endlich fand sie ihre Stimme wieder. »Du hast mich nur vollkommen überrascht. Das ist wunderbar, mein Liebster. Ich freue mich so für sie! Und ich bin so stolz auf dich.«

Sein Lächeln kehrte zurück, und er stolzierte ein wenig durch den schmutzigen Schnee hin und her. Dallandra hörte ihre eigenen Gedanken wie fernes Donnergrollen: Wieso jetzt? Warum gerade jetzt, als ihr klargeworden war, daß all ihre Pläne, diesen Seelen zur Geburt zu verhelfen, für sie und für die, die sie umgaben, gefährlich sein konnten. Warum hatte er nun getan, worum sie ihn vierhundert Jahre lang vergeblich gebeten hatte?

»Nun haben sie ihr Geburtsrecht endlich erhalten«, sagte sie laut. »Jetzt reiten sie das Rad der Zeit.«

»Und sie werden niemals verblassen, wenn sie sterben?«

»Niemals. Sie werden wieder und wieder leben. Aber was ist mit dir, mein Liebster? Willst du nicht ...«

»Still!« Er hob die Hand. »Darüber will ich nicht mehr sprechen.«

Dallandra stützte die Hände auf die Hüften und starrte ihn wütend an, während er sie vollkommen ausdruckslos betrachtete. Plötzlich hatte sie das Gefühl, daß jemand hinter ihr stand. Sie fuhr herum, und es war niemand da, aber das Gefühl blieb.

»Ist Shaetano in der Nähe?« fragte sie.

»Was? Nein. Ich weiß immer, wenn er da ist.«

»Aber jemand beobachtet uns.«

Von hoch oben in den kahlen Bäumen hörte sie ein schwaches Jammern, eher den Geist eines Schreis als ein wirkliches Geräusch. Sie blickte auf und sah an einen Ast geklammert ein schrumpeliges kleines Geschöpf mit einem Gesicht wie Rinde und Händen wie Zweige. Mit riesiggroßen Augen starrte es sie an, dann verschwand es.

»Eins aus Alshandras Rudel«, sagte Evandar. »Nichts weiter. Kein Grund zur Sorge.«

»Ach ja? Dann hast du sie also zurückgelassen?«

»Ja. Sie sind zu häßlich, um sich mit ihnen abzugeben.« Er zögerte. »Warte! Du erwartest doch nicht von mir, ihnen zu helfen, oder?«

»Ich erwarte nicht, daß du irgend etwas tust.«

Plötzlich war Dallandra sehr müde. »Ich sollte es wahrscheinlich lieber selbst versuchen.«

Sie warf den Kopf zurück und ging wütend davon. Was

hatte sie erwartet, fragte sie sich selbst? Einen ruhmreichen Augenblick des Sieges, in dem sie auf all ihre Anstrengungen, Evandars Volk das Leben zu geben, zurückblicken und daran denken konnte, daß es all die Anstrengung wert gewesen war? Irgendwie hatte sie sich, wenn sie an diesen Augenblick gedacht hatte, immer eine bewundernde Zuschauermenge vorgestellt, die bestaunte, was sie getan hatte. Statt dessen war es ein ausgesprochen zweifelhafter Triumph, ein ärgerlicher Erfolg, und es gab keine Spur ehrlicher Freude.

»Nun gut«, murmelte sie. »So ist das Leben eben, hier unter dem Mond. Warum finde ich das noch überraschend?« Dann hörte sie tief abgeschieden in ihrer Seele einen Widerhall jener drei Donnerschläge und wußte, daß die Großen zufrieden waren. Sie lachte und ging, immer noch vor sich hin lächelnd, zur Festung. Es würde zweifellos für jene Seelen, die so plötzlich geboren wurden, Ärger geben, aber damit würde sie umgehen, wenn sie sich diesem Ärger gegenüberfand, und nicht vorher.

Obwohl sie sich schließlich erholte, dauerte Raenas Krankheit – ein heftiger Husten und glühendes Fieber – wochenlang. In der Langeweile des Winters ließ der Klatsch in Cerr Cawnen keinen Augenblick lang nach. Warum war sie draußen gewesen und im Schnee herumgelaufen? Einige sagten, Verrarcs neue Frau hätte vielleicht einen anderen Mann. Immerhin würde eine Frau, die einmal ihren Ehemann betrogen hatte, das vielleicht auch mit dem nächsten tun. Andere flüsterten von zweifelhafteren Dingen, von Hexerei und bösen Geistern. Die Geister waren jetzt schon zweimal zu Raena gekommen. Warum würden sie so etwas tun, wenn Raena sie nicht anzog?

Niffa wußte, daß die letztere Geschichte die wahrste war, aber sie weigerte sich, ihre Mutter zu bekümmern, indem sie es ihr sagte. Dera hatte in ihrer Treue zu Ratsherr Verrarc beschlossen, eine andere Theorie zu vertreten: Raena verlor hin und wieder den Verstand und verdiente daher Mitleid.

»Sie hatte nie ein Kind, das arme Ding«, sagte Dera. »Und wahrscheinlich wird sie auch keines bekommen. Das muß sie schrecklich verstören, nachdem sie jetzt frisch verheiratet ist.«

Niffa schwieg und lächelte, aber tief im Herzen haßte sie Raena wie zuvor, obwohl sie nun wußte, daß die Frau Demet nicht selbst getötet hatte. Sie fragte sich allerdings in nachgiebigeren Augenblicken, wo ihr Haß herkam. Sie konnte kaum wissen, daß dieser vergiftete Baum seine Wurzeln tief in der Zeit hatte. In einer Zeit, als Raenas böse Zauber schreckliche Folgen hatten, Leben zerstörten und das gesamte Königreich von Deverry noch lange nach dem Tod des Körpers und der Persönlichkeit, die sie getragen hatte, bedrohten. Und es war Niffa, ihrer Tochter in diesem Leben, zugefallen, etwas gegen diese Bedrohung zu tun.

TEIL ZWEI

DEVERRY

Herbst 849

Im Jahr 849. Es wurde Herbst. Schlechte Vorzeichen beunruhigten den Hohen Priester Retyc. Wir fragten uns, ob es Prinz Maryn tatsächlich beschieden war, König zu werden. Aber dann brachte eine Frau auf dem Tempelgelände Zwillinge zur Welt, und eines der Kinder starb. Retyc erklärte das zu einem guten Vorzeichen.

(Die Heiligen Chroniken von Lughcarn)

Im Sommer kroch der Nebel der Südlichen See täglich bei Sonnenuntergang an Land und bedeckte Dun Cerrmor. Grauer Dunst, der so dicht über den Boden wirbelte, daß man sehen konnte, wie er sich bewegte. An dem Abend, bevor sie ihren zweiten Sohn zur Welt bringen sollte, stand Prinzessin Bellyra am Fenster der Frauenhalle hoch oben im königlichen Broch und sah den Nebel näher kommen. Die untergehende Sonne im Westen nahm eine goldene Färbung an und versprach Glanz, doch abermals umhüllte der Nebel die Stadt, und das Gold verblaßte zu einem kalten, gnadenlosen Licht.

»Euer Hoheit?« Elyssa trat neben sie. »Was ist denn? Ihr seht so bedrückt aus.«

»Ich habe den Nebel betrachtet. Hast du gesehen, wie das Gold zu Grau wurde?«

»Das passiert in dieser Jahreszeit immer, Euer Hoheit.«

»Ich weiß, aber ich mußte gerade daran denken, daß mein

Leben ganz ähnlich gewesen ist – golden, als ich heiratete, und nun ...«

Elyssa starrte sie mit erstaunt aufgerissenen dunkelblauen Augen an. Die Hofdame war ein paar Jahre älter als Bellyra, aber sie waren seit der Kinderzeit Freundinnen gewesen. Nun allerdings, nahm Bellyra an, wußte Elyssa kaum, was sie sagen sollte. Sie wußte ja selbst häufig kaum, was sie mit sich anfangen sollte.

»Das ist nur das Kind«, sagte Elyssa schließlich. »Es wird bald kommen.«

»Sehr bald.« Bellyra legte beide Hände auf den Bauch. »Er fühlt sich an, als wäre er bereit, sich abwärtszubewegen.«

»Ihr seid so sicher, daß es ein Junge ist.« Elyssa lächelte sie an. »Ich hoffe, Ihr werdet nicht enttäuscht sein.«

»Nein. Kein Mädchen würde seine Mutter so fest treten wie dieses kleine Ungeheuer.«

»Hoffen wir das.« Elyssa betrachtete sie, und ihr Lächeln verschwand.

»Habt Ihr Angst?«

»Ja, aber nicht vor den Wehen. Vor dem, was damals hinterher gekommen ist.«

Elyssa streckte die Hände aus und griff nach der Hand der Prinzessin.

»Diesmal wird alles gutgehen. Das schwöre ich. Ich habe so oft zur Göttin gebetet.«

»Aber hat die Göttin geantwortet? Oh, es tut mir leid, Lys, bitte, sieh mich nicht so an. Wir werden nehmen, was kommt.«

Mitten in der Nacht erwachte Bellyra triefend naß und voller Schmerzen. Die Fruchtblase war geplatzt. Sie stieg aus dem Bett, dachte einen Augenblick über die Wehen nach – nicht allzu schlimm, aber kräftig – und riß dann die Schlafzimmertür auf und rief nach ihren Hofdamen.

»Es geht los. Schickt nach der Hebamme!«

Sie setzte sich auf eine Holztruhe und streckte die Beine aus. Einen Augenblick später kamen Elyssa und Degwa herein und brachten Kerzenlaternen. Degwas dunkles Haar war zu zwei ordentlichen Zöpfen geflochten, während Elyssas Haar ihr wirr über den Rücken hing.

»Ich ziehe nur schnell ein Kleid über dieses Nachthemd«, sagte Degwa, »und dann gehe ich nach unten und wecke die Pagen.«

»Schick den jungen Donno«, sagte Elyssa. »Er kennt sich in der Stadt gut aus. Und ein paar Dienerinnen sollen nach oben kommen und ein Feuer anzünden.«

Keuchend vor Schmerz lehnte Bellyra sich an die Wand und ließ sich von Elyssas Fürsorge umhüllen wie von einer warmen Steppdecke. Bald schon kamen die Dienerinnen, und mit ihnen kam die Hebamme. Gegen Morgengrauen bestand Bellyras Welt nur noch aus Wehen. Sie klammerte sich an das Geburtsseil und dachte an nichts anderes als an das Kind, das in ihr darum kämpfte herauszukommen. Der Schmerz half seltsam genug, die Angst in Schach zu halten. Als die Sonne sich bereits ein Stück über dem Horizont erhoben hatte, kam das Baby mit einem lauten Zornesschrei ans Licht.

»Ein Junge«, rief die Hebamme. »Die Göttin hat Euch abermals gesegnet, Euer Hoheit.«

»Ich habe es euch doch gesagt«, flüsterte Bellyra. »Gib mir einen Schluck Wasser.«

Die Nachgeburt kam sauber und in einem Stück heraus. Erst jetzt fühlte sie sich wirklich sicher. Wieder hatte sie eine leichte Geburt gehabt – das sagte die Hebamme zumindest. Lachend und schwatzend wuschen ihre Frauen sie und brachten ihr ein trockenes Nachtgewand, dann legten sie sie ins frisch gemachte Bett. Als sie die Vorhänge zuzogen, schlief sie bereits.

Kurze Zeit später weckten sie sie wieder. Als Degwa den

kleinen Prinzen zu Bett brachte, jammerte er wie ein Kätzchen. Bellyra nahm ihn mit unsicheren Händen und legte ihn an die Brust. Er nahm die Brustwarze in den Mund und begann so fest zu saugen, daß ihre Brust schmerzte.

»Oh, er ist so schön!« gurrte Degwa. »So ein hübsches Kind.«

»Ja«, meinte Elyssa. »Was für reizende kleine Hände er hat!«

In Wahrheit, dachte Bellyra, war Marro rot, faltig und sah noch ziemlich zerdrückt aus. Das helle Haar klebte ihm am Schädel. Sie lehnte sich in die Kissen zurück und starrte hinauf zu den Bettvorhängen, bestickt mit einem sich wiederholenden Muster von drei Schiffen, umgeben von verschlungenen Ranken. Die Schiffe waren braun, die Wellen blau, die Ranken rot. Sie konnte sich daran erinnern, sie gestickt zu haben, als sie frisch verheiratet und immer noch glücklich war.

»Ihr müßt so stolz sein«, sagte Degwa. »Zwei Söhne für Euren Herrn!«

»Ich hatte, um ehrlich zu sein, auf eine Tochter gehofft«, sagte Bellyra. »Aber er erinnert mich an etwas. Wie geht es Casyl? Ist er eifersüchtig?«

»Selbstverständlich.« Elyssa lächelte. »Aber ich habe ihm erklärt, daß er immer der Älteste und Erbprinz sein wird, während sein Bruder sich mit einem anderen Titel zufriedengeben muß. Ich glaube nicht, daß er es wirklich verstanden hat, aber es hat ihn froh gemacht.«

Bellyra lächelte, und in diesem Augenblick öffnete ihr Sohn seine umwölkten blauen Augen und sah sie mit solcher Hingabe an, daß sie lachen mußte.

»Du bist wunderbar!«

Er kniff die Augen fest zu und schlief ein. Als Bellyra ihn Degwa zurückreichte, sah sie die Erleichterung in ihrem Blick. Auch Elyssa lächelte.

»Wir müssen dem Prinzen die Nachricht schicken«, sagte Bellyra.

»Ich dachte, wir sollten noch ein paar Tage warten«, meinte Elyssa zögernd. »Nur damit wir überzeugt sind, daß der kleine Marro wirklich überleben wird.«

»Das ist leider wahr. Aber Casyl war gesund, also habe ich Hoffnung.«

Bellyra verbrachte die nächsten Tage in einem Zustand angenehmer Erschöpfung. Obwohl all die wichtigen Männer des Königreichs dem Prinzen in den Krieg gefolgt waren, kamen doch die adligen Frauen, die bis zu einem Tagesritt entfernt wohnten, um den jungen Prinzen zu sehen und zu gratulieren. Den ganzen Morgen saß sie mit den Gästen zusammen und klatschte. Am Mittag fiel die Sonne hell in die Frauenhalle. Bellyra saß auf einem Stuhl am Fenster, zusammen mit ihren Frauen, und alle stickten an dem Kleid, das sie tragen würde, wenn ihr Mann endlich als Hochkönig eingesetzt würde. Aber jede Nacht glitt der Nebel über die Stadt und ließ ihr Herz kalt werden.

Schon zu bald kam der Morgen, den sie gefürchtet hatte. Sie erwachte, setzte sich, zog den Bettvorhang zurück und brach bei dem Anblick der Kammer dahinter in Tränen aus. Sie zog den Vorhang wieder zu. Eine lange Weile weinte sie, bis Elyssa sie hörte und hereinkam. Sie zog den Vorhang zurück und spähte ins Bett.

»Ich bin einfach so müde«, stotterte Bellyra. »All diese Besucher. Laß mich einfach noch ein wenig schlafen.«

Und sie blieb den ganzen Tag im Bett. Endlich, als Degwa am Abend den kleinen Prinzen hereinbrachte, bestand Elyssa darauf, die Bettvorhänge zurückzuziehen.

»Um ein wenig frische Luft hereinzulassen, Euer Hoheit«, sagte Elyssa. »So, ist das nicht besser?«

Das graue Nebellicht hing in der Kammer und schien jede Einzelheit unnatürlich deutlich hervorzuheben. Die Meißelspuren an der Steinmauer, die Maserung am hölzernen Fensterbrett – alles schienen Zeichen einer geheimnisvollen Schrift zu sein. Sie wußte, wenn sie es lesen konnte, würde sie Geschichten von unvorstellbarer Grausamkeit erfahren. Sie zwang sich, den Blick abzuwenden. Die Bettvorhänge wehten in dem Wind, der durch das offene Fenster hereinkam. Die Schiffe schienen auf den gestickten Wellen auf- und abzuschaukeln.

»Euer Hoheit?« fragte Elyssa zögernd. »Ihr scheint so traurig zu sein. Sollen wir für Euch singen?«

»Nein.« Bellyra sah ihr Baby an und wünschte sich, sie würde ihn nicht hassen. »Nehmt ihn weg! Holt ihm eine Amme! Es fängt alles wieder von vorne an.«

Sie spürte, wie ihr die Tränen über die Wangen liefen, aber es fiel ihr zu schwer, sie wegzuwischen. Unter leisem Gemurmel brachten die Frauen das schreiende Kind weg und ließen sie allein. Es gelang ihr, sich auf die Seite zu drehen und ins Kissen zu weinen. Eine Weile später kehrte Elyssa zurück.

»Eines der Küchenmädchen hat einen einjährigen Sohn und viel Milch. Degwa hat sie zum Baden geschickt, und dann wird sie herkommen und sich um den kleinen Marro kümmern.«

»Das mit diesen Tränen ist seltsam«, sagte Bellyra. »Sie fallen beinahe von selbst.«

»O Herrin, es tut mir so leid, Euch wieder so zu sehen! Was ... ich wünschte ... wenn ich nur verstünde ...«

»Ich möchte schlafen. Bitte laß mich allein.«

»Es tut Euch nicht gut ...«

»Verschwinde hier!« Bellyra stützte sich auf die Ellbogen. »Hinaus, laß mich in Ruhe!«

Elyssa floh, und Bellyra konnte hören, wie sie mit den anderen Frauen direkt hinter der Tür zu flüstern begann, aber sie verstand nicht, was sie sagten. Sie ließ sich wieder in die Kissen sinken und starrte die Bettvorhänge an, bis sie endlich einschlafen konnte.

Dun Deverry lag so weit von der Küste von Cerrmor entfernt, daß der Sohn schon fast vierzehn Tage alt war, bevor der Vater erfuhr, daß er zur Welt gekommen war. Der Bote kam an einem schwülheißen Nachmittag, als Gewitterwolken mit Regen drohten. Diener eilten umher, bis sie Prinz Maryn auf einer der äußeren Festungsmauern fanden.

Zusammen mit dem Mann, den alle »Lord« Nevyn nannten, seinem vertrautesten Berater, beugte sich der Prinz über die Mauer und blickte über die Ruinen dessen, was einmal eine blühende Stadt gewesen und nun durch lange Jahre der Belagerungen und die Feuer, die sie immer mit sich zu bringen schienen, zu Trümmern reduziert war. Was von den Häusern und Geschäften übrig war, erstreckte sich quer durch ein Tal zu einem anderen, niedrigen Hügel, gekrönt mit den Mauern und Baumwipfeln des heiligen Hains, der den Tempel des Bel umgab.

»Ich hoffe wirklich, daß die Leute zurückkommen und die Stadt wieder aufbauen«, sagte Maryn gerade.

»Ich ebenfalls«, erklärte Nevyn lächelnd. »Aber vergeßt nicht, das Ihr ihnen Anreize bieten könnt.«

Sie hörten Stimmen, und als sie sich umdrehten, sahen sie zwei Pagen, die mit flatternden Hemden den Hügel hinabgerannt kamen.

»Euer Hoheit, Euer Hoheit! Ein Bote aus Cerrmor! Eure Frau hat Euch einen weiteren Sohn geschenkt!«

»Wunderbar!« rief Maryn ihnen zu. »Wo ist der Bote?«

»Oben in der großen Halle, Euer Hoheit.«

Nevyn folgte Maryn die Leiter hinunter. Vor ihnen auf dem grasüberwachsenen Hügel, umgeben von drei weiteren Mauern, lag die Festung. Angeführt von den Pagen gingen sie die gewundene Straße zur innersten Festung hinauf. Schwarz gegen Grau flatterten drei Raben krächzend über sie hinweg. Nachdem sie weg waren, wurde der Tag still vor Ehrfurcht vor dem kommenden Gewitter. Nevyn wischte sich genug Schweiß von der Stirn, daß es einen feuchten Fleck auf seinem Ärmel hinterließ.

»Ihr seht grimmig aus«, sagte Maryn abrupt.

»Ja, mein Lehnsherr? Ich hoffe, daß es der Prinzessin wirklich gutgeht.«

»Und nicht so wie beim letzten Mal? Ihr Götter, ich habe niemals eine Frau so traurig gesehen, und das ohne jeden Grund. Ich dachte, sie hätte den Verstand verloren.«

»Nein. Es hatte andere Gründe.« Nevyn sprach mit stählerner Stimme. »Manchen Frauen ergeht es nach der Geburt so.«

»Ja, das habt Ihr damals schon gesagt. Ich bitte um Verzeihung.«

»Die wässerigen Körpersäfte sammeln sich im Leib einer Frau, um das Kind zu nähren. Sie werden bei der Geburt ausgestoßen. In einigen Fällen lassen sie Spuren zurück, und diese werden zu Dämpfen, die die Krankheit verursachen.«

»Diese Frauenangelegenheiten!« Maryn schauderte. »Ehrlich gesagt, ich danke den Göttern, daß sie mich zum Mann gemacht haben, wenn ich an solche Dinge denke. Aber Nevyn, wenn sie diese Krankheit wieder bekommt, wird sie es in Cerrmor bequemer haben und dort auch sicherer sein. Die Reise flußaufwärts könnte sie anstrengen.«

»Wollt Ihr sie hier nicht haben?«

»Wie bitte? Darum geht es nicht. Sicher möchte ich, daß sie herkommt! Es ist nur, daß ... ich habe Angst um sie, das ist alles. Meine Frau hat mir einen weiteren Sohn geschenkt. Sie hat dem Königreich und meiner Familie einen großen Dienst erwiesen, und ich möchte auf keinen Fall ihre Gesundheit aufs Spiel setzen.«

Das stimmte alles, aber Maryn konnte ihm nicht in die Augen sehen. Oh! dachte Nevyn. Was hat das zu bedeuten?

»Ha«, sagte er laut. »Nun, wir können später nach ihr schicken. Ich werde ihren Frauen eine Botschaft schicken und mich erkundigen, wie es ihr geht.«

»Das ist eine gute Idee. Und es wäre schön, sie hier zu haben. Sie hat mehr gesunden Menschenverstand als zehn Männer – zumindest, wenn sie bei sich ist. Ich habe große Achtung vor ihrer Meinung. Und es ist schade, das sie nicht selbst herrschen kann. Ich würde ihr das verfluchte Rhan von Cerrmor übergeben und der Ränkeschmiederei ein Ende machen.«

»Es würde ihr tatsächlich zustehen.« Nevyn dachte kurz nach. »Leider bezweifle ich, daß wir Eure Vasallen oder die Priester davon überzeugen könnten.«

Maryn lachte zustimmend.

»Und erinnert mich daran«, fuhr der Prinz fort, »meinem Vater einen Boten mit der Nachricht zu schicken.«

»Ich denke immer an Pyrdon, keine Angst. Sobald Ihr diese Angelegenheit mit dem Eberclan beigelegt habt, wird es Zeit, sich nach Westen zu wenden, und ich fürchte, was wir dort finden, wird uns nicht gefallen.«

»Da bin ich ganz Eurer Meinung. Sobald ich Pyrdon beanspruche, werden wir einen Krieg mit Eldidd vor uns haben.«

»Zweifellos. Der König von Eldidd wird vermutlich Euren Bruder in seinem Anspruch auf den Thron von Pyrdon unterstützen.«

»Riddmar hat keinen Anspruch. Ich bin erheblich älter als er und habe Söhne.«

»Ja. Aber ich wünschte wirklich, die neue Frau Eures Vater hätte ihm eine Tochter geschenkt.«

Während sie weitergingen, dachte Nevyn unruhig nach. Trotz der spektakulären Siege des Prinzen in diesem Sommer gab es noch keinen Frieden. Die Kämpfe um einzelne Teile des

Reiches hatten schon zuvor so manchen Krieg in Gang gehalten. Und wie ein drohendes Gewitter lag am westlichen Horizont das Königreich von Eldidd, dessen Anspruch auf den deverrianischen Thron diesen Bürgerkrieg hundert Jahre verlängert hätte.

Gegen Mittag begann es endlich zu regnen, und alle rannten in die große Halle des königlichen Broch. Diener machten sich daran, den Männern Bier zu servieren, und nun kam auch Ratsherr Oggyn hereingestürzt. Oggyn war ein untersetzter Mann, kahl wie ein Ei, obwohl sein schwarzgrauer Bart genug Haare für zwei aufwies. Er stieg auf eine Bank, damit alle ihn sehen konnten, und rief so laut er konnte um Ruhe. Als er sie erhielt, berichtete er von dem neuen Sohn des Prinzen. Die Adligen – und es gab eine ganze Menge von ihnen – jubelten und klatschten alle über das Glück des Prinzen.

»Es ist auch ihr Glück«, sagte Maddyn. »Es ist schwierig, für einen neuen König zu kämpfen, wenn man sieht, daß seine Familie ausstirbt.«

»Da hast du recht.« Owaen hob den Bierkrug, dann trank er ihn in einem langen Schluck leer. »Zwei Söhne sind ein vierfacher Segen für einen Herrn.« Er rülpste. »Entschuldigung.«

Die beiden Silberdolche saßen an der Feuerstelle, die sie mit den Reitern aus den Kriegshaufen der verschiedenen Adligen teilten und die gegenüber von der Feuerstelle der Adligen lag. Der größte Teil von Prinz Maryns riesiger Armee lagerte immer noch am Fuß des Hügels, hinter dem äußeren Ring der Festungsmauern. Der Brauch verlangte es allerdings, daß jeder Adlige eine Eskorte ausgewählter Männer um sich hatte, und der Prinz hatte ebenfalls seine Wachen, die alle in der eigentlichen Festung untergebracht waren.

Zumindest das, was von der Wache des Prinzen übriggeblieben war, alle dreiundzwanzig – nachdem es einmal hundert gewesen waren, die den Silberdolch trugen. Sie hatten ihre Kameraden und ihren Anführer, Caradoc, in den Kämpfen des Sommers verloren. Nun führten Maddyn, der eine Art Barde war, und Owaen, einer der besten Schwertkämpfer des ganzen Königreichs, die Truppe gemeinsam, wie Caradoc es gewünscht hatte. Oder zumindest sollte es so sein – Maddyn bezweifelte, daß es länger gutgehen würde. Er interessierte sich wenig für die Stellung eines Kommandanten, während sie Owaen alles bedeutete.

»Wir müssen Männer rekrutieren«, sagte Maddyn. »Der Prinz braucht mehr Wachen als unsere Handvoll.«

»Ja.« Owaen wischte sich mit dem Handrücken den blonden Schnurrbart trocken. Dort, wo sein kleiner Finger sein sollte, war nur noch Narbengewebe. »Ein paar Reiter aus Cerrmor haben mich angesprochen.«

»Taugen sie etwas?«

»Nein. Aber ich habe ein paar andere Burschen im Auge, die gut mit dem Schwert umgehen können. Ich weiß allerdings nicht, ob sie in die Truppe passen. Was, wenn du mit ihnen reden würdest? Du kennst dich mit solchen Dingen besser aus.«

»Also gut. Zeig sie mir einfach.«

Owaen schwang das Bein über die Bank, stellte sich hin und sah sich in der großen Halle um.

»Keiner von ihnen ist hier«, sagte er schließlich. »Sehen wir, ob wir sie irgendwo draußen finden können.«

»Ihr Götter, draußen schüttet es!«

Owaen warf ihm einen derart angewiderten Blick zu, daß Maddyn schließlich ebenfalls aufstand.

»Nun gut. Es wird mich nicht umbringen, wenn ich naß werde.«

Sie verließen die Halle und blieben einen Augenblick im

Schutz der Tür stehen. Der Regen prasselte auf den gepflasterten Hof nieder, einen der vielen Höfe im Herzen dieser Festung. Dun Deverry stand auf der Kuppe eines hohen Hügels und zog sich in einem Durcheinander von Türmen und Mannschaftsunterkünften, Vorratsschuppen und Brochs darüber hinweg. Hier und da umgaben die Mauern ein paar Gebäude, trennten beinahe zufällig einen Hof ab oder zogen sich ohne bestimmten Grund über ein offenes Gelände. Die meisten Gebäude waren im Brochstil gebaut und unten breiter als oben. Ein paar schlanke Türme erhoben sich über das Durcheinander, obwohl irgend etwas an ihnen falsch wirkte, denn sie beugten sich über die Höfe darunter.

Donner grollte über der Festung. Owaen blickte in den dunklen Himmel auf und kratzte sich nachdenklich am Bauch.

»Diese Männer, die du meinst, werden nicht hier draußen sein«, meinte Maddyn.

»Wahrscheinlich nicht. Aber was ist das?«

Am Tor verlangte jemand laut Einlaß, und Männer kamen angerannt, um das Tor zu öffnen. Begleitet von Pagen kam ein Reiter auf einem schwarzen Pferd hindurch. Er trug einen Stab, der mit bunten Bändern umwunden war, die im Augenblick schlaff vor Nässe niederhingen. Von seinen Stiefeln und den Brigga und auch von den Beinen und dem Bauch seines Pferdes tropfte dunkler Schlamm.

»Ein Herold«, sagte Owaen.

»Ja«, meinte Maddyn. »Und ist das nicht das Eberwappen auf seinen Satteltaschen?«

Der Herold reichte einem Pagen seinen Stock, stieg ab und nahm sein durchtränktes Amtszeichen wieder entgegen. Als ein Stallbursche den Rappen wegführte, sahen die Silberdolche tatsächlich das Zeichen des Ebers auf Satteldecke und den Satteltaschen.

»Ist das nicht interessant?«

»Ich frage mich, was Lord Braemys unserem Prinzen zu sagen hat?«

»Diese Unverschämtheit!« zischte Prinz Maryn. »Diese unglaubliche, stinkende Unverschämtheit!«

»Wahrhaftig, Euer Hoheit«, sagte Oggyn. »Es läßt nichts Gutes befürchten.«

Nevyn stützte die Ellbogen auf den Tisch und betrachtete das Pergament vor sich. Die drei Männer saßen im privaten Beratungszimmer des Prinzen, wo Nevyn dem Prinzen die Dienste eines Schreibers geleistet und den Brief von Braemys vom Eber vorgelesen hatte. Ein kalter Wind ließ die Ledervorhänge vor den Fenstern flattern und wirbelte in dem Zimmer umher. Die Kerzen flackerten gefährlich. Nevyn griff nach dem Pergament.

»Ich muß zugeben«, sagte der Prinz, »daß ich mich nicht darauf freue, einen Winter hier zu verbringen. Die Sommerstürme sind schlimm genug. Hört Euch nur diesen Regen an!«

»Wahrhaftig, mein Lehnsherr«, sagte Nevyn. »Aber wenn das hier ein Zeichen davon ist, was Braemys für eine Bitte um Frieden hält, dann solltet Ihr Dun Deverry lieber nicht verlassen. Er würde wahrscheinlich direkt einmarschieren und sich zum König ausrufen.«

»Genau, mein Prinz«, stimmte Oggyn zu. »Seine Arroganz ist verblüffend.«

»Er erwähnte Tibryns Sohn, den neuen Gwerbret. Ist der nicht noch ein Kind?«

»Ja, mein Lehnsherr, der Junge ist sieben Jahre alt«, sagte Oggyn. »Das Kind einer zweiten Frau. Nevyn, was sagtet Ihr, wie der Name des Kindes lautete?«

Abermals las Nevyn den Brief laut vor. »An den Usurpator Maryn, Prinz von Pyrdon. Ich höre, daß sich unter den Frauen an Eurem Hof auch Lillorigga, die Tochter des Eberclans, aufhält. Da sie mit mir verlobt ist, verlange ich, daß sie sofort freigelassen und zu mir nach Cantrae zurückgeschickt wird. Braemys vom Eber, Regent für Lwvan, Gwerbret Cantrae.«

Das war alles, aber es war vielsagend genug für einen ganzen Stapel von Pergamenten.

»Das ist eindeutig genug«, meinte der Prinz. »Er will Krieg.«

»Ja, mein Lehnsherr«, sagte Nevyn. »Er hat die Fehde seines Vaters übernommen.«

»Nun, das ist sein Recht, und es ist ehrenhaft von ihm.« Maryn schaute stirnrunzelnd auf den Tisch nieder.

»Aber ich wünschte trotzdem, er hätte lieber mein Angebot der Begnadigung angenommen.«

Nevyn nickte zustimmend. Bevor die Kämpfe dieses Sommers Maryn die Herrschaft über Dun Deverry gegeben hatten, hatten die Herren des Eberclans – Braemys' Vater und Onkel – ihre Hälfte des geteilten Königreichs regiert, obwohl sie das offiziell im Namen eines weiteren Kindes getan hatten, des jungen Olaen, der den Königsthron beanspruchte. Sie waren nun alle tot, der Möchtegernkönig und die beiden Ebermänner, aber der Bürgerkrieg war offensichtlich immer noch nicht vorüber, nicht, solange der Sohn des Ebers ihn weiterführen wollte.

»Vielleicht können wir das Mädchen für Verhandlungen benutzen«, sagte Oggyn. »Ich dachte immer schon, daß sie noch einmal nützlich sein würde.«

»Habt Ihr den Verstand verloren?« Maryn beugte sich vor und starrte Oggyn direkt ins Gesicht. »Nach allem, was Lilli für mich getan hat, glaubt Ihr, ich würde sie meinen Feinden übergeben?«

Oggyn errötete vom Bart aufwärts, bis über seinen kahlen Kopf.

»Verzeiht, mein Prinz. Ich fürchte, ich habe mir zu große Freiheiten genommen.«

»Das habt Ihr. Vergeßt von nun an nicht, daß Lady Lilloriga mein Gast ist und keine Geisel.«

»Ja, mein Prinz. Ich bitte untertänigst um Verzeihung.«

»Die ist Euch selbstverständlich gewährt. Aber ich will nichts mehr davon hören.«

Langsam kehrte Oggyns normale Gesichtsfarbe zurück. Maryn lehnte sich zurück und starrte geradeaus.

»Es sei denn, Lilli möchte diesen Mann heiraten«, sagte Nevyn. »Dann könnte Braemys' Treue euch gegenüber der Preis sein.«

Maryn warf ihm einen geradezu mörderischen Blick zu.

»Daran hatte ich nicht gedacht.« Der Prinz verbarg den Zorn unter einem kurzen Lächeln. »Vielleicht sollte man die Dame fragen.«

»Das wäre höflich, mein Lehnsherr.« Nevyn erhob sich und verbeugte sich vor Maryn. »Ich werde sie suchen gehen. Ich hoffe, Ihr verzeiht mir, wenn es eine Weile dauert.«

»Selbstverständlich«, sagte Maryn. »Diese Festung ist schlimmer als ein Karnickelbau, das schwöre ich!«

Tatsächlich wußte Nevyn genau, wo Lilli zu finden war, nämlich in ihrem Zimmer oben im königlichen Broch, einem schmalen Keil von einem Raum mit nackten Steinmauern. In Grün gekleidet, saß Lilli im Schneidersitz auf dem Bett und starrte eine Seite des schweren ledergebundenen Buchs an, das vor ihr lag. Als Nevyn hereinkam, blickte sie auf und lächelte. Ihr kurzes Haar, kinnlang abgeschnitten, hing ihr unordentlich um das schmale Gesicht.

»Wie kommst du mit dem Lesen zurecht?« Nevyn nickte zu dem Buch hin. »Kannst du dich an alle Buchstaben erinnern?«

»Ja, aber sie einen nach dem anderen auszusprechen ist so langweilig.«

»Zweifellos, aber das ist das beste, was wir tun können. Zumindest im Augenblick. Wenn der Winter kommt, werden wir entweder wieder in Cerrmor sein, oder ich schicke nach dem Lehrbuch eines Schreibers.«

»Glaubt Ihr, daß wir zurückkehren werden?«

»Ich habe keine Ahnung.« Nevyn setzte sich auf eine Holztruhe unter dem Fenster. »Der Prinz wird zweifellos hier überwintern.«

Lilli warf einen Blick auf das Buch und konzentrierte sich darauf, es zu schließen.

»Wenn der Prinz nach Cerrmor zurückkehrt«, fuhr Nevyn fort, »dann gehe ich mit. Und als meine Schülerin wirst du mitkommen.«

»Selbstverständlich, Herr.« Ihre Stimme blieb fest. »Wir werden es dort viel bequemer haben.«

»Und sicherer. Wir haben von Braemys gehört.«

Lilli blickte auf und legte eine Hand an die Kehle.

»Er will dich immer noch heiraten«, sagte Nevyn. »Er beruft sich auf die Verlobung mit dir.«

»Verflucht soll er sein!«

»Ich habe bei der Beratung mit großem Getöse vorzuschlagen, dich um deine Meinung zu fragen, aber ich würde wetten, daß du ihn nicht heiraten willst.«

Sie schüttelte den Kopf.

»Laß dich nicht durcheinanderbringen«, sagte Nevyn. »Wenn er unangenehm wird und versucht, den König weiter zu bedrängen, werde ich die Wahrheit enthüllen.«

»Daß er mein ...« Lilli zwang das Wort heraus. »... Bruder ist?«

»Nun, ihr habt nur denselben Vater, aber das wird den Priestern genügen. Sie werden die Ehe sofort verbieten.«

»Das ist wahr. Wißt Ihr, manchmal träume ich von meiner Mutter, und in den Träumen spüre ich, wie sehr ich sie hasse. Sie hätte zugelassen, daß ich Braemys heirate. Sie hätte zugelassen, daß ich ... nun, sie hatte nichts dagegen, mit ihrem eigenen Bruder zu schlafen, oder?« Lilli senkte die Stimme. »Ihr Bruder. Mein Vater!«

»Versuche, sie nicht zu hassen«, sagte Nevyn freundlich. »Das wird dich nur weiter an sie binden.«

Lilli setzte dazu an, etwas zu sagen, dann hustete sie ein tiefes, krächzendes Geräusch, das bewirkte, daß sie die Hand vor den Mund schlug. Sie drehte sich um, um ihr Gesicht zu verbergen, aber er konnte hören, daß sie etwas ausspuckte. »Ich huste immer bei Sommerregen.«

»Tatsächlich? Ich mache dir ein wenig Kräuterwasser und auch eine Salbe für die Brust.«

»Es ist nicht schlimm.«

»Hmm! Trink das Kräuterwasser trotzdem. So heiß, wie du es ertragen kannst.«

»Also gut.« Lilli streckte die Hand aus, um sich eine Haarsträhne hinters Ohr zu schieben. »Ich gebe zu, das ist ein Trost.«

»Ich komme zurück, sobald der Prinz mich nicht mehr braucht.«

Als Nevyn zum Beratungszimmer zurückkehrte, wartete Maryn dort allein am Fenster und schaute auf den Regen hinaus. Er drehte sich um, als Nevyn die Tür schloß.

»Ich habe Oggyn weggeschickt«, sagte Maryn. »Er war so verlegen wegen seines dummen Vorschlags.«

»Das war freundlich von Euch, mein Lehnsherr.«

»Zumindest war es politisch.« Maryn zuckte die Achseln. »Und was sagt Lilli?«

»Sie hat absolut nicht den Wunsch, Braemys zu heiraten, Euer Hoheit.«

»Großartig! Dann schicken wir den Herold mit einer Botschaft zurück, von der Lord Braemys Blasen an den Ohren bekommt.«

»Sollen wir sie jetzt verfassen, mein Lehnsherr?«

»Laß mich eine Weile darüber nachdenken. Wir reden später wieder miteinander, und dann rufe ich einen Schreiber – wartet! Braemys hat einen Herold mit diesem Brief geschickt, aber dieser Herold soll meine Antwort hören. Es soll ruhig so aussehen, als nähme ich ihn nicht ernst genug, um es schriftlich zu verfassen.«

Nevyn verließ den Prinzen und ging in seine eigene Kammer, ein kleines rundes Zimmer, ganz oben in einem Turm. Darin stand eine schmale Pritsche, ein einzelner Stuhl, ein kleiner wackeliger Tisch, ein Kohlebecken und ein großer Stapel seiner Habe – Säcke und kleine Truhen, vor allem mit Kräutern und Wurzeln gefüllt. Daneben lagen die wenigen Kleidungsstücke, die er besaß. Er steckte die Medikamente, die er brauchte, in einen Sack und ging wieder nach unten.

Aber als er zu Lillis Kammer kam, war die Tür offen und das Mädchen verschwunden. Statt dessen war eine ihrer Dienerinnen damit beschäftigt, einen Korb Holzkohle neben dem Bronzebecken abzustellen, das neben dem Bett stand.

»Wo ist deine Herrin, Mädchen?«

»Weggegangen, Herr. Ein Mann aus der Wache des Königs kam vor einer Weile her und wollte mit ihr sprechen.«

»Einer der Silberdolche? Welcher?«

»Branoic, Herr.«

»Hmm, das dachte ich mir schon.« Nevyn hielt inne, als ihm etwas einfiel. »Oh, und was Prinz Maryn angeht, er ist noch nicht König.«

»Oh, wir wissen alle, was die Priester sagen, Herr, aber für uns ist er König genug.«

»Ich verstehe«, Nevyn mußte lächeln. »Ich danke dir. Ich werde diese Sachen für später hierlassen. Rühr sie nicht an.«

»Keine Angst, Herr!« Das Mädchen betrachtete sein Bündel mißtrauisch. »Sind da böse Geister drin?«

»Das bezweifle ich sehr. Rühr es einfach nicht an, und dir wird nichts passieren.«

Nevyn ging gerade wieder den Flur entlang zur Treppe, als er Oggyn begegnete, der mit einem ganzen Arm voller Pergamentrollen, die Kämmerer für Steuern und andere Aufzeichnungen benutzten, auf ihn zugeeilt kam.

»Lord Nevyn, einen Augenblick bitte«, sagte Oggyn. »Das hier ist etwas, über das ich mit dem Prinzen reden wollte, bevor ich diesen schrecklichen Fehler gemacht habe.«

»Ach, ich würde mir deshalb keine Sorgen machen«, meinte Nevyn. »Der Prinz hat Euch vergeben und vergessen.«

»Das hoffe ich wirklich! Jedenfalls, hierbei geht es um die Steuern und Zölle dieser Ländereien, Dun Deverrys eigener Ländereien, meine ich. Könntet Ihr mir sagen, wann er in einer Stimmung sein wird, sich mit solchen Dingen zu befassen?«

»Sicher, aber ich glaube, Ihr könntet auch einfach zu ihm gehen, ohne daß es Euch schadet.«

»Es ist nicht nur dieser verfluchte Fehler.« Oggyn schien verwirrt. »Er ist in der letzten Zeit sehr zerstreut. Es ist schwierig, seine Stimmungen einzuschätzen.

»Ihr Götter, er hat sein ganzes Leben damit verbracht, auf den Tag zuzukämpfen, an dem Dun Deverry ihm gehören wird. Seit er ein Kind war – und nun hat er die Festung. Und damit ist dieser ganze Teil seines Lebens vorbei. Das hat ihn erschöpft.«

»Ich verstehe. Oh, ich wünschte, ich hätte Eure Weisheit und Euer Wissen über die Herzen der Menschen!«

Nevyn verkniff sich eine Bemerkung über die Herzen jener, die denen schmeicheln, die sie in Wahrheit nicht leiden können. Es war besser, wenn Oggyn glaubte, ihm etwas zu schulden, als wenn er versuchte, mit ihm zu konkurrieren.

In der großen Halle von Dun Deverry glühten niedrige Feuer in den beiden Feuerstellen, um die Feuchtigkeit zu vertreiben. Obwohl in der Mitte des Raums der Durchzug den Kampf gewann, war es nahe dem Feuer warm genug, daß Lilli gut atmen konnte. Sie saß mit Branoic auf einer Bank an der Ehrenfeuerstelle, wozu ihre adlige Geburt ihr das Recht gab. Branoic schien sich weitab von seinem gewöhnlichen Platz unter den Leibwachen des Prinzen so unbehaglich zu fühlen, daß sie ihn auslachte. Jedesmal, wenn jemand auf sie zukam, erhob er sich halb von der Bank, was ihn nur noch auffälliger machte. Selbst für einen deverrianischen Krieger war er ein großer, kräftiger Mann, einen guten Kopf größer als sechs Fuß und breit in den Schultern. Als sie ihm im vergangenen Frühjahr zum erstenmal begegnet war, hatte sie ihn für dick gehalten, aber die Kämpfe des Sommers hatten ihn muskulös und schlank werden lassen.

»Sitzt doch still!« sagte sie. »Niemand wird Euch wie einen Hund wegscheuchen.«

»Da wäre ich nicht so sicher. Ich frage mich, was Euer Pflegebruder sagen würde, wenn er mich an Eurer Seite sähe.«

»Ich bezweifle sehr, daß er etwas sagen würde.«

»Ha! Als wüßte er nicht, daß ich ein Gemeiner bin und auch noch ein Bastard, während Ihr ...«

»Ja, ich bin eine Adlige, aber ohne Mitgift und ohne Land, und ich habe außer ihm keine Verwandten. Also habe ich keinen Grund, hochnäsig zu sein.«

»Ha!« Branoic grinste. »Ihr seid also nicht wirklich froh über meine Gesellschaft, ich bin nur der beste Bewerber, den Ihr bekommen könnt?«

»Haltet den Mund! Was würdet Ihr tun, wenn ich sagte, daß Ihr recht habt?«

Sie lachten. Über den allgemeinen Lärm der Halle hörte Lilli die Pagen rufen, »Der Prinz, der Prinz!« Lilli blickte auf und sah Maryn, der die Steintreppe herunterkam, gefolgt von Nevyn und Oggyn, die sich anstrengen mußten, ihn einzuholen. Maryn ging niemals einfach nur, er schritt, immer bereit zu springen wie ein Hirsch. Obwohl er ein gutaussehender Mann war, mit blondem Haar und tiefliegenden grauen Augen, wäre er selbst ohne diese Äußerlichkeiten noch fesselnd gewesen. Wann immer er ein Zimmer betrat, schien es, daß er Leben und Macht mit sich brachte, das sich auf alles übertrug, was er berührte, und auf jeden, den er ansah. Die ganze Halle schwieg nun, um zuzusehen, wie er etwas so Einfaches tat wie die Treppe hinunterzugehen.

Als Lilli klar wurde, daß Maryn auf sie zukam, stand sie auf und knickste. Branoic rutschte von der Bank auf ein Knie und senkte den Kopf voller Ehrfurcht.

»Guten Morgen, Lady Lillorigga«, sagte Maryn. »Branno, erhebt Euch ruhig.«

»Danke, mein Prinz«, sagte Branoic. »Und ich entschuldige mich, daß ich mich hier aufhalte, wo ich nicht hingehöre.«

»Ach, komm schon!« Maryn lächelte. »Und wie könnte ich es einem Mann übelnehmen, wenn er in der Nähe eines so hübschen Mädchens wie unserer Lilli sein möchte?«

Lilli spürte, wie sie errötete. Maryn sah sie an, und einen Augenblick begegneten sich ihre Blicke, nur einen kurzen Moment, bevor er sich abwandte, aber plötzlich fragte sie sich, ob ihre hoffnungslosen Gefühle für ihn tatsächlich so hoffnungslos waren. Rasch wandte sie sich ab und sah, wie Nevyn das alles beobachtete, die Hände auf den Hüften und Stahl in seinen eisblauen Augen.

Hinter ihm stand Berater Oggyn und drückte einen unordentlichen Haufen Pergamentrollen an die Brust.

»Mein Lehnsherr?« sagte Nevyn. »Meine Schülerin und ich haben zu tun. Werdet Ihr uns entschuldigen?«

»Aber ja doch«, sagte Maryn. »Ihr dürft gehen.«

»Danke. Oggyn möchte mit Euch über wichtige finanzielle Angelegenheiten sprechen, wenn Ihr erlaubt, Euer Hoheit. Ich würde vorschlagen, daß Ihr das tut. Lilli, komm mit.«

Nevyn drehte sich auf dem Absatz um und machte sich auf den Weg durch die große Halle. Lilli knickste vor dem Prinzen, lächelte Branoic zu und eilte dann dem alten Mann hinterher.

Schweigend gingen sie die Treppe hinauf, langsam, damit sie Luft bekam, aber sobald sie ihr Zimmer erreichten und die Tür sicher geschlossen war, wandte sich Nevyn ihr zu.

»Ich habe dich schon früher gewarnt«, zischte er. »Der Prinz kann sich mit Frauen amüsieren, wie er will. Für die Frauen ist das keine so einfache Angelegenheit.«

»Das weiß ich, Herr.«

»Dann versuche, daran zu denken! Lilli, es tut mir leid, ich will nicht grob sein, aber ich möchte auch nicht, daß du eine verstoßene Frau mit einem unehelichen Kind wirst – und ohne einen Platz bei Hof, weil die Prinzessin dich haßt. Ich bezweifle, daß dir das Leben gefallen würde, was du dann hättest.«

»Sicherlich nicht, Herr. Ich weiß, daß Ihr recht habt, aber ich fühle mich irgendwie gebannt. Wenn er ins Zimmer kommt, ist es, als folgte ihm die Sonne, alles wird größer und lebendiger.«

Nevyn starrte sie einen Augenblick lang an, dann tat er das letzte, was sie erwartet hätte: Er lachte.

»Nun, in gewisser Weise«, sagte Nevyn schließlich, »bist du tatsächlich unter einem Bann, du und das halbe Königreich mit dir. Vor ein paar Jahren, als ich verzweifelt auf Frieden hoffte und bezweifelte, daß es je soweit kommen könnte, hat Maddyn der Barde mich auf einen Gedanken gebracht. Wenn es einen Prinzen gäbe, der den Dweomer auf seiner Seite hätte, würde alles zu seinen Fahnen strömen. Also habe ich Maryn gefunden und ihn so magisch aussehen lassen wie einen

König der Dämmerungszeit. Lilli, das Wildvolk folgt ihm überallhin. Sie umgeben ihn mit Glanz wie mit einem Umhang.«

Lilli setzte sich wortlos aufs Bett.

»Du reagierst zweifellos heftiger als die meisten«, fuhr Nevyn fort. »Das liegt daran, daß du zum Dweomer begabt bist, selbst wenn du die Elementargeister noch nicht sehen kannst. Mit der Zeit wirst du das können, und dann wirst du verstehen, was ich mit dem Glanz meine.«

»Ihr Götter! Ich komme mir so dumm vor.«

»Warum? Es war ein sehr guter Bannspruch. Er hat auch auf tausend andere gewirkt.«

Nun konnte Lilli endlich aufblicken und sah, daß er lächelte. Sie begann zu lachen, aber in der feuchten Luft ihres Zimmers taten ihr die Lungen weh. Das Lachen wurde zu einem heftigen Hustenanfall.

»Hmm, das klingt ja noch schlimmer«, sagte Nevyn. »Ich habe ein paar Arzneien gebracht. Laß mich einen Kräutertrank aufkochen, und dann muß ich Oggyn bitten, dir ein Zimmer mit einer richtigen Feuerstelle zu geben. Ich habe vergessen, wie kalt es in dieser Festung immer ist.«

»Habt Ihr einmal hier gewohnt?«

»Ja. Bevor du zur Welt gekommen bist. Vor sehr, sehr langer Zeit.«

Lilli hätte gern mehr gefragt, aber er wandte sich ab und begann, in seinem Arzneisack zu wühlen, also wußte sie, daß das Thema abgeschlossen war.

An diesem Abend rief der Prinz Nevyn in seine Privatgemächer inmitten des königlichen Broch. Ein Page führte ihn eine steinerne Wendeltreppe hinauf zu einer schweren Eichentür, die von Rauch und Alter glatt und dunkel geworden war. Sie öffnete sich in eine trüb beleuchtete Folge von Zimmern mit abgewetzten Wandbehängen und wackeligen Möbeln. Die Kerzen brannten in rauchfleckigen Kerzenhaltern an den Steinmauern. Nevyn ging um drei geschnitzte Truhen herum, um sich auf einem der vielen Sessel niederzulassen, den der Prinz ihm angeboten hatte. Der Sessel knarrte beunruhigend. Der Prinz selbst hockte sich auf die Kante eines wackeligen Tischs.

»Der Komfort des königlichen Palastes!« sagte Maryn grinsend.

»Ja, mein Lehnsherr – diese Leute haben offensichtlich nie etwas weggeworfen.«

»Sie haben weder ihre Stühle noch ihr Königreich freiwillig hergegeben. Obwohl, wenn die Belagerung den ganzen Winter gedauert hätte, wäre das meiste von diesem Zeug als Feuerholz benutzt worden.«

»Sehr wahrscheinlich.«

Der Prinz hielt inne, als müsse er über etwas nachdenken. Nevyn verschränkte die Hände im Schoß und wartete. Das flackernde Licht der Kerzen warf Schatten über die Balkendecke und erinnerte ihn an eine Zeit, als Fackeln diesen Raum beleuchtet hatten, vor nunmehr zweihundert Jahren. Er war noch jung gewesen und selbst ein Prinz, aber dieser Broch war neu. Mehr als zweihundert Jahre vergangen, dachte er. Ihr Götter! Kein Wunder, daß ich müde bin!

»Es gibt etwas, worum ich mich kümmern muß«, meinte Maryn. »Es betrifft Lady Lillorigga.«

»Wie das, Euer Hoheit?«

»Ganz gleich, ob wir Lilli für eine Tochter der Widder von Hendyr halten und Tieryn Anasyn sie als Schwester bezeichnet, ist sie von Geburt her immer noch ein Eber. Wenn ich den Eberclan offiziell auflöse und mir ihr Land aneigne, wird auch sie darunter leiden.«

»Ich bin froh, daß Ihr Euch daran erinnert. Ich fürchte, das hatte ich vollkommen vergessen.« Nevyn war mehr als nur ein wenig wütend auf sich selbst. »Ich werde morgen mit dem Belpriestern sprechen und Anasyn mitnehmen. Dann kann er sie vor dem Gott zu seinen Verwandten erklären.«

»Wunderbar! Tut das bitte.«

»Ihr habt also nicht viel Hoffnung, daß Braemys Euch die Treue schwört.«

»Ach ja?« Ein Grinsen zuckte um Maryns Mundwinkel. »Und Ihr?«

»Keine, mein Lehnsherr.« Nevyn stand auf. »Wann reiten wir?«

»Bald. Wir geben dem Herold um der Ehre willen einen Vorsprung, aber wir können nicht lange warten. Meine Vasallen werden unruhig. Sie müssen auf ihre Ländereien zurückkehren und die Herbststeuern entgegennehmen. Ich hoffe, daß die Adligen, die sich Braemys angeschworen haben, ebenso begierig darauf sind, das Feld zu verlassen.«

»Zweifellos. Ich denke nicht, daß ihnen noch nach Kämpfen zumute ist. Es sind nicht mehr viele von ihnen übrig.«

»Genau. Wir haben noch viertausend Kämpfer bei guter Gesundheit. Braemys kann auf keinen Fall mehr als tausend haben.«

»Er verfügt allerdings über einen guten Verbündeten – Entfernung. Es sind von hier bis Cantrae über zweihundert Meilen.«

Maryn fluchte.

»Und die Straße verläuft durch hügeliges Gelände«, fuhr Nevyn fort. »Wenn ich einen Vorschlag machen dürfte, mein Lehnsherr?«

»Nur zu.«

»Ihr solltet bald einen Kriegsrat einberufen. Gwerbret Daeryc von Glasloc hat sich als sehr wertvoll erwiesen. Glasloc liegt zwischen hier und Cantrae.«

»Ja?« Maryn sah ihn verwirrt an. »Wieso ist er dann Oberherr der Widder? Hendyr liegt im Westen.«

»Wißt Ihr, ich habe nicht die geringste Ahnung. Ich sollte wohl am besten fragen.«

Als Nevyn den Prinzen verließ, kehrte er in seine eigene Kammer zurück, aber das Leben in Dun Deverry brachte Erinnerungen. Er hatte früher sein Zimmer in einem Seitenbroch, der anscheinend nicht mehr existierte – wenn er sich den Plan des Palastes wirklich korrekt vor Augen gerufen hatte. Er warf einen Blick auf die Laterne und stellte fest, daß sie noch einige Zeit brennen würde. Zu seiner eigenen Überraschung ging er direkt zu der kleinen Türe, die zu einer vergessenen Treppe führte. Er erinnerte sich, wie er diese steile Treppe hinaufgesprungen war, immer zwei Stufen auf einmal nehmend. Nun mußte er mehrere Ruhepausen einlegen. Die Treppe führte ihn zu einem Fenster, das kaum mehr als ein Schlitz war. Gegenüber hatte es einmal eine Tür gegeben, die zum Seitenbroch und dann schließlich zu seinem Quartier führte. Als er die Laterne hob, sah er, daß ein paar der Mauersteine viel neuer waren als der Rest. Sein alter Turm war also tatsächlich verschwunden.

Die Treppe ging allerdings weiter nach oben. Aus reiner Neugier folgte er ihr zu dem alten Lagerraum im obersten Stockwerk des königlichen Broch. Eine halb verfallene Tür hing schief an einer einzelnen Angel. In seiner längst vergangenen Jugend hatten vor dieser Tür immer zwei Wachen gestanden, weil sie zur königlichen Schatzkammer führte, aber als Nevyn sie nun öffnete, sah er nur ein paar umgekippte Holztruhen und viel Staub. Er hörte kleine Geschöpfe in die Schatten huschen – wahrscheinlich Ratten und Spinnen. Er hob die Laterne hoch und ging ein paar Schritte hinein.

Rund um den Turm heulte der Wind und pfiff durch die Schlitzfenster. In der Zugluft tanzte die Kerzenflamme und warf trunkene Schatten an die Wand. Nevyn hängte die Laterne an einen rostigen Haken, den man zwischen zwei Steine geschlagen hatte, dann öffnete er neugierig die erste Truhe. Darin befand sich nur ein Tuchballen, der so alt war, daß er sich steif wie Stroh anfühlte. Auch die andere Truhe war so gut wie leer, wenn man von einem Wasserfleck absah. Achselzuckend wandte er sich wieder der Tür zu und griff nach seiner Laterne.

Plötzlich wußte Nevyn, daß er nicht alleine war. Er hatte niemanden die Treppe hinaufkommen hören, kein Rascheln von Röcken oder eines Umhangs, aber seine Haare sträubten sich. Kalte Feuchtigkeit, schlimmer als die von den Steinen ließ ihn schaudern. Jemand – oder etwas – war ihm gefolgt.

»Ich wünsche einen guten Abend«, sagte er.

Keine Antwort. Er hielt die Laterne hoch und drehte sich um. In der Tür stand eine Frau, in einen schwarzen Trauerumhang gehüllt. Ihr honigblondes Haar hing verfilzt und unordentlich über ihre Schultern. Sie hatte ihre Illusionen so gut gesponnen, daß Nevyn, wäre er kein Dweomermeister gewesen, sie für einen Menschen gehalten hätte. Aber nun bemerkte er, daß sie nie blinzelte. Er wandte sich ihr zu und betrachtete sie mit dem Dweomerblick, der ihm ermöglichte zu sehen, daß ätherische Substanz sie umspielte wie der Schimmer eines weit entfernten Blitzes.

»Ha, ein Geist«, sagte Nevyn laut. »Was willst du hier?«

Sie öffnete den Mund, aber statt etwas zu sagen, stöhnte sie.

»Was quält dich?« sagte er. »Laß mich dir helfen, deinen Frieden zu finden.«

»Mein Kind.«

Nevyn spürte, wie sich ihm der Magen zusammenzog. Zusammen mit dem Täfelchen, das Prinz Maryn verfluchte, war ein totes Baby begraben gewesen.

»Dein neugeborener Sohn?« fragte er.

»Nein, nein, nein! Meine Tochter, meine hübsche kleine Tochter. Sie wollen sie mir wegnehmen.«

»Wer? Laß mich dir helfen!«

Sie flackerte wie eine ersterbende Kerze und verschwand. Nevyn fluchte leise. Sie war kein Geist, das hätte er jetzt schwören können, sondern ein Wesen von großer Macht, das von einer anderen Ebene kam. Er erinnerte sich an die Erscheinung, die er gesehen hatte, als er Lady Meroddas Geist zu den Großen geschickt hatte. Konnte dies dasselbe Wesen sein? Er würde darüber nachdenken müssen, aber im Augenblick wollte er nicht mehr hierbleiben, allein mit dem Heulen des Windes. Er eilte die Treppe hinunter und zog sich in seine Kammer zurück, wo das Wildvolk ihn mit einem Freudentanz begrüßte. Bis spät in die Nacht studierte er seine Dweomerbücher und suchte nach Hinweisen, von welcher Art die Erscheinung sein konnte. Er fand nichts.

Am nächsten Morgen hatte das Gewitter sich verzogen, und die nassen Dächer dampften in der Sommersonne. Im Hof vor der großen Halle rief Maryn, begleitet von Nevyn, seine wichtigsten Verbündeten zusammen, um Zeugen seiner Botschaft an Braemys zu werden. Ein Diener hatte ein Stück Tuch im grünbraunen Karo der königlichen Stadt gefunden. Maryn trug es als improvisierten Umhang, an einer Schulter gehalten von den Silberringbroschen, die ihn als Prinz von Pyrdon und Gwerbret Cerrmor auszeichneten.

Es war interessant zu sehen, dachte Nevyn, wie die Adligen sich aufstellten. Jene, die von Anfang an an der Seite des Prinzen gekämpft hatten wie Tieryn Gauryc, standen zu einer Seite ihres Lehnsherrn, während die, die im Laufe des Sommers zu ihm übergelaufen waren, wie Tieryn Anasyn, Lillis Pflegebruder, auf der anderen standen. Von dieser Aufteilung einmal abgesehen, schienen sie in der Gegenwart des Prinzen recht gut miteinander auszukommen. Im Lauf des Winters, nahm Nevyn an, würden ein paar alte Fehden draußen auf dem Land mit dem Schwert bereinigt werden, in sicherer Entfernung von der Gesetzeshoheit ihres neuen Herrn.

Avyr, der Herold aus Cantrae, wartete im Hof. Ein Page hielt seinen Rappen am Tor und Gavlyn, der Herold des Prinzen, begleitete Avyr zu den Adligen. Avyr verbeugte sich, dann kniete er mit einem Schwung des Stabs nieder, der die Bänder wirbeln ließ. Maryn begrüßte ihn mit einem knappen Nicken.

»Was Lady Lillorigga betrifft, sagt Lord Braemys folgendes«, meinte Maryn. »Lady Lillorigga gehört nun zu den Widdern von Hendyr. Ihr Bruder hat die Verlobung für gelöst erklärt. Von mir richtet ihm folgendes aus: Ich werde ihm verzeihen, daß er mich als Usurpator bezeichnet hat, immer vorausgesetzt, daß er sein rebellisches Verhalten aufgibt. Er kann mir Treue schwören, oder er soll mein Land für immer verlassen. Nun soll er seine Wahl treffen.«

»Ich habe verstanden, Euer Hoheit.« Der Herold wandte den Blick ab – bei einem anderen wäre das unmöglich gewesen, aber in seinem Fall war es nur ein Zeichen dafür, daß er sich anstrengte, sich die Worte des Prinzen exakt zu merken. »Ich werde es ihm mitteilen.«

»Gut. Und hier ist noch mehr! Ich werde in Kürze nach Cantrae reiten. Er kann mir entgegenkommen, um mit mir zu verhandeln, wenn er das will.«

»Sehr wohl, Euer Hoheit. Ich werde Eure Antwort so schnell wie möglich übermitteln.«

»Danke. Hoffen wir, daß die Götter Euren Herrn den Frieden wählen lassen.«

Avyr erhob sich, lächelte und verbeugte sich. Keiner der Anwesenden nahm an, daß Braemys dem Prinzen Treue schwören würde – das hätte Nevyn zumindest gewettet –, aber es gab Rituale einzuhalten, die so gnadenlos waren wie die eines jeden Tempels.

Sobald der Herold sich auf den Weg gemacht hatte, begann die kleine Gruppe um den Prinzen sich aufzulösen. Nevyn bemerkte Gwerbret Daeryc, der auf den Stall zuging, und beeilte sich, ihn einzuholen.

»Euer Gnaden!« rief Nevyn. »Auf ein Wort!«

Der Gwerbret blieb stehen und drehte sich herum. Er lächelte freundlich, oder um genauer zu sein, lächelte er auf eine Weise, die freundlich gemeint war. Da er auf einer Seite seines Mundes alle Zähne verloren hatte, behielt er beim Lächeln den Mund geschlossen und verzog ihn ein wenig, was ihn aussehen ließ wie einen Bären, der Schmerzen hat.

»Der Prinz hat mich gebeten, Euch folgendes zu fragen«, begann Nevyn. »Es betrifft die Widder von Hendyr. Glasloc liegt weit im Osten von Dun Deverry und Hendyr im Westen, und dennoch seid Ihr Oberherr der Widder.«

»Ah. Ich kann mir vorstellen, daß ihn das neugierig gemacht hat. Glasloc gehört mir nur dem Namen nach, guter Berater. Meine Ländereien liegen nördlich von Hendyr. Mein Vater hat ein gutes Anwesen nahe Mabyndyr geerbt, und als wir Glasloc verloren, haben wir uns dort angesiedelt.«

»Glasloc verloren?«

»Nun, ich würde es als Verlust bezeichnen. Mein Vater hat es gegen das Recht getauscht, in Mabyndyr als Gwerbret zu herrschen. Viele der einfachen Leute, die aus Dun Deverry geflohen sind, haben sich dort niedergelassen, was bedeutete, daß es genug Zölle und Steuern gab, um ein Gwerbretrhyn zu erhalten. Also haben die Eber ihm das neue Rhan gegeben, weil sie selbst das Land rund um Glasloc haben wollten. Er konnte ihnen Glasloc geben oder alles verlieren – eine andere Wahl hatte er nicht.«

»Aber er hat den Titel beibehalten?«

»Nicht mein Vater. Ich habe ihn wieder angenommen, als ich erbte, und Regent Burcan konnte nichts tun oder sagen, denn der schleimige Mistkerl wußte, daß er mich und meine Männer brauchte.«

»Ah. Ihr sagt, die Eber hätten dahintergesteckt?«

»Nun, die Worte kamen aus dem Mund des Königs – vom Großvater des armen kleinen Olaen – aber wir alle wußten, wer dafür gesorgt hatte, daß er sie aussprach.« Daeryc hielt inne und spuckte auf das Pflaster. »Burcans Vater war damals Gwerbret und schlimmer als seine Söhne.« Er blickte auf. »Ich will Euch etwas sagen, Ratsherr. Einige der nördlichen Adligen werden im Laufe des Winters desertieren und zu Braemys zurückkehren, und ich würde ein gutes Pferd darauf wetten, daß Nantyn zu ihnen gehört. Aber ich nicht. Das schwöre ich Euch.«

»Ich danke Euch, aber wißt Ihr, ich habe nie daran gezweifelt.«

»Ach ja? Warum?«

»Tieryn Peddyc hätte nie einen Mann in Ehren gehalten, der die Seiten aus einem anderen Grund als Überzeugung wechselt.«

»Danke.« Daeryc nickte und schaute zu Boden. »Peddyc fehlt mir. Er war das nächste an einem Freund, was ich je hatte. Nun ja, so geht es im Krieg.«

Der Gwerbret drehte sich auf dem Absatz um und stapfte davon. Hoffen wir, dachte Nevyn, daß die Kämpfe bald vorüber sein werden. Es war eine schwache Hoffnung. Kopfschüttelnd ging er zurück zum königlichen Broch, um Oggyn zu suchen, der sich nicht unbedingt um seiner Verdienste willen, sondern weil sich kein anderer um diese Dinge gekümmert hatte, zum Kämmerer aufgeschwungen hatte.

Zu seiner großen Überraschung sah er seinen Mitberater an der Feuerstelle der Reiter, wo er mit einem der Männer aus dem Kriegshaufen von Cerrmor sprach. Als er auf sie zukam, sah Nevyn, wie der Reiter Oggyn eine Münze gab, aber er kümmerte sich nicht weiter darum – vielleicht eine Wette. Als Oggyn sah, daß Nevyn näher kam, eilte er lächelnd auf ihn zu.

»Meine Schülerin braucht ein besseres Zimmer«, sagte Nevyn. »Eines mit einer richtigen Feuerstelle.«

»Selbstverständlich. Kommt mit mir nach oben.«

»Wir werden Lilli unterwegs abholen.«

Als sie die Treppe hinaufstiegen, warf Nevyn einen Blick zurück und bemerkte, daß der Reiter aus Cerrmor Oggyn immer noch anstarrte. Er hätte schwören können, daß der Mann wütend aussah.

»Was haltet Ihr davon?« wollte Oggyn wissen. »Das Zimmer ist viel größer und hat eine Feuerstelle.«

»Oh, das wird wunderbar sein!« sagte Lilli, schaute dabei aber Nevyn an. »Ich hatte noch nie soviel Platz.«

»Ich bin einverstanden«, beantwortete Nevyn ihre unausgesprochene Frage. »Die Luft hier sollte gesünder sein.«

Sie standen in einem Schlafzimmer, das einmal als Gästezimmer gedient hatte. Es hatte nicht nur eine Feuerstelle, sondern auch ein großes Fenster mit richtigen Holzläden, Binsenteppiche auf dem Boden und eine Unmenge Wandbehänge, die zwar ausgeblichen und zerrissen waren, aber die Feuchtigkeit der Wände fernhielten. Nahe der Feuerstelle standen ein Stuhl und ein stabiler, runder Tisch. Die Morgensonne fiel herein und lag auf dem Bett wie eine goldene Decke. Lilli setzte sich auf die Bettkante und streckte der Wärme die Arme entgegen.

»Ein schönes Zimmer!«

»Nun gut«, meinte Oggyn. »Ich mache mich wieder auf den Weg. Ich schicke ein paar Pagen vorbei, die mit Euren Dienern Eure Sachen holen können.«

»Und laßt sie auch Feuerholz bringen«, sagte Nevyn. »Wenn Euch das nicht stört.«

»Nicht im geringsten. Es ist mir ein Vergnügen.« Mit einer Verbeugung zu Lilli eilte Oggyn hinaus und schloß die Tür hinter sich.

»Danke, Nevyn!« sagte Lilli. »Oggyn hätte mir nie ein so schönes Zimmer gegeben, wenn ich ihn selbst gebeten hätte.«

»Gern geschehen. Und sobald du dich niedergelassen hast, hoffe ich, daß du dich sofort an die Arbeit machst.«

»Das werde ich tun, Herr.«

»Gut. Ich werde den ganzen Nachmittag unterwegs sein, ich habe etwas zusammen mit deinem Pflegebruder zu erledigen.«

»Das hat er mir erzählt, Herr. Ich bin froh, bald eine wahre Tochter des Widders zu sein.«

Nachdem Clodda und Nalla ihre Sachen in das neue Zimmer gebracht hatten, hielt Lilli ihr Versprechen. Nevyns Geständnis, was die Bannsprüche anging, die er über Prinz Maryn gelegt hatte, hatte sie besonders wißbegierig gemacht, wie sie die Elementargeister sehen konnte – oder das Wildvolk, wie man sie normalerweise nannte. Auf den Tisch stellte sie ein Silberbecken voller Wasser, dann setzte sie sich auf den Stuhl und atmete langsam und regelmäßig, wie Nevyn ihr beigebracht hatte. Die Sonne fiel nun durchs Fenster auf den Boden. Staubflocken tanzten im leichten Luftzug, während die Oberfläche des Wassers in der Silberschüssel zitterte. Sie wartete und achtete auf ihren Atem, aber sie bemerkte nichts außer sich bewegender Luft, Sonnenlicht, Wasser und Staubflocken.

Dann bewegte sich etwas wie ein Schatten am Rand ihres Blickfeldes. Sie konzentrierte sich auf ihren Atem. Der Schatten kam ein wenig näher, wurde fest, dann verschwand er wieder. Sie wartete länger, während die Sonnenstrahlen über den Boden krochen. Plötzlich erschien ein Geschöpf, ein seltsamer, grauer Bursche, etwa zwei Fuß hoch und in etwa von der Gestalt eines Kindes, mit einem großen Kopf und einem vorstehenden Bauch. Er sah sie aus kleinen, purpurfarbenen Augen an. Lilli hustete, und er verschwand. Obwohl sie noch eine Weile länger sitzen blieb, erschien ihr nichts und niemand mehr.

»Dennoch«, sagte Nevyn als er zurückkehrte, »das war ein hervorragender Anfang. Ich bin sehr stolz auf deine Fortschritte.«

Lilli spürte, wie sie errötete. Kein Lob hatte ihr jemals mehr bedeutet als das ihres Lehrers.

»Ich habe eine Botschaft für dich. Dein Bruder bittet dich, heute abend mit ihm in seinen Gemächern zu essen«, fuhr Nevyn fort. »Ich habe ihm gesagt, daß du zweifellos zustimmen wirst.«

»Liebend gern! Was haben die Priester gesagt?«

»Das weder sie noch ihr Gott etwas gegen deine Adoption in den Widderclan haben. Es gibt noch die kleine Angelegenheit der Gebühr für die schriftliche Erklärung, aber darum kümmern wir uns morgen. Dann ist die Angelegenheit erledigt.«

»Es freut mich, daß es so einfach war.«

»Nun, der Prinz hat heute früh im Hof bereits seine Erklärung abgegeben. Das hat deiner Sache sicher nicht geschadet.«

Als die Sonne niedrig am Himmel stand, ging Lilli zu den Gemächern ihres Pflegebruders. Da Anasyn frisch verheiratet war, hatte man ihm Räume im königlichen Broch gegeben – ein Quartier von angemessener Größe, mit einem kleinen keilförmigen Empfangszimmer und einem Schlafzimmer. Als Lilli klopfte, öffnete ein Page die Tür und bat sie herein. Sie erkannte ein paar der Stühle und auch den Tisch – diese Möbel hatten einmal ihrer Mutter gehört, aber sie waren als Teil der Beute den Siegern übergeben worden. Zwei Dienerinnen tischten eine kalte Mahlzeit auf. Lilli konnte sich daran erinnern, wie die Schale mit der schwarzen Tinte auf demselben Tisch gestanden und darauf gewartet hatte, sie zu verschlingen. Sie schauderte, weil ihr plötzlich kalt geworden war.

»Was ist denn, Lilli?« fragte Abrwnna.

»Nichts. Es ist nur jemand über mein Grab gegangen.«

Abrwnna, Anasyns Frau, saß auf einem hochlehnigen Stuhl an der leeren Feuerstelle. Mit ihrem langen, roten Haar und den großen, grünen Augen war sie sehr schön, aber Lilli betrachtete sie immer wie ein Kind – was seltsam war, schließlich war Abrwnna beinahe so alt wie sie selbst und inzwischen zum zweitenmal verheiratet – nicht daß ihre erste Ehe mit dem Kindkönig je vollzogen worden war. Sie lächelte und winkte Lilli zu sich.

»Komm herein, Schwester«, sagte Abrwnna. »Mein Herr ist noch unterwegs, aber er wird zweifellos bald nach Hause kommen. Setz dich auf den Stuhl mit den Kissen.«

»Danke.« Aus reiner Gewohnheit hätte Lilli beinahe geknickst. »Du siehst gut aus.«

»Ja? Wirklich, ich glaube, ich bin eine sehr glückliche Frau. Wenn ich daran denke, was hätte geschehen können, nachdem die Belagerung zu Ende war ...« Abrwnna legte eine bleiche Hand an ihren bleichen Hals. »Wir sollten alle dankbar dafür sein, daß unser Prinz so gnädig ist.«

»Da hast du recht.«

Abrwnna zögerte und warf einen Blick zu den Dienern. Bis sie mit dem Auftragen des Essens fertig waren, sagte sie nichts mehr, dann entließ sie sie. Der Page blieb in der Nähe der Tür stehen.

»Geh und versuch unseren Herrn zu finden, ja?« bat ihn Abrwnna. »Sag ihm, seine Schwester sei hier.«

»Ja, Herrin.« Der Page verbeugte sich und eilte dann davon.

Sobald sich die Tür hinter ihm geschlossen hatte, lehnte Abrwnna sich zurück und seufzte tief.

»Ich habe keine Gelegenheit mehr gehabt, vertraulich mit dir zu sprechen«, sagte Abrwnna, »seit die Festung gefallen ist. Warum, Lilli? Warum bist du davongelaufen und zum Prinzen übergelaufen?«

Schweigen hing wie Rauch über ihnen. Lilli kam sich dumm vor, daß sie so überrascht war – selbstverständlich würde Abrwnna das wissen wollen, alle Frauen, die bei der Einnahme von Dun Deverry gelitten hatten, würden es wissen wollen.

»Wieso ich euch alle verraten habe?« fragte Lilli schließlich. »Ist es das, wovon du redest?«

»Nein, eigentlich nicht. Ich ... nun, ich wollte einfach wissen ... war es wegen Lady Bevyan?«

»Ja. Immerhin hatte meine Mutter sie umbringen lassen. Wie konnte ich da noch hierbleiben und so tun, als wäre ich ihre pflichtbewußte Tochter?«

»Ja, das war unmöglich.« Abrwnna zögerte. »Aber ich verstehe immer noch nicht, was geschehen ist. Die Diener haben mir gesagt, daß Merodda Bevyan getötet hat. Ich dachte, sie wäre von einem Trupp aus Cerrmor überfallen worden. Ich verstehe das nicht.«

»Hat Anasyn es dir nicht gesagt?«

»Kein Wort.« Abrwnnas Stimme zitterte heftig. »Ich sage dir eins – an jenem Tag in der großen Halle, als dein Bruder den Prinzen um mich gebeten hat, glaubte ich wirklich, er wollte nur Rache. Ich fürchtete, er würde mich totschlagen, sobald ich seine Frau war und niemand etwas dagegen sagen konnte.«

»So etwas würde Sanno nie tun!«

»Das weiß ich jetzt auch.« Abrwnna flüsterte wieder. »Aber am Anfang hatte ich Angst, auch nur ein Wort mit ihm zu sprechen. Er sagte mir, Bevvas Tod sei nicht meine Schuld. Als ich doch fragte, warum, fluchte er und erklärte, ich solle es nicht mehr erwähnen.«

»Nun, diese angebliche Truppe aus Cerrmor war nicht echt. Nachdem du Bevyan weggeschickt hattest, ist ihr Onkel Burcan mit einigen seiner Männer gefolgt. Sie haben alle getötet. Sie haben ein paar Schilde mit dem Wappen von Cerrmor zurückgelassen. Aber es war meine Mutter, die dafür sorgte, daß Bevva getötet wurde. Sie hat meinen Onkel dazu angestachelt.«

Abrwnna schlug die Hände vors Gesicht und schluchzte. Lilli saß reglos da, kaum imstande zu denken. Abrwnna wiegte weinend hin und her wie ein Kind.

»Schon gut, schon gut«, sagte Lilli schließlich. »Was ist denn?«

»Was ist?« Abrwnna senkte die Hände. »Ich habe sie weggeschickt, genau wie du gesagt hast. Es ist mein Fehler, daß sie unterwegs war. Ihr Götter, wie sehr du mich hassen mußt!« Sie hielt inne und wischte sich das Gesicht mit dem Ärmel ab. »Und deine Mutter war diejenige – oh Göttin! Ich dachte, sie wäre meine Freundin.«

Lilli stand auf und ging zu Abrwnna, um ihr eine Hand auf die zitternde Schulter zu legen.

»Ich hasse dich nicht. Ich zweifle nicht daran, daß meine Mutter auf dich eingewirkt hat, damit du Bevva wegschickst. Ich wette, du weißt nicht einmal, wie sie dich benutzt hat.«

»Wir haben tatsächlich kurz davor miteinander gesprochen.« Abrwnna blickte zitternd zu ihr auf. »Sie hat mir erzählt, Bevva behauptete überall, ich sei eine Schlampe.«

»Niemals! Bevva hätte so etwas nie getan. Siehst du? Es ist nicht deine Schuld. Wenn du sie nicht weggeschickt hättest, dann hätte meine Mutter sie nur vergiftet oder eine andere Möglichkeit gefunden, sie umzubringen.«

»Glaubst du wirklich?«

»Ja.«

»Dann haßt du mich nicht?«

»Hast du geglaubt, ich würde dich hassen?«

Abrwnna nickte, dann lehnte sie sich wieder zurück.

»Haßt du mich, weil ich dem Prinzen geholfen habe?« fuhr Lilli fort.

»Nein. Weißt du, was das Schlimmste ist? Ich träume immer wieder von der Einnahme der Festung, von diesem letzten schrecklichen Tag. Oder manchmal träume ich von dem armen kleinen Olaen und der Art, wie er gestorben ist – daß er vergiftet wurde. Und in diesen Träumen kann ich nicht aufhören zu schreien. Ich sehe all diese schrecklichen Dinge wieder und wieder und schreie und schreie.« Abrwnna hielt inne, um sich mit zitternden Händen durchs Haar zu fahren. »Aber dann wache ich auf. Und Anasyn liegt neben mir, und ich weiß mich in Sicherheit. Und dann bin ich froh, daß Prinz Maryn gesiegt hat. Ich bin froh, daß ich Anasyns Frau bin und keine Königin mehr. Und ich fühle mich so schrecklich, weil ich froh bin.«

Abrwnna begann, wieder zu weinen – ein dünnes Rinnsal lautloser Tränen. Lilli nahm eine Serviette vom Tisch und reichte sie ihr, dann setzte sie sich wieder hin.

»Wenn du eine Verräterin bist, Lilli, dann bin ich das auch.« Abrwnna begann sich das Gesicht abzuwischen. »Tausendmal am Tag.«

»Sind es nicht die Götter, die Maryn zum wahren König gemacht haben? Es ist sein Wyrd, und weder du noch ich können etwas dagegen tun. Es muß dein Wyrd sein, daß du jetzt die Herrin von Hendyr bist.«

Abrwnna zuckte nur mit den Achseln und wischte sich das Gesicht ab. Die Leinenserviette zitterte in ihren Händen.

»Soll ich dir ein wenig Met eingießen?« fragte Lilli.

»Nein, aber ich danke dir.« Abrwnna ließ die Serviette auf ihren Schoß fallen. »Deine Mutter! Dann stimmte der Klatsch also. Sie war wirklich eine Art Hexe.«

»Ja.« Lilli hatte das Gefühl, das Wort würde ihr im Hals steckenbleiben und sie ersticken. »Ich nehme an, es gab eine Menge Klatsch über sie, den ich nicht gehört habe.«

»Wie hätte man es dir sagen können? Es waren böse, böse Geschichten, und ich habe mich wirklich geweigert, etwas davon zu glauben, aber weißt du was? Nun denke ich, ich hätte es tun sollen.«

»Über ihre Gifte, meinst du?«

»Ja, und über Magie und solche Dinge. Alle haben geglaubt, sie benutzte Magie, damit sie noch so jung aussah.«

»Das waren nur Kräuter und eine Art Elixier, das sie gebraut hat.«

»Ah. Wirklich? Und ich habe es für Magie gehalten! Ein paar Frauen sagten auch, sie hätte viele Geliebte und würde deshalb Magie verwenden, um weiter so gut auszusehen.«

Lilli hielt den Atem an. Hatte irgend jemand erraten, daß es Meroddas Bruder gewesen war, der ihre Tochter gezeugt hatte?

»Geliebte?« fragte Lilli. »Wieso haben sie das angenommen?«

»Ich kann mich nicht genau erinnern.« Abrwnna dachte einen Augenblick nach. »Es kommt mir jetzt alles so oberflächlich vor – dieser Klatsch, meine ich.«

Es fiel Lilli schwer zu atmen. Alter Klatsch, weggefegt von der sommerlichen Welle des Blutes und dem Schrecken der Belagerung – die anderen Frauen würden solches Geschwätz nun verachten. Aber für sie bedeutete es vielleicht den Unterschied zwischen einem Platz am Hof oder einer Existenz als landloser Bastard.

»Es muß doch viel Getuschel gegeben haben«, meinte Lilli, »das mir nie zu Ohren gekommen ist.«

»Ja, es waren alles unangenehme Sachen. Es gab ein paar Geschichten, die sie als Dämonin gebrandmarkt hätten, wären sie denn wahr gewesen. Wie die über das Kind, das sie nach dem Tod deines Vater zur Welt gebracht hat – alle haben mir erzählt, es sei ohnehin nicht sein Kind gewesen.«

»Wie bitte? Welches Kind? Davon habe ich nie gehört.«

»Nun, es starb kurz nach seiner Geburt. Merodda verließ den Hof und schloß sich in Dun Cantrae ein, um es zur Welt zu bringen. Die alten Klatschtanten sagten, sie sei davongelaufen, weil sie sich so schämte, aber ich war damals nicht bei Hof, also weiß ich es nicht. Als sie im Frühling zurückkehrte, erzählte sie allen, das Kind sei am Fieber gestorben. Aber Göttin, nachdem wir wissen, was wir jetzt wissen, hatten die Klatschtanten vielleicht recht, und es war wirklich nicht Lord Garedds Kind, und sie hat es erstickt oder so.«

»Ach ja?« Es fiel Lilli schwerer und schwerer zu sprechen. »Und wer sollte das Kind gezeugt haben? Gab es einen Verdacht?«

»Ein Dämon.« Abrwnna beugte sich vor und sah Lilli mit großen Augen an. »Es hieß, sie sei von einem Dämon geschwängert worden, den sie beschworen hat, und deshalb sei das Kind so krank gewesen. Aber das kann doch nicht möglich gewesen sein, oder?«

»Das bezweifle ich.« Lilli hätte aus reiner Erleichterung beinahe laut gelacht. »Wirklich. Sagen die Priester nicht immer, Dämonen hätten keine richtigen Körper? Wie sollen sie ohne Körper etwas zeugen?«

»Du hast recht. Aber das hat den Klatsch nicht aufgehalten. Die alten Giftspinnen haben immer noch über den Skandal getratscht, als mein Vater mich an den Hof gebracht hat, damit ich Olaen heirate.«

Kein Wunder, daß es krank war, dachte Lilli. Es war ein weiteres Kind des Inzests, oder?

»Und dann hieß es, einer von Meroddas Dienern sei auch ein Dämon, also nahmen sie an, er wäre der Vater.« Abrwnna hielt inne und lauschte. »Ich höre Stimmen draußen. Das ist wahrscheinlich Sanno.«

Die Tür ging auf: Es war tatsächlich Anasyn, gefolgt von seinem Pagen. Der Tieryn war mit seinem langen Gesicht und der langen, schmalen Nase kein sonderlich gutaussehender Mann, aber er war auch nicht häßlich, und Abrwnna strahlte ihn an, als wäre er eine Vision des Gottes Bel selbst.

»Da bist du ja, Geliebter«, sagte Abrwnna.

»Es tut mir leid, daß ich so spät komme«, sagte Anasyn. »Ich bin in der großen Halle dem alten Gauryc begegnet, und er wollte mich nicht gehen lassen, bevor er mir seine Meinung gesagt hat.«

»Worüber?« warf Lilli ein.

»Das Gwerbretrhyn von Cerrmor. Wenn er erst König wird, wird der Prinz es aufgeben müssen. Und Gauryc will es unbedingt.« Anasyn lächelte. »Und um es zu bekommen, braucht er jeden Verbündeten im Wahlrat, den er auftreiben kann. Er ist nicht der einzige, der ein Auge auf das Rhan geworfen hat.«

»Zweifellos.« Lilli warf Abrwnna einen Blick zu. »Ich bin dort gewesen, und Ihr Götter! Es ist eine der reichsten Städte, die ich je gesehen habe.«

»Du mußt mir alles darüber erzählen«, Abrwnna wandte sich dem Pagen zu. »Nun gut, du kannst unseren Herrn bedienen, und dann werden Lilli und ich uns selbst bedienen, und dann kannst du dir nehmen, was du willst.«

Den Rest des Abends drehten sich ihre Gespräche um die Politik des neuen Hofes, der sich um Maryn bildete. Hin und wieder jedoch schwieg Abrwnna lange Zeit, und Lilli bemerkte, daß sie ins Leere starrte, als sähe sie dort unglaubliche Schrecken.

Im Lauf der nächsten zwei Tage hielt der Prinz Kriegsrat. Im ältesten Broch gab es ein großes, rundes Zimmer, das, als Nevyn noch jung gewesen war, die große Halle war. Maryn nutzte es für seine Beratungen, und Diener trugen alle Stühle herein, die sie finden konnten. Nach alten Gesetzen und auch der Höflichkeit zufolge hatte jeder Adlige in Deverry, der dem König diente, das Recht zu sprechen, wenn ein Hochkönig einen Krieg plante. Als schlichter Prinz mußte Maryn diese Gesetze und Bräuche noch mehr beachten als ein König. Ein falsches Wort, eine arrogante Tat könnten ihn Verbündete kosten.

Daerycs Clan herrschte zwar nicht mehr in Glasloc, aber er kannte die Landschaft zwischen Dun Deverry und Cantrae gut. Ebenso wie Nevyn, aber der alte Mann schwieg die meiste Zeit. Hätte er zugegeben, daß er diese Gegend kannte, dann hätte er damit auch bekanntgemacht, daß er dort gewohnt hatte, und das würde wieder unbequeme Fragen über sein unnatürlich langes Leben mit sich bringen. Dun Cantrae, die Festung des Eberclans, lag in der eigentlichen Stadt Cantrae, was bedeutete, daß im Falle einer Belagerung zwei Mauern eingenommen werden müßten. Die Stadt lag in dem Bereich, der den äußersten Rand des Königreiches bildete, gut zweihundertdreißig Meilen weit im Nordosten.

»Während des ersten Teils Eurer Reise«, sagte Daeryc, »werden die Straßen gut und das Land flach sein. Aber hinter Glasloc beginnen die Hügel.«

»Das ist nicht gut«, meinte Maryn. »Die Armee bewegt sich schon auf dem flachen Land langsam genug.«

»Ja.« Tieryn Gauryc, ein hagerer Mann mit kurzgeschnittenem Haar, erhob sich. »Wir schaffen wieviel? Zwölf Meilen am Tag, als wir von Cerrmor hierher marschiert sind?«

»Ja, es war keinesfalls mehr«, erwiderte Maryn.

Weiter hinten in dem großen Zimmer war ein lautes Schnarchen zu hören. Alle lachten und weckten damit den Schnarcher, der verlegen grinste und sich die Augen rieb.

»Meine Herren, ich denke, das war ein Vorzeichen«, sagte Maryn lächelnd. »Machen wir für heute Schluß.«

Alle jubelten ihm zu. Nachdem der Rat sich aufgelöst hatte, hielt Maryn Nevyn zurück.

»Ich will Eure Meinung über etwas hören«, sagte Maryn. »Oggyn hat diesen verrückten Plan. Er will ein paar Schreiber nehmen und über die königlichen Ländereien reiten und alles aufschreiben, was er dort findet. Nun, nicht alles, aber die Anzahl der Bauernhöfe, die Anzahl der Unfreien und so weiter und so fort.«

»Das kommt mir gar nicht verrückt vor, mein Lehnsherr. Es klingt sogar verflucht vernünftig. Wir haben nicht die geringste Ahnung, was Ihr an Zöllen und Steuern erwarten könnt.«

»Das sagt Oggyn auch.« Maryn dachte kurz nach. »Nun, der Wiederaufbau der heiligen Stadt wird Geld kosten, nicht nur Arbeit.«

»Das ist wahr. Oggyns wahrer Wert liegt in solchen Dingen. Er versteht etwas vom Geld, und, was wichtiger ist, er versteht, wie man Arbeiten und Pflichten verteilen muß.«

»Also gut. Ich werde ihm sagen, daß er beginnen kann. Es macht ohnehin nicht viel Sinn, daß er die Armee begleitet, wenn unser ganzes Unternehmen nichts weiter als eine Finte darstellt.«

Nachdem er den Prinzen verlassen hatte, ging Nevyn in Lady Merodda's alte Gemächer. Er hatte den geheimnisvollen Geist nicht vergessen, der ihm erschienen war, und Merodda war der einzige Hinweis. Als er die Diener nach den Zimmern fragte, zeigten sie ihm den Weg. Seit der Einnahme der Festung waren diese Räume leer, denn niemand wollte in Zimmern wohnen, wo jemand Hexerei betrieben hatte. Es war verblüffend, dachte er, wie rasch sich die Gerüchte um Merodda ausgebreitet hatten. Vor sechs Monaten hatten die Männer von Maryns Armee und sein Gefolge nicht einmal gewußt, daß sie existierte. Nun fürchteten sie alle, selbst nachdem sie tot war.

Als Nevyn in die Gemächer kam, fand er sie leer. Es war nicht ein einziges Möbelstück, nicht ein Scheit Feuerholz geblieben. Merodda mochte man gefürchtet haben, nicht aber ihren Besitz. In dieser Leere hallten Nevyns Schritte wider; Staub wirbelte auf und senkte sich wieder. Nevyn fragte sich, was genau er hier eigentlich erwartete, aber er wußte die Antwort nicht. Er betrat das leere Schlafzimmer, sah sich um und ging wieder hinaus. Nahe der Feuerstelle war ein halbrunder Stuhl erschienen, und darauf saß Merodda – oder eine vollkommene Illusion von ihr. Nevyn wurde kalt, und er hielt die Luft an. Der Geist hatte ihr Abbild genau wiederhergestellt, bis hin zu dem unnatürlichen Glanz ihrer Haut – eine blonde Frau, die einmal schön gewesen war, gekleidet in fließendes Blau, hatte das Abbild eines aufgeschlagenen Buchs im Schoß.

»Ich weiß, daß du nicht ihr Geist bist«, sagte Nevyn. »Ich habe sie selbst vertrieben.«

»Daran erinnere ich mich«, sagte der Geist – auf elfisch.

»Also gut. Wieso äffst du sie dann nach?«

»Das werde ich nicht sagen, solange du mir nicht eine Frage beantwortest.«

»Das werde ich tun, wenn du meine zuerst beantwortest.«

Der Geist betrachtete ihn mit starrem Blick. Das Buch auf seinem Schoß wurde durchscheinender und verschwand.

»Also gut«, sagte sie schließlich. »Indem ich mich in sie verwandle, lerne ich sie kennen.«

»Ich verstehe. Wie lautet deine Frage?«

»Du hast ihr ihre Tochter gestohlen, nicht wahr? Genau wie sie es mit meiner vorhaben.«

»Nein. Ihre Tochter hat sie aus eigenem Willen verlassen.«

Der Geist schrie in solch mörderischer Wut, daß Nevyn zurückwich. Einen Moment später waren Geist und Stuhl verschwunden.

Bei allen Göttern! dachte er. Wer ist sie? Und warum hat sie meine Antwort so erzürnt?

Kopfschüttelnd verließ Nevyn das Zimmer. Er würde über die Frage nachdenken müssen. Vielleicht wußte auch Lilli etwas, falls ihre Mutter je eine Besucherin aus der Astralebene erwähnt hatte. Aber obwohl er in ihrem Zimmer und in der großen Halle nachsah, konnte er Lilli nicht finden. Endlich hielt er einen vorbeieilenden Pagen auf.

»Hast du Lady Lillorigga gesehen?«

»Nein, Herr«, sagte der Junge.

»Nun, und hast du Branoic den Silberdolch gesehen?«

»Ihn auch nicht, Herr.« Der Junge lächelte auf eine etwas heimtückische Art. »Soll ich nach ihnen suchen?«

»Ganz bestimmt nicht. Früher oder später werden sie schon wieder auftauchen.«

Maddyn machte sich keine Illusionen über seine Fähigkeiten als Harfner. Im Laufe der Jahre hatte er seine Hände mit Schwert und Schild so verdorben, daß sich seine Finger nicht mehr genügend bogen und nur langsam über die Saiten gleiten konnten. Allerdings nahm er seine Musik sehr ernst. Jeden Morgen fand er eine abgeschiedene Stelle in einer der vielen seltsamen Ecken der verwinkelten Festung, um fern vom Lärm und Gedränge der Mannschaftsunterkünfte und der großen Halle zu üben. Aber er war natürlich von weitem zu hören und daher leicht zu finden.

»Äh, Hauptmann?«

Maddyn blickte erschrocken auf. Vor ihm stand ein junger Mann, der vage vertraut aussah – helles Haar, helle Augen und die hohen Wangenknochen eines Mannes aus dem Süden, und er hatte das Wappen vom Cerrmor auf dem Hemd.

»Ich störe Euch nur ungern«, fuhr der Bursche fort, »aber einer der Silberdolche, dieser wirklich große mit den breiten Schultern, hat mir gesagt, ich solle mich Euch sprechen.«

»Meinst du Branoic?«

»Ja. Ich heiße Alwyn.«

»Also gut. Worüber willst du mit mir reden?«

Alwyn drehte sich um und schaute hinter sich, dann warf er einen Seitenblick zum Brochkomplex.

»Nun, es geht um Berater Oggyn«, sagte Alwyn schließlich. »Ich möchte Silberdolch werden, wißt Ihr. Oggyn sagte mir, es würde mich ein Silberstück kosten, damit er mich Owaen vorstellt.«

»Wie bitte? So eine Unverschämtheit!«

»Branoic hat etwas ähnliches gesagt. Ich habe bezahlt, und Owaen hat mit mir gesprochen und mich ein paar anderen Männern aus der Truppe vorgestellt. Daher habe ich gestern abend mit Branoic zusammen Bier getrunken und den Berater und das Silberstück erwähnt. Und auch ein paar andere Männer erzählten schließlich, daß ihnen dasselbe passiert ist. Branoic war ziemlich wütend.«

»Und damit hat er verflucht recht! Dieser kleine, eingebildete, aufgeblasene Schreiber! Komm mit, Junge. Ich bringe die Harfe zurück in die Unterkunft, und dann suchen wir Owaen.«

Das war jedoch gar nicht nötig, den Owaen saß selbst in der Unterkunft auf seiner Pritsche und polierte seine Rüstung. Sein Schwertgürtel lag neben ihm auf der Decke, aber selbst unbewaffnet hatte Owaen etwas Gefährliches an sich. Er runzelte konzentriert die Stirn, als er mit einer raschen Geste, die von jahrelanger Übung kündete, einen Lappen durch jeden Ring zog. Seine eisblauen Augen glitzerten dabei, als kämpfte er gegen Eber, nicht gegen Rost. Maddyn kam ihm lieber nicht zu nahe, wenn er so versunken war. Er blieb ein paar Pritschen entfernt stehen und rief: »Owaen? Auf ein Wort?«

Erschrocken sprang Owaen auf und griff nach dem Schwert. Die Rüstung rutschte ihm vom Schoß und fiel klirrend zu Boden.

»Oh«, sagte Owaen. »Du bist es nur.«

Er setzte sich wieder hin und griff nach der Rüstung. Maddyn führte Alwyn zu ihm.

»Dieser Junge hat eine interessante Geschichte zu erzählen. Ratsherr Oggyn hat Gebühren dafür verlangt, dir Bewerber für die Truppe vorzustellen.«

Während Alwyn seine Geschichte wiederholte, sagte Owaen kein Wort. Seine Miene war vollkommen ausdruckslos, und als der Junge fertig war, nickte Owaen nur. Er legte das Kettenhemd beiseite, stand auf und schnallte sich den Schwertgürtel um.

»Dann wollen wir mal mit dem Berater sprechen.« Auch Owaens Stimme war vollkommen leise und ruhig. »Kommt mit.«

Alwyn zögerte, sichtlich erstaunt, als wunderte er sich, daß man ihm geglaubt hatte. Maddyn zwinkerte ihm zu und schob ihn aus der Unterkunft. Sie folgten Owaens breitem Rücken über den Hof und in die große Halle, die morgens um diese Zeit fast leer war. Ein paar Reiter saßen auf ihrer Seite des großen, runden Raums. Ein paar Diener waren damit beschäftigt, Reste von den Tischen zu wischen und sie den wartenden Hunden zuzuwerfen. Oggyn stand an der Ehrenfeuerstelle und schaute die Treppe hinauf, als wartete er auf jemanden. Owaen blieb stehen und wandte sich Alwyn zu.

»Wirst du beschwören, was du gesagt hast?«

»Ja, und es gibt noch sechs andere, die dasselbe sagen werden.«

»Also gut.« Owaen gestattete sich ein rasches Zucken des Mundwinkels, das ein Lächeln hätte sein können. »Folgt mir.«

Als sie auf ihn zukamen, blickte Oggyn auf. Er erstarrte und setzte dazu an, zurückzuweichen. Dann wurde ihm klar, daß Owaen schon zu nahe war, und schließlich setzte der Berater eine herrische Miene auf und verschränkte die Arme vor der Brust.

»Ihr möchtet mit mir sprechen?« bellte er.

Owaen ging noch einen langen Schritt auf ihn zu, packte ihn mit beiden Händen am Hemd und schleuderte ihn gegen die Mauer. Oggyn quiekte und heulte und trat um sich; Owaen warf ihn abermals gegen die Mauer, und Oggyn blieb keuchend stehen. Alle anderen in der Halle hielten mit dem inne, was sie gerade taten, und drehten sich neugierig um. Maddyn sah sich um, aber niemand versuchte, dem Berater zur Hilfe zu kommen.

»Hör zu«, sagte Ogeyn. »Ich werde zahlen!«

Owaen lächelte und ließ Oggyn los. Stöhnend zog der Berater sein Hemd glatt, dann griff er hinein und holte einen fetten Beutel heraus, der ihm an einer Goldkette am Hals hing. Alwyn starrte Owaen an, als hätte er einen Gott gesehen, der zur Erde niedergestiegen ist. Leise vor sich hin fluchend gab Oggyn Alwyn ein Silberstück und zählte dann sechs weitere in Owaens Handfläche.

»Und noch eins«, sagte Owaen, »für die Kasse der Truppe. Betrachtet es als Lwdd.«

»Mögen die Götter auf Euch pissen!« fauchte Oggyn – aber er zahlte.

Immer noch vor sich hin murmelnd, trabte der Berater zu der Treppe an der anderen Seite der großen Halle, begleitet vom höhnischen Grinsen und offenen Gelächter der anwesenden Diener und Reiter. Owaens Miene war wieder ausdruckslos geworden, aber er ließ die Münzen in seiner Hand klirren und sah dem Berater nach, der die Treppe hinaufeilte.

»Branoic ist also doch zu etwas gut«, sagte Owaen schließlich.

»Ja«, meinte Maddyn. »Ich bin froh, daß es unseren neuen Männern leichtfiel, ihm ihr Herz auszuschütten.«

»Wo ist er überhaupt?« Owaen sah sich um.

»Ich habe keine Ahnung.«

Aber der Barde log. Branoic war irgendwo damit beschäftigt, um Lady Lillorigga zu werben, und Maddyn wußte das. Er sah einfach keinen Grund, Owaen eine Möglichkeit zu geben, Branno zu verspotten.

Obwohl Dun Deverry keine richtigen Gärten hatte wie die in Cerrmor, gab es immerhin einen Küchengarten hinter dem Kochhaus und dem Vorratsschuppen. Auf der Suche nach ein wenig Abgeschiedenheit hatten Lilli und Branoic ihn morgens entdeckt, als die Sommerluft warm und schwer war. Sie setzten sich auf eine Holzbank und atmeten den Duft von Rosmarin, Salbei und Thymian ein. Branoic lehnte sich zurück und legte einen Arm auf die Rückenlehne der Bank hinter Lillis Rücken. Sie konnte die Wärme spüren, und sie starrte geradeaus.

In einem kleinen Staubwirbel erschien ein großer grauer Gnom. Er stützte die knorrigen Hände auf die Hüften und legte den Kopf schief wie ein Miniatursilberdolch. Lilli lächelte verstohlen. Was, wenn Branoic bemerkte, daß sie unsichtbare Dinge beobachtete? Aber als sie ihn ansah, stellte sie fest, daß er ebenfalls lächelte und seine Augen sich bewegten, wenn der Gnom hin und her stolzierte.

»Ihr seht ihn«, flüsterte sie.

»Ihr Götter!« Branoic drehte sich zu ihr um. »Ihr auch.«

Einen Augenblick starrten sie einander verblüfft an. Ich kenne diesen Mann überhaupt nicht, dachte Lilli. Ich dachte, ich wüßte genau, was er ist, aber ich habe mich geirrt!

»Nun gut«, sagte Branoic kaum lauter im Flüsterton. »Entweder wir haben beide den Verstand verloren, oder diese verfluchten kleinen Dinger existieren tatsächlich.«

»Nein, wir sind nicht verrückt«, sagte Lilli. »Weiß Nevyn, das Ihr sie seht?«

»Nein, und ich flehe Euch an, es ihm nie zu sagen. Und auch keinem anderen.«

»Warum nicht?«

»Was meint Ihr mit ›warum nicht‹?« Branoic drehte sich auf der Bank um und verschränkte die Arme vor der Brust. »Das sollte doch verflucht klar sein.«

»Das ist es nicht.«

Er sah sie zornig an, und dann fingen sie ohne erkennbaren Grund an zu lachen.

»Also gut, ich verstehe es«, sagte Lilli. »Ich werde niemandem etwas sagen. Ich wollte Euch nur necken.«

»Ich lasse mich lieber von Euch necken, als daß ich mir von anderen Mädchen schmeicheln lasse.« Ganz plötzlich wurde er ernst. »Wir reiten morgen früh. Werde ich Euch fehlen?«

Da er eine ehrliche Antwort verdient hatte, dachte sie über ihre Gefühle nach.

»Ja«, sagte sie schließlich. »Es quält mich, jemanden zu haben, um den ich Angst haben muß, aber ich werde mir Sorgen machen. Kommt bitte wieder zurück.«

»Wenn mein Wyrd es gestattet. Und Ihr paßt ebenfalls auf Euch auf.«

»Ich werde mein Bestes tun.«

Eine Weile saßen sie da und lächelten einander an. Sie dachte, er würde sie vielleicht küssen, aber er stand auf und verbeugte sich statt dessen.

»Sollen wir zurück in den Broch gehen? Ich möchte nicht, daß jemand über Euch klatscht.«

»Danke, aber ich bezweifle, daß sie das tun werden.« Sie erhob sich ebenfalls. »Dazu bin ich nicht wichtig genug.«

»Nun, das ist vermutlich ein Segen.«

»Stimmt.«

Als er ihr den Arm bot, hakte sie sich bei ihm ein, und zusammen gingen sie zurück zur großen Halle. An der Tür hörte sie allerdings, wie Nevyn nach ihr rief, und als sie sich umwandte, sah sie den alten Mann schon auf sich zukommen. Seine Energie verblüffte sie immer wieder. Mit seinem weißen Haar und der fleckigen Haut wirkte er uralt, aber wenn er sich bewegte, machte er einen lebhafteren Eindruck als so mancher junge Krieger. Sie tätschelte Branoics Arm, dann ließ sie ihn los.

»Geht Ihr hinein«, sagte Lilli. »Nevyn scheint mich für etwas zu brauchen.«

»Also gut.« Branoic verbeugte sich. »Es ist ohnehin besser, wenn die Adligen uns nicht zusammen sehen.«

Nevyn wollte tatsächlich mit Lilli sprechen. Ein wenig geheimnistuerisch führte er sie in ihr neues Zimmer, wo die Dienerinnen gerade mit dem Aufräumen fertig waren. Lilli setzte sich auf den Stuhl, während Nevyn sich auf das breite Fenstersims hockte.

»Ich brauche dein Gedächtnis«, sagte Nevyn. »Es geht um deine Mutter.«

»Also gut«, Lilli verschränkte die Hände im Schoß, damit sie nicht zitterten.

»Ich will dich nicht bekümmern, aber es könnte ausgesprochen wichtig sein.«

»Das verstehe ich. Ich denke einfach nur ungern daran, wie sie gestorben ist.«

»Zweifellos.« Nevyn zögerte, und Mitgefühl stand in seinen

eisblauen Augen. »Hat sie jemals mit dir über ihre Dweomerarbeit gesprochen?«

»Manchmal, und Brour hat hin und wieder etwas angedeutet.«

»Gut. Hat einer von ihnen je erwähnt, daß sie mit Geistern sprach? Oder um genauer zu sein, mit einem bestimmten Geist, der ihr als Frau erschienen ist?«

»Das glaube ich nicht, obwohl ... wartet.« Lilli hielt inne und stellte sich ihre Mutter vor, wie sie in einem kerzenbeleuchteten Zimmer saß und mit ihr sprach. »Sie erwähnte einmal, einen Geist gesehen zu haben – eine Frau in Trauerkleidung.«

»Ach ja? Weiter.«

»Brour bemerkte, daß hier sicher viele Frauen im Kindbett gestorben sind, und meine Mutter lachte und stimmte zu.«

»Sie lachte?«

»Nun, es war dieses gruselige, nervöse Lachen. Sie wirkte alles andere als heiter. Und dann sagte sie, vielleicht sollte sie einmal herausfinden, was die arme ruhelose Seele wollte. Aber an mehr kann ich mich nicht erinnern.«

»Das genügt vielleicht schon. Danke.«

Nevyn erhob sich und warf einen Blick auf den Tisch und auf das Buch, das darauf lag. »Ich möchte, daß du dich heute nachmittag auf deine Arbeit konzentrierst. Wir haben noch viel zu tun, bevor ich mich mit dem Prinzen und seiner Armee auf den Weg mache.«

Als Prinz Maryn am nächsten Tag losritt, ließ er über die Hälfte seiner Armee zur Bewachung der Festung zurück. So sehr er eine Demonstration der Macht wünschte: Die vollen viertausend Mann wären zu langsam gewesen. Außerdem gingen ihnen sowohl Zeit als auch Vorräte aus. Jeden Abend wurde es etwas früher dunkel. Wenn sie dem Land noch mehr Lebensmittel abnahmen, würden die Bauernfamilien hungern, und wer sollte dann, wie Nevyn erklärte, die nächste Ernte säen und pflanzen? Die Vasallen sprachen offen davon, zu ihrem eigenen Land zurückzukehren, sobald der Prinz es gestattete.

»Wenn Braemys uns entgegenkommt, dann ist das gut so«, sagte Maryn zu Nevyn.

»Wenn nicht, werden wir nicht imstande sein, bis nach Cantrae zu reiten, und wir könnten ihn dort auch nicht belagern. Ich befürchte, das weiß er ebensogut wie ich.«

»Zweifellos«, sagte Nevyn. »Aber das ist eine Schande. Ich frage mich oft, wie viele Eurer neuesten Verbündeten im Frühjahr wiederkommen werden, wenn Ihr die Armee erneut aufstellt.«

»Einige ganz bestimmt. Mehr als zuvor, was bedeutet, daß Braemys weniger haben wird, und das wird uns nützen. Selbst wenn sie alle desertieren, was wird dabei herauskommen? Fünfhundert Reiter mehr für Braemys, aber wir sind immer noch in der Überzahl. Ich bezweifle, daß einer der Adligen im Norden noch einmal seine Festungswachen um der Sache des Ebers willen abzieht.«

»Das ist wahr. Nun, jetzt liegt die Angelegenheit im Schoß der Götter.«

Drei Tage lang zog die Armee nach Nordosten und folgte dabei der Hauptstraße, die von Dun Deverry nach Cantrae führte. Jede Festung, an der sie vorbeikamen, gehörte dem einen oder anderen neuen Verbündeten des Prinzen. Überall öffneten die Adligen persönlich ihre Tore und grüßten ihn, indem sie zum Zeichen ihrer Treue seinen Steigbügel anfaßten. Diese Adligen, nahm Nevyn an, würden Maryns Sache vermutlich treu bleiben – nicht wegen ihres rituellen Grußes, sondern weil ihre Festungen zu klein und schäbig waren, um gegen einen Angriff der Armee des Prinzen bestehen zu können.

Die Armee war immer noch ein ganzes Stück von Glasloc

entfernt und hatte gerade das Lager für die Nacht in einer Wiese aufgeschlagen, als der Herold aus Cantrae zurückkehrte. Nevyn hörte die Unruhe bei den Lagerwachen und kam heraus, um zu sehen, was los war. Den bändergeschmückten Stab in einer Hand, die Zügel seines Rappen in der anderen, ging Avyr ins Lager, flankiert von Wachen.

»Seid gegrüßt, guter Herold«, sagte Nevyn. »Habt Ihr eine Botschaft für den Prinzen?«

»Ja. Wenn Euer Lordschaft so freundlich sein würden, mich zu ihm zu bringen?«

Sie fanden Maryn auf einem Stuhl vor seinem Zelt sitzen. Einige seiner Vasallen standen in der Nähe und unterhielten sich über den vergangenen Tag. Hinter dem Prinzen standen Branoic und ein weiterer Silberdolch. Ein Page übernahm das Pferd des Herolds, während Avyr sich vor dem Prinzen verbeugte.

»Lord Braemys hat mich angewiesen, mehrere Dinge zu sagen, Euer Hoheit«, begann Avyr. »Als erstes, wenn die Widder von Hendyr sich weigern, die Verlobung Lady Lilloriggas anzuerkennen, dann schulden sie ihm fünfundzwanzig Pferde als Lwdd für diese Beleidigung.«

Maryn lachte – ein lautes Aufbellen völliger Verblüffung. Die Männer in der Nähe taten entweder dasselbe oder schüttelten ungläubig den Kopf.

»Es fehlt Eurem Herrn nicht an Unverschämtheit, wie?« sagte Maryn.

»Darüber kann ich nichts sagen, Euer Hoheit.«

»Nun, natürlich nicht. Was sonst wünscht Lord Braemys mir mitzuteilen?«

Avyr zögerte und sah sich um. Nevyn hatte das deutliche Gefühl, daß der Mann sich fragte, ob er die Nacht überleben würde. Endlich leckte der Herold sich die Lippen und begann.

»Lord Braemys bittet mich, Euer Hoheit darauf hinzuweisen, daß Ihr bisher nur Prinz von Pyrdon und Gwerbret Cerrmor seid. Er hat noch keine Nachricht erhalten, daß die Priester des Bel Euch zum König erklärt haben. Sollte das geschehen, sollten die Priester dies erklären, bittet er Euch, ihm einen Boten zu schicken, so daß er über Eure Behauptung, sein Lehnsherr zu sein, noch einmal nachdenken kann.«

Maryn wurde kreidebleich, dann errötete er. Der Herold trat zurück, als wolle er sich außer Reichweite eines Schlages bringen, und wäre beinahe Gwerbret Daeryc auf den Fuß getreten. Daeryc tätschelte ihm nur die Schulter, wie er es vielleicht bei einem nervösen Pferd getan hätte.

»Schon gut, Junge«, murmelte Daeryc. »Unser Prinz ist ein ehrenhafter Mann. Er tötet keine Herolde.«

»Ja.« Maryns Stimme war mehr ein Knurren. Er hielt inne und holte ein paarmal tief Luft. »Nun gut. Übernachtet in unserem Lager, und morgen früh gebe ich Euch eine Botschaft, die Ihr Eurem Herrn, dem Regenten, bringen könnt.«

Die Nachrichten breiteten sich rasch aus. Noch bevor Maryn seinen Kriegsrat zusammenrufen konnte, versammelte er sich von selbst, da alle Adligen zu seinem Zelt eilten. Noch nie hatte Nevyn Maryn so zornig gesehen. Während er sprach, ging er ununterbrochen auf und ab, eine Hand am Schwertgriff. Aber es gab wenig, was er unternehmen könnte, um die Situation zu erleichtern oder zu beenden. Nach langen Diskussionen bis tief in die Nacht hinein, kehrten die Adligen schließlich zum Schlafen in ihre Zelte zurück. Maryn blieb dagegen den größten Teil der Nacht wach und wanderte mit einer Laterne in der Hand vor seinem Zelt auf und ab. Gegen Morgen gab Nevyn den Versuch zu schlafen auf und gesellte sich zu ihm.

»Mein Lehnsherr?« fragte Nevyn. »Stimmt etwas nicht?«

»Nein«, sagte Maryn und gähnte. »Ich habe nur über meine Antwort an Braemys nachgedacht.«

»Das dachte ich mir schon.«

Er grinste Nevyn plötzlich an. »Erinnert Ihr Euch an einen Traum, den ich einmal hatte, als ich noch ein Kind war und Ihr gerade mein Lehrer geworden wart? Ich träumte, es gäbe einen Kampf in Cantrae, und alle bezeichneten mich als König von ganz Deverry.«

»Ja, daran kann ich mich tatsächlich erinnern. Es war ein wichtiger Traum.«

»Wißt Ihr, es sieht so aus, als würde er Wirklichkeit werden.« Maryn gähnte abermals gewaltig und hielt sich beide Hände vor den Mund. »Also sagte ich mir, ich sollte nicht überrascht sein, daß Braemys es auf einen Kampf anlegt. Es geht um unser beider Wyrd, und dem Wyrd kann man nicht widersprechen.«

»Nein, Euer Hoheit. Und da Ihr das wißt, schlage ich vor, daß Ihr Euch jetzt schlafen legt.«

Am Morgen schlief das ganze Lager lange, aber der Prinz war schon vor seinen Männern auf den Beinen. Nachdem er gefrühstückt hatte, rief Maryn den Herold und seine Verbündeten zu sich. Avyr verbeugte sich, dann hielt er sich bereit, die Botschaft auswendig zu lernen.

»Sagt Eurem Herrn folgendes«, erklärte Maryn. »Der hohe Priester des Bel in Dun Deverry hat mir die dringende Aufgabe gestellt, dem Königreich Frieden zu bringen. Wenn Euer Herr sich weigert, Frieden zu machen, dann verstößt er gegen den Willen der Götter selbst. Wenn er sich jetzt ergibt, wird der Eberclan weiter das Rhan von Cantrae beherrschen. Sollte er den Göttern trotzen, wird er es verlieren.«

Der Herold verzog das Gesicht und verbeugte sich, da ihm sonst nichts einfiel.

»Was die andere Sache angeht«, fuhr Maryn fort. »Ich kann nicht über diese Angelegenheit zwischen ihm und Tieryn Anasyn vom Widder entscheiden, weil Lord Braemys sich weigert, mich als Erben des Königreichs anzuerkennen. Falls er wünscht, daß ich über die Angelegenheit ein Malover halte, muß er mir Treue schwören, und ich werde ihm gerne Gerechtigkeit antun.«

»Das werde ich ihm berichten, Euer Hoheit«, sagte Avyr. »Jedes Wort.«

Der Prinz, sein Berater und einige seiner Adligen begleiteten den Herold zum Rand des Lagers, wo ein Diener mit dem Rappen bereitstand. Avyr verbeugte sich, stieg in den Sattel und ritt rasch davon. Maryn blieb an der Straße stehen und sah zu, bis sich der Staub wieder gelegt hatte.

»Verfluchter kleiner Mistkerl«, meinte Maryn. »Und damit meine ich nicht den Herold.«

»Er ist seinem Vater sehr ähnlich«, sagte Anasyn. »Es hat bei den Ebern immer eine Menge Inzucht gegeben. Meine Mutter sagte manchmal, wenn sie Hunde wären, hätte der Zwingermann die Hälfte ihrer Welpen ersäuft, weil sie zwei Schwänze hatten.«

»Braemys wird auch nicht mehr sonderlich alt werden, Hund oder nicht, wenn er so weitermacht. Nicht, daß ich vorhabe, ihn zu ersäufen.« Maryn starrte die Straße entlang, als könne er seinen Feind am Horizont erkennen. »Elender kleiner Hurensohn! Er hat mich aus Dun Deverry herausgelockt, nur damit wir Zeit und Vorräte verschwenden.«

»Und um Euch zu ärgern«, sagte Nevyn. »Zornige Männer denken nicht so klar, wie sie glauben.«

»Das ist ein gutes Argument.« Maryn holte abermals tief Luft. »Also gut, meine Herren. Machen wir unsere Männer bereit. Je schneller wir zur heiligen Stadt zurückkehren, desto eher könnt Ihr Euch alle auf Eure eigenen Ländereien zurückziehen.«

Als die Armee das Lager abbrach, hatte die Sonne schon beinahe ihren Höchststand erreicht. An der Spitze der Reihe ritten zwei Männer mit dem roten Drachenbanner, als nächstes kamen Maryn und Nevyn, der für gewöhnlich neben dem Prinzen ritt. Ihnen folgten die Silberdolche mit Owaen und Maddyn an der Spitze. Branoic war etwa in der Mitte der Truppe, außer Reichweite von Owaens Sarkasmus. Obwohl er verstand, wieso Caradoc Owaen zu seinem Erben gemacht hatte, mußte er die Entscheidung doch nicht mögen. Nachdem Owaen die Truppe übernommen hatte, hatte er Branoic das Leben zur Hölle gemacht – hatte ihm die schlimmsten Pflichten übertragen, die schlechtesten Pferde gegeben und ihm wegen jeder Kleinigkeit eine Standpauke gehalten. Branoic beschloß, daß es an der Zeit sei, den Prinzen um die versprochene Gunst zu bitten. Zu Caradocs Lebzeiten hätte er die Truppe sicher nie verlassen, aber Caradoc ritt dieser Tage in den Anderlanden. Branoic kam zu der Ansicht, daß er lieber verflucht sein wollte, als einen weiteren Sommer unter Owaens Kommando zu reiten.

Nachdem die Armee so spät aufgebrochen war, kam sie an diesem Tag nicht mehr weit. Sie schlug ihr Lager auf einem Feld neben einem Bach auf, der sich in den Ententeich eines Bauern ergoß. Obwohl ein paar Silberdolche über diese Enten nachdachten und darüber, wie leicht sie zu fangen wären, verbot der Prinz persönlich, auch nur eine einzige davon zu stehlen.

»Und auch nicht einen einzigen Apfel von diesem Baum«, erklärte Maryn. »Sagt das den Reitern, ja? Wir haben meinem Volk schon genug genommen, und wir werden ihnen nicht noch mehr abverlangen.«

Nachdem die Silberdolche ihre Zelte aufgestellt hatten, schlenderte Owaen durch ihren Teil des Lagers und verteilte die Wachen. Branoic war nicht im geringsten überrascht, die mittlere Wache gezogen zu haben – die schlimmste Zeit, da ein Mann dafür wieder aufstehen mußte und dann zu seinen Decken zurückkehrte, wenn nur noch ein paar Stunden Schlaf übrig waren. Seltsam genug sollte er Owaen am Ende dafür dankbar sein.

Nachdem der Mann, der vor ihm Wache gestanden hatte, ihn geweckt hatte, ging Branoic zu Maryns Zelt. Er stand schaudernd und gähnend in der kalten Luft, direkt vor dem Zelteingang, für den Fall, daß es einem Feind gelingen würde, sich ungesehen und ungehört an einer Armee mehrerer tausend Männer vorbeizuschleichen, um den Prinzen zu töten. Er hatte gerade eine bequeme Position eingenommen, als er hörte, wie Maryn sich im Zelt regte. Einen Augenblick später kam der Prinz heraus und stellte sich neben ihn.

»Ich konnte nicht schlafen«, meinte Maryn. »Das passiert mir in letzter Zeit häufig.«

»Tut mir leid, das zu hören, Euer Hoheit«, sagte Branoic. »Kann Nevyn Euch nicht einen Kräutertrank brauen?«

»Das will er nicht. Ich habe ihn gefragt, aber er sagt, daß man sich nach einiger Zeit daran gewöhnt und dann nicht mehr ohne ihn schlafen kann.«

»Nun, das klingt ein bißchen gefährlich.«

Eine Weile standen sie da und starrten zum klaren Himmel hinauf, wo die Milchstraße glitzerte und die hellen Sterne wie Kerzen in einer riesigen Laterne leuchteten. In ihrem Licht konnte Branoic die dunklen Umrisse der Zelte sehen, die sich über das stille Lager verteilten, und hinter ihnen die Vorratswagen.

»Verzeiht, Euer Hoheit«, sagte Branoic. »Ich gehe nur schnell eine Runde durchs Lager.«

Maryn nickte. Branoic sah sich um, und als er um das Zelt ging, fand er nichts. Er blieb stehen. Zwischen zwei geraden Zeltreihen hindurch sah er bis hin zu den angepflockten Pferden auf der Wiese. Etwas – jemand – bewegte sich dort. Mehrere Jemands, und Branoic sah das Glitzern, das vielleicht von einem Messer kam. Branoic brüllte so laut er konnte den Alarm heraus. »Wachen! Wacht auf! Ein Überfall!«

Er brüllte weiter, bis er sah und hörte, daß andere aufstanden. Da seine erste Pflicht gegenüber dem Prinzen bestand, lief er ums Zelt herum zum Eingang zurück, aber Maryn kam ihm bereits entgegen. Der Prinz war dabei, sich den Schwertgürtel umzuschnallen.

»Gehen wir!« Maryn lachte. »Wir alarmieren die anderen!«

Beide zogen die Waffen und rannten brüllend durchs Lager. Inzwischen waren sie Teil einer Gruppe von halbbekleideten, halb wachen Männern, die mit Schwertern fuchtelnd zur Verteidigung ihrer Reittiere eilte. Draußen auf der Weide herrschte Chaos. Erschrockene Pferde rannten davon, schleiften durchschnittene Seile hinter sich her, während andere wieherten, als sie versuchten, sich loszureißen. Über dem allgemeinen Lärm hörte Branoic ein Geräusch, das er nur zu gut erkannte.

»Bewaffnete Reiter!« schrie er. »Achtung!«

Im unruhigen Licht sah er sie von der Straße abbiegen. Sie griffen über die Wiese hinweg an und ritten direkt auf die Pferde zu. Branoic erkannte erschrocken, daß die Feinde vollständig bewaffnet und gerüstet waren, von den Männern des Königs aber nur die wenigsten ein Kettenhemd trugen. Er steckte sein Schwert ein und packte Maryn am Arm.

»Euer Hoheit! Ich bringe Euch hier weg!«

»Wagt das nicht – laßt mich los!«

Branoic ignorierte ihn und riß ihn zurück. Maryn war kein Schwächling, aber wenn es um reine Kraft ging, konnten wenige Männer mit Branoic standhalten. Branoic packte den Prinzen mit beiden Armen von hinten, umklammerte ihn und schob ihn zu den Zelten zurück, während der Prinz brüllte und fluchte und ihn mit jedem Schimpfwort bedachte, das ihm einfiel. Hinter sich hörten sie Gebrüll und Geschrei, Männer stießen Schmerzensschreie aus, Pferde wieherten, und das unmißverständliche Klirren von Metall auf Metall ertönte.

»Guter Junge!« Das war Nevyn, der auf ihn zugerannt kam. »Owaen ist direkt hinter mir.«

Owaen und zwanzig Silberdolche – sie umgaben Branoic und den zappelnden Prinzen wie Wasser einen Stein. Branoic glaubte fest daran, daß sie alle zum Untergang verurteilt waren. Bei einer solchen Überraschungsattacke bedeutete ihre Überzahl wenig. Nevyn brachte das Kettenhemd des Prinzen. Die Männer reichten es ihm zu, und Branoic half Maryn, die Rüstung anzulegen. Maddyn kam angerannt, die Arme voller Schilde. In der allgemeinen Verwirrung hatte Maryn zum Schluß einen Schild mit dem blauen Wappen von Glasloc in der Hand, aber niemand kümmerte sich darum, ihn auszutauschen.

Während der Kampf auf der Wiese weiterging, kamen mehr Männer aus den Zelten gestürzt, einige vollständig bekleidet und gerüstet, andere halbnackt und barfuß, und fuchtelten mit den Waffen. Owaen begann, die kampfbereiten Männer um den Prinzen zu postieren. Grimmig nahmen sie ihre Position in der lebenden Schutzmauer ein.

»Um der Götter willen!« fauchte Maryn. »Ich kann nicht ewig hier stehenbleiben. Wir müssen dahin, wo gekämpft wird.«

Owaen dachte nach, dann nickte er.

»Formation rund um den Prinzen!« schrie Owaen. »Dann vorwärts marsch!«

Wie ein etwas zerzaustes Tier mit zu vielen Beinen eilten sie zum Kampf. Sie hatten gerade den Rand des Lagers erreicht, als Branoic Nevyn wieder erblickte. Der alte Mann stand in der letzten Zeltreihe und hatte die Arme hoch über den Kopf erhoben, als wartete er darauf, daß jemand ihm von oben etwas zuwarf. Branoic starrte ihn an und fragte sich, ob Nevyn wohl den Verstand verloren hatte, aber ein plötzlicher Schrei und das Aufflackern von Licht aus der Richtung des Kampfes lenkten ihn ab.

Auf der anderen Seite des brüllenden, wiehernden Haufens von Menschen und Pferden auf der Wiese umkreiste eine Reihe von Reitern zielbewußt das Feld und ritt auf die Zelte zu. Jeder trug eine brennende Fackel.

»Mögen ihnen die Eier abfaulen!« zischte Owaen. »Sie wollen das Lager in Brand stecken!«

»Wir müssen sie aufhalten«, schrie Maryn. »Geht in Stellung und wir kämpfen.«

Maryn riß sich von seinen Wachen los und begann den Reitern entgegenzurennen. Unter lautem Geschrei folgte Branoic ihm. Er hörte Owaen fluchen, und dann kam der Rest der Silberdolche hinterher. Das Licht von den Fackeln flackerte, und er erkannte das Eberwappen auf den Schilden der Reiter, ebenso wie die Angreifer Maryns Schild und das Wappen von Glasloc sehen mußten. Der Anführer der Fackelträger, ein junger Mann, dessen Stimme vor Aufregung beinahe brach, gab Befehle. »Weicht ihnen aus, Jungs, weicht ihnen aus! Zu den Zelten! Laßt euch nicht aufhalten!«

Braemys' Schlauheit kostete ihn die Gelegenheit, Maryn zu töten und dadurch den Thron zu gewinnen. Die Männer mit den Fackeln umgingen die unfertige Linie des Prinzen. Maryn und seine Männer setzten dazu an, ihnen zu folgen, als der Donner am klaren Himmel zu dröhnen begann. Nur, daß der Himmel jetzt nicht mehr so klar war. Als Branoic aufblickte, sah er die Wolken aus dem Nichts heranrasen. Prinz Maryn warf den Kopf zurück und stieß ein Berserkerheulen aus. Wieder donnerte es, und die Schläge hallten laut über dem Schlachtfeld wider.

»Es hat nicht geblitzt!« rief Branoic.

Zur Antwort lachte Maryn weiter und hätte sich beinahe verschluckt. Die Angreifer mit den Fackeln zügelten ihre erschrockenen Pferde kaum hundert Schritt vor den ersten Zelten. Branoic konnte hören, wie ihr Anführer zornig aufschrie. Plötzlich ergoß sich Regen aus den dicken Wolken, eine so heftige Flut, als hätten die Götter riesige Eimer auf die Erde ausgegossen. Die Fackeln verloschen. Unter wütendem Geschrei wendeten die Reiter ihre Pferde und kehrten zum Schlachtfeld zurück. Branoic konnte bereits die Silberhörner hören, die durch den Regen hindurch die Ebermänner zurückriefen.

Dann blitzte es plötzlich, und in dem kurzen Licht konnte Branoic sehen, daß sich der Kampf auf der Wiese in Chaos auflöste. Die Männer des Prinzen wichen zum Lager zurück. Die Eber galoppierten nach Norden davon. Der Blitz schlug hinter ihnen in die Straße ein, als wollten die Götter ihnen befehlen, weiterzurennen. Genau das taten sie auch.

»Bringt den Prinzen zurück zum Lager«, rief Owaen.

Ungeschickt in dem plötzlichen Schlamm stampften die Silberdolche mit Maryn zurück zu den Zelten. Der Regen ließ nach, und als Branoic aufblickte, sah er, wie die Wolken von einem raschen Wind davongetrieben worden. Im Osten wurde der Himmel bereits stahlgrau. Er hatte sich in seinem ganzen Leben noch nicht so über einen Sonnenaufgang gefreut. Nevyn kam näher und setzte sich neben den Prinzen.

»Danke«, sagte Maryn.

»Gern geschehen«, meinte Nevyn lässig. »Und ich denke, von jetzt an sollte ich mich jeden Abend ein wenig umsehen. Diese elenden Eber haben mich überrascht.«

Die Armee brauchte den ganzen Tag, um sich wieder zu sammeln. Den ganzen Morgen über trugen die Soldaten in stetiger Prozession die Verwundeten zu den Wagen, wo die Wundärzte arbeiteten. Ohne Rüstung hatten die Männer einige der häßlichsten Wunden davongetragen, die Nevyn oder einer der anderen Ärzte je gesehen hatten. Die meisten Schwerverwundeten starben unter ihren Händen. Von den verwundeten Cantraemännern, die man auf dem Feld fand, lebte keiner lange genug, um die Ärzte zu erreichen.

Als die Sonne ihren Höchststand erreicht hatte, wusch sich Nevyn mit ein paar Eimern Wasser und kehrte an die Seite des Prinzen zurück. Er fand Maryn in einer Art Kriegsrat. Mehrere Adlige waren zum Prinzen gekommen, um über ihre Verluste oder über ihre Erfolge bei der Pferdejagd zu berichten. Sie hatten die meisten Reiter abkommandiert, um nach den Pferden zu suchen. Einige waren gefunden worden, andere kehrten im Lauf des Tages von selbst zu ihrer Herde zurück. Dennoch, mehrere hundert kampferprobte Reittiere waren verschwunden – und zweifellos in den Händen des Feindes.

Am späten Nachmittag begriffen Nevyn und Maryn endlich, was geschehen war. Braemys' Männer hatten sich an den äußersten Wachenring angeschlichen und die Männer ermordet. Dann waren sie zu den Pferden geschlüpft und hatten die Seile durchgeschnitten, mit denen die Tiere angebunden waren, bevor der Haupttrupp das schlafende Lager angriff. Hätte Branoic sie nicht zufällig gesehen und rechtzeitig Alarm geschlagen, dann wäre Braemys vielleicht mitten ins völlig überraschte Lager geritten und hätte Prinz Maryn töten oder zumindest einen großen Teil seiner Vasallen niedertrampeln können. Ihre Zelte und die Vorräte wären in Flammen aufgegangen.

»Schleimiger kleiner Welpe!« fauchte Tieryn Gauryc. »Ein Feigling und der Sohn eines Schweins.«

Die anderen Adligen nickten zustimmend.

»Heute abend stellen wir doppelte Wachen auf«, sagte Maryn. »Und wenn wir morgen weitermarschieren, setzen wir Männer an die Spitze und an die Flanken, die Wache halten. Wir sollten auch die Nachhut bewachen.«

Niemand widersprach ihm.

Der Abend verging ohne weitere Angriffe. Am nächsten Morgen machte sich die Armee auf den Weg; wegen all der Späher, die ausgeschickt wurden, und der Verwundeten noch langsamer als zuvor. Trotz der Fahnen und des martialischen Getues wußte jeder Mann in der Armee, daß sie nach Hause zurückkrochen und daß entgegen aller Wahrscheinlichkeit und obwohl sie den Dweomer auf ihrer Seite hatten, Braemys einen Sieg davongetragen hatte.

Da der Prinz seine Rückkehr von Boten hatte ankündigen lassen, waren die Zuhausegebliebenen nach draußen gegangen, um ihm zuzujubeln. Seine Männer standen auf den Mauern, in den Haupthöfen und selbst an der Straße, die den Hügel hinauf zum Broch führte. Lilli zog es vor, in einem der Seitentürme aus dem Fenster zu schauen, statt sich um einen Platz zu drängen. Sie fand ein Fenster, das ihr einen guten Blick auf den Haupthof gewährte. Sie hatte sich gerade auf das breite Fensterbrett niedergelassen, als sie aus der Ferne ein Rufen hörte, das die Ankunft des Prinzen ankündigte. Sie lehnte sich in einem gefährlichen Winkel hinaus, um zuzusehen, wie die Armee den Hügel hinaufstieg.

Direkt hinter den Fahnen konnte sie Prinz Maryn erkennen, der keinen Helm trug, so daß sein goldenes Haar im Sonnenlicht schimmerte. Ihr Herz klopfte, als sie ihn sah, aber dann entdeckte sie Nevyn, der wie eine Warnung neben ihm herritt. Ihnen folgten die Silberdolche. Selbst in der Mitte der Truppe ragte Branoic wegen seiner Größe hervor. Sie bemerkte, daß er nach oben schaute und in die Fenster sah, als hoffte er, eine bestimmte Person zu entdecken. Als die Truppe in den Haupthof ritt, beugte sie sich ein wenig weiter vor.

»Branoic!« rief sie. »Branno!«

Mit einem Lachen winkte er ihr zu, und sie winkte zurück. Vielleicht würde der Prinz es ja bemerken und erkennen, daß es ihr nicht an Bewerbern fehlte. Sie verließ das Fenster und eilte hinunter in den Hof, wo ein dröhnendes Durcheinander von Menschen und Pferden herrschte. Es brauchte einige Zeit, bis sie ihr Ziel erreicht hatte. In der großen Halle war Nevyn nirgendwo zu sehen, aber ein Page hatte mitbekommen, daß er auf sein Zimmer gehen wollte.

»Noch mehr Treppen!« sagte Lilli. »Ich weiß wirklich nicht, wieso er das höchste Zimmer in dem ganzen elenden Palast haben mußte!«

Als sie seine Tür erreicht hatte, rang Lilli um Atem. Nevyn öffnete, noch bevor sie klopfen konnte, und bat sie herein.

»Setz dich«, sagte er. »Ich bin froh, dich zu sehen, aber es war nicht nötig, hier hinaufzurennen.«

»Ich bin nicht gerannt«, keuchte Lilli. »Ich habe mir Zeit gelassen.«

Sie setzte sich auf den Stuhl, den er ihr anbot, und versuchte einfach nur Luft zu bekommen. Nevyn legte den Kopf schief und betrachtete sie mit einem seltsamen, beinahe schielenden Blick.

»Diese Krankheit fängt allmählich an, mir Sorgen zu machen«, erklärte er.

»Aber ich war nicht krank.«

»Du hast es vielleicht nicht bemerkt, aber du warst und du bist krank, und ich bin froh, daß ich wieder zurück bin.«

»Ich auch. Da fällt mir etwas ein.« Lilli griff in ihre Schärpe und holte eine silberne Botschaftsröhre heraus. »Während Ihr weg wart, hat ein Bote einen Brief von einer der Frauen der Prinzessin gebracht.« Lilli reichte Nevyn die Röhre. »Er hat mir den Brief übergeben, damit ich ihn für Euch aufbewahre.«

»Danke.« Nevyn brach das Wachssiegel auf und holte das aufgerollte Pergament heraus. »Ich hoffe, das sind nicht die Nachrichten, die ich befürchtet hatte.«

Aber schon außen auf der Rolle sah Lilli die Worte, »eine Rückkehr ihrer alten Schwierigkeiten«. Leise fluchend strich Nevyn das Pergament glatt und las es schweigend – ein großes Wunder in jenen Tagen, daß jemand lesen konnte, ohne jedes Wort laut aussprechen zu müssen.

»Das sind wahrhaftig schlechte Nachrichten«, sagte Nevyn schließlich. »Sie droht wieder den Verstand zu verlieren. Nach der Geburt, meine ich – auch ihre Mutter neigte dazu, wenn ich nach dem gehen kann, was die Diener mir erzählt haben. Es ist eine schreckliche Traurigkeit, die sich über jede Vernunft hinwegsetzt. Habt Ihr diese Krankheit jemals erlebt?«

»Ja«, sagte Lilli. »Eine der Frauen hier in der Festung hatte nach ihrem ersten Kind dasselbe. Bevva sagte, es seien Dämpfe aus dem Unterleib.«

»Das stimmt. Mit der Zeit lösen sie sich von selbst auf, und das ist gut, denn ich habe nie eine Arznei dagegen gefunden, weder in Büchern, noch habe ich von Hebammen etwas darüber gehört.«

»Werden wir nach Cerrmor reisen, um uns um sie zu kümmern?«

»Das weiß ich nicht. Es hängt davon ab, ob der Prinz sie nicht vielleicht lieber herholen will.«

»Selbstverständlich. Das hatte ich vergessen.«

Lilli wußte, daß er sie betrachtete, und wartete, wie sie auf die Neuigkeit reagieren würde, daß Bellyra wieder mit ihrem Mann zusammenleben würde. Lilli stand auf – sie hoffte, ganz lässig und unbeschwert – und begann, das Durcheinander auf seinem Tisch zu sortieren: Pergamente, schmutzige Becher, magische Diagramme, kleine Tuchsäckchen mit Kräutern und Bücher.

»Ansonsten ist nichts Wichtiges passiert, seit Ihr weg wart«, sagte sie. Sie war froh, daß ihre Stimme so fest klang. »Ich bin froh, daß Branoic sicher zurückgekehrt ist.«

»Ja. Wir hatten einen Abend ein wenig zuviel Aufregung, aber das will er dir zweifellos selbst erzählen. Er hat dem Prinzen das Leben gerettet.«

»Ach ja? Das ist ja großartig!«

»Das war es. Sag mir eins, Lilli. Kennst du Braemys gut?«

»Ich kannte ihn als Kind gut, aber nachdem er zu seinem Vater zurückgekehrt ist, habe ich ihn kaum mehr zu sehen bekommen.«

»Ich verstehe. Hielten die Leute ihn, als er ein Kind war, für besonders klug?«

»O ja. Ich erinnere mich, daß er bei Spielen wie Carnoic und Gwyddbwcl immer alle besiegte, und bei irgendwelchen Scheinkämpfen der Jungen war er stets der Anführer. Alle sagten, es wäre eine Schande, daß nicht er, sondern Onkel Tibryns Sohn Cantrae erben würde.«

»Ich verstehe. Das Leben wäre viel einfacher, wenn er dumm wäre.«

Nachdem Nevyn sie gehenließ, suchte Lilli nach Branoic und fand ihn in der großen Halle, wo er mit Maddyn und ein paar anderen Silberdolchen auf der Reiterseite saß. Die Männer aus den verschiedenen Kriegshaufen saßen an den Tischen ringsumher, und sie tranken gewaltig und neckten die Dienerinnen, die Bier und Brot brachten. Lilli hatte keine Lust, sich durch die Menge zu drängen, und sie wollte auch keinen Pagen bitten, Branoic eine Botschaft zu bringen – nicht hier, wo die Hälfte der Bewohner der Festung es sehen konnte. Aber während sie noch bei der Ehrenfeuerstelle stand und überlegte, was sie nun tun sollte, löste Branoic das Problem, indem er aufblickte und sie entdeckte. Er stand auf, winkte ihr zu und kam zu ihr.

»Es ist schön, Euch wiederzusehen«, sagte Branoic.

»Und ich bin froh, daß Ihr in Sicherheit seid«, meinte Lilli. »Der alte Nevyn hat mir gerade etwas Interessantes über Euch erzählt.«

»Ach ja, was?«

»Daß Euer rasches Denken unserem Prinzen das Leben gerettet hat.«

Branoic senkte bescheiden den Blick.

»Nun gut«, sagte er schließlich. »Ich habe nichts anderes getan, als jeder andere Mann getan hätte.«

»Wirklich?«

Er zuckte mit den Achseln und setzte sich auf die Bank. Lilli sah sich um und bemerkte, daß Maryn und sein Gefolge die Treppe hinunterkamen.

»So etwas verdient eine Belohnung«, sagte Lilli. Sie beugte sich vor und küßte Branoic auf die Wange.

»Diese Belohnung ziehe ich jeder Gunst von Priestern oder Prinzen vor«, sagte er lächelnd. »Danke.«

Lilli setzte sich neben ihn, aber in züchtigem Abstand. Aus dem Augenwinkel beobachtete sie Maryn, der durch die große Halle schritt, gefolgt von Nevyn und einigen Pagen. Falls Maryn den Kuß bemerkt hatte, zeigte er kein Anzeichen, daß es ihn interessierte. Die beiden Männer setzten sich an den Ehrentisch, weit außer Hörweite. Lilli wandte ihre Aufmerksamkeit wieder Branoic zu.

»Ihr müßt mir von dem Kampf erzählen«, forderte sie ihn auf. »Nevyn hat nicht viel dazu gesagt.«

»Nun, die Einzelheiten sind auch nicht angemessen für Eure Ohren. Unser Prinz hat sich allerdings gut geschlagen. Vielleicht ein wenig zu gut. Ich habe im Grunde nicht mehr getan, als ihn davon abzuhalten, einen aussichtslosen Angriff zu führen.«

»Erzählt mir davon!« Branoic verdrehte die Augen, aber er berichtete, obwohl sie wußte, daß er eine ganze Menge ausließ. Mit ihm über den Prinzen zu sprechen war seltsam befriedigend. Branoic konnte ihr einen Teil von Maryns Leben zeigen, den sie ansonsten nicht zu sehen bekommen hätte, und das war faszinierend. Hier und da warf sie einen Blick zum Ehrentisch, aber sie sah nur direkt zu Nevyn hin, der ihr zustimmend zulächelte. Sie war sich jedoch immer des Prinzen bewußt, der in einiger Entfernung von ihr saß, wie man ein flackerndes Feuer auch quer durch einen Raum spürt.

Nach dem Abendessen in der großen Halle zog Nevyn sich in seine Kammer zurück. Er entzündete Kerzen, dann legte er ein ledergebundenes Buch, so breit wie sein Unterarm, auf den Tisch. Obwohl er dieses Buch schon viele Jahre besaß, war es erst vor kurzem zu ihm zurückgekehrt, nachdem es einige Zeit in den Händen eines Diebes verbracht hatte. Er konnte sich nicht erinnern, ob das, was er wissen wollte, in diesem Buch stand oder nicht. Er hatte gerade eine Seite gefunden, auf der etliche Arten von Geistern aufgelistet wurden, als er hörte, daß jemand die Treppe hinaufkam. Die Schritte waren viel zu schwer, als daß es hätte Lilli sein können.

»Lord Nevyn!« Das war Oggyns Stimme, leicht keuchend vom Treppensteigen. »Nevyn, seid Ihr da?«

»Ja.« Nevyn legte einen Stoffstreifen ins Buch, um die Seite zu kennzeichnen, dann schloß er es. »Ich bin schon auf dem Weg.«

Als Nevyn die Tür öffnete, stand er einem atemlosen Oggyn gegenüber, der einen Stapel Pergamente trug. Im trüben Licht, das aus dem Zimmer fiel, sah er verängstigt aus.

»Was ist denn los?« fragte Nevyn.

»Kann ich ganz vertraulich mit Euch sprechen? Etwas ist überhaupt nicht in Ordnung.«

Nevyn schob ihn hinein. Oggyn ließ die Pergamente auf den Tisch fallen und sank auf den einzigen Stuhl. Er holte ein Tuch aus der Tasche und wischte sich den Schweiß vom kahlen Kopf. Nevyn setzte sich ihm gegenüber auf den Bettrand.

»Während Ihr mit dem Prinzen unterwegs wart, habe ich mich auf den königlichen Ländereien umgesehen, um wie geplant meine Listen anzufertigen.« Oggyn zeigte auf ein offenes Pergament auf dem Tisch. »Ich habe einige unangenehme Entdeckungen gemacht. Sobald er Cerrmor aufgibt, wird unser Lehnsherr ein armer Mann sein.«

»Ihr Götter.« Nevyn fühlte sich, als hätte man ihm einen Schlag ins Gesicht versetzt. »Das hätte ich wissen müssen! Nach all diesen Jahren des Krieges ...«

»Genau, und das Gebiet um Dun Deverry hat die schlimmsten Kämpfe gesehen. Bei den Eiern des Höllenfürsten, seht Euch doch die Stadt an! Und die königlichen Bauernhöfe sind so ziemlich im selben Zustand.«

»Aber wir sind an Höfen vorbeigekommen, die wohlhabend ...«

»Sie gehören alle der Priesterschaft des Bel.« Oggyn hielt inne und verzog unwillig das Gesicht. »Niemand wollte sich den Zorn der Götter zuziehen, indem er diese Höfe plünderte. Im Lauf der Jahre haben die Eber den Priestern hier und da eine Gunst abgerungen, und ihre Belohnungen kamen immer aus den Ländereien des Königs, nicht aus ihren eigenen.«

Nevyn fluchte wie ein Silberdolch über die Angewohnheiten des Eberclans. Oggyn nickte zustimmend.

»Wir haben uns ja schon gefragt, Ihr und ich«, fuhr Oggyn fort, »wie es den Ebern gelungen ist, derart die Oberhand über den König zu erhalten. Nun wissen wir es. Der König brauchte sie, Nevyn, er brauchte sie verzweifelt. Am Ende wäre das Königshaus kaum mehr imstande gewesen, von seinen eigenen Ländereien hundert Männer zu ernähren.«

Nevyn stellte fest, daß er nicht einmal mehr fluchen konnte. Oggyn wischte sich ein letztes Mal die Glatze ab und steckte den Lappen wieder in die Tasche.

»Habt Ihr schon mit unserem Lehnsherrn darüber gesprochen?« sagte Nevyn schließlich.

»Nein. Ich wollte zunächst mit Euch reden. Ihr habt den besten Kontakt zu den Priestern. Ich habe mich gefragt, ob es vielleicht eine Möglichkeit gibt, daß sie der königlichen Familie einen Teil des Landes zurückgeben?«

»Ja, vermutlich an dem Tag, an dem den Pferden Flügel wachsen.«

»Das habe ich befürchtet. Ihr Götter, ich weiß nicht, was wir tun sollen! Unser Prinz ist nun der Gnade seiner Vasallen ausgeliefert, ebenso wie Olaen es war. Wer immer das Rhan von Cerrmor hält, hält auch ein Messer an Maryns Kehle.«

Eine Weile saßen sie schweigend da und beobachteten die Schatten, die die Kerzenflammen an die Wände warfen. Nevyn sah, wie all seine Pläne, seine Hoffnungen, seine lange Kampagne, den Krieg zu beenden, wie ein Sandhaufen am Strand von Cerrmor von Ehrgeiz und Arroganz weggewaschen wurden. Es war tatsächlich das Meer gewesen und all diese Handelssteuern und Zölle, die Cerrmor und den Gwerbret reich ...

»Ihr Götter!« sagte Nevyn. »Ich habe eine Idee.«

»Ich nicht«, murmelte Oggyn finster. »Ich kenne meine Stellung, Herr. Ich kann die kleinen Dinge sehen, die dicht bei der Hand liegen, aber es fehlt mir an einer weitläufigeren Perspektive.«

Erst jetzt erkannte Nevyn, wie verängstigt Oggyn sein mußte, daß er gegenüber einem Mann, den er als Rivalen betrachtete, so ehrlich war.

»Mag sein, daß es nicht funktioniert«, sagte Nevyn. »Aber was, wenn Cerrmor und das zugehörige Land unter der Herrschaft des Prinzen bleiben?«

»Das würde die gesamte Situation retten. Er hätte achthundert Mann eigene Reiter und auch ein Kontingent Speerkämpfer, obwohl ich wirklich annehme, daß die Stadt nicht mehr so viele stellen wird, sobald der Krieg vorüber ist.«

»Was, wenn wir sie dafür für hundert Jahre und einen Tag zu einer freien Stadt machen?«

Oggyn strahlte wie die Sonne durch Gewitterwolken.

»Das dachte ich mir«, fuhr Nevyn fort. »Nun hört zu, ich weiß nicht, wie wir das machen können, aber wenn es möglich wird, habe ich damit zwei Kaninchen in einer Schlinge gefangen. Maryn wird frei sein von der Last, das Rhan einem anderen zuzuweisen und damit jeden zu enttäuschen, der es nicht bekommt, und er wird Truppen haben, die ihm allein angeschworen sind. Die Steuern aus dem Handel werden diese Reiter finanzieren, und die Stadt kann die Speerkämpfer leicht von dem bezahlen, was sie an Zöllen für einen Gwerbret spart, und noch eine ganze Menge übrigbehalten.«

Oggyn nickte und lächelte weiter.

»Also fangen wir an«, meinte Nevyn. »Ihr seid in Cerrmor ein wichtiger Mann. Könnt Ihr den Stadtrat dazu bringen, einem solchen Plan zuzustimmen?«

»Lieber Nevyn, ein Kind könnte den Stadtrat zur Zustimmung bringen! Sie werden keine Steuern mehr zahlen müssen, ebensowenig wie ihre Kinder und Kindeskinder. Aber die Adligen werden murren.«

»Murren ist noch milde ausgedrückt, besonders, was den Kreis um Gauryc angeht. Ich möchte nicht, daß sie sich aus der Allianz zurückziehen.«

»Deshalb habe ich mir auch schon Sorgen gemacht. Gauryc

drängt sich mir geradezu auf und schmeichelt mir, nur weil ich das Ohr des Prinzen habe.«

»Tatsächlich?« Mit großer Anstrengung gelang es Nevyn, überrascht dreinzuschauen.

»Tatsächlich. So etwas ist wirklich traurig! Aber ich habe gerade eine Idee. Sobald er Braemys losgeworden ist, hat der Prinz Cantrae, das er an einen Getreuen weitergeben könnte. Es ist nicht so reich wie Cerrmor, aber trotzdem eine gute Belohnung für einen treuen Vasallen.«

»Das stimmt.«

»Und noch etwas.« Oggyn zwinkerte und starrte auf den Tisch. »Was wird unser Prinz davon halten, auf diese Weise einen Beispielfall zu schaffen?«

»Ich denke, wir sollten ihn am besten fragen.«

Es stellte sich heraus, daß Prinz Maryn sich bereits in seine Privatgemächer zurückgezogen hatte. Da Nevyn einer der wenigen Männer im Königreich war, die das Recht hatten, ihn dort unaufgefordert aufzusuchen, nahm er eine Kerzenlaterne und ging voraus. Der nervöse Oggyn trabte hinter ihm drein. Maryn begrüßte sie beide höflich und bat sie in sein Empfangszimmer, in dem nun nicht mehr so viele alte, heruntergekommene Möbel standen. In der Feuerstelle flackerte ein kleines Feuer, und Kerzen leuchteten in den Wandhaltern.

»Ich konnte den Lärm in der großen Halle nicht mehr ertragen«, sagte Maryn. »Es erschöpft einen, wenn man nachts nicht schläft.«

»Es tut mir leid, mein Lehnsherr«, sagte Nevyn, »wenn wir Euch geweckt haben.«

»Ich habe ohnehin nicht geschlafen. Setzt Euch, meine Herren.«

Maryn ließ sich in einen halbrunden Sessel sinken und streckte die langen Beine aus. Im Kerzenlicht sah seine Haut so glatt aus wie die eines Kindes, und Nevyn fühlte sich an den hübschen Jungen erinnert, der einmal so begierig gewesen war, König zu werden.

»Oggyn?« sagte Nevyn. »Ich schlage vor, Ihr erzählt dem Prinzen, was Ihr herausgefunden habt.«

Oggyn erklärte mit viel Pergamentgeflatter, wie verarmt Maryns neues Reich sein würde. Maryn lauschte angestrengt, aber seine Miene war unergründlich. Er sagte kein Wort, nicht einmal, als Oggyn die schrecklich lange Liste niedergebrannter Dörfer und unbeackerter Felder vorlas. Als Oggyn schließlich schwieg, erklärte Nevyn ihren Plan bezüglich Cerrmor. Er war noch nicht ganz fertig, als der Prinz ihn unterbrach.

»Das kann ich nicht tun«, fauchte Maryn. »Was geschieht, wenn die hundert Jahre vorüber sind und die Stadt sich weigert, einen Gwerbret zu akzeptieren?«

»Mein Lehnsherr!« sagte Oggyn. »Keiner von uns wird in hundert Jahren noch leben.«

»Und?« Maryn stand auf und begann, vor dem Feuer hin und her zu gehen. »Darum geht es nicht. Es geht um die Ehre.«

Da der Prinz stand, mußten sich auch Nevyn und Oggyn erheben. Oggyn legte seine Pergamente vorsichtig auf den Tisch und versuchte es noch einmal.

»Mein Lehnsherr, seid Ihr bezüglich der Angelegenheiten hier in Dun Deverry anderer Meinung als ich?«

»Absolut nicht«, meinte Maryn. »Ich wollte mich tatsächlich für Eure gute Arbeit bedanken. Das Ergebnis ist zweifellos bedrückend, aber beim großen Bel, wie kann ich Cerrmor die Steuern erlassen, die es seinen rechtmäßigen Herrschern schuldet?«

»Sobald Ihr auf dem Thron sitzt, mein Lehnsherr«, sagte Nevyn, »wird Cerrmor keinen rechtmäßigen Herrn haben.«

»Ach, kommt schon!« Maryn blieb stehen und wandte sich ihm zu. »Seid Ihr nicht derjenige, der mir beigebracht hat, wie wichtig Ordnung und Gesetze der Ehre in einem Königreich sind? Es hat immer Gwerbretion in Cerrmor gegeben. Die Götter und die Gesetze bestimmen, daß die Stadt auf diese Weise regiert wird. Wie kann ich meinen Thron als Hochkönig einnehmen, wenn ich mich über diese Gesetze hinwegsetze, und sei es auch nur, um ...« Maryn zögerte einen Augenblick. »Und sei es, um meine Herrschaft zu retten?«

»Es gibt Zeiten«, sagte Nevyn, »in denen ein Mann die Worte der Gesetze brechen muß, um den Geist zu ehren, der dahintersteht. Wenn im Königreich Fehden ausbrechen, dann muß es unbedingt starke Könige in Dun Deverry geben.«

»Also gut! Wie können meine Vasallen mich achten, wenn ich Cerrmor dem einfachen Volk vorwerfe?«

An diesem Punkt erkannte Nevyn, daß er den Prinzen nie umstimmen würde, selbst wenn er sich den ganzen Winter über mit ihm stritt. Er warf Oggyn, der mit gesenktem Kopf neben ihm stand, einen Blick zu.

»Unser Lehnsherr hat gesprochen«, sagte Nevyn. »Lieber Kollege, wir sollten uns etwas anderes einfallen lassen.«

»Ja.« Oggyn verbeugte sich tief vor dem Prinzen. »Wenn Euer Hoheit uns entschuldigen?«

»Selbstverständlich. Und versteht bitte, daß ich Eure Anstrengungen zu schätzen weiß.«

»Mein Prinz?« sagte Nevyn. »Darf ich so unverschämt sein, um eine Gunst zu bitten?«

»Wann durftet Ihr das nicht?«

»Danke. Es ist absolut notwendig, daß Ihr über diese Angelegenheit schweigt, bis Eure Berater eine Lösung gefunden haben.«

»Das kann ich Euch versprechen.«

»Wunderbar. Und nun danke ich Euch abermals.«

Maryn ging zum Fenster und starrte hinaus in die Nacht, während Oggyn mit Nevyns Hilfe seine Pergamente aufsammelte. Dann verließen sie die königlichen Gemächer, schlossen die schwere Tür hinter sich und standen einander im Licht von Nevyns Laterne gegenüber.

»Dieses störrische Maultier!« flüsterte Nevyn. »Ich wünschte, er wäre immer noch ein Junge, damit ich ihm eine Kopfnuß verpassen könnte. Das würde ihn vielleicht vernünftig machen!«

»Aber er ist kein Junge mehr.« Oggyns Flüstern war kaum zu hören. »Sollen wir uns zurückziehen und weiter darüber sprechen?«

Um Oggyn die Treppen zu ersparen, gingen sie zu den Gemächern, die er sich als Kämmerer selbst zugeteilt hatte, zwei große Räume, die am Tag sonnig und hell sein würden. Während der Plünderung der Festung nach der Belagerung hatte sich Oggyn einige der besten Stühle angeeignet, die neuesten Kissen und eine Auswahl von Wandbehängen, die zwar nicht sonderlich großartig waren, aber doch zumindest weniger fadenscheinig als die meisten. Auf dem Kaminsims standen ein kleiner Silberdrache und eine Silberflasche. Er warf seine Pergamente auf einen langen Eichentisch, der mit zarter Schnitzerei verziert war, dann nahm er Nevyns Kerze, ging ums Zimmer herum und entzündete weitere Kerzen in silbernen Haltern.

»Darf ich Euch einen Kelch Met anbieten?« sagte Oggyn, als er fertig war.

»Nicht für mich, danke. Ich muß nachdenken.«

»Das ist wahr.« Oggyn setzte sich ihm gegenüber. »Es hat keinen Sinn, meine tiefe Enttäuschung über die Ansicht unseres Prinzen zu verbergen.«

»Für mich auch nicht. Ihr Götter!«

»Wir haben einen solch kritischen Punkt des Krieges erreicht. Wenn wir nur mit dem Problem so lange zurechtkommen könnten, bis Maryn mit Braemys fertig geworden ist!«

»Nun, er bleibt Gwerbret Cerrmor, bis die Priester ihn zum König erklären.«

»Ja, aber danach ...«

»Laßt mich darüber nachdenken. Es muß eine Lösung geben.«

»Ich hoffe bei allen Göttern, daß Ihr sie findet – worin immer sie bestehen mag.«

»Bis dahin sollte lieber niemand davon erfahren.«

»Wahrhaftig. Ihr könnt auf mein Schweigen zählen.« Oggyn erhob sich und begann, seine Pergamente zu sortieren. »Aber wenn der Prinz dies als eine Angelegenheit der Ehre betrachtet, dann wird er seine Regierung mit so gewaltigen Schulden beginnen, daß er nur noch dem Namen nach König ist.«

Am Morgen versammelten die Vasallen des Prinzen, die von ihrem sommerlichen Dienst gegenüber ihrem Lehnsherr entlassen waren, ihre Männer und machten sich zu ihren eigenen Ländereien auf. Lilli saß an ihrem Turmfenster und sah zu, wie einer der Adligen nach dem anderen vor Maryn niederkniete, um rasche Rückkehr zu versprechen, sei es im Frühling oder bei großer Not, was immer zuerst geschehen mochte. Inzwischen konnte Lilli das Wildvolk so leicht sehen wie Gegenstände auf der physischen Ebene, und sie studierte die kleinen Geschöpfe, als sie den Prinzen umschwärmten und ihm ihre Energie liehen, um seine eigene zu verstärken. Sie waren verantwortlich für das Schimmern der Luft, den leichten Luftzug, in dem Maryns Haar wehte, selbst für seinen beschwingten Gang. Das Wildvolk des Aethyr ließ seine Aura zu einer gewaltigen goldenen Wolke anschwellen, ein knisternder Kreis kristallener Astralkraft, der jeden belebte, der in Kontakt mit ihm kam.

Lilli mußte zugeben, daß sie nun verstand, wovon Nevyn

gesprochen hatte. Maryns unnatürliche Anziehungskraft lag in dem Dweomer, den sein Berater über ihn gelegt hatte. Ihr wurde auch klar, daß dieses Eingeständnis sie an den Rand der Tränen brachte.

»Ach, hör auf!« sagte sie sich. »Du hast ohnehin Wichtigeres zu tun, als Tagträumen über Prinz Maryn nachzuhängen.«

Tieryn Anasyn, der nun wirklich ihr Bruder war, war einer der letzten, die Dun Deverry verließen. Alle nördlichen Adligen, die im vergangenen Sommer zu Maryn übergelaufen waren, ließen ein paar Männer zurück – praktisch gesehen ein Beitrag zur Festungswache des Prinzen, aber im Grunde eine Art Geiseln. Lilli wartete unten im Hof, während Anasyn dem Prinzen zehn seiner besten Reiter überließ. Abrwnna saß bereits auf ihrem Zelter an der Spitze des Kriegshaufens ihres Mannes. Sie dort als neue Herrin von Hendyr zu sehen ließ Lilli weinen. Die Stellung ihrer Schwägerin war nun das letzte unweigerliche Zeichen, daß Lady Bevyan tot war und nie wieder in der großen Halle von Hendyr sitzen würde.

Anasyn kam zu ihr geeilt und legte ihr einen Arm um die Schultern.

»Schon gut«, sagte er. »Ich komme im Frühling wieder.«

»Das weiß ich«, Lilli schnüffelte, um die Tränen zurückzuhalten. »Ich mußte an Bevva denken.«

Anasyn nickte, plötzlich ernst geworden.

»Es vergeht kaum ein Tag, an dem ich nicht an sie oder Vater denke«, sagte Anasyn schließlich. »Und das erinnert mich an etwas. Vater wollte, daß du einen angemessenen Platz im Leben erhältst. Abrwnna sagt, es gibt Klatsch über dich und Branoic den Silberdolch.«

»Wie bitte? Was für eine Unverschämtheit! Was für eine Art Klatsch ist das?«

»Nichts Schlimmes.« Er grinste, und sie merkte, daß er sie

nur geneckt hatte. »Branno ist ein guter Mann. Aber ich bezweifle, daß er sich eine Frau leisten kann.«

»Nun, er hat mir gesagt, der Prinz habe ihm eine Gunst versprochen und daß er ihn um Land bitten will.«

»Oh! Nun dann! Wenn er dir ein entsprechendes Leben bieten kann, habe ich nichts gegen ihn einzuwenden.«

»Danke, Bruder. Das freut mich.«

»Das dachte ich mir. Und nun sollte ich mich auf den Weg machen. Wenn du uns in diesem Winter besuchen willst, schick mir einen Boten, und dann sende ich Männer, die dich holen.«

»Danke! Das werde ich tun.«

Aber Lilli wußte, daß sie nicht den Mut haben würde, so bald nach Hendyr zurückzukehren, nicht nachdem Bevvas Tod erst so kurz zurücklag. Sie lief zu den Toren des Haupthofs, um Anasyn und Abrwnna nachzuwinken, dann kehrte sie langsam und ohne an viel zu denken zum Brochkomplex zurück. Maryn stand auf der Treppe und erwartete sie. Sie blieb stehen und starrte ihn staunend an, weil er auf sie gewartet hatte und wie ein ganz gewöhnlicher Mann auf der Treppe stand.

»Guten Morgen, Lady Lillorigga«, sagte der Prinz.

»Auch Euch einen guten Morgen, Euer Hoheit.« Lilli knickste und spürte, wie ihr Herz flatterte wie ein gefangener Vogel. »Ich habe mich gerade von meinem Bruder verabschiedet.«

»Das habe ich bemerkt. Anasyn ist ein guter Mann.«

Sie lächelte. Maryn lächelte ebenfalls, und offenbar fiel keinem mehr zu sagen ein. Das Wildvolk umschwärmte sie, Gnome und Feen und Sylphen, die wie Kristalle in der Luft hingen, aber Lilli bemerkte, daß sie den Dweomer beiseite schieben und den Menschen selbst sehen konnte. Er ist immer noch wunderbar, dachte sie. Ich würde ihn auch wunderbar finden, wenn er ein Küchenjunge wäre.

»Lilli!« Das war Nevyns Stimme, und das Wildvolk verschwand erschrocken. »Da bist du ja.«

Lilli drehte sich um und wurde so rot, daß sie spürte, wie ihre Wangen brannten. Nevyn lief eilig über den Hof auf sie zu.

»Ja, Herr«, stotterte sie. »Braucht Ihr mich?«

»Ja.« Nevyn warf dem Prinzen einen Blick zu. »Wenn Ihr mich entschuldigt, Euer Hoheit? Meine Schülerin und ich haben wichtige Dinge zu tun.«

»Selbstverständlich«, sagte Maryn. »Und ich muß mit dem Gwerbret von Yvrodur sprechen. Er möchte sich sicher auch schnell auf den Weg machen.«

Den ganzen Weg bis hinauf zu Nevyns Kammer zitterte Lilli, überzeugt, daß ihr die schlimmste Schelte ihres Lebens bevorstand. Statt dessen schlug Nevyn nur sein Dweomerbuch auf und wies sie an, die Namen und förmlichen Anreden für alle Geister sämtlicher Elementarhöfe auswendig zu lernen, Könige, Königinnen, Kämpfer und Prinzessinnen, vom ersten bis zum letzten. Es war so anstrengend, daß sie begriff, daß er sie arbeiten ließ, um ihr die Gedanken an Maryn aus dem Kopf zu treiben.

Im Beratungszimmer des königlichen Broch fiel der letzte Rest Nachmittagssonne auf die Landkarten, die auf dem Tisch ausgebreitet waren. Die drei Männer, die sie betrachteten, beugten sich über das fleckige Pergament. Jede Landkarte zeigte angeblich Deverry und seine Umgebung, aber sie unterschieden sich so sehr voneinander, daß Nevyn beinahe nicht mehr glauben wollte, daß es ihnen je gelingen würde, eine klare Vorstellung des Königreichs zu bekommen.

»Das Wichtigste ist allerdings einfach genug«, meinte Nevyn nun. »Eldidd liegt westlich von Deverry, ebenso wie Pyrdon. Pyrdon liegt nördlich von Eldidd. Wenn Maryn König von Deverry und Pyrdon wird, befindet sich Eldidd wie ein Stück Fleisch zwischen zwei Zahnreihen.«

»Genau«, sagte Maddyn. »Und ich bezweifle, daß Aenycyr von Eldidd so blind ist, daß ihm das nicht auch schon aufgefallen ist.«

»Es ist eine üble Situation«, sagte Owaen. »Aber wir haben das alles schon seit Jahren gewußt. Ihr habt uns doch sicher aus einem Grund hierhergerufen, Berater. Warum gebt Ihr diese Finte nicht auf und sagt uns, was los ist?«

Maddyn warf dem anderen Silberdolch einen wütenden Blick zu, aber Owaen ignorierte das. Es gab Zeiten, da wünschte sich Nevyn, er könnte tatsächlich einen Menschen mit Feuer überziehen oder in einen Frosch verwandeln, und meist war Owaen derjenige, der solche Gedanken auslöste.

»Also gut«, sagte Nevyn. »Ich möchte wissen, wie weit Ihr mit Euren Rekrutierungsversuchen gekommen seid. Ich will die Silberdolche bald wieder in ihrer ursprünglichen Stärke sehen.«

»Glaubt Ihr, das will ich nicht?« fragte Owaen.

»Halt den Mund, du Hund!« warf Maddyn ein. »Wir kommen ganz gut zurecht, Nevyn. Wir haben jetzt sechsundfünfzig Mann – siebenundfünfzig, falls der Rote Trevyr je wieder kämpfen kann.«

Owaen griff demonstrativ nach einer Landkarte und trug sie zum Fenster. Nachdem er verschwunden war, erschien eine blaue Fee auf dem Tisch, ein hübsches Ding bis auf die spitzen Reißzähne. Sie streckte Owaen die Zunge heraus, dann sprang sie auf Maddyns Schulter.

»Ich würde auf Trevyr nicht zählen«, sagte Nevyn. »Es ist ein Wunder, daß er überlebt hat.«

»Das sagen wir ihm auch jeden Tag.« Maddyn lächelte müde. »Ihr müßt Ärger erwarten, wenn Ihr Euch um die Leibwache des Prinzen sorgt.«

»Ja. In Eldidd sind die Winter mild. König Aenycyr hat keinen Grund, bis zum Frühling zu warten, um Ärger zu machen. Ich habe gehört, daß er daran denkt, Maryns Halbbruder zu benutzen, um dafür zu sorgen, daß Deverry Pyrdon nicht bekommt.«

»Pferdedreck! Das ist wirklich das letzte, was wir brauchen. Wie alt ist Riddmar überhaupt? Er ist doch noch ein Kind, oder?«

»Er ist vor neun Sommern zur Welt gekommen, wenn ich mich recht erinnere. Casyl von Pyrdon ist nicht bei bester Gesundheit. Wenn er stirbt, kann man es seiner Frau übelnehmen, daß sie Ehrgeiz für ihren Sohn hat. Sie ist Maryn nie begegnet, und er ist ohnehin für sie sicher nur eine unangenehme Erinnerung an Casyls erste Frau.«

Owaen drehte sich um und senkte die Karte, um zu lauschen. Die Fee, die er nicht sehen konnte, streckte die Daumen in die Ohren und fuchtelte mit den Fingern.

»Ich hatte nicht gehört, daß König Casyl krank ist«, sagte Maddyn. »Das tut mir leid. Er war großzügig zu uns Silberdolchen, als wir in Pyrdon waren.«

»Er ist wirklich ein guter Mann.« Nevyn seufzte, weil er selbst ebenfalls traurig war. »Aber wie dem auch sei, wenn Casyl stirbt, wird Maryn erben, Pyrdon wird ein Teil von Deverry, und Eldidd sitzt zwischen den Grenzen. Aenycyr wird alles tun, was er kann, um das aufzuhalten.«

»Und Riddmar wäre dabei seine beste Waffe.« Maddyn dachte einen Augenblick lang nach. »Gibt es eine Möglichkeit, Riddmar an Maryn zu binden? Eine praktische Möglichkeit, meine ich. Er ist zwar sein Halbbruder, aber Adlige scheinen nicht viel für Familie übrig zu haben.«

»Das ist es!« Nevyn brach plötzlich in Lachen aus. »Maddo, du hast es wieder einmal geschafft!«

»Wie bitte?« sagte Maddyn.

»Du hast mir eine wunderbare Idee gegeben.« Nevyn vollführte ein paar Tanzschritte, dann beruhigte er sich langsam. »Ich muß sofort mit Berater Oggyn sprechen. Und Ihr Jungs macht mit Eurer Rekrutierungsarbeit weiter. Je mehr Männer die Leibwache des Prinzen hat, desto besser.«

Nevyn rannte praktisch zur großen Halle hinunter. Er rief einen Pagen und schickte ihn aus, nach Oggyn zu suchen, der auch prompt erschien. Zusammen gingen sie zur gebogenen Wand der Halle, um dem allgemeinen Durcheinander auszuweichen.

»Es tut mir leid, wenn ich Euch gestört habe«, sagte Nevyn. »Aber ich hatte eine Idee bezüglich des Problems, über das wir gestern gesprochen hatten. Ich schlage vor, daß wir den Prinzen direkt davon informieren.«

Aber der Prinz war viel schwerer zu finden als gedacht. Nevyn und Oggyn setzten sich an einen Tisch in der großen Halle, während die Pagen überall im Brochkomplex suchten. Niemand hatte gesehen, daß der Prinz ausgeritten wäre, niemand hatte gesehen, wie er sich in seine Privatgemächer zurückzog. Nach langem, ärgerlichem Warten begriff Nevyn plötzlich, wo Maryn stecken mußte.

»Oggyn«, sagte Nevyn, »warum kommt Ihr nicht mit hinauf in meine Privatgemächer, während die Pagen weiter nach dem Prinzen suchen. Dann werde ich Euch von meiner Idee erzählen.«

»Das wäre zweifellos klug«, erwiderte Oggyn.

Und tatsächlich, als Nevyn die Tür zu seinem Zimmer öffnete, fand er dort Maryn, der halb auf dem Tisch saß, halb daran lehnte, während Lilli ihm gegenübersaß, das Buch offen vor sich. Sie kicherte und blickte lächelnd zum Prinzen auf, während er zurückgrinste, aber beim Anblick Nevyns gab sie einen Laut von sich wie ein getretener Hund. Der Prinz wurde dunkelrot und stand auf. Nevyn verbeugte sich vor ihm.

»O verzeiht, mein Lehnsherr,« sagte Nevyn. »Aber wir haben eine wichtige Angelegenheit mit Euch zu besprechen. Lady Lillorigga, würdet Ihr Euch bitte wieder an die Arbeit machen, die ich Euch gegeben habe? Sie ist zweifellos anstrengend, das ist mir bewußt, aber ausgesprochen wichtig.«

Im Beratungszimmer lagen die Landkarten immer noch auf dem Tisch, wo Owaen und Maddyn sie hatten liegen lassen, aber die Sonne war hinter die Mauern der Festung gesunken, und Schatten erfüllten das Zimmer nun. Nevyn sah sich um, entdeckte halb niedergebrannte Kerzen in den Wandhaltern und entzündete sie alle mit einem Fingerschnippen. Oggyn schauderte.

»Daran habe ich mich immer noch nicht gewöhnt«, meinte der Berater mit einem kleinen Seufzen. »Ich bezweifle, daß ich mich je daran gewöhnen werde.«

»Verzeiht.« Nevyn wandte sich dem Prinzen zu. »Euer Hoheit, Ihr erinnert Euch an das Problem betreffend des Rhans von Cerrmor?«

»Wahrhaftig«, sagte Maryn. »Es hat mich die halbe Nacht wachgehalten.«

»Berater Oggyn«, fuhr Nevyn fort, »wie viele Jahre, glaubt Ihr, müssen vergehen, bis die königlichen Ländereien wieder genügend Steuern abführen können?«

»Ich bin nicht ganz sicher.« Oggyn runzelte nachdenklich die Stirn. »Es hängt davon ab, wie viele Männer zur Verfügung stehen, um das Land zu bebauen, und auch vom Wetter. Es gibt immer noch Unfreie in den Dörfern, aber sie scheinen nicht so recht zu wissen, ob sie überhaupt weiterarbeiten sollen, und wer könnte es ihnen übelnehmen? Wenn wir sie entsprechend versorgen und ihnen genügend Saatkorn geben, könnten die Felder in drei bis vier Jahren wieder einen guten Ertrag bringen. Vielleicht wird es auch fünf Jahre dauern.«

»Gut«, sagte Nevyn. »Und in fünf oder sechs Jahren wird

Riddmar von Pyrdon, der Halbbruder unseres Prinzen, beinahe ein Mann sein – und imstande, Cerrmor ohne die Hilfe seines Bruders als Regent zu regieren.«

Einen langen Augenblick sahen ihn sowohl der Prinz als auch der Berater an. Dann lachte Maryn.

»Das ist wunderbar!« sagte Maryn grinsend. »Warum sollte Riddmar auf Eldidd hören, wenn ich ihm eine solch wunderbare Stadt übergebe?«

»Und wie kann er Euch Truppen verweigern, wenn Ihr der Regent seid?« sagte Nevyn. »Und wer von Euren Vasallen wird Euch widersprechen? Gauryc kann so enttäuscht sein, wie er will, aber er weiß, daß Ihr Eldidd in Schach halten müßt. Er mag gierig sein, aber er ist nicht dumm.«

Oggyn strahlte, als wäre ihm die Göttin der Felder erschienen, die Arme beladen mit einer reichen Ernte.

»Die langfristige Perspektive«, sagte Oggyn. »Lord Nevyn, Ihr seid wahrhaft ein Meister dieser Perspektive.«

»Danke.« Nevyn fragte sich, was Oggyn wohl davon halten würde, wenn er wüßte, wie langfristig seine Perspektive tatsächlich war. »Aber es war eigentlich Maddyn der Barde, der mich auf diese Idee gebracht hat.«

»Dann soll er heute abend an meinem Tisch essen«, sagte Maryn. »Wann sollen wir unsere Wahl verkünden?«

»Zunächst, mein Lehnsherr, würde ich vorschlagen, daß wir Boten nach Pyrdon schicken«, sagte Nevyn, »bevor es anfängt zu schneien.«

»Ich hole einen Schreiber, mein Lehnsherr«, verkündete der immer noch strahlende Oggyn, »wenn Ihr es wünscht.«

»Danke.« Maryn nickte ihm zu. »Ihr dürft gehen.«

Nachdem Oggyn verschwunden war, fiel Nevyn etwas anderes ein, da er nun einen Augenblick lang die Aufmerksamkeit des Prinzen für sich allein hatte.

»Mit Eurer Erlaubnis, mein Lehnsherr, würde ich gerne

nach Cerrmor reisen«, sagte Nevyn. »Ich habe ein paar Dinge dort zurückgelassen, die ich holen möchte, Dinge, die ich lieber keinem Diener anvertrauen will, wenn Ihr versteht, was ich meine.«

»Selbstverständlich. Könnt Ihr bald aufbrechen? Eine der Galeeren aus Cerrmor ist gerade auf dem Fluß unterwegs, unten hinter den Stromschnellen. Ich könnte einen Boten schikken, damit sie warten, und Ihr könntet in ein paar Tagen schon an Bord gehen.«

»Danke, mein Lehnsherr. Das würde mir viel Zeit sparen.«

»Und was ist mit Eurer Schülerin?« Maryn strengte sich ein bißchen zu sehr an, den Blick abzuwenden. »Wird sie Euch begleiten?«

Bis zu diesem Augenblick hatte Nevyn vorgehabt, Lilli zurückzulassen.

»Ja, mein Lehnsherr. Ich brauche ihre Hilfe beim Packen.«

Maryns Blick war kühl und distanziert geworden. Nevyn konnte sich genau vorstellen, was er versuchte zu verbergen: enttäuschte Begierde. Als Oggyn mit dem Schreiber hereinkam, war Nevyn froh, sich ablenken zu können.

Gegen Ende des Sommers in Cerrmor verschwand der Nebel, und das Wetter wurde wieder schön. An den heißen Nachmittagen nahmen Prinzessin Bellyra und ihre Hofdamen die Handarbeit mit hinaus in den Rosengarten am Marmorbrunnen. Obwohl sie wußte, daß die Sonne ihnen guttun würde, brauchte es Bellyras ganzen Mut und viel Überredung, sie jeden Tag hinaus in den Garten zu bringen. Das helle Licht schien die Welt so flach und unwirklich werden zu lassen wie die roten Drachen, die sie auf ein Hemd für ihren Mann stickte. Häufig steckte sie die Nadel ins Tuch und ließ die Arbeit in ihrem Schoß ruhen, während sie in den Garten hinausstarrte, über die roten Rosen hinweg und zu den Bäumen dahinter. Sie konnte sich nie erinnern, woran sie während dieser Zeit eigentlich gedacht hatte.

Der kleine Prinz wurde an einem besonders schönen Tag zwei Monate alt. Die Kinderfrauen brachten beide Kinder in den Garten, Marro in seinem Schlafkorb, Casso, damit er zu Füßen seiner Mutter spielte, und Bellyra stellte fest, daß es ihr hin und wieder gelang, die Kinder anzulächeln. Aber sie bemerkte, daß ihre Hofdamen sie beobachteten, und wurde zornig.

»Ich wünschte, ihr würdet mich nicht so anstarren!«

»Verzeiht, Euer Hoheit«, sagte Degwa.

»Lyrra, wir machen uns nur Sorgen«, gab Elyssa zurück. »Könnt Ihr uns das übelnehmen?«

»Nein, aber ...«

»Ich habe eine Überraschung.« Elyssa schnitt ihr mit fester Stimme den Satz ab. »Ich habe in einer der Truhen nach Fäden gesucht und das hier gefunden.« Sie beugte sich vor und wühlte in ihrem Arbeitskorb, dann holte sie ein Buch heraus, oder genauer gesagt einen Kodex. »Ich wußte nicht, was es ist, also habe ich es dem Schreiber gezeigt, der sagte mir, es sei etwas, was Euch damals, als Ihr ein Mädchen wart, sehr wichtig war.«

Mit dem ersten echten Lachen seit zwei Monaten nahm Bellyra das Buch entgegen, eine Geschichte von Dun Cerrmor, die vor langer Zeit von einem anonymen Schreiber begonnen worden war. Auf den leeren Seiten hinten hatte sie allerdings eine präzise Beschreibung der Festung, die sie als Kind gekannt hatte, hinzugefügt.

»Wäre es zu unverschämt«, meinte Degwa, »Euer Hoheit zu bitten, uns vorzulesen? Es ließe die Zeit angenehmer vergehen.«

»Und es ist wahrlich ein Wunder«, warf Elyssa ein, »eine Frau zu kennen, die lesen kann.«

»Ach ihr!« Bellyra krauste die Nase. »Das habt ihr eingeübt, wie? Aber wißt ihr, ich würde das tatsächlich gerne tun. Hier gibt es etwas über den Zauberer von König Glyn, das ich sehr gerne gelesen habe, als ich ein Kind war. Er hieß ebenfalls Nevyn, und unser Nevyn ist ein Nachkomme von ihm.«

»Ach ja?« Degwa riß die Augen auf. »Das wußte ich nicht! Aber dieser erste Nevyn – das ist der Mann, der meinem Clan geholfen hat, seinen Namen zu behalten.«

»Wirklich? Nun, dann müssen wir einfach mehr über ihn erfahren.«

Bellyra räusperte sich und begann zu lesen. Ihre Zuhörerinnen lauschten mit schmeichelhafter Aufmerksamkeit, entzückt von der Magie, die es ihr gestattete, kleine Zeichen auf Pergament in Worte zu verwandeln, die sie verstehen konnten. Und vielleicht verfügte das Buch tatsächlich über eine Art Dweomer. Während sie las, spürte sie ihre Stimmung besser werden. Später an diesem Abend, nachdem alle Dienerinnen und Hofdamen ins Bett gegangen waren, saß sie noch in der Frauenhalle und las, was sie als Mädchen gelesen hatte, bis ihr das flackernde Kerzenlicht die Augen tränen ließ. Als sie endlich ins Bett ging, lag sie noch eine Weile wach und dachte über Einträge nach, mit denen sie ihre Beschreibung der Gebäude und Zimmer fortsetzen könnte. Sie schlief glücklich ein.

Am Morgen blieb diese angenehme Stimmung, solange sie sich auf das Buch konzentrierte. Sobald das Alltagsleben der Festung wieder auf sie eindrang, spürte sie, wie die finstere Traurigkeit sie wieder überfiel, aber das Buch hatte noch einen letzten Zauber zu geben. Am Nachmittag, während sie ihren Frauen weiter vorlas, erschien Nevyn selbst. Als sie vom Buch aufblickte, sah sie ihn durch den Garten kommen, mit Pagen, die vor ihm herhuschten, und Lady Lillorigga, die hinterhertrabte, kaum imstande, mit dem alten Mann Schritt zu halten. Bellyra klappte das Buch zu.

»Nun haben wir ihn heraufbeschworen!« sagte Bellyra und zeigte auf Nevyn. »Seht doch!«

Degwa und Elyssa drehten sich um und begannen zu lachen.

»Es sieht ganz danach aus, Euer Hoheit«, sagte Elyssa.

»Und auch unsere kleine Eberfrau«, murmelte Degwa. »Wie nett.«

»Ach Decci, hör auf!« fauchte Elyssa. »Sie gehört jetzt zu den Widdern von Hendyr.«

»Wenn jemand in einer ungesunden Weise aufgezogen wurde«, sagte Degwa, »fällt es solchen Menschen sehr schwer, sich zu verändern.«

»Still!« sagte Bellyra. »Sie wird Euch noch hören!«

Degwa setzte ein Lächeln auf und hielt den Mund. Mit einer Flut von Begrüßungen und Gelächter kamen Nevyn und Lilli zu ihnen. Lilli setzte sich auf die Bank neben Elyssa und rang nach Luft, aber wie immer schien Nevyn von grenzenloser Energie erfüllt.

»Und was bringt Euch hierher, Nevyn?« fragte Bellyra.

»Eine Unzahl von Kleinigkeiten«, sagte Nevyn.

»Ich verstehe. Wie lange werdet Ihr bleiben?«

»Leider nicht sehr lange. Euer Mann braucht mich bald wieder in der heiligen Stadt.«

»Zu schade, daß er mich nicht braucht.«

Die Worte waren ihr herausgerutscht. Bellyra legte die Hand auf den Mund, als könnte sie sie zurückschieben. Alle sahen sie an, und in ihren Blicken stand unbestreitbar Mitleid – freundliches, herablassendes Mitleid. Sie sprang auf und drückte sich das Buch an die Brust.

»Denkt Ihr denn, ich weiß es nicht?« fauchte Bellyra. »Mein Mann hatte es nicht für notwendig gehalten, mich auf seine neuen Ländereien einzuladen. Er hat nicht einmal erwähnt, daß ich zu ihm nach Dun Deverry kommen könnte, nachdem er jetzt gesiegt hat.«

Niemand sagte ein Wort, niemand regte sich. Bellyra spürte, wie ihr Tränen über die Wangen liefen. Plötzlich konnte sie den Anblick der anderen nicht mehr ertragen.

»Laßt mich allein!« Sie wußte, daß sie schrie, aber das interessierte sie nicht mehr. »Verschwindet, ihr alle! Verschwindet einfach, und laßt mich alleine!«

Die Kinderfrauen sprangen auf und nahmen die Kinder mit. Die anderen Frauen erhoben sich langsamer, aber auf ein Zeichen Nevyns gingen sie ebenfalls und folgten den Dienerinnen zurück in die Festung. Nevyn setzte sich auf die Bank.

»Ich gehe nicht«, sagte er. »Setzt Euch doch zu mir.«

Die Tränen versiegten. Bellyra wischte sich das Gesicht mit dem seidenen Ärmel ihres Kleides, dann setzte sie sich wieder hin.

»Es tut mir leid«, sagte sie.

»Was? Daß Ihr ausgesprochen habt, was Euch das Herz schwer macht?«

»Eine Prinzessin darf kein Herz haben. Hätte sie statt dessen einen zweiten Unterleib zum Gebären, wären die Männer sehr erfreut.«

Nevyn verzog schmerzerfüllt das Gesicht.

»Nun«, fuhr Bellyra fort, »denkt Ihr, das stimmt nicht?«

»Ich habe Euch nie angelogen, oder? Ich habe Euch von Anfang an gesagt, daß Eure Stellung schwierig sein würde.«

»Das habt Ihr.« Sie zeigte auf den Kodex. »Auch das habe ich notiert, vor all diesen Jahren. Ich habe wohl kein Recht, mich zu beschweren. Es war ausgesprochen dumm von mir, mich in meinen Mann zu verlieben. Die meisten Frauen in meiner Position sind vernünftig genug, dieser Falle aus dem

Weg zu gehen, aber die meisten haben auch recht widerwärtige Männer, also ist es für sie einfacher.«

Nevyn lachte, und einen Augenblick später lächelte sie.

»Wenn Ihr nicht so viel gesunden Menschenverstand hättet«, sagte Nevyn, »wäre Euer Leben einfacher. Ihr könntet Euch damit trösten, hin und wieder Launen zu haben.«

»Vielleicht, vielleicht auch nicht. Ich habe nicht vor, es auszuprobieren.«

»Ich verstehe zweifellos, wie es Euch ärgert, hier in Cerrmor zu sitzen und Euch zu fragen, wann er Euch zu sich ruft.«

Bellyra nickte, seufzte und schaute auf das Grün hinaus, das in der Sonne schimmerte.

»Es tut mir auch sehr leid, daß Ihr krank wart«, fuhr Nevyn fort.

»Mir auch. Aber wißt Ihr, ich glaube, es läßt langsam nach.«

»Ich kann Euch nicht sagen, wie sehr mich das freut.«

»Wenn nur meine Monatsblutung wieder beginnen würde!«

»Die werden wieder beginnen. Die Göttin hat Euch nicht verflucht, darauf gebe ich Euch mein Wort.«

Es gelang Bellyra, zu lächeln.

»Deshalb bin ich gekommen«, sagte Nevyn und zeigte auf die kleine Silbertruhe.

»Das dachte ich mir schon«, meinte Lilli.

Die Silbertruhe stand schimmernd in der Sonne auf dem Tisch. Wildvolk schwärmte zwar in der ganzen Frauenhalle herum, aber sie weigerten sich, dem kleinen Kasten auch nur nahe zu kommen. Vom Wildvolk einmal abgesehen, hatten Nevyn und Lilli den großen sonnigen Raum für sich allein. Bellyra schlief, und Elyssa und Degwa waren irgendwo in der Festung unterwegs.

»Ich bedauere es bitterlich, diesen Kasten bei der Prinzessin gelassen zu haben«, sagte Nevyn, »aber ich wußte nicht, was ich sonst mit dem elenden Ding anfangen sollte. Ich konnte sonst niemandem vertrauen, und ich konnte es auch kaum mit mir nehmen.«

»Das denke ich auch nicht, Herr!« sagte Lilli. »Es hätte dazu führen können, daß Ihr getötet werdet.«

»Oder noch schlimmer, der Prinz.«

»Ist es vielleicht das, was sie so krank macht – der Kasten, meine ich?«

»Nein. Das ist eine andere Angelegenheit.«

Ein graugrüner Gnom kletterte wie eine Katze auf Lillis Schoß. Sie streichelte den warzigen Rücken und glaubte beinahe, das kleine Wesen zufrieden seufzen zu hören. Nevyn ging zum Tisch und betrachtete den Kasten stirnrunzelnd, als könne er ihn dazu bringen zu sprechen.

»Herr? Ihr habt mir nie gesagt, was sich in diesem Kasten befindet«, sagte Lilli. »Ich weiß nur, daß ich es nicht ertragen kann, es zu berühren.«

»Und das ist ein Geheimnis für sich. Ich habe so viele Dweomersiegel darauf gelegt, daß ich bezweifle, daß selbst die Könige der Elemente sie durchdringen könnten, aber du spürst das Böse, ohne es auch nur zu versuchen.« Er schüttelte gereizt den Kopf. »Was drinnen ist, ist im Prinzip ganz einfach: ein Fluchtäfelchen. Hast du jemals eines gesehen?«

»Nein.«

»Es ist ein Streifen weichen Bleis, der sehr dünn gehämmert wurde – man graviert die Worte des Fluchs mit einem Griffel darauf.«

»Was steht auf diesem?«

»Wenn dies, dann jenes. Maryn König Maryn König Maryn. Der Tod stirbt nie. Aranrhodda rica rica lubo bubo.« Er lächelte. »Weißt du es jetzt?«

»Nun, jeder weiß, wer Aranrhodda ist, und das mit dem Tod ist klar genug.«

»Leider. Sag mir, hat deine Mutter je von Aranrhodda gesprochen?«

»Nicht daß ich mich erinnern kann. Aber ich wundere mich über den Anfang, wo es heißt, ›wie dies, so jenes‹. Das beunruhigt mich. Was ist dieses ›dies‹?«

»Das ist das Unangenehmste. Dieses Täfelchen lag in einer Schachtel mit der Leiche eines kleinen Jungen.«

»Sie haben das Kind doch nicht um des Zaubers willen getötet?«

»Ich fürchte doch. Er war schrecklich verstümmelt. Es braucht einiges, um mich zu erschüttern, aber ich gebe zu, daß ich erschüttert war.«

»Wie schrecklich.« Lilli spürte, wie ihr übel wurde. »Das Baby ist doch nicht da drin, oder?«

»Wie? Selbstverständlich nicht! Ich habe den armen, kleinen Kerl von den Priestern ordentlich begraben lassen.«

»Das freut mich. Wie lange habt Ihr diesen Kasten schon?«

»Seit sechs Jahren. Ich habe ihn in Pyrdon vergraben gefunden, bevor Maryn seinen Marsch nach Cerrmor begann. Die Könige der Elemente warnten mich, daß es dunklen Dweomer in der Nähe gab. Sie sagten mir, wo die elenden Mistkerle Zuflucht gefunden hatten, und als ich mich dort umsah, fand ich das Grab des Kindes.«

»Dunkler Dweomer? Ihr meint, Leute wie diesen Diener meiner Mutter, den mein Onkel getötet hat?«

»Genau. Ich gehe sogar davon aus, daß es derselbe Mann war.«

Jetzt stieg Lilli die Galle auf. Vor sechs Jahren. Olaen war erst fünf gewesen, als er starb, und er war als Neugeborener mit Abrwnna verlobt worden.

»Stimmt etwas nicht?« fragte Nevyn.

»Ich bin nicht sicher. Ich versuche, mich an etwas zu erinnern ... etwas, was ich gehört habe ... aber ich bin nicht sicher, wann es passiert ist.« Sie zögerte und sprach ein lautloses Stoßgebet, daß sie sich erinnern möge. »Das Kind, das mit dem Täfelchen begraben war ... wie alt war es?«

»Ein paar Wochen. Es war leider schon einige Zeit tot, und ich konnte nicht sicher sein, wie alt es war. Lilli, du bist totenbleich geworden! Was ist denn?«

»Ich denke, das Kind war mein Bruder.«

Nevyn starrte sie verblüffte an und riß den Mund auf.

»Abrwnna hat mir Klatsch über meine Mutter erzählt«, fuhr Lilli fort. »Abrwnna kam vor etwa fünf Jahren an den Hof, aber es gab immer noch Gerede über etwas, das geschehen war, als mein Vater – ich meine den Mann meiner Mutter – starb, im Jahr, bevor ich an den Hof kam. Meine Mutter hatte den Hof verlassen, um ein Kind zur Welt zu bringen. Als sie zurückkehrte, sagte sie, das Baby sei an Fieber gestorben, nur ein paar Wochen nach seiner Geburt.«

Nevyn klappte den Mund wieder zu. Er ging vom Tisch weg und setzte sich aufs Fensterbrett. Lilli hatte nie jemanden gekannt, der so still sein konnte wie der alte Mann.

»Wir müssen mehr darüber herausfinden«, sagte er schließlich.

»Wenn ich recht habe ...« sagte Lilli. »Oh! Es ist so widerwärtig!«

»Wahrhaftig.« Nevyn machte ein säuerliches Gesicht. »Glaubst du, daß Merodda das Kind ihrem Zauberer übergeben hat?«

»Ja.«

»Wenn das Kind dein Blutsverwandter war, würde es zweifellos deine besondere Verbindung zu dem Kasten erklären. Oder zu dem Bösen darin, sollte ich sagen.«

»Wie können wir das herausfinden? Ich nehme an, ein paar ältere Diener in Dun Deverry erinnern sich vielleicht an ein paar Dinge, aber ich weiß nicht, ob ich es ertragen könnte, sie zu fragen.«

»Sie würden es dir vermutlich ohnehin nicht sagen. Wenn wir zurückkommen, solltest du das mir überlassen.«

»Gern. Ihr Götter, was, wenn das wahr ist? Es ist einfach zu schrecklich!«

»Ja. Ich ...« Nevyn hielt inne und hob die Hand.

Draußen im Flur war ein Geräusch zu hören. Lilli stand auf, weil sie glaubte, daß Degwa vielleicht lauschte, aber als die Tür aufging, stand Bellyra dort. Die Prinzessin kam herein, und Nevyn erhob sich, um sich zu verbeugen, und Lilli knickste.

»Habt Ihr gut geruht, Euer Hoheit?« fragte Lilli.

»Ja.«

Lilli holte Bellyras Lieblingssessel, und die Prinzessin setzte sich dankbar hin. Lilli war entsetzt darüber, wie dünn Bellyra geworden war. Ihre bleiche Haut war so fest über die Knochen ihres Schädels gespannt, daß es aussah, als könnte ein Lächeln sie reißen und bluten lassen.

»Wir haben gerade über den Kasten gesprochen, Euer Hoheit«, sagte Nevyn. »Es ist Zeit, daß ich ihn wieder mitnehme.«

»Darüber wäre ich froh.«

Das Schweigen hing schwer im Zimmer. Lilli grübelte verzweifelt darüber nach, was sie Angenehmes sagen könnte, aber der Kasten, der in der Sonne glitzerte wie eine Phiole mit Gift, schien eine freundliche Unterhaltung unmöglich zu machen. Endlich hatte Nevyn Mitleid mit ihr.

»Lilli, würdest du bitte einen Pagen suchen, der mir einen Krug Bier bringt? Und vielleicht ein wenig Gebäck für Euer Hoheit?«

»Und für Euch«, warf Bellyra ein, »wenn Ihr etwas haben wollt, Lilli.«

»Danke.« Lilli stand auf. »Ich gehe hinunter in die Küche und sehe, was die Köchin hat.«

Lilli knickste und floh dann aus der Frauenhalle. Der Fluch ihrer Mutter – war sie so verzweifelt gewesen, ihren eigenen Sohn der Sache des Eberclans zu opfern?

»Werden wir denn nie frei von diesen Kriegen sein?« flüsterte Lilli.

Sie trat aus dem Broch in den angenehmen Sonnenschein hinaus, der hell auf die Schieferdächer von Dun Cerrmor fiel, aber vor ihrem geistigen Auge schienen sich Sturmwolken, dunkel und finster, über allem anzusammeln.

Nachdem die Kämpfe des Sommers vergangen waren, lastete die Zeit schwer auf den Silberdolchen. Jeden Morgen kümmerte sich Branoic um sein Pferd, fegte die Box aus und ritt eine Weile aus, um sich und das Pferd gesund und kräftig zu halten. Einen Teil des Tages beschäftigte er sich auch damit, mit den neuen Männern zu sprechen, zum Beispiel mit Alwyn. Hin und wieder wollte der Prinz über seine neuen Ländereien reiten. Bei diesen Gelegenheiten begleitete ihn die gesamte Silberdolchtruppe. Doch die meiste Zeit bestand sein Leben aus Trinken in der großen Halle und dem Wunsch, daß Lilli bald aus Cerrmor zurückkommen möge.

»Sage mir«, fragte Maddyn eines Abends, »wie geht es mit deiner Werbung? Ich habe unsere Wette nicht vergessen.«

Branoic schon. »Welche Werbung?«

»Du machst doch Lady Lillorigga den Hof. Du hast mit mir um ein Silberstück gewettet, daß du ihre Gunst gewinnen könntest.«

»Oh, diese Werbung! Es geht recht gut.«

»Ach ja? Worte kosten nicht viel, mein Freund. Was zählt, ist das eigentliche Pferderennen.«

»Maddo, Junge, Kosten oder nicht, paß lieber auf, wie du

dein Geld ausgibst. Und wenn du ein einziges falsches Wort über die Dame sagst, ramme ich dir die Worte wieder in die Kehle zurück.«

Maddyn starrte ihn lange an.

»Entschuldigung«, sagte der Barde schließlich. »Mir war nicht klar, daß es dir so ernst ist.«

»Es ist mir ernst. Ich versuche die ganze Zeit, den Mut aufzubringen, unseren Prinzen um die Gunst zu bitten, die er mir versprochen hat.«

»Und worum möchtest du bitten?«

»Um genügend Land, um heiraten zu können.«

»Dann ist es wirklich ernst.« Maddyn pfiff leise vor sich hin. »Du wirst nie ein falsches Wort über die Dame von mir hören.«

»Danke. Ich dachte mir schon, daß ich mich auf dich verlassen könnte.«

Maddyn winkte einer vorbeigehenden Dienerin und bat sie, ihre Krüge nachzufüllen. Eine Weile tranken sie schweigend und beobachteten Prinz Maryn, der an der anderen Seite der Halle saß. Der Prinz gestattete sich nie, am Kopf des Ehrentisches zu sitzen – dem Platz, der für den König reserviert war –, statt dessen saß er an der Stelle, die zur Rechten des Königs gewesen wäre. An diesem Abend kniete Berater Oggyn neben ihm und redete mit großen Gesten auf ihn ein.

»Ich frage mich, was der schleimige Oggo vorhat«, sagte Maddyn.

»Zweifellos nichts Gutes«, meinte Branoic. »Ich habe dem Mann nicht über den Weg getraut, seit ich ihn dabei erwischt habe, wie er uns schimmeligen Hafer für die Pferde zugeteilt hat.«

»Ja, daran erinnere ich mich. Du solltest ein Lied über ihn schreiben, Maddo.«

»Das ist ein Gedanke.« Maddyn grinste plötzlich. »Ich werde seinen Namen selbstverständlich nicht erwähnen. Vielleicht eine Tierfabel.« Er summte eine kleine Melodie. »So wie das von dem Fuchs, der zum Hühnerhaus kam und einen Wolf als Wächter vorfand.«

»Klingt nach einer guten Idee!«

Auf der anderen Seite der Halle stand Oggyn auf, verbeugte sich und eilte nach draußen.

»Sag mir eins, Maddo«, meinte Branoic. »Kann der Prinz einem Mann Land übergeben, oder muß er warten, bis man ihn zum König erklärt hat?«

»Ich habe nicht die geringste Ahnung. Du solltest Nevyn fragen, wenn er zurückkommt. Aber willst du denn wirklich die Truppe verlassen?«

»Es geht mir nicht darum, die Truppe zu verlassen, du Dummkopf, es geht mir ums Heiraten.«

»Oh. Ja, wahrscheinlich. Mir war nie eine Frau so wichtig.«

»Ha!« Branoic grinste. »Prahle nicht, wenn die Götter dich hören können, Maddo. Du führst sie nur in Versuchung.«

Maddyn lachte. »Lach, soviel du willst«, fuhr Branoic fort. »Aber was mich angeht, ich freue mich darauf, verheiratet zu sein.«

Am Morgen erhielt Branoic die Antworten, die er brauchte, vom Prinzen selbst. Er schlenderte recht ziellos über den Hof, als er Maryn begegnete, der so ziemlich dasselbe tat, begleitet von zwei Pagen und Berater Oggyn. Branoic verbeugte sich tief, dann kniete er nieder und nahm an, der Prinz würde an ihm vorübergehen, aber Maryn blieb stehen und grüßte ihn.

»Guten Morgen, Branno. Geht es Euch gut?«

»Ja, Euer Hoheit«, sagte Branoic.

»Wunderbar! Wann werdet Ihr mich um diese Gunst bitten, die ich Euch versprochen habe?«

Der Prinz lächelte, als hätte er vielleicht nur einen kleinen Scherz gemacht, aber Branoic beschloß, daß er es genausogut jetzt gleich versuchen könnte.

»Daran habe ich schon gedacht, Euer Hoheit«, sagte er. »Ich war nur nicht sicher, wann die Zeit richtig wäre.«

»Jetzt, wenn du willst.« Maryn wurde ernst. »Ich habe dir mein Wort gegeben, und ich habe es ernst gemeint.«

»Also gut, Euer Hoheit.« Branoic holte tief Luft. »Ich hätte gerne einen kleinen Hof mit genügend Land, um heiraten zu können, Euer Hoheit, wenn das nicht zuviel ist.«

»Nicht im geringsten! Die Götter allein wissen, daß es viele Ländereien gibt, deren Herren im Krieg umgekommen sind, und ich sehe keinen Grund, wieso du nicht eine davon haben solltest, und den Titel, der dazugehört.«

Branoic wollte etwas sagen, aber er brachte kein Wort heraus. Er spürte, daß er grinste wie ein Idiot. Maryn lachte und versetzte ihm einen freundschaftlichen Stoß gegen die Schulter.

»Ich sag Euch eins, Branno«, meinte Maryn, »wenn Ihr diesen Titel bekommt, geben wir Euch auch Euer Adlerwappen zurück.«

»Ihr Götter! Daran erinnert Ihr Euch, Euer Hoheit?«

»Wie könnte ich das vergessen, wo Owaen dich all diese Jahre deshalb angepöbelt hat?«

Hätte das Protokoll es gestattet, dann hätte Branoic die Hand des Prinzen ergriffen und sie geküßt. Es sind diese kleinen Dinge, sagte er sich, die dazu führen, daß wir alle bereit sind, unseren Hals für ihn zu riskieren!

»Oggyn?« fuhr Maryn fort. »Findet ein hübsches Anwesen und einen Titel für unseren Branoic hier. Sobald ich in Wahrheit König bin, werden wir es ihm feierlich übergeben.«

»Selbstverständlich, mein Lehnsherr.« Oggyn schaute säuerlich drein, aber was konnte er schon tun?

»Sagt mir, Branno«, meinte Maryn grinsend, »Ihr müßt doch schon eine bestimmte Frau im Kopf haben, wenn Ihr mich um Land bittet, wer ist sie?«

»Verzeiht, Euer Hoheit, aber ich möchte das nicht verraten, bis ich sicher bin, daß sie mich auch nimmt.«

Maryn lachte und Oggyn lächelte, zweifellos nur weil der Prinz gelacht hatte.

»Das ist klug«, meinte der Prinz. »Also gut. Ich beschaffe Euch das Land, und Ihr beschafft Euch das Mädchen, und dann ist alles in Ordnung.«

»Danke, Euer Hoheit. Ich ... Ihr Götter! Meinen untertänigsten Dank!«

Die nächsten paar Tage verbrachte Branoic damit, auf und ab zu gehen und sich zu fragen, wann Lilli endlich zurückkommen würde. Er gewöhnte sich an, hinunter zur Stadtmauer zu gehen, wo er auf den Wehrgang klettern und die Straße nach Cerrmor im Auge behalten konnte. Am vierten Tag, nachdem Maryn ihm seine Gunst gewährt hatte, zahlte sich seine Geduld endlich aus. Es war spät an einem goldenen Nachmittag, als er sah, wie sich aus dem Süden eine Staubwolke näherte. Langsam waren Pferde und Reiter zu erkennen. Eine kleine Gruppe Bewaffneter mit dem Drei-Schiffe-Wappen auf ihren Schilden, ein alter Mann mit weißem Haar und neben ihm, zu Pferd sitzend wie ein Junge, ein blondes Mädchen. Ihnen folgte ein Wagen, und die Nachhut bildeten noch mehr Reiter.

Branoic stieß einen Freudenschrei aus, kletterte die Leiter hinunter und rannte zu seinem Pferd, das in der Nähe im Schatten angebunden war. Bis er im Sattel war, hatte die Gruppe bereits das Tor erreicht. Branoic blieb mit dem Pferd am Straßenrand stehen, bis sie ihn erreichten, dann ritt er zu Lilli. Sie drehte sich im Sattel um und lachte ihn an.

»Was macht Ihr denn hier?« sagte sie.

»Was glaubt Ihr wohl? Ich warte auf Euch.« Branoic beugte sich vor und rief Nevyn »Guten Tag, Herr!« zu.

Nevyn nickte. Branoic wandte seine Aufmerksamkeit wieder Lilli zu.

»Ich dachte, Ihr kämet auf der Galeere«, sagte Branoic.

»Wir haben den Hinweg auf dem Fluß zurückgelegt«, sagte Lilli. »Aber es ist zu schwierig, mit Passagieren zurückzurudern, und Barken sind zu langsam.«

»Ah. Nun, ich bin froh, Euch sicher wieder hier zu sehen. Ich hoffe, Ihr hattet unterwegs keine Schwierigkeiten.«

»Nein. Ich bezweifle, daß es hier irgendwelche Banditen gibt, nachdem Maryns Vasallen alle wieder auf ihren Ländereien sind und Patrouillen ausschicken.«

»Das ist wahr.« Er hielt inne und versuchte, seinen Mut zusammenzunehmen. »Oh, da wir von Ländereien sprechen ...«

Lilli hielt den Atem an. Einen Augenblick lang starrten sie einander an, halb lächelnd, halb ängstlich. Ihre Pferde gingen weiter und folgten einfach denen, die vor ihnen hertrabten.

»Ich habe ihn gefragt.« Branoic mußte einfach damit herausplatzen. »Er wird es mir geben.«

Lilli lachte – ein entzücktes, jungenhaftes Auflachen, das sie sofort abbrach, als Nevyn sich im Sattel aufrichtete und sie stirnrunzelnd ansah. Branoic konzentrierte sich auf die Straße, aber er spürte, wie heftig sein Herz klopfte. Sie wird mich wirklich heiraten, dachte er. Sie wäre nicht so verdammt froh, wenn sie nicht wollte.

Während die hochrangigen Diener des früheren Königs Dun Deverry nach Maryns Sieg ebenso verlassen hatten wie die Würdenträger, waren die einfacheren Leute geblieben, aus dem schlichten Grund, daß sie nirgendwo anders hingehen konnten. Viele von ihnen waren in der königlichen Festung geboren und hatten ihre Arbeit und die mageren Privilegien von ihren Eltern geerbt. Indem er hier und da fragte, fand Nevyn eine solche alte Frau, Vena, die Witwe des Schweinehirten, die immer noch in einer Hütte an der windabgewandten Seite des Schweinestalls wohnte und die für die Königinnen von Dun Deverry viele lange Jahre Wolle gesponnen hatte. Weißhaarig und klapperdürr, war sie inzwischen auch beinahe blind, und jahrelanges, beinahe ununterbrochenes Spinnen hatte ihre Hände und Handgelenke verkrüppelt.

Während Nevyn ihr einen Kräutersud gegen die Schmerzen braute, unterhielt er sich mit ihr und bemerkte, daß ihr Geist immer noch schärfer war als der mancher jungen Leute. Ein kleines Feuer knisterte in der Feuerstelle unter einem großen schmiedeeisernen Haken. Nevyn hängte seinen Eisentopf voll Kräuter und Wasser an den Haken, dann legte er ein paar Scheite nach.

»Es ist gut, daß Ihr auch noch Zeit habt, Euch um eine alte Frau zu kümmern, wenn Ihr doch für den Prinzen sorgen müßt«, sagte Vena.

»Der Prinz ist jung. Er braucht nicht viel Kräutermedizin.«

»Solange es keinen Krieg mehr gibt, wie?«

»Das ist wahr. Und solange niemand versucht, ihn zu vergiften.«

»Beten wir, daß das nie geschehen wird.« Einen Augenblick schwieg sie. »Nun, ich habe gehört, daß sie Lady Merodda gehängt haben, also wird er wohl in Sicherheit sein.«

»Ihr glaubt also, daß sie eine Giftmörderin war? Das scheinen die meisten Leute in der Festung zu denken.«

»Ja, und ich gehe nicht nur nach dem Klatsch. Es ist nun schon lange her, aber sie hat meinem Mann einmal eine Hand voll Kupfermünzen für ein Ferkel gegeben. Wir haben das Tier eine Weile später tot auf dem Misthaufen gefunden, und als einer der Hund daran fraß, ist er auch gestorben, und zwar jämmerlich, das arme Vieh.«

Nevyn stieß einen leisen Pfiff aus. Sie lächelte und wandte sich dem Geräusch zu.

»Ihr glaubt das also auch, wie?« sagte sie. »Ich denke, daß sie sich überzeugen wollte, ob ihre Tränke die gewünschte Wirkung haben.«

»In der Tat. Wißt Ihr, seit ich hier in der Festung bin, habe ich dauernd Geschichten von Lady Meroddas Untaten gehört, aber das ist eine neue.«

»Nun, Ihr solltet nicht alles glauben, was Ihr hört. Ihr wißt, wie es mit dem Klatsch geht. Wenn Frauen zum Spinnen beieinandersitzen, gibt es immer welche, die mehr Geschichten als Wolle spinnen. Und dabei wird eine Geschichte um so aufregender, je öfter sie erzählt wird.«

Nevyn nickte und lächelte. »Aber gerade gestern hat wieder jemand von Merodda gesprochen«, sagte er. »Daß sie nach dem Tod ihres Mannes ein Bastardkind zur Welt gebracht hat.«

»Sie hatte tatsächlich ein Kind, aber das war nur sieben Monate, nachdem er in den Krieg gezogen war. Also hätte es durchaus seins sein können.«

»Es heißt, das Kind wäre gestorben. Glaubt Ihr, daß sie es vergiftet hat?«

»Nun, als sie im Frühling zurückkam, war sie noch in Tränen und weinte um ihren toten kleinen Sohn. Ein Fieber, sagte sie. Ich habe ihr die Tränen nicht geglaubt, aber der Winter ist eine schlechte Zeit für Geburten. Es kann durchaus ein Fieber gewesen sein.«

»Ein Sohn, wie?«

»Ja. Die Zofe der Lady hat uns erzählt, daß sie die Leiche des armen kleinen Dings nie zu sehen bekommen hat, und ein paar der Mädchen behaupten, ein Dämon hätte das Kind mitten in der Nacht geholt. Das meinte ich, als ich sagte, daß sie die Geschichten aufblasen. Ein Dämon! Also wirklich!«

»Das ist tatsächlich eine lächerliche Vorstellung.«

Aber was, wenn ein Mensch aus Fleisch und Blut das Kind mitgenommen hatte? fragte sich Nevyn. Das war überhaupt nicht lächerlich und durchaus möglich.

»Ich lasse Euch diese Kräuter hier«, sagte Nevyn schließlich. »Ihr kocht damit einen Sud und weicht zweimal am Tag die Hände darin ein. Die Weidenrinde wird gegen den Schmerz helfen. Ich komme in ein paar Tagen wieder vorbei und sehe, wie Ihr Euch fühlt.«

»Gern, Herr, und ich danke Euch.«

Nevyn ging zurück in die große Halle, um nach einer Dienerin namens Pavva zu suchen. Zufällig war er ihr begegnet, als der Prinz die Festung eingenommen hatte, und er erinnerte sich daran, daß sie irgend etwas mit Lady Merodda zu tun gehabt hatte. Es war schon spät, und die meisten Diener waren in der großen Halle damit beschäftigt, das Essen für die Abendmahlzeit aufzutragen, während nach und nach die Männer der Garnison hereinkamen. Nicht weit von ihrem Tisch entfernt drängten sich ein paar Silberdolche um etwas. Nevyn befürchtete Ärger, aber er sah nur Maddyn, der in der Mitte seiner Kameraden im Schneidersitz auf einem Tisch hockte und seine Harfe stimmte.

»Guten Tag, Herr«, sagte Branoic zu Nevyn. »Maddyn hat ein neues Lied für uns.«

»Ach ja? Es ist sicher wert, das zu hören.«

»Das denke ich auch.« Branoic grinste ausgesprochen heimtückisch. »Sagt mir, was Ihr von den Worten haltet.«

Nevyn hätte noch eine Frage stellen wollen, aber Maddyn begann. Er hatte eine gute Stimme für einen Mann, der nie richtig ausgebildet worden war, besonders angemessen für die Art Lieder wie dieses neue: ein unbeschwertes, kleines Lied, in dem es um einen Fuchs ging, der versuchte, einem Bauern namens Owaen Hühner zu stehlen. Während Nevyn zuhörte, begriff er, daß der Fuchs ein menschliches Wesen sein sollte, nämlich sein Beraterkollege Oggyn. Der Fuchs war dick, weil er so gierig war, aber am Ende des Liedes war er auch noch kahl. Die Falle des Bauern erwischte das Fell an seinem Kopf und riß es ihm ab, als er flüchtete. Zurück in seiner Höhle, beschloß das dumme Tier, ein wenig Haar von seinem Schwanz abzuschneiden, um die kahle Stelle zuzudecken, klebte es sich aber aus Versehen unter die Nase.

»Also fraß er statt eines fetten Huhns seinen eigenen Bart ab«, war die letzte Zeile vor dem Schlußrefrain.

Am Ende brüllten die Silberdolche vor Lachen. Selbst Owaen grinste. Nevyn wollte gerade etwas zu Branoic sagen, als er bemerkte, daß Oggyn die ganze Zeit auf der Treppe gestanden hatte. Branoic sah ihn ebenfalls.

»Was wird er jetzt sagen?« fragte Branoic Nevyn. »Wenn er sich daran stößt, muß er zugeben, daß das Lied von ihm handelt.«

»Oh, Ihr werdet kein Wort darüber hören«, sagte Nevyn. »Aber Maddyn hat sich einen Feind gemacht. Oggyn wird das nicht vergessen.«

»Und Owaen auch nicht.« Branoic grinste. »Und bei einer Wette würde ich auf ihn setzen.«

»Das macht die Situation nicht besser, Junge.«

In diesem Augenblick sah Nevyn, wie Pavva durch die Hintertür hereinkam. Sie trug einen Arm voll Brotlaibe und hatte sich ihr schlafendes Kind auf den Rücken gebunden.

»Entschuldige, Branno«, sagte Nevyn. »Aber ich muß gehen.«

Nevyn holte das Mädchen ein, als sie das Brot in einen großen Korb an der Feuerstelle der Reiter legte. Da sie zurück in die Küchenhütte gehen wollte, begleitete er sie.

»Sag mir, Pavva«, meinte Nevyn, »wie lange kanntest du Lady Merodda? Hast du in ihrem Dienst gestanden?«

»Nein, Herr. Sie hat bis zu jenem letzten schrecklichen Tag

nie von mir Notiz genommen. Dem letzten Tag der Belagerung, meine ich.«

»Ich verstehe. Hast du je eine Geschichte über ein Baby gehört, das sie angeblich hatte oder das von einem Dämon gezeugt worden war?«

»Ach, das!« Pavva lachte und zog die Nase kraus. »Die Frauen haben die seltsamsten Dinge darüber erzählt, aber ich habe es nie geglaubt.«

»Du weißt nicht zufällig, wann sie dieses Kind angeblich hatte?«

»Nein, Herr.«

Nevyn reichte ihr ein paar Kupferstücke und schickte sie wieder an die Arbeit. Inzwischen hatte er das Spottlied vergessen, aber das sollte er später einmal bitter bereuen.

»Guten Tag, Lilli.«

Lilli fuhr herum und knickste. Der Prinz stand im Schatten des Eingangs zum Hauptbroch. An diesem sonnigen Tag war sie direkt an ihm vorbeigegangen, ohne ihn zu sehen.

»Verzeiht, mein Lehnsherr«, sagte sie. »Ich fürchte, ich bin sehr von meinen Studien abgelenkt.«

»So sieht es aus.« Maryn drehte sich um, warf einen Blick in die große Halle und kam dann in den Hof hinaus.

»Werdet Ihr mir die Ehre erweisen, einen kleinen Spaziergang mit mir zu machen?«

»Wenn mein Lehnsherr befiehlt.«

Maryn trat einen Schritt zurück, als hätte sie ihn geschlagen. Lilli hatte den Blick bescheiden auf die Pflastersteine gesenkt, aber sie hatte das Gefühl, daß sie wie von Fieber zitterte. Nie in ihrem Leben hatte sie etwas so heftig gewollt, wie sie den Prinzen begehrte.

»Ich befehle überhaupt nichts«, sagte Maryn schließlich. »Es war nur eine Idee.«

»Ich danke meinem Lehnsherrn, daß er an mich gedacht hat, aber …«

»Aber Ihr habt für Nevyn zu tun?«

»Genau, mein Lehnsherr.«

»Oh, dann will ich mich auf keinen Fall einmischen.« Maryn drehte sich auf dem Absatz um und ging wieder in die große Halle.

Lilli seufzte tief und ging weiter zum Seitenbroch, mit dem Ziel, Nevyns Kammer aufzusuchen. Sie fand Nevyn allerdings unten, wie er direkt in der Tür stand, von wo aus er offensichtlich ihr Gespräch mit dem Prinzen beobachtet hatte.

»Das war sehr gut«, sagte Nevyn. »Ich bin stolz auf dich.«

»Danke.« Lilli spürte, wie ihr Tränen in die Augen traten, und wischte sie gereizt mit dem Handrücken ab. »Ich muß immer an die Prinzessin denken, Herr.«

»Gut. Das hatte ich gehofft. Maryn ist ein Mann wie jeder andere, und er amüsiert sich genau wie alle anderen. Die Prinzessin allerdings ist leider nicht die übliche adlige Ehefrau.«

»Das weiß ich. Und sie ist so gut und großzügig zu mir gewesen.«

»Das stimmt.«

»Habt Ihr gesehen, wie der Prinz auf mich wartete und seid heruntergekommen, um mich abzuholen?«

»Nein. Ich warte auf Otho, den Schmied der Silberdolche.« Nevyn lächelte plötzlich. »Du scheinst überrascht! Aber vergiß nicht, Otho ist der Mann, der diesen elenden Kasten hergestellt hat. Ich möchte mit ihm darüber sprechen.«

Otho erschien bald darauf und brachte eine Ledertasche voll klirrender Werkzeuge mit. Er war ein kleiner, aber sehr muskulöser Mann mit einem ordentlich geschnittenen grauen Bart und grauem Haar und trug eine Lederschürze über einer schmutzigen Brigga und einem Leinenhemd mit winzigen Brandlöchern.

»So«, sagte er. »Was ist mit dem Kasten passiert?«

»Wahrscheinlich überhaupt nichts«, sagte Nevyn. »Aber ich muß ganz sicher sein.«

Zu dritt gingen sie hinauf in Nevyns Zimmer. Nevyn hatte den Kasten in Cerrmor in Stroh gewickelt und in einen größeren Holzkasten gesteckt, der auf allen Seiten mit fünfzackigen Sternen und anderen magischen Symbolen versehen war, die er mit einem in Tinte getunkten Stück Tuch aufgetragen hatte. Diesen Holzkasten wiederum hatte er in drei alte Tuchsäcke gesteckt. Das ganze Paket stand seit ihrer Rückkehr unter seinem Tisch.

Nun zog Nevyn es hervor, streifte die Säcke ab und stellte schließlich den Silberkasten auf den Tisch. Otho hob den Kasten hoch und betrachtete ihn, drehte ihn hierhin und dahin und hielt ihn über den Kopf, um sich die Unterseite anzusehen.

»Nun«, meinte er schließlich, »es sieht aus, als wäre alles in Ordnung. Wenn jemand Hand daran gelegt hätte, Herr, dann wüßte ich das.«

Als er auf den Verschluß drückte, klappte der Deckel auf, und sie konnten die glatten, silbernen Innenseiten sehen.

»Auch hier ist nichts zu erkennen.« Otho tippte mit einem Finger auf den flachen Boden des Kastens. »Darunter, Lady Lilli, befindet sich das Fluchtäfelchen in einem eigens versiegelten Fach.«

»Und selbstverständlich ist es auch magisch versiegelt«, sagte Nevyn. »Kannst du die magischen Siegel erkennen, Lilli? Versuch, den Blick bewußt nicht zu konzentrieren, so wie ich es dir gezeigt habe, und schau aus den Augenwinkeln hin.«

Lilli tat, was man ihr gesagt hatte. Einen Augenblick später konnte sie direkt über der Oberfläche winzige fünfzackige Sterne erkennen, die offenbar aus goldenem Licht bestanden, aus Streifen so dick wie Strohhalme. Sie hatte ihren normalen

Blick mit all seinen Erwartungen, wie die Welt aussehen sollte, auf die gegenüberliegende Wand konzentriert und wartete nun darauf, was sonst noch auftauchen würde. Plötzlich bemerkte sie, daß der Kasten in der Mitte eines sechszackigen Sterns lag – nein, vieler solcher Sterne, die schimmerten und umherschwebten, bis sie schließlich eine Lichtkugel rund um den Kasten zu bilden schienen.

»Oh! Ich kann sie sehen!«

Vor lauter Freude verlor sie allerdings die Vision gleich wieder.

»Keine Sorge«, sagte Nevyn, »das machst du gut. Irgendwann wirst du auch imstande sein, dich auf solche Dinge zu konzentrieren. Aber hast du irgend etwas gesehen, das dir böse vorkam? Ein Zeichen vielleicht, daß jemand sich an dem Siegel zu schaffen gemacht hat?«

»Ich weiß nicht, wie das aussehen sollte. Eine Dämonenfratze oder so?«

»Nichts so Spektakuläres. Nein, die Spuren, die wir suchen, sind sehr seltsam, sie existieren nicht in der physischen Welt, aber sie schicken Schatten in diese Welt aus. Stell dir ein Feuer vor, das in einem Zimmer brennt – sein Licht fällt durchs Fenster, und wenn ein Gegenstand in diesem Licht steht, fällt der Schatten dieses Gegenstands auf den Boden. So besteht der Fluch auf der Astralebene und strahlt Bosheit auf das Bleitäfelchen aus.«

»Und der Schatten am Boden ist das, was ich hier sehe oder spüre, wie der Kasten meiner Hand weh tut?«

»Genau! Diese Astralschatten sind im allgemeinen so wolkenhaft und unklar, daß dein Geist sie in Bilder kleiden muß, bevor du dir ihrer bewußt werden kannst. Du würdest glauben, Rauch zu sehen oder Staub in der Luft, oder vielleicht Schimmel oder Schleim auf der Oberfläche.«

»Davon habe ich nichts bemerkt.« Lilli hielt die Hand über

den Kasten. »Aber ich brauche ihn nicht einmal anzufassen. Es fühlt sich kalt und ekelhaft an, selbst wenn ich meine Hand so weit entfernt halte.«

»Dann nimmt dein Geist den Schatten auf diese Weise wahr. Er braucht kein Bild dazu, ein Gefühl tut es ebenso. Nun, Otho, ich habe nachgedacht. Sollen wir dieses Fluchtäfelchen herausholen?«

»Habt Ihr den Verstand verloren?« fauchte Otho.

»Das wäre mir nicht aufgefallen. Ich dachte, wenn wir es herausholen, könnte die Prinzessin ihren Kasten zurückbekommen, und ich könnte einen weiteren Blick auf das elende Ding werfen.«

»Ihr seid der Zauberer, nicht ich«, meinte Otho. »Ich kann das Täfelchen gleich hier herausholen, aber dann werde ich den Kasten mit in die Schmiede nehmen müssen, um den Schaden zu reparieren, und ich bin nicht sicher, ob ich ihn irgendwo in der Nähe meines Arbeitsplatzes haben möchte.«

»Wenn das Plättchen draußen ist, ist er nur ein normaler Silberkasten.«

Otho strich sich nachdenklich über den Bart, während er den Kasten betrachtete. »Habe ich darauf Euer Wort, Herr?«

»Ja.«

»Also gut. Sehen wir, was wir tun können.«

Otho öffnete seine Tasche, spähte hinein, dann holte er eins nach dem anderen kleine Hämmer und winzige Meißel heraus. Er legte sie in einer Reihe auf den Tisch und verbrachte dann einige Zeit damit, die Unterseite des Kastens zu betrachten. Endlich griff er nach einem Meißel und einem Hammer. Lilli sah fasziniert zu, während er um den Rand der Unterseite hämmerte. Was ihr so fest vorgekommen war, begann sich an einer Art Naht zu trennen, so fein säuberlich, als hätte der Schmied ein Messer durch Leder gezogen. Otho legte die Werkzeuge nieder, griff nach dem Kasten, hielt ihn mit der rechten Seite nach oben und schüttelte ein wenig. Die gesamte Unterseite fiel heraus und mit ihr ein Bleistreifen, der zu einem pergamentdünnen Blatt gehämmert war.

Lilli hätte beinahe aufgeschrien. Sie biß auf die Handknöchel und wich zwei rasche Schritte vom Tisch zurück.

»Was siehst du?« fragte Nevyn leise.

»Maden. Das ganze Ding wimmelt davon!«

»Das sind nur die Schatten.«

Sobald sie seine Worte hörte, verschwanden die Maden.

»Ihr Götter«, flüsterte sie. »Das ist schrecklich.«

»Nicht wahr?« Nevyn griff nach einem der Säcke, in denen er den Kasten aufbewahrt hatte, wickelte ihn sich um die Hand und griff erst damit nach dem Bleistreifen. Er ließ ihn in die mit Symbolen verzierte Holzschachtel fallen.

»Ich werde es wieder versiegeln und dann verstecken«, sagte Nevyn. »Du solltest nun allerdings zusammen mit Otho nach draußen gehen. Du bist noch nicht bereit, Zeugin eines solchen Zaubers zu werden. Aber bevor du das tust, versuche bitte, den Silberkasten noch einmal zu berühren.«

Als Lilli mit den Fingern über den Deckel strich, spürte sie nichts als glattes, kühles Metall.

»Er ist nicht mehr verflucht«, sagte sie. »Wirklich, Otho, Ihr solltet Euch keine Sorgen machen.«

»Das hoffe ich«, knurrte Otho. »Also gut, Mädchen, dann kommt mit. Wir werden Euren Meister seinen Zaubersprüchen überlassen und hoffen, daß alles funktioniert.«

Als sie über den Hof gingen, sah Lilli Prinz Maryn wieder, aber er unterhielt sich gerade mit dem Hauptmann seiner Wache, während Oggyn und ein paar Pagen in der Nähe warteten. Sie erreichte sicher die große Halle, ohne daß er sie auch nur bemerkte.

Tagelang dachte Nevyn darüber nach, was er mit Prinzessin Bellyra anfangen sollte. Einerseits hatte Maryn recht, daß Dun Deverry recht unbequem, ja sogar gefährlich war. Auf der anderen Seite drohte Bellyra in Dun Cerrmor eine ganz eigene Gefahr. Die Erinnerung an ihren Kummer quälte ihn, bis er schließlich zu einem Entschluß kam.

An diesem Morgen hatte er Briefe vom Hohenpriester Retyc in Lughcarn empfangen, und er benutzte sie als Ausrede, sich eine vertrauliche Audienz beim Prinzen zu verschaffen. Seit er das letztemal in Maryns Gemächern gewesen war, hatten die Diener sich angestrengt, Maryns Empfangszimmer etwas königlicher zu gestalten. Sie hatten bardekianische Teppiche gefunden und sie so übereinandergelegt, daß die abgetretenen Stellen verborgen waren. Die Wandbehänge waren gewaschen und geflickt, die Sitzmöbel hatten jetzt Kissen, und das Messing an der Feuerstelle und die silbernen Kerzenhalter an den Wänden glitzerten in der Morgensonne. Auf dem Sims stand die kleine silberne Drachenstatuette, die Nevyn zuvor in Oggyns Gemächern gesehen hatte.

»Das sieht alles sehr beeindruckend aus, mein Lehnsherr«, sagte Nevyn.

»Oggyn hat ein paar der Frauen in der Festung an die Arbeit geschickt«, sagte Maryn und sah sich um. »Ich nehme an, es war notwendig. Ich brauche einen Ort, an dem ich meine Vasallen empfangen kann.«

»Das ist wahr.«

Maryn setzte sich auf ein breites Fensterbrett und zeigte auf einen Sessel in der Nähe. Nevyn ließ sich nieder, dann griff er in sein Hemd und holte die Briefe heraus. Der Prinz winkte ab.

»Sagt mir nur, was drinnen steht.«

»Wie Euer Hoheit wünschen.«

Nevyn war plötzlich beunruhigt. Nie zuvor war Maryn so sorglos mit Staatsangelegenheiten umgegangen. Selbst während Nevyn die Briefe zusammenfaßte, schien Maryn sich ebensosehr für den Blick aus dem Fenster zu interessieren wie für die Neuigkeiten von dem zweitmächtigsten Priester in Deverry. Endlich hörte Nevyn auf zu sprechen und wartete, ob es dem Prinzen auffallen würde. Nach einiger Zeit war das der Fall.

»Verzeiht«, sagte Maryn. »Haben sie gesagt, daß sie die weiße Stute gefunden haben?«

»Nur, daß sie Boten zu Eurem Vater nach Pyrdon geschickt haben. Mein Lehnsherr ist heute offenbar sehr zerstreut.«

»Euer Lehnsherr hat schon lange nicht mehr geschlafen.«

»Dürfte ich Euch als Euer Kräutermann ebenso wie als Euer Berater etwas empfehlen?«

»Selbstverständlich.«

»Holt Eure Frau her.«

Maryn wandte den Blick abermals ab und biß die Zähne so fest zusammen, daß Nevyn sehen konnte, wie eine Ader an seiner Schläfe zuckte.

»Eine gute Idee«, sagte Maryn schließlich. »Aber wer wird mein Regent in Cerrmor sein?«

»Euer Hoheit haben einen Verwalter und einen Kämmerer, die beide fähige Männer und durchaus imstande sind, zu verhindern, daß die Festung ins Meer rutscht. Sie können nur nicht in einem Malover zu Gericht sitzen, und das kann die Prinzessin auch nicht.«

»Ihr habt recht. Also gut, schickt mir einen Schreiber, und ich werde den Boten senden.«

Als Nevyn sich zum Gehen erhob, begleitete der Prinz ihn zur Tür.

»Ach, übrigens«, sagte Maryn mit sorgfältiger Lässigkeit, »wie geht es Eurer Schülerin dieser Tage?«

»Sie ist zum Dweomer begabt, Euer Hoheit«, sagte Nevyn,

»und sie lernt sehr angestrengt. Ich bin erfreut über ihre Fortschritte.«

»Gut, gut, es freut mich, das zu hören.«

»Nicht jeder mit dieser Art von Begabung kann sie wirklich nutzen. Der Dweomer fordert Ungeheures von einem. Konzentration, Willenskraft und vor allem Zeit. Um die Begabung zu entwickeln, die die Götter ihr gegeben haben, braucht sie all das.«

»Zweifellos. Sie hat Glück, einen so guten Lehrer gefunden zu haben.«

»Danke, mein Lehnsherr. Sie ist wirklich meine Schülerin, als wäre sie ein Lehrling eines Webers oder eines anderen Handwerkers. Ihr Wohlergehen ist jetzt meine persönliche Verantwortung, und ich nehme diese Verantwortung sehr ernst.«

Maryn riß den Kopf hoch wie ein erschrockenes Pferd. Die Botschaft war angekommen. Nevyn lächelte freundlich und wartete.

»Ihr dürft gehen«, fauchte Maryn.

Der Prinz drehte sich um und stolzierte wieder zu seinem Platz am Fenster zurück. Nevyn gestattete sich ein säuerliches Lächeln zu Maryns Rücken hin, dann verließ er das Zimmer.

Da Retyc ihn gebeten hatte, die Briefe zu Hohepriester Gwaevyr zu bringen, ließ Nevyn sich ein Pferd satteln. Er ritt durch die Ruinen im Tal und die Straße hinauf, die sich um den zweithöchsten Hügel der Stadt herumwand. Auf seinem Gipfel, hinter hohen Mauern, stand der Tempel des Bel, das heiligste Gelände in ganz Deverry, wie seine Priester behaupteten. Da Nevyn dort bekannt war, ließen ihn die beiden jungen Priester, die das Tor bewachten, sofort herein. Ein dritter lief los, um dem Hohepriester von seiner Ankunft zu berichten.

Während er wartete, übergab Nevyn sein Pferd einem Diener und ging in den heiligen Hain, wo sich die Gräber der Hochkönige von Deverry befanden. Frisches Gras wuchs auf dem neuesten, einem jämmerlich kleinen Hügel über dem kleinen Olaen. Nevyn blieb mit gesenktem Kopf stehen und bat die Seele des Kindes, ihm zu verzeihen. Obwohl er wußte, daß Berater Oggyn den Kindkönig getötet hatte, hatte Nevyn nichts unternommen, den Mann vor Gericht zu stellen. Oggyn bewies nun seinen Wert mit seinen Kenntnissen und seinen vorsichtigen Plänen, genau wie Nevyn gedacht hatte. Dennoch suchte ihn häufig die Erinnerung an das totenbleiche Gesicht des Kindes und seine blicklosen Augen heim.

»Lord Nevyn?« Eine leise Stimme erklang hinter ihm.

Nevyn drehte sich um und fand sich einem Priester mittleren Alters gegenüber, dessen Kopf so kahl geschoren war wie die aller seiner Art und der in ein einfaches Leinenhemd mit einem Seilgürtel gekleidet war. An diesem Gürtel hing eine kleine goldene Sichel.

»Ich heiße Trinyn. Leider fühlt seine Heiligkeit sich nicht wohl und empfängt keine Besucher.«

»Kann ich vielleicht etwas für ihn tun? Ich habe die Heilkunst nun schon viele lange Jahre studiert.«

»Wir haben unsere eigenen Heiler.«

»Selbstverständlich.« Nevyn neigte den Kopf. »Ich wollte mich nicht einmischen.«

Trinyn lächelte dünn. Nevyn griff in sein Hemd und holte die Botschaftsröhren heraus.

»Briefe von Retyc von Lughcarn«, sagte Nevyn. »Er hat mich gebeten, dafür zu sorgen, daß seine Heiligkeit sie erhält.«

»Danke.« Trinyns Lächeln wurde ein wenig gastfreundlicher. »Ich weiß es zu schätzen, daß Ihr sie selbst abgeliefert habt.«

»Sie sind zweifellos wichtig. Ich sollte jetzt lieber gehen, damit Ihr sie in Ruhe lesen könnt.«

Als er zurück zur Festung ritt, wunderte sich Nevyn über den kühlen Empfang, den man ihm bereitet hatte. Retycs Briefe waren ausgesprochen freundlich gewesen. Der Tempel in Lughcarn vertraute darauf, daß sie schließlich eine weiße Stute finden würden. Alle Vorzeichen schienen gut, und die politischen Probleme zwischen ihrem Tempel und Dun Deverry waren bis auf eine gewisse Vorsicht, die auf altes Mißtrauen zurückzuführen war, vergangen.

»Das verstehe ich nicht«, sagte Nevyn zum Prinzen. »Ich sehe nicht, was noch dagegen sprechen könnte, daß sie Euch zum König erklären, sobald die weiße Stute auftaucht.«

»Wenn Ihr es nicht versteht«, sagte Maryn, »dann fürchte ich das Schlimmste.«

»Was?« fuhr Nevyn fort. »Daß sie Euch nie zum König erklären werden? Das bezweifle ich, mein Lehnsherr, das bezweifle ich wirklich.«

»Ich ebenfalls. Ich fürchte nur, sie werden so lange warten, daß all meine Verbündeten mich verlassen. Ich habe meine Herrschaft auf Wyrd und Prophezeiungen gestützt. Ein paar Männer beginnen, die Geduld damit zu verlieren.«

Nevyn seufzte. Die Kerzenflammen flackerten in der Zugluft von den Fenstern, als stimmten sie ihm zu.

»Das ist wahr«, meinte Nevyn schließlich. »Nun, im Augenblick können wir nichts dagegen tun. Wir werden uns diesem Kampf stellen müssen, wenn es soweit ist – falls das jemals der Fall sein sollte.«

»Also gut, Jungs«, sagte Owaen. »Der Prinz hat mich gebeten, ein paar Männer nach Cerrmor zu schicken und die Prinzessin hierher zu eskortieren. Branoic, du gehst mit ihnen.«

»Warte mal!« fauchte Maddyn. »Branoic hat hier in der Festung Wichtiges zu tun.«

Branoic setzte dazu an, etwas zu sagen, aber Owaen war zu schnell für ihn.

»Na und?« sagte Owaen. »Ich sage, er wird gehen. Willst du mit mir streiten, Barde?«

»Werde ich ein Lied über dich schreiben, das bewirkt, daß die ganze große Halle vor Lachen brüllt?«

Owaen trat einen Schritt zurück. Sein Gesicht war zu einer ausdruckslosen Maske erstarrt. Sie standen in einer der vielen abgeschiedenen Ecken in einem der Höfe von Dun Deverry, einem schrägen Dreieck zwischen einem schmalen Turm und einer Mauer. Hätte jemand zugesehen, dann hätte Branoic niemals nachgegeben, aber im Augenblick war es wichtig, den Frieden in der Truppe zu halten.

»Maddo, das ist kein Grund, sich zu streiten«, sagte Branoic. »Es wird schön sein, Cerrmor wiederzusehen.«

»Bist du sicher?«

»Ja. Warum kommst du nicht mit?«

»Das werde ich tun.« Maddyn wandte sich Owaen zu. »Einer von uns sollte auf jeden Fall mit dabeisein, um der Gemahlin des Prinzen unseren Respekt zu demonstrieren.«

»Du hast recht. Wenn du diese Pflicht übernehmen willst, dann tu es.«

»Also gut. Ich gehe davon aus, daß es dich nicht stört, wenn ich die Männer auswähle, die mit uns kommen?«

»Nein.« Owaens Stimme war ebenso ausdruckslos wie seine Miene. »Der Prinz will, daß ihr euch morgen auf den Weg macht.«

»Dann werden wir das tun«, sagte Branoic. »Es wird eine Ehre sein, seine Frau zu ihrem neuen Zuhause zu begleiten.«

Ohne ein weiteres Wort stapfte Owaen davon. Maddyn

stützte die Hände auf die Hüften und starrte ihm wütend hinterher, bis sein Mithauptmann außer Hörweite war.

»Eines Tages«, sagte Maddyn leise, »werde ich ein derartiges Spottlied über Owaen schreiben, daß er seinen häßlichen Kopf nie wieder aufrecht halten kann. Ich fange an zu verstehen, wieso du die Truppe verlassen willst.«

»Aber ich würde nie gehen, bevor der Prinz sein Ziel erreicht hat«, sagte Branoic. »Das weißt du doch.«

»Ja.« Maddyn zögerte, als wollte er etwas sagen, dann zuckte er mit den Achseln. »Nun gut. Denken wir über unsere Aufgabe nach. Ich würde sagen, wir nehmen den Roten Trevyr mit. Es wird ihm guttun.«

»Unbedingt. Nehmen wir alle Männer, die ...« Sehr zu seiner Überraschung hört Branoic, daß seine Stimme ein wenig zitterte, »die unter Caradoc geritten sind.«

»Gute Idee. Sag du es ihnen. Und ich versuche, den schleimigen Oggo aufzutreiben, und entlocke ihm ein paar Vorräte.«

Die Ehrengarde bereitzumachen beschäftigte Branoic derart, daß er keine Zeit hatte, an diesem Tag mit Lilli zu sprechen. Am Morgen jedoch, als die Silberdolche sich im Haupthof versammelten, kam sie herunter, um sich zu verabschieden. Sie trug ein grünes Kleid, und ihr Haar, das einmal so kurz gewesen war, war inzwischen wieder lang genug, um ihr Gesicht zu rahmen und im Morgenwind zu wehen. Als sie sanft die Hand auf Branoics Arm legte, hatte er das Gefühl, der glücklichste Mann auf der Welt zu sein.

»Paßt gut auf unsere Prinzessin auf«, sagte Lilli.

»Ja. Und Ihr paßt gut auf Euch selbst auf. Ihr seid meine Prinzessin.«

Sie lächelte mit solcher Freude, daß er sich vorbeugte und sie küßte, nur eine keusche Berührung ihrer Lippen, direkt vor allen Silberdolchen. Plötzlich sah er das Wildvolk, das überall erschien und mit den kleinen Händen fuchtelte, als wollte es ihn vor einer Gefahr warnen. Erschrocken blickte er auf und sah, wie Prinz Maryn auf ihn zukam, begleitet von Pagen und seinen zwei Beratern. Lilli wurde kreidebleich. Sie murmelte ein paar Abschiedsworte und verschwand in dem Irrgarten von Mauern und Türmen wie es schien im Nichts.

»Branno, paß auf«, flüsterte Maddyn. »Ich denke, der Prinz hat selbst ein Auge auf deine Dame geworfen.«

Branoic hatte das Gefühl, als hätte man ihn in den Bauch getreten, aber es gelang ihm, sich zu verbeugen. Als er dazu ansetzte, sich niederzuknien, hielt Maryn ihn auf und lächelte dabei, aber sein Blick war hart wie Stahl.

»Danke, Silberdolche«, sagte Maryn. »Ich beauftrage Euch damit, meine Frau und ihre Hofdamen so schnell wie möglich zurückzubringen.«

»Das werden wir tun, Euer Hoheit«, meinte Maddyn. »Nevyn, habt Ihr Briefe für die Prinzessin?«

»Ja.« Nevyn reichte dem Barden ein paar silberne Botschaftsröhren. »Ich wünsche euch eine gute Reise.«

Mit dem üblichen Chaos aus Befehlsgebrüll und nervös herumtänzelnden Pferden stiegen die Männer in die Sattel und ritten aus der Festung. Hinter ihnen knarrte ein Wagen her, gefüllt mit Vorräten für die Reise. Als sie die Festung verließen, ritt Branoic an der Linie entlang und brachte alle in eine anständige Marschordnung. Er sagte ein paar ermutigende Worte zu den beiden Männern, die hinter dem Wagen im Staub die Nachhut bildeten, dann trabte er zurück zu Maddyn an die Spitze. Die Truppe hatte die letzte Festungsmauer hinter sich gebracht und ritt nun durch die in Trümmern liegende Stadt zum Südtor.

»Was war das, Maddo?« fragte Branoic. »Über den Prinzen?«

Maddyn warf einen Blick über die Schulter und schätzte die

Entfernung zwischen ihnen und den nächsten beiden Reitern ab.

»Ich bin nicht sicher«, meinte Maddyn. »Aber ich wette, daß der Prinz dir deine Dame neidet. Es gefällt mir nicht, wie er dich ansieht.«

»Ah. Pferdedreck!«

»Genau.«

»Wenn ich ein Mädchen wäre und hätte die Wahl zwischen einem Hochkönig von ganz Deverry und einem Silberdolch, und das bin ich schließlich immer noch, ob ich das Land bekomme oder nicht, dann müßte ich vermutlich nicht sonderlich lange darüber nachdenken, wen ich wähle.«

»Ich weiß nicht. Du hast Lilli gesagt, daß du eine ehrenhafte Ehe willst. Wer weiß, wie lange die Vorliebe des Prinzen für das Mädchen dauern wird? Die Hälfte der Frauen des Königreiches steht ihm zur Auswahl, und die andere Hälfte ist zu alt.«

Als Maddyn lachte, starrte Branoic ihn wütend an, bis der Barde schwieg.

»Tut mir leid«, sagte Maddyn. »Ich wollte das Messer nicht noch in der Wunde drehen.«

Branoic zuckte mit den Achseln. Er dachte nach, aber ihm fiel nur ein möglicher Kommentar ein: »Pferdedreck!«

Prinz Maryn und sein Gefolge blieben im Hof, bis die Silberdolche außer Sichtweite waren. Als er sich umwandte, um zurück in die Halle zu gehen, zögerte Maryn einen Augenblick und winkte Nevyn zu sich. Oggyn und die Pagen warteten erwartungsvoll, aber der Prinz bedeutete ihnen weiterzugehen. Die Pagen rannten davon zu den anderen Jungen am anderen Ende des Hofs. Oggyn zog sich so langsam zurück, daß es aussah, als kröche er praktisch in die große Halle. Maryn wartete, bis er weit genug weg war.

»Branoic sagte mir, er wolle heiraten«, meinte Maryn. »Ich gehe davon aus, daß Lilli die Frau ist.«

»Ja, Euer Hoheit«, sagte Nevyn.

Maryns Gesicht hätte aus Holz geschnitzt sein können. Einen Augenblick lang schwieg er.

»Werdet Ihr es verhindern?« fragte Nevyn schließlich.

»Selbstverständlich nicht! Ihr Götter, wofür haltet Ihr mich?« Maryns Gefaßtheit löste sich in Zorn auf. »Eure elende Schülerin hat es mehr als deutlich gemacht, daß ich unter ihrer Würde bin, und beim Arsch des Höllenfürsten, das genügt!«

Maryn drehte sich um und stampfte auf den Stall zu. Das hat ihn also so verwundet, dachte Nevyn. Er erlaubte sich einen Augenblick lang, dem Wunsch nachzuhängen, er könne seine Schülerin nehmen und mit ihr in die Wildnis ziehen, wo sie sich beide dem Dweomer und nur dem Dweomer widmen konnten. Leider brauchte ihn das Königreich dort, wo er nun war.

Lilli hatte das Gefühl, wo immer sie in der Festung hinkam, wartete Maryn bereits auf sie. Meist war er in Begleitung seines Gefolges, nahm sich demzufolge zusammen und beschränkte sich auf einen Blick und ein paar freundliche Worte. Sie knickste und senkte bescheiden den Blick, wie Bevyan sie gelehrt hatte, bis er weiterging und sie entließ. Hin und wieder jedoch stand sie ihm allein in einem leeren Flur oder in einer abgeschiedenen Hofecke gegenüber. Zu solchen Zeiten nützten ihr ihre höfischen Manieren nichts. Er bedrängte sie nie, er kam ihr nie auch nur sonderlich nahe, aber er hätte auch am anderen Ende eines Zimmers sein können, und ihr verräterischer Körper hätte immer noch auf sein Lächeln reagiert.

An einem regnerischen Morgen erwachte sie plötzlich von

einem Rascheln an der Tür. Sie setzte sich auf und hätte beinahe geschrien. Die Erinnerung an den Geist ihrer Mutter, der in ihre Kammer eindrang, war noch zu frisch. Im grauen Licht und den frühmorgendlichen Schatten bewegte sich allerdings nichts. Lilli nahm ihren Mut zusammen, schaute zur Tür und sah, daß etwas Weißes auf dem Boden lag. Ein Brief? Sie stand auf, griff danach und huschte zurück in ihr warmes Bett, um ihn zu lesen. Obwohl sie gute Fortschritte beim Lesenlernen machte, mußte sie immer noch die meisten Worte Buchstabe für Buchstabe laut aussprechen.

Es gibt einen, dessen Herz jede Nacht weh tut, wenn er von dir träumt.

Das war alles. Keine Unterschrift, kein Hinweis, wer dies geschrieben haben konnte. Ihr erster Gedanke galt Maryn, aber sie konnte sich nicht vorstellen, daß der Prinz so etwas einem Schreiber anvertraute. Sie dachte lange über den Brief nach. Deutlich geschriebene Buchstaben formten anmutige Worte – vielleicht hatte sie das Interesse eines der Herolde erweckt? Endlich verbarg sie den Brief unter ihrem Kissen, dann zog sie sich an und begann ihren Tag. In der großen Halle holte sie sich ein Stück Brot und ein paar Äpfel, wickelte sie in eine Serviette und huschte dann durch den Regen zu dem Halbbroch, in dem Nevyns Kammer lag.

Direkt hinter der Tür stand Maryn und wartete auf sie. Mit ihren Händen voller Frühstück konnte sie nicht einmal richtig knicksen. Er lächelte sie an, dann betrachtete er sie gierig und abschätzend.

»Sagt mir, Lady Lillorigga«, meinte er schließlich, »habt Ihr letzte Nacht gut geschlafen?« Sprach er etwa von dem Brief?

»Ja, mein Lehnsherr.«

Er ging auf sie zu, sie wich zurück und stieß gegen die Wand. Maryn stützte eine Hand an die Wand neben ihrem

Kopf und beugte sich auf sie zu, aber er berührte sie nicht. Lilli spürte, wie ihr Herz heftig klopfte, und drückte ihr Bündel an die Brust.

»Mein Lehnsherr«, stotterte sie. »Nevyn könnte jeden Augenblick vorbeikommen.«

»Würde es Euch stören, wenn er das täte?«

»*Ihn* würde das ganz bestimmt stören!«

Darüber lachte er, dann richtete er sich auf und ging ein paar Schritte zurück.

»Ihr sprecht die Wahrheit«, meinte Maryn. »Und es ist kein schöner Anblick, wenn Nevyn sich gestört fühlt.«

Der Prinz verbeugte sich vor ihr, dann ging er davon und schritt über den Hof, als könnte nicht einmal der Regen seine Würde mindern. Lilli ging zur Treppe, aber der Aufstieg quälte sie mehr als üblich. Als sie an Nevyns Tür klopfte, war sie außer Atem. Nevyn öffnete die Tür, faßte sie am Arm und half ihr ins Zimmer. Sie legte das Bündel auf den Tisch und sackte auf einen Stuhl.

»Was ist denn?« sagte Nevyn.

»Regen. Schwere Luft.«

»Ich mache mir Sorgen wegen des Winters. Ich fürchte, die Kälte wird dir schaden.« Nevyn öffnete das Bündel. »Danke! Du solltest dich am besten ausruhen, bevor du versuchst, etwas zu essen.«

Lilli nickte, denn es fehlte ihr an Atem, um sprechen zu können. Nevyn nahm die Hälfte des Brots und einen Apfel, dann setzte er sich auf das breite Fensterbrett und begann zu essen. Er schaute in den Hof hinab und runzelte plötzlich die Stirn.

»Ich wünschte, unser Prinz wäre vernünftig genug, aus dem Regen zu gehen«, meinte er.

»Ist er immer noch da draußen?«

»Ja, und er starrt zu diesem Fenster hinauf. Was hat er getan? Dir aufgelauert, als du von der großen Halle herüberkamst?«

»Ja. Ich verstehe das nicht! Er könnte jede Frau in dieser Festung haben. Ich bin nicht so hübsch. Alle sagen mir, ich wäre zu dünn, und ich keuche und schnaufe die ganze Zeit.«

»Mein liebes Kind!« Nevyn wandte sich vom Fenster ab. »Ich fürchte, du hast gewaltigen Dweomer gewirkt und seine Seele gefangen.«

»Das wollte ich nicht! Was habe ich getan?«

»Du hast ihn abgewiesen. Ich glaube nicht, daß es in seinem ganzen Leben ein anderes Mädchen gab, das sich ihm je verweigert hat.«

Lilli starrte ihn an und kam sich vollkommen dumm vor. Nevyn lächelte, aber auf die allerfreundlichste Art.

»Verstehst du«, fuhr er fort, »nun, da du ihn zurückgewiesen hast, kann er dich nicht mehr in Ruhe lassen. Es ist die Herausforderung. Nicht, wie ich mich beeile hinzuzufügen, daß die Herausforderung wichtiger ist als dein liebenswertes Wesen. Aber eines trägt beträchtlich zum anderen bei.«

»Ich verstehe. Und ich denke, daß die Tatsache, daß ich Branoic gern habe, dem auch nicht guttut.«

»Nein. Hast du Branno wirklich gern?«

»Ja. Er ist der einzige Mann, dem ich je begegnet bin, der mir zuhört. Nun, mit Ausnahme von Euch.«

»Das spricht wirklich für ihn.« Nevyn dachte einen Augenblick lang nach. »Ich weiß nicht , wohin dein Wyrd dich führt, Lilli, wenn es um den Dweomer geht. Du bist begabt, aber das sind viele, und es kommt nur selten vor, daß jemand diese Begabung wirklich nutzt. Aber ich weiß, daß Tieryn Peddyc wollte, daß du einen guten Platz im Leben findest, und ich wünsche dasselbe. Ich bin kein junger Mann mehr, und ich hasse es, daran zu denken, was geschehen könnte, wenn ich nicht hier wäre, um dich zu beschützen.«

Lilli wurde eiskalt, und sie fuhr mit der Hand an die Kehle.

»Daran will ich lieber auch nicht denken«, flüsterte sie. »Wenn ich nicht am Hof bleiben könnte, würde ich vom Wohlwollen meines Bruders leben müssen.«

»Oh, jetzt habe ich dich aufgeregt! Verzeih mir, ich habe nicht vor, in der nächsten Zeit zu sterben, das verspreche ich dir.« Nevyn lächelte ihr zu. »Jetzt iß dein Frühstück, und wir schieben diese Dinge beiseite.« Er schaute zurück in den Hof. »Ah, der Prinz ist nach drinnen gegangen. Später sollte ich mich lieber um ihn kümmern und mich überzeugen, daß er sich nicht erkältet hat.«

Lilli kicherte und nahm sich ein Stück Brot. »Herr?« sagte sie. »Heute früh ist etwas sehr Seltsames passiert. Jemand hat mir einen Brief unter der Tür durchgeschoben. Ich habe nicht die geringste Idee, wer es war.«

»Wahrscheinlich der Prinz.«

»Nun, aber würde er es einen Schreiber wissen lassen?«

»Ah.« Nevyn lächelte plötzlich. »Du weißt nicht, daß Maryn lesen und schreiben kann. Sein Vater war ein sehr weitsichtiger Mann und hat darauf bestanden. Du bist ja ganz rot geworden!«

»Nun, ich dachte, er hätte es nicht sein können, weil ich nie einen Adligen gekannt habe, der schreiben konnte.«

»Dieser kann es. Antworte nicht darauf.«

»Das werde ich nicht, Herr. Keine Angst.«

»Aber Ihr Götter! Es bekümmert mich, zu denken, daß er sich durch die Flure der Festung schleicht. Es gibt Zeiten, in denen einem Mann die natürliche Würde fehlt, und wenn er sich wegen eines Mädchens zum Narren macht, ist das eine davon.«

»Das ist wahr. Vielleicht hat er jemand anderen geschickt, um den Brief unter meiner Tür durchzuschieben.«

»Das hoffe ich.«

Aber später dachte Lilli noch einmal darüber nach, was Nevyn gesagt hatte, und sie fragte sich, ob es Maryn nicht sogar mehr provozieren würde, wenn sie nicht antwortete. Sie hätte nicht ehrlich sagen können, ob sie das befürchtete oder darauf hoffte.

Trotz des Regens hatten die Silberdolche einen leichten Ritt nach Cerrmor und erreichten die Festung nach acht Tagen auf der Straße. Da der Prinz Kuriere vorausgeschickt hatte, hatte Lord Tammael, der Kämmerer, ihre alten Unterkünfte bereitmachen lassen. Sie übergaben ihre Pferde den Dienern, brachten ihre Ausrüstung unter und gingen dann zur Abendmahlzeit in die große Halle.

Die Sonne ging gerade unter, und der letzte Rest von Licht vergoldete die hellen Schieferdächer der Türme. Die Seeluft brachte die Flaggen zum Wehen, und die roten Drachenbanner auf den Mauern flatterten. Der Hof war leer und still, die Pflastersteine waren frisch gefegt. Die Männer gingen langsam, um auf das Hinken des Roten Trevyr Rücksicht zu nehmen, und sprachen nur leise, als befürchteten sie, diesen Augenblick des Friedens zu stören.

»Cerrmor fehlt mir«, sagte Maddyn.

»Es ist wirklich ein besserer Ort für eine Garnison«, sage Branoic. »Dun Deverry frißt einem an der Seele.«

In der großen Halle brannten Kerzen, in beiden Feuerstellen glühten Torffeuer, um den Steinmauern die Herbstkälte zu nehmen. Oben auf dem Podium, am Ehrentisch, saßen bereits die Prinzessin und ihre Frauen in hellen Seidenkleidern in Grün, Gold und Blau. Die Silberdolche nahmen ihre alten Plätze an den Tischen direkt davor ein. Maddyn nahm die Botschaftsröhren aus seinem Hemd und ging zögernd auf den Ehrentisch zu. Als die Prinzessin ihm zunickte, verbeugte er sich vor ihr.

»Briefe von Nevyn, Euer Hoheit.«

»Das ist wunderbar!« sagte Bellyra. Sie befahl einem Pagen, ihr die Briefe zu bringen, und der Junge eilte zu Maddyn.

»Hattet Ihr einen guten Ritt hierher?« fuhr Bellyra fort. »Ich habe nicht erwartet, meine Eskorte so bald zu sehen.«

»Ja, Euer Hoheit. Die Vasallen Eures Mannes haben uns Zuflucht geboten, und daher sind die Pferde nie müde gewesen.«

»Gut, gut. Zweifellos wird die Rückkehr ein wenig länger dauern. Lord Tammael hat mich davon überzeugt, daß wir eine Barke nehmen müssen.«

»Das ist klug, Euer Hoheit. Ihr möchtet vielleicht ein paar Möbelstücke mitnehmen. Dun Deverry ist ein wenig karg. Es hat zu viele Kämpfe gegeben.«

Die drei Frauen tauschten grimmige Blicke aus.

»Danke für die Warnung«, sagte Bellyra. »Aber ich will Euch nicht so lange stehen lassen. Ihr müßt müde sein. Setzt Euch und eßt und trinkt.«

»Danke, Euer Hoheit.«

Die anderen Silberdolche spülten bereits ihr Brot mit Cerrmors gutem dunklem Bier herunter. Maddyn setzte sich an den Kopf des Tisches, der am nächsten zum Podium stand. Als Hauptmann hatte er einen richtigen Stuhl, und es war angenehm, sich mit einem Krug Bier in der Hand bequem zurückzulehnen.

»Die Prinzessin sieht gut aus«, stellte Branoic fest.

»Ja. Ich bin froh darüber.«

Die beiden Hofdamen unterhielten sich über etwas, vielleicht die Möbel, aber Bellyra hatte Nevyns Briefe vor sich und las sie, hielt sie in einem solchen Winkel, daß das letzte Sonnenlicht auf sie fiel. Ihr helles Haar, wie üblich mit einem kleinen Tuch zurückgebunden, wie das einer Bauersfrau, fiel ihr beinahe bis auf die Taille und schimmerte im Licht. Sie runzelte die Stirn und kniff die verblüffend grünen Augen ein wenig zu, während sie las, aber hin und wieder lächelte sie, zweifellos über einen Scherz, den Nevyn gemacht hatte.

Branoic hatte gerade etwas gesagt. Maddyn wandte sich ihm mit einem Lächeln zu.

»Was hast du gesagt?« fragte Maddyn. »Tut mir leid.«

»Möchtet du noch mehr Bier? Das Mädchen mit dem Krug ist hier.« Branoic wies mit dem Daumen auf die Dienerin.

»Nein danke. Ich habe das hier ja noch kaum angerührt.«

»Das ist mir aufgefallen. Stimmt etwas nicht?«

»Nein. Ich bin nach dem langen Ritt einfach nur müde. Ich bin zwar noch nicht so alt wie Nevyn, aber Ihr Götter, es gibt Zeiten, da spüre ich meine Jahre.«

Müde oder nicht, am nächsten Morgen erwachte Maddyn lange vor den anderen Silberdolchen. Er zog sich an, ohne die anderen zu wecken, dann griff er nach seiner Harfe in ihrer großen Ledertasche und schlich sich aus der Unterkunft. Inmitten von Dun Cerrmor gab es einen königlichen Garten, in dem ein alter Weidenbaum neben einem kleinen Bach wuchs und Rosen blühten. Als die Silberdolche zum ersten Mal nach Cerrmor gekommen waren, hatte Prinzessin Bellyra Maddyn erlaubt, diesen Garten aufzusuchen, wenn er wollte, und es war sein Lieblingsplatz, um seine Musik zu üben. Inmitten der Türme, von deren Mauern sie widerhallten, klang seine Harfe so süß, daß er beinahe selbst zu glauben begann, daß er anständig spielen konnte.

Wenn er spielte, sammelte sich das Wildvolk um ihn, Sylphen und Gnome, während sich aus dem Bach Undinen hoben und ans grasige Ufer drängten. An diesem Morgen lockte die Musik auch eine andere Zuhörerin an. Maddyn war gerade mit ein paar schwierigen Läufen fertig geworden, als er hörte, wie die kleine Tür in der Mauer hinter ihm aufging. Er warf einen Blick zurück und sah die Prinzessin.

»Steht bloß nicht auf«, sagte Bellyra. »Ich möchte mich nur zu Euch setzen, wenn ich darf.«

»Es ist mir eine Ehre, Euer Hoheit.«

Bellyra setzte sich ihm gegenüber. Sie trug ein Leinenkleid, abgetragen und glänzend. Sie wackelte mit den bloßen Zehen im Gras wie ein Kind.

»Es ist angenehm hier in der Morgenkühle«, sagte sie.

»Ja. Ich hoffe, ich habe Euch nicht geweckt.«

»Oh, kaum! Degwa und Elyssa sind seit Morgengrauen auf, packen und rennen hierhin und dahin, um sich zu überzeugen, daß wir nichts vergessen haben. Wir werden zwei Barken brauchen, wenn das so weitergeht. Ist die königliche Festung wirklich so schrecklich?«

»Ja. Schwarzer, grimmiger Stein, und Ihr Götter, sie ist voller Türme und eingestürzter Mauern und solcher Dinge. Ich denke, die Hälfte der Möbel ist während der Belagerung als Brennholz verwendet worden. Ich erinnere mich, wie Cerrmor ausgesehen hat, als wir den Prinzen zum ersten Mal herbrachten. Nun, Dun Deverry ist viel schlimmer.«

Bellyra verzog das Gesicht.

»Dann hat Decci recht«, sagte sie. »Wir brauchen Unmengen Wandbehänge, Teppiche und Silber. Das wird helfen, alles ein wenig freundlicher aussehen zu lassen.«

»Das erinnert mich an etwas. Otho läßt Euch grüßen, Euer Hoheit.«

»Der liebe Otho! Ich bin froh zu hören, daß es ihm gutgeht. Ich habe mir Sorgen um ihn gemacht.«

»Ihr könnt versichert sein, daß er nie einem Kampf nahegekommen ist. Die Plünderungen waren natürlich etwas anderes. Er hat mich gebeten, Euch auszurichten, daß er hier und da altes Silber gefunden hat, das er schmelzen kann, und er wird eine Überraschung für Euch bereithalten, wenn Ihr Dun Deverry erreicht.«

»Wie schön! Was ist es?«

»Darf ich Euch nicht verraten, Euer Hoheit. Otho würde mir bei lebendigem Leib die Haut abziehen.«

Sie lachte, zog die Nase kraus, schlang dann die Arme um die Knie, lehnte sich zurück und blickte zu dem Fleckchen Himmel über den Steinmauern auf.

»Spielt etwas, Maddo«, sagte sie. »Es ist gleich, was. Ich liebe den Klang dieser alten Harfe. Ihr wißt, daß die anderen Barden sie Euch nur zu gerne abkaufen würden, nicht wahr?«

»Ja. Viele von ihnen haben mir im Laufe der Jahre Gold dafür geboten, aber ich habe es immer abgelehnt.«

»Wieso klingt sie so süß? Sie ist ganz zerschlagen.«

»Das Wildvolk hat sie für mich verzaubert.«

Sie lachte abermals, und er lächelte, aber er hatte ihr nichts als die Wahrheit gesagt. Als er spielte, kamen die Gnome näher, legten sich aufs Gras, um zu lauschen, und stützten die kleinen Köpfe auf die warzigen Hände. Eine sehr mutige Fee strich sogar der Prinzessin übers Haar, als bewunderte sie die Farbe. Er hatte keine Ahnung, wie lange sie so zusammengesessen hatten, während er die Stücke spielte, die er von den Hofbarden gelernt hatte.

»Prinzessin!« Die Stimme überraschte sie beide. »Liebe Prinzessin! Euer Hoheit!«

Bellyra sprang auf wie ein Kind, das etwas angestellt hat. Die Besitzerin der Stimme, Lady Degwa vom Wolf, kam durch die Tür in der Mauer. Plötzlich begriff Maddyn, wie unklug es von der Frau, die einmal Königin von ganz Deverry sein sollte, gewesen war, halb angekleidet mit einem der Diener ihres Mannes zusammenzusitzen. Degwa, die Augen weit aufgerissen und mit den Händen fuchtelnd, strengte sich an, angemessen untertänig zu sein, aber ihr fehlten die Worte

»Ach, hör doch auf, Decci!« sagte Bellyra schließlich. »Ich weiß, ich war skandalös und schrecklich unangemessen und all das. Aber Maddyn kennt mich, seit ich ein Kind war, und ich liebe den Klang seiner Harfe.«

»Verzeiht, Euer Hoheit.« Degwa beruhigte sich ein wenig. »Ich fürchte, ich habe mich vergessen. Es war die Überraschung. Wir haben Euch gesucht, und dann hörte ich die Musik und ich dachte, ich könnte den Harfner nach Euch fragen, und ich hätte nie erwartet ...«

»Ich weiß.« Bellyra schnitt ihr das Wort ab. »Aber wenn ich meine Ehre mit einem Silberdolch besudeln wollte, würde ich das nicht im hellen Tageslicht mitten im Garten tun.«

Degwas rundes Gesicht war rot angelaufen. »Selbstverständlich«, stotterte sie.

»Gehen wir hinein.« Bellyra lächelte Maddyn zu. »Danke für die Musik.«

»Es war mir ein Vergnügen, Euer Hoheit.« Bellyra hakte sich bei Degwa ein und ging mit ihr zurück in den Broch. Maddyn lockerte die Saiten seiner Harfe, dann steckte er sie wieder in die Ledertasche. Ich kenne sie tatsächlich, seit sie ein Kind war, sagte er sich. Er konnte sich an sie als mageres, kleines Mädchen erinnern, das kurz zuvor noch Zöpfe getragen hatte und das man an einen Jungen verheiratet hatte, den sie nicht einmal vierzehn Tage kannte. Das ließ ihn lächeln, sich an diese beiden als zwei hübsche Kinder zu erinnern, die in eine Situation geraten waren, welche die meisten Erwachsenen um den Verstand gebracht hätte. Aber sie hatten überlebt, sowohl der Prinz als auch die Prinzessin, und das Königreich sicher in den Hafen gebracht.

Sie war kein Kind mehr, sie war ganz bestimmt kein Kind mehr.

Maddyn spürte, wie sich sein Herz zusammenzog. Er griff nach seiner Harfe und floh in die Sicherheit der großen Halle, wo die anderen Silberdolche bereits saßen und aßen. Maddyn legte seine Harfe vorsichtig auf den Boden neben seinen Stuhl und setzte sich. Branoic nahm seine Haferbreischale und stand von einem anderen Tisch auf, um sich auf die Bank neben Maddyn zu setzen.

»Hast du geübt?« Branoic nickte zur Harfe hin.

»Ja. Branno, mir ist gerade etwas eingefallen. Wenn du Haus und Land hast, wirst du einen Barden brauchen.«

»Ja.« Branoic grinste ihn an. »Spar dir die Andeutungen, du wirst an meinem Tisch immer willkommen sein.«

»Danke. Soll Owaen doch die Leibwache des Prinzen für sich haben. Es wird uns beiden guttun, vom Hof wegzukommen.«

»Meine liebe Prinzessin«, sagte Degwa. »Ich hasse es, jemanden zu tadeln, der so hoch über mir steht, aber die Ehre der Königin ist die wahre Seele des Königreichs.«

»Wie kommt Ihr darauf, daß ich das nicht weiß?« sagte Bellyra.

Degwa hielt inne, den Mund weit offen, und blinzelte mehrere Male, dann schloß sie den Mund schließlich.

»Ich bitte um Verzeihung, Euer Hoheit.« Degwa knickste, dann warf sie Elyssa einen um Unterstützung heischenden Blick zu.

Elyssa, die zwischen Stapeln aufgerollter Wandteppiche saß, sagte nichts. Mit einem dramatischen Seufzen ging Degwa zur anderen Seite der Frauenhalle, wo ein Haufen Stroh und mehrere Holzfässer standen, welche die Silbersammlung der Prinzessin aufnehmen sollten. Bellyra setzte sich auf ihren Lieblingssessel und starrte aus dem Fenster in den blauen Himmel hinauf.

»Wäre ich ein kleiner Vogel, dann könnte ich zu meinem Liebsten fliegen«, sagte sie und fuhr dann fort, »aber statt zu fliegen, werden wir in einer Barke flußaufwärts kriechen.«

»Das ist immer noch besser, als hierzubleiben«, meinte Elyssa. »Das hoffe ich jedenfalls.«

»Für mich auf jeden Fall«, meinte Bellyra. »Ich sorge mich allerdings um dich und Decci. Wenn die Festung so gruselig ist, wie alle sagen, wird es nicht angenehm sein, am Hof zu leben. Vielleicht solltet ihr hier in Cerrmor bleiben, bis der neue Gwerbret ernannt ist.«

»Ihr habt uns in Dienst genommen, als wir nichts hatten.« Elyssa blickte scharf auf. »Ich werde Euch jetzt nicht verlassen.«

»Ich ebenfalls nicht«, warf Degwa ein. »Besonders nicht, wenn Ihr uns mehr braucht als je.«

»Oh, Decci! Du machst dir immer noch Gedanken wegen Maddo, nicht wahr?« Bellyra schüttelte den Kopf und grinste. »Kannst du denn nie etwas einfach auf sich beruhen lassen?«

Die Hände voller Stroh, hielt Degwa beim Packen inne, um ernsthaft darüber nachzudenken.

»Mag sein, daß ich das nicht kann«, sagte Degwa schließlich. »Aber an Eurer Stelle, Euer Hoheit, würde ich ihn nicht mit diesem Namen ansprechen.«

Bellyra legte den Kopf an die Sessellehne zurück und stöhnte.

»Sei doch nicht so dumm, Decci«, warf Elyssa freundlich ein. »Euer Hoheit, ich glaube, wir haben alle wertvollen Sachen eingepackt, oder wir werden soweit sein, wenn Decci mit dem Silber fertig ist. Dann können sich die Diener um die Bettwäsche und die Decken kümmern.«

»Großartig!« Bellyra setzte sich wieder aufrecht hin. »Wann reisen wir ab? Morgen früh?«

»Das könnte wohl zu früh sein«, meinte Elyssa, »wenn ich danach gehe, was Tammael mir gesagt hat. Aber in ein paar Tagen.«

»Der Göttin sei Dank.«

Bellyra stand auf und ging zum Fenster, um sich aufs Fensterbrett zu stützen. Cerrmor würde ihr wahrscheinlich fehlen, aber für sie war jeder Ort, an dem ihr Mann sich aufhielt, der schönste Ort der Welt. Nicht mehr lange, sagte sie sich, und du wirst ihn sehen. Sie fragte sich, ob er wohl so tun würde, als ob er sich über ihre Ankunft freute.

Am Ende brauchte es tatsächlich zwei Barken, um sie nach Dun Deverry zu bringen, dank der Steuern, die Maryn als Gwerbret Cerrmor zustanden, und der Diener für Bellyra als seine Frau. Mit den Kindermädchen, den Kindern, den Schreibern, den Zofen und Hofdamen reiste sie in einer wahren Menschenmenge. Was die Steuern anging, so bestanden sie aus lebenden Schweinen und Hühnern, ihrem Futter, dazu Säcken von Mehl, gesalzenem Fisch, getrocknetem Rindfleisch, Äpfeln, Kohlköpfen und Käserädern, die Maryn von den Bauern seines Rhan erhielt, und die Städter schuldeten ihm gegerbtes Leder, Tuchballen, Salz, Körbe, Keramikgefäße und Fässer voller Bier. Ein paar Kaufleute, die mit Bardek Handel trieben, zahlten in Silbermünzen, sorgfältig gewogen und gezählt und in Tuch gewickelt. Das alles mußte zusammen mit der Prinzessin, ihren Hofdamen und den Möbeln flußaufwärts verfrachtet werden. Die Barken waren so voll beladen, daß die Barkenmänner vier schwere Pferde an jeder anschirrten statt der üblichen zwei.

»Ich fühle mich wie die reichste Bauersfrau der Welt«, sagte Bellyra. »Das da sind wirklich schöne Schweine. Und wir können Euch auch Eier anbieten, Barde.«

Maddyn lachte. Zusammen mit den Hofdamen standen sie am Flußhafen dessen, was damals das Dorf Dai Aver war, und warteten darauf, daß die Dienerinnen fertig wurden, die Gepäckstücke zu verstauen. Ihre Barke würde selbstverständlich als erste reisen, windabgewandt von dem Lastkahn, der das

Vieh trug. Hinter ihnen auf der Straße warteten die Silberdolche, jeder Mann neben seinem Pferd oder in einigen Fällen neben zwei Pferden. Die Eskorte würde die Zelter der Frauen führen, auf denen sie die letzten paar Meilen nach Dun Deverry zurücklegen sollten, wo die Flußstraße zu steil für die Barkenpferde wurde. Wagen würden ihnen entgegenfahren, um die Möbel und die anderen Waren aufzunehmen. Bellyra warf einen Blick zum bewölkten Himmel.

»Ich hoffe, das Wetter wird nicht noch schlechter«, sagte die Prinzessin. »Es wird ohnehin schon lange genug dauern.«

»Zumindest habt Ihr einen Unterschlupf auf der Barke, Euer Hoheit«, sagte Maddyn. »Aber ich wünschte wirklich, der Prinz hätte Euch früher zu sich geholt. Der Sommer ist so gut wie vorüber.«

»Ja. Ich hatte auch gehofft, vorher gerufen zu werden.«

Maddyn verzog das Gesicht.

»Es tut mir leid«, sagte Bellyra. »Nachdem die Hälfte der Bevölkerung des Königreichs hungert und kein Zuhause mehr hat, steht es mir wahrlich nicht zu, mich in Selbstmitleid zu suhlen. Maddo, wenn das Wetter gut bleibt, werdet Ihr dann Eure Harfe an Bord bringen, um uns hin und wieder zu unterhalten?«

»Es wäre mir eine Ehre, Euer Hoheit. Selbstverständlich nur, wenn Eure Hofdamen nichts dagegen haben?«

Degwa kniff die Lippen zusammen und schwieg. Elyssa zögerte, dann bedachte sie sowohl den Barden als auch die Prinzessin mit einem wässrigen Lächeln, das alles hätte bedeuten können.

»Sobald sie Eure Harfe gehört haben, werden sie es verstehen. Da, seht. Der Barkenmann hat einen der Pagen nach uns geschickt. Wir werden uns später weiter unterhalten.«

Maddyn verbeugte sich und ging zu seinen Männern. Elyssa schaute ihm nach.

»Er hat schon ein paar graue Haare, aber er sieht immer noch gut aus«, sagte Elyssa.

»Es geht mir nur um seine Musik.« Bellyra legte einen Hauch Stahl in ihre Stimme. »Gehen wir jetzt an Bord?«

Mit dem ersten Herbstregen begann Lilli, wieder zu husten. So war es immer gewesen, und so würde es vermutlich auch immer sein, obwohl die Feuerstelle in ihrem neuen Zimmer wirklich half. Während sich wahre Regenfluten über die Festung ergossen, verbrachte sie lange Nachmittage auf dem Sessel am Feuer und arbeitete an ihren Visualisierungsübungen. Die Arbeit – das Erschaffen und die Aufrechterhaltung geistiger Bilder – war ausgesprochen ermüdend, aber sie wurde zu einer Zuflucht für Lilli. Wenn sie die kunstvollen Bilder visualisierte, die Nevyn ihr auftrug, konnte sie einfach nicht mehr an Maryn denken, und solange sie in ihrem Zimmer arbeitete, konnte Maryn ihr seine Gesellschaft nicht aufzwingen.

Außer den Visualisierungen mußte sie auch Atemübungen machen, und die kamen ihr schon eher wie richtiger Dweomer vor. Nevyn hatte ihr gesagt, sie würde bald imstande sein, die beiden Hälften dieses Programms in einer Weise zu verbinden, die sie zu richtigen, kontrollierten Visionen bringen würde, statt des plötzlichen, ungewollten Aufwallens von Vorzeichen, das sie zuvor so beunruhigt hatte. Sie verbrachte lange Stunden mit dieser Arbeit, lebte für ihre Arbeit, bis sie manchmal sogar davon träumte.

Aber sie hustete weiter, und das störte ihre Konzentration. Und Nevyn schien sich um ihre Gesundheit zu sorgen. An einem besonders ekelhaften Nachmittag kam er mit einem Eisenkessel und einem Beutel voll Kräutern in ihr Zimmer. Während er seine Arznei braute, stellte er ihr genaue Fragen darüber, wann und wo sie am meisten hustete.

»Ich fühle mich am Feuer viel wohler, Herr«, sagte Lilli. »Aber ich bezweifle wirklich, daß das zählt.«

Nevyn dachte nach.

»Du bist in lauter Tücher gewickelt«, sagte er, »aber du bist immer noch viel zu dünn. Und dein Gesicht glüht vor Fieber, wenn du müde bist. Ja, es ist wichtig, Lilli.«

»Mag sein.«

»Weißt du, ich denke, ich habe vielleicht einen Fehler gemacht. Ich dachte, deine Atembeschwerden hätten damit zu tun, daß deine Mutter und Brour deine Dweomerbegabung mißbraucht haben. Du weißt inzwischen gut genug, wie wichtig richtiges Atmen für die Arbeit ist.«

»Ja, Herr. Es ist, als könnte ich den Aethyr aus der Luft saugen und als nährte er mich.«

»So sollte es sein. Aber wenn ich dich ansehe, frage ich mich, ob es dich nicht noch mehr erschöpft. Ich frage mich, ob deine Probleme nicht eine so einfache Ursache haben, daß ich sie übersehen habe.«

»Und was sollte das sein?«

»Eine Krankheit.« Nevyn lächelte bedauernd. »Eine angeborene Schwäche der Lungen aufgrund aus dem Gleichgewicht geratener Körpersäfte. Du hast ganz sicher einen Überfluß der kalten und feuchten Körpersäfte, denn ein solcher Überfluß sammelt sich in den Lungen. Dein Körper versucht, es mit warmen und trockenen Körpersäften der Luft auszubalancieren.«

»Das klingt nicht gut.«

»Nein. Ich denke, du solltest dich von jetzt an nur darum kümmern, wieder gesund zu werden. Schieb die Dweomerübungen, die ich dir gegeben habe, für vierzehn Tage beiseite.«

»Aber ich hatte endlich Erfolg damit!«

»Das verstehe ich, aber du wirst bald wieder damit beginnen können. Nicht ganz da, wo du aufgehört hast, aber nah genug. Du mußt dich ausruhen.«

Als sie den Mund öffnete, um ihm zu widersprechen, sah er sie an und schaute ihr tief in die Augen. Was sollte sie tun? Gestehen, daß sie arbeiten wollte, um den Gedanken an Maryn aus ihrem Kopf zu vertreiben?

»Ich bin Eure Schülerin«, sagte Lilli schließlich. »Wie ihr wünscht, Herr.«

Auf Nevyns Anordnung begann sie, einen großen Teil des Tages im Bett zu verbringen. Obwohl der alte Mann regelmäßig vorbeikam, war sie den Rest des Tages allein und sehnte sich nach Ablenkung. Sie konnte im Bett nähen und sticken, gestützt von den Kissen. Am dritten Morgen holte sie die Stücke des Hochzeitshemdes heraus, das sie für Braemys begonnen hatte, und legte sie flach auf den Tisch. Sie könnten Branoic passen, wenn sie seitlich ein paar Stücke einsetzte. Sie würde das Eberwappen selbstverständlich abtrennen und es durch jenes ersetzen müssen, das die Herolde gerade für ihn entwarfen.

Bevyan hatte diese Wappen gestickt. Der Gedanke daran, selbst diesen kleinen Teil der Arbeit ihrer Freundin zu zerstören, ließ Lilli weinen. Sie faltete das Vorderteil des Hemdes wieder zusammen und legte es zurück in die Truhe. Sie würde Rückenteil und Ärmel des Hemdes benutzen und ein neues Vorderteil sticken, das zu den Bändern an Saum und Passe paßte.

Raschelnd rutschte ein Brief unter ihrer Tür durch. Lilli sprang auf, griff nach der Tür und riß sie auf. Berater Oggyn stand im Flur, kreidebleich vom Bart bis zum kahlen Kopf.

»Ihr?« fragte Lilli verblüfft.

»Nein!« quiekte Oggyn. »Ich bin nur der Bote, der die Briefe abliefert.«

»Nun, ich will Euch nicht beleidigen, aber darüber bin ich froh.«

Oggyn lächelte und bekam wieder seine normale Gesichtsfarbe.

»Ich bin nicht beleidigt«, sagte er. »Ich bin alt genug, um Euer Großvater zu sein.«

»Nun gut, Oggyn. Ich habe Euch auf frischer Tat ertappt, also müßt Ihr gestehen. Wer schreibt mir diese Briefe?«

»Kommt schon! Ihr müßt es doch sicher wissen, ohne daß ich den Namen nenne?«

»Ich möchte, daß er genannt wird – ich hasse es, nicht sicher zu sein.«

»Ich möchte es folgendermaßen ausdrücken: Er ist ein Mann von höchstmöglicher Stellung.«

»Keine Rätsel! Ist es Prinz Maryn oder nicht?«

»Selbstverständlich ist er es!«

Oggyn verbeugte sich, dann trabte er davon, bevor sie weitere Fragen stellen konnte. Lilli schloß die Tür und setzte sich aufs Bett, um den Brief zu lesen.

Ihr sucht mich in Träumen und in meinen wachen Stunden heim. Wann habt Ihr endlich Mitleid mit mir?

Ha! dachte Lilli. Was würde geschehen, wenn ich nachgäbe? Ich nehme an, er wird mich ohne die Herausforderung langweilig finden. Sie legte den Brief neben sich aufs Bett, rückte ihre Kissen zurecht und legte sich hin, um den Nachmittag zu verdösen. Sie war zwar müde, aber nicht mehr so erschöpft, und sie bemerkte, daß sie den ganzen Tag über nicht viel gehustet hatte. Nevyn hatte recht, sagte sie sich. Ich bin wirklich krank gewesen.

Sie döste ein und wachte kurze Zeit später wieder auf. Das Geräusch, das sie geweckt hatte, erklang abermals – ein Klopfen an der Tür. Sie nahm an, es sei Nevyn.

»Kommt herein«, rief sie.

Maryn kam herein, schloß die Tür hinter sich und verriegelte sie. Einen Augenblick lang lehnte er sich an die Tür und lächelte, ja, er hätte beinahe leise gelacht, während er sie beobachtete. Sie setzte sich aufrecht hin und verschränkte die Arme über der Brust. Sie war noch so verschlafen, daß sie glaubte zu träumen.

»Oggyn hat mir gesagt, Ihr hättet ihn erwischt«, meinte Maryn lächelnd. »Und ich dachte, da Ihr es nun ohnehin wißt, könnte ich auch selbst kommen und meine Bitte selbst aussprechen.«

»Mein Lehnsherr ...«, stotterte Lilli.

»Nicht.« Er setzte sich neben sie, und sein Lächeln verschwand. »Nenn mich nicht so. Nicht ›mein Lehnsherr‹, nicht ›Euer Hoheit‹, nichts davon. Ich bin nicht der Prinz, Lilli, ich bin nur ein Mann, der vor lauter Liebe zu dir nicht schlafen kann.«

Er rückte näher heran und beugte sich zu ihr. Sie hatte nicht die Kraft zurückzuweichen. Sie fühlte sich, als sei sie betrunken, seine Wärme durchflutete sie und machte es ihr schwer zu denken. Seine Augen waren so grau wie Sturmwolken und ebenso gefährlich.

»Wie soll ich Euch dann nennen?« Sie hörte ihre Stimme zittern.

»Marro würde genügen.« Er rutschte weiter näher und lächelte. »Soll ich gehen? Ich werde gehen, wenn du mich bittest.«

Sie wußte, sie sollte ihn wegschicken. Sie erinnerte sich an all ihre Angst, erinnerte sich an Nevyns Anweisung und sogar an Bellyras Unglück, aber das alles waren Stimmen aus einem weit entfernten Zimmer, die kaum verständlich waren. Langsam neigte er den Kopf, zögerte, wartete vielleicht darauf, daß sie ihn bat zu gehen. Er streckte eine Hand aus und strich ihr mit den Fingerspitzen über die Wangen. Mit weichen, zärtlichen Berührungen legte er ihr Haar zurück. Plötzlich bemerkte Lilli, daß er zitterte, vielleicht vor Angst, daß sie ihn immer noch wegschicken würde. Daß er befürchtete, sie könnte ihn verletzen, rührte sie. Als seine Finger ihre Lippen berührten, wandte sie ihm den Kopf zu und küßte sie.

Früh am Nachmittag holte Nevyn die Kräuter aus seinem Zimmer und ging in den königlichen Broch, zu Lillis Zimmer. Obwohl es ihr an diesem Morgen erheblich bessergegangen war, war er immer noch beunruhigt über ihre Krankheit. Er hatte ihr nicht gesagt, daß eine solche Krankheit eine Bedrohung für ihre Dweomerstudien darstellte, es sei denn, er konnte sie ein für allemal heilen. Den Dweomer zu studieren, wenn man schwache Lungen hat, konnte zu einem tödlichen Ungleichgewicht des Aethyr führen, indem das Blut mehr vom fünften Element aufnahm, als die betreffende Person vertragen konnte – so hieß es zumindest. Ob dies zutreffend war oder nicht, das Endresultat war nur zu bekannt: Auszehrung und Fieber konnten den Schüler töten. Als er auf dem Weg zur Treppe durch die große Halle kam, rief Oggyn nach ihm. Nevyn wartete und ließ sich von dem Berater einholen.

»Habt Ihr vielleicht einen Augenblick Zeit?« sagte Oggyn. »Der Prinz hat mir aufgetragen, angemessene Ländereien für Branoic, den Silberdolch, zu finden, und das wirft unangenehme Fragen auf.«

»Welche zum Beispiel?« fragte Nevyn.

»Nun, wenn das Anwesen zu klein ist, beleidige ich Branoic. Wenn es zu groß ist, beleidige ich die adligen Vasallen unseres Lehnsherrn. Und dann sind da all die anderen Silberdolche, oder ich sollte sagen, jene, denen unser Lehnsherr eine Gunst versprochen hat. Wie viele von ihnen, glaubt Ihr, werden ebenfalls Land wollen? Wenn es alle dreiundzwanzig sind, könnte das unangenehm werden.«

»Ach, kommt schon! Die Ländereien des Eberclans sind riesig. Wenn der Prinz sie sich erst angeeignet hat, wird es Unmengen Land zu verteilen geben.«

»Das sehe ich ein, aber die Vasallen des Prinzen werden dieses Land für sich selbst oder ihre jüngeren Söhne haben wollen.« Oggyn hielt inne und kaute auf seiner Unterlippe. »Ich habe Landkarten in der Ratskammer. Könntet Ihr sie mit mir zusammen durchsehen? Ich würde diese Angelegenheit gern so bald wie möglich zu Ende bringen.«

»Zweifellos, aber Euch bleiben noch Monate. Maryn wird kein Land verteilen können, bevor er nicht offiziell König ist.«

»Oh, das wußte ich nicht. Könntet Ihr mir dann genau erläutern, um was es geht?«

»Das würde ich gern tun, aber ich muß mich erst um meine Schülerin kümmern.« Nevyn hob die Hand mit dem Kräuterpäckchen. »Ich muß ihr ein paar Arzneien gegen diesen Husten verabreichen.«

»Nun, ich wüßte es wirklich zu schätzen, wenn Ihr mir sofort helfen würdet.« Oggyns Stimme, normalerweise so fließend, hatte einen Hauch von Verzweiflung – nur einen Hauch, aber es genügte.

»Was soll das alles?« fauchte Nevyn. »Hat der Prinz Euch beauftragt, mich fernzuhalten, während er Lilli hinterherjagt?«

Schweiß brach auf Oggyns kahlem Kopf aus.

»Von allen ...« Nevyn ging um Oggyn herum und auf die Treppe zu.

»Wartet!« Oggyn hetzte ihm hinterher. »Bitte, Nevyn! Laßt uns zumindest vertraulich über diese Angelegenheit sprechen.«

»Also gut. Kommt mit, und wir sehen, daß wir aus der großen Halle herauskommen – alle starren uns schon an.«

Sie gingen ins Beratungszimmer, wo neue Landkarten und

Pergamente wie eine Schicht frischen Schnees auf dem Tisch lagen.

»Alle möglichen Briefe«, sagte Oggyn, und zeigte auf das Durcheinander.

»Was nun Eure Schülerin angeht …«

»Ich kann es nicht ausstehen, wenn man mich belügt«, fauchte Nevyn. »Und darum geht es mir, nicht um das, was Lilli tut oder nicht. Mir ist klar, daß Ihr Euch kaum weigern konntet zu tun, was der Prinz Euch befohlen hat.«

»Ja. Ich muß ehrlich sagen, diese ganze Geschichte ist mir von Anfang an würdelos vorgekommen. Ich bin viel zu alt, um als Bote zu dienen. Der Prinz sollte über Staatsangelegenheiten nachdenken, nicht Liebesbriefe unter Türen durchschieben.«

»Genau. Ich nehme an, er ist zu ihrem Zimmer gegangen, und Ihr solltet mich fernhalten?«

»Ja. Offensichtlich ist er immer noch dort. Er sagte mir, er würde wieder in die große Halle kommen, nachdem er mit ihr gesprochen hat. Er hat erwartet, daß sie ihn gleich wegschickt, aber das war schon vor einer Weile. Wahrscheinlich hat sie ihm endlich erlaubt, seinen Eimer in ihren Brunnen zu tauchen.«

Nevyn machte seinen Gefühlen mit ein paar Schimpfworten Luft.

»Ich hoffe nur«, sagte Oggyn dann, »daß seine Hoheit bald genug von dem Mädchen hat und diese Affäre eher früher als später beendet.«

»Ganz gleich, was das Mädchen davon hält, wie?«

»Das geht mich nichts an. Ich hoffe, daß ich auf Eure Hilfe zählen kann, die Angelegenheit so bald wie möglich bereinigen zu können.«

»Das könnt Ihr nicht. Ihr vergeßt, daß Lilli meine Schülerin ist, und daher bin ich für ihr Wohlergehen verantwortlich.«

Oggyn wich angesichts dieser verschleierten Erinnerung an den Dweomer einen raschen Schritt zurück.

»Der Prinz wird ihrer sicher irgendwann müde werden«, fuhr Nevyn fort. »Aber ich werde nicht zulassen, daß Ihr Euch einmischt, um diesen Tag schneller herbeizuführen.«

»Bei den Göttern!« zischte Oggyn. »Wenn Ihr Euch solche Sorgen macht, dann bedenkt folgendes: Ein Kurier kam heute früh mit Neuigkeiten von Prinzessin Bellyra. Die Barken kommen trotz des Regens gut voran, und sie wird vermutlich innerhalb von acht Tagen hier sein. Und es steht sehr wohl in der Macht der Prinzessin, der kleinen Lilli das Leben zur Hölle zu machen.«

»Das könnte sie, aber sie wird es nicht tun. Darum werde ich mich kümmern. Ihr seid es, um den ich mir Sorgen mache.«

»Es steht Euch nicht an, mir zu sagen, was ich tun darf oder nicht.«

»Ach ja? Ich denke, Ihr habt eine falsche Vorstellung von meiner Position. Laßt uns einen Augenblick von einer anderen Angelegenheit reden, von dem unerklärlichen Tod des Kindkönigs. Ich habe einen Zeugen, der beschwören kann, daß der Junge vergiftet wurde, und ich weiß zufällig, daß Ihr Zugang zu dem Gift hattet, das ihn tötete.«

Oggyn wurde totenbleich.

»Arroganz ist ein Luxus, den Ihr Euch nicht leisten könnt«, fuhr Nevyn fort. »Ich habe dem Prinzen nur deshalb die Beweise nicht vorgelegt, weil Olaen ohnehin gestorben wäre. Hättet Ihr ihn nicht getötet, dann hätte es eine Art halblegaler Hinrichtung gekostet. Aber sollte Maryn erfahren, daß Ihr persönlich ein Kind getötet habt ... selbst wenn er nur den Verdacht hätte, daß ihr es getan habt, würde seine Ehre verlangen, sich der Sache anzunehmen, auch wenn Ihr um seinetwillen gemordet habt. Ihr kennt ihn gut genug, um das zu wissen.«

Oggyn nickte. Schweiß lief ihm übers Gesicht und durchtränkte langsam seinen Bart. Seine Blicke zuckten überallhin, als suche er nach einem anderen Ausweg als der Tür.

»Nun«, meinte Nevyn, »schlage ich vor, daß Ihr dieser Affäre gestattet, ihren natürlichen Lauf zu nehmen. Haben wir einander verstanden?«

»Vollkommen.« Oggyns Stimme bebte. Er holte einen Lappen aus der Tasche und begann, sich das Gesicht abzuwischen.

»Wißt Ihr, Ihr schwitzt viel zu leicht. Bei einem Mann Euren Alters ist das ein schlechtes Zeichen. Ich würde mich an Eurer Stelle um meine Gesundheit kümmern.«

Nevyn verließ das Zimmer, ohne sich noch einmal umzusehen. Den ganzen Nachmittag wartete er in der großen Halle darauf, daß Maryn sich zeigte, aber es war erst kurz vor der Abendmahlzeit, als der Prinz endlich mit seinem üblichen beschwingten Gang die Treppe herunterkam. Er sah besser aus als seit langem, lächelte und schien irgendwie selbstzufrieden wie eine Katze, die gerade gefüttert wurde. Begleitet wurde er von Oggyn und dem üblichen Pagen, aber Nevyn wäre jede Wette eingegangen, daß der Berater dem Prinzen nichts von ihrem vorherigen Gespräch gesagt hatte.

Nevyn wartete, bis Maryn saß, dann suchte er seine Arzneien zusammen und ging zu Lillis Zimmer. An der geschlossenen Tür hielt er inne und erinnerte sich daran, daß es niemandem nützen würde, wenn er zu grob mit ihr war, dann klopfte er. Niemand antwortete, und er klopfte abermals, nun ein wenig lauter. Noch immer ertönte keine Antwort, und er öffnete die Tür gerade weit genug, um zu erkennen, daß Lilli fest schlief, auf ihrem Bett in eine Decke gewickelt. Ihr grünes Kleid lag zerknittert am Boden, zweifellos dort, wo sie es hingeworfen hatte. Er setzte dazu an, die Tür zu schließen, aber sie erwachte und setzte sich mit einem leisen Schrei auf.

»Lilli?« sagte Nevyn.

»Oh, Ihr seid es.« Sie wickelte die Decke um sich. »Den Göttern sei Dank! Ich habe von meiner Mutter geträumt.«

»Soll ich hereinkommen?«

»Bitte!«

Während Lilli sich anzog, beschäftigte Nevyn sich an der Feuerstelle, entzündete ein Feuer und hängte einen Kessel Wasser an den Eisenhaken.

»Ihr wißt davon«, sagte Lilli plötzlich.

»Vom Besuch des Prinzen? Es ist ziemlich offensichtlich.«

»Haßt Ihr mich jetzt?«

»Wie bitte?« Nevyn warf einen Blick über die Schulter und sah, daß sie ehrlich verängstigt war. »Was hat dich auf diese Idee gebracht?«

»Nun, ich habe etwas getan, was Ihr für falsch haltet.«

»Das würde ich nicht so ausdrücken. ›Gefährlich‹ ist vielleicht ein besseres Wort.« Er stand auf und wischte sich die rußigen Hände an dem Brigga ab. »Komm, setz dich, und wir unterhalten uns, während deine Arznei aufkocht.«

Lilli kam zu ihm, den Kamm in der Hand, und setzte sich auf einen Sessel, während er sich aufs Fensterbrett hockte. Draußen beleuchtete die untergehende Sonne die dunklen Türme der Festung, aber die Höfe lagen schon im Schatten. Der Wind an seinen Wangen war kühl.

»Es wird jetzt merklich früher dunkel«, meinte Nevyn. »Bald haben wir Winter und es wird schneien, und du weißt, was das bedeutet. Es wird schwierig werden, woanders hinzugehen, zum Beispiel zur Festung deines Bruders.«

»Das weiß ich.« Lilli konzentrierte sich aufs Kämmen. »Ich muß sehr vorsichtig sein. Das meint Ihr doch, nicht wahr? Jetzt, wo die Prinzessin herkommt.«

»Nicht nur die Prinzessin. Was ist mit Branoic?«

Lilli war den Tränen nahe.

»Ich hätte Maryn wegschicken müssen«, sagte sie. »Ich weiß, ich hätte es tun sollen. Ich möchte Branno auf gar keinen Fall verletzen.« Plötzlich begann sie zu weinen. »Ich bin so dumm gewesen!« Sie ließ den Kamm in den Schoß fallen und schlug die Hände vors Gesicht.

»Schon gut«, sagte Nevyn. »Nicht – oder gut, warum solltest du nicht weinen? Danach wird es dir bessergehen. Es tut mir leid, Lilli. Ich habe vergessen, wie jung du bist. Und dies ist ein Tag, der eine Frau für immer verändert. So heißt es zumindest.«

Nevyn stand auf, sah sich um und holte dann einen feuchten Lappen aus der Waschschüssel in der Ecke des Zimmers. Als er ihn Lilli reichte, wischte sie sich das Gesicht ab. Er stellte erfreut fest, daß selbst die Tränen keinen Hustenanfall ausgelöst hatten.

»Ich gebe dir wirklich an nichts die Schuld«, sagte Nevyn. »Mit Maryn sieht es allerdings anders aus.«

Lilli knäulte den Lappen zusammen und warf ihn auf den Tisch.

»Bitte schimpft nicht mit ihm«, sagte sie bedrückt.

»Um deinetwillen werde ich versuchen, es nicht zu tun. Nicht um seinetwillen.«

Lilli starrte den Kamm in ihrem Schoß an, als versuchte sie sich sein Bild einzuprägen, dann blickte sie schließlich auf.

»Das habe ich auch gehört«, sagte sie. »Daß es der wichtigste Tag im Leben eines Mädchen ist, wenn es zum ersten Mal mit einem Mann schläft. Nun, das trifft für mich nicht zu. Wißt Ihr, welcher Tag mein Leben wirklich geändert hat?«

»Nein. Welcher?«

»Der Tag, an dem meine Mutter mich meine Dweomersicht benutzen ließ und ich Zeichen der Vision entdeckte. Heute, das mit Maryn? Nun, erst hat es weh getan, dann war es wunderbar, aber Ihr Götter, ich bin auf dem Land aufgewachsen. Ich habe viele Pferde und Hunde und andere Tiere dasselbe tun sehen.« Plötzlich lächelte sie, und es lag etwas von ihrer alten Lebenskraft darin. »Aber Dweomer – das ist es wirklich wert, Herr. Und deshalb habe ich geweint, als ich glaubte, Ihr würdet mich wegschicken. Ich hatte das Gefühl, ich würde sterben, einfach nur von meiner Liebe zu Maryn, aber den Dweomer aufgeben – das würde mich wirklich umbringen.«

»Wenn du so empfindest«, sagte Nevyn, »dann mußt du dir keine Sorgen machen, den Dweomer aufzugeben.«

»Wirklich?«

»Wirklich. Obwohl ich dich warnen muß: Du wirst wegen deiner schwachen Lungen nur sehr langsam arbeiten können. Dweomerarbeit ist für den Körper unglaublich anstrengend. Es ist, als würde man ... nun, als würde man meilenweit rennen. Wenn man kräftig und gesund ist, kann man den halben Tag lang rennen, aber du bist es nicht, also würde dich eine solche Entfernung umbringen.«

»Das ist wahr.« Lilli dachte einen Augenblick lang nach. »Das verstehe ich, aber könnte ich nicht zumindest weiter lesen? Es ist schrecklich, hier zu liegen und nichts zu tun zu haben. Wenn ich nur lesen und nicht versuchen würde, praktisch zu arbeiten ...«

»Also gut. Wenn ich nicht zugelassen hätte, daß du dich so gelangweilt hast, dann wärst du vielleicht vernünftig genug gewesen, den Prinzen abzuweisen.«

Sie blickte verblüfft auf, dann lachte sie. Nevyn stellte zu seinem Staunen fest, daß er mit ihr lachen konnte. Nun gut, sagte er sich, es hat keinen Sinn, über ein verschüttetes Bier zu fluchen! Jetzt war es nur noch wichtig, wie er die unvermeidlichen Verletzungen, die diese Geschichte mit sich bringen würde, ein wenig lindern konnte. Solange Maryn Lilli nicht schwängerte, bevor er ihrer müde wurde, würde sie diese Angelegenheit schon durchstehen.

Während die Barken langsam flußaufwärts zogen, ritten die Silberdolche auf dem Uferweg. Wenn es regnete, und es regnete den größten Teil der Reise, konnten die Frauen sich in eine Holzhütte an Deck zurückziehen. Die Hühner hatten ihre mit Zelttuch bedeckten Käfige, aber die Männer wurden auf dem Weg ebenso naß wie ihre Pferde. Zum Glück hatten viele von Maryns alten oder neuen Vasallen ihre Festungen am Fluß, und in der Nacht suchten die Prinzessin und ihre Hofdamen dort Zuflucht. Die Eskorte schlief meistens in den Ställen, aber die waren immerhin warm und trocken, also beschwerte sich keiner.

Erst nachdem sie die Brücke von Camnydd erreicht hatten, wurde das Wetter besser. Prinzessin Bellyra lud Maddyn ein, mit seiner Harfe auf die Barke zu kommen und für sie und ihre Frauen zu spielen. Er mußte zugeben, daß es angenehm war, in der Sonne zu sitzen, während die Barke lautlos durchs Wasser glitt. Die Prinzessin hatte einen Sessel, ihre Hofdamen saßen auf Kisten, und die Kindermädchen und die kleinen Prinzen hockten bei Maddyn auf dem Deck, der aber darauf bestand, daß die Frauen die kleinen Jungen von seiner Harfe fernhielten. Er kannte eine ganze Menge Instrumentalstücke und spielte überwiegend diese, da er seiner Stimme vor Adligen, die schon viele Barden gehört hatten, nicht traute, aber irgendwann bat Bellyra ihn doch um ein Lied.

»Wirklich, Euer Hoheit, ich bin kein guter Sänger.«

»Seid nicht so bescheiden.«

Bellyra grinste boshaft. »Außerdem sind wir gelangweilt, also stört es uns nicht.«

»Also wirklich, Euer Hoheit!« sagte Elyssa lachend. »Seid

nicht so unfreundlich zu dem armen Mann! Ihr spielt wunderbar, Maddyn – Silberdolch oder nicht.«

»Danke. Also gut, Euer Hoheit. Wenn Ihr mir versprecht, daß Ihr mich dafür nicht aus dem Land verbannt, werde ich für Euch singen.«

Obwohl Maddyn mit Balladen begann und die Frauen mit ehrlichem Interesse lauschten, kamen ihm diese grimmigen Geschichten von Tod und verratener Liebe, von Überfällen und Blutfehden an einem so schönen Morgen bald fehl am Platze vor. Unter dem vom Regen klargewaschenen Himmel strömte der Fluß lautlos zwischen grünen Ufern dahin. In den Bäumen am Ufer sangen die Vögel. Draußen auf den Wiesen graste weißes Vieh mit rostbraunen Ohren, und hin und wieder sah man einen Kuhhirten mit ein paar Hunden im Gras, die Wache hielten.

»Ich kenne nicht viele höfische Lieder«, sagte Maddyn. »Ich habe nicht die Stimme dafür.«

»Seid nicht so bescheiden!« sagte Bellyra. »Was ist mit etwas Witzigem? Ihr wißt schon, diese Lieder über fröhliche Wirte und so.«

»Meine liebe Prinzessin! Ich bezweifle, daß das angemessen wäre«, wandte Degwa ein.

»Eure Zweifel sind vollkommen berechtigt«, meinte Maddyn. »Laßt mich nachdenken. Hier ist ein Lied, das ich über einen Fuchs geschrieben habe, der schlauer sein wollte, als gut für ihn war.«

Also sang er vom Bauern Owaen, seinen Hühnern und dem gierigen Fuchs, und Elyssa begann sogar, die zweite Stimme zu dem unsinnigen Refrain zu singen. Prinz Casso bedachte ihn ebenfalls mit einem interessierten Starren. Als er zu Ende war, klatschte Bellyra.

»Sehr schön«, sagte sie lächelnd. »Obwohl ich mich wirklich frage, was Euch dazu inspiriert hat, Barde. Dieser Fuchs und seine Dreistigkeit – ich denke, ich weiß, um wen es geht. Was hat Oggo getan, um das zu verdienen?«

Plötzlich faltete Degwa die Hände im Schoß und kniff die Lippen säuerlich zusammen.

»Ich hoffe, ich habe Euch nicht beleidigt, meine Dame«, sagte Maddyn.

Degwa schnaubte leise, stand auf und rauschte davon in die Holzhütte.

»Oh, Fluch über meine Zunge!« murmelte Bellyra. »Ich hatte Decci ganz vergessen.«

»Ich auch«, sagte Elyssa. »Ich werde mit ihr sprechen.«

Maddyn wartete, bis Elyssa verschwunden war. Die Wände der Barkenkabine waren so dünn, daß er hören konnte, wie die Frauen darin sich leise unterhielten, aber die Worte waren unverständlich.

»Was habe ich getan, Euer Hoheit?« fragte Maddyn.

»Macht Euch keine Gedanken«, sagte Bellyra. »Ich hätte nichts sagen sollen, und dann wäre es ihr entgangen. Degwa kann manchmal ein wenig schwer von Begriff sein.«

»Aber ...«

Bellyra beugte sich vor und senkte die Stimme.

»Oggyn machte ihr den Hof«, sagte sie. »Er hätte gern eine adlige Frau, und Ihr Götter, sie ist schon so lange verwitwet! Ich kann ihr nicht übelnehmen, daß sie sich über seine Aufmerksamkeit freut.«

»Bei den Göttern! Ich komme mir wie der größte Dummkopf der Welt vor! Ich hätte die Gefühle der Dame nicht verletzt, wenn ich das gewußt hätte.«

»Es wäre auch nicht geschehen, wenn ich den Mund gehalten hätte. Nun hört auf, Euch deshalb Gedanken zu machen.« Sie warf einen Blick über die Schulter. »Sie werden eine Weile brauchen. Also müßt Ihr mir unbedingt erzählen, was Oggyn angestellt hat, um diesen Spott zu verdienen.«

Während Maddyn ihr davon erzählte, daß der Berater Bestechungen entgegengenommen hatte, beugten sich auch die Kindermädchen näher heran und waren ganz Ohr. Bellyra kicherte, dann wurde sie ernst.

»Ich sollte nicht lachen. Das war wirklich gierig von Oggyn, und Ihr Götter, Owaen hätte ihn töten können!«

»Ich habe tatsächlich befürchtet, daß er so etwas tut.«

»Ich habe Owaen im Lauf der Jahre häufig in Gesellschaft meines Mannes gesehen, und er macht mir angst. Er scheint mir wie jemand, der einen Mann wegen eines falschen Wortes töten würde.«

»Da haben Euer Hoheit recht.«

Bellyra schauderte, wandte sich ab und schaute auf die sonnigen Wiesen hinaus.

»Ich hoffe bei allen Göttern, daß der Krieg bald vorbei sein wird«, sagte sie. »Glaubt Ihr das, Maddo?«

»Ja, Euer Hoheit. Wir werden im nächsten Sommer noch einen guten Kampf haben, und das wird der letzte sein.«

»Ich bete, daß Ihr recht habt, und daß mein Mann lange genug lebt, um den Frieden zu genießen. Ich wollte nie Regentin meines kleinen Sohnes werden.«

»Also wirklich, Euer Hoheit! Der Prinz ist von Männern wie mir umgeben, und wir würden alle lieber sterben, als zuzulassen, daß ihm Schaden zugefügt wird.«

»Tatsächlich?« Sie drehte sich wieder um und hatte Tränen in ihren Smaragdaugen. »O Maddo!«

»Jeder von uns, bis zum letzten Mann.«

Am liebsten hätte er ihre Hände genommen und Bellyra an sich gezogen. Doch er senkte nur den Blick und begann, die Saiten seiner Harfe zu lockern.

»Ich glaube nicht, daß ich heute noch weiterspielen kann, Euer Hoheit«, sagte er.

»Ihr habt uns lange genug unterhalten. Soll ich die Barkenmänner bitten, Euch ans Ufer zu bringen? Ihr würdet sicher gerne mit Euren Männern weiterreiten, und ich sollte mich lieber um Degwa kümmern.«

So beunruhigend das Fluchtäfelchen sein mochte, die Angelegenheit des Gwerbretryn von Cerrmor bildete eine direktere Gefahr für die Herrschaft des Prinzen. Es waren endlich Boten aus Pyrdon gekommen, das weit im Westen lag – selbst für Kuriere ein langer Ritt. König Casyl war ausgesprochen erfreut, daß sich Maryn so großzügig an seinen Halbbruder erinnert hatte.

»Er möchte Riddmar herschicken, damit er bei mir am Hof lebt«, sagte Maryn. »Das kommt mir vernünftig vor. Sollte Eldidd Pyrdon überfallen, dann wird sein zweiter Erbe in Sicherheit sein. Und sobald der Junge hier ist, kann Eldidd auch nicht mehr versuchen, ihn aufzuhetzen.«

»Euer Vater war immer ein weitsichtiger Mann, mein Lehnsherr«, sagte Nevyn.

Maryn nickte. Er hielt den aufgerollten Brief in einer Hand und schlug damit rhythmisch in seine andere Handfläche. »Vater möchte ihn noch vor Einbruch des Winters herschikken«, sagte Maryn. »Ich werde eine Eskorte ausschicken, die ihm entgegenreitet.«

»Das wäre klug. Nun, da der Herr von Hendyr Euer Vasall ist, wird Riddmar in keiner großen Gefahr sein, aber es zählt auch die Ehre.«

»Ich werde Männer des Kriegshaufens von Cerrmor schikken. Immerhin werden sie Riddmars Männer sein, sobald ich König bin. Und dann hat Oggyn vorgeschlagen, daß es eine schöne Geste wäre, wenn ein paar Silberdolche sie als meine persönlichen Botschafter begleiteten.«

»Das klingt gut.«

»Ich dachte daran, Branoic als Befehlshaber der Truppe

auszusenden.« Eine Spur Trotz schlich sich in Maryns Stimme. »Das wäre eine beträchtliche Ehre für ihn.«

»Mein Lehnsherr, das ist Eurer nicht würdig.«

Maryn warf den aufgerollten Brief auf den Tisch. Nevyn faltete die Hände im Schoß und wartete. Endlich schaute Maryn ihn an.

»Also gut«, sagte der Prinz. »Ich werde Owaen schikken.«

»Danke.«

Maryn lächelte bedauernd.

»Es wird gut sein, diese Cerrmor-Angelegenheit zu Ende zu bringen«, sagte Nevyn.

»Ja. Ich frage mich, ob der Wahlrat wohl meinen Kandidaten unterstützen wird.«

»Ich ebenfalls. Wir werden tun müssen, was in unserer Macht steht.«

Maryn stand auf und begann, nervös auf und ab zu gehen. Wieder und wieder, bis Nevyn ihn am liebsten angeschrien hätte, er solle sich hinsetzen.

»Was beunruhigt Euch so sehr, mein Lehnsherr?« fragte er statt dessen.

»All dieses Geschwätz und die Politik und das ganze Herumgewiesel! Ihr Götter, ich dachte, sobald der Krieg vorüber wäre, sobald ich Dun Deverry eingenommen hätte, würde ich König sein und alles in Ordnung. Offensichtlich war es dumm von mir, das zu denken.«

»Nicht dumm, Euer Hoheit, nur unwissend.«

Maryn blieb stehen und lächelte.

»Danke«, grinste er. »Es hört sich angenehmer an, so wie Ihr es ausdrückt.«

»Das dachte ich mir, mein Lehnsherr. Aber tatsächlich sind Verhandlungen und Gespräche ebenso gefährlich wie Kämpfe. Ihr habt Dun Deverry mit dem Schwert gewonnen, aber es zu halten, dazu braucht es besonnene Worte. Eine falsche Entscheidung könnte Euch jetzt alles kosten.«

Nachdem er den Prinzen verlassen hatte, kehrte Nevyn in sein eigenes Zimmer zurück, wo das Problem des Fluchtäfelchens auf ihn wartete. Er hatte das Holz des kleinen Kästchens überall mit Schutzzaubern und Siegeln versehen, dann astrale Siegel darübergelegt, die er fünfmal täglich beim astralen Gezeitenwechsel erneuerte. Sobald die Siegel neu gesetzt waren, vollführte er einen Bannzauber, um alles Böse zu vertreiben, das sich vielleicht zufällig angesammelt hatte. Nach diesen Vorsichtsmaßnahmen nahm er das Täfelchen heraus und versuchte, mit Hilfe dieser Berührung zumindest fragmentarische Visionen zu erhalten oder eine Stimme zu hören, die ihm tief im Geist sagte, wie man den Dweomer, der damit verbunden war, auflösen konnte. Aber nichts geschah.

Er haßte es, Lillis Fähigkeiten auszunutzen. Sie war jung, hatte gerade erst ihre Ausbildung begonnen, und ihre Krankheit hatte sie geschwächt. Aber ihm standen keine anderen Waffen zur Verfügung.

»Ich beginne zu glauben, daß du recht hast«, sagte Nevyn zu ihr. »Das Kind war vermutlich dein Bruder. Wir werden es nie beweisen können, aber nichts anderes kann erklären, wie sehr dich dieses Täfelchen berührt.«

»Das hatte ich befürchtet«, meinte Lilli. »Es ist seltsam. Meine Mutter ist jetzt seit Monaten tot, aber es ist, als wäre sie immer noch hier und würde weiterhin ihre schreckliche Magie wirken.«

Sie saßen spät am Abend in Nevyns Zimmer. Das Täfelchen lag zwischen ihnen im Kerzenlicht. Es war ein so häßliches Ding, den Fluch in groben Buchstaben darauf gekratzt, und hatte dennoch solche Macht.

»Du hast den größten Teil des Tages geschlafen?« fragte Nevyn.

»Ja«, sagte Lilli. »Deshalb kann ich jetzt nicht schlafen.«

Nevyn betrachtete ihre Aura mit Hilfe des zweiten Gesichts: Sie war kräftiger und heller als jemals zuvor, seit er sie kannte. Er kehrte wieder zur normalen Sichtweise zurück und betrachtete ihren Körper, der nicht mehr so hager war wie zuvor. Seine Kräuter und Maryns Aufmerksamkeit hatten ihr offenbar gutgetan.

»Ich möchte dich um etwas sehr Gefährliches bitten«, sagte Nevyn. »Würdest du mitmachen?«

»Ja, Herr. Wollt Ihr, daß ich es wieder berühre?«

»Ja, aber nur ganz wenig. Ich möchte wissen, was dir in den Kopf kommt, wenn deine Fingerspitzen auf dem Täfelchen liegen.«

Lilli streckte gehorsam die Hand aus und legte ihre Fingerspitzen auf den Rand des Bleistreifens. Sie runzelte konzentriert die Stirn, während das Kerzenlicht um sie herumtanzte. Plötzlich begann sie, mit hohler Stimme zu sprechen, tief genug, daß sie einem jungen Mann hätte gehören können.

»Binde ihn damit. Er muß langsam sterben.« Sie warf den Kopf zurück und verdrehte die Augen. »Burcans Kind, um ihn zu binden. Burcans Tod wird den seinen bringen. Wie dies, so jenes.«

Nevyn sprang so rasch auf, daß er beinahe die Kerzen umgestoßen hätte. Er zeichnete mit beiden Armen ein Pentagramm in die Luft und schob den Schutzbann vorwärts, um sie wie mit einem Netz zu umgeben.

»Lilli! Komm zurück!«

Mit einem Schluchzen richtete Lilli sich auf. Nevyn eilte um den Tisch, nahm ihre Hände, zog sie auf die Beine und legte ihr den Arm um die Schultern.

»Verzeih mir!« sagte er. »Ich hatte vergessen, wie rasch du in Trance gerätst.«

»Was habe ich gesagt? Ich kann mich nicht erinnern.«

»Ein paar sehr finstere Dinge. Setz dich und ruhe dich aus, während ich dieses widerwärtige Ding wieder versiegle.«

Sobald das Täfelchen versiegelt und gebunden war, steckte er es wieder in die Schachtel, die er tief unter seinen Kräutersäcken verbarg. Er wollte sichergehen, daß kein zufälliger Besucher oder ahnungsloser Diener sie aus Versehen oder Neugier aufhob. Lilli saß erschöpft auf dem Stuhl zurückgelehnt.

»Ich bringe dich zurück auf dein Zimmer«, sagte Nevyn. »Du mußt schlafen.«

»Ja. Aber ich wünschte, Ihr würdet mir verraten, was ich gesagt habe.«

»Morgen früh, wenn es hell ist.«

In jener Nacht ging Nevyn lange Zeit in der stillen Festung umher. Über seinem Kopf drehte sich das Rad der Sterne in der frischen Herbstluft, aber dunkle Türme schränkten seinen Blick ein. Meroddas ekelhafter kleiner Zauberer war ein sehr kluger Mann gewesen, der genug gewußt hatte, um seinen Fluch in eine Falle verwandeln zu können. Er hatte Burcans Sohn benutzt, dieses bedauernswerte Kind, das mit dem Fluch begraben worden war, um Prinz Maryn an Burcan zu binden. Wenn Burcan starb, würde Maryns Tod folgen – selbstverständlich nur, wenn der dunkle Dweomermann tatsächlich die Macht hatte zu erreichen, was er wollte. Es war ihm zweifellos gelungen, dem Täfelchen große Energie zu verleihen, sonst hätte Lilli die Verbindung nicht so intensiv gespürt.

Und Burcan war bereits tot.

Mitten in der Nacht erwachte Lilli von dem Geräusch der Tür. Sie spürte eine Gestalt an ihrem Bett, einen dunklen Schatten vor dem nächtlichen Grau. Sie setzte sich auf und unterdrückte einen Schrei.

»Ich bin es nur«, sagte Maryn.

»Oh, gut! Du hast mich erschreckt.«

»Hattest du einen von deinen schlechten Träumen?« Er setzte sich auf die Bettkante und zog die Stiefel aus.

»Ja. Ich bin froh, daß du da bist.«

Als er die Arme ausbreitete, schmiegte sie sich an ihn. Sein Mund berührte ihre Wange, dann fand er ihre Lippen. Seine Küsse waren ihr nun vertraut – es verblüffte sie immer, daß sie seinen Körper nun so gut kannte, wo sie ihn doch einmal für vollkommen unerreichbar gehalten hatte. Er ließ sie los, dann stand er auf und zog die Decke zurück. Sie legte sich hin und räkelte sich mit einem kleinen Seufzer vorweggenommener Freude. Er lachte und legte sich neben sie.

»Ich kann also davon ausgehen, meine Dame«, sagte er, »daß dies nicht nur eine grimmige Pflicht ist, die Ihr gegenüber Eurem Prinzen erfüllt?«

Lachend rollte sie sich in seine Arme. Er küßte sie abermals, ließ seinen Mund auf ihrem verweilen und suchte mit der Hand ihre Brust. Sie liebte es, wie er sie berührte – kraftvoll, aber bedächtig –, liebte die Art, wie er sie beherrschte, nach ihren Händen griff und sie dorthin zog, wo er berührt werden wollte. Sie konnte sich in ein warmes Meer des Vertrauens zurücksinken und sich von seiner seltsamen Anziehungskraft umgeben lassen. Nie war sie sich der Kraft, die von ihm ausging, bewußter gewesen als in dieser Nacht. In dem dunklen Zimmer konnte sie es sehen, eine goldene Wolke, die sie nun beide umfing.

Seine Hand glitt zwischen ihre Beine, und sie wimmerte und schloß die Augen, aber immer noch war sie sich dieser goldenen Spirale bewußt, die sie nun fester umschlang. Er bewegte sich, kniete sich zwischen ihre Beine und drang schließlich in sie ein. Sie schrie auf, als die Leidenschaft über sie hinwegbrauste, aber in einem kleinen Teil ihres Geistes wußte sie, daß es diesmal anders war, daß diese rohe, männliche Gewalt sie zu offen gefunden hatte ... gefährlich offen. Sein ganzer

Körper erstarrte, hörte auf, sich zu bewegen, und sie hörte das leise Seufzen, das einzige Geräusch, das er sich je gestattete.

Wieder bewegte er sich, legte sich neben sie, drehte sich auf die Seite, um sie in die Arme zu ziehen. Die kühle Luft berührte ihren verschwitzten Rücken. Sie wandte sich gerade noch rechtzeitig ab und hustete, entzog sich seinen Armen, setzte sich auf und schlug beide Hände vor den Mund.

»Lilli! Ihr Götter! Was ist denn?«

»Ich weiß nicht«, murmelte sie. »Es geht sicher bald wieder.«

Sie stand auf, taumelte im Zimmer herum und fand schließlich einen Lappen, der auf ihrem Tisch lag. So vorsichtig wie möglich hustete sie heraus, was ihre Lungen hervorgebracht hatten. Maryn stand besorgt direkt hinter ihr.

»Soll ich Nevyn holen?«

»Es geht schon wieder. Bitte nicht.«

»Wie meine Herrin befiehlt.«

Maryn klang beunruhigt. »Das Feuer ist ausgegangen. Ich wünschte, wir hätten ein wenig Licht, damit ich sehe, wie es dir geht.«

Lilli fand ihren Weg zu den Fensterläden und zog sie auf. Die kalte Nachtluft roch wunderbar frisch. Das Sternenlicht und das letzte Schimmern des abnehmenden Mondes ließen das Zimmer ein wenig heller werden; genug, daß sie ihn sehen konnte, wie er vor der Feuerstelle hockte.

»Leg dich wieder unter die Decke«, sagte Maryn. »Du wirst dich noch zu Tode erkälten, wenn du nackt am Fenster stehenbleibst.«

»Ich wollte nur noch einen Schluck Wasser trinken.«

»Leg dich ins Bett, damit du wieder warm wirst. Sofort!«

Maryn suchte den Wasserkrug und den Becher und brachte ihr dann etwas zu trinken wie ein Page. Sie nahm den Becher in beide Hände und trank langsam. Er setzte sich neben sie, nahm den Becher und stellte ihn auf den Boden.

»Soll ich gehen?« fragte er.

»Bitte nicht!«

Er lachte und küßte sie, aber sehr sanft, dann stand er auf und ging zurück zur anderen Seite des Bettes. Sie konnte seine Silhouette gegen das offene Fenster und die Sterne sehen, aber sie schlief schon, ehe er sich niederlegte.

Als sie am Morgen aufwachte, lag Maryn immer noch neben ihr, fest auf dem Rücken schlafend und schnarchend. Im silbernen Morgenlicht betrachtete sie ihn eine lange Weile. Draußen im Flur waren Stimmen zu hören, wahrscheinlich die von Dienern.

»Marro? Marro, du solltest lieber aufwachen.«

Er setzte sich, gähnte, starrte zum offenen Fenster. »Ihr Götter! Es ist schon hell. Ich muß gehen.«

Eilig zog er sich an und blieb dann für einen letzten Kuß vor ihrer Tür stehen.

»Halt mich in deinem Herzen«, sagte er lächelnd.

»Immer, mein Prinz.«

Er küßte sie noch einmal, dann öffnete er die Tür, sah sich um, schlüpfte hinaus und eilte den Flur entlang und die Treppe hinauf. Lilli schloß die Tür und gähnte. Sie ging zum Fenster, um die Läden zu schließen und holte in der kühlen Morgenluft tief Luft. Die Kälte schnitt wie Messer in ihre Lungen. Sie keuchte, wäre beinahe niedergestürzt und hielt sich schließlich an der Tischkante fest. Der Lappen, den sie in der Nacht zuvor benutzt hatte, lag auf dem Tisch. Er war voller Blutflecken.

Lilli ließ sich auf einen Stuhl sacken. Sie wußte, sie sollte sich anziehen und zu Nevyn laufen, aber die Angst traf sie so schwer und kalt, daß es ihr nur gelang, wieder ins Zimmer und zurück ins Bett zu kriechen. Obwohl sie sofort einschlief, wurde sie bald von einem Klopfen an der Tür wieder geweckt.

»Lilli, bist du da?« Nevyns Stimme.

»Kommt herein. Die Tür ist nicht verriegelt.«

Nevyn kam herein, die Arme voller Kräutersäcke. Wildvolk und der Geruch nach Kräutern umgaben ihn.

»Der Prinz hat mir gesagt, du wärest krank.«

»Ja. Ich habe letzte Nacht Blut gehustet.«

Nevyn erstarrte und sah sie an.

»Es war wirklich nicht viel«, sagte Lilli.

»Auch ein wenig ist schon zu viel«, entgegnete Nevyn. »Von nun an wird der einzige Dweomer, mit dem du dich beschäftigst, der in den Büchern sein. Wir müssen dafür sorgen, daß du gesund wirst.«

In jenen Tagen, als es keine Schleusen gab, konnten die Barken auf dem Belaver nicht weiter stromaufwärts fahren als bis in die südlichen Täler. Im Dorf Lauddby warteten die versprochenen Wagen für Prinzessin Bellyra und ihre Truppe, und mit ihnen der hiesige Lord, ein Angehöriger des westlichen Zweigs des Hirschclans, der ihr und ihren Leuten seine Gastfreundschaft für die Nacht anbot. Während sein Kriegshaufen den Dienern half, die Barken ab- und die Wagen zu beladen, gingen Bellyra, ihre Hofdamen und die Kinderfrauen mit den beiden jungen Prinzen ein Stück am Ufer entlang, um dem Staub zu entgehen. Maddyn rief ihnen zu, zu warten, und ein Schwarm Silberdolche folgte ihnen im Laufschritt.

»Ihr solltet nicht allein hier sein, Euer Hoheit«, sagte Maddyn. »Wir werden uns im Hintergrund halten, wenn Ihr nicht wollt, daß jemand Euch belauscht.«

»Ach, ja sicher«, sagte Bellyra. »Dumm von mir, daß ich das vergessen habe. Wir sind nicht mehr in Cerrmor, wo wir in Sicherheit waren.«

»Das ist wahr.« Decca sah sich so nervös um, als erwartete sie in jedem Busch Banditen. »Ich bin froh, wenn wir wieder in einer richtigen Festung sind!«

Begleitet von ihrer Eskorte, gingen sie wieder zum Fluß zurück, die Frauen voran, die Silberdolche folgten. Als Bellyra das Wasser betrachtete, das rasch nach Süden strömte, fiel ihr ein, daß sie Cerrmor vielleicht nie wiedersehen würde. Irgendwie hatte sie sich bisher nie gestattet, daran zu denken. Maryn hatte ihr in seinen Briefen von seinen Plänen, Cerrmor seinem Halbbruder zu geben, berichtet – eine so kluge Idee, daß sie annahm, daß Nevyn dahintersteckte. Irgendwann einmal würde Gwerbret Riddmar sicherlich die königliche Familie einladen. Ansonsten würde sie ihr Leben nun in Dun Deverry führen und nicht mehr in der Stadt, in der sie geboren und aufgewachsen war. Sie schauderte und sah sich um. Bäume rauschten im kalten Wind, und die Blätter an ihren Nordseiten färbten sich bereits gelb.

»Mama?« sagte Prinz Casso plötzlich. »Ich will runter.«

»Ja, Liebster?« Bellyra wandte sich der Kinderfrau zu. »Ich nehme ihn eine Weile.«

Als Arda den jungen Prinzen absetzte, nahm Bellyra schnell seine Hand, bevor er wegrennen konnte. Sie ließ sich von ihm ein Stück flußabwärts führen. Maddyn und vier Silberdolche folgten eilig.

»Wirklich, Maddo!« sagte Bellyra. »Was glaubt Ihr, wird geschehen? Daß jemand uns als Geisel nimmt?«

»Spottet nicht, Euer Hoheit. Die Adligen hier sind noch nicht lange Vasallen des Prinzen.«

»Also gut.« Es schien ihr, als wäre der Wind noch kälter geworden. »Komm mit, Casso. Gehen wir wieder zurück zu den anderen.«

Nach einer unbequemen Nacht in einer heruntergekommenen Festung machten sie sich früh am Morgen wieder auf. Ein paar Silberdolche ritten vor den Frauen, einige hinter ihnen und einige an beiden Flanken, wo sie die Seitenwege nach möglichen Gefahren absuchen konnten. Die Wagen knarrten in der Nachhut. Bellyra nahm Casso von seiner Kinderfrau und ließ ihn vor sich im Sattel sitzen. Der kleine Marro und seine Kinderfrau saßen in einem der Wagen, und das gab Casso das Gefühl, erwachsen und wichtig zu sein. In ein paar Monaten würde er drei Jahre alt sein. Sie würde Maryns Stallmeister bitten müssen, ihm ein Pony zu besorgen und ihm das Reiten beizubringen.

Da die Wagen so langsam waren und mit ermüdender Regelmäßigkeit eins der Räder brach, legten sie am Tag nur zwölf Meilen zurück. Das war, wie Maddyn ihr sagte, etwa dieselbe Geschwindigkeit, mit der eine Armee dieselbe Strecke zurücklegen würde. Sie war dankbar, daß das Wetter kühl, aber sonnig blieb, und sie nicht im Regen unterwegs sein mußten. Am Abend drängten sie sich einem weiteren von Maryns neuen Vasallen auf, der, wie Bellyra auffiel, sehr viel mehr daran interessiert war, den neuen Erbprinzen zu erfreuen, als seine Frau zu entführen. Die Adligen und ihre Frauen verneigten sich, buckelten und waren überaus gastfreundlich, um so ihre Dankbarkeit für Maryns Begnadigung zu beweisen. Dennoch, Bellyra war sich stets der Silberdolche bewußt, die in der Nähe standen, die Hände auf den Schwertgriffen, bereit für das geringste Zeichen von Verrat.

Jeder Tag erschien Bellyra so lang wie eine Woche, aber endlich kam die Morgendämmerung, als Maddyn ihr berichten konnte, daß Dun Deverry nur noch ein paar Tage entfernt lag. Gegen Mittag brach an einem der Wagen, der mit Steuern beladen war, ein Rad, und Bellyra entschied, daß sie ebensogut essen konnten, während die Fuhrleute den Wagen reparierten. Maddyn hatte ihr gerade vom Pferd geholfen, als sie in der Ferne Hufschlag und das Klirren von Zaumzeug und Rüstungen hörten, das auf bewaffnete Männer hinwies. Maddyn fluchte und befahl den Silberdolchen, in die Sattel zu steigen.

»Sucht Schutz«, rief Bellyra den Dienern zu. »Decci, Lyssa, ihr alle! Auf die Wagen!«

Sie hob den erschrockenen Casso hoch und lief zum Kreis der Wagen, der einen Angriff zumindest verlangsamen würde. Die anderen Frauen drängten sich um sie. Marro begann, in den Armen seiner Kinderfrau zu weinen, die Schweine in der Nähe quiekten, weil sie die allgemeine Angststimmung begriffen. Die Silberdolche riefen einander Kommandos zu, wendeten ihre Pferde und wirbelten scheinbar panisch herum, aber am Ende zeigte sich, daß sie ein geübtes Manöver durchführten. In wenigen Augenblicken hatten sie sich zu einem schützenden Ring um Wagen und Frauen formiert.

Auf der Straße kamen etwa fünfzig Reiter in einer dicken Staubwolke direkt auf sie zu. Näher und näher. Plötzlich lachte Casso und zeigte auf die Truppe.

»Papa!« krähte er. »Das ist Papa! Sieh doch! Der große Vogel auf der Fahne!« Was er immer als großen Vogel bezeichnete, war tatsächlich der rote Drache von Maryns Wappen. Bellyra lachte erleichtert, und die anderen Frauen lachten mit ihr.

»Ruft die Silberdolche zurück, Maddyn«, rief sie, »es ist mein Mann.«

Bellyra setzte Casso ab, nahm seine Hand und verließ dann mit ihm die Wagenburg. Als sie zur Straße eilten, spornte Maryn sein Pferd an und trabte vor seinen Männern als erster ins Lager. Er sprang mit der Anmut eines Mannes, der sein halbes Leben auf dem Pferderücken verbracht hatte, aus dem Sattel und warf die Zügel einem Diener zu. Bellyra knickste, als er auf sie zukam. Er trug keinen Helm, aber ein Kettenhemd unter dem Waffenrock.

»Nun, Herrin«, sagte er lächelnd. »Nachdem Ihr den Fluß verlassen hattet, konnte der alte Nevyn Euch mit dem zweiten Gesicht sehen und mir sagen, wo ich Euch finden würde. Also dachte ich, ich begleite Euch zu Eurem neuen Zuhause.«

»Ich bin froh, Euch zu sehen, Herr.« Nie hatte sie etwas so Wahres ausgesprochen. Sie wäre am liebsten zu ihm gerannt und hätte sich in seine Arme gestürzt. »Ihr seht aus, als wäret Ihr wohlauf.«

»Das bin ich. Und wen habt Ihr da mitgebracht?«

Lachend ließ Bellyra Casso gehen. Er rannte zu seinem Vater, der ihn hochhob und sich auf die Hüfte setzte. Einen Augenblick lang lächelten sie einander an. Zwei blonde Köpfe dicht beisammen, und nach den grauen Augen und dem Profil, das ihnen gemeinsam war, hätte niemand je daran zweifeln können, wer Prinz Cassos Vater war.

»Bist du auch mutig gewesen?« fragte Maryn.

»Ja.« Casso streckte die Hand aus und berührte den Waffenrock. »Der große rote Vogel.«

Alle lachten. Inzwischen waren die Silberdolche abgestiegen. Maddyn kam auf den Prinzen zu und kniete vor ihm nieder.

»Es sieht aus, als hättet Ihr meine Frau gut beschützt«, erklärte Maryn. »Danke.«

»Es war uns eine Ehre, Euer Hoheit.«

»Ich werde euch schlecht für eure Anstrengung belohnen.« Maryn lächelte ein wenig schief. »Ich werde mit ihr, den Kindern und meinen Männern zurückreiten. Ihr werdet folgen und diese elenden Karren bewachen.« Er wandte sich Bellyra zu. »Auf diese Weise erreichen wir die Stadt schon morgen. Auf die Steuern können wir dann ruhig noch ein paar Tage warten.«

»Das wäre wunderbar, Herr«, sagte Bellyra. »Ich hoffe, daß auch meine Frauen mitkommen können.«

»Sicher, wenn Ihr wünscht.« Maryn spähte zum Lager hin. »Maddyn, wir lassen allen Zeit zum Essen und trennen uns dann für den Rückweg.«

Die folgende Nacht verbrachten sie bei Tieryn Cardomaen,

oder genauer gesagt seiner Mutter, der Regentin, denn der Tieryn selbst war kaum älter als Casyl. Sein Vater war im Krieg des Sommers zuvor getötet worden, als er auf der Seite des Eberclans kämpfte. Lady Therra war nun gezwungen, dem Mann, der am Ende für den Tod ihres Gatten verantwortlich war, Unterkunft zu gewähren. Bellyra empfand das als recht unangenehm, aber die Hausherrin schien sich nicht daran zu stören. Während der Mahlzeit bezog sie sich nur einmal auf ihren Mann und nannte ihn dann bei vollem Namen und Titel. Bellyra nahm an, daß ihre Ehe von der üblichen Art gewesen war.

Am Abend führte Lady Therra sie persönlich in das beste Schlafzimmer der Festung, in dem es nicht nur ein Bett mit bestickten Vorhängen, sondern auch zwei Sessel gab. Die Mauern allerdings waren nackt, und an den Fenstern hingen nur Ledervorhänge. Ein niedriges Feuer brannte in der Feuerstelle. Maryns Page zog seinem Herrn die Reitstiefel aus, dann gesellte er sich eilig zu den anderen Dienern im Stall. Maryn warf die Stiefel auf das Kettenhemd, das er vorher abgelegt hatte, dann setzte er sich seufzend auf die Bettkante.

»Ich bin froh, daß du bei mir bist«, sagte Maryn.

»Ja?« Bellyra lächelte ihn an.

»Ich brauche deinen Verstand. Die Angelegenheiten bei Hof sind so wirr, daß ich nicht weiß, was ich glauben soll. Und dann ist da noch Braemys. Hat Nevyn dir von seiner Unverschämtheit erzählt?«

»Ja.«

»Gut. Dann brauche ich das nicht alles zu wiederholen.«

Sie löste ihre Schärpe. Ich werde nicht zulassen, daß er mich weinen sieht, sagte sie sich. Nein, das werde ich nicht!

»Was ist denn?« fragte er.

»Ich bin nur müde. Es war eine lange Reise.«

»Ja. Ich wünschte, es wäre sicherer gewesen, früher nach

dir zu schicken, als das Wetter besser war, aber es war nicht so. Ich hoffe nur, daß wir jetzt nichts mehr zu befürchten haben.«

Sie nickte nur und konzentrierte sich darauf, die Schärpe zu falten. Sie hörte das Bett knarren, als er aufstand. Er kam zu ihr und legte ihr die Hände auf die Schultern. Ihr Stolz ließ sie erstarren und ein wenig zurückweichen, aber dann lehnte sie sich an ihn und spürte, wie sie zitterte.

»Du bist wirklich müde«, sagte er. »Ich sollte dich in Ruhe lassen. Es tut mir leid.«

Er ließ sie mit einem leichten Tätscheln der Schulter los, wie er vielleicht einen Hund behandelt hätte, und wandte sich so unbeschwert ab, daß es ihr das Herz zerriß. Und dennoch: War er nicht höflicher, als die meisten adligen Männer gewesen wären? Sie war so erschöpft, daß sie sofort einschlief. Und als sie am Morgen aufwachte, war er schon weg.

Während des Rittes nach Norden am nächsten Tag veränderte sich die Landschaft rings um sie her. Sie waren den halben Morgen unterwegs, bevor Bellyra erkannte, was sie sah. Obwohl die Wiesen üppig waren, graste hier kein Vieh. Die Felder waren grün von Unkraut, nicht Weizen. Als sie an Bauernhöfen vorbeikamen, waren die Gebäude entweder leer oder zu Ruinen niedergebrannt.

»Ihr Götter, Marro!« sagte Bellyra schließlich, »es sind überhaupt keine Leute hier.«

»Nicht am Fluß«, sagte Maryn. »Sie hatten irgendwann genug davon, daß immer wieder Armeen kamen und ihr Vieh und ihre Ernte stahlen, und sind schließlich geflohen. Ich kann es ihnen nicht übelnehmen, selbst wenn es eigentlich meine Leibeigenen sind. Aber warte, bis du die Stadt siehst. Du wirst erkennen, wieso ich intrigiert habe, um Cerrmor zu behalten.«

Und sie sah die Stadt später an diesem Nachmittag, als sie

mit dem Sonnenuntergang durch die massive Außenmauer von Dun Deverry in ein Ödland ritten. Belagerung um Belagerung, Feuer um Feuer, Plündereien im Sommer und diebische, verzweifelte Nachbarn im Winter – auf dem ganzen langen Weg den Hügel hinauf zur Festung standen infolgedessen kaum mehr zwei Häuser nebeneinander. Als sie durch die Außenmauer der eigentlichen Festung kamen, zeigte Maryn über ein flaches Tal zu einem eichengekrönten Hügel hinüber.

»Dort drüben sieht es etwas besser aus«, sagte er. »Das ist der Tempel des Bel. Es ist den Priestern gelungen, die Leute auf ihrem Hügel zu beschützen.«

»Ich verstehe. Glaubst du, die Menschen werden zurückkehren?«

»Nevyn sagt ja. Ich kann nur hoffen, daß er recht hat.«

Im Schritt folgten die Pferde der spiralförmigen Straße bis in die Festung. Zunächst begriff Bellyra nicht, was sie sah. Das Zwielicht ließ den Himmel dunkler werden und verwandelte das Durcheinander von Brochs, Türmen, Mauern und Schuppen in eine formlose Masse von Steinen. Die Prozession vollführte eine letzte Wende und kam in das, was Bellyra für den Haupthof hielt, eine riesige, gepflasterte offene Fläche, die ein Komplex von Brochs, Halbbrochs und seltsam zufällig angeordneten Türmen umgab. Fackeln flackerten in Haltern an den Außenmauern eines großen, gedrungenen Brochs, und in ihrem Licht sah sie auf der Treppe wartend Nevyn, Oggyn und an der Seite Otho den Schmied.

»Willkommen daheim, Lyrra«, sagte Maryn grinsend, »drinnen sieht es noch schlimmer aus.«

Sie wollte nur weinen, aber sie war froh, Nevyn und Otho wiederzusehen, also lachte sie. Maryn stieg aus dem Sattel und half ihr dann vom Pferd herunter. Bellyra blickte sich um und sah, wie Diener den Hofdamen und Kinderfrauen behilflich waren. Sobald sie auf dem Boden stand, ging Maryn weg, um dem Hauptmann seiner Reiter Befehle zu geben, aber Nevyn kam zu ihr und bot ihr seinen Arm. Sie stützte sich dankbar auf ihn.

»Ihr habt ihn dazu gebracht, daß er mir entgegenreitet, nicht wahr?«

»Ich wünschte, Ihr wäret nicht so klug«, sagte Nevyn. »Dann wäret Ihr glücklicher.«

»Oh, ich habe mich trotzdem gefreut.« Sie tätschelte seinen Arm mit der freien Hand. »Otho! Ich freue mich, Euch zu sehen!«

Der zwergische Schmied stotterte, wurde rot und lief davon.

»Seine Manieren sind nicht besser geworden«, sagte Nevyn.

»Oh, von ihm ist diese Begrüßung mehr wert als tausend schmeichelnde Worte eines Höflings«, erwiderte Bellyra. »Wo ist Lilli?«

»Sie ist leider krank. Ihr Husten beunruhigt mich sehr.«

Bellyra spürte, wie er erstarrte wie gekochtes Leder. Sie konnte sich nur einen Grund für solche Anspannung denken.

»Wird das arme Kind am Leben bleiben?« fragte Bellyra.

»Sehr wahrscheinlich. Es tut mir leid – es sollte nicht so ernst klingen.« Nevyn lächelte kurz. »Ah, und hier ist Euer Mann, der Euch hineinführen wird.«

Als Maryn auf sie zukam, ließ Nevyn Bellyras Hand los, aber Maryn versuchte nicht, sie zu nehmen.

»Was war das mit Lilli?« fragte Maryn.

»Sie ist krank, mein Lehnsherr«, sagte Nevyn.

»Ah.« Maryns Gesicht wurde vollkommen ausdruckslos. »Das tut mir leid.«

In diesem Augenblick wußte Bellyra Bescheid, genau wie sie es immer gewußt hatte, wenn er seine anderen Frauen verstecken wollte. Sie war bitterlich versucht, ganz beiläufig zu fragen, ob Lilli schwanger war, aber um Nevyns willen schwieg sie. Maryn bot ihr schließlich seinen Arm, und lächelnd ließ sie sich von ihm in die große Halle von Dun Deverry führen.

Einige Tage nach der Ankunft der Prinzessin bekam Lilli Prinz Maryn kaum zu sehen. Obwohl sie die Tür nachts nicht verriegelte, kam er nicht mehr in ihr Zimmer. Während des Tages ging er im Hof auf und ab, aber immer nur in Begleitung seiner Berater und Pagen. Wenn sie einander begegneten, knickste sie, und er nickte ihr lächelnd zu. Manchmal sah sie ihn in der großen Halle, aber dann saß häufig die Prinzessin bei ihm. Zu anderen Zeiten war er von seinen Männern umgeben.

Obwohl sie sich jeden Tag kräftiger fühlte, war Lilli am Anfang sogar froh über ihre Krankheit, weil es eine so wunderbare Ausrede war, sich aus der Frauenhalle fernzuhalten. Regelmäßig kam Elyssa bei ihr vorbei und erkundigte sich nach ihrem Befinden, und Lilli konnte immer vollkommen ehrlich antworten: »Nevyn macht sich noch Sorgen.«

Branoic war eine andere Sache. Während der kurzen Zeit, in der Nevyn ihr erlaubte, nach draußen zu gehen, war Branoic stets in ihrer Nähe. Er war so besorgt, brachte ihr zu essen oder zu trinken, wenn sie es brauchte, und stützte sie, wenn sie zusammen spazierengingen. Einmal, als sie viel zu weit gegangen waren, bestand er darauf, sie die Treppe hinaufzutragen, damit sie sich nicht anstrengte. Schuldgefühle nagten an ihr. Wie konnte sie zulassen, daß er sich in seiner Unkenntnis so um sie kümmerte, während ihn die Wahrheit über ihre Affäre mit Maryn zweifellos abschrecken würde? Endlich, eines Morgens, nachdem sie besser geschlafen hatte als üblich und daher das Gefühl hatte, kräftig genug zu sein, entschloß sie sich zur Ehrlichkeit.

»Ich kann es nicht mehr ertragen«, sagte Lilli. »Es gibt etwas, was ich Euch sagen muß, Branno.«

»Ach ja?« Branoic lächelte sie an. »Was?«

Dieses Lächeln zu sehen, schmerzte. Sie bekam plötzlich kaum mehr Luft, und einen Augenblick lang konnte sie ihn nur anstarren. Trotz des grauen Himmels und der kalten Luft saßen sie wie üblich auf ihrer Bank am Küchengarten, einem der wenigen Orte, von denen Lilli wußte, daß Maryn ihn niemals aufsuchte. Sie schlang den Umhang fester um sich und versuchte nachzudenken. Ihre sorgfältig vorbereitete Ansprache war vergessen.«

»Was ist denn?« fragte Branoic schließlich.

»Ich kann Euch nicht heiraten.«

»Ihr Götter!« Branoic sackte auf der Bank zusammen, die Beine ausgestreckt und die Arme über der Brust verschränkt. »Euer Bruder ist also gegen mich. Ich habe gewußt, daß das passieren würde.«

»Das ist es nicht! Anasyn hält Euch für einen guten Mann. Er hat mir bereits gesagt, daß wir heiraten können, vorausgesetzt, daß Ihr mich ernähren könnt. Es ist ...«, sie hielt inne und holte Luft. »Es ist der Prinz. Er hat mich ... ich meine, ich bin seine ...« Die Worte blieben ihr so schrecklich im Hals stecken, daß sie sich fragte, ob sie jetzt weinen würde.

Branoic wandte sich ihr zu. Lilli hatte Zorn erwartet, aber er war nur ernst.

»Ich habe Gerüchte gehört«, sagte er schließlich. »Sie sind also wahr?«

Sie nickte und schluckte. Sie hätte wissen müssen, dachte sie, daß man am Hof spekulieren würde. Branoic legte den Arm auf die Lehne der Bank hinter ihr.

»Ich konnte Euch nicht weiter belügen«, sagte sie.

»Und dafür danke ich Euch. Aber ich muß sagen, daß unser Prinz mich enttäuscht. Es ist sehr eigensüchtig von ihm, daß er Euch verbietet zu heiraten. Ihr braucht einen Platz am Hof. Nur für den Fall, daß die Dinge sich verändern.«

»Wie bitte? Er hat mir nichts verboten.«

»Und warum könnt Ihr mich dann nicht heiraten?«

Lilli hätte nicht mehr überrascht sein können, wenn der Tag plötzlich zur Nacht geworden wäre.

»Wollt Ihr damit sagen, Ihr würdet mich trotzdem heiraten?« flüsterte sie.

»Ein Mann, dessen Frau in der Gunst des Königs steht, ist ein glücklicher Mann.« Branoic betrachtete sie einen Augenblick lang nachdenklich. »Lilli, ich sage das nicht, weil ich eifersüchtig bin, obwohl das der Fall ist, oder um grob zu sein und mich zu rächen. Aber wirklich, ich habe ein wenig von der Welt gesehen und ein wenig mehr von unserem Prinzen. Wie lange, glaubt Ihr, wird Maryn Euch den Hof machen? Die Hälfte der Frauen bei Hof sind hinter ihm her, und er wird keinen Grund sehen, sich ihnen zu verweigern.«

Dann kamen schließlich die Tränen, rauh und schmerzlich, als weinte sie heißen Sand. Sie schlug beide Hände vors Gesicht und schluchzte. Branoic legte ihr brüderlich den Arm um die Schultern.

»Schon gut, schon gut«, sagte er. »Verzeiht mir. Aber ich denke, ich habe nur laut ausgesprochen, was Ihr ohnehin denkt.«

»Ja.« Es gelang Lilli, zwischen Schluchzen die Worte herauszuzwingen. »Ja.«

Ein Schluchzer zu viel, und sie spürte, wie ihre Brust sich so fest zusammenzog, daß sie gleichzeitig weinte und hustete. Sie tastete in ihrer Schärpe nach dem Tuch, das sie dort hineingesteckt hatte, aber sie konnte es einfach nicht finden, und das ließ sie noch mehr schluchzen. Branoic suchte in den Schärpenfalten, holte den Lappen heraus und reichte ihn ihr.

»Putzt Euch die Nase«, sagte er.

Das tat sie, und dann wischte sie sich mit dem sauberen Teil des Tuchs das Gesicht ab. Sie knäulte den feuchten Lappen in der Faust und versuchte, tief und ruhig Luft zu holen. Als sie aufblickte, sah sie, wie Branoic sie traurig anlächelte.

»Was hält der alte Nevyn davon?« sagte er.

»Oh, er war so wütend! Er hat mir gesagt, ich solle dem Prinzen nicht nachgeben.«

»Das kann ich mir vorstellen. Was wird er denken, wenn wir heiraten?«

»Ich weiß es nicht. Ich habe kein Wort davon erwähnt. Ich bin davon ausgegangen, daß Ihr mich nicht mehr haben wollt.«

»Da habt Ihr Euch geirrt. Warum sprecht Ihr nicht heute mit dem alten Mann darüber? Ihr seid jetzt ohnehin seine Schülerin, und es ist seine Sache, die Verlobung bekanntzugeben.«

»So ist es. Ihr Götter, mir ist gerade etwas eingefallen! Wenn die Leute darüber schon geklatscht haben, dann weiß es auch die Prinzessin.« Lilli legte die Hand auf den Mund und bemerkte, daß sie zitterte. »Wie kann ich ihr gegenübertreten? Branno, ich fühle mich so schrecklich. Ich bin Eurer nicht wert, wirklich nicht.«

»Seid nicht dumm. Wenn ich das dächte, hätte ich Euch schon aufgrund der Gerüchte nicht mehr haben wollen. Euer Maryn sagt, er wird mich zu einem Lord machen, aber im Herzen bin ich immer noch ein Silberdolch, und Ihr Götter, ich bin bestimmt nicht hochmütig.«

»Aber ich bin ungerecht zu Euch!«

»Gerecht?« Branoic zuckte die Achseln. »Gerecht ist, wenn die Schweine um die Wette laufen.«

Lilli gelang ein Lächeln.

»Schon besser«, sagte er, und grinste. »Und nun, wenn Ihr mich haben wollt, werde ich sehen, wie ich nach Hendyr komme und Euren Bruder ganz förmlich um Eure Hand bitte. Immer vorausgesetzt, daß Nevyn nichts dagegen hat. Ich werde

Maryns Eifersucht auf mich nehmen, aber ich will verflucht sein, wenn ich Nevyn ins Gehege komme. Ich möchte auf gar keinen Fall in einen Frosch verwandelt werden.«

»Ach, seid nicht albern! Dweomer kann keine Menschen in Frösche verwandeln!«

»Das ist eine Erleichterung, aber ich will mich trotzdem lieber gut mit ihm stellen.« Er grinste sie an. »Ich nehme allerdings an, daß er in dieser Angelegenheit vernünftig sein wird.«

»Ich auch. Aber er hat sich Sorgen gemacht, was aus mir wird, wenn er sterben sollte.«

»Und er wird bestimmt nicht jünger. Also sagt ihm, was wir beschlossen haben.«

»Ja, aber ich möchte noch eine Weile mit Euch hier sitzen.«

Branoic lächelte, und plötzlich fragte sie sich, wie es sein würde, mit ihm zu schlafen. Sie wußte nun, was Liebe bedeutete. Als hätte er die Richtung ihrer Gedanken erraten, nahm er ihre Hand in seine Hände, zog sie näher an sich und küßte sie auf den Mund. Angenehm und warm – eine vertrauliche Art von Kuß, aber verglichen mit der Leidenschaft, die sie mit Maryn teilte, war es so aufregend wie eine Schale warmen Haferbreis, ein weiterer angenehmer Begleiter an einem kalten Tag. Dennoch, um seinetwillen schlang Lilli die Arme um seinen Hals und ließ sich abermals küssen.

»Weißt du was?« sagte sie. »Ich habe an deinem Hochzeitshemd genäht.«

»Ach, tatsächlich?« Er grinste so wirklich erfreut, daß sie begann, seine Freude zu teilen. »Wann hast du damit angefangen?«

»Schon vor längerer Zeit. Nachdem du nach Cerrmor geritten bist.«

»Da hast du aber Glück, daß ich es mir nicht anders überlegt habe.«

Wieder lachten sie, dann küßten sie sich. Lilli empfand eine so gewaltige Dankbarkeit, daß sie es beinahe hätte für Liebe halten können. Eine Ehe mit Branoic würde sie stabilisieren, so wie ein Kiel ein Boot stabilisiert, wenn es vor einem Sturm verzweifelt auf den Hafen zusegelt.

»Herr?« Lilli stand in der Tür. »Darf ich mit Euch sprechen?«

»Aber selbstverständlich«, sagte Nevyn. »Komm herein und schließ die Tür.«

Das tat Lilli, und dann setzte sie sich auf den Stuhl, den er ihr anbot. Er war erfreut, sie ruhiger zu sehen als in den letzten Tagen.

»Branoic will mich immer noch heiraten«, sagte Lilli. »Obwohl er vom Prinzen weiß.«

»Tatsächlich? Nun, das ist großherzig von ihm! Möchtest du ihn heiraten?«

»Ja, aber wird es meiner Dweomerarbeit in den Weg geraten?«

»Das bezweifle ich. Branoic wird bestenfalls ein sehr unwichtiger Lord sein, also wird es dir nicht schwerfallen, seinen Haushalt zu führen.«

»Wir werden nicht viel besser sein als Bauern.« Lilli lächelte. »Ich kann mir nicht vorstellen, daß Branno in seiner Halle sitzt und nichts tut, wenn es draußen Arbeit gibt, ganz gleich, wieviel Zins ihm die Leute schuldig sind.«

»Ehrlich gesagt, das kann ich auch nicht. Nun, ihr habt beide meinen Segen.«

»Oh, danke! Wißt Ihr, Sanno hat es mir bereits erlaubt, also könntet Ihr die Verlobung bekanntgeben. Ich meine, Ihr seid immerhin mein Meister in diesem Handwerk.«

»Das bin ich! Daran hatte ich noch gar nicht gedacht.«

»Obwohl – sie haben meine Verlobung mit Braemys hier in der großen Halle verkündet.« Ihr Lächeln verschwand. »Es scheint ein schlechtes Vorzeichen, eine zweite Verlobung ebenfalls hier bekanntzugeben.«

»Ja. Ich werde einfach denen, die es wissen müssen, Bescheid sagen.«

»Zum Beispiel dem Prinzen?«

»Ihm und anderen.«

»Danke. Es wird ohnehin noch lange dauern, bis Branno dieses Land erhält. Maryn wird es ihm nicht geben können, bevor er König ist.«

»Richtig.« Nevyn zögerte einen Augenblick. »Und das bedeutet, auf die eine oder andere Weise muß er vorher mit Braemys fertig werden.«

»Ja«, sagte Lilli. »Es tut mir weh, Herr, daran zu denken, daß er umkommen könnte. Er war immer mein Vetter, und nun weiß ich, daß er auch mein Bruder ist. Ich wünschte, er würde sich einfach ergeben und Maryn Treue schwören. Glaubt Ihr, wenn ich ihm einen Brief schreibe, würde das helfen?«

»Das ist ein Gedanke. Vielleicht schon. Laßt mich ein wenig darüber nachdenken.«

Später, als die meisten in der Festung lange schon im Bett waren, hatte Nevyn eine weitere Besucherin. Er studierte gerade bestimmte, wenig bekannte Zeichen, die mit den Planetargeistern zu tun hatten, als er ein Geräusch hörte, das ein zögerndes Klopfen an der Tür hätte sein können. Er stand auf und klappte das Buch zu. Das Geräusch ertönte abermals.

»Ist da jemand?« rief Nevyn.

»Ja.« Eine zitternde Frauenstimme.

Nevyn öffnete die Tür. Davor stand Prinzessin Bellyra in einem einfachen Leinenkleid und einem Tuch über Kopf und Schultern. Sie klammerte die Enden des Tuchs am Hals mit der Hand zusammen, so daß sie mit einer raschen Bewegung ihr Gesicht vor jemandem hätte verbergen können, der zufällig vorbeikam.

»Kommt herein, Euer Hoheit«, sagte Nevyn. »Ich hoffe, Ihr seid nicht krank.«

»Nein. Ich bin gekommen, um zu fragen, ob Ihr mir einen Liebeszauber verkaufen könnt.«

Nevyn setzte zu einer Antwort an, dann seufzte er nur. Bellyra kam herein und setzte sich auf seinen einzigen Stuhl. Sie ließ das Tuch auf die Schultern zurückfallen, griff dann nach oben und fuhr sich mit der Hand durch das wirre Haar.

»Ich wette, Ihr könnt es nicht«, sagte Bellyra. »Liebeszauber klingen zu sehr nach Märchen.«

»Da habt Ihr ganz recht.« Nevyn setzte sich auf seine Bettkante. »Und das ist ganz gut so. In den Märchen geht es auch immer um den Ärger, den sie verursachen.«

»Was ich wirklich will, ist ein Trank, der bewirkt, daß jemand nicht mehr verliebt ist.«

»Wenn ich so etwas hätte, würde ich es Lilli einflößen.«

»Oh, nicht für sie! Ich kann Lilli nichts übelnehmen. Sie ist so jung. Wie hätte sie Maryn widerstehen können, nachdem er sich erst einmal in den Kopf gesetzt hatte, daß er sie haben will? Ich konnte nicht, also kann ich es ihr nicht übelnehmen.« Bellyra hielt inne, und seltsamerweise lächelte sie. »Der Zaubertrank wäre für mich. Es würde so viele Unannehmlichkeiten lösen.«

»Ah. Nun, da kann ich Euch nur zustimmen. Leider habe ich so etwas nicht unter meinen Arzneien.«

»Das hatte ich schon befürchtet.«

»Aber hier ist ein Gedanke, an den Ihr Euch halten könnt. Ganz gleich, wie viele Mätressen Maryn haben wird, Ihr werdet immer seine einzige Frau sein.«

»Das ist nicht wahr! Sobald die Priester ihn zum König proklamieren, wird er wieder heiraten, nicht wahr? Und diesmal seine einzig wahre Liebe, die ihm wichtiger ist als jedes andere Mädchen oder als ich.«

Nevyn seufzte und nickte zustimmend.

»Ihr habt mich gewarnt«, fuhr Bellyra fort. »Ich habe es damals in mein Buch geschrieben. *Maryn wird das Königreich immer mehr lieben als alles andere*, habt Ihr mir gesagt. Und ich fürchte, Ihr hattet recht. Ich nehme an, deshalb stören seine Frauen mich nicht sonderlich. Ihnen gehört sein Herz ebensowenig wie mir.«

»Das ist wahr. Ihr wißt, Euer Hoheit, sobald Maryn König ist, wird das Königreich Euch ebenso gehören wie ihm. Er braucht Euch sehr. Er wird Eurem Rat immer vertrauen können. Ihr werdet ihm nicht schmeicheln müssen, um ihm Land und Ehren abzuringen.«

»Ich weiß, daß es Trost gibt. Ich wünschte auch, ich würde nicht so in Selbstmitleid verfallen.«

»Ach, kommt schon! Ich kann mir andere Frauen vorstellen, die dasselbe sehr viel schwerer nehmen würden als Ihr.«

»Ich danke Euch.« Bellyra hielt inne und dachte nach. »Ich wünschte, ich hätte etwas, das wirklich mir gehört. Meine Stellung ihm Leben verdanke ich Maryn. Meine Kinder gehören Maryn. Meine Pflichten sind die von Maryns Frau. Er hat verdammt Glück, daß ich ihn so sehr liebe, sonst würde ich ihn hassen.«

Wieder lachten sie beide.

»Nun«, meinte Nevyn, »dann solltet Ihr vielleicht etwas finden, was Euch allein gehört. Was macht Euch glücklich?«

»Die seltsamsten Dinge. Ich sollte eigentlich begeistert über diese Festung sein. Es gibt so viele verlassene Ecken zu finden! Ich habe das in Cerrmor sehr gern getan, ich habe in alten Räumen gestöbert und versucht, etwas von der Geschichte des Palastes zu erfahren.«

»Dann verschreibt Euch Euer Kräutermann dies: Laßt Euch von den Herolden ein paar Kalbshäute zu Pergamenten schneiden. Wühlt überall herum, seht Euch um, wie es Euer

Herz begehrt, und schreibt alles nieder, genau, wie Ihr es in Cerrmor getan habt. Zufällig weiß ich ziemlich viel über den ältesten Broch, und Ihr könntet dort anfangen.«

Bellyra lachte, setzte dazu an, etwas zu sagen, und es sah fast so aus, als wollte sie über die Idee spotten. Aber dann wurde sie plötzlich ernst.

»Wißt Ihr, genau das werde ich tun«, sagte sie schließlich. »Es klingt ein wenig verrückt, aber Dun Deverry ist tatsächlich die wichtigste Festung im Königreich. Warum nicht ihre Geschichte niederschreiben? Und ich werde Euch an Euer Versprechen, mir dabei zu helfen, erinnern.«

»Fürchtet nichts, ich werde es halten.«

»Ich sollte gehen«, fuhr Bellyra fort. »Elyssa und Degwa suchen inzwischen vermutlich schon verzweifelt nach mir.«

»Zweifellos. Ich werde Euch zurückbringen.«

»Danke vielmals. Und besucht uns hin und wieder in der Frauenhalle.«

»Gerne. Wie sieht es dort aus?«

»Ihr Götter!« Bellyra verdrehte die Augen. »Sie gäbe einen guten Viehstall ab. Ich bin froh, daß wir so viele Möbel mitgebracht haben.«

Nevyn holte einen Umhang, und sie gingen nach unten. Direkt vor der Tür stießen sie auf einen Mann, der auf dem Hof auf und ab ging, als wartete er auf jemanden. Nevyn hob die Laterne und ließ ihr Licht auf den Burschen fallen.

»Maddyn?« fragte Nevyn erstaunt. »Was machst du denn hier?«

»Verzeiht, Herr.« Maddyn verbeugte sich vor Bellyra. »Ich bitte Euch um Verzeihung, Euer Hoheit, aber ich habe zufällig gesehen, wie Ihr über den Hof gingt, und habe mich gefragt, ob etwas nicht in Ordnung sei. Ich dachte, ich sollte lieber warten, falls Ihr eine Eskorte zurück zur Frauenhalle braucht.«

»Ich denke«, warf Nevyn ein, »es wäre anzuraten, daß ich die Dame begleite.«

»Wahrscheinlich«, sagte Bellyra. »Aber Ihr könnt uns gerne begleiten, Maddo.«

Daß sie den Barden so ansprach, machte Nevyn unruhig. Sei nicht dumm, sagte er sich. Was sonst war der Grund ihres Kummers als die vollkommene Treue zu ihrem Mann?

Als Owaen die Ehrengarde aus der Festung führte, ging Branoic hinunter in den Hof, um sie zu verabschieden. Der Herbstmorgen war kühl, also wickelte er sich in einen warmen Umhang. Um Lord Riddmar nach Dun Deverry zu eskortieren, schickte der Prinz beinahe zweihundert Mann, hundertundfünfzig aus dem Kriegshaufen von Cerrmor und fünfzig Silberdolche. Männer und Pferde versuchten, sich einigermaßen ordentlich aufzustellen. Branoic stand auf der Treppe, damit er ihnen nicht im Weg war. Schließlich kam Maddyn zu ihm.

»Ich bin verdammt froh, daß ich nicht mit dieser Truppe reiten muß«, sagte Branoic. »Sieh doch nur, wie Owaen umherstolziert! Er nimmt den Befehl des Prinzen so ernst wie ein verfluchter Priester.«

Wie um den Gedanken fortzusetzen, erklangen sechs drängende Töne eines Silberhorns. Owaen, das Horn am Mund, ritt auf seinem grauen Wallach die Linie entlang und brüllte alle an, sich bereit zu halten und aufzuschließen, wenn die Truppe durchs Tor ritt. Endlich schien er zufrieden mit der Aufstellung der Männer. Er nahm seinen Platz an der Spitze der Linie ein und gab den Marschbefehl. Der Haufen von Männern und Pferden wickelte sich ab wie eine Spirale, und sie ritten in Zweierreihen durch die Tore hügelabwärts.

»Wo werden sie den Bruder unseres Prinzen treffen?« fragte Branoic.

»Halbbruder«, sagte Maddyn. »In Hendyr. Ich bin überrascht, daß du sie nicht begleitest, um Tieryn Anasyn um die Hand seiner Schwester zu bitten.«

»Er hat Lilli bereits gesagt, daß er nichts dagegen hat. Der alte Nevyn hat ihm einen Brief geschickt, um der Form Genüge zu tun.«

»Die Schwester eines Tieryn, wie? Du steigst hoch auf in der Welt, Lord Branoic.«

»Ach, halt den Mund, oder ich nähe ihn dir zu!«

Nachdem die letzten der Truppe den Hof verlassen hatten, kehrten Branoic und Maddyn in die große Halle zurück. Sie holten sich ein Bier, dann ließen sie sich nicht weit vom Ehrentisch nieder, der um diese Zeit leer war.

»Wir haben beinahe unsere alte Stärke wieder erreicht«, meinte Maddyn. »Ich werde, während Owaen weg ist, weiter nach guten Männern Ausschau halten.«

Branoic wollte gerade etwas sagen, als er Lilli die Treppe herunterkommen sah. Er wollte gerade zu ihr gehen, als er bemerkte, daß Berater Oggyn auf sie zueilte. Oggyn nahm etwas aus dem Hemd und reichte es Lilli so verstohlen, daß er genausogut hätte herausbrüllen können, daß es sich um ein Geheimnis handelte. Was soll das? dachte Branoic. Lilli nahm den geheimnisvollen Gegenstand, steckte ihn in ihre Schärpe, drehte sich langsam um und ging die Treppe wieder hinauf, während Oggyn in die Halle zurückkehrte.

»Ich frage mich, worum es da geht«, zischte Maddyn leise.

»Der schleimige Oggo?« sagte Branoic. »Das frage ich mich auch. Vielleicht ist es nur ein Geschenk vom Prinzen.«

»Branno, du kannst sie doch nicht wirklich heiraten wollen?«

»Warum nicht?«

»Bist du denn nicht eifersüchtig auf ihn?«

Branoic dachte ernsthaft über die Frage nach, während Maddyn ihn mit ehrlicher Sorge betrachtete.

»Ja«, sagte Branoic schließlich. »Aber nicht so sehr, daß es zählt. Wäre es ein anderer Mann und nicht unser Prinz, würde ich die Sache mit Stahl austragen.«

»Das mag sein, aber wenn ich an deiner Stelle wäre, würde ich ihn jeden Tag verfluchen, Prinz oder nicht.«

Maddyn lehnte sich zurück und starrte ins Leere, aber etwas in seiner Stimme hatte Branoic aufmerksam gemacht – eine Spur von Schmerz. Da er keine Ahnung hatte, wie er es ansprechen sollte, schwieg er lieber.

Lilli war so begierig, den Brief des Prinzen zu lesen, daß sie zu schnell die Treppe hinaufstieg. Oben angekommen, mußte sie sich länger ausruhen, als es ihr gefiel, aber sie erreichte ihr Zimmer ohne einen Hustenanfall – das war ein wirklicher Sieg. Sie setzte sich auf einen Sessel in die Sonne und las Maryns Brief zweimal.

Verzeih mir, ich schätze Dich nicht weniger als zuvor, aber Staatsangelegenheiten haben mich sehr abgelenkt. Bleib heute nachmittag in Deinem Zimmer, es sei denn, daß Nevyn Dich braucht.

Lilli küßte den Brief, dann stand sie auf und verbarg ihn an derselben Stelle, an der sie auch die anderen aufbewahrte.

Der Nachmittag zog sich in die Länge. Sie übte lesen und stickte weiter an Branoics Hemd. Aber sie unterbrach ihre Arbeit immer wieder, um sich aus dem Fenster zu lehnen und zur Sonne hinaufzublinzeln. Als sie hinter der Festung verschwand, schätzte sie den Sonnenstand mit Hilfe der Schatten ab, die über den Boden krochen.

An diesem Nachmittag wurde Lilli klar, auf wieviel sie verzichtet hatte, indem sie sich von der Prinzessin und ihren Frauen fernhielt. Zuvor hatte sie ihr ganzes Leben in der Frauenhalle bei anderen Frauen verbracht, die dasselbe taten.

Männer kamen und gingen, ihre Kämpfe entschieden über das Leben ihrer Frauen ebenso wie über das der Kinder, die sie ihnen gaben. Aber wenn es dazu kam, die Kinder aufzuziehen oder die unvermeidliche Witwenschaft zu ertragen, hatten Frauen andere Frauen, die ihnen beistanden, und sie waren diejenigen, die zählten.

»Ich habe niemanden, mit dem ich sprechen kann«, sagte Lilli laut. »O Göttin, was habe ich getan?«

Der Sonnenuntergang bemalte den Himmel mit Flammen, aber Maryn war immer noch nicht da. Endlich, als sie den ersten Stern am hellen Abendhimmel entdeckte, ging die Tür auf. Lilli wirbelte herum und sah ihn hereinschlüpfen, eine Kerzenlaterne in der Hand.

»Ich habe ein wenig Feuer mitgebracht«, sagte er. »Es wird kalt draußen, Lilli, und du solltest am besten das Holz in deiner Feuerstelle anzünden.«

»Danke, mein Prinz. Es ist wunderbar, dich zu sehen.«

»Ja?« Maryn stellte die Laterne auf das Kaminsims. »Ich kann nur einen Augenblick bleiben.«

Die Tränen kamen, bevor sie sie aufhalten konnte, und liefen ihr über die Wangen. Maryn ging rasch zu ihr und nahm sie in die Arme. Sie klammerte sich an ihn, während er ihr übers Haar streichelte.

»Verzeih mir. Meine Tage gehören mir nicht mehr selbst.«

»Ich weiß.« Endlich gelang es ihr, die beschämenden Tränen herunterzuschlucken.«

Er küßte sie, aber sie konnte die Distanz spüren, die er zwischen sie gelegt hatte. Mit einem tiefen Seufzer ließ er sie los. »Ich sollte lieber wieder gehen«, sagte Maryn. »Bis morgen nachmittag. Ich werde mein Bestes tun, dann mehr Zeit zu haben.«

»Das wäre großartig.«

Maryn küßte sie ein letztes Mal und ging. Einen Augenblick lang blieb sie stehen und schaute die geschlossene Tür an. Das bedeutete es also, die Mätresse des Königs zu sein! Warten und warten auf die wenigen Augenblicke, die das elende Königreich ihn mir geben läßt! Ihr Herz wurde kalt, und dennoch, inmitten all dieser komplizierten Manöver um das Rhan von Cerrmor und seine Versuche, den König von Eldidd zu überlisten, hatte er sich Gedanken darüber gemacht, daß sie frieren könnte. Sie hatte nie einen anderen Lord gekannt, der dasselbe getan hätte.

Sie griff nach der Kerzenlaterne, kniete sich an die Feuerstelle, holte die brennende Kerze heraus und hielt sie an die wartenden Zündspäne. Das Stroh begann knisternd zu brennen. Ein feines Netz von Feuer breitete sich über die rauchenden Späne aus. Lilli setzte sich auf die Fersen und steckte die Kerze in die Laterne zurück. Die kleineren Scheite begannen nun zu brennen, und die Wärme breitete sich aus. Salamander erschienen und spielten in den Flammen. Lilli stand auf und ging zum Fenster, um die Läden zu schließen, blieb aber kurz stehen und schaute zu, wie der Nachthimmel sich in ein funkelndes Sternenfeld verwandelte. Sie fragte sich, ob Maryn am nächsten Tag zu ihr kommen oder ob sie auch dann die Sterne wieder alleine ansehen würde.

Ihre Tage bestanden beinahe nur noch aus dem ermüdenden Muster, auf den einen oder anderen Mann zu warten. Morgens konnte sie sich frei bewegen, aber nachmittags wartete sie auf ihren Prinzen. Maryn schickte Grüße, und hin und wieder kam er auf ein paar rasche Worte und Küsse in ihr Zimmer. Nevyn war hauptsächlich mit den Priestern des Bel und ihrer störrischen Weigerung befaßt, einen Tag festzulegen, an dem sie Maryn zum König erklären würden. Ohne ihre Dweomerarbeit konnte Lilli nur lesen, und obwohl der Dweomer viel Auswendiglernen erfordert, kann diese Arbeit allein die Seele kalt werden lassen. Zumindest Nevyn kam am Ende des Tages zu ihr. Sie aßen zusammen und sprachen über das, was sie gelesen hatte, und über ihre Gesundheit.

»Es wird ziemlich kalt«, meinte Nevyn eines Abends. »Du solltest so wenig Zeit wie möglich draußen verbringen.«

»Ihr Götter! Dann werde ich den Verstand verlieren!«

Nevyn zog eine buschige Braue hoch.

»Es ist einfach schrecklich«, fuhr Lilli fort, »den ganzen Tag hier allein zu sitzen.«

»Warum gehst du nicht zu den anderen Frauen?«

»Und trete der Prinzessin gegenüber?«

»Lilli, Bellyra nimmt dir nichts übel.«

Lilli griff nach einem Stück Brot und brach es in zwei Hälften.

»Frag Elyssa, wenn du mir nicht glaubst«, meinte Nevyn.

»Es geht nicht darum, daß ich Euch nicht glaube. Maryn hat mich gebeten, hier auf ihn zu warten, falls er einen Augenblick lang entfliehen kann.«

»Es würde ihm guttun, wenn er hier auftauchte und du nicht da bist.«

»Aber dann werde ich die Gelegenheit verpassen, ihn zu sehen.«

Nevyn verdrehte die Augen.

»Was die Beanspruchung des Prinzen angeht, wird es höchstens noch schlimmer«, meinte Nevyn. Gwerbret Ammerwdd von Yvrodur ist auf dem Weg hierher, um die Entwicklung im Rhan Cerrmor zu besprechen. Er ist der Vorsitzende des Wahlrats.«

Lilli begann, das Brot in Krümel zu zupfen. Einen Augenblick später hörte sie Nevyn seufzen.

»Ich bin aus einem bestimmten Grund so streng, was deine Gesundheit angeht«, sagte Nevyn schließlich. »Im Augenblick ist dein Husten nur Ergebnis einer Verstopfung der Lungen. Was, wenn es zur Auszehrung wird?«

Lilli blickte rasch auf und hatte das Gefühl, als sickerte ihr das ganze Blut aus dem Gesicht. Nevyn lehnte sich zurück. Nie zuvor hatte sie ihn wirklich für alt gehalten, trotz des weißen Haares, aber an diesem Abend sah er sowohl alt als auch traurig aus.

»Es ist schrecklich, wenn deine Jugend von Krankheit verschlungen wird«, sagte Nevyn. »Aber es ist besser, als jung zu sterben.«

»Das stimmt.« Lilli spürte, wie ihre Stimme zitterte. »Mir war nicht klar, daß dieser Husten so gefährlich ist.«

»Doch, das ist er. Wirst du mir schwören, auf deine Gesundheit aufzupassen, ganz gleich, was der Prinz tut oder nicht?«

»Ja. Ich habe Angst.«

»Ich hatte gehofft, dir die ersparen zu können, aber vielleicht war das unklug von mir. Du verdienst es, die Wahrheit zu erfahren. Ich habe meine Bücher über Krankheiten und Kräuter mit zurückgebracht, als ich in Cerrmor war, und sie ausführlich zu Rate gezogen. Man kann offenbar gegen Auszehrung der Lungen wenig tun. Weder Galyn noch der große Ippocratrix selbst und selbst der Bardekianer Karliko wußten, wie man es heilt. Ippocratrix sagt, wenn ein Mädchen abmagert und Atemschwierigkeiten hat, ist das Beste die Vereinigung mit einem Mann. Ich habe meine Zweifel, aber du hast dich selbst für diese Kur entschieden.«

Lilli errötete und er lachte.

Nachdem Nevyn gegangen war, zog Lilli ihren Sessel zum Feuer und setzte sich dicht an die Wärme. Das Leben war so bitterlich ungerecht! Sie war zur Frau erblüht und hatte die große Liebe ihres Lebens gefunden – aber ging nun alles so schnell zu Ende? Sie konnte sehen, wie sie als Gefangene ihrer schlechten Gesundheit in den grimmigen Türmen von Dun Deverry endete oder bestenfalls Branoics arme, gebrechliche Frau wurde, die allen leid tat. In der Feuerstelle knisterte und flackerte das Feuer in einem Schauer von Funken, strahlend und golden, nur um innerhalb von ein paar Herzschlägen wieder zu ersterben. Vielleicht würde ihr Leben ebenso aussehen.

Und was ist mit Branoic? fragte sie sich. Sie hatte ihn seit Tagen nicht gesehen, so sehr hatte sie sich zurückgezogen. Es war ihr schon einmal gelungen, ihn mit Hilfe von Dweomer zu sich zu rufen. Sie dachte an ihn, sprach seinen Namen in Gedanken aus, und plötzlich sah sie ihn im Feuer. Zuerst sah es so aus, als säßen er und Maddyn der Barde winzig wie Puppen zwischen den Scheiten, dann drang ihr eigener Blick plötzlich in die Flammen ein, und es war, als stünde sie neben ihnen an einem Tisch in der großen Halle. Sie konnte allerdings nichts hören als das Knistern des Feuers. Ein verwirrter Branoic sah sich um. Er stand auf, sagte ein paar Worte zu Maddyn und ging zur Treppe.

Ihr Triumph verging, als ihr einfiel, daß Nevyn ihr jegliche Dweomerarbeit strikt verboten hatte, selbst die einfachsten Übungen, und dies war alles andere als einfach gewesen. Sie beendete die Vision und fand sich wieder vor ihrer Feuerstelle. Die Wärme, das Gefühl des Stuhls unter sich, der Geruch von Holzrauch – alles war so solide, daß sie annahm, nicht wirklich eine Vision gehabt zu haben. Sie war eingeschlafen und hatte es geträumt, das war alles. Im Feuer verrutschte ein Scheit in einem Aufsprühen flammendroter Edelsteine. Sie stand auf und sah sich nach dem Schürhaken um, und in diesem Augenblick klopfte Branoic an die Tür und rief ihren Namen.

Lilli schrie auf. Sie steckte die Hand in den Mund, um den Aufschrei zu ersticken, und im selben Augenblick stieß Branoic die Tür auf, kam hereingestürzt, die Hand am Schwertgriff.

»Schon gut«, sagte sie. »Du hast mich nur erschreckt.«

»Ja? Ich hätte schwören können, ich habe gehört, daß du mich gerufen hast.«

»Das habe ich, aber ich hätte nicht gedacht, daß es funktionieren würde.«

Branoic starrte sie an, dann fing er an zu lachen. Er drehte sich um und schloß die Tür.

»Wir sind wirklich ein schönes Paar.« Er ging zu der Feuerstelle. »Ich kümmere mich schon ums Feuer.«

»Danke.« Sie reichte ihm den Schürhaken. »Meine Zofe hat ein paar große Scheite hergebracht, sie liegen dort unter dem Fenster.«

Lilli setzte sich wieder hin und sah zu, wie er Holz nachlegte. Er hob einen Scheit mit einer Hand, den sie kaum mit zweien hätte bewältigen können, und rückte es vorsichtig zurecht. »Das sollte für eine Weile genügen.« Branoic legte den Schürhaken nieder. »Hast du mich deshalb gerufen? Damit ich mich um dein Feuer kümmere?«

»Nein. Ich wollte dich einfach sehen.«

»Das freut mich. Ich habe mir Sorgen gemacht. Ich habe den alten Nevyn immer wieder gefragt, wie es dir geht, und er schüttelte den Kopf und schaute grimmig drein.«

»Nun, es ist nicht so, daß ich schrecklich krank wäre. Aber ich könnte es werden, wenn ich nicht aufpasse.«

Branoic lächelte so ehrlich erfreut, daß sie aufstand und die Hände auf seine Brust legte. Gehorsam küßte er sie, einmal, dann noch einmal. Ihr wurde klar, daß es nicht nur Maryn gewesen war, der ihr gefehlt hatte, sondern mit ihm zu schlafen.

»Branno?« sagte Lilli. »Mir ist gerade etwas eingefallen.«

»Ach ja?« Er lächelte auf sie herab. »Was denn?«

»Wir sind nun offiziell verlobt.«

Er dachte darüber nach, den Kopf ein wenig schief gelegt, dann lächelte er, diesmal träger.

»Das sind wir«, sagte er. »Ihr ehrt mich, meine Dame.«

Als sie die Arme um seinen Hals schlang, beugte er sich vor, hob sie hoch und trug sie zum Bett.

Pergament aus Kalbshaut herzustellen ist nicht einfach. Bellyra fürchtete, Wochen auf das Material für ihr Buch warten zu müssen, aber zum Glück hatten die Herolde des Prinzen leere Blätter mitgebracht, vorbereitet für Anerkennungs- oder Verbannungsschreiben, falls der Krieg so etwas erfordern sollte. Gavlyn brachte ihr persönlich ein paar davon, obwohl er warten mußte, bis Maryn bei seiner Frau in der Frauenhalle weilte, ehe er dort eintreten konnte. An einem sonnigen Morgen legte er die Pergamente auf einen Tisch am Fenster. Bellyra fuhr mit der Hand darüber – sie waren so glatt und hell wie Sahne und mit Hilfe eines stumpfen Griffels ordentlich mit Linien und Rändern versehen.

»Ich danke Euch, Herold«, sagte sie. »Das ist genau das, wonach ich gesucht habe.«

»Es ist mir ein Vergnügen, Euer Hoheit«, erwiderte Gavlyn. »Mögt Ihr diese Blätter mit Glück ebenso füllen wie mit Worten.«

Gavlyn verbeugte sich abermals und ging rückwärts und unter weiteren Verbeugungen zur Tür. Maryn trat an den Tisch, um Bellyras neuen Schatz zu betrachten. Er fuhr mit den Fingerspitzen über die Oberfläche eines Pergaments und nickte anerkennend.

»Wozu willst du sie benutzen?« fragte er.

»Überlieferungen über Dun Deverry. Die Bauten, ihre Geschichte und alles andere, was ich finden kann.«

Maryn war zutiefst verblüfft.

»Wie dieses Buch, das ich in Dun Cermor gefunden habe«, erklärte sie, »und dann auf den leeren Seiten beendet.«

»Ah. Daran erinnere ich mich jetzt. Nun gut, wenn es dir

Spaß macht. Bis auf – warte, ich erinnere mich, wie es damals war, als du in schmutzigen alten Kammern herumgestöbert und mit den Dienern in der Küche gesessen hast. Das hast du doch nicht wieder vor, oder?«

»Doch. Wie sonst soll ich herausfinden, was ich wissen will?«

»Nun, ich will nicht, daß du allein herumstreifst. Einige Bodendielen in diesen alten Türmen sind halb durchgefault. Und es gehört sich auch einfach nicht.«

»Dann werde ich einen Pagen mitnehmen.«

»Das genügt nicht. Nimm ein paar Männer meiner Wache.«

»Sie werden im Weg sein. Die alten Leute werden nicht frei und offen erzählen, wenn sich ein paar Silberdolche bedrohlich über sie beugen.«

»Dann nur einen Mann und ein paar Pagen, aber ich werde nicht zulassen, daß meine Frau wie eine Dienerin hier herumstreift. Oh, ich weiß. Was ist mit Maddyn? Er ist ein Barde; ihn werden die Geschichten auch interessieren.«

»Also gut. Er wird mich nicht so sehr stören wie die anderen.« Bellyra lachte und fühlte sich angenehm boshaft. »Hast du übrigens sein Lied über den Fuchs gehört, der eigentlich Berater Oggyn ist?«

»Wie?« Er griff ihre Stimmung auf und grinste. »Soll ich ihn bitten, es zu spielen?«

»Nicht in der großen Halle, wo der arme Oggyn es hören kann. Es ist ein Spottlied, denn Oggyn hat versucht, von Männern, die Silberdolche werden wollen, Geld zu erpressen. Er hat sie dafür bezahlen lassen, sie Owaen vorzustellen.«

»Ihr Götter! Owaen hätte ihn dafür umbringen können.«

»Das hätte er offensichtlich auch beinahe.«

»Kein Wunder, daß Oggyn mich gedrängt hat, Owaen auszuschicken, um Riddmar zu holen.« Maryn schüttelte in spöttischem Tadel den Kopf. »Wie weh Oggos kleines gieriges Herz getan haben muß! Ich werde Maddyn fragen, wenn ich einen Augenblick Zeit habe, aber wann das sein wird, wissen nur die Götter. Und nun sollte ich mich lieber davonmachen. Nevyn wartet sicher schon auf mich.«

Bellyra schickte eine ihrer Dienerinnen nach einem Pagen, und den Jungen beauftragte sie dann, Maddyn zu suchen. Sie konnte den Barden zwar in der Frauenhalle nicht empfangen, aber sie sah nichts Falsches daran, direkt vor der offenen Tür zu stehen und mit ihm im Flur zu sprechen. Als sie ihr neues Unternehmen erklärte, schien er wirklich erfreut zu sein, mit von der Partie sein zu können.

»Unser Prinz glaubt, ich müsse bewacht werden«, sagte Bellyra.

»Schätze sollten bewacht werden, Euer Hoheit«, sagte Maddyn. »Und Ihr seid ein Schatz.«

»Oh, wirklich! Was soll das? Der Krieg ist wohl tatsächlich vorüber, wenn sich Silberdolche in Höflinge verwandeln.«

Maddyn lachte. »Mag sein«, sagte er. »Aber ich fühle mich geehrt, Euch als Leibwächter dienen zu dürfen, Euer Hoheit.«

»Gut! Zunächst will ich einfach nur umhergehen und mir alles ansehen. Zum Beispiel den Geheimgang, der aus der Festung führt. Maryn hat mir erzählt, wie die Silberdolche die Tore geöffnet haben.« Sie spürte ihre gute Laune verschwinden. »Es tut mir weh, an eure Verluste zu denken. Ich werde in meinem Buch über Caradoc schreiben, damit man sich an ihn erinnert.«

Maddyns Augen wurden feucht. Hastig wandte er sich ab und wischte sich mit dem Hemdsärmel übers Gesicht.

Das Silberdolchwappen, das dort aufgestickt war, faßte, wie sie plötzlich begriff, wirklich sein ganzes Leben zusammen, seine Ehre und seine Verpflichtungen, die selbst über jene hinausgingen, die er ihrem Mann gegenüber hatte. So viele Kameraden verloren zu haben mußte ihn schlimmer verwundet haben als ein Schwert.

»Es tut mir leid, Euer Hoheit«, murmelte er. »Ihr habt mich überrascht.«

»Ihr braucht Euch nicht zu entschuldigen. Ich weiß, daß Ihr den Hauptmann sehr geachtet habt. Mein Mann ebenfalls, und er hat mir gesagt, daß Caradoc ihm immer noch fehlt.«

»Er fehlt uns allen.« Maddyn zwang sich zu einem Lächeln. »Ich bedanke mich für die Ehre, die Ihr ihm erweisen werdet.«

»Das tue ich gern. Ich gehe und hole schnell meinen Umhang.«

Bellyra kehrte in die Frauenhalle zurück und sah, daß Degwa direkt an der Seite hinter der Tür stand, nahe genug, um alles zu hören, das gesagt worden war. Degwa knickste auf ein wenig zerstreute Art.

»Ich bin bald wieder zurück«, sagte Bellyra. »Paß auf, daß mit meinem Pergament nichts passiert.«

»Selbstverständlich, Euer Hoheit. Es ist wirklich schönes Pergament.«

Als sie, gefolgt von ihrem Silberdolch, den Broch verließ, nahm Bellyra auch ein paar der jüngsten Pagen mit. Maddyn führte sie durch den Irrgarten von Mauern, Schuppen, Türmen und Höfen zu den Ruinen, die den Eingang zum Geheimgang verbargen. Männer der Festungswache standen dort Tag und Nacht auf Wache, ebenso wie weit entfernt an jener Stelle, wo der Fluchttunnel hinter den Festungsmauern zu Ende war.

»Unser Prinz hat vor, diese Festung, wenn der Krieg zu Ende ist, wieder aufzubauen und sie einem ganz bestimmten treuen Mann zu übergeben«, sagte Bellyra zu Maddyn.

»Das ist eine gute Idee, Euer Hoheit. Es wäre ein angemessenes Anwesen für Branoic, wenn ich so unverschämt sein darf, meinen Rat anzubieten.«

»Das ist eine gute Idee. Ich werde es dem Prinzen gegenüber erwähnen.«

»Wir sollten etwas unternehmen, damit Branoic und seine Verlobte bald heiraten können«, fuhr Maddyn fort. »Bevor er sie schwängert. Falls es nicht bereits geschehen ist.«

»Ach, tatsächlich? Und warum macht Ihr Euch deshalb Sorgen?«

»In manchen Nächten schläft er nicht in der Mannschaftsunterkunft, und Branoic hatte nie etwas dafür übrig, draußen im Regen zu liegen. Einer der anderen Jungs hat ihn deshalb geneckt, und ich mußte dazwischengehen. Branno hätte ihn beinahe umgebracht, weil er seine Verlobte beleidigt hat.«

Bellyra lächelte, und diesmal war an der Bosheit, die sie empfand, wenig Angenehmes. Die Rache gegenüber ihrem Mann schmeckte süß, aber darüber hinaus hatte Lillis Untreue gegenüber Maryn auch ihre praktischen Vorteile. Der Prinz würde Lillis früher oder später zweifellos müde werden, aber nun würde es, wenn sie ein Kind bekam, kein Gerede über einen weiteren königlichen Bastard geben. Es genügte ihr, bereits einen davon in Pflege zu haben.

Als sie über den sonnigen Hof gingen, mußte sie auch daran denken, daß Lilli so schrecklich jung war, daß ihr vielleicht gar nicht klar wurde, wie gefährlich ihre Situation war, zwischen zwei Männern zu stecken wie ein Boot zwischen den Felsen eines Riffs. Sie konnte Lilli wohl kaum selbst warnen, aber sie beschloß, Elyssa auszuschicken, um so ehrlich wie möglich mit dem Mädchen zu sprechen.

Nevyn stellte den Holzkasten mitten auf den Tisch und untersuchte dann mit Hilfe seiner Dweomersicht jedes ätherische Siegel. Sie waren weiterhin fest, aber er war sich einer Empfindung bewußt, die durch das Holz drang, der Berührung einer Kraft, die sich als tiefes Unbehagen manifestierte. Als er den Kasten wieder mit normalem Blick betrachtete, schien er vollkommen gewöhnlich auszusehen.

»Ich schwöre, dieser verdammte Fluch wird intensiver!« sagte Nevyn. »Sieh ihn dir an, Lilli, aber berühre ihn nicht. Siehst du etwas Seltsames?«

»Ja, Herr. Es ist beinahe, als glühte er oder als ließe er die Luft zittern, aber es ist alles ölig und seltsam. Oh, das hört sich an wie schrecklicher Unsinn!«

»Ich fürchte, es ist kein Unsinn. Dieser Fluch bezieht Kraft aus einem sehr unangenehmen Teil der inneren Lande.«

An einem stürmischen Nachmittag saßen sie in Nevyns Turmzimmer. Der Regen fiel auf das Dach, und der Wind ächzte und die ledernen Fensterläden klapperten. Hin und wieder wurde einer davon weggerissen, und ein Windstoß erfüllte das Zimmer, bis Nevyn genug davon hatte, Kerzen zu benutzen. Er rief das Wildvolk zur Hilfe, und bald beleuchteten große Kugeln schimmernden silbernen Lichts das Zimmer auf magische Weise.

»Wir sollten uns das Ding lieber noch einmal genau ansehen«, meinte Nevyn. »Soll ich es aus dem Kasten holen?«

Mit einem kleinen Aufschrei legte Lilli die Hand an die Kehle. Nevyns erster Gedanke war, daß das Fluchtäfelchen sie verängstigte, aber dann begriff er, daß sie etwas hinter ihm anstarrte. Er drehte sich um und sah den Geist, der Lady Meroddas Gestalt angenommen hatte, in der Tür stehen.

»Einen guten Abend«, sagte Nevyn. »Bist du gekommen, damit ich dir helfen kann?«

Der Geist lachte. »Ich bin nicht so leicht hinters Licht zu führen, alter Mann. Was du in diesem Kasten hast, gehört Lady Merodda. Hast du es ebenfalls gestohlen?«

»Ich werde deine Fragen nicht beantworten, bis du mir ein paar Fragen beantwortest.«

»Das werde ich nicht tun.«

»Dann sage ich dir auch nichts.« Nevyn beugte sich über den Kasten und setzte dazu an, ihn zu öffnen. »Du solltest lieber verschwinden. Ich werde gleich einen Dweomerkreis zeichnen, und der könnte dich einfangen.«

»Nun, vielleicht werde ich eine einzige Frage beantworten.« Der Geist kam einen Schritt näher.

»Also gut.« Nevyn ließ den Kasten stehen. »Du sagst, es gehört Lady Merodda. Hat sie es geschaffen?«

»Nein, es war dieser häßliche Mann, der ihr gedient hat.« Sie warf Lilli einen Blick zu. »Dein Onkel hat ihn getötet.«

Lilli nickte, ihr Gesicht totenbleich. »Das habe ich gehört.«

»Ich habe ein Baby bei diesem Täfelchen gefunden«, sagte Nevyn zu dem Geist. »War es Merodda eigenes?«

»Das werde ich nicht beantworten, bis du meine Frage beantwortest. Wo ist sie jetzt?«

»Sie ist tot.«

»Was bedeutet das?«

»Sie ist in den Anderlanden. Sie lebt nicht mehr auf dieser Erde.«

»Wo lebt sie jetzt?«

»Sie lebt überhaupt nicht mehr. Hier.« Nevyn sah sich um, entdeckte ein Stück Holzkohle auf dem Tisch und griff danach. »Sie ist zerbrochen und verschwunden wie das hier.« Er zerdrückte die Holzkohle in seinen Fingern und ließ schwarzen Staub auf den Boden rieseln.

»Und was soll das heißen?«

»Ich weiß nicht, wie ich es dir erklären soll.«

»Du lügst, alter Mann. Du mußt wissen, wo sie ist.«

»Ich habe versucht, es dir klarzumachen.«

Der Geist fauchte wie ein wildes Tier. Das sorgfältig errichtete Abbild Meroddas begann zu zittern wie ein Spiegelbild in einem Wassertümpel, wenn leichter Wind aufkommt.

»Ich werde sie finden, alter Mann. Ich warne dich. Ich werde sie finden, und dann kommen wir zusammen und holen ihre Tochter zurück.«

»Ich bin nicht gestohlen worden«, fauchte Lilli. »Ich bin aus eigenem Willen hier.«

Der Geist ignorierte sie.

»Du kannst Merodda nicht finden«, erwiderte Nevyn. »Sie ist tot.«

Der Geist zischte wie ein zorniger Luchs und schlug nach Nevyn. Der alte Mann riß die Hand hoch und zeichnete ein bannendes Pentagramm in die Luft. Mit einem letzten Fauchen verschwand der Geist. Nevyn seufzte erleichtert.

»Wird sie uns weiter Ärger machen?« fragte Lilli.

»Ich habe keine Ahnung.« Nevyn hielt inne und sah sie an. »Hast du Angst vor ihr?«

»Nein. Wenn sie erscheint, erschreckt sie mich immer, aber dann erinnere ich mich daran, daß sie nicht wirklich meine Mutter ist.« Lilli grinste ihn an. »Kein Geist könnte so böse sein.«

»Und das spricht Bände, nicht wahr? Also gut.« Nevyn legte einen Finger auf den Holzkasten. Er konnte nichts Ungewöhnliches spüren, aber das Erscheinen des Geistes hatte ihn beunruhigt und seine Konzentration gestört. »Ich denke, ich werde es für den Augenblick zurückstellen. Aber früher oder später muß ich mir überlegen, was wir damit machen.«

»Gut, Herr. Braucht Ihr mich noch?«

»Nicht unbedingt. Warum? Wartet Branoic auf dich?«

»Ja.«

»Dann solltest du auf jeden Fall deine Verabredung einhalten.«

»Danke.« Lilli errötete, dann stand sie auf und drehte sich rasch um, als wollte sie es verbergen. »Sehe ich Euch heute abend?«

»Wahrscheinlich nicht. Ich werde mit dem Prinzen und

Gwerbret Ammerwdd zu Abend essen.« Nevyn seufzte. »Wahrscheinlich sollte ich dazu lieber ein sauberes Hemd anziehen. Mein bestes, das mit dem Wappen. Ärgerlich, aber dagegen kann man wohl nichts tun. Der Prinz muß sich dieser Tage wie ein König benehmen, und ich spiele den Höfling.«

Später kam Elyssa in Lillis Zimmer, aber statt zu fragen, wie es ihr ginge, und bald wieder zu gehen, setzte sie sich ungebeten auf einen der Sessel. In der Feuerstelle brannte ein Feuer, und Lilli hatte die Fensterläden geschlossen, so daß der Raum vom gemütlichen Feuerlicht erfüllt war.

»Es ist schön, Euch zu sehen.« Lilli setzte sich auf den anderen Stuhl.

»Ihr habt uns gefehlt«, sagte Elyssa lächelnd. »Lilli, ist es wirklich Eure Krankheit, die Euch von der Frauenhalle fernhält?«

Lilli spürte, wie ihre Wangen von Schlimmerem als Fieber glühten.

»Die Prinzessin hat mich gebeten, mit Euch zu sprechen«, fuhr Elyssa fort. »Sie denkt, daß Ihr sie fürchtet, und das bedrückt sie. Sie nimmt Euch nichts übel.«

»Wirklich?«

»Wirklich. Ihr seid nicht das erste Mädchen, das ihr Mann begehrt.«

»Das sagt Nevyn auch.«

»Es muß ein schmerzlicher Gedanke sein.« Elyssa betrachtete sie besorgt.

»Ja«, erwiderte Lilli. »Das sagen alle, und sie glauben, daß ich mich deshalb besser fühle, aber so ist es nicht. Ich komme mir vor wie eine Zuchtstute, die entweder zur Zucht benutzt oder im Stall eingeschlossen wird, ganz wie ihr Herr es wünscht.«

»Das ist nicht ganz falsch, oder?«

»Ja. Und ich frage mich, wann er ein anderes Pferd finden wird.«

»Vielleicht tut er das auch nicht. Wer weiß schon, warum Männer tun, was sie tun? Vielleicht hat er endlich das einzige Mädchen gefunden, das er all diese Jahre suchte? Und wenn das so ist, wird das die Prinzessin eher erleichtern oder unglücklich machen?«

Lilli dachte einigermaßen entsetzt darüber nach.

»Wißt Ihr«, sagte sie schließlich, »auf diese Weise habe ich noch nie darüber nachgedacht.«

»Es gibt viel nachzudenken, oder? Ihr werdet Zeit brauchen, um das zu tun.«

»Ja. Und dann ist da noch Branoic.«

»Der Prinz wird Euch diese Heirat nicht verbieten. Das ist Euch hoffentlich klar.«

»O ja. Maryn hat seine eigene Art von Ehre.«

Einen Augenblick schwiegen beide.

»Sagt mir, wenn ich den Mund halten soll«, meinte Elyssa schließlich, »aber glaubt Ihr, schwanger zu sein?«

»Noch nicht, aber das könnte schon passieren.«

»Es ist wohl kaum zu vermeiden.«

»Ja, aber im Augenblick möchte ich lieber nicht daran denken.«

»Lilli, Lilli, wie alt seid Ihr? Habt Ihr eine genaue Vorstellung davon?«

»Nun, ich war zwölf, als ich aus der Pflege hierherkam, und das ist nun mehr als zwei Jahre her. Meine Mutter hat mir einmal erzählt, ich sei mitten im Sommer zur Welt gekommen.«

»Denken wir einmal nach – Ihr seid also vielleicht fünfzehn Jahre alt? Ich bin ein ganzes Stück älter, und ich weiß, es wäre das beste, wenn Ihr jetzt anfangt, über dieses mögliche Kind nachzudenken. Wird es Maryns Kind sein oder das Eures Silberdolchs?«

»Beides ist möglich, denke ich.« Lilli zuckte mit den Achseln, und ihr wurde immer elender. »Ich werde niemals vom Prinzen erwarten, daß er sich zu dem Kind bekennt.«

»Ich mache mir um Euch Gedanken. Was wird Branoic sagen, wenn er glaubt, daß das Kind nicht seines ist?«

»Ihr versteht das nicht. Branoic ist dem Prinzen ebenso ergeben wie ich. Wieso sonst würde er mich heiraten wollen, wenn er doch weiß, was er weiß?«

»Er weiß es?« Elyssa starrte sie lange an. »Nun dann!« Lächelnd erhob sie sich. »Ich denke, Ihr habt Euch einen guten Mann ausgesucht. Und nun vergeßt bitte nicht, morgen zu uns zu kommen. Später am Morgen oder am frühen Nachmittag. Ihr könnt uns helfen, Decci wegen Oggyn zu nekken.«

Erst später, lange nachdem Elyssa gegangen war, begann Lilli sich zu fragen, woher sie wohl gewußt hatte, daß Branoic hin und wieder in ihrer Kammer übernachtete. Plötzlich war ihr ganz elend zumute, und sie fragte sich, ob Maryn es ebenfalls wußte.

Am Morgen erwachte Lilli und war überzeugt, daß sie weiterhin den anderen Frauen aus dem Weg gehen würde, wie sie es bisher getan hatte, aber im Lauf des Morgens wurde aus ihrer Überzeugung eine dünne Furcht. Endlich, kurz vor Mittag, beschloß sie, daß sie von ihrer eigenen Feigheit nun genug hatte. Sie verließ ihre Kammer und ging in das nächste Stockwerk des Broch, zur Frauenhalle. Der Anblick der Tür und der Gedanke, sie zu öffnen, erfüllten sie mit plötzlichem Widerwillen, so intensiv, daß ihr endlich klar wurde, daß es nur wenig mit Bellyra zu tun hatte. Sie hatte in dieser Halle viel Zeit mit Bevyan und mit ihrer Mutter verbracht. Einen Moment glaubte sie, beide sehen zu können, hellgraue Gespenster, die durch den Flur auf sie zukamen, aber sie wußte, daß sie nur ihre eigenen Erinnerungen sah. Sie schmerzten schlimmer, als der Schreck über den Anblick eines Geistes hätte sein können.

Lilli holte noch einmal tief Luft, öffnete endlich die Tür und ging hinein. Auf der anderen Seite des großen, sonnigen Raums waren Bellyra, Degwa und Elyssa damit beschäftigt, an einem hölzernen Rahmen einen Bettvorhang zu besticken. Lilli konnte weder sprechen noch sich bewegen, weil ihr der Anblick so ungewöhnlich vorkam.

»Es ist so anders«, sagte sie schließlich. »Die Halle, meine ich.«

»Das ist sie«, erwiderte Bellyra lächelnd. »Ich konnte nicht glauben, wie schrecklich es aussah, als wir hier ankamen. Kommt herein, Lilli, und seht Euch um.«

»Danke, Euer Hoheit.« Lilli knickste, dann schloß sie die Tür. »Es ist wirklich wunderhübsch geworden.«

Alle alten Möbel waren durch die eigenen Möbel der Prinzessin ersetzt worden. Bunte Wandbehänge zierten die Mauern, und Teppiche aus Bardek lagen wie kleine Gärten auf dem polierten Boden. Die Sessel, die Kissen, Bellyras kleine Tische mit den silbernen Ziergegenständen – sie hatte Cerrmor mit sich hierhergebracht. Keine von Lillis Erinnerungen gehörte in diese Halle.

»Es ist wunderbar«, sagte Lilli.

Aus reiner Gewohnheit griff sie nach einem Stuhl und brachte ihn zu dem Rahmen hinüber. Als sie sich hinsetzte, reichte Elyssa ihr eine Nadel, in die leuchtend rote Wolle eingefädelt war.

»Wenn Ihr mit dem Drachen dort drüben anfangt«, sagte Elyssa, »dann beende ich diese Spiralen hier.«

Lilli begann zu sticken, eine Hand über, eine unter dem Rahmen, in einem so vertrauten Rhythmus, daß ihr selbst auferlegtes Exil ihr bald wie eine der größten Dummheiten vorkam, die sie je begangen hatte. Und die Gespräche, die Neuigkeiten aus der Festung, Neuigkeiten von Maryns Verbündeten, den Verhandlungen über Cerrmor – nach dem Schweigen ihres Krankenzimmers war ihr kein Bardenlied je so süß vorgekommen.

»Lilli«, sagte Bellyra schließlich. »Ihr seid sehr still heute!«

»Nun, Euer Hoheit, mein Leben ist schrecklich langweilig. Ich bin so lange eingeschlossen gewesen.«

»Ha! Und was ist mit Branoic? Ist er auch langweilig?«

Alle lachten, Lilli eingeschlossen. Während sie sich über Branoic unterhielten und darüber, welches Anwesen Maryn ihm schließlich übergeben würde, bekam Lilli langsam das Gefühl, als wäre ihre Affäre mit dem Prinzen nie geschehen. Ganz sicher hatte sie nur kurze Zeit gedauert, und vielleicht war sie bereits zu Ende. Sollte das der Fall sein, beschloß sie, würde sie auch ohne ihn leben können – sie war sogar zutiefst erleichtert.

Dennoch, gegen Nachmittag öffnete Maryn die Tür zur Frauenhalle und wollte hereinkommen. Einen Moment erstarrte er in vollkommen ausdrucksloser Miene angesichts der Gruppe am Stickrahmen. Als die Frauen begannen, sich zu erheben, winkte er ihnen, sitzen zu bleiben, machte auf dem Absatz kehrt und warf die Tür hinter sich zu.

»Wie seltsam«, meinte Elyssa. »Nun, unser Prinz ist dieser Tage wegen dieser ganzen Wahlratsangelegenheit sehr zerstreut.«

»Du bist sehr freundlich«, meinte Bellyra grinsend. »Ich fand, er sah erschrocken aus.«

Lilli beugte sich über den Webrahmen und konzentrierte sich ganz auf ihre Stiche. Sie konnte spüren, wie ihr Herz verräterisch klopfte und ihr zuschrie, daß sie ihn immer noch liebte.

Nach dem Abendessen saß Lilli mit Nevyn in ihrer Kammer,

als Maryn erschien. Er kam ohne anzuklopfen herein, dann blieb er beim Anblick seines Beraters zögernd stehen.

»Ich nehme an, mein Lehnsherr«, sagte Nevyn, »das Ihr wünscht, daß ich gehe.«

»Wenn ich ehrlich sein soll, ja.«

Nevyn lächelte, griff nach dem Buch, das er Lilli gezeigt hatte, verbeugte sich vor dem Prinzen und ging. Lilli hatte das Gefühl, als duckte sie sich in ihrem Sessel, halb wünschte sie sich, daß Maryn rasch wieder gehen sollte, halb, daß er lange bliebe. Er setzte sich auf den Sessel, auf dem Nevyn zuvor gesessen hatte, und streckte die langen Beine vor dem Feuer aus.

»Ich nehme an, die Prinzessin hat dich gebeten, heute zu ihr zu kommen«, sagte Maryn.

»Ja, Euer Hoheit.«

»Nenn mich nicht so!«

»Es tut mir leid.«

Lange Zeit starrte Maryn stirnrunzelnd in das Feuer, das über große Holzscheite zuckte. Die Salamander, die sich in den Höhlen aus glühenden Kohlen versteckten, starrten zurück, aber zum Glück konnte er sie nicht sehen. Lilli verschränkte die Hände im Schoß und dachte darüber nach, was sie sagen könnte.

»Verzeih mir«, sagte Maryn schließlich. »Ich weiß nicht, was zur Zeit mit mir los ist.«

»Es ist all das Warten, nicht wahr? Hier herumzusitzen, zu reden und auf den Sommer zu warten. Es muß für einen Mann wie dich schrecklich sein.«

»Wahrscheinlich. Aber was ist das für ein Geschöpf, ein Mann wie ich?«

Lilli war zu überrascht, um zu antworten. Maryn blickte mit einem schiefen Grinsen auf.

»Aber ich will die wenige Zeit, die wir haben, nicht verderben«, er stand auf und sah sich um. »Leg dich statt dessen lieber mit mir hin.«

Als er sich angezogen hatte und wieder gegangen war, lag Lilli noch lange wach und fragte sich, was diese Frage bedeutet hatte und was ihn dazu veranlaßt haben mochte. Endlich schlief sie ein, ohne eine Antwort gefunden zu haben.

Gwerbret Ammerwdd von Yvrodur war beinahe so groß wie Branoic und ebenso breit in den Schultern. Sein Haar war so grau gesträhnt wie sein Schnurrbart. Wenn er sprach, strich er oft mit einer breiten Hand über den Schnurrbart, als hätte er Angst, ihn zu verlieren. Da der Prinz ihm gestattet hatte zu stehen, lehnte er an der Wand nahe der Feuerstelle im Empfangszimmer des Prinzen und betrachtete seinen Lehnsherrn mit kalten, dunklen Augen. Maryn, der bequem in einem Sessel saß, erwiderte den Blick fest.

»Ich verstehe, was Ihr vorhabt«, sagte Ammerwdd schließlich. »Aber es wird verflucht viel Gemurre geben, wenn Ihr Cerrmor einem Jungen übergebt.«

»Er wird schon bald ein Mann sein«, meinte Maryn, »und ist das wirklich der Grund für das Murren?«

Ammerwdd lächelte und warf einen Blick zu Nevyn und Oggyn, die an einem Tisch an der Seite saßen, dann schaute er wieder den Prinzen an. Als Oggyn aufblickte, als wollte er etwas sagen, hob Nevyn die Hand und bedeutete ihm zu schweigen.

»Cerrmor ist eine wohlhabende Stadt«, sagte der Gwerbret. »Das will ich nicht leugnen.«

Maryn stand auf, winkte Ammerwdd, ihm zu folgen, und gesellte sich zu seinen beiden Beratern an den Tisch, wo eine Landkarte von Deverry ausgebreitet war. Maryn zeigte auf die Nordost-Ecke und legte eine Fingerspitze auf eine Stadt. »Das da ist Cantrae«, sagte Maryn. »Es gehört den Ebern. Folgt dem

Fluß weiter, und dort haben wir Glasloc, ebenfalls in den Händen der Eber. Dann kommen die alten Wolfsländereien. Sie haben auch einen Anspruch auf Lughcarn, und der Gwerbret dort wartet noch ab, aus welcher Richtung der Wind weht, bevor er sich mir anschwört. Er weiß es noch nicht, aber er hat zu lange gewartet. Wenn die Kämpfe des Sommers gut verlaufen, werden all diese Städte mir gehören. Und ich habe vor, mit meinen Vasallen in Cerrmor großzügig zu sein.«

Ammerwdd nickte und strich sich über den Bart.

»Diese Ländereien sind alle verflucht weit vom Belaver entfernt«, sagte der Gwerbret schließlich. »Männer, die dort ein Anwesen haben, haben sicher nicht vor, es aufzugeben und nach Norden zu ziehen.«

»Wer sagt, daß sie ihre alten Anwesen aufgeben müssen? Nun, wen immer der Wahlrat als Gwerbret Cantrae einsetzt, wird das tun müssen, ebenso wie für Lughcarn. Aber die geringeren Adligen werden nicht dazu verpflichtet sein.«

Ammerwdd wollte etwas sagen, dann lachte er, ein kurzes Aufbellen, das eher zornig als vergnügt klang.

»Das gefällt mir«, sagte der Gwerbret. »Teilt ihre Ländereien auf, laßt sie das halbe Jahr damit verbringen, hin und her zu reiten, und dann machen sie keinen Ärger.«

»Das dachte ich ebenfalls.« Maryn wandte sich Nevyn zu. »Sagt mir eins, Berater – wenn Glasloc wieder Gwerbret Daeryc zufällt, wird er Mabyndyr aufgeben?«

»Ja, Euer Hoheit«, sagte Nevyn. »Und Mabyndyr ist mehr wert als Glasloc.«

»Und dann gibt es noch diese nördlichen Ländereien, mein Lehnsherr«, warf Oggyn ein.

»Das ist wahr.« Ammerwdd fuhr mit der Hand über das nördliche Gwaentaer. »Wie viele dieser Adligen werden im Frühjahr noch treu zu Euch stehen?«

»Das weiß ich nicht«, sagte Maryn. »Vielleicht gar keiner.«

Beide Männer lachten – ein grimmiges Lachen. Ihr Zynismus war nur zu gerechtfertigt, nahm Nevyn an, aber nicht lange danach geschah etwas, das ihn Lügen strafte.

An einem Tag, dessen Kälte deutlich auf den kommenden Winter hinwies, ritt einer von Maryns neuen Vasallen mit seiner Ehrengarde von fünfzehn Mann in den Hof. Es war derjenige, den sie am wenigsten erwartet hätten: Lord Nantyn. Sobald er sich überzeugt hatte, daß man sich um seine Pferde und Männer kümmerte, stapfte Nantyn in die große Halle und brüllte nach dem Prinzen. Er war immer noch ein kräftiger Mann, obwohl das weiße Haar auf seinem Schädel schütter war. Seine wäßrig blauen Augen lagen tief in einem von alten Narben überzogenen Gesicht. Nevyn, der zufällig in der Halle war, eilte sich, ihn mit einer Verbeugung zu begrüßen.

»Guten Tag, Euer Lordschaft«, sagte Nevyn. »Ich habe einen Pagen geschickt, um Prinz Maryn zu holen.«

»Gut.« Nantyn betrachtete ihn einen Augenblick lang forschend. »Ah ja. Ihr seid dieser verfluchte Zauberer. Nun, ich komme in einer wichtigen Angelegenheit.«

Nevyn führte den Lord an den Ehrentisch und schickte eine Dienerin nach Met. Da Nevyn den Klatsch über Nantyn gehört hatte, wonach er zumindest eine Ehefrau zu Tode geprügelt hatte, neigte er dazu, ihn abzulehnen, und es fiel ihm schwer, sich mit ihm zu unterhalten. Zum Glück kam Maryn schon bald die Treppe herunter. Nantyn erhob sich, vollführte eine Art Kniebeuge, verbunden mit einem Senken des Kopfs, und kam direkt zum Thema.

»Braemys durchstreift das Land nach Banditen«, sagte Nantyn. »Ich meine, er wirbt sie an. Er hängt sie nicht auf, wie er es tun sollte. Es gibt verflucht viele verzweifelte Männer dort draußen, mein Lehnsherr, und er hat ihnen einen Platz in seinem Kriegshaufen angeboten.«

»Pferdedreck!« Maryn paßte seine Sprechweise seinem Gegenüber an. »Es gibt mehr als eine Möglichkeit, eine Armee aufzustellen, wie?«

»Genau.« Nantyn setzte sich ungebeten wieder hin und griff nach seinem Kelch. »Ich dachte, Ihr solltet das lieber wissen.«

»Dafür bin ich Euch sehr dankbar.« Maryn setzte sich und winkte dem Diener. »Met für mich und den Berater, Junge. Ich bin überrascht, daß Ihr den ganzen Weg geritten seid, um mir das zu sagen.«

»Ich ebenfalls, Euer Hoheit.« Nantyn lachte, ein Geräusch, das bei einem anderen Mann als Todesrasseln durchgegangen wäre. »Aber im Winter hat ein Mann viel Zeit nachzudenken. Ich habe von diesen verfluchten, aufgeblasenen Ebern die Nase voll. Nehmen wir einmal an, sie gewinnen. Sobald sie sich alles Land südlich von ihrem eigenen genommen haben, werden sie auch mein Land wollen und alles andere, worauf sie ihre Stelzen setzen können. Ich will, daß mein Enkel erbt, nicht ein stinkendes Eberferkel.«

Nevyn wandte seinen Dweomerblick an und betrachtete den Lord. Nantyns Aura war von einem ekelhaften Blutrot, was, wenn man seine Art von Leben bedachte, nicht überraschend war. Nevyn konnte allerdings deutlich feststellen, daß er unzweifelbar ehrlich in seiner Treue zu dem neuen König war. Er sagte auch die absolute Wahrheit, was Braemys' Rekrutierungstaktik anging. Der letzte Mann, von dem ich jemals Treue erwartet hätte! dachte Nevyn bei sich.

Es war das beste Vorzeichen seit langer Zeit. Wenn Männer wie Nantyn genug vom Kämpfen hatten, dann hatten sich die astralen Gezeiten wahrhaftig gewendet, und das Königreich konnte auf den Frieden zusegeln. Wenn die elenden Priester das nur ebenfalls erkennen wollten! Aber im Laufe des Gespräches löste Nantyn auch dieses Problem.

»Ich hoffte ohnehin, bald nach all meinen Vasallen schikken zu können«, sagte Maryn irgendwann, »um meine Thronbesteigung zu feiern.«

»Ha!« schnaubte Nantyn. »Das wird nicht geschehen, mein Lehnsherr, solange Ihr Braemys nicht besiegt habt.«

»Wahrhaftig? Warum?«

»Ich vergesse immer wieder, daß Ihr die Priester hier in Dun Deverry nicht kennt. Sie sind in diesem Krieg reich geworden. Sie werden sich nicht auf die Seite eines bestimmten Kandidaten stellen, ehe sie nicht sicher wissen, daß er gewonnen hat.« Nantyn hielt inne und trank einen Schluck Met. »Gierige Mistkerle, aber dumm sind sie nicht. Bringt ihnen Braemys' Kopf auf einem Speer, und sie werden Euch schnell genug zum Hochkönig machen.«

»Das hätte ich schon vor langer Zeit erkennen sollen«, murmelte Nevyn.

Nantyn zuckte die Achseln, griff über den Tisch nach dem Krug und goß sich selbst nach.

»Nun gut«, sagte Maryn. »Im Sommer werden wir uns darum kümmern.«

Nantyn lachte und prostete ihm zu. Nevyn murmelte eine Entschuldigung, überließ Nantyn dem Prinzen und flüchtete aus der großen Halle.

Lange Schatten lagen über dem Hof. Als Nevyn zum Himmel aufblickte, sah er Wolken aus dem Norden kommen, die Regen verkündeten. Für Schnee war es noch etwas zu früh. Als er hinüber zu dem Seitenbroch ging, in dem sich sein Zimmer befand, sah er Prinzessin Bellyra und eine Art von Gefolge – Maddyn, zwei Pagen und Otho –, die alle mit zurückgelegten Köpfen dastanden. Sie schauten sich einen schmalen Turm an, der zu einem der neueren Gebäude gehörte. Als Nevyn zu ihnen kam, erklärte Bellyra ihre seltsame Haltung.

»Seht nur, wie schief dieser Turm steht«, sagte sie. »Ich habe mich gefragt, warum.«

Nevyn schaute hin und sah, daß sich der Turm in alarmierender Weise dem Hof darunter zuneigte.

»Er ist schlecht gebaut, deshalb ist er schief«, zischte Otho. »Sie haben ihn einfach obendrauf geklebt, statt am Boden anzufangen und ein richtiges Fundament zu graben.«

»Er sieht gefährlich aus«, meinte Nevyn. »Er könnte tatsächlich eines Tages einstürzen. Das denke ich zumindest. Otho?«

»Ganz Eurer Meinung. Schlechte Arbeit.«

»Ich habe ein paar alte Rechnungsbücher angesehen, die Oggyn gefunden hat«, sagte Bellyra. »Der Turm wurde vor etwa fünfzig Jahren gebaut. Die Rechnungsbücher führen sogar auf, woher die Steine kamen, oben aus Gwaentaer. Sie wurden auf Barken hierhergebracht. Faszinierend, finde ich.« Otho nickte zustimmend.

»Euer Hoheit«, warf Maddyn ein, »in den letzten Tagen der Kämpfe, als wir endlich durchgebrochen sind und diesen Bereich einnahmen, haben ein paar Ebermänner von dort oben Steine geworfen. Dank der Neigung sind die Steine direkt heruntergefallen, ohne auf die Mauern zu prallen. Also dachte ich, sie hätten den Turm absichtlich so gebaut.«

»Daran hatte ich nicht gedacht.« Othos Blick war ausgesprochen säuerlich. »Ihr könntet recht haben, Barde. Aber er ist trotzdem nicht stabil.«

»Ich bin sicher, daß unser Prinz irgendwann dafür sorgen wird, daß er abgerissen wird«, meinte Bellyra. »Aber das ist alles wirklich sehr interessant. Ich muß etwas über diesen Turm schreiben.«

»Da hinten ist noch einer«, sagte Otho. »Und der ist genauso schief wie der da.«

»Oh, gut! Sehen wir ihn uns an!«

Die Prinzessin und ihr Gefolge gingen zur anderen Seite des zentralen Brochkomplexes. Nevyn jedoch machte sich auf den Weg in sein Zimmer, wo es warm war. Es gab Zeiten, in denen die magischen Kräfte, die sein Leben verlängerten, sich nicht um seine schmerzenden Gelenke scherten.

Bellyra hatte sich angewöhnt, alles, was sie schreiben wollte, zunächst zu durchdenken und ihre Worte erst auf das teure Pergament zu übertragen, wenn sie sie richtig zu setzen wußte. Normalerweise schrieb sie morgens, wenn die Sonne hell ins Zimmer fiel, aber manchmal fügte sie auch abends bei Kerzenlicht ein oder zwei Zeilen hinzu. Häufig versank sie dabei in ihre Tätigkeit, bis ihre Augen schmerzten, wenn sie, wie an diesem Abend, etwas besonders Interessantes aufzuzeichnen hatte.

»Nevyn hat mir Unmengen über diesen Broch erzählt«, sagte sie zu Maryn. »Den, in dem wir uns befinden. Wußtest du, daß er der älteste ist?«

»Nein«, meinte Maryn gähnend.

Sie drehte sich um, um ihn anzusehen, wie er sich dort halb angekleidet und halb schlafend auf dem Bett räkelte.

»Es langweilt dich«, sagte sie.

»Nein. Erzähl weiter.«

»Nun, mir ist etwas Seltsames an der Art aufgefallen, in der Nevyn über den alten Broch spricht. Er war so darin versunken, und es klang alles so echt. Ich hatte das Gefühl, als hätte er die Zeiten, über die er sprach, selbst erlebt.«

»Ach, komm schon! Er ist alt, das stimmt, aber nicht so alt.«

»Das weiß ich doch. Es war nur seine Art, es zu erzählen.« Sie warf einen Blick auf das Stück Pergament. »Ich habe jetzt alles niedergeschrieben. Der König, der den Broch erbauen ließ, glaubte an die alten Traditionen, und zu seiner Zeit schloß das ein, Pferde zu opfern und ihre Kadaver in den Fundamenten eines neuen Broch zu begraben, und das hat er getan.«

»Inzwischen müßten sie vollkommen verrottet sein«, sagte Maryn. »Sogar die Knochen.«

»Vielleicht. Vielleicht konnte deine Armee die Festung deshalb einnehmen. Die alten Könige glaubten, sie würde nicht erobert werden können, solange die Geisterpferde sie schützen. Nevyn hat mir erzählt, daß er in einem Buch gelesen hat, in der Dämmerungszeit hatten die Könige Kinder geopfert und sie statt der Pferde begraben.«

»Ihr Götter! Wirklich?«

»Wirklich. Ja, und du solltest dich glücklich schätzen, mein Herr und Ehemann, daß sie Könige dieser Tage nicht auf dieselbe Weise krönen wie in der Dämmerungszeit. Dann hättest du die weiße Stute nicht nur in der Prozession reiten müssen, du hättest sie besteigen müssen wie eine Ehefrau, und zwar so, daß alle es sehen können, damit sie sicher sind, daß du es wirklich getan hast und nicht nur behauptest.«

Maryn wurde bis zu den Ohren scharlachrot, und sie lachte ihn aus.

»Das hast du erfunden«, fauchte er.

»Nein. Frag Nevyn, wenn du mir nicht glaubst.«

»Das werde ich bestimmt nicht tun.«

»Nun, es ist wahr. Nevyn hat es in einem unglaublich alten Buch gelesen.«

»Dann hast du recht: Ich kann mich wirklich glücklich schätzen. Ihr Götter!« Plötzlich lächelte er sie an. »Du hast Tinte auf der Nase.«

Sie hatte auch Tinte an den Fingern, bemerkte sie nun. Und ihr Riedgriffel war an der Spitze ganz weich geworden. Es war gut, daß ich mehr von ihnen zugeschnitten habe, dachte sie. Sie warf den alten Griffel ins Feuer, wo er verbrannte. Sie wischte sich die Hände an einem Lappen ab, dann blies sie die Kerzen aus. Im Licht des Feuers ging sie zum Bett.

»Glaubst du, du hättest es tun können?« sagte sie zu Maryn.

»Die Stute besteigen, damit du König werden kannst, meine ich?«

»Das weiß ich wirklich nicht, und ich will auch lieber nicht darüber nachdenken.«

»Ich bin nur neugierig. Ich bin kein Mann, also kann ich das nicht wissen. Du hättest dich nicht einmal zuvor betrinken können oder jedenfalls nicht zu sehr, sonst hättest du gar nichts tun können.«

Maryn verdrehte die Augen. Sie griff nach einem Knochenkamm, der auf der Holztruhe unter dem Fenster lag, und begann sich zu kämmen.

»Du denkst darüber nach«, sagte sie. »Nicht wahr?«

»Nein.«

»Ich wette doch. Ich hoffe, sie haben die Stute vorher gewaschen.«

»Halt bloß den Mund!«

»Habe ich dich geärgert?«

»Was? Nein. Um ehrlich zu sein, sehe ich dich gern so, wenn du dich über deine Geschichten freust. Es ist, als wärst du wieder zum Leben erwacht.«

»Ja.« Sie hielt mit Kämmen inne und dachte nach. »Es ist mir gar nicht aufgefallen, aber es stimmt.«

Er setzte sich und lächelte sie an.

»Komm her«, sagte er. »Es hat keinen Sinn, daß du dich kämmst, wenn ich dich ohnehin wieder zerzause.«

»Hast du das vor?«

»Du kannst ja so tun, als wärst du die weiße Stute.«

»Du Mistkerl!« Sie warf den Kamm nach ihm.

Er duckte sich und lachte. Als sie sich neben ihn setzte, nahm er sie an den Schultern und küßte sie. In seinen Armen konnte sie alles vergessen, Gutes wie Schlechtes.

Aber später, nachdem er eingeschlafen war, lag sie lange grübelnd wach. In gewisser Weise war sie tatsächlich die weiße Stute. Indem er sie geheiratet hatte, hatte Maryn sich das Rhan von Cerrmor erheiratet und damit auch den Anspruch auf die Hochkönigschaft, genau wie in den alten Tagen der Geschlechtsverkehr zwischen König und Stute als Eheschließung diente – wenn auch nicht mit dem Königreich, wenn man es genau nahm. Mit der Herrschaft über das Königreich, dachte sie. Das haben sie geheiratet, und damit war die Herrschaft etwas, was vom Land getrennt war! Der Gedanke war so interessant, daß sie aufstand, eine Kerze an den glühenden Holzkohlen entzündete, nach einer frischen Feder griff und ihn niederschrieb.

Im Lauf der nächsten Wochen wich der letzte Rest des Sommers einem kalten Herbst, und Maryn blieb jede Nacht in ihrem Bett. Am Morgen blieb er noch länger in ihrem Zimmer. Sie saßen in der Sonne, falls die Sonne schien, oder am Feuer, und Bellyra erzählte ihm, was sie über die Geschichte der Festung herausgefunden hatte. Die Hofdamen begannen, Bemerkungen darüber zu machen, wie glücklich sie aussah, und sie mußte zugeben, daß sie recht hatten. Auch andere bemerkten die Veränderung.

»Nun, Euer Hoheit«, meinte Nevyn eines Nachmittags, »Ihr scheint dieser Tage erheblich vergnügter.«

»Das bin ich«, sagte Bellyra. »Und ich schulde Euch meinen Dank dafür, daß Ihr mich auf die Idee mit dem Buch gebracht habt.«

»Das habe ich gern getan.«

Sie saßen an einem Fenster in der Frauenhalle, an einem Tag, der warm genug war, das Fenster um des Lichts willen geöffnet zu lassen. Wenn die Sonne auf die dunklen Türme fiel, war das ein angenehmer Anblick, dachte Bellyra. Unten im Hof waren Diener beschäftigt, und noch während sie zusah, kehrte ein Teil des Cerrmor-Kriegshaufens von Übungen mit den Pferden zurück. Aus dieser Höhe hörte sich das Klappern von Hufen über Pflastersteinen und das Klirren von Zaumzeug wie eine Kakophonie von Glocken an.

»Es ist nicht nur das Buch«, sagte Bellyra. »Maryn ist viel ... nun, er ist in den letzten Wochen sehr viel vertraulicher geworden. Es scheint, er findet wieder Gefallen an mir.«

»Das ist schön! Und es scheint, als hättet Ihr und Maddyn einiges herausgefunden, was recht wichtig sein könnte.«

»Das finde ich schon. Ich bin niemals sicher, ob der arme Mann einfach nur geduldig ist, weil ihm nichts anderes übrigbleibt und er meinen Leibwächter spielen muß.«

»Ganz bestimmt nicht. Er hat mir gesagt, daß er das recht interessant findet.«

»Oh, gut! Aber es wird ein recht außergewöhnliches Buch. Alle anderen, von denen ich je gehört habe, erzählten von Kräutern oder sind Aufzeichnungen von Gesetzen oder solchen Dingen.«

»Das stimmt. Aber ich wette, die Priester des Wmm wollen eine Abschrift davon, wenn Ihr fertig seid.«

»Wirklich?« Bellyra zog die Brauen hoch. »Es wird immerhin nicht soviel wert sein, weil ich eine Frau bin.«

»Die Priesterschaft des Wmm läßt vielleicht keine Frauen zu, aber sie verachtet sie auch nicht, wie es die Belpriester tun. Ich versichere Euch, Euer Buch wird sehr willkommen sein.«

»Das ist gut zu hören. Ich habe mich schon gefragt, ob es irgend jemanden außer mir interessieren wird.«

»Oh, ich denke, Euer Buch wird im Lauf der Jahre viele Leser haben. Wir werden von den Schreibern mehrere Kopien anfertigen lassen.« Nevyn hielt inne und blinzelte, als wäre ihm plötzlich etwas eingefallen. »Ihr habt mit allen möglichen Dienern gesprochen, nicht wahr?«

»Ja. Und sie fühlen sich sehr geschmeichelt, daß jemand ihnen zuhört.«

»Ich habe mich gefragt, ob Euch jemand etwas von Geistern

erzählt hat? Besonders von einer Frau mit blondem Haar in Trauerkleidung – sie erzählt von einer Tochter, die ihr jemand gestohlen hat.«

Bellyra dachte nach.

»Nein«, sagte sie schließlich. »Ich habe allerdings gehört, daß es einen Seitenturm am königlichen Broch gab, in dem es gespukt haben soll. Sie haben ihn vor etwa achtzig Jahren eingerissen, um den Geist darin zu beruhigen.«

»Was für ein Geist soll das gewesen sein?«

»Ein Junge, der einen Anspruch auf den Thron hatte und den man in seinem Zimmer lebendig einmauerte und verhungern ließ.«

»Oh! Nun, aber danach habe ich nicht gesucht.«

»Ihr meint, Ihr habt einen bestimmten Geist im Sinn?«

»Ja. Wenn sie den Dienern erschienen ist, werden sie sie für einen Geist gehalten haben, aber sie ist eine ganz andere Art von Erscheinung.«

»Ih!« Bellyra schauderte, als sie etwas Kaltes im Rücken spürte. »Nun, ich habe bis jetzt nur mit wenigen Leuten gesprochen. Wenn ich etwas höre, werde ich es Euch bestimmt sagen.«

Ihre Fragen förderten noch mehrere Geistergeschichten zutage, aber keine paßte zu dem, was Nevyn ihr erzählt hatte. Sie schrieb sie dennoch nieder, um ihre Aufzeichnungen ein wenig aufregender zu machen.

Bei seinen Nachforschungen nach dem Wesen des geheimnisvollen Geistes, der Meroddas Gestalt angenommen hatte, hatte Nevyn nicht mehr Glück als die Prinzessin. Seine Bücher beschrieben nichts, was mit ihr vergleichbar gewesen wäre, seine Meditationen sagten ihm ebenfalls nichts, und selbst die Herren der Elemente wußten von nichts Vergleichbarem. Einmal sah er sie einen Flur entlanggehen, der zu Meroddas alten

Gemächern führte, aber als sie ihn entdeckte, verschwand sie. Endlich, nachdem er wochenlang vergeblich geforscht hatte, sah Lilli sie wieder.

»Ich wachte gerade auf«, erzählte ihm Lilli. »Ich dachte erst, ich träumte von meiner Mutter. Hin und wieder träume ich von ihr. Jedenfalls stand sie am Tisch in meiner Kammer, und sie sah genau aus wie meine Mutter, wenn sie wütend war. Ich fragte sie, was sie wollte. Sie sagte, ich sei ein grausames und undankbares Kind. Ich habe angefangen zu weinen, und sie ist verschwunden.«

»Bist du sicher, daß es kein Traum war?« sagte Nevyn. »Es klingt nach einem. »

»Ich konnte die Wolldecken unter meinen Händen spüren. Und die Tränen waren wirklich feucht.«

»Ah. Dann hast du sie wohl tatsächlich gesehen. Es ist interessant, daß sie weiß, daß du Meroddas Tochter bist. Die meisten Geister verstehen nichts von Verwandtschaft und Clans, aber ihr scheint es etwas zu bedeuten.« Nevyn hielt inne und dachte über eine Idee nach. »Wie geht es dir? Ich habe dich lange nicht mehr husten hören.«

»Ich fühle mich viel kräftiger.«

»Glaubst du, du bist kräftig genug für ein wenig Aufregung? Für eine kleine Geisterjagd?«

Lilli riß die Augen auf wie eine Hirschkuh, wenn sie von Hunden umzingelt wird. »Soll ich der Köder sein?«

»Nur wenn du willst.«

»Selbstverständlich.«

»Selbstverständlich?« Nevyn lächelte.

»Nun, ich habe Angst, aber ich will wissen, wer sie ist. Es ist faszinierend – eine gruselige Faszination, aber trotzdem.«

»Also gut, dann sage ich dir jetzt, was wir tun.«

Meroddas alte Gemächer waren immer noch leer. Im Empfangszimmer war einer der Fensterläden aus den Angeln gerutscht, und Regen hatte sich in einer Pfütze am Boden gesammelt. Es roch so sehr nach Schimmel, daß Nevyn Lilli rasch ins ehemalige Schlafzimmer scheuchte.

»Viel Staub hier drin«, sagte er. »Gut. Und jetzt geh aus dem Weg, während ich die Falle zeichne.«

Mit dem kleinen Besen, den er mitgebracht hatte, zeichnete Nevyn einen Kreis in den dicken Staub und dekorierte ihn dann mit fünfzackigen Sternen an jedem Kardinalpunkt.

»Oder so nahe an den Kardinalpunkten, wie es wichtig ist«, meinte er vergnügt. »Die Geister verstehen nur selten, was Norden und Süden bedeutet. Und jetzt, Lilli, stellst du dich ganz vorsichtig, damit du nichts auswischst, in die Mitte.«

Lilli tat, was er ihr sagte. Nevyn hob die Hände über den Kopf und beschwor das Licht herauf. Ein Streifen blauen Feuers zuckte durch den Kreis und bildete eine Wand. Als Lilli erstaunt keuchte, begriff er, daß das Licht sowohl auf der physischen, als auch auf der ätherischen Ebene erschienen war.

»Ist etwas nicht in Ordnung?« fragte Nevyn.

»Nein. Es ist nur dem Kreis so ähnlich, den Brour und ich für ein Ritual hergestellt haben. Aber er mußte sich so anstrengen. Wenn er Dinge heraufbeschwor, ist ihm der Schweiß ausgebrochen, während Ihr – das Feuer ist ganz plötzlich erschienen.«

Nevyn lachte. »Nun, als ich noch Schüler war, mußte ich auch schwerer daran arbeiten. Und jetzt stelle ich mich hier in die Biegung der Wand. Bist du bereit?«

Lilli nickte. Im trüben Licht sah sie bleich aus, aber sie holte tief Luft und wappnete sich.

»Mutter?« rief Lilli. »Mutter, bist du hier?«

Nevyn spürte, wie sich ihm die Nackenhaare sträubten. Eine Wesenheit war ganz in ihrer Nähe.

»O Mutter, Mutter«, fuhr Lilli fort. »Wo bist du? Bitte verzeih mir.«

Auf der Nevyn gegenüberliegenden Seite des Kreises erschien sie, Merodda so ähnlich, daß Lilli aufschluchzte.

»Ich kann dich nicht erreichen«, sagte der Geist zu Lilli. »Wisch ein wenig von diesem Kreis weg, und dann kann ich zu dir kommen.«

»Das denke ich nicht.« Nevyn trat vor.

Der Geist zischte und wandte sich ihm zu, den Mund weit aufgerissen wie ein Tier.

»Wer bist du?« fragte Nevyn.

»Das werde ich dir niemals sagen.«

»Warum nicht? Ich kann dir helfen, Frieden zu finden.«

»Nichts außer meiner Tochter wird mir je Frieden bringen. Ihr Vater hat sie vor mir verborgen.«

»Und wo hat er sie verborgen?«

Der Geist legte den Kopf schief und sah ihn forschend an. »Ich werde deine Fragen nicht mehr beantworten. Du hast Merodda ihre Tochter gestohlen, und du wirst ihm zweifellos helfen, mir meine abzunehmen!«

Damit verschwand sie, und Lilli blieb zitternd inmitten des Kreises zurück. Nevyn verbannte mit einer Geste das blaue Feuer.

»Gehen wir in mein Zimmer zurück«, sagte er. »Du mußt dich wärmen.«

Nevyns Kammer hatte zwar keine Feuerstelle – er hatte zugunsten einer guten Aussicht darauf verzichtet –, aber dank des Wildvolks des Feuers sonderte sein Kohlebecken erstaunlich viel Hitze ab. Er stellte den Stuhl für Lilli daneben, dann hockte er sich auf die Bettkante.

»Schon besser«, sagte er. »Du hast aufgehört zu zittern.«

»Ich bin nicht sicher, daß es mir wirklich kalt war«, meinte Lilli. »Es kam mehr von dem Geist.«

»Das glaube ich. Ich denke, es ist an der Zeit, daß ich dir beibringe, wie du einen Schutzkreis um dich selbst ziehen kannst. Es geht dir jetzt gut genug, um ein solch schlichtes Ritual auszuprobieren.«

»Darüber wäre ich froh. Es wird mich auch ablenken von – nun, langsam wird es mir nachmittags langweilig.«

»Wovon ablenken? Vom Prinzen?«

Lilli nickte bedrückt. »Er ist so lange nicht mehr zu mir gekommen.«

»O Kind!« sagte Nevyn. »Es tut mir leid.«

»Schon gut. Ich wußte immer, daß er meiner früher oder später müde werden würde«, Bitterkeit schwang in ihrer Stimme mit. »Ich will kein Mitleid!«

»Also gut, dann vergessen wir das Thema.«

»Danke.« Lilli wischte sich die Augen mit dem Ärmel ab. »Ich komme mir so gierig vor. Immerhin habe ich Branoic.«

»Ja.«

Nevyn wartete darauf, daß sie mehr sagte, aber sie starrte nur ins Leere und kniff den Mund fest zusammen. Seufzend wechselte er das Thema.

In dieser Nacht blieb Nevyn noch lange wach, saß in seinem Turmzimmer, nur eine Laterne zur Gesellschaft, und dachte an Prinz Maryn und den gefährlichen Kummer, den er den Frauen brachte, die ihn liebten. Er hatte Maryn dazu erzogen, ein mutiger Krieger zu sein, der jeder Niederlage standhalten konnte, aber er hatte nie daran gedacht, daß ein Sieg seine eigenen Fallen und Gefahren mit sich bringen würde. Er begriff in diesem Augenblick, daß er trotz der Zustimmung der Großen und des verzweifelten Bedürfnisses des Königreichs niemals wirklich geglaubt hatte, daß sein Plan Erfolg haben würde. Als er seinen Prinzen erzog, hatte er nie daran gedacht, ihn für den Frieden zu erziehen.

Als Nevyn am Morgen erwachte, ging er an sein Fenster und stützte sich auf das Fensterbrett, um nach draußen zu blicken. Er konnte über die Brochs und Schuppen und das allgemeine Durcheinander von Dun Deverry den ganzen grasbewachsenen Hügel bis zur äußeren Mauer hinabsehen. Das Gras glitzerte vor Frost, und die wenigen Bäume hatten ihre Herbstfarben angelegt. Bald schon würden sie hier im Winter alle zusammen eingeschlossen sitzen, Maryn, Lilli, Bellyra, gefangen in den grimmigen Steinmauern von Dun Deverry, mit Schnee und Sturm als Gefängniswärtern.

»Die kleine Lilli scheint unglücklich zu sein«, meinte Elyssa.

»Ja«, erwiderte Bellyra. »Ich nehme an, das arme Kind sollte mir leid tun.«

»Warum? Es geschieht ihr ganz recht. Sie hätte nicht mit Eurem Mann schlafen sollen.«

»Ich fürchte, ich habe selbst etwas Ähnliches gedacht. Aber sie ist schrecklich jung, nur ein Mädchen, und wie viele Frauen haben einen solch starken Charakter wie du?«

Elyssa zuckte nur mit den Achseln. Selbst Jahre nach dem Vorfall fand Bellyra es immer noch erstaunlich, daß es eine Frau gab, die Maryn widerstehen konnte. Elyssa hatte ihn tatsächlich mit so scharfen Worten abgewiesen, daß Maryn sie reuevoll seiner Frau zitiert hatte. Es wird immer eine Frau geben, der ich trauen kann, dachte Bellyra. Ich denke, deshalb hat er es mir erzählt – damit ich weiß, was für eine Freundin ich habe.

»Nun gut«, meinte Elyssa schließlich. »Sie wird es schon überleben. Sie hat immer noch ihren Silberdolch.«

»Ja, und Maryn wird ihn bald zum Lord machen.« Die beiden Frauen saßen alleine in der Frauenhalle. Sonnenlicht fiel durch ein nahes Fenster und beleuchtete den frisch polierten Boden und die Teppiche. Bellyra erhob sich und stellte sich in die flüchtige Wärme.

»Der Sommer ist vorbei«, sagte Bellyra. »Ich frage mich, wie früh es so weit im Norden schneien wird.«

»Ich möchte gerne wissen, wie echter Schnee ist! Hier bleibt er wahrscheinlich liegen, anders als zu Hause.«

»Zu Hause? Fehlt dir Cerrmor, Lyss?«

»Ja. Aber es ist hier in Dun Deverry sehr interessant. Wißt Ihr, es ist seltsam. Mein ganzes Leben lang habe ich davon gehört, aber nie wirklich geglaubt, daß diese Festung existiert. Sie schien zu unerreichbar wie die Gesegneten Inseln.«

»Mir war ganz ähnlich zumute.«

»Manchmal scheint Ihr hier ganz glücklich zu sein. Es freut mich, das zu sehen.«

»Danke. Ja, ich denke, ich bin wirklich glücklich.«

»Ihr denkt?«

»Die Dinge veränderten sich, Lyss. Wenn ich in meiner Ehe eines gelernt habe, dann das.«

Am Tag arbeitete sie an ihrem Buch, und nachts hatte sie Maryns Aufmerksamkeit wieder. Bellyra gestattete sich nie, anzunehmen, daß er sie liebte, nicht in Wirklichkeit. Sie amüsierte ihn zu Zeiten, wenn das Königreich ihm ein wenig Freizeit ließ – das war alles. So lang sie das nicht vergaß, konnte sie sich an seiner Gesellschaft erfreuen und nicht zu viel von ihm oder ihrem Leben verlangen – das sagte sie sich zumindest. Die Tage vergingen, einer nach dem anderen, in einer Ruhe wie die silbernen Augenblicke vor der Dämmerung. Sie weigerte sich, die Ruhe von irgend etwas stören zu lassen, ganz gleich, wieviel sie dafür ignorieren mußte.

An einem Tag, an dem der Frost den größten Teil des Morgens anhielt, obwohl die Sonne schien, kamen Boten aus Yvrodur. Gwerbret Ammerwdd sandte Briefe, die in eiligen Einzelheiten seine Zusammenkünfte mit den diversen Mitgliedern des Wahlrats für das Rhan von Cerrmor beschrieben. Prinz Maryn rief Nevyn und Oggyn in die Ratskammer, um darüber zu sprechen. Die Steinmauern schienen trotz des Feuers, das in der Feuerstelle flackerte, Kälte auszuströmen. Maryn ließ seinen Diener einen kleinen Tisch und Stühle für sich und seine Berater ans Feuer stellen.

Nevyn und Oggyn lasen die Briefe abwechselnd laut vor, während Maryn in seinem Sessel zusammengesackt saß und grimmig zuhörte.

»So weit, so gut, Euer Hoheit«, sagte Nevyn schließlich. »Es hört sich an, als hätte keiner der Wahlräte tatsächlich etwas Ernstes gegen den jungen Riddmar.«

»Aber sie springen auch nicht gerade vor Begeisterung auf und ab.« Maryn griff nach einem der Briefe und fuchtelte vage damit herum. »Zumindest verstehen sie die Situation bezüglich Eldidd.«

»Das sollten sie auch«, sagte Nevyn. »Der Krieg hätte vor fünfzig Jahren zu Ende sein können, wenn es nur zwei Anwärter auf den Thron gegeben hätte.«

Oggyn nickte zustimmend. Er warf einen zweiten Blick auf einen der Briefe und tat sein Bestes, Nevyns lautloses Lesen zu imitieren, was ihn offenbar viel Zeit kostete. Endlich warf er den Brief wieder auf den Tisch zurück.

»Ich wünschte, Euer Hoheit«, sagte Oggyn, »wir könnten ihnen mehr über das Rhan von Lughcarn sagen. Ich nehme an, dann würden einige ihrer Einwände verschwinden. Es ist ein wohlhabendes Rhan, und wenn Ihr es Euch gesetzlich aneignet, werdet Ihr es einem Eurer Vasallen übergeben können.«

»Das ist wahr«, meinte Maryn, »aber mehrere der Wahlräte dieses Rhans sind im letzten Sommer zu mir übergelaufen, und ich habe vor, sie bei dieser Entscheidung mitreden zu lassen.«

Oggyn kniff die Lippen zusammen.

»Es gibt Zeiten«, fuhr Maryn fort, »in denen Großzügigkeit belohnt wird. Ich möchte, daß diese Männer nicht nur mir, sondern auch meinem Erben treu bleiben.«

»Euer Hoheit legen große Weitsicht an den Tag«, sagte Oggyn. »Und Ihr habt zweifellos recht.«

»Da fällt mir etwas ein.« Maryn lehnte sich zurück und betrachtete Oggyn nachdenklich. »Ich habe eine Beschwerde gegen Euch gehört.«

»Tatsächlich, mein Lehnsherr?« Oggyn wurde bleich. »Ich hoffe, es ist nichts Wichtiges.«

»Es war für jene wichtig, die sich beschwert haben. Die Köchin hat mir mitgeteilt, daß Ihr mit ihr gesprochen habt.«

»Mein Lehnsherr!« Oggyn versuchte zu lachen, aber es gelang ihm nicht. »Wie unverschämt von dieser vulgären, kleinen Frau, Euch damit zu belästigen!«

»Tatsächlich hat meine Frau mich darauf aufmerksam gemacht.«

»Oh, dann wäre es selbstverständlich ihr gutes Recht ...«

»Seid still«, fauchte Maryn. »Weniger Schmeichelei, mehr Wahrheit! Sie hat mir erzählt, daß Ihr versucht, Euch von den Dienern dafür, daß Ihr ihnen die Reste von meinem Tisch überlaßt, Geld und Dienste zu erschleichen.«

Oggyn wurde nun noch bleicher. Er tat Nevyn beinahe leid, weil ihn der Prinz so kalt niederstarrte.

»Das werde ich nicht mehr dulden«, erklärte Maryn. »Habt Ihr mich verstanden?«

»Ja, mein Lehnsherr.«

»Die Diener dürfen essen, was sie wollen, nachdem die Adligen bedient wurden. So war es in Cerrmor, und so wird es auch hier sein. Ist das klar?«

»Ja, Euer Hoheit.«

»Wunderbar!« Plötzlich lachte Maryn. »Wenn Ihr nichts gegen Eure Habgier unternehmt, Oggyn mein Junge, dann werde ich Maddyn dieses kleine Lied über Euch in der ganzen Halle singen lassen.«

Oggyns bleiche Gesichtsfarbe wich einem plötzlichen Erröten. Er setzte dazu an, etwas zu sagen, brachte kein Wort hervor, schluckte und zwang sich endlich zu krächzen: »Mein Lehnsherr, Ihr wißt also davon?«

»Ja.« Maryn grinste ihn an. »Meine Frau hat mir davon erzählt, und ich habe es mir von Maddyn vorspielen lassen, aber in meinen Privatgemächern. Schaut nicht so bedrückt drein, Oggyn. Tut etwas gegen Eure Habgier, und ich werde es nie wieder erwähnen.«

»Ich versichere Euch, Euer Hoheit, das werde ich tun. Mein Wort ...« Oggyn hielt inne, schluckte, ächzte und seufzte schließlich, statt weiterzusprechen.

»Eure Versicherung und Euer Wort sind alles, was ich brauche.« Maryn erhob sich und warf Nevyn einen Blick zu. »Ich lasse Euch jetzt allein. Bleibt ruhig so lange am Feuer sitzen, wie Ihr wollt.«

Der Prinz verließ das Zimmer. Sobald sich die Tür hinter ihm geschlossen hatte, schlug Oggyn die Hände vors Gesicht und fing an zu weinen.

»Schon gut, schon gut«, sagte Nevyn, so sanft er konnte. »Der Prinz wird sein Wort halten. Niemand wird davon erfahren.«

Oggyn hob schniefend den Kopf. Nevyn suchte in seiner Briggatasche, fand einen Lappen und warf ihn ihm zu. Oggyn wischte sich das Gesicht ab, putzte sich die Nase und knäulte dann den Lappen in der dicklichen Faust.

»Das ist gleich«, sagte Oggyn. »Der Prinz hat davon gehört, und das ist das Schlimmste. Eines Tages werde ich es diesem verfluchten Barden heimzahlen. Ich weiß noch nicht wie, aber ich werde es tun.«

Er warf den Lappen ins Feuer. Er verbrannte zu einem Aschehäuflein.

»Sich an einem Silberdolch rächen zu wollen ist eine gefährliche Angelegenheit«, sagte Nevyn leise. »Ich denke, Ihr solltet Euch mit der Verzeihung des Prinzen zufriedengeben und die Angelegenheit vergessen.«

Oggyn sah ihn ausdruckslos an. »Vielleicht habt Ihr recht«, sagte der Berater. »Tatsächlich, Ihr habt zweifellos recht.«

Nevyn wußte, daß er log, aber er konnte nichts weiter tun, als in Zukunft ein Auge auf Oggyn und seine Intrigen zu haben. Er wird es nicht wagen, mir in die Quere zu kommen, dachte Nevyn, nachdem ich weiß, was ich weiß. Dennoch, später an diesem Tag zog er Maddyn beiseite und warnte ihn.

»Oh, ich habe dem schleimigen Oggo nie über den Weg getraut«, sagte Maddyn, »vom ersten Tag an nicht. Aber vielleicht sollte ich dieses Spottlied lieber wirklich vergessen. Er mag ja ein Hund sein, aber Hunde beißen ebenso fest wie Wölfe.«

Eine Weile war Bellyra ungewöhnlich müde gewesen. Das Leben in Dun Deverry, erinnerte sie sich, war erheblich schwieriger als in Dun Cerrmor. Die Herbstnächte fühlten sich so kalt an wie der Winter unten am Meer. Die dunklen Steine und das gewaltige Durcheinander von Treppen, Türmen, Pfaden und unerwarteten Mauern schienen manchmal beinahe lebendig zu sein, als wäre die gesamte Festung ein Gespenst, das nur noch darauf wartete, allen, die hier wohnten, das Leben auszusaugen. Zweifellos gab es alle möglichen Gründe für ihre Müdigkeit. Das sagte sie sich jeden Tag wieder.

Aber dann kam der Zeitpunkt, an dem sie sich nicht länger belügen konnte. Der erste Schnee wurde vom Nordwind herangetrieben und am Abend wieder weggeweht. Aus einem Fenster in der Frauenhalle blickte Bellyra auf zu den Sternen in einen quälend klaren Himmel und sah einen leuchtenden Sichelmond.

Ich hätte meine Blutungen schon vorher haben müssen – und ich hatte sie im letzten Monat auch nicht. Sie packte das

Fensterbrett mit beiden Händen und starrte zum Mond hinauf, und der kalte Nachtwind umwehte sie.

»Euer Hoheit?« Degwa kam rasch auf sie zu. »Geht bitte vom Fenster weg. Ihr werdet Euch noch erkälten.«

Bellyra nickte und setzte sich auf den Sessel am Feuer, wo Lilli und Elyssa warteten, Elyssa auf ihrem Sessel, Lilli auf ihrem Kissen direkt an der Feuerstelle. Degwa hängte den Ochsenledervorhang wieder vors Fenster, dann zog sie einen Stuhl hinüber zu ihnen ins flackernde Licht.

»Stimmt etwas nicht, Euer Hoheit?« fragte Lilli.

»O nein, nein, ich bin nur ein wenig zerstreut, das ist alles. Ich habe an mein Buch gedacht.«

Alle drei Hofdamen beobachteten sie mit solcher Sorge, daß Bellyra sie am liebsten angeschrien hätte. Sie lehnte den Kopf gegen die hohe Rückenlehne des Sessels und starrte an die Decke. Spinnweben, schwer von Staub, hingen in langen Fransen von den Eichenbalken.

»Euer Hoheit?« sagte Elyssa. »Irgend etwas ist doch nicht in Ordnung. Bitte sagt es uns.«

»Ich glaube, ich bin wieder schwanger. Oder wartet. Das ist nicht wahr. Ich weiß, daß ich wieder schwanger bin. Ich kann es spüren, ich habe schon zweimal nicht geblutet. O Göttin, ich hasse es so.«

Alle sprachen gleichzeitig auf sie ein, versuchten sie zu trösten und ihr zu schmeicheln. Es würde diesmal besser werden, sie wären alle da, um zu helfen, ihr Mann würde sich über einen anderen Erben freuen ...

»Bitte nicht!« fauchte Bellyra. »Bitte lügt mich nicht an!«

Sie schwiegen. Die Spinnweben wehten wie graue Federbüsche hin und zurück. Dann tauchte plötzlich Elyssas Gesicht auf, als sie sich über sie beugte.

»Selbstverständlich wird es schrecklich sein«, sagte Elyssa ruhig. »Aber diesmal werden wir nicht einfach nur dumm dastehen und das Beste hoffen. Wir werden bereit sein, alle Probleme abzuwehren.«

»Ich nehme an, du sprichst von meinem Wahnsinn.«

»Genau. Falls es wieder passieren sollte.«

Bellyra spürte, wie ihre kalten Hände zu zittern begannen. Sie rieb sie und tadelte sich selbst, daß sie Ehrlichkeit gefordert hatte.

»Es könnte auch sein, daß gar nichts passiert, Euer Hoheit«, sagte Degwa. »Angeblich ist es jedesmal unterschiedlich.«

Am Feuer hockte Lilli auf ihrem Kissen. Wie eine Katze, dachte Bellyra – eine Katze, die eine Beute erspäht hat. Sie beugte sich vor.

»Maryn wird zu dir zurückkommen«, sagte Bellyra. »Das ist dir wahrscheinlich klar.«

Lilli blickte auf und erstarrte – plötzlich eher der Beute als der Katze ähnlich. Elyssa kniete sich rasch neben Bellyras Sessel und legte ihr die Hand auf den Arm.

»Euer Hoheit«, sagte Elyssa. »Bitte! Bedenkt Eure Worte.«

Bellyra wußte, daß sie recht hatte, aber Lilli sah, wie sie da auf ihrem Kissen saß, so jung und hübsch aus, nur große Augen und goldenes Haar – kein Wunder, daß Maryn von ihr fasziniert war, dachte Bellyra. Von ihr und ihrer schlanken Taille!

»War es das, worauf du gehofft hast?« Bellyra stand auf und ging einen Schritt auf das Mädchen zu. »Er wird mich nicht mehr anfassen. Er hat es die letzten beiden Male auch nicht mehr getan. Und du wartest nur auf ihn. Oder nicht?«

Lilli kam auf die Beine, mit zitternden Lippen, ihr Gesicht tränenfeucht. Einen Augenblick lang hatte Bellyra das Gefühl, die Szene hätte sich in eine der Malereien verwandelt, wie sie Schreiber an den Rand eines Buchs zeichnen. Sie konnte sie alle klar und deutlich im Feuerlicht sehen: Elyssa, die neben ihr kniete, eine Hand erhoben, Degwa mit vor den Mund geschlagenen Händen; die weinende Lilli im Schein des Feuerlichts. Bellyra wußte, daß sie sich jetzt entschuldigen mußte. Sie sollte zu dem Mädchen hingehen, ihre Hand nehmen, etwas Tröstliches murmeln. Es kam ihr so vor, als hätte sie alle Zeit der Welt, sich zu entscheiden, denn die Zeit stand rings um sie her still. Sie spürte, wie sie ihr Gesicht zu einem bitteren Lächeln verzog, und etwas Brennendes tief in ihrem Geist leitete sie an.

»Du kleine Schlampe!« fauchte Bellyra. »Ich hoffe, er tut dir dasselbe an. Ich hoffe, er zeugt dir Zwillinge, und ihr sterbt alle drei. Verschwinde hier! Geh mir aus den Augen!«

Schluchzend lief Lilli zur Tür. Sie griff nach dem Riegel und versuchte ihn zurückzuziehen, aber sie hatte mit dem Gewicht zu kämpfen. Bellyra griff nach einem silbernen Kelch vom nächsten Tisch, und einen Augenblick lang lauschte sie, wie ihre Gedanken ihr zuschrien, aufzuhören und sich hinzusetzen. Dann zuckte der Zorn durch ihren Arm, und sie warf den Kelch so fest sie konnte, mit mehr Kraft, als sie je in ihrem Leben aufgebracht hatte. Er traf Lilli fest am Rücken, gerade als das Mädchen die Tür endlich geöffnet hatte. Lilli schrie auf und rannte davon, und die Tür fiel hinter ihr zu.

»Ihr Götter«, flüsterte Bellyra. »Was habe ich getan?«

Sie sank auf den Stuhl und schluchzte, wiegte sich vor- und rückwärts. Sie hörte, wie Elyssa Degwa etwas zumurmelte, dann umarmte Elyssa sie.

»O Lyrra, Lyrra«, sagte Elyssa wieder und wieder. »Es wird diesmal schon alles gutgehen. Wir sorgen dafür, daß alles gutgeht.«

Endlich versiegten die Tränen. Bellyra wischte sich das Gesicht mit dem Ärmel und spähte über Elyssas Schulter. Degwa war gegangen, die Tür geschlossen.

»Ich wollte sie umbringen«, sagte Bellyra. »Und es ist nicht einmal ihre Schuld.«

»Ach nein?« fragte Elyssa. »Aber das war tatsächlich ein bißchen viel von einer königlichen Geste – das königliche Silber nach ihr zu werfen, meine ich.«

Elyssa lächelte. Bellyra nahm an, sie versuchte, alles zu einem Witz zu machen. Dann hörte Elyssa wieder auf zu lächeln und ließ sich auf die Knie nieder. Bellyra lehnte sich im Sessel zurück und sah zu, wie die Staubfäden im Durchzug wehten. Sie kam sich immer noch vor, als hätte sie ein Bild ihrer selbst vor Augen. Sie hatte nur eine Seite in dem Buch umgeblättert.

»Es gibt Kräuter und solche Dinge«, sagte Elyssa schließlich. »Wir haben alle gehört, was die alten Frauen sagen ...«

»Ich weiß, aber das kann ich nicht.« Bellyra schauderte und schüttelte den Kopf. »Nicht mit Maryns Kind, nein.«

»Diese Kräuter könnten Euch ebenfalls töten, wenn irgend etwas schiefginge.«

»Oh, das weiß ich. Keine Angst.«

Mit einem Seufzen erhob sich Elyssa und streckte den Rükken, die Hände auf die Hüften gestützt. Im Feuer brannte ein Scheit durch und fiel durch den Rost. Glühende Kohlen sprangen. Elyssa eilte zur Feuerstelle, kniete sich nieder und griff nach dem Schürhaken. Bellyra sah zu, wie sie die Kohlen zurück ins Feuer schob.

»Ich muß mich wirklich bei Lilli entschuldigen«, sagte Bellyra schließlich. »Dieser Kelch muß weh getan haben.«

»Sie ist jung.« Elyssa warf einen Blick über die Schulter. »Sie wird es schon überleben. Und Ihr seid die Prinzessin. Sie hat kein Recht auf eine Entschuldigung.«

Bellyra wollte ihr gerade zustimmen, als die Distanz zu allem, das sie umgab, plötzlich verschwunden war. Eine Welle der Angst traf sie so plötzlich, daß sie sich beinahe übergeben hätte.

»Ihr Götter«, flüsterte Bellyra. »Was, wenn sie es Maryn erzählt?«

Sie konnte nicht weitersprechen, sie konnte sich nicht aufrecht hinsetzen, sie rollte sich zusammen, bis sie wie ein Kind, das geschlagen worden war, seitlich im Sessel lag. Das Holz kniff ihr in Seiten und Beine, sie rollte sich fester zusammen und weinte.

»Göttin, hilf!« Elyssa kam herübergerannt. »Lyrra, nein, nein!«

Sie hörte, wie die Tür aufging, hörte Degwa aufschreien. Sie spürte ihre Hände auf ihren Armen, ließ sich von ihnen aus dem Sessel ziehen, aber immer noch schluchzte sie laut vor sich hin.

»Wenn sie ein falsches Wort zu Eurem Mann sagt«, meinte Degwa, »werde ich sie grün und blau schlagen, und ich wette, das weiß sie. Ich habe ihr eine ordentliche Standpauke gehalten.«

Tränen und noch mehr Tränen – und nun hörte Bellyra sich selbst denken: So fühlt sich also Schande an. Kein Wunder, daß Männer eher sterben, als das zu ertragen. Bei diesem Gedanken und bei der Ablenkung, die er brachte, konnte sie endlich aufhören zu weinen. Als Degwa ihr ein in kaltes Wasser getauchtes Tuch brachte, griff sie mit einem gemurmelten »Danke« danach, wischte sich durchs Gesicht, an den Augen beginnend, und arbeitete sich in einer Spirale nach außen.

»Ihr Götter!« Bellyra gab Niffa den Lappen zurück. »Ich sollte Maryn wohl gleich von dem Kind erzählen. Ich bin eine so schlechte Lügnerin.«

Elyssa reichte ihr einen Kelch verwässerten Mets. Bellyra winkte ab.

»Ich kann es jetzt nicht ertragen, nicht klar denken zu können«, meinte Bellyra. »Ich weiß immer noch nicht, was über mich gekommen ist.«

»Gerechte Empörung, das war alles«, sagte Degwa. »Sie ist

immer noch eine Eberfrau, ganz gleich, was Nevyn sagt. Und wir wissen alle, was *das* bedeutet!«

Nachdem Degwa gegangen war, saß Lilli lange Zeit auf der Bettkante und schauderte in der Winterkälte ihres Zimmers. Das Holz lag in der Feuerstelle bereit, aber sie hatte nichts, um es zu entzünden. Normalerweise hätte sie eine Kerze aus der Frauenhalle mitgenommen, einen brennenden Span aus der großen Halle holen können, oder eine Dienerin rufen, die das für sie tat, aber sie konnte sich nicht einmal dazu zwingen, sich zu bewegen. Sie war sicher, wenn sie jetzt in die große Halle ging, würden ihr alle ihre Schande ansehen können. Sie würden ihr einfach ansehen, daß sie die Gunst der Prinzessin verloren hatte, zweifellos für immer.

Als sie die Kälte nicht mehr ertragen konnte, legte sie sich ins Bett, vollständig angekleidet zwischen die eisigen Laken. Als ihr Zittern nachließ, schlief sie ein, aber sie träumte von ihrer Mutter, die sie beschimpfte und sagte, sie müsse mehr essen. Du bist zu dünn, sagte Merodda immer wieder, dünn wie ein Stecken, dünn wie ein Stecken, wie soll ich jetzt einen guten Mann für dich finden können? Lilli erwachte in der grauen Morgendämmerung. Das Bett war endlich warm geworden, und sie rollte sich in ihren Decken zusammen und sah zu, wie der Lichtstreifen, der durch die Fensterläden fiel, an der Mauer heller wurde. Sie erinnerte sich daran, wie großzügig Bellyra zu ihr gewesen war, einem Mädchen im Exil, das nicht einmal ein Pferd als Mitgift hatte. Sie hat dich aufgenommen, und du bist zu einer Giftschlange herangewachsen, sagte Lilli sich selbst. Degwa hat recht, ich bin so schlimm wie meine elende Familie!

Lilli setzte sich auf. Es war kalt, und ihr zerschlagener Rükken verkrampfte sich schmerzhaft. Sie legte sich wieder hin und zog die Decken bis über die Ohren, als könnte sie so die

Stimme in ihrem Kopf verstummen lassen, die sie dafür beschimpfte, undankbar und dumm zu sein und die Frauen der Festung gegen sich einzunehmen. Was würde Bevva denken, wenn sie je in den Anderlanden davon erführe? Endlich gelang es ihr, wieder einzudösen.

Als sie aufwachte, war die Sonne aufgegangen, und Maryn schloß gerade die Tür hinter sich. Er trug einen Umhang über der häufig geflickten Brigga und einem Hemd, das unordentlich darüberhing. Er war unrasiert, ungekämmt und schöner, als sie ihn je gesehen hatte – zumindest kam ihr es so vor.

»Guten Morgen«, sagte er. »Werdet Ihr mir meine lange Abwesenheit verzeihen, meine Dame?«

Lilli schob die Decken zurück und stand auf. Sie suchte nach Worten. Du mußt es tun, sagte sie sich. Du kannst es!

»Da gibt es nichts zu verzeihen, Euer Hoheit. Die Gunst der Männer ist flüchtig.« Sie holte tief Luft. »Ebenso wie die der Frauen.«

Er sah sie blinzelnd an.

»Ich habe meinen Verlobten, Euer Hoheit«, sagte Lilli. »Und Ihr habt Eure Frau.«

Maryn lachte. Er zog den Umhang aus und warf ihn auf den Boden.

»Das ist gut gesagt«, meinte er grinsend. »Aber ausgesprochener Blödsinn. Bitte, warum nimmst du meine Entschuldigung nicht an? Ich habe dich wirklich schlecht behandelt, ich verdiene deine Herablassung.«

»Ich bin nicht herablassend! Ich liebe Euch nur nicht mehr.«

»Natürlich nicht.« Maryn beugte sich vor und legte seine Hände auf ihre Schultern. »Ich liege Euch zu Füßen, Herrin, oder ich würde es zumindest tun, wenn der Boden nicht so verdammt kalt wäre.«

Als er sie küßte, verschwand all ihre Entschlossenheit. Sie

schlang die Arme um seinen Hals und erwiderte seinen Kuß. Er lachte, hob sie hoch und legte sie aufs Bett.

Elyssa öffnete die Tür der Frauenhalle und ließ Degwa herein, die mit Körben gefüllt mit Brot und Käse und einem Krug verwässerten Biers beladen war. Bellyra wußte, daß sie etwas essen sollte, aber schon der Gedanke daran bewirkte, daß ihr übel wurde.

»Ich bin Eurem Mann auf der Treppe begegnet«, sagte Degwa. »Er schien beunruhigt.«

»Ich habe ihm von dem Kind erzählt«, meinte Bellyra, »als wir aufgewacht sind. Wißt Ihr, ich habe schon Gründe, ihm so ergeben zu sein. Er hat sich entschuldigt. Er hat mich so traurig angesehen und erklärt, es tue ihm leid, daß er mir so etwas antut.«

Ihre Dienerinnen wechselten einen Blick, der alles andere als verwundert war. Hatte Degwa Maryn mit Lilli gesehen? fragte sich Bellyra. Aber sie ertrug es nicht, zu fragen. Als Degwa zu dem Tisch nahe dem Stuhl der Prinzessin ging, nahm Elyssa ihr den Krug ab, dann half sie ihr, die Körbe abzustellen.

»Ihr müßt etwas essen, Euer Hoheit«, sagte Elyssa.

»Bald. Aber ich muß zuerst ein wenig frische Luft schnappen.« Bellyra stand auf und machte eine vage Geste. »Aber bitte, Ihr solltet jetzt selbst etwas essen. Wartet nicht auf mich.«

Bellyra schickte eine Dienerin nach ihrem Umhang und den Holzschuhen und rief dann nach ihrem Pagen und dem Leibwächter. Als sie die Treppe hinuntergingen, fiel ihr ein, daß sie in der großen Halle vielleicht Lilli begegnen würde. Der Gedanke bewirkte ein merkwürdiges, ein kaltes, schwaches Gefühl, das sie zittern ließ, bevor es wieder verging. Sie zögerte auf halbem Weg und spähte in die Halle hinaus, in der Reiter und Diener sich drängten. Am Ehrentisch saßen Nevyn und

Oggyn und unterhielten sich. Weder Maryn noch Lilli waren zu sehen.

Die frische kalte Luft draußen ließ sie keuchen. Maddyn an ihrer Seite, ging sie langsam über den Hof und schätzte jeden Schritt auf den glatten Pflastersteinen vorsichtig ab. Ihre Pagen liefen vor, um Hände voll von dem sauberen, hellen Schnee aufzuheben. Sie blieb stehen, sah zu, wie sie einander mit Schneebällen bewarfen, und hörte sie lachen. Sie erinnerte sich an das Kind, das sie im Alter dieser Pagen gewesen war: ein ernstes kleines Mädchen, das nicht viel Grund zum Lachen hatte.

»Euer Hoheit?« fragte Maddyn. »Fühlt Ihr Euch nicht wohl? Ich hoffe, Ihr haltet mich nicht für unverschämt, aber Ihr seid so weiß wie dieser elende Schnee.«

»Ach ja? Es ist nur die Kälte. Ich bin nicht daran gewöhnt.«

»Nun gut.« Er betrachtete ihr Gesicht, als könnte er die Wahrheit darin erkennen. »Ich wollte mich nicht aufdrängen.«

Bellyra wandte sich von seinem Blick ab. Sie legte den Kopf zurück, um zum Himmel hinaufzuschauen, und sah durch Tränen hindurch die hoch aufragenden Türme.

»O Herrin«, sagte Maddyn so leise wie der Klang einer Harfe. »Es tut mir weh, Euch so traurig zu sehen.«

»Tatsächlich?« Sie drehte sich um und wischte sich mit einer Falte ihres Umhangs das Gesicht ab. »Danke. Ich wünschte, ich könnte es besser verbergen. Ich werde keine sonderlich gute Königin sein, wenn ich nicht lerne zu lügen.«

»Darüber solltet Ihr keine Scherze machen.« Er streckte die Hand aus, dann riß er sie zurück, »Euer Hoheit, verzeiht mir! Ich habe mich vergessen.«

»Habt Ihr das, Maddo? Dann beneide ich Euch.«

Bevor er antworten konnte, wandte sie sich um und rannte davon, rannte den ganzen Weg zurück zum Broch, während ihre Pagen hinter ihr herliefen und riefen: »Euer Hoheit, wartet doch!« An der Tür blieb sie stehen, holte tief Luft, zwang sich zu einem Lächeln und ging würdevoll hinein.

»Lilli, hast du wieder angefangen zu husten?« fragte Nevyn.

»Nein, Herr. Ich bin nur müde.«

Nevyn stützte die Hände auf die Hüften und betrachtete sie forschend. Sie saß in seinem Turmzimmer, in einem Fleck Sonnenlicht, das durchs Fenster fiel. Sie war auf dem Stuhl zusammengesackt, und ihr weiches Gesicht war fleckig, als hätte sie vielleicht die halbe Nacht wach gelegen, weil es ihr nicht gutging.

»Es ist nicht gut, wenn eine Schülerin ihren Meister anlügt«, sagte Nevyn schließlich. »Besonders nicht in unserem Handwerk.«

»Nun gut, ich habe mir am Rücken weh getan.«

»Ach ja? Wie?«

»Ich bin auf der Treppe zur Frauenhalle ausgerutscht.«

Als Nevyn sie mit Dweomerblick betrachtete, sah er, daß sie ihre Aura um sich verhärtet hatte, bis sie wie grauer Stein aussah.

»Lilli, lüg mich nicht an!«

»Es tut mir leid.« Lilli senkte den Blick. »Es war ziemlich schrecklich. Ich war in der Frauenhalle, und die Prinzessin wurde böse auf mich. Wegen Maryn, meine ich. Sie schrie mich an und sagte, ich solle gehen.« Ihre Stimme zitterte. »Sie hat mich eine kleine Schlampe genannt. Also wollte ich gehen, und sie hat etwas, ich weiß nicht was, nach mir geworfen, und es hat mich am Rücken getroffen. Es tut immer noch weh, also nehme ich an, es ist ein blauer Fleck zurückgeblieben.«

Nevyn setzte gerade dazu an, sie als noch schlimmere Lügnerin zu bezeichnen – aber ihre Aura zeigte, daß sie die Wahrheit sagte.

»Beug dich vor«, sagte er. »Ich will sehen, ob etwas geschwollen ist.« Als er mit den Fingerspitzen über ihren Rücken fuhr, konnte er die Schwellung deutlich durch Kleid und Unterkleid spüren. »Ich gebe dir eine Salbe dafür mit.«

»Wird es davon schneller heilen? Ich will nicht, daß Maryn es sieht. Ich sollte mir lieber eine Geschichte ausdenken. Er wird nicht feststellen können, ob ich lüge.«

»Das bezweifle ich tatsächlich.« Nevyn setzte sich auf den Rand seines schmalen Betts. »Ich verstehe, warum du es mir nicht erzählen wolltest.«

»Ich schäme mich so«, flüsterte Lilli. »Ich habe zweifellos Prügel verdient und nicht nur diesen einen Schlag.«

»Was für ein Unsinn! Prinzessin Bellyra ist zuvor nie grob geworden, und die Götter wissen, daß Maryn ihr genug Grund gegeben hat. Ich frage mich, was das bewirkt haben könnte? Ich – warte. Was ist mit diesem schrecklichen Täfelchen?«

»Oh!« Lilli machte große Augen. »Könnte der Fluch sie irgendwie berührt haben?«

»Es ist nur eine Vermutung, aber ich halte es für wahrscheinlich. Nicht, daß der Dweomerbann sie gezwungen hat, sich gegen dich zu wenden. Es ist ganz gleich, wie mächtig ein Dweomer ist, den man einem Menschen oder einem Gegenstand auferlegt: Man kann sie nie dazu bringen, gegen ihr eigenes, wahres Wesen zu verstoßen. Aber es ist möglich, daß der Fluch das Schlimmste am wahren Wesen eines Menschen nach außen bringt.«

»Ich verstehe. Glaubt Ihr, Bellyra ist von Anfang an wütend auf mich gewesen, aber sie hat es nicht gezeigt, bevor der Fluch auf sie einwirkte?«

»Genau. Es braucht Dweomer, um diesen Dingen widerstehen zu können. Sie verfügt über keinen.«

»Könntet Ihr nicht einen anderen Talisman herstellen, der

das Gegenteil von dem dort bewirkt? Ihr wißt schon, etwas, was das Gute an allen zu Tage fördert und vielleicht damit das Böse erstickt?«

»Bei den Göttern! Das ist eine wunderbare Idee.«

»Aber Ihr werdet doch hoffentlich nicht töten müssen, damit es funktioniert, oder?«

»Sicher nicht. Wir brauchen einen Edelstein, aber keinen klaren.« Nevyn dachte einen Augenblick lang nach. »Wir brauchen einen Edelstein mit Adern und Tiefe für diese Arbeit, da er sich auf die verborgenen Teile der Seele auswirken soll, zum Beispiel einen Opal. Es wird eine schwere Aufgabe werden, die sich vielleicht über Jahre hinzieht, aber es ist immer noch wert, es zu versuchen.«

»Ich hoffte, Ihr könntet es schneller bewerkstelligen und damit diesem Fluchtäfelchen entgegen wirken.«

»Ich wünschte, das wäre möglich.« Nevyn lächelte ihr zu. »Aber das würde einen Dweomermeister mit zehnmal größerer Macht brauchen, als ich sie habe – mindestens. Aber du hast mir eine Idee gegeben. Ich hatte Angst, das Täfelchen zu zerstören, weil ich fürchtete, der Fluch würde sich dann vollkommen auf unseren Prinzen entladen, aber wenn ich versuche, ihm etwas zu entgegnen, wird es vielleicht anders sein. Ich könnte vielleicht das Licht heraufbeschwören und versuchen, das Täfelchen zu reinigen. Ich habe noch keine genaue Vorstellung, wie ich das machen soll, aber ich denke darüber nach. Und dann werden wir sehen, was geschieht.«

Es dauerte eine Weile, bevor Maddyn Prinzessin Bellyra wiedersah. Ein Page sagte ihm, sie arbeitete nicht mehr an ihrem Buch, aber der Junge konnte ihm nicht erklären, warum, oder wann sie wieder damit beginnen würde. Jeden Morgen nach dem Frühstück, um die Zeit, wo sie ihn normalerweise zu sich gerufen hatte, hielt er sich am Fuß der Treppe in der großen Halle auf, für den Fall, daß sie nach ihm schicken würde. Aber das geschah nie, und sie erschien auch nie persönlich.

Endlich wandte sich Maddyn an Elyssa, als sie in der großen Halle erschien, um Brot zu holen. Er ließ sich auf ein Knie nieder und faßte nach dem Saum ihres Kleides.

»Was soll das?« meinte Elyssa lachend. »Ich habe keine Gunst zu vergeben, Barde.«

»O doch«, erwiderte Maddyn. »Neuigkeiten von Ihrer Hoheit. Ist sie krank?«

»Nicht wirklich. Ein wenig indisponiert, könnte man wohl sagen.«

»Ich habe mir Sorgen gemacht.« Maddyn konnte sich einfach nicht bremsen. »Als ich sie das letzte Mal sah, war sie so unglücklich, daß ich immer denke, es ist vielleicht etwas nicht in Ordnung.«

»Oh.« Elyssa sah sich in der Halle um, in der sich die Menschen dicht drängen, dann senkte sie die Stimme. »Ihr seid ihr wirklich sehr ergeben, nicht wahr?«

Maddyn wandte den Blick ab. »Das kann man sagen.«

»Bitte steht auf.«

Er erhob sich und wischte sich das Stroh von den Knien seiner Brigga, während sie ihn mit einem Blick beobachtete, der nichts von ihren Gedanken verriet.

»Könnt Ihr mir nicht sagen, was los ist?« meinte er schließlich.

»Warum nicht?« Elyssa lächelte auf seltsame Weise. »Sie hatte in zwei Jahren zwei Kinder, und beide waren sie ziemlich groß. Und nun ist sie wieder schwanger, und der kleine Prinz Marro ist was? Kaum vier Wendungen des Mondes alt. Es nimmt einer Frau die Lebenskraft. Sie ist keine Stute und keine Kuh, ganz gleich, was unser Prinz denkt.«

Maddyn errötete und wandte den Blick ab.

»Ein Barde, dem die Worte fehlen«, spottete Elyssa. »Das ist wirklich selten. Oder seid Ihr zornig, daß ich so vom Prinzen spreche?«

»Nicht im geringsten. Ich habe nur nie in dieser Weise über diese Dinge nachgedacht.«

»Zweifellos, da Ihr ein Mann seid wie jeder andere. Wartet – heißt es nicht immer, daß Barden frei sprechen können, selbst mit einem Prinzen? Wenn Ihr einen Augenblick Zeit habt, könntet Ihr vielleicht mit ihm reden und erwähnen, daß es seine Frau umbringen könnte, wenn sie weiterhin so oft schwanger wird.«

»Ich werde noch etwas Besseres tun. Ich werde mit dem alten Nevyn sprechen und es ihm überlassen, mit dem Prinzen zu reden. Maryn wird einem wie mir nicht zuhören.«

»Ich danke Euch. Es ist ein Segen, daß der Prinz seine kleine Mätresse hat. Ich hoffe nur bei den Göttern, daß er sie nicht auch schwängert und dann niemanden mehr hat, um ...« Sie hielt inne, kniff die Lippen zusammen und sah Maryn an. »Schon gut. Unsere Prinzessin hat uns – ihre Frauen, meine ich, die sich darum kümmern –, aber Nevyn könnte vielleicht wirklich auf den Prinzen einwirken.«

»Ich werde dafür sorgen.«

»Gut. Und ich werde unserer Herrin von Eurer Sorge berichten.«

»Wenn ich ansonsten zu Diensten sein kann, sagt es mir.« Er verneigte sich vor ihr. »Ich danke Euch, daß Ihr so offen mit mir gesprochen habt.«

»Bitte sprecht mit niemandem außer Nevyn darüber. Es würde unsere Herrin sehr bedrücken, wenn Ihr das tätet.«

»Sagt Ihr, sie braucht das nicht zu fürchten. Niemand wird ein falsches Wort von mir hören.« Maddyn sah sich in der großen Halle um und entdeckte ein paar Pagen an der Feuerstelle. Er drängte sich zwischen Tischen und Menschen hindurch, ging zu ihnen und fragte sie beiläufig, ob sie wüßten, wo Berater Nevyn zu finden sei.

»Ja«, erklärte ein Junge. »Oben in seinem Turmzimmer. Er hat uns gebeten, seine Schülerin zu suchen und sie hinaufzuschicken.«

»Aber das konnten wir nicht«, meinte ein zweiter. »Lady Lillorigga finden, meine ich. Solltet Ihr sie sehen, Barde, könntet Ihr ihr sagen, daß ihr Meister sie sehen möchte?«

»Ja, gerne. Danke.«

Im Seitenbroch war es kaum wärmer als in der eiskalten Luft draußen. Als Maddyn die Treppe hinaufkeuchte, schauderte er in seinem Winterumhang. Aber Nevyns Kammer war erfüllt von einer Wärme, die an den Sommer erinnerte. Maddyn warf den Umhang auf den Boden und hielt die Hände über das Kohlebecken.

»Es ist wunderbar warm hier drin«, sagte Maddyn. »Ich bin überrascht, daß die Holzkohle soviel Hitze ausstrahlt.«

Nevyn zog eine Braue hoch und lächelte.

»Wie dumm von mir!« meinte Maddyn. »Ich hätte wissen sollen, daß es Dweomer ist.«

»Nach all den Jahren solltest du das wohl. Was führt dich hierher, Maddo?«

»Eine Botschaft von Prinzessin Bellyras Frauen. Sie brauchen Eure Hilfe.«

»Ach ja?« Nevyns Lächeln verschwand. »Was ist denn?«

»Die Prinzessin ist wieder schwanger.«

Nevyn fluchte wie ein Silberdolch.

»Das war kaum zu vermeiden«, sagte der alte Mann schließlich. »Aber es quält mich doch, daß es so bald schon geschehen ist.«

»Die Prinzessin möchte nicht, daß andere davon erfahren.«

»Also gut. Ich nehme an, sie mußte es dem Prinzen erzählen. Oh – bei den Göttern! Deshalb ist Lilli so schwer zu finden. Ich habe mich in den vergangenen paar Tagen schon gefragt, aber sie kann verflucht hinterhältig sein, wenn sie will!«

Einen Augenblick fiel es Maddyn schwer zu sprechen. Der Zorn, der ihn überfallen hatte, war so heftig, daß er zitterte.

»Was ist denn, Maddo?«

»Ich weiß nicht, Herr. Es ärgert mich einfach, daran zu denken, daß der Prinz einfach zu seiner Mätresse geht, während ... ich meine, ich weiß, es ist dumm von mir. Warum sollte er nicht so viele Frauen haben, wie er will? Er ist der Prinz.«

»Das ist wohl die allgemeine Ansicht über diese Dinge«, sagte Nevyn trocken. »Und es gibt nichts, was wir dagegen tun können. Aber ich werde mich sofort um die Prinzessin kümmern. Ich hole nur schnell meinen Umhang.«

»Es ist nicht die Geburt selbst, vor der ich mich fürchte«, sagte Bellyra. »Es ist das, was danach kommt.«

»Das weiß ich, Euer Hoheit«, sagte Nevyn. »Vielleicht wird es diesmal ja anders sein.«

»Das dachte ich das letzte Mal schon. Aber es war nicht anders.«

»Diesmal werde ich hier sein.«

»Ihr wart auch da, als Casyl zur Welt kam. Es hat nichts geholfen. Oh, es tut mir leid!« Bellyra schien den Tränen nahe. »Ich wollte nicht unfreundlich sein.«

»Das letzte, was Euch jetzt interessieren sollte, sind meine Gefühle.«

Bellyra wischte sich die Augen mit dem Kleiderärmel. Sie saßen in der Frauenhalle am Feuer, das nicht nur Wärme, sondern auch das einzige Licht spendete. Die Zofen hatten die Fenster mit mehreren Lagen Leder verschlossen, und so würde es bis zu den ersten Anzeichen des Frühlings bleiben.

»Ich bin so feige«, sagte Bellyra schließlich. »Ich habe mich hier vergraben wie ein Dachs. Ich will niemanden mehr sehen, außer meinen Frauen, und diese Halle nicht verlassen.«

»Das müßt Ihr aber unbedingt! Wollt Ihr, daß die finsteren Körpersäfte Euch überwältigen und Euer Leben noch mehr zerstören?«

»Nein. Aber ...«

»Dann widersprecht mir nicht, Euer Hoheit. Ihr müßt an die frische Luft.«

»Das ist die schlichte Wahrheit, nicht wahr? Ich kann Euch nicht widersprechen. Also sollte ich lieber gleich aufgeben und uns den Streit ersparen.«

»Wie vernünftig Ihr doch seid.«

Bellyra lachte.

»Noch eine Sache, Euer Hoheit«, meinte Nevyn. »Darf ich ganz offen sprechen?«

»Wann durftet Ihr das nicht?«

»Nun, es ist eine delikate Angelegenheit. Es geht um Lilli.«

Bellyra wandte den Kopf ab und starrte ins Feuer.

»Ich habe Eure Schülerin seit einigen Tagen nicht gesehen.« Ihre Stimme war ein wenig zu schrill. »Sie kommt nachmittags nicht mehr zum Nähen.«

»Ach nein?« meinte Nevyn. »Sie hat mir ... nun, das ist gleich.«

»Ich denke, wir wissen beide, wo sie um diese Zeit ist.«

»Sie fehlt Euch offenbar nicht.«

»Nein. Aber ich komme mir so dumm vor, zornig auf sie zu sein.«

»Wenn Ihr das seid, wäre es noch dümmer, es zu leugnen.«

Bellyra zuckte mit den Achseln. Nevyn sah, daß sie blaß geworden war. Kleine Schweißperlen standen auf ihrer Oberlippe. Er wartete, aber sie saß nur da und starrte schweigend in die Feuerstelle. Das Feuer zischte, als die Flammen an einem feuchten Scheit leckten, und Bellyra schüttelte schaudernd den Kopf.

»Euer Hoheit? Soll ich Euch allein lassen?«

»Das wäre das Beste. Aber ich verspreche, Euren Rat zu befolgen.«

Als Nevyn die Frauenhalle verließ, sah er Elyssa am Ende des Flurs stehen. Sie hatte sich gegen die Kälte einen Schal um die Schultern gewickelt.

»Guten Tag«, rief er. »Wartet Ihr auf ...«

Elyssa hielt warnend den Finger an die Lippen. Nevyn sagte nichts mehr, bevor er neben ihr auf dem Treppenabsatz stand.

»Auf Euch?« sagte Elyssa. »Ja.« Sie hielt inne, warf einen Blick die Treppe hinunter und sagte dann leise: »Niemand in der Nähe. Gut. Dieser Leibwächter, den unser Prinz unserer Herrin gegeben hat, Maddyn heißt er ... Ihr kennt ihn, nicht wahr?«

»Sogar ziemlich gut«, sagte Nevyn. »Warum?«

»Ich fragte mich, was für eine Art Mann er ist.«

»Ein guter, würde ich sagen. Ohne diesen verfluchten Krieg wäre er vielleicht ein Barde ersten Ranges.«

»Das habe ich nicht gemeint.« Elyssa kniff einen Augenblick die Lippen zusammen. »Es geht mir um seinen Charakter. Ist er verläßlich? Anständig?«

»Aber selbstverständlich. Wartet! Ihr verdächtigt ihn doch nicht etwa, seinen Pflichten nicht ordentlich nachzugehen?«

»Nicht im geringsten.« Elyssa lächelte freudlos. »Ich möchte nur, daß unsere Herrin wirklich in Sicherheit ist.«

»Nun, in der Festung ihres Mannes wird ihr wohl nichts zustoßen.«

»Lieber Nevyn, es gibt Gefahren, denen eine Frau immer ausgesetzt ist, ganz gleich, wo sie sich aufhält.«

»Das ist wahr. Ihr könnt Euch darauf verlassen, daß Maddyn damit umgehen kann.«

Elyssa knickste, dann eilte sie zurück in die Frauenhalle. Worum es da wohl ging? fragte sich Nevyn. Wahrscheinlich nichts, was mich etwas anginge.

Lilli war gerade in ihrem Zimmer und las die Dweomerpassagen noch einmal durch, die Nevyn ihr aufgegeben hatte, als Branoic ihren Namen rief und an die Tür klopfte. Sie erstarrte und überlegte, ob sie so tun sollte, als wäre sie nicht da. Es klopfte wieder, und sie erhob sich.

»Komm herein, Branno!«

Er öffnete die Tür, kam herein, schloß die Tür wieder und lehnte sich dagegen, die Hände hinter sich, als drückte er sie gegen das Holz, um sie zu beherrschen. Einen langen Augenblick betrachtete er sie mit so kaltem Blick, daß sie zu zittern begann.

»Ich hatte gerade eine kleine Unterredung mit dem Prinzen«, sagte Branoic schließlich. »Er hat mir befohlen, dich nicht mehr zu sehen.«

»Er hat was?«

»Er hat gesagt, ich soll dich in Ruhe lassen. Das ist nicht das Abkommen, was ich mit dir zu haben glaubte.«

»Nein, das ist es nicht! Wie unverschämt von ihm. Branno, du glaubst doch nicht etwa, daß ich damit einverstanden bin?«

Plötzlich lächelte er. Er richtete sich auf und kam weiter ins Zimmer hinein.

»Es tut mir leid«, sagte Branoic. »So, wie er es ausgedrückt hat, dachte ich, du wüßtest es.«

»Ganz bestimmt nicht! Er hat mir versprochen, daß du und ich heiraten können, und ich hätte nie geglaubt, daß er sein Wort bricht.«

»Oh, er hat tatsächlich von unserer Hochzeit gesprochen. Er sagt, er habe ein wunderbares Anwesen gefunden, um es uns zu übergeben. Die kleine Festung am Ende des Geheimgangs. Er wird sie im nächsten Sommer wieder aufbauen lassen, in großartiger Weise, und im Winter werden wir dort einziehen können.«

»Das verstehe ich nicht.«

»Nein? Ich schon. Bis wir heiraten, will er dich für sich haben. Danach ...« Branoic hielt inne und verzog den Mund, als hätte er in faules Fleisch gebissen. »Nun, wir werden in unserer Festung sein und er hier, aber ich wette, er kommt hin und wieder zu Besuch.«

Lilli lehnte sich seufzend zurück. Branoic blieb stehen und schob die Hände in die Taschen seiner Brigga.

»Ich weiß nicht, was ich tun soll«, sagte sie.

»Nichts, würde ich sagen. Er ist der Prinz. Es gibt viele große Herren, die dem Mann gegenüber, der das Herz ihrer Mätresse gestohlen hat, nicht so großzügig sein würden.«

Branoic starrte zu Boden. »Du hast nie etwas hinter meinem Rücken getan, Lilli. Und im Grunde tut der Prinz das auch nicht.«

»Also gut. Aber es tut mir leid.«

»Tatsächlich?« Er blickte auf. »Mir auch.«

Branoic drehte sich abrupt um, ging hinaus und warf die schwere Tür fest hinter sich zu. Lilli stand auf und wäre ihm beinahe hinterhergerannt, aber sie begriff, daß er recht hatte. Es gab nichts, was sie tun konnte, um ihre Situation zu verbessern oder es ihm leichter zu machen. Es sei denn, sie gab Maryn auf.

»Sei nicht dumm«, sagte sie laut, »du brauchst keinen Dweomer, um zu wissen, daß er dich nicht gehen lassen wird, bis er dich nicht mehr will.«

Sie setzte sich und fragte sich, warum sie so erschöpft war.

Der größte Teil der Truppe war mit Owaen zur Grenze nach Pyrdon gezogen, so daß die Mannschaftsunterkünfte der Silberdolche beinahe leer waren. Die Verbliebenen, darunter Maddyn und Branoic, hatten sich die Pritschen nah an der Feuerstelle am Ende des langen, schmalen Raums genommen. Wenn jemand nachts nicht in seinem Bett schlief, bemerkten es die anderen. Selbstverständlich bemerkten sie auch, daß Branoic wieder in der Unterkunft schlief.

»Was ist denn?« sagte der rote Trevyr zu ihm. »Ist deine Dame dir gegenüber abgekühlt?«

Branoic regte sich nicht, sagte kein Wort, sondern schaute Trevyr nur auf eine Weise an, wie er vielleicht einen Braten angesehen hätte, bevor er ihn aufschnitt. Maddyn trat vor ihn und wandte sich Trevyr zu.

»Halt den Mund«, sagte er, »bevor Branno dir mit meinem Segen die Zunge herausreißt.«

»Warte! Es war nur ein Spaß! Ich ...« Trevyr hielt inne. »Tut mir leid, Branno. Ich bin manchmal ein Idiot.«

»Schon gut.« Branoic wandte sich ab. »Ich könnte ein Bier brauchen. Ich denke, ich gehe in die große Halle.«

Branoic ging hinaus. Keiner sagte ein Wort, bevor er nicht die Tür hinter sich zugeworfen hatte. Trevyr setzte sich auf seine Pritsche und massierte seine verrenkte Hand mit der gesunden. Ein Schlag mit der flachen Seite eines Schwertes hatte die meisten Knochen seiner Schildhand gebrochen, und nicht einmal Nevyn hatte sie wieder richten können.

»Ich entschuldige mich auch bei dir, Maddo. Ich wollte keinen Ärger machen.«

»Das dachte ich auch nicht. Aber Branno versucht ein sehr schwieriges Lied zu pfeifen und braucht niemand, der es ihm noch schwerer macht.«

»Armes Schwein.«

»Findest du? Es sind schon viele Ehemänner königlicher Mätressen mit Land und Gunst belohnt worden.«

»Du magst recht haben. Aber trotzdem: armes Schwein!«

»Ja. Jetzt gehen wir essen. Ich habe Hunger.«

Als sie auf den Hof kamen, peitschte der kalte Wind auf sie ein, und der Himmel hing dicht und grau über der Festung. Im Hof lag schmutziger Schnee auf den Pflastersteinen und dem gefrorenen Schlamm. Die Füße in Lumpen gewickelt, eilten Diener mit Armen voller Feuerholz oder Eimern voller Wasser vom Brunnen an ihnen vorbei. Maddyn beneidete sie beinahe – sie hatten zumindest etwas zu tun, während er einen weiteren, langweiligen Tag damit verbringen würde, aus der Ferne über Bellyra nachzugrübeln. Aber als sie in die große Halle kamen, kam ihnen ein Page entgegen.

»Die Prinzessin hat mich nach Euch geschickt, Barde. Sie will, daß Ihr sie bewacht wie üblich.«

»Nun gut.« Maddyn gab sich gelassen, aber er hätte am liebsten vor Freude gejubelt. »Würde es Ihre Hoheit stören, wenn ich mir zuerst ein Stück Brot hole?«

»Wohl nicht. Sie sagte, sie würde später herunterkommen.«

Der Page trabte davon. Maddyn nahm sich ein Stück Brot und einen Krug verwässertes Bier, dann setzte er sich zu Trevyr an den Tisch, nahe dem Fuß der steinernen Wendeltreppe, die an der Seite der großen Halle nach oben führte. Sie aßen rasch, ohne sich weiter zu unterhalten, was Maddyn die Möglichkeit gab, die Treppe im Auge zu behalten. Er war gerade mit seinem Frühstück fertig, als Bellyra erschien, in einen roten Umhang gewickelt, gefolgt von ihren Pagen. Er war überrascht, wie gut es sich anfühlte, sie zu sehen und zu wissen, daß er sie für kurze Zeit begleiten würde.

»Da ist unsere Herrin«, sagte Maddyn. »Ein Silberdolch hat immer zu tun, wie?«

»Besser du als ich«, meinte Trevyr. »Ich habe keine Lust, in dieser Kälte draußen zu sein.«

»Du hast eben Glück! Nun, ich komme sicher bald wieder ans Feuer zurück.«

Maddyn griff nach seinem Umhang und warf ihn sich über, dann eilte er zum Fuß der Treppe. Als Bellyra die große Halle erreichte, kniete er nieder, aber sie lachte nur und winkte ihm zu.

»Steht bitte auf, Maddo! Das Stroh ist viel zu schmutzig.«

Lächelnd erhob er sich und verbeugte sich vor ihr. »Euer Hoheit sind zu freundlich.«

»Eigentlich nicht.« In ihrer Stimme lag ein seltsamer Unterton, vielleicht ein Zögern. Als er sie ansah, bemerkte er etwas Neues in ihrer Miene, das er nicht einordnen konnte. In all ihrer Zeit zusammen hatte sie nichts als die Großzügigkeit einer großen Dame gegenüber einem vertrauten Diener bewiesen. Da die Pagen in der Nähe waren, konnte er nichts sagen, aber als sie auf den Hof hinauskamen, liefen die Jungen voraus, wie Bellyra es ihnen im allgemeinen gestattete.

»Habe ich etwas getan, das Euer Hoheit erzürnt hat?« fragte Maddyn.

»Wie? Nicht im geringsten!« Bellyra lachte ein wenig zu schrill. »Wie kommt Ihr auf die Idee?«

»Ich weiß nicht, Herrin. Verzeiht mir.«

Schweigend durchquerten sie den Hof. Die Pagen schossen wie Hunde hierhin und dorthin und umkreisten dann die Prinzessin, bevor sie wieder davonrannten. Bellyra zögerte und spähte den Hügel hinab zu den Trümmern von Häusern und Mauern, dann zeigte sie nach rechts.

»Laß uns durch dieses Tor gehen«, sagte sie. »Jemand hat mir erzählt, es sei hier ein Widmungsstein aus einem alten Turm für eine neue Mauer verwendet worden. Ich glaube, sie meinten, es wäre dort unten irgendwo.«

Sie gingen durch das Tor, kamen an Schweineställen vorbei, die wie Bienenstöcke geformt waren, folgten einer eingestürzten Mauer hügelabwärts, passierten ein weiteres Tor und gelangten schließlich in einen rechteckigen, kleinen Hof, der von den Steinmauern einiger Vorratsschuppen gebildet wurde. Bellyra sah sich um. Auf der anderen Seite stand eine langgezogene Scheune.

»Da!« Bellyra zeigte nach oben, unter den Giebel. »Direkt unter dem Dach. Seht Ihr, man kann die Schrift auf dem großen Stein deutlich erkennen.« Sie ging hinüber zu der Mauer und starrte stirnrunzelnd nach oben. »Es ist zu hoch, als daß ich es lesen könnte.« Sie wandte sich den wartenden Pagen zu. »Kann einer von euch lesen?«

»Nein, Herrin.«

»Ich auch nicht, Herrin.«

»Wie dumm! Oh, ich weiß! Ihr beiden Jungs lauft zurück zum Hauptbroch. Ich habe hinten an der Dienertür ein paar leere Bierfässer gesehen. Ihr rollt eines von denen hier herunter, damit ich mich draufstellen kann.«

»Euer Hoheit!« sagte Maddyn. »Ihr könnt nicht auf leeren Bierfässern herumklettern.«

»Könnt Ihr lesen, Maddo?«

»Nein.«

»Nun, dann hat es wohl ja keinen Sinn, wenn Ihr das Klettern übernehmt, oder?«

Maddyn starrte sie finster an. Bellyra schickte die beiden Pagen weg, dann ging sie ein paar Schritte weiter und schaute ihnen hinterher. Die Kapuze ihres Umhangs war zurückgerutscht, und ihr goldblondes Haar, in einer Silberklammer zusammengefaßt, war zu sehen. Aber im kalten Licht wirkte es so matt wie Blei.

»Elyssa sagte, sie hätte sich mit Euch unterhalten«, sagte Bellyra abrupt.

»Ja, Euer Hoheit. Euer Geheimnis ist bei mir sicher.«

»Danke.« Sie wandte sich ihm zu. »Das habe ich nie bezweifelt. Aber sie hat mir auch erzählt ...« Sie hielt inne und starrte zu ihm auf, als versuchte sie, seine Gedanken in seinen Augen zu lesen.

Maddyn wurde klar, daß er sich an keine Einzelheit des Gesprächs mit der Hofdame mehr erinnern konnte, obwohl er doch wußte, daß es verzweifelt notwendig war.

»Verzeiht mir, Herrin«, sagte er, »daß ich so dumm bin, aber habe ich etwas getan, was Euch bedrückt?«

»Nicht im geringsten. Eher im Gegenteil.«

»Nun, das ist eine Erleichterung.«

»Wahrscheinlich.« Bellyra zögerte einen Augenblick. »Maddo, seid Ihr in mich verliebt?«

Maddyn spürte, wie sein Gesicht auf eine Weise glühte, die der Winter in seiner ganzen Macht nicht abkühlen konnte. Er suchte nach Worten, fand keine, konnte sie nur hilflos anstarren, während sie ihn mit der leidenschaftlichen Konzentration betrachtete, die sie sonst nur für ihre geliebten Steine und Inschriften hatte.

»Bei der Göttin!« sagte Bellyra. »Ihr seid es tatsächlich. Ich habe es nicht wirklich glauben wollen – o Maddo, es tut mir so leid, daß ich damit herausgeplatzt bin.«

Barde oder nicht, ihm fehlten die Worte. Er hätte jetzt lange Entschuldigungen von sich geben müssen, daß er sich so anmaßend benommen hatte, aber etwas tief in seiner Seele weigerte sich, sich zu ducken und zu entschuldigen. Seine Gefühle für sie geringer zu machen hätte einen Teil seiner Männlichkeit getötet. Bei diesem Gedanken fand er endlich die Worte.

»Was ist falsch daran, eine Frau wie Euch zu lieben? Das Erstaunliche wäre eigentlich, wenn ein Mann es nicht tut.«

»Wie mein Mann?«

»Zum Beispiel wie er.« Maddyn drehte sich um, sah nach allen Seiten, spähte nach oben. Keine Fenster gingen auf diesen geschützten Raum hinaus, aber in einer von Menschen überfüllten Festung wie dieser war Alleinsein kostbarer als Gold, und wer wußte schon, ob jemand sie belauschte oder nicht. »Soll ich einen anderen Leibwächter für Euch suchen?«

Lange Zeit schwieg sie.

»Bitte nicht«, sagte sie schließlich. »Oder ist das schrecklich ungerecht Euch gegenüber?«

»Das ist mir gleich.« Er sah sie wieder an. »Es ist mir gleich, ob Ihr ungerecht seid oder nicht. Es würde schlimmer sein, Euch nicht zu sehen.«

»Also gut. Dann lassen wir es, wie es ist.«

»Seid Ihr böse auf mich? Ihr steht so hoch über mir, wie eine Frau nur kann.«

»Nicht im geringsten. Wenn überhaupt, dann bin ich ...« Sie zögerte kurz. »Ich bin Euch dankbar.«

Wäre der Prinz in diesem Augenblick aufgetaucht, hätte Maddyn ihn ins Gesicht geschlagen, Adel oder nicht. Er holte tief Luft und beruhigte sich wieder.

»Herrin«, sagte er. »Ihr werdet nie wieder ein falsches Wort von mir hören. Das verspreche ich Euch.«

»Das wäre wohl das Beste.« Sie sah aus, als würde sie gleich weinen. »Ihr Götter, manchmal wünschte ich mir, ich wäre eine Bauersfrau! Ich könnte tun, was ich wollte, ohne mir Gedanken über das elende Königreich machen zu müssen.«

Die Andeutung ließ ihn lächeln, ganz gleich, wie sehr er versuchte, es zu unterdrücken. Sie erwiderte das Lächeln, aber gleichzeitig sah es so aus, als ob sie weinen würde. Maddyn riskierte es – er wußte, er riskierte mit dieser einfachen Geste alles, sein Leben und sein Glück – er wagte es, die Hand zu heben und ihre Wange mit den Fingerspitzen zu berühren, nur kurz, bevor er die Hand wieder wegzog. Ihr Lächeln wurde deutlicher.

»Ich bin froh, daß Ihr immer noch mein Leibwächter bleiben wollt«, sagte sie. »Aber hier kommen die Pagen zurück.« Plötzlich lachte sie, ihr normales Lachen voller Freude am Leben. »Ich habe sie weggeschickt, um vertraulich mit Euch sprechen zu können, Maddo, aber ich möchte auch diese Inschrift lesen.«

Die Pagen waren so vernünftig gewesen, ein Faß zu bringen, das klein genug war, daß die Prinzessin mit einiger Würde daraufsteigen konnte. Maddyn verschränkte die Finger, als würde er ihr in den Sattel helfen, und die Jungen hielten das Faß fest. Sie las die Inschrift laut vor, und er lehnte sich gegen die Scheunenwand und lauschte seinem Herzen, das klopfte, als wäre er gerannt. Er war noch nie im Leben so glücklich gewesen und hatte noch nie solche Angst gehabt. Er konnte seine Gefühle nicht begreifen und gab schließlich den Versuch auf.

Nachdem sie die Inschrift gelesen und auswendig gelernt hatte, sprang die Prinzessin vom Faß, ehe jemand sie aufhalten konnte.

»Ich muß in die Frauenhalle zurück«, sagte sie, »und es aufschreiben, bevor ich es wieder vergesse.«

Seite an Seite gingen sie zusammen durch den Irrgarten von Dun Deverry, während die Pagen in respektvollem Abstand folgten. Bellyra schwieg, und Maddyn hütete sich, das vertrauliche Schweigen zwischen ihnen zu brechen. Er hatte das Gefühl, mehr erhalten zu haben, als er je hätte erhoffen können. Er würde sich damit zufriedengeben – er sagte sich das im Befehlston und immer wieder. Sie waren auf dem Weg den Hügel hinauf zum Haupthof, als sie Geschrei und das Klirren von Zaumzeug hörten.

»Klingt nach vielen Männern, Herrin«, sagte Maddyn.

»Was – oh, ich wette, es ist der Bruder Eures Mannes mit seiner Eskorte.«

Maddyn sollte recht behalten. Als sie den Haupthof erreichten, füllte eine geordnete Masse von Männern und Pferden jeden Zoll davon, wie es schien. Über ihnen flatterten die Schiffsbanner von Cerrmor, der rote Drache von Dun Deverry und der sich aufbäumende Hengst von Pyrdon.

»Ich kann in diesem Durcheinander nichts erkennen, Herrin«, sagte Maddyn. »Aber den Bannern nach zu schließen, würde ich sagen, es ist Riddmar.«

»Er kommt an einem Tag mit schlechten Vorzeichen«, meinte Bellyra. »Heute abend ist Samaen.«

»Ihr Götter! Ja. Aber wartet! Er ist doch nur aus Zufall gerade heute angekommen.«

»Zufall?« Bellyra betrachtete die Menge mit Augen, deren Blick in eine andere Welt zu gehen schien. »Ich bin an Samaen zur Welt gekommen, Maddo. Nichts, das an diesem Tag geschieht, geschieht zufällig.«

Die leisen Worte bewirkten, daß ihm kalt wurde. Er hörte eine Stimme wie Glocken, tief in seinem Kopf, die eine der Prophezeiungen einläuteten, die die Götter hier und da Barden geben. Riddmars Ankunft stand tatsächlich unter einem schlechten Stern. Die Götter weigerten sich allerdings, Maddyn zu verraten, warum, und er behielt seine plötzliche Angst für sich.

Nevyn spürte die Vorzeichen ebenso, obwohl sein ausgebildeter Geist die mögliche Bedrohung von dem Jungen selbst trennen konnte, der mit jeder Gefahr, die seine Gegenwart bringen mochte, selbst nichts zu tun haben würde. Worin diese Gefahr liegen würde, wußte auch Nevyn nicht, zumindest nicht im Augenblick. Er plante, alles zu tun, was er konnte, um es herauszufinden.

Da er direkt hinter Prinz Maryn in der Tür zum Hauptbroch stand, konnte Nevyn einen guten Blick auf den Jungen erhaschen. Riddmar, zweiter Prinz von Pyrdon, war ein schlankes Kind mit demselben blonden Haar, den grauen Augen und dem bereitwilligen Lächeln seines Halbbruders. Als Owaen ihm den Prinzen vorstellte, setzte Riddmar seinen Reithut ab und kniete sich mit sicherer Anmut auf die Treppe.

»Steh auf«, sagte Maryn lächelnd. »Willkommen in Dun Deverry, Bruder.«

»Danke, Euer Hoheit.« Der Junge stand auf, und dann verbeugte er sich. »Es ist schrecklich groß, oder?«

»Ja. Und sehr verwirrend. Ehe du nicht eine Weile hiergewesen bist, solltest du lieber nicht versuchen, es auf eigene Faust zu erforschen. Du könntest dich vollkommen verlaufen.« Maryn hielt inne und sah sich in der Menge im Hof um. »Ich habe keine Ahnung, wo meine Frau steckt. Nevyn?«

»Ich werde sie suchen, mein Lehnsherr, wenn Ihr das wollt.« Nevyn trat einen Schritt vor. »Ich glaube, ich habe gehört, daß sie nach draußen gegangen ist, um neue Geschichten für ihr Buch zu finden.«

»Danke«, erwiderte Maryn. »Aber zunächst, Prinz Riddmar – darf ich dir Lord Nevyn vorstellen, einen meiner Berater.«

Nevyn verbeugte sich, und der Junge sah ihn aus großen Augen an.

»Seid Ihr der Zauberer?« fragte Riddmar. »Mein Vater hat es mir gesagt. Und er sagte auch, ich sollte Euch nie erzürnen.«

»Ja, das bin ich«, sagte Nevyn ernst. »Aber ich kann Euch versichern, daß ich nie jemanden in einen Frosch verwandeln werde.«

Riddmar lächelte in ehrlicher Erleichterung. Nevyn sah sich um, entdeckte Lilli, die an der Seite stand, und winkte ihr zu. Mit einem Nicken zu Prinz Maryn ging Nevyn die Treppe hin unter, und Lilli eilte hinter ihm her. Zusammen drängten sie sich durch die Menge bewaffneter Männer und Pferde. Das Wildvolk der Luft schoß vor ihnen her und führte sie so zielgerichtet, daß er wußte, sie hatten irgendwo in dem allgemeinen Durcheinander Maddyn entdeckt. Tatsächlich fand Nevyn den Silberdolch und die Prinzessin am Tor in der Hauptmauer. Hinter ihnen standen zwei Pagen. Nevyn verbeugte sich vor der Prinzessin. Lilli knickste, aber sie hielt sich im Hintergrund, und Bellyra sah sie nicht an.

»Euer Hoheit?« sagte Nevyn. »Euer Gemahl wünscht, daß Ihr zu ihm kommt.«

»Gerne.« Bellyra zeigte auf die Menge. »Sobald ich eine Möglichkeit habe, mich da hindurchzuzwängen.«

»Die Stallknechte haben schon angefangen, die Pferde in die Ställe zu bringen, also wird es nicht lange dauern.«

»Möchtet Ihr nicht mitkommen, Nevyn?« fragte Bellyra. »Es wird eine Art offizielles Essen geben.«

»Genau das möchte ich vermeiden, Herrin. Wenn Ihr mich gehen laßt?«

»Also gut. Es hat keinen Sinn, daß ich Euch leiden lasse.«

»Danke, Euer Hoheit. Meine Schülerin und ich haben wichtige Dinge zu tun.«

Auf einem Umweg über einen schlüpfrigen kleinen Pfad zwischen Hütten und Schuppen gelang es ihnen, die Menschenmenge im Haupthof zu umgehen. Lilli hatte den Kopf gesenkt und konzentrierte sich nur auf Pflastersteine und Schlamm.

»Wenn du die Gunst der Prinzessin wiedererlangen willst«, sagte Nevyn schließlich, »solltest du daran denken, ihren Mann aufzugeben.«

Lilli sah ihn mit tränennassen Augen an. »Ich habe es versucht.« Sie hob die Stimme kaum über ein Flüstern. »Sogar zweimal.«

»Tatsächlich? Was hat er getan?«

»Beim ersten Mal hat er nur gelacht. Gestern hat er mich gepackt und mir gesagt, er würde nie zulassen, daß ich ihn abweise.«

»Ihr Götter! Hat er dir weh getan?«

»Nein, aber er hat mich erschreckt. Ich habe immer wieder daran gedacht, Herr, was Ihr vor so langer Zeit gesagt habt. Erinnert Ihr Euch? Ihr habt mir gesagt, weil ich ihn abweise, ist es wie eine Art Zauber.«

Nevyn brummte leise. »Ja, ich erinnere mich, und jetzt sitzt du wohl wirklich in der Falle? Nun, vielleicht werden die Dinge sich mit der Zeit verändern.«

»Ich weiß, daß er meiner müde werden wird.«

»Das meinte ich nicht. Mit der Zeit wird Bellyras Vernunft zurückkehren, und sie wird dir verzeihen.«

»Das hoffe ich, Herr. Sie war so gut zu mir, und nun haßt sie mich.«

»Nun, ich hoffe, das wird vorübergehen. Sie hat Angst, Lilli, weil sie schwanger ist, und sie ist sicher, daß derselbe alte Wahnsinn sie wieder befallen wird. Diese Angst verändert alles für sie.«

»Wird es wieder geschehen – der Wahnsinn, meine ich?«

»Ich weiß es nicht.«

»Nun, ich bete, daß es nicht geschieht.«

»Das ist alles, was wir tun können.«

Als sie in Nevyns Zimmer waren, hängte Lilli ihren Umhang an einen Wandhaken, dann nahm sie Nevyns Umhang entgegen und hängte ihn daneben, während er Holzkohle ins Becken schaufelte. Als er mit den Fingern schnippte, erschien das Wildvolk des Feuers und streute Flammen über die Kohlen. Lilli lächelte und streckte ihre Hände zur Wärme hin.

»Werde ich je imstande sein, Salamander herbeizurufen wie Ihr?«

»Eines Tages, wenn du deine Lektionen gut lernst. Aber der Weg zu diesem bestimmten Berg ist lang, bevor du auch nur daran denken kannst, dich zum Gipfel aufzumachen.«

Während Lilli seinen Tisch freiräumte und das Durcheinander darauf auf den Boden legte, öffnete Nevyn einen großen Kräutersack, in dem er die Holzkiste mit dem Fluchtäfelchen aufbewahrte. Er hatte es tief darin vergraben, mitten zwischen Tuchpäckchen mit Kräutern und Wurzeln, damit die Diener es nicht zufällig fanden. Er holte es heraus und wog es in beiden Händen. Er hätte schwören können, daß ihm das Ding schwerer vorkam als zuvor.

Dann stellte er den Kasten mitten auf den Tisch. Mit einem Stück Holzkohle zeichnete er einen Kreis darum, an jedem Kardinalpunkt malte er ein Pentagramm auf den Tisch. Als er das ätherische Licht heraufbeschwor, klebte es an den Linien der Zeichen und glühte silbrig blau. Erst als die Pentagramme ihre Macht ausstrahlten, öffnete Nevyn den Kasten und holte das Täfelchen heraus.

Inmitten des blauen Feuers hatte es sein eigenes Licht, giftgrün und ölig, wie Lilli es zuvor beschrieben hatte. Daß er dieses Licht so klar sehen konnte, beunruhigte Nevyn. Er schloß den Kasten und legte das Täfelchen in die Mitte der Siegel, die auf den Deckel gezeichnet waren.

»Ihr Götter, ist es garstig!« sagte Lilli.

»Ja. Und nun nimm den Stuhl und setz dich an die Tür. Dein Anteil an dieser Geschichte ist einfach. Ich werde versuchen, das Böse zu verbannen, indem ich es austreibe und verteile. Ich möchte, daß du das Täfelchen beobachtest und mir sagst, wenn es aussieht, als würde es sich verändern.«

Lilli tat, was er ihr gesagt hatte. Sobald sie in sicherer Entfernung war, hob Nevyn die Hände hoch über den Kopf. Er holte tief Luft, und als er ausatmete, wandte er sich an das eine, wahre Licht, das in den Göttern scheint. Er konnte seine

Stimme ebenso spüren, wie er sie hörte, sie dröhnte und vibrierte in seinem Körper. Als er die Augen schloß, sah er das Licht als Fluß reinen Strahlens, wie es die Erde umgab und zwischen den Sternen dahinströmte. Es fiel in einer Kaskade schimmernd weißen Lichts in seine ausgestreckten Hände. Er spürte, wie es über seine Arme lief, ihn durchdrang wie ein Speer und ihn davontrug. Sein Zimmer verschwand in weißem Glühen.

Mit einem wortlosen Schrei riß Nevyn die Arme zur Seite, so daß es aussah, als hinge er an einem leuchtenden Kreuz. Auf diesem Kreuz trieb er am Rand eines Wasserfalls. Das tosende Licht war laut in seinen Ohren und trug ihn von den Sternen abwärts. Langsam verging das Leuchten, und er konnte wieder sehen. Er stand in seiner Kammer, aber das Licht, nun silberfarben, bebte in ihm, nicht mehr wie kaltes Wasser, sondern brennend wie Feuer. Er hörte Lillis ehrfürchtigen Aufschrei, aber ihre Stimme schien von tausend Meilen entfernt zu kommen, und er wandte seine Konzentration dem Täfelchen zu, das zwischen den Schutzzeichen lag.

Der Bleistreifen wirkte wie geschrumpft, und das giftige Licht war trüber geworden, während die Pentagramme, die er auf den Tisch gezeichnet hatte, sich vom Holz gelöst hatten, als bestünden sie nicht aus Holzkohle, sondern aus glänzendem, schwarzem Metall. Nevyn hob die Arme und brachte über dem Kopf die Hände zusammen. Er sah das Licht als Speer, das tief aus ihm aufstieg, durch seine Arme strömte und durch seine Hände drang, bis er eine Waffe von blendendem Weiß in den Händen hielt. Er konnte das Gewicht des Speers spüren, spürte die Wärme des Feuers, das in der Spitze glühte.

»Im Namen der Großen!«

Nevyn stieß den Lichtspeer tief in das Bleitäfelchen. Es kreischte wie ein lebendiges Wesen – oder zumindest hörte Nevyn es so –, und es wand sich um die Spitze. Weißes Licht kochte auf, es schien, als könnte Nevyn roten Dampf aufsteigen sehen und zischen hören. Er spürte, wie das Licht durch seine Arme floß, durch ihn hindurch und aus den Fingerspitzen herausströmte, während sich das Täfelchen wand. Es wäre vielleicht geschmolzen, hätte Nevyn einen weiteren Lichtspeer gehabt, aber alle Macht, die er gesammelt hatte, hatte er bereits verausgabt.

Nevyn taumelte zurück, ließ die Arme sinken und fing sich wieder, bevor er auf dem Boden zusammenbrach. Er konnte keine Kraft mehr heraufbeschwören, konnte es körperlich nicht bewältigen, mehr Licht aufzunehmen als das, was er bereits gesammelt hatte. Das Täfelchen lag immer noch auf dem Tisch, ein matter, grauer Streifen, und schimmerte in öligem Licht.

»Verflucht soll es sein!« flüsterte Nevyn. »Verfluchtes Ding!«

Lilli stützte ihn und führte ihn zum Stuhl. Dankbar setzte er sich hin und lauschte seinem angestrengten Atem.

»Der Fluch ist geschwächt«, sagte Lilli, »aber er ist nicht verschwunden.«

»Ich weiß.«

»Einen Augenblick lang sah es so aus, als würdet Ihr siegen.« Sie schien den Tränen nahe. »Das Licht – es war so schön, ich dachte, es müßte einfach siegen, und am Ende schien das Blei fast zu schmelzen.«

»Siegen? Das ist ein seltsamer Begriff, aber es war wohl tatsächlich eine Art Kampf.« Nevyn sah sich im Zimmer um, das für seine dweomerberührten Augen immer noch glühte und flackerte wie Flammen. »Hol mir ein wenig Wasser, Kind.«

Das Wasser zu trinken, das eiskalt aus einem Metallkrug kam, den er zuvor aufs Fensterbrett gestellt hatte, brachte ihn wieder wirklich zurück in seinen Körper und zu seiner normalen Wahrnehmung. Er bannte das ätherische Feuer aus seinem magischen Diagramm und verwischte die Holzkohlenkrümel. Das Fluchtäfelchen legte er zurück in die Schachtel und die Schachtel wieder in ihr Versteck.

»Ich frage mich, was passiert ist«, sagte Nevyn. »Es fühlte sich an, als wäre ich einfach nicht stark genug. Das mag sein, aber als die Macht des Lichts über mich kam, glaubte ich, es wäre stark genug, um alles Böse wegzuwischen.«

»Ja.« Lilli runzelte nachdenklich die Stirn. »Als Ihr den Speer geschaffen habt, Herr, hatte ich ein ganz seltsames Gefühl. Es war, als hättet Ihr danebengetroffen, obwohl das Unsinn ist, denn das weiße Licht bedeckte das ganze Täfelchen.«

»Das dachte ich eigentlich auch. Aber das ist ein interessanter Gedanke. Würdest du sagen, ich hätte nicht das Herz des Täfelchens getroffen?«

»Etwas in dieser Richtung. Es ist schwer, für solche Dinge Worte zu finden.«

»Das ist es wirklich.« Nevyn schwieg und erinnerte sich so gut er konnte daran, wie sich das Licht in ihn ergossen hatte und durch seine sterbliche Hülle gerast war. »Irgend etwas an diesem elenden Täfelchen habe ich übersehen. Ich hatte einfach nie eine richtige Verbindung damit. Das war von Anfang an das Problem.«

»Ich schon.«

»Das ist wahr, aber du hast nicht die Ausbildung, um es vernichten zu können. Denk nicht einmal daran, es zu versuchen! Hast du mich verstanden?«

»Ja, Herr.« Lilli gelang ein dünnes Lächeln. »Und ich bin froh darüber, um ehrlich zu sein. Ich weiß, daß ich nur eine Schülerin bin.«

»Gut. Vielleicht wirst du eines Tages, wenn du schwer genug arbeitest, imstande sein, das Licht durch dein Blut und die Knochen zu leiten, aber das liegt noch Jahre entfernt. Und ich hoffe wirklich, daß wir dieses elende Ding lange zuvor zerstört haben werden.«

»Werdet Ihr es wieder versuchen? Gibt es eine andere Möglichkeit, die Ihr ausprobieren könntet?«

»Das bezweifle ich leider. Ich habe lange Nächte damit zugebracht, darüber nachzudenken, und das war das Beste, was mir eingefallen ist. Aber wir können die Bedingungen des Banns ändern. Vielleicht waren ja die astralen Gezeiten am falschen Punkt ihres Zyklus. Sie sind zu dieser Zeit des Jahres schwach. Vielleicht werden sie im Frühjahr stärker sein und ich mit ihnen.«

Aber noch während er das aussprach, bezweifelte er es.

Der erste Schnee schmolz rasch, und es war trocken und kalt. Prinzessin Bellyra hüllte sich in zwei Umhänge übereinander und begann mit einem weiteren Teil ihrer Aufzeichnungen, einem Katalog der diverse Türme und Außengebäude rund um den Hauptbrochkomplex. Es kam Maddyn seltsam vor, aber da es sie glücklich machte, war er bereit, ihr überallhin zu folgen.

»Ich würde wirklich gern eine Art Bild der Festung zeichnen«, meinte Bellyra eines Morgens. »Oder genauer gesagt eine Art Landkarte. Ich habe nur nicht die geringste Idee, wie ich das anfangen könnte.«

»Ich auch nicht, Euer Hoheit«, sagte Maddyn. »Aber Otho vielleicht. Er scheint viele seltsame Dinge zu wissen.«

»Das ist wahr, eine gute Idee.«

Sie hatten den Haupthof hinter sich gelassen und befanden ich hinter dem Brochkomplex in einem der seltsamen kleinen öfe, die von den Mauern und Trümmern längst vergangener ebäude gebildet wurden. Schwaches Sonnenlicht fiel auf die unklen Steine, ohne sie wärmen zu können, und warf chwarze Schatten auf den schlammigen Boden. Wie üblich waren die Pagen vorausgerannt, diesmal, um auf einen Haufen alter Pflastersteine zu klettern, die gefährlich wackelig aussahen.

»Soll ich sie holen gehen, Euer Hoheit?« schlug Maddyn vor.

»Gemach, gemach. Sie werden sich nicht gleich umbringen – das hoffe ich zumindest. Ich habe hier etwas, das ich Euch geben möchte.«

Bellyra holte ein kleines Stück Tuch aus der Schärpe und reichte es ihm. Als er es öffnete, fand er einen silbernen Ring, ein flaches Band mit eingravierten Rosen. Er drehte es zwischen Daumen und Zeigefinger hin und her, um die Blüten zu bewundern, so winzig und dennoch so perfekt gezeichnet, daß es aussah, als müßte er ihren Duft riechen können.

»Nun seht schon, ob er Euch paßt«, sagte Bellyra ungeduldig.

»Es ist ein wunderschöner Ring«, sagte Maddyn, »aber glaubt Ihr wirklich, ich sollte ein Geschenk von Euch nehmen?«

»Selbstverständlich! Weshalb hätte ich es Otho machen lassen, wenn ich nicht wollte, daß Ihr es nehmt?«

»Ich frage mich, was andere davon halten. Ich meine den Klatsch.«

»Ich habe vielen anderen Leuten im Lauf der Jahre kleine Geschenke gegeben.« Sie lächelte ihn an. »Und ich habe tatsächlich auch Maryn gefragt, ob ich Euch für Eure Geduld nicht belohnen sollte. Er hat mir zugestimmt. Also gebt nicht zuviel damit an, und niemand wird weiter darüber nachdenken.«

Maddyn lachte und zog den Ring auf den Mittelfinger seiner rechten Hand. Er mußte ihn fest über den Knöchel schieben, aber dann paßte er bequem.

»Otho hat ein gutes Auge«, sagte Bellyra. »Ich dachte, e

würde ihn vielleicht noch anpassen müssen, aber dieser Ring ist wirklich für Euch bestimmt.«

»Meinen untertänigsten Dank. Es ist ein wunderschöner Ring, und ich fühle mich geehrt, daß Ihr an mich gedacht habt.«

»Wirklich?«

»Wirklich. Ein Geschenk von Euch ist mir die halbe Welt wert.«

Bellyra lächelte auf eine Weise, die er besonders liebte, und wandte dann den Blick ab, als wäre sie ein junges Mädchen und immer noch schüchtern. Er hätte die andere Hälfte der Welt dafür gegeben, sie küssen zu können, aber wie immer war er sich bewußt, daß die Festung über ihnen aufragte, mit hundert Augen in hundert Fenstern.«

»Wir sollten lieber wieder hineingehen«, sagte Bellyra. »Ich soll Riddmar soviel wie möglich über Cerrmor erzählen – als ob das arme Kind imstande wäre, sich zu erinnern, was ich ihm gesagt habe! Und wir sollten lieber nicht zulassen, daß sich diese Pagen das Genick brechen.«

Nachdem er die Prinzessin zurück zur Frauenhalle eskortiert hatte, beschloß Maddyn, noch einmal zurück in die Unterkunft zu gehen, bevor er mit den anderen Männern zu Mittag aß. Auf dem Weg über den Hof dachte er an nicht viel, aber an der Treppe zu seiner Unterkunft blieb er stehen. Hatte ihn nicht jemand gerufen? Plötzlich wußte er, daß er beobachtet wurde. Er spürte, wie sich seine Nackenhaare sträubten, und fuhr herum, die Hand am Schwertgriff. Lady Merodda stand etwa zehn Fuß entfernt und betrachtete ihn mit starren Augen. Im Sonnenlicht schimmerte ihr gelbes Haar wie geölt.

»Dieser Ring«, flüsterte sie. »Er bindet mein Herz. Er erstickt mich.«

Ohne nachzudenken, hob er die Hand.

»Er bedeutet Schlimmes für mich«, fuhr Merodda fort.

»Aber Schlimmeres für Euch, Silberdolch.« Sie warf den Kopf zurück und lachte. »Aber viel, viel Schlimmeres für Euch.«

Dann erstarb das Lachen. Sie war verschwunden.

Maddyn spürte, wie er zitterte, und kalter Schweiß überzog seinen Rücken. Er setzte sich auf die Treppe, weil er sich nicht imstande fühlte, hinaufzugehen. War er krank? Hatte er sich die ganze Sache eingebildet? Wenn die Erscheinung tatsächlich ein Geist gewesen war, hatte sie die Wahrheit über den Ring gesagt? Er schaute seine Hand und die Silberrosen an. Wie konnte er ein Geschenk seiner Herrin weggeben, wenn es ihr weh tun würde, ihn ohne diesen Ring zu sehen? Er würde alles tun, um ihr Schmerz zu ersparen, selbst wenn es seinen Tod bedeutete.

Nevyn bemerkte den Ring ein paar Tage später, als Maddyn mit einem Brief von der Prinzessin in sein Turmzimmer kam. Als er ihn überreichte, glitzerte das Silber im Kerzenlicht.

»Das ist ein hübscher Ring«, sagte Nevyn. »Wo hast du den her?«

»Unsere Herrin hat ihn mir gegeben«, sagte Maddyn. »Der Prinz hatte vorgeschlagen, daß sie meine Geduld belohnen sollte – nicht, daß diese Belohnung notwendig gewesen wäre.«

»Ich verstehe.«

Nevyn blickte auf und bemerkte, wie unruhig Maddyn war. Er zog fragend die Braue hoch.

»Nun, jemand anders hat ihn auch bemerkt«, sagte Maddyn. »Lady Meroddas Geist.«

»Wie bitte?«

»Es war eine verflucht seltsame Angelegenheit. Sie erschien im hellen Tageslicht und sagte, der Ring würde ihr Schaden zufügen, aber mir noch Schlimmeres. Ich war ziemlich beunruhigt.«

»Zweifellos! Laß ihn mich einen Augenblick ansehen.«

Maddyn zog den Ring vom Finger und reichte ihn dem alten Mann. Nevyn nahm ihn in die Hand und starrte ins Leere. Er konnte spüren, daß der Ring ... etwas ausstrahlte.

»Das ist seltsam«, meinte Nevyn. »Es liegt tatsächlich Dweomer auf diesem Ring, aber ich würde nicht behaupten, daß die Ausstrahlung böse ist. Aller Dweomer ist gefährlich, wenn man ihn nicht versteht, und das ist die Art von Gefahr, die ich spüre.«

Als Nevyn den Ring zurückgab, steckte ihn sich Maddyn ohne einen Herzschlag des Zögerns wieder auf den Finger. Er hat den Dweomer also akzeptiert, dachte Nevyn. Mit diesem Gedanken kam die Dweomerkälte und überzog seine Wirbelsäule. In seinem Silberkreis band der Ring so manches Wyrd: ihn selbst, Bellyra, Maryn und auch Lilli, aber niemand würde für viele Jahre die Wahrheit und die Auswirkungen kennen. Inmitten dieses Kreises von Wyrd allerdings würde Maddyn stehen, über viele lange Jahre und die Leben, die sie noch alle vor sich hatten.

EPILOG

Frühling 1118

> Wenn man die Zauberei studieren will, verlangt diese Kunst viel, denn sie gibt ihre Geheimnisse nur gegen Opfer und lange einsame Arbeit preis. Sollte man versuchen, sich zusätzlich ganz gewöhnliches menschliches Glück zu verschaffen, wird man feststellen, daß man ebensogut Wein in die Hände gießen könnte. Die Kunst eines Zauberers wird ihm nicht mehr vom Wein des Lebens erlauben als die wenigen Tropfen, die er von seinen Fingern lecken kann.
>
> *(Die Pseudo-Iamblichus-Rolle)*

Ohne daß Evandar sich darum bemüht hätte, kam der Frühling in sein Land. In früheren Zeiten hätten im Land der Menschen und Elfen hundert Jahre und mehr vergehen können, während in seinem Land ein einzelner Nachmittag dahinzog. Nun wurde es Frühling, während er noch sein Volk beweinte, so rasch, daß er wußte, daß auch in der physischen Welt Frühling herrschen mußte. Er stand auf der Hügelkuppe und sah wie betäubt zu, wie der Schnee zu kleinen Rinnsalen schmolz, die sich in den Fluß ergossen. Der Frühling kam jedoch nur, wohin er wollte. Er suchte sich seinen Weg hügelabwärts über braunen Schlamm, aus dem hier und da tote Steine ragten. Einstmals war der Fluß silbern gewesen, aber nun floß er dunkelgrau wie Blei. Das Ried am Ufer war tot und braun.

Evandar starrte in den Fluß, der ihm in der Vergangenheit so manche Vision gezeigt hatte. Er sah nichts. Er wandte sich ab und ging flußaufwärts und lauschte nach Stimmen im Wind – nichts war zu hören. Während er weiterging, veränderte sich die Landschaft um ihn. Zunächst entdeckte er ein paar Grashalme, dann kleine Baumsprosse, noch mehr Gras, und dann Bäume, bis er weit entfernt vom Fluß in einer Wiese von Frühlingsgras stand, überzogen mit weißen Blüten. Und doch, selbst hier inmitten dieses sprossenden Lebens, hörte er keine Stimmen, sah keine Visionen.

Für einen Zeitraum, der ihm wie ein Nachmittag vorkam, durchschritt Evandar sein Land, um zu sehen, wie es sich verändert hatte. Die Abbilder von Städten waren verschwunden, die Rosengärten und die goldenen Pavillons, in denen sein Volk einstmals gefeiert hatte. Sehr zu seiner Überraschung waren die grünen Hügel geblieben, und nun blühten dort gelbe Butterblumen und kleine Gänseblümchen statt der Rosen. Hohe Bäume standen unbeschnitten, struppiges Gebüsch wuchs aus dem Unkraut. Hier und da flog ein Vogelschwarm am Himmel, und Evandar konnte Bienen im Klee hören. Einmal, als er an einem Haselgebüsch nahe einem Bach vorbeikam, sah er ein kleines, spitzes Gesicht und zwei schimmernde Augen. Er kam einen Schritt näher, aber die Wasserratte glitt lautlos in den Bach und schwamm davon. Weiter oben im Gebüsch schnatterte ihn ein Eichhörnchen an.

Wo sind die hergekommen? fragte er sich. Ich habe si nicht geschaffen. Er erinnerte sich an andere Tiergesichter fauchend und finster, in dem seltsamen Land hinter dem seinen, wo der alte Mann saß und endlos seinen Apfel schält und das Leben von dort herabbrachte, wo es entstand. Der alt Mann hatte diese Geschöpfe vielleicht erlöst und sie in di grünen Felder geschickt.

»Die wilden Geschöpfe bleiben bestehen«, sagte Evanda laut. »Das tröstet mich.«

Vielleicht hatte das Land seine Stimme verloren, weil es i

die Wildnis zurückgefallen war. Aber als er durch das unheimliche Schweigen ging, fiel ihm ein anderer, möglicher Grund ein. Vielleicht hatte er keine Zukunft, die die Vorzeichen ihm enthüllen konnten. Vielleicht war es Zeit für ihn zu sterben, was immer »sterben« für einen wie ihn bedeutete. Er mußte an Jill denken, die ihr Leben ausgegeben hatte wie Geld, um Cengarn von Alshandra freizukaufen. Mußte er dasselbe tun, um seinen Bruder aufzuhalten?

»Wenn das der Fall ist, sollte ich mich lieber um andere Vorkehrungen für Salamander bemühen.«

Evandar stand auf dem sonnigen Hügel und wartete. Keine Stimme sprach, keine Antwort kam aus der Zukunft oder von den grünen Hügeln zu ihm.

»Vergehen und sterben!« Er brüllte es heraus. »Ist es das, was mit mir geschehen wird? Werde ich vergehen und sterben?«

Nicht einmal ein Echo kam mit dem Wind zurück. Endlich zuckte er mit den Achseln und wandte sich ab. So fühlte sich also Angst an: eine Bitterkeit im Mund und leere Kälte im Herzen.

Im Winter kümmern sich Drachen um ihre Träume. Selbst in kurzen Sommernächten sind Drachen gute Träumer. Wenn sie erwachen, denken sie gut über ihre Träume nach und merken sie sich dann für die kalte Zeit. Sobald der Winter kommt, können sie angemessen über sie brüten, während sie in ihren Höhlen in den Feuerbergen vor sich hin dösen. Die alten Träume bringen neue hervor, lange komplizierte Visionen und Geschichten, die häufig mehrere Nächte brauchen.

Den ganzen Winter lang fand Arzosah den Mann, den sie Rori Drachenfreund nannte, in ihre Träume verwoben. Manchmal erinnerte sie sich an den Augenblick, als er den Rosenring gehoben und sie mit dem Namensdweomer versklavt hatte. Aus diesen Träumen erwachte sie schaudernd und vor Angst zischend. Sie sprang auf, breitete ihre Flügel aus, bis sie sich erinnerte, daß sie wach war in ihrem geliebten Zuhause: in Sicherheit. Dann legte sie sich wieder auf das Steinsims. Von dieser Stelle aus, hoch oben in ihrer riesigen Höhle, betrachtete sie den Dampf, der aus den heißen Quellen aufstieg, bis sie sich wieder beruhigt hatte und bereit war, abermals zu schlafen und zu träumen.

Zu anderen Zeiten träumte sie von den Kämpfen des vergangenen Sommers: von dem Gestank von Blut, das wie Parfüm für sie war, und von Roris Berserkerlachen, das sich über das Gemetzel erhob. Aus diesen Träumen erwachte sie zufrieden gähnend, und sie streckte ihre Klauen bei der Erinnerung an tote Pferde. Der Gedanke an ein solches Festmahl trieb sie an manchen Tagen aus ihrer Höhle. Sie segelte über den Schnee und suchte in den Tälern nach Wild. Im tiefen Schnee waren die Tiere leichte Beute. Wenn sie gefressen hatte, kehrte sie zu ihrem Berg und in die Wärme ihrer Höhle zurück.

Plötzlich war der Frühling da. Wenn Arzosah ausflog, spürte sie wärmere Luft und sah, wie der Schnee zu schmelzen begann. Schließlich kam der Regen, und die Welt verwandelte sich in braunen Schlamm. An einem Tag, als die Bäume die ersten Knospen bekamen, kehrte Arzosah von einer Jagd zurück und fand sich einem unwillkommenen Gast gegenüber Sie betrat ihre Höhle durch einen Riß hoch oben an der Seit eines Steilhangs. Kaum hatte sie begonnen, den Tunnel ent langzukriechen, roch sie Dweomer. Für sie roch alle Magie wi die Luft direkt nach einem Blitz – scharf und sauber und krib belnd von Macht –, ein Duft, der so stark war, daß er sich auc über den Schwefelgestank der Höhle hinwegsetzte. Sie kroc rückwärts wieder aus dem Tunnel, klammerte sich an das kle ne Sims unter dem Riß und überlegte, was sie tun sollte. D

Dweomergeruch war anziehend, aber sie erinnerte sich auch daran, wie sie in ebendieser Höhle vom Dweomer überwältigt worden war.

»Einmal ist genug«, murmelte Arzosah – auf elfisch. Wenn ein möglicher Feind so nahe war, weigerte sie sich, in der Drachensprache zu sprechen, die diese großen Wyrms für sich behielten.

Sie ließ das Sims los und breitete ihre Flügel aus, schlug in die Luft, daß es dröhnte, aber statt davonzufliegen, segelte sie nur ins Tal hinab und hockte sich auf einen vorspringenden Granitfelsen. Sie faltete die Flügel, setzte sich auf die Hinterbeine und betrachtete den Riß, der zu ihrer Höhle führte und der nun weit über ihr lag.

»Ein ungeschickter Trick wie der kann mich nicht hinters Licht führen.« Erst erklang seine Stimme, dann erschien Evandar vor ihr. »Ich habe gehört, wie du weggeflogen bist.«

Mit einem Zischen wie von tausend Katzen sprang der Drache auf. Evandar lachte, trat ein paar Schritte zurück und hob die Hand, als wollte er um Frieden bitten. Er hatte die Gestalt eines Elfen angenommen, gekleidet in ein grünes Hemd und enge Hirschlederhosen, aber für ihre Drachenaugen glühte und flackerte dieses Abbild. Er roch so intensiv nach Dweomer, daß sie ihn am liebsten gefressen hätte. Leider sah er nur aus wie Fleisch und bestand nicht wirklich daraus.

»So!« fauchte Arzosah. »Ich dachte schon, daß ich Ärger rieche.«

»Genau«, sagte Evandar grinsend. »Arzosah Sothy Lorezohaz, erinnere dich, daß ich dich mit der Macht deines wahren Namens binde! Ich beherrsche dich und befehle dir.«

»Ich möchte es nur zu gerne vergessen, aber ich kann es leider nicht. Also gut, du ekelhafter Batzen ätherischen Schleims! Was willst du jetzt schon wieder von mir?«

»Diverse Dinge. Zunächst ist der Frühling da.«

»Ja, aber das ist nicht dein Verdienst.«

»Du hast Rhodry Maelwaedd versprochen, daß du im Frühling zurückkehren wirst. Hast du vor, dieses Versprechen zu halten?«

»Was geht es dich an?«

»Aha, also nicht. Das dachte ich schon. Ihr Drachen seid treulos, nicht wahr? Ein Versprechen bedeutet euch nichts. Ekelhaft und treulos.«

Arzosah knurrte, aber Evandar lachte nur und drohte mit dem Finger wie ein Schulmeister.

»Ich habe dich erwischt, nicht wahr?«

»Nein! Ich habe nie gesagt, daß ich nicht vorhatte zurückzukehren.«

»Wenn du vorgehabt hättest, dieses Versprechen zu halten, dann wärest du nicht so verlegen.«

»Verlegen?« Abermals fauchte Arzosah. »Wie kannst du es wagen, mich verlegen zu nennen? Hättest du nicht diesen Namensdweomer, dann würde ich dich töten.«

»Aber ich habe ihn nun mal. Das zweite, was ich von dir will, ist eine Art Botengang. Rhodry Maelwaedds Bruder lebt in Bardek, und er hat den Verstand verloren. Ich habe versprochen, ihn nach Hause zu bringen, aber nun habe ich zu viele andere wichtige Angelegenheiten, um die ich mich kümmern muß.«

»Ach, sei bloß still! Erwartest du etwa, daß ich über die südliche See fliege und ihn zurückhole?«

»Ich erwarte es nicht nur von dir, ich habe vor, es zu verlangen und dich mit deinem Namen daran zu binden.«

»Aber das kann ich nicht. Der Ozean ist viel zu groß, ich müßte tagelang fliegen. Ich kann nicht ewig ohne Essen und Schlaf fliegen. Und wie sollte ich ihn nach Hause bringen? In meinen Krallen? Und was würde er essen und trinken?«

»Ah.« Evandar zögerte einen Augenblick, »ich gebe es un

gern zu, aber du hast recht. Es war kein sonderlich guter Plan, oder?«

»Warum schickst du nicht ein Schiff nach ihm? Dafür sind Schiffe immerhin da. Um Dinge über das Wasser zu tragen. Drachen nicht.«

Evandar nickte und starrte mit halb zusammengekniffenen Augen zu Boden, als müsse er über etwas nachdenken. Arzosah lehnte sich zurück und dachte daran, wie sehr sie ihn haßte. Er hatte sie durch seine Hinterhältigkeit dazu gebracht, ihren Namen preiszugeben, er hatte Rhodry den Rosenring gegeben, damit er sie versklaven konnte, und nun hielt er sie offenbar für eine Art Dienerin, die seine Befehle befolgte.

»Das dritte«, sagte Evandar schließlich. »Ich brauche eine Vision, Wyrm. Es ist eine Sache, zu sagen, ich werde Salamander nach Deverry zurückbringen. Aber wohin in Deverry? Ich bin zu beunruhigt, als daß ich klar sehen könnte.«

»Und deshalb soll ich das für dich tun?«

»Genau.«

»Nein.«

»Du kannst nicht ablehnen. Ich weiß deinen Namen.«

Arzosah legte den Kopf zurück und brüllte ihre Wut in den Himmel hinaus.

»Winsele, so viel du willst«, sagte Evandar. »Aber tu, was ich sage.«

»Winseln? Du redest von Winseln?« Da fehlten ihr die Worte, und sie zischte nur noch und warf den Kopf vor und zurück.

»Je eher du die Vision hast«, sagte Evandar, »desto schneller wirst du mich loswerden.«

»Nun gut, ich werde es versuchen, aber ich bin Rhodrys Bruder nie begegnet. Wie soll ich ihn also erkennen?«

»Es geht mir um die Zukunft. Ich weiß, wo er sich jetzt aufhält.«

»Es gibt noch etwas, was du wissen mußt: Du bist wirklich eine Last. Komm in meine Höhle.«

Evandar verschwand. Arzosah flog zur Klippe, kroch in den Riß und hielt inne, um tief Luft zu holen. Der Dweomergeruch hing über allem, heiß und erregend. Sie kroch den Tunnel entlang, und als sie auf ihren Schlafsims herauskam, saß Evandar schon dort auf dem Felsen und starrte hinab in die Höhle. Tief unter ihnen wand sich der Dampf von den heißen Quellen im feurigen Herzen des Berges nach oben.

»Was benutzt du für deine Vision?« fragte Evandar.

»Den Nebel.« Arzosah legte sich aufs Sims und zog die Vordertatzen unter die Brust. »So machen wir Drachen das. Erzähl mir von diesem Bruder und seinem Wahnsinn.«

Während Evandar sprach, starrte Arzosah in den dampfenden Nebel unter ihnen. Gestalten bildeten sich heraus, einfache Illusionen von der Art, die jeder in Wolken erkennen kann, und trieben dann ins Nichts. Arzosah versuchte, sich ein geistiges Bild von diesem Ebañy zu machen, ebenso wie von seiner Frau und den Kindern, die zwischen den Zelten der Gauklertruppe spielten. Sie sah Bardek, Frühlingsgrün und weiße Städte auf den Bergen am Meer. Dann entstanden andere Bilder im Nebel, nur kurzlebige Fragmente, bis schließlich die wirkliche Vision einsetzte.

»Ich sehe das Meer«, begann Arzosah. »Die Brandung auf gewaltigen Felsen unter einem hohen, schlanken Turm. Es wird Abend. Ich sehe den Turm wieder und siehe! Oben auf dem Turm brennt ein Feuer. Darunter liegt eine Festung und dahinter eine kleine Stadt.«

»Cannobaen!« flüsterte Evandar. »Mach weiter.«

»Ein seltsames Schiff segelt in den Hafen, ein Schiff mit einem Bug, der die Gestalt eines Drachen hat. An Deck steht ein blonder Mann mit einem Kind in den Armen, einem wildes Kind mit braunem Haar, das ganz zerzaust und lockig ist.«

»Salamander und sein Sohn Zandro. Weiter.«

»Es gibt nichts weiter als Nebel.«

»Lüg mich nicht an!«

»Ich lüge nicht.« Arzosah wandte sich ihm zu und fauchte. »Das ist alles, was ich sehen kann.«

»Nun, es muß genügen«, erwiderte Evandar. »Das ist wirklich seltsam und von großer Bedeutung. Nach Cannobaen und in Schiffen elfischer Bauart. Wirklich, wirklich seltsam.«

Innerhalb eines Herzschlags war er verschwunden. Sie nahm nicht wahr, wie er verschwand, er hörte einfach auf, anwesend zu sein.

»Und das ist auch besser so«, murmelte Arzosah. »Diese Unverschämtheit! Ekelhaft und treulos, wie?«

Sie legte den Kopf zurück und flüsterte einen Dweomerbefehl in der geheimen Sprache der Drachen. Die Antwort erklang als Poltern und Zischen von Dampf. Abermals zischte sie das Bannwort heraus, und diesmal antwortete der Berg mit aufflackerndem Feuer tief in seinem Herzen. Rings um den Gipfel erbebte das Land vor Angst.

»Ich habe überall nachgesehen«, sagte Marka. »Ich kann ihn nicht finden.«

»Ich habe ihn erst vor kurzem gesehen«, meinte Keeta. »Er ging auf Vintos Zelt zu.«

»Jetzt ist er nicht mehr da. Ich habe Vinto schon gefragt.«

»Ihr Götter. Er könnte überall sein.«

Die beiden Frauen standen am Rand des öffentlichen Karawanenlagers am Rand von Myleton und sahen zu, wie die Männer geschäftig das Lager aufschlugen. Die Akrobaten zogen an Seilen, um die Zelte aufzustellen. Die Tänzer führten die Tiere zur Tränke. Als sie sich nach ihren Kindern umsah, bemerkte Marka, daß sie damit beschäftigt waren, Werkzeuge und Kisten aus dem Wagen zu laden.

»Ist es in Ordnung, daß die Kinder das tun?« fragte Keeta.

»Kwinto paßt auf sie auf«, meinte Marka. »Auch er hat seinen Vater nicht mehr gesehen, seit wir hier eingetroffen sind.«

»Er ist vielleicht in die Stadt gegangen, um die Genehmigung für die Vorstellung zu beschaffen.«

»Mag sein. Aber etwas hier stimmt nicht. Ich spüre es einfach. Komm mit.«

»Gut. Nehmen wir die Straße nach Myleton. Wir haben bis zum Sonnenuntergang noch ein paar Stunden.«

Seite an Seite gingen sie die glatt gepflasterte Straße des Archon entlang. Der Winterregen hatte Bardek grün werden lassen, und zu beiden Seiten der Straße, hinter niedrigen Steinmauern, wogte Gras im warmen Wind. In den Gräben zwischen Mauer und Straße blühten Wildblumen in duftendem Gewirr, rote Mohnblüten, dunkle Veilchen. In einem dieser Gräben fanden sie das erste Anzeichen bevorstehenden Ärgers: Eine von Ebañys Sandalen lag zwischen den Blüten. Keeta hob sie hoch und betrachtete sie.

»Ja, es ist seine. Nun, mit einem Schuh und hinkend kann er nicht weit gekommen sein.«

Die zweite Sandale tauchte etwa hundert Schritte weiter auf, mitten auf der Straße. Keeta bückte sich danach, wollte etwas sagen, dann zuckte sie einfach nur mit den Achseln und wich Markas Blick aus. Schweigend gingen sie weiter. Weitere hundert Schritte entfernt entdeckten sie etwas Weißes in den Blüten, das flatterte: sein Leinenhemd. Keeta wickelte die Sandalen hinein, und sie eilten schneller weiter. Ebañys breitkrempiger Hut war das nächste, er lag am Straßenrand, und nicht weit entfernt fanden sie den Streifen weißes Leinen, de er als Lendenschurz benutzte.

»Ihr Götter!« murmelte Keeta. »Er rennt nackt umher.«

»So sieht es aus.« Marka war plötzlich so müde, daß es ih

wie eine hervorragende Idee vorkam, sich mitten auf die Straße zu setzen und zu weinen. Statt dessen nahm sie Keeta das Kleiderbündel ab. »Vielleicht solltest du auf diese Mauer klettern und dich umsehen?«

»Eine gute Idee.«

Keeta kletterte auf die nächstgelegene Steinmauer. Sie balancierte vorsichtig auf der Mauerkrone und schirmte die Augen mit der Hand ab, während Marka zusah und hoffte, daß Ebañy sich nicht zu weit entfernt hatte. Keeta drehte sich nach allen Seiten, spähte nach allen Seiten in die Ferne, schüttelte den Kopf verblüfft und lächelte dann plötzlich.

»Ha!« Keeta zeigte auf eine Wiese. »Da bewegte sich etwas, und es sieht nicht aus wie ein Hund.«

Nachdem Keeta auf der anderen Seite der Mauer auf die Wiese gesprungen war, reichte Marka ihr das Bündel mit Ebañys Kleidung. Über die Mauer zu klettern dauerte selbst mit Keetas Hilfe ein paar Augenblicke, und sie bedauerte jeden einzelnen davon, weil sie Angst hatte, daß Ebañy wieder davonrannte. Das grüne Gras, süß duftend und raschelnd, reichte ihr beinahe bis zu den Schultern, und sie konnte so wenig sehen, daß sie am liebsten laut geschrien hätte. Keeta allerdings war groß genug, um leicht darüber hinwegspähen zu können. Wieder schirmte sie die Augen mit der Hand ab und spähte.

»Jemand oder etwas wälzt sich am Boden«, sagte Keeta. »Ich hoffe, er hatte keinen Anfall.«

»Ich hoffe, der Bauer sieht nicht, wie wir sein Heu zertrampeln.«

»Dann werden wir es ihm abkaufen. Darüber solltest du dir keine Gedanken machen.«

Umgeben von murmelndem Gras gingen sie weiter ins Feld. Marka konnte hören, wie jemand leise vor sich hin sang, wie in Harmonie mit dem Wind. Das Lied wurde lauter und lauter – Ebañy sang in der Sprache seiner weit entfernten Heimat. Marka weinte. Keeta wandte ihr sich besorgt zu.

»Es ist nur Erleichterung«, sagte Marka lächelnd. »Ich hatte solche Angst, daß er nackt nach Myleton gelaufen ist.«

Das Lied brach ab. Ebañy erschien plötzlich, tauchte etwa zwanzig Schritte von ihnen entfernt aus dem Gras auf, das ihm bis zur Mitte der Brust reichte. Als Keeta ihm etwas zurief, wandte er sich um und winkte.

»Da bist du ja, meine Liebe«, rief er auf Bardekianisch. »Ich habe nur nach Prophezeiungen Ausschau gehalten.« Marka hätte beinahe wieder geweint, aber es gelang ihr, sich zu einem Lächeln zu zwingen. Keeta seufzte und schüttelte den Kopf.

»Ich sehe, ihr habt meine Kleider gefunden«, fuhr Ebañy fort. »Ich dachte, ich sollte vielleicht wie ein Wilder im Wald leben. Diese wilden Menschen leben in den Bäumen wie Tiere, und die geringeren Götter kommen zu ihnen und schenken Prophezeiungen.«

»Es gibt hier keinen Wald in der Nähe.«

»Das weiß ich.« Ebañy lächelte strahlend. »Deshalb habe ich die Idee aufgegeben.«

Sie halfen ihm, sich anzuziehen, und führten ihn zurück auf die Straße, aber es brauchte einen langen Kampf, um ihn wieder ins Lager zu bringen. Er ging ein paar Schritte, dann glaubte er abermals, ein Wilder zu sein, und versuchte sich auszuziehen. Jedesmal mußte Marka es ihm ausreden, während Keeta ihn festhielt. Als sie ins Lager zurückkehrten, ging die Sonne bereits unter und warf goldenes Licht auf die Zelte. Feuer brannten, und der angenehme Duft von gebratenem Fleisch und Fladenbrot lockte sie.

»Ich habe Hunger«, sagte Ebañy. »Essen Wilde gebratenes Fleisch?«

»Selbstverständlich«, sagte Keeta. »Sieh, da kommen deine Kinder.«

Als sie auf ihn zugerannt kamen, um ihn zu begrüßen, begann Ebañy zu weinen.

»Das hatte ich ganz vergessen«, sagte er zwischen Schluchzern. »Ich kann nicht einfach weggehen und ein Wilder werden.«

»Nein«, erklärte Marka, und sie hoffte, liebevoll und stark zu klingen. »Wir lieben dich, und du würdest uns fehlen.«

Nachdem er etwas gegessen hatte, schien Ebañy wieder vernünftig zu sein. Er besprach mit Vinto die nächste Vorstellung, erzählte den Kindern ein paar Geschichten und lachte und scherzte mit anderen Mitgliedern der Truppe. Aber am Abend hatte Marka Angst, einzuschlafen. Immer wieder schreckte sie auf und mußte sich überzeugen, daß ihr Mann nicht in die Nacht davongerannt war. Werden wir ihn anketten müssen? dachte sie dann. Man hörte manchmal, daß das mit Verrückten gemacht wurde.

In der Morgendämmerung lag sie lange Zeit wach und dachte an Evandar und die Hilfe, die er vor Monaten versprochen hatte. Würde er nun, da es Frühling war, zurückkehren? Vielleicht hatte sein Schiff Deverry nie erreicht, bei all diesen Herbststürmen und Piraten. Vielleicht wollte die Heilerin, von der er ihr erzählt hatte, nicht mit ihm zurückkehren.

All diese Zweifel vernichteten die geringe Hoffnung, die sie noch hatte. Als sie erschöpft auf den Decken lag und sah, wie die Zeltwände im Dämmerungslicht heller wurden, ertappte sie sich bei den verräterischen Gedanken, daß es vielleicht besser für sie alle wäre, wenn Ebañy tatsächlich davonlaufen würde.

Auf dem Platz oben auf der Zitadelle gab es einen öffentlichen Brunnen, dessen Wasser aus einer Quelle kam und süßer schmeckte als das des Sees. Jeden Morgen trug Niffa zwei Holzeimer an einem Schulterjoch dort hinauf, um das Trinkwasser für den Tag zu holen. Da nun der Vorfrühling in der Luft hing, bereitete diese Arbeit ihr Freude. Der Himmel selbst schien heller, als hätten die Götter ihm ein hübscheres Blau gegeben. Vom Platz aus konnte sie hinunterschauen auf die Stadt und über die Mauern hinüber auf die Wiesen der Umgebung, die noch dunkelbraun und schlammig waren, hier und da von schmutzigem Schnee gestreift. Am Brunnen selbst standen andere Bürger und unterhielten sich, während sie darauf warteten, an der Reihe zu sein.

An einem Tag, der schon frühlingshaft warm war, machte sich Niffa wieder einmal auf den Weg zum Brunnen. Harl, der junge, blonde Diener des Ratsherrn Verrarc, hatte gerade seinen Eimer gefüllt. Er sah Niffa und kam lächelnd auf sie zu.

»Guten Morgen«, sagte Harl. »Und wie geht es dir und den Deinen?«

»Sehr gut, danke«, erwiderte Niffa. »Und Eurem Haushalt?«

»Gut, gut, obwohl die Frau des Ratsherrn immer noch ein wenig kränklich ist.«

Eine der Frauen am Brunnen schrie auf. Niffa fuhr herum und sah, wie zwei weitere schreiend auf den Himmel deuteten. Sie blickte hoch und entdeckte einen Drachen, der auf die Zitadelle zuflog.

Im hellen Sonnenlicht glitzerte das Tier wie Obsidian. Er war riesig – Niffa konnte nicht schätzen, wie groß, aber zumindest so groß wie zwei Wagen. Sie hörte jeden Schlag der grünlich-schwarzen Flügel in der Luft, wie das Pochen eines gewaltigen Herzens, während der Drache nun näher kam und schließlich in einen lautlosen Gleitflug überging und einen Flügel kippte, um träge über den Platz zu kreisen. Niffa konnte den riesigen, kupferschimmernden Kopf sehen, und es kam ihr vor, als betrachtete der Drache sie alle. Sie hätte beinahe aufgeschrien, weil sie glaubte, er würde nun landen.

Der Drache sprach mit lautem Dröhnen. Niffa wußte, daß es sich um Worte handelte, aber sie waren in einer Sprache, die sie nicht kannte. Sie konnte nur eine Hand zum Zeichen des Friedens heben. Mit einem heftigeren Flügelschlag hob sich der Drache wieder in die Luft und flatterte nach Südosten davon.

Alle am Brunnen begannen gleichzeitig zu reden. Niffa ging ein paar Schritte weg und sah dem Drachen nach, bis er nur noch ein winziger Fleck am Morgenhimmel war.

»Niffa, Niffa!« Harl kam angerannt. »Was hat das Ungeheuer gesagt?«

»Das weiß ich nicht. Glaubst du etwa, ich beherrsche die Drachensprache?«

»Nein, das tue ich nicht.« Harl war so nett, verlegen dreinzuschauen. »Es ist nur, daß ... nun, du siehst Dinge, die viele nicht sehen können, und ich dachte, vielleicht hörst du auch Verborgenes.«

Niffa bemerkte, daß auch die anderen Frauen nähergekommen waren und zustimmend nickten.

»Die einzige hier, die sich mit Geheimnissen auskennt, ist Werda«, sagte sie. »Und ich sollte ihr wohl von diesem Wyrm erzählen.«

Werda jedoch hatte das Tier selbst gesehen und gehört. In ihren weißen Umhang gehüllt, kam sie schnellen Schrittes über den Platz. Als alle wieder begannen, gleichzeitig zu reden, gebot sie ihnen mit einer Geste zu schweigen und winkte Niffa zu sich.

»Komm ein Stück mit mir«, sagte Werda. »Ich sah, daß das Ungeheuer mit dir gesprochen hat.«

Niffa ließ ihre Eimer am Brunnen stehen. Als sie und die Geistersprecherin davongingen, schaute sie noch einmal zurück und sah, wie die Bürger die Köpfe zusammensteckten und über dieses Vorzeichen tuschelten. Am Rand des Platzes, wo der bearbeitete Stein auf die riesigen Felsen des Hügels stieß, blieb Werda stehen und drehte sich um.

»So«, meinte Werda. »Der Drache hat dich also angesprochen.«

»Ich weiß es nicht. Er hat etwas gesagt, aber in einer seltsamen Sprache, obwohl ich glaube, daß er Jahdos Namen ausgesprochen hat.«

»Ah.« Werda drehte sich um und lehnte sich an einen Felsen, bevor sie fortfuhr. »Ich kenne mich mit Göttern aus, ich weiß, wo sie leben und was ihnen gefällt. Von Hexerei verstehe ich nichts. Das wird dein Weg sein, nicht meiner, junge Niffa. Ich frage mich, ob die Geister deinen Demet nicht geholt haben, weil du ihn so geliebt hast – mehr als sie und ihr Wissen.«

»Dann hasse ich sie! Sie müssen dumm sein, wenn sie glauben, daß ich jenen folge, die meinen Geliebten getötet haben.«

»Nein, nein, nein!« Werda hob abwehrend die Hand. »Verfluche nie die Geister! Wenn du sie abweist, werden sie weiteren Tribut fordern. Willst du etwa deine Mutter verlieren oder einen anderen Tod verschulden?« Sie senkte die Hand wieder. »Ich weiß, es ist schwer für dich, das zu begreifen. Aber der Weg der Hexerei ist lang und schwierig.«

»Warum sollte ich ihn dann beschreiten?«

Werda lächelte.

»Weil die Geister dich niemals ruhen lassen werden, bis du dein Wyrd auf dich nimmst. Als ich ein Mädchen war, wünschte ich mir nichts so sehr wie einen Bauernhof und einen guten Mann. Ich träumte von diesem Bauernhof und davon, was ich anpflanzen würde. Aber die Götter haben mich gerufen. Ich jammerte und bettelte und flehte, aber das Leben einer Bauersfrau war mir nicht bestimmt. Auch nicht di

Töchter und Söhne, nach denen ich mich sehnte. Eines Winters bekam ich Fieber, und mit dem Fieber kamen die Visionen. Ich konnte den Göttern dienen, oder ich würde sterben. Dies waren die beiden einzigen Wege, die mir offenstanden. So wählte ich das Leben und das Wissen über die Götter. Und nun verrate ich dir ein Geheimnis: Sobald ich meinen Fuß auf diesen Weg gesetzt habe, empfand ich eine Freude, die weit über alles hinausging, was ein Bauernhof mir je gegeben hätte.«

Niffa spürte, wie ihr die Tränen in die Augen traten.

»Warum weinst du?« fragte Werda.

»Weil ich tief in meiner Seele weiß, daß du die Wahrheit sprichst.« Niffa rieb sich zornig die Augen. »Aber wenn du nichts über Hexerei weißt, wo soll ich es lernen? Ich möchte mein Zuhause und meine Familie nicht verlassen.«

»Ja, wo? Ich weiß es nicht. Aber ich denke, wenn du wachsam bist, werden die Götter dir zeigen, wohin du gehen mußt, um deinen Weg zu erreichen.«

Niffa kehrte zurück zum Brunnen und sah, daß Harl für sie Wasser geschöpft hatte. Sie bedankte sich, griff nach ihrem Eimer und machte sich auf den Heimweg. Die silberne Dame in meinen Träumen, dachte sie. Sie muß sich mit Hexerei auskennen, oder sie würde nicht so mit mir sprechen können. In diesem Augenblick öffnete sich ihr Leben vor ihr, als hätte sie sich wie der Drache in die Luft erhoben, um die Zukunft unter sich ausgebreitet zu sehen, eine weite Landschaft, von Nebel überzogen.

Glossar

Aber (deverrianisch) – Flußmündung, Delta.

Ätherische Ebene – Die Existenzebene direkt »oberhalb« der physischen. Mit ihren magnetischen Strömungen hält die Ätherische Ebene die Materie in einem unsichtbaren Muster und ist die wahre Quelle dessen, was wir »Leben« nennen.

Ätherischer Doppelgänger – Das wahre Wesen einer Person, die elektromagnetische Struktur, die den Körper zusammenhält, der eigentliche Sitz des Bewußtseins.

Astralebene – Die Existenzebene direkt »oberhalb« oder »innerhalb« der *Ätherischen Ebene.* In anderen magischen Systemen wird sie oft der Akashische Bereich oder das Schatzhaus der Bilder genannt.

Aura – Das Feld elektromagnetischer Energie, das von jedem lebenden Wesen ausgeht und es durchdringt.

Aver (dev.) – Fluß.

Bel (dev.) – Der wichtigste Gott des deverrianischen Pantheons.

Blaues Licht – Ein weiterer Name für die *Ätherische Ebene.*

Brigga (dev.) – Weite Wollhose, die von Jungen und Männern getragen wird.

Broch (dev.) – Ein niedriger Turm, der als Wohnhaus dient. Früher hatten diese Türme eine einzige große Feuerstelle mitten im Erdgeschoß und eine Anzahl kleiner Räume oder Nischen an den Seiten. Zur Zeit unserer Erzählung hat dieser alte Stil bereits mehreren Stockwerken mit Feuerstellen und Kaminen an zwei Seiten des Gebäudes Platz gemacht.

Cadvridoc (dev.) – Heerführer. Der Cadvridoc ist kein General im modernen Sinn, und es wird erwartet, daß er sich m den Adligen, die mit ihm reiten, berät, aber er hat da Recht, die endgültigen Entscheidungen zu treffen.

Dun (dev.) – Festung.

Dweomer (Übersetzung des deverrianischen *Dwunddaevad*) Strenggenommen ein magisches System, das der persönl chen Erbauung durch Harmonie mit dem Universum in a seinen Ebenen und Manifestationen dient; im allgemeine Sinn Magie, Zauberei.

Große – Geister, einstmals Menschen, die aber nicht reinka niert sind und sich nun auf einer unglaublich hohen Ex stenzebene befinden. Sie haben sich der Erleuchtung all fühlenden Wesen verschrieben. Den Buddhisten sind sie a Boddhisattvas bekannt.

Gwerbret (dev.) – Der höchste Adelsrang unterhalb der Köni lichen Familie. Gwerbrets (dev. *Gwerbretion*) sind die obe sten Gerichtsherren ihrer Bereiche, und selbst Könige st ßen nur ungern ihre Entscheidungen um, weil sie über vi le, aus alter Zeit hergebrachte Vorrechte verfügen.

Hauptmann (Übersetzung des deverrianischen *pendaely*) – D Mann, der – unter dem Befehl des Lords – einen Kriegsha fen anführt. Es ist interessant, daß das Wort *taley* (die Wu zel oder unveränderte Form von *-daley*) je nach Konte entweder einen Kriegshaufen oder eine Familie bezeichne kann.

Lichtkörper – Eine künstliche Gedankengestalt, die ein Dwe mermeister schafft und die ihm oder ihr erlaubt, die inn ren Existenzebenen zu durchwandern.

Lwdd (dev.) – Blutpreis; anders als das Wergeld ist Lwdd nic gesetzlich festgelegt, man kann also darüber verhandeln

Malover (dev.) – Förmliches Gerichtsverfahren, bei dem s wohl Belpriester als auch ein Gwerbret oder ein Tieryn a wesend sind.

Mor (dev.) – Meer.

Pecl (dev.) – weit entfernt.

Rhan (dev.) – Politische Region, daher Gwerbrethryn, Tierynrhyn: Das Land, das von einem bestimmten Gwerbret oder Tieryn beherrscht wird. Die Größe eines Rhans hängt mehr vom jeweiligen Erbrecht und vom Kriegsglück ab als von irgendeiner gesetzlichen Definition.

Tieryn (dev.) – Mittlerer Adel, unterhalb der Gwerbrets, aber ranghöher als ein einfacher Lord (dev. *Arcloedd*).

Wyrd (Übersetzung des dev. *Tingedd*) – Schicksal; die unausweichlichen Probleme, die auch Inkarnationen überdauern können.

Ynis (dev.) – Insel.

Tabelle der reinkarnierenden Personen

Bürgerkrieg	Nordland, 1116	Deverry, 1065
Anasyn	Kyle	–
Bevyan	Dera	–
Bellyra	Carramaena	–
Burcan	Verrarc	Sarcyn
Branoic	Jill	Jill
Caradoc	–	Blaen von Cwm Pecl
Lillorigga	Niffa	–
Maddyn	Rhodry	Rhodry
Merodda	Raena	Mallona
Nevyn	–	Nevyn
Olaen	Jahdo	–
Owaen	–	Cullyn von Cerrmor

Die Inkarnationen der Personen in diesem und den bisherigen Büchern der Deverry-Chroniken.

643	696	718	773	835 / 84
Galrion	Nevyn	Nevyn	Nevyn	Nevyn
Brangwen	Lyssa	*	Gweniver	Branoic
Blaern	Gweran	*	Ricyn	Maddyn
Gerraent	Tanyc	Cinvan	Dannyn	Owaen
Madoc	*	Addryc	Glyn	Caradoc
Rhodda	Cabrylla	*	Dolyan	*
Ysolla	Cadda	*	Macla	Clwna
			Dagwyn	Aethan
			Saddar	Oggyn
				Maryn
				Bellyra
				Burcan
				Merod
				Lillorig
				Bevyan
				Elyssa
				Anasy
				Olaen
(in Bd. 1)	(in Bd. 2)	(in Bd. 5)	(in Bdd. 2,5)	(in Bd 5,6,9,

(Jede Zeile steht für eine Seele, jede Spalte für einen Zeitraum, in dem eine oder mehrere Geschichten spielen.)

918	1045– 1065	(1096/98) 1116 / 1117
Nevyn	Nevyn	*
*	Jill	Jill
Maer	Rhodry	Rhodry
Danry	Cullyn von Cerrmor	*
*	Blaern von Cwm Pecl	*
*	Lovyan	*
Braedda	Seryan	*
Leomyr	Gwin	Blaedd
*	*	*
*	*	Yraen
*	*	Carramaena
*	Sarcyn	Verrarc
*	Mallona	Raena
*	*	Niffa
*	*	Dera
*	Alaena	Marka
*	*	Kyle
*	*	Jahdo
(in Bd. 5)	(in Bdd. 1, 2,3,4,8)	(in Bdd. 5,6, 7,8,9,10)